W0376344

KNAUR

ELYA ADAIR

# MELODIE *der* ASCHE

Roman

KNAUR

**Besuche uns im Internet:**
**www.droemer-knaur.de**
**Instagram: @KnaurFantasy**
**TikTok: @droemerknaur**

MIX
Papier | Fördert
gute Waldnutzung
FSC® C083411

Originalausgabe April 2024
© Elya Adair 2024
© 2024 Knaur Verlag
Ein Imprint der Verlagsgruppe
Droemer Knaur GmbH & Co. KG, München
Alle Rechte vorbehalten. Das Werk darf – auch teilweise –
nur mit Genehmigung des Verlags wiedergegeben werden.
Die Nutzung unserer Werke für Text- und Data-Mining
im Sinne von § 44b UrhG behalten wir uns explizit vor.
Redaktion: Rahel Schmidt
Covergestaltung: Carolin Liepins nach einem Entwurf von Elya Adair
Coverabbildung: Carolin Liepins unter Verwendung mehrerer Motive
von Shutterstock.com und Illustrationen:
© Elya Adair, Innenklappen: © Elya Adair
Illustrationen im Innenteil: © Elya Adair
Satz und Layout: Adobe InDesign im Verlag
Druck und Bindung: CPI books GmbH, Leck
ISBN 978-3-426-53035-1

2 4 5 3 1

Bei manchen Menschen lösen bestimmte Themen ungewollte Reaktionen aus. Deshalb findet ihr am Ende des Buches eine Liste mit sensiblen Inhalten.

*Für dich,*
*wir sehen uns am Horizont.*
*An jenem Ort jenseits der Zeit,*
*wo sich Himmel und Erde begegnen.*

# Prolog

## Die Umkehr des Schicksals

»In dieser Nacht sterbe ich.« Caliyan trat an den Abgrund. In der Tiefe peitschte die nächtliche See gegen die Steilküste und untermalte die Magie, die in seinen Adern ihr dunkles Lied sang.

»Du bist fest entschlossen.« Sein Gegenüber musterte ihn aus schwarzen Augen. »Bist du sicher, dass er hier ist?«

Caliyan lauschte der Melodie, die nach ihm rief. Verfluchte die Wunde, die niemals heilte. »Er ist mit dem Rest der Rebellenflotte auf offener See.«

Dichter Nebel versagte ihnen den Blick auf die stolzen Fregatten, an deren Spitze der Admiral der Rebellion Kurs auf das Herz des heressianischen Reiches setzte.

»Vaelen wird sich an dich erinnern. Wenn du das Ritual aufhebst, gibt es keinen Weg zurück.«

»Nenn ihn nicht so. Der Admiral ist nicht Vaelen.« Eine Brise flaute auf, der Duft der See einst so vertraut und nun so fremd wie der Mann, den er suchte. »Vaelen ist tot. Es endet heute. Ich werde nicht versagen.«

Arahyr trat näher. »Daran zweifle ich nicht, mein Freund.«

*Freund?* Die Jahre hatten ihn vergessen lassen, was dieses Wort überhaupt bedeutete. »Ich danke dir«, sagte er. »Deine Hilfe war nicht selbstverständlich.«

»Sie war das Mindeste, nachdem ich euch vor all der Zeit im Stich gelassen habe.«

Er winkte ab, wollte nicht an den Augenblick zurückdenken, der sein Schicksal für immer verändert hatte. Nicht heute. Nie wieder. *Oh, Vaelen, vergib mir.*

Der Wind drehte. Etwas Beißendes mischte sich darunter. Rauch. Arahyr setzte zu sprechen an, schien dasselbe zu denken, doch die Worte erreichten Caliyan nicht. Ein Hinterhalt?

Ohne zurückzublicken, beschwor er seinen Schutzschild und sprang in die Tiefe. Er raste an den glänzend schwarzen Klippen vorbei, bis er inmitten des Gerölls landete. Kaum rannte er zwischen den Felsen zum Ufer, zerriss eine Explosion die Nacht. Am Horizont schoss eine Flammensäule in den Himmel, ihr weißes Licht jenes Leuchtfeuer, das auch in ihm loderte. Caliyan schloss die Augen, ertrank in dem Ruf einer Verbindung, die er seit dem Ritual stets verdammt hatte, und schwang sich über die Bordwand eines der kleinen Segelboote, die in den Wellen schaukelten. Seine Magie füllte die Segel, trieb ihn hinaus auf die offene See, mehr als ein lautloses Flüstern brauchte er dafür nicht.

Bald fluchte er über sich selbst. Über das Schwarzpulver, das die Luft erfüllte und in seinen Lungen brannte. Rauch hüllte ihn in einen dichten Schleier, in dem Rußpartikel tanzten wie grauer Schnee. Verklärte Lichter flimmerten in einer unwirklichen Stille. Er hielt darauf zu, sein Brustkorb so eng, dass ihm der Atem stockte, als sie sich in sterbende Flammen verwandelten, die an den Schiffsskeletten emporzüngelten.

Krähenschwärme stoben ihm entgegen und ließen die Rebellen zurück, die zwischen den Wrackteilen trieben. Er sah nicht hin, ertrug den Anblick nicht, denn mit einem Mal schienen all die Toten *sein* Gesicht zu tragen.

*Vaelens.*

Caliyan erstarrte. So lange hatte er die Augen vor dem Krieg zwischen der Heressia und der Rebellion verschlossen. Rächte sich nun sein Zögern, sein jahrelanges Warten?

Der Gedanke allein ließ ihn sein Boot antreiben, bis sich die Schemen der verbliebenen Rebellenflotte aus der Finsternis erhoben. Ihre kompakte Bauweise trug die unverkennbare Handschrift der Schiffsbaumeister von Ethelis. Trotz ihrer Verluste formierten sie sich. Ihre erste Salve dröhnte in seinen Ohren, und Flammen gaben drei prunkvolle Galeonen preis, die am Horizont inmitten einer übermächtigen Streitmacht auseinanderbrachen. *Weil Freiheit das höchste Gut ist,* echote Vaelens Stimme in ihm und hinterließ einen bittersüßen Schmerz.

Die Antwort der Heressia kam tausendfach. Brennende Geschosse wirbelten durch die Nacht und rissen durch die Rümpfe stolzer Fregatten. Schlagartig war es taghell. Überall ächzte es, stiegen Flammen in den Himmel, und bald segelte er inmitten des Infernos.

Um ihn herum sprangen die Rebellen über die Reling der sinkenden Schiffe und kämpften im eisigen Wasser ums Überleben. Caliyan lenkte einige heressianische Angriffe ab und verwandelte einen Dreidecker in ein Flammenmeer. Er benutzte so viel Magie, dass die Schlacht vor seinen Augen verschwamm, und klammerte sich heftig atmend an den Mast. Wo war die Fregatte des Rebellenadmirals? Wo war Gahaved Cen'to?

Ein loderndes Geschoss klatschte neben Caliyan auf. Die schiere Wucht riss ihn von den Füßen, und er starrte ungläubig auf das Feuer, das sich auf der Wasseroberfläche ausbreitete.

*Alte Magie.*

Er selbst hatte dafür gesorgt, dass sie verschwand, hatte jeden vernichtet, der sie benutzte. Das zumindest hatte er geglaubt. Doch was er sah, strafte ihn Lügen. Im letzten Moment flimmerte sein Schutzschild auf und bewahrte ihn vor der Flammenhölle, die den schwimmenden Rebellen den Tod brachte. Er hustete und zwang sich, aufzustehen.

Jenseits des Qualms legte sich Admiral Gahaveds schwarze Fregatte so grazil in den Wind, dass es kein anderes Schiff mit ihr aufnehmen konnte. Die *Roa Hourak, Das Licht des Morgens,* war nicht nur unversehrt, sie machte sich bereit zum nächsten Angriff. Caliyan zwang seinen Schutzschild um sie und fluchte, weil es ihm nicht gelang. Irrsinn, es auf diese Distanz überhaupt zu versuchen.

Sein Boot schoss vorwärts. Die Gischt klatschte ihm entgegen, rauschte wie der Herzschlag in seinen Ohren. Er musste zu Gahaved, sofort. Gegen Alte Magie hatte niemand eine Chance. Niemand außer ihm. Das Ritual aufzuheben, war das Einzige, was zählte. Falls Gahaved starb, bevor er ihn erreichte, würde sich alles wiederholen. Ein weiteres Mal ertrug er nicht. Doch heute würde er dem Schicksal trotzen. Er wusste, wie.

Die *Roa Hourak* hielt auf die heressianische Flotte zu. Gefolgt von zwei Rebellenschiffen, navigierte sie durch die Kanonensalven. Gahaved steuerte sie selbst. Natürlich tat er das, niemand sonst fuhr ein derartiges Manöver und lebte. Mehr noch, seine Kanoniere entzündeten die Lunten. Sich einer solchen Überzahl zu stellen, grenzte an Wahnsinn, doch es erfüllte Caliyan mit Stolz, dass Gahaved für jenen Traum kämpfte, den er selbst längst aufgegeben hatte.

Endlich gelang Caliyan das Unmögliche. Er schloss seinen Schutzschild um die *Roa Hourak,* und Schmerz brannte sich wie flüssiges Eis durch seine Adern, als sein eigener Schild in sich zusammenfiel. Trümmersplitter regneten auf ihn nieder. Er zuckte, seine Hand schnellte an seine Schulter. Blut quoll unter seinen Fingern hervor, doch es spielte keine Rolle.

Die *Roa Hourak* drehte bei, und der Wind trug ihn zu ihr. Caliyans Blick huschte zum Achterdeck, wo Gahaved seiner Mannschaft Befehle erteilte. Die Ruhe, die er ausstrahlte, wollte so gar nicht zu dem Chaos passen, das ihn umgab.

Flüchtig trafen sich ihre Blicke. Einen kurzen Moment lang erstarrte der Admiral, bevor er das Steuerrad herumriss.

Das war Caliyans Chance. Während die *Roa Hourak* feuerte, schlang er das Seil eines Wurfankers um sein Handgelenk und warf. Der Anker verhakte sich in der Reling, riss ihn mit sich und schleuderte ihn gegen die Bordwand. Unter ihm zerschellte sein Boot am Rumpf der Fregatte.

Caliyan zog sich an Deck. Kanoniere luden die Geschütze nach, Matrosen schleppten Kugeln oder stopften ihre Pistolen im Schutze der Reling. Inmitten des Trubels hielt er Ausschau nach Gahaved, drängte an den Kanonenreihen entlang und bremste den Sturz eines jungen Kanoniers, den die Wucht einer Explosion sonst hätte über Bord gehen lassen. Als er sich an ihm vorbeischob, packte ihn der Mann und legte die schweißüberzogene Stirn in Falten.

»Du bist keiner von uns.«

Er schob die Hand weg. »Bin ich nicht. Aber ich …«

Eine Kanonenkugel erschütterte den Schutzschild und prallte davon ab. Ungläubig folgte ihr der Blick des Kanoniers über die Reling, wo sie nutzlos aufklatschte. Caliyan unterdrückte ein Keuchen, und der Mann starrte ihn an. »Du warst das?«

»Steh mir nicht im Weg.« Er überließ den Kanonier sich selbst. Seine Antwort schluckten die feuernden Kanonen.

Eine heressianische Fregatte näherte sich, ihre aufflackernden Lunten Sterne einer sterbenden Welt. Caliyan drängte zwischen der Besatzung an die Reling, wob seine Magie um das gegnerische Schiff und ertränkte es in Feuer.

Schwer atmend wandte er sich ab. Alle Blicke richteten sich auf ihn. Niemand hielt ihn auf, als er Gahaved entgegenrannte. Bevor er das Ritual aufhob, würde er dafür sorgen, dass Gahaved lebte. Vielleicht konnte die Rebellion siegen. Er würde ihm diesen Traum nicht nehmen.

Ein Grollen erhob sich. Etwas raste herbei und schlug hinter ihm durch seinen Schutzschild. Der Aufprall riss Caliyan zu Boden. Seine Ohren rauschten. Er presste die Hände darüber und zwang sich auf die Füße. Wankend drehte er sich um, erstarrte. Ein Krater klaffte in der Mitte des Decks, schwarzer Nebel quoll daraus hervor. Alte Magie.

Die Schreie der Verwundeten dröhnten ihm entgegen. Er taumelte vorwärts durch die Wolke des Todes. Jeder Schritt war Feuer. Die, die konnten, sprangen über Bord, suchten Rettung, wo es keine Rettung gab.

Der Hauptmast wankte. Ächzend splitterte er und stürzte in Richtung des Hecks. Caliyans Stimme riss über die Schreie hinweg, um Gahaved zu warnen, doch in dem schwarzen Nebel sah er ihn nicht einmal. Sengender Schmerz durchfuhr seinen linken Arm. So heftig, dass er auf die Knie sank. Er schrie, weil es nicht seine Verletzung war.

*Nicht jetzt. Nicht so.*

Keuchend zog er sich hoch und stürzte die Stufen zum Achterdeck hinauf. Der geborstene Mast lag darüber, hatte Teile der Brüstung zerschlagen, aber die Alte Magie war noch nicht bis hierher vorgedrungen.

Gahaved umklammerte das Steuerrad. Der linke Arm hing leblos an seinem Körper herab. Blut tränkte den Ärmel seiner Uniform. Er sackte gegen ihn, und Caliyan hielt ihn fest, hüllte sie beide in seinen Schutzschild, bevor der Nebel sie umschloss.

Mit Gahaved in den Armen ging er in die Knie, drehte ihn behutsam zu sich. Die Augen des Admirals waren geschlossen, aber er atmete noch. Er sah anders aus. Das tat er jedes Mal, doch es bedeutete nichts. Was Caliyan spürte, war wahr. So lange hatte ihn das Ritual eine Lüge glauben lassen, obwohl die Wahrheit vor ihm lag.

»Vaelen …«, flüsterte er und strich dem Admiral eine Strähne aus der Stirn. Er war so überwältigt, dass ihm der Name unwillkürlich über die Lippen kam.

Gahaved riss sich los, sein Blick schmerzverzerrt. »Wer bist du?«

Da war sie, jene Frage, die er nie wieder hatte hören wollen. Caliyan rang mit sich, wollte die Antwort herausschreien, obwohl es nichts nützte. *Er* erkannte ihn nie. »Ein Freund.« Sein Blick irrte auf der Suche nach einem Ausweg umher. »Das Beiboot. Los, wir müssen hier weg.«

Die Schreie der Besatzung überschlugen sich. Er zog Gahaved

zum Heck, aber dieser wand sich in seinem Griff und stolperte in Richtung der Toten und Sterbenden. Er kam nicht weit. Panik flackerte in seinen Augen.

»Bleib bei mir.« Caliyan packte ihn. »Du kannst sie nicht retten.«

Gahaved stieß ihn von sich und richtete sein Schwert auf ihn. Blut rann an seiner Hand herab. Ein Tropfen war alles, was Caliyan brauchte, um das Ritual aufzuheben.

»Du hast sie getötet, du Monster.«

Im Laufe der Zeit hatte er sich selbst schlimmere Namen gegeben, hatte verabscheut, was aus ihm geworden war, doch dass ausgerechnet *er* ihn so nannte, war grausam. Genauso gut hätte *er* ihm sein Schwert ins Herz rammen können. Es hätte denselben Effekt gehabt. Sie beide waren verloren, zerstört von dem Ritual, das ihnen alles genommen hatte.

»Ich habe das nicht getan.« Caliyan legte die Hand um die Klinge, unterdrückte den Schmerz, als er sie von sich wegschob und auf die Planken scheppern ließ. »Dein Leben bedeutet mir mehr als mein eigenes. Komm mit mir, bitte.«

Gahaveds Blick huschte zwischen ihm und dem Nebel hin und her. »Das sind meine Leute da draußen. Dich kenne ich nicht einmal.«

Gnadenlos zog Caliyan ihn mit sich und fühlte sich wie das Monster, das Gahaved in ihm sah. In seinen Armen trat Gahaved um sich und bohrte ihm die Finger in die verletzte Schulter. »Mein Schiff ist mein Schicksal.«

Caliyan presste die Zähne aufeinander. »Du weißt nichts vom Schicksal.« Der Aufprall eines Geschosses riss sie zu Boden. Er warf sich über Gahaved, schützte ihn mit dem eigenen Körper, und etwas drang durch seinen Schutzschild. Er spuckte Blut. Über ihm fingen die Segel Feuer und klatschten hinab in die Wellen. Die Schreie der Rebellen waren längst verstummt.

»Bleib unten.« Ihm wurde schwarz vor Augen. Er blinzelte dagegen an. Als er wieder sehen konnte, ertrank alles um sie herum in Flammen. Selbst das Beiboot, ihre letzte Hoffnung – zerstört. Caliyan rappelte sich auf und zog Gahaved zu sich. Sein Schutzschild flackerte.

»Lass mich«, presste Gahaved hervor, mehr Flehen als Schrei. Ihn so zu sehen, zerriss Caliyan fast. Beruhigend redete er auf ihn ein, obwohl es keine Rettung gab. Sie konnten der Alten Magie nicht entfliehen. Selbst wenn es ihm gelang, den Magier zu finden, würde Gahaved sterben.

Es war zu spät. Er musste tun, wofür er gekommen war. Doch er hatte sich ihr Wiedersehen anders vorgestellt. Flüchtig. Ein Leben ging weiter. Das andere endete. Er wollte nicht erneut mit ansehen, wie *er* starb.

»Es tut mir leid«, sagte er. »So leid.«

Sie brauchten Zeit. Er würde ihnen Zeit geben. Schmerz durchfuhr ihn, als er seinen mächtigsten Zauber entfesselte. Von allen, die sich daran versucht hatten, war er der Einzige, der ihn je vollbracht hatte.

Stille umgab ihn. Über dem Schiff schwebten brennende Geschosse jenseits der Schwerkraft. Das Feuer verharrte ebenso reglos wie Gahaved.

Die Zeit stand still.

Sie stand still für alle außer ihn.

Behutsam legte er die Hände an Gahaveds Schläfen. Alles, von dem er je gedacht hatte, er könne es begraben, bahnte sich einen Weg an die Oberfläche. Gahaved war nicht Vaelen. Und er war es doch. Vielleicht war es eine Gnade, dass ihn das Ritual hatte vergessen lassen. Caliyan wollte sie ihm nicht nehmen. Es war falsch, so falsch, und doch der einzige Ausweg, den das Schicksal ihm noch ließ.

*Heute, morgen und für immer.* Bei seinem Schwur hatte er gelogen, würde nun zerreißen, was sie verband. Aber dazu musste er selbst jene Alte Magie benutzen, die all ihr Leid überhaupt erst hervorgebracht hatte. Sie brach über ihn hinweg wie der erste gierige Atemzug eines Ertrinkenden, der nicht ausreichte, um seine Lungen zu füllen. Es gab kein Zurück. Während er sie unterwarf, dürstete es ihn nach mehr. Noch hatte er die Kontrolle, würde ihr nicht verfallen. Was er tat, war sein Ende und gleichzeitig sein größter Sieg. Und so vermengte er die Alte Magie mit der seinen und wirkte den Zauber.

Bilder aus längst vergangenen Zeiten flackerten vor seinem inneren Auge. Erinnerungen. Nicht seine, sondern Vaelens, und er sah sich selbst darin. Sie huschten zu schnell dahin, um sie zu begreifen, doch Gahaved würde sich an alles erinnern.

Als es vorbei war, lag keine Verwirrung in Gahaveds Blick. Keine Fragen, nur Erkenntnis. Caliyan lächelte und griff nach einem seiner Dolche. Tränen brannten in seinen Augen.

Er fürchtete den Schmerz nicht, nur den Abschied, und führte die Klinge an seine eigene Brust. Sein Blick heftete sich auf das Blut, das an Gahaveds ausgestreckter Hand hinablief, doch als Gahaved ihn berührte, entglitt ihm die Waffe. Caliyan brauchte seine Magie nicht, um zu wissen, dass er Vaelen war. Er hätte ihn überall erkannt. An dieser Berührung allein.

»Nicht, Cal.«

Es war nicht Vaelens Stimme. Und doch war es Vaelen, der sprach. Vaelen, der ihn in seine Arme zog, und Vaelens Atem auf seiner Haut. In all den düsteren Jahren hatte er sich nichts sehnlicher gewünscht, als ihn wiederzusehen, und jetzt musste er ihn verlassen.

»Vergib mir.« Seine Stimme versagte. Er klammerte sich an diesen Moment, obwohl seine Magie schwand. Sie forderte ihren Tribut, doch ihnen blieb noch Zeit.

»Es gibt nichts zu vergeben.«

Caliyan hielt ihn fest, wollte ihn nicht gehen lassen, all seinen Worten zum Trotz. Vielleicht konnte er sie beide retten und sich dem Wahnsinn widersetzen. Er war Caliyan de la Vere. Wer außer ihm hätte es vermocht? Doch er vermochte es nicht.

Ein Zittern durchfuhr ihn. Er ergriff Vaelens Hand. Das Blut, das daran herablief, war warm unter seinen Fingern.

»Ich kann nicht bleiben.« Es war das Schwerste, das er je hatte sagen müssen. Sie waren eins, schon seit jenem Tag, an dem sie einander zum ersten Mal begegnet waren. Dass er das Ritual aufhob, änderte nichts daran. Seine Hand schloss sich um seinen anderen Dolch. »Vaelen, ich –«

Das Feuern einer Pistole durchschnitt die Stille. Ein Geräusch, das nicht existieren durfte, in einer Welt, die stillstand. Und doch existierte es ebenso wie der Blutfleck, der sich auf Gahaveds Brust ausbreitete. Er sackte gegen ihn. Einen flüchtigen Moment lang durchfuhr Caliyan der Schmerz, als sei es sein eigener. Dann war es vorbei. Sein Schrei klang fremd in seinen Ohren. Mit Gahaved im Arm sank er auf die Knie und presste die Hände über die Wunde, über all das Blut. Es war alles, was er brauchte, aber es war zu spät, die Chance vertan. Und so hielt er Gahaveds leblosen Körper in den Armen, während sein Schutzschild in sich zusammenfiel.

Caliyan hatte ihn wiedergefunden, um ihn erneut zu verlieren. Sein Schicksal war verwirkt. Die Alte Magie forderte ihren Tribut für sein Zögern. Was würde sie ihm nehmen? Ihm, der bereits alles verloren hatte. Er flehte, sie möge sein Leid beenden, aber nicht einmal seine Klinge vermochte das jetzt. *Wer das Schicksal zu überlisten versucht, wird den höchsten Preis zahlen,* dröhnte es in seinen Gedanken, und er schrie. Geschosse hagelten auf sie nieder. Eines traf das Heck, und die Wucht des Aufpralls schleuderte sie über die Reling ins Meer. Er klammerte sich an Gahaved, vergeblich.

Um ihn herum versank *Das Licht des Morgens* in den Fluten, und mit ihr starb alle Hoffnung.

Er hatte versagt.

Der Sog der sinkenden Wrackteile riss ihn in die Tiefe, und er wehrte sich nicht. Bevor er sich in der Dunkelheit verlor, kreisten seine Gedanken um Vaelen und den Augenblick, in dem dieser sich erinnert hatte. Vaelen hatte ihn erkannt.

Und er hatte ihn sterben lassen.

# Kapitel 1

## Abkehr

Laudan schob das Visier seines Helms nach oben und blinzelte, bis sich die Schemen des Schlachtfeldes zusammenfügten. Sein Schwert zitterte in seiner Hand. Sein Brustkorb hob und senkte sich heftig gegen das Metall seiner Rüstung. Sie hatten gesiegt.

Zu seinen Füßen lag der letzte Rebellenkämpfer, den er niedergestreckt hatte, und starrte aus leeren Augen in den wolkenverhangenen Himmel. Auf der aufgeschwemmten Ebene taten es ihm Hunderte seiner Brüder und Schwestern gleich. Heressianische Soldaten suchten unter ihnen nach Überlebenden. Immer wenn ein Schrei die Luft zerschnitt, hatten sie noch jemanden gefunden, für den es keine Gnade gab.

Am Rande der Lichtung lehnte ein Rebell an einem Baumstamm und blickte der Sonne entgegen, die zum ersten Mal seit Beginn des Feldzuges hervorbrach. Inmitten all dem Schlamm, Blut und Tod spiegelte sie sich auf den herrenlosen Schwertklingen, über die Laudan hinwegstieg.

Der Rebell hob die Hand. Das Blut daran schimmerte rot. Sonnenstrahlen fielen zwischen den ausgestreckten Fingern hindurch und tanzten über sein Gesicht. Er war jünger, als Laudan es mit seinen einundzwanzig Jahren war, doch er würde nie älter werden. Ein Schwerthieb hatte nicht nur seine Lederrüstung durchbohrt, sondern auch seinen Körper darunter. Tränen hinterließen helle Spuren auf schlammverschmierter Haut.

Laudan hielt inne. Auf dem Schlachtfeld tötete man, um nicht selbst getötet zu werden. Aber dies hier war anders. Dies waren die letzten Momente eines Sterbenden. Er wollte sie ihm nicht nehmen und musste es dennoch. Der Kodex der Heressia verlangte nichts Geringeres. Er trat näher, beugte sich über den Rebellen und richtete die Schwertspitze auf dessen Hals.

»Lass sie mich sehen …« Die Lippen des Mannes zitterten. Laudans Schatten nahm dem verkrusteten Blut daran jede Farbe. »Bitte, nur noch ein letztes Mal.«

Er ließ das Schwert sinken und trat zur Seite. Ein Lächeln huschte über das Gesicht des Rebellen, als die Sonne darauf fiel. Wie konnte Laudan ihm diesen letzten Wunsch verwehren?

»Danke. Du bist … nicht wie sie.«

»Laudan!«

Die Stimme seines Vaters, kalt und hart wie das Schwert in seiner Hand. Seine Finger krampften sich darum. »Vergib mir.« Mit einem schnellen Hieb trieb er dem Rebellen die Klinge in den Hals und wandte sich nicht ab, als dieser einen qualvollen Moment nach Luft rang. Schritte näherten sich. Sein Vater zog ihn zur Seite.

»Wieso hast du gezögert? Sieh mich an.«

Die wasserblauen Augen von Feldherr Athos Calieri durchbohrten ihn. Spiegel seiner Zukunft; seines Schicksals. Die Jahre hatten das Gesicht des groß gewachsenen Mannes verhärtet und weiße Strähnen durch sein hellblondes Haar gezogen. Laudan kämpfte damit, dem Blick standzuhalten. »Ich dachte, er hätte Informationen, doch er wollte nur sein Leben retten.«

»Tu das nie wieder, schon gar nicht in Kionne.« Athos' Faust spannte sich um die blutverschmierten Lilienverzierungen seines Schwertgriffes. Ein Familienerbstück. Einst ein Geschenk des Sha an seinen Urgroßvater, das sein Vater nicht aus der Hand gab. »Der Kodex duldet keine Schwäche. Ich dulde keine Schwäche. Komm, ich will dir etwas zeigen.«

»Verzeiht, Feldherr.«

Im Lager deutete Athos auf einen jungen Adligen, der im Schatten eines Zeltes hockte und sein Gesicht unter den Armen vergrub. Schwarze Haare ergossen sich über seinen Hinterkopf und die silbernen Armschienen. Im Gegensatz zu ihren schmutzbedeckten Rüstungen glänzte seine noch immer makellos.

Reskir. In der Kaserne hatte Laudan einmal mitbekommen, wie der Ausbilder Reskir mit einem Holzschwert schikanierte. Jetzt steckte jene verzierte Klinge neben ihm im Schlamm, die er von seinem Vater geerbt hatte. Dem alten Lord Vaskari, der nie wieder würde kämpfen können.

»Du hast deine Sache heute gut gemacht«, sagte Athos. »Er hingegen lebt nur noch, weil der Name seines Vaters etwas wert ist. Tu mir diese Schande nicht an.«

»Ich werde Euch nicht enttäuschen, Vater.«

Reskir hob den Kopf. Seine Haut war dunkler als Laudans, vom satten Goldbraun der Menschen aus der Vin'astera im Süden des Reiches. Schmerz lag in seinen Augen und etwas anderes, das sich nicht deuten ließ.

»Lord Calieri.« Ein Soldat eilte herbei und salutierte, bevor er sich den Schweiß von seiner narbenüberzogenen Lippe wischte. »Späher Ruul zu Befehl. Ich habe ihren Feldherrn abgefangen. Er lebt.«

Der Hauch eines Lächelns huschte über Athos' Gesicht. Zu dritt hielten sie auf die Lagermitte zu, und Laudan tat sein Möglichstes, um den Schwall an Worten auszublenden, mit denen sich Ruul bei seinem Vater brüstete. Erst als sich die versammelten Truppen vor ihnen teilten und den Blick auf den gefesselten Rebellen in ihrer Mitte freigaben, verstummte er endlich.

Blut strömte aus einer Schwertwunde an der Schulter des knienden Mannes und rann über seine abgetragene Lederrüstung. Die Waffen hatte man ihm abgenommen und in den Dreck geworfen.

»Die Rebellen haben seinen Namen gerufen«, sagte Ruul, als wäre er ihnen eine Erklärung schuldig. »Das ist Zymion Aard.«

Unweigerlich hielt Laudan inne. Er hatte Geschichten gehört, Heldensagen über den letzten noch lebenden Kommandanten, den Admiral Gahaved Cen'to ausgebildet hatte. Sollte eine derartige Legende wirklich hier im Schlamm knien? Jener Mann, der als einer der wenigen das Inferno der Seeschlacht an den Obsidianklippen überlebt und Gahaveds Kampf um Freiheit fortgesetzt hatte?

»Aard … Zymion Aard.« Sein Vater packte den Gefangenen bei den Haaren und legte ihm das Schwert an die Kehle. »Liefere mir die blonde Hure, und ich lasse dich leben.«

Aard schwieg, zuckte nicht einmal. Athos senkte das Schwert und schlug Aard mit dem Plattenhandschuh so hart ins Gesicht, dass er in den Schlamm stürzte. Laudan kannte Männer wie ihn. Sein Vater war nicht anders. Er würde lieber sterben, als den Kodex zu brechen und die Heressia zu verraten. Auch Aard würde seine Anführerin nicht ausliefern. Niemals.

»Euer verfluchter Sha wird fallen«, presste Aard hervor. »Yria wird euch alle vernichten.«

Sein Vater lachte. Die Soldaten stimmten ein. »Ich werde ihr deinen Kopf schicken, egal, in welchem Rattenloch sie sich verbirgt.« Mit einem Tritt stieß Athos ihn nach vorn, legte Aard das Schwert in den Nacken und holte aus.

Laudan schluckte die Übelkeit herunter und zwang sich, hinzusehen. Zwang sich, zu beobachten, wie die prunkvolle Klinge den Kopf vom Körper trennte. Ein sauberer Hieb.

Athos wischte das Schwert am Saum des Toten ab und steckte die Waffe zu seiner Pistole in den Waffengurt. Schweigend folgte Laudan ihm aus der Menge zurück zu Ruul. »Ich hatte ihn mir größer vorgestellt«, sagte Athos zu dem Mann, der nervös auflachte. »Gute Arbeit. Du wirst uns morgen nach Kionne führen. Ich ernenne dich zum Hauptmann.«

»Habt Dank, Feldherr.« Ein Lächeln kräuselte sich auf Ruuls Lippen. Offenbar hatte er erreicht, was er wollte.

Athos ließ ihn stehen und deutete auf das mit Fahnen geschmückte Zelt. Goldene Lilien rankten sich über ihren schwarzen Grund. Die Farben der Heressia, vor über zweihundert Jahren festgelegt vom ersten Sha, genau wie der Kodex.

»Gehen wir den Plan für den Angriff durch, mein Sohn. Morgen ist ein wichtiger Tag für dich. Der vielleicht wichtigste deines Lebens.«

Im dunklen Nichts seines Zeltes erwachte Laudan schweißgebadet. Einen Augenblick rang er nach Luft, als ersticke er an dem Blut der Rebellen, deren Leben er genommen hatte. Er ertrug es nicht, stürzte hinaus in die wolkenverhangene Nacht, wo ihm der Duft von Regen in die Nase stieg. Gäbe es doch nur einen Sturm; Wassermassen, die sie zwangen, ihr Lager abzubrechen und heimzukehren, damit die morgige Prüfung niemals kam.

Dabei war morgen sein großer Tag. Jener Moment, auf den er sein ganzes Leben zugesteuert war. Morgen würde er an der Spitze der Truppen stehen und sie in eine Schlacht führen, an die er nicht glaubte und die doch sein Schicksal entschied. Zukünftiger Kommandant oder Schande. Eine andere Wahl hatte er nie gehabt, aber er kannte etwas, von dem Athos niemals erfahren durfte. Einen Hauch von Freiheit.

Ein Scheppern zerriss die Stille. Hinter einem der Zelte bauschte sich ein Umhang im Wind. Ein Eindringling?

Er sprintete los, riss die Gestalt zu Boden und hielt sie fest. Es war Reskir, dessen Gepäcksack durch den Schlamm rollte. Wollte der junge Lord, der schon den Kampf verweigert hatte, etwa desertieren?

Laudan presste ihm die Hand über den Mund. Unter den zerzausten Strähnen huschte Reskirs Blick umher und heftete sich auf die Ebene jenseits des Lagers, doch er war klug genug, nicht zu schreien. »Da draußen sind überall Wachen. Sie werden dich töten, wenn du versuchst zu fliehen. Willst du das?«

Reskir schloss die Augen und atmete aus, bevor er sie wieder öffnete.

»Nur noch ein Tag, hörst du? Ein Angriff, dann reiten wir zurück nach Ankhad. Nach Hause.«

Unter ihm nickte der schlanke Mann und erstarrte erneut, als das Geräusch schwerer Stiefel die Nacht zerschnitt. Blitzschnell zog er Reskir auf die Füße, fischte nach seinem Gepäck und schob ihn mitsamt dem Beutel in sein Zelt, wo er einen Finger an die Lippen legte. Stimmen drangen zu ihnen heran und entfernten sich wieder. Reskir vergrub das Gesicht in den Händen. »Ich kann nicht mehr. Ich bin nicht für den Krieg geschaffen.«

»Du entehrst deine Familie. Gib meinem Vater nicht noch mehr Grund dazu, dich zu verachten. Halte dich in Kionne an mich, dann wird dir nichts geschehen.«

Der junge Lord blickte auf. »Ihr werdet mich nicht verraten?«

Laudan schüttelte den Kopf. Sie beide hatten den Kodex gebrochen. Reskir, weil er hatte fliehen wollen, und er, weil er es vertuschte.

Draußen setzte der Sturm ein. Regen prasselte in Faustschlägen gegen die Plane, und sie beide schienen dasselbe zu denken. *Keine Schlacht, morgen nicht.* Er nickte Reskir zu, der sich mit seinem Gepäcksack unter dem Umhang zum Gehen wandte, doch Athos erschien im Zelteingang und versperrte ihm den Weg.

»Sofort bereit machen. Alle beide.« Abfällig kniff sein Vater die Augen zusammen, bevor er Laudan einen ledernen Harnisch entgegenschleuderte. »Los, deine Prüfung beginnt jetzt.«

Hastig streifte er das Rüstzeug über und folgte Athos zur Lagermitte, wo eine Truppe auf sie wartete. Was in aller Welt ging hier vor? Auch Reskir eilte herbei und verschwand zwischen den übrigen Soldaten, bis sie ihren Marsch antraten.

Stundenlang stolperten sie durch die Finsternis und folgten Hauptmann Ruul in Richtung des Rebellenstützpunktes über den südlichen Pass des Aerethar. Der Wind heulte. Die durchnässte Rüstung legte sich wie ein Panzer aus Eis um Laudans Körper. Sein Vater marschierte mit den Veteranen, aber Reskir blieb direkt hinter ihm und zitterte genau wie er. Was erhoffte sich Athos davon, ihn auf diese Mission mitzunehmen? Sollte der Sohn von Lord Vaskari hier entweder sterben oder zu einem Mann werden? So oder so war es grausam.

»Dort unten liegt es.« Ruuls stinkender Atem schlug ihm ins Gesicht. Laudan schob das Blattwerk beiseite und inspizierte den Stützpunkt jenseits der Senke. Die Schemen glichen dem Aufbau der Verteidigungsanlagen, die sie in den letzten Wochen zerstört hatten.

Fackeln erhellten das hochgezogene Tor, in dem bewaffnete Wachen Schutz vor dem Sturm suchten. Die Dunkelheit verschluckte die Häuser hinter den Palisaden, doch vielleicht war das gut so. Wenn sie nicht sahen, was sie erwartete, sahen ihre Gegner es ebenso wenig.

Er wandte sich an seinen Vater. »Sechs Rebellen am Wall. Wir müssen sie mit einigen Männern überwältigen, bevor sie Alarm schlagen. Durch den Sturm werden sie uns nicht kommen hören. Sobald sie überwältigt sind, sollen die Truppen die Hütten stürmen und die Übrigen töten.«

»Du bist der Kommandant«, erwiderte Athos. »Wir folgen.«

Mit klopfendem Herzen trat Laudan vor die Soldaten. Reskir schlug den Blick nieder. Laudan würde dafür sorgen, dass sie bald nach Hause kamen, und wählte zügig einige der Veteranen aus, mit denen er die Taktik durchging. Anschließend richtete er das Wort an die Übrigen. »Wir haben leichtes Spiel. Ich erwarte etwa zwanzig Hütten, halbkreisförmig angeordnet, mit den Quartieren im vorderen Teil. Auf mein Zeichen stürmt ihr den Stützpunkt. Teilt euch auf und überrumpelt sie. Ehrt den Kodex. Tötet alle.«

Er klang wie Athos. Ein bitterer Geschmack legte sich auf seine Zunge. Er wollte nicht so werden wie sein Vater. Die Veteranen folgten ihm die Senke hinab. Regen peitschte ihnen ins Gesicht, der Morast durchnässte sie von unten. Laudan drückte sich in den Schatten des Walls und schlich in Richtung des Tores. Seine tauben Finger krampften sich um den Griff seines Schwertes. Ruul blieb hinter ihm. Er wartete, bis die Männer auf der anderen Seite in Stellung waren, und gab das Zeichen. *Jetzt.*

Sie stürmten los. Laudan packte einen der Rebellen, presste ihm die Hand über den Mund und die Klinge ins Herz. Entsetzen zeichnete sich auf dem Gesicht seines Gegners ab, bevor er zusammensackte. Neben ihm fielen die Übrigen.

Einzig Ruul rang noch mit einem Rebellen. Einem alten Mann mit einer Axt, einem Hufschmied vielleicht, aber sicherlich kein Kämpfer. Mit einem Tritt schickte der Alte Ruul zu Boden und holte aus.

Laudan griff nach seinem Dolch, war ihm am nächsten. Dieser Mann wollte Zymion Aard überwältigt haben? Es wäre einfach, entsetzlich einfach, zuzusehen, wie Ruul starb. Etwas in ihm verlangte danach, und doch warf er, bevor die Axt auf Ruul niedergehen konnte.

Ruul rappelte sich auf. Heftig atmend zog er die Klinge aus dem Kopf des Toten, betrachtete sie im Fackelschein und reichte sie Laudan. »Ich stehe in Eurer Schuld, junger Lord. Ich werde besser sein, das schwöre ich.«

»Weitermachen.« Er nahm eine Fackel aus der Wandhalterung und schwenkte sie. Kurz darauf tauchten die Truppen aus der Dunkelheit auf und strömten an ihm vorbei durch das Tor. Als die Letzten im Stützpunkt waren, ließ Laudan die Fackel fallen und zog sein Schwert. Er blinzelte, hatte zu lange in die Flamme geschaut, und tastete sich in der Finsternis vorwärts. Mittlerweile mussten die Kämpfe in vollem Gange sein, doch der Regen übertönte ihren Lärm.

Etwas traf ihn an der Hüfte, prallte gegen ihn. Ein Angreifer. Er wirbelte herum, war noch immer geblendet und hieb mit dem Schwert in die Dunkelheit. Seine Klinge fand ihr Ziel und bohrte sich in seinen Gegner.

Ein Schrei.

Nein. Ein Wimmern, lauter als der prasselnde Regen.

Das Schwert fiel ihm aus der Hand. Ein kleiner Körper sackte gegen ihn. Kein Gegner. Ein Kind. Der Zopf des Mädchens glitt unter seinen behandschuhten Fingern hinweg. Wieso war sie hier, inmitten eines Stützpunktes? Laudan hielt sie fest, doch sie entglitt ihm, stürzte zu Boden und er mit ihr.

Was hatte er nur getan? Er zog sie in die Arme, presste die Hände über die Wunde an ihrem Hals und flehte um Vergebung, wo es keine geben konnte. Sie stöhnte leise. Ein letztes Mal, bevor alle Anspannung aus ihrem Körper wich.

Ein Schrei löste sich aus seiner Kehle. Er biss sich auf die Lippe und erstickte ihn. Seine Tränen mischten sich unter den Regen. Er hatte sie nicht gesehen, hatte das nicht gewollt. »Vergib mir«, flüsterte er und drückte sie an sich. »Vergib mir.«

Jemand packte ihn und riss ihn auf die Füße. Er schlug um sich, wollte nicht weg von ihr. Er hätte hier liegen sollen, nicht sie.

»Laudan.« Es war Reskir.

»Ich habe das getan … habe sie getötet.« Seine Stimme überschlug sich. Reskir zog ihn weg von dem Mädchen und lehnte ihn gegen eine Hauswand. Blut klebte an seinem Schwert. Auch er hatte getötet. Aber kein Kind, bestimmt kein Kind.

»Das sind keine Rebellen«, drangen Reskirs Worte an ihn heran. Ausdruckslos. Fassungslos. »Habt Ihr das gewusst?«

»Was? Wovon –«

In weiter Ferne schrie eine Frau, schrie so laut, dass es den Sturm übertönte. Er riss sich los, rannte zurück zum Tor und griff nach der anderen Fackel. Reskir blieb dicht bei ihm. Im Regen lag das Mädchen. Blonde Haare, getränkt in Blut. Eine klaffende Wunde am Hals. Laudan wandte den Blick ab, ertrug ihn nicht und stürzte vorwärts, bis er ein Haus erreichte, aus dem heressianische Soldaten strömten. Im Inneren hinter dem Getreidespeicher fand er sie vor ihren Betten. Die toten Kinder. Die Mutter. Den Vater. Keine Soldaten. Bauern.

Er stieß gegen Reskir, der das Gleiche sah, drängte nach draußen und schrie beim Anblick der Holzhütten im Licht der Fackel. Das hier war kein Stützpunkt. Es war ein Dorf. Er hatte den Befehl gegeben, ein Dorf auszulöschen. Er musste die Soldaten aufhalten, diesem Wahnsinn ein Ende bereiten und rannte auf die hintersten Hütten zu, als ihn jemand am Arm packte. Sein Vater.

»Das ist nur ein Dorf. Sie müssen aufhören. Ich muss sie stoppen –«

Athos schlug ihm ins Gesicht. Er taumelte, schmeckte Blut in seinem Mund. »Du wirst nichts dergleichen tun. Dieses Dorf unterstützt die Rebellion mit Verpflegung und Ausrüstung. Wir mussten es auslöschen, um ihre Versorgungslinie zu schwächen. Es war notwendig, Laudan. Und jetzt reiß dich zusammen.«

»Notwendig?«, wiederholte er. Das Blut eines kleinen Mädchens klebte an seinen Händen. Das Blut unzähliger wehrloser Kinder, Frauen und Männer an den Händen der heressianischen Soldaten. »Notwendig …?«

»So werden Männer gemacht.« Athos klopfte ihm auf die Schulter. Hinter ihnen sammelten sich die Truppen. Es war vorbei. Zwischen zwei Hütten sank Laudan auf die Knie und übergab sich.

Sein Vater hatte unrecht. So wurden Monster gemacht.

Zurück in Ankhad, tauschte Laudan seine Gewänder gegen schmucklose Kleidung und steckte einen Dolch in seinen Stiefel, bevor er auf das zurückblickte, was er hinter sich ließ. Luxus, aufgetürmt auf den Leichen unzähliger unschuldiger Menschen. Er verstand das jetzt. In all dem Wahnsinn von Kionne hatte er eine Entscheidung getroffen. Seit Tagen war sein Gesicht eine Maske, ebenso reglos wie das goldene Antlitz des Sha, während der Sturm jener Nacht zu einem Orkan heranwuchs.

Er schob die Vorhänge seiner Gemächer beiseite, hinter denen die goldenen Dächer im Mondlicht versanken, und trat auf den Balkon. Von den Hängen unterhalb des Gebirges, das Ankhad wie eine Festung umschloss, wehte ihm der Duft der Zitronenhaine entgegen. Heute lag er schal und tot auf seiner Zunge, widerte ihn an, genau wie die Schönheit der Zitadelle. Lautlos schwang er sich über die Brüstung und ließ sich in den Garten hinabgleiten, wo er sich in die Schatten duckte.

Auf den Wallanlagen jenseits der weißen Arkaden zogen die Wachen ihre Kreise. Niemand betrat oder verließ das Herz der Heressia ohne ausdrückliche Genehmigung. Er würde es trotzdem tun. Seit seinem dreizehnten Lebensjahr hütete er ein Geheimnis: einen Weg aus der Hölle, so schien es ihm, als er die Steinplatten unterhalb eines groß gewachsenen Busches fortschob. Darunter sprang er in ein längst vergessenes Kanalsystem und verschloss den Eingang über sich, bevor er durch die Finsternis kroch.

Seit der Sha Athos vor acht Jahren von Ethelis nach Ankhad berufen hatte, um den Vorsitz im Kriegsrat zu übernehmen, nutzte Laudan seine neu gewonnene Freiheit, um die verschachtelten Gänge zu erkunden. Einer davon mündete ins Meer, und die Flut erfüllte seine Finsternis mit eisigem Wasser. Oh, wie er es hasste. Damals hatte er stundenlang mit sich selbst debattiert. Am Ende hatte die Neugierde eines Kindes über seinen Verstand gesiegt. Heute zögerte er nicht mehr und tauchte mit schnellen Zügen hindurch.

Er durchbrach die Wasseroberfläche, schwamm ans Ufer und folgte einem Fischerpfad. Bald verdrängte Gestank den Duft der Zitronenhaine, und das vertraute Labyrinth des Hafenviertels verschluckte ihn.

Laudan drückte sich in die Schatten und verschwand in den düsteren Gassen zwischen den heruntergekommenen Fachwerkhäusern, um den Gestalten auszuweichen, die ebenfalls durch den Schlamm wateten. Hehler, Diebe und Prostituierte. Sie alle warteten nur darauf, jemanden um sein Gold zu erleichtern, und doch war dieser Ort mehr seine Heimat, als es die Zitadelle je sein würde. Hier gab es keine Regeln, keine weißen Villen wie in der Oberstadt, keine gepflasterten Straßen und keine Kanalisation. Stattdessen existierte etwas anderes: eine Verbindung zur Rebellion, und er kannte jemanden, der ihm helfen würde.

Vor dem schmalsten Haus inmitten der Gasse blieb er stehen, klopfte im vereinbarten Rhythmus und ließ sich gegen den Türrahmen sinken. Mit einem Mal war er müde, entsetzlich müde.

Teralyns Schritte knarzten herbei. Laudan verkrampfte sich, fürchtete ihre Verachtung, wenn sie hörte, was er in Kionne getan hatte. Die Tür schwang auf, und ihr Lächeln empfing ihn inmitten der Dunkelheit. Es zu erwidern, gelang ihm nicht. Auch das ihre erstarb, als sie ihn in den spärlich eingerichteten Raum mit dem zerfurchten Tisch hineinzog. Teralyn verstand ihn ohne Worte, wie eine Mutter ihren Sohn verstand. Seine leibliche Mutter war in seinem zweiten Winter in Ethelis gestorben. Woran, wusste er bis heute nicht. Athos verriet ihm nicht einmal ihren Namen.

»Du holst dir noch den Tod.« Teralyn schloss die Vorhänge des einzigen Fensters und warf ihm eine Decke zu. Im Licht der Öllampe schimmerte ihr Haar in demselben Braun wie ihre Tunika. Unscheinbar nannte sie sie. Unsichtbar, wie sie es brauchte. »Wieso hast du dich nicht umgezogen? Zieh das aus.«

Er tat es. Unweit des Ufers bewahrte er trockene Kleidung in einer Höhle auf, doch heute war ihm alles egal gewesen. »Wo ist Bast?«, fragte er, insgeheim froh darüber, sie ohne ihren Gefährten anzutreffen, und hüllte sich in die Decke.

»Er trifft einen Kontakt. Verdammt, das wird niemals trocknen, bis du aufbrichst.«

Laudan ließ sich auf den wackligen Stuhl sinken. Eine stille Absprache, seit sie einander zum ersten Mal begegnet waren. »Ich gehe nicht zurück.« Es war die richtige Entscheidung, vielleicht die einzig richtige, die er je getroffen hatte. Das vertraute Knarzen der Dielen verstummte, als Teralyn innehielt.

»Was ist passiert? Der Feldzug …?«

»War ein voller Erfolg. Sie haben Zymion Aard erwischt.«

»Aard ist tot?«

»Enthauptet. Ich habe es selbst gesehen.«

Teralyn setzte sich zu ihm. Fragen brannten in ihren Augen, die sie nicht stellen würde. Sie hatte Aard gekannt, ihr Leben riskiert, um Informationen an ihn weiterzugeben. Lange schwieg sie, schien durch Laudan hindurchzublicken.

»Da ist noch mehr, oder?«, fragte sie schließlich. »Ich sehe es in deinen Augen. Du kannst mir alles sagen, das weißt du doch.«

»Es war eine Prüfung.« Mit einem Mal war seine Brust zugeschnürt. »Für die Ernennung zum Kommandanten. Ich habe etwas Unverzeihliches getan, und morgen will der Sha mich dafür ehren.« Er rang mit sich, bevor er ihr erzählte, was passiert war. Dabei ließ er nichts aus, auch den Tod des kleinen Mädchens nicht.

Nachdem er zu Ende gesprochen hatte, schloss Teralyn ihn in die Arme. Früher hatte sie ihn stets umarmt. Heute hielt er sich an ihr fest und biss sich auf die Lippe, um das zu unterdrücken, was in ihm aufzusteigen drohte.

»Du hast es nicht gewusst.« Sie strich ihm die nassen Strähnen aus dem Gesicht. »Sie haben dich belogen.«

»Der Kriegsrat hat das angeordnet. Einfach so, um ein Exempel zu statuieren. Sie haben den Mord an unschuldigen Menschen zu einer Prüfung gemacht. Sie wollten sehen, ob ich es tun kann. Ich hätte es verhindern müssen.«

»Sch … du konntest sie nicht retten. Aber dein Vater hat dich gerettet, indem er dir diese Prüfung in der Dunkelheit gestellt hat. Ich kenne dich, Laudan. Wäre sie bei Tageslicht gewesen, hätte ich dich verloren.«

Sie hatte recht. Hatte auch Athos ihn durchschaut und ihm deshalb seine wahre Prüfung vorenthalten?

»Ich hasse ihn, genau wie alle anderen. Niemand hat diesen Befehl hinterfragt. Niemand hat innegehalten, als die Frauen und Kinder zu schreien begannen.« Seine Hand ballte sich zur Faust. »Wann ist dieser Wahnsinn zur Normalität geworden?«

»Kionne ist kein Einzelfall.«

»Du weißt davon? Warum hast du es mir nicht gesagt?«

Teralyn legte seine Hand in die ihre. »Weil du auch das mit eigenen Augen sehen musstest.«

»Ich werde desertieren, Te. Bring mich zur Rebellion.«

»Ich weiß, dass du das willst, aber hör mir zu. Wenn ich das tue, wirst du ein Krieger. Einer der Besten zweifelsohne. Sie werden von deinem taktischen Geschick profitieren und von deinem Wissen über die Heressia. Doch wenn du das tust, wirst du nie wieder Laudan Calieri sein.«

»Das ist genau das, was ich will. Kämpfen. Wie Cen'to.«

»Und du würdest deine Aufgabe gut machen«, sagte sie sanft. »Gewissenhaft und voller Hingabe. Doch wer du jetzt bist, ist unendlich viel wertvoller für die Rebellion.«

Seine Hand krampfte sich in ihre. »Ich kann das nicht.«

»Doch«, beharrte sie. »Sieh mich an. Du bist stark. Morgen wirst du ein Kommandant sein und deinen Platz im Kriegsrat einnehmen. Du wirst neue Aufgaben bekommen, Stimmrechte haben, und du hast Zugang zu allen Informationen ihrer strategischen Planung. Verschwende das nicht, indem du dein Leben auf einem namenlosen Schlachtfeld wegwirfst.«

Er blickte sie an. Dass sie recht hatte, änderte nichts daran, wie sehr er ihren Vorschlag verabscheute. »Ich will nicht länger auf der falschen Seite stehen.«

»Das tust du nicht. Schon der dreizehnjährige durchnässte Junge, den ich auflas, stand auf der richtigen Seite. Er wusste es nur noch nicht.«

»Das ist nicht wahr, Te. Du hast mir alles beigebracht. Ohne dich hätte ich nicht gezögert, nichts hinterfragt. Ich wäre wie sie. Vielleicht schlimmer.«

»Aber das bist du nicht.« Teralyn lächelte sanft. »Du bist gut, Laudan. Du wirst es immer sein.«

»Ich werde weitertöten müssen … unschuldige Menschen.«

»Du wirst unzählige mehr retten. Alles, worum ich dich bitte, ist, dass du zurückkehrst. Nimm die Ehrung des Sha an. Ich werde da sein, ganz gleich, wofür du dich danach entscheidest.«

Am Mittag des nächsten Tages kniete Laudan mit verbundenen Augen auf einem Podest auf dem Vorplatz der Zitadelle. Das Stimmengewirr der ihn umringenden Massen dröhnte in seinen Ohren. Er hatte kaum geschlafen, war erst kurz vor Sonnenaufgang in seine Gemächer zurückgekehrt und hätte fast den Boten des Sha verpasst, der ihm eine prunkvoll bestickte Uniform brachte, die er zur Feier des Tages tragen musste.

Hinter ihm in der ersten Reihe saß Athos zwischen den Ehrengästen. Laudan gefiel der Gedanke, ihn durch einen Fehltritt zu brüskieren. Aber sie würden einander ohnehin bald monatelang nicht sehen, weil sein Vater nach Ethelis zurückkehrte, um die dortigen Verteidigungsanlagen auszubauen. Auch Reskir war hier. Hatte er dem jungen Lord den Weg in die Freiheit verbaut? Vielleicht hätte er Frieden fernab dieser grausamen Welt gefunden. Stattdessen bohrte er ihm den Blick in den Rücken, weil ihm eine ähnliche Zukunft blühte. Mit dem Unterschied, dass er daran zerbrechen würde.

Tausende hatten sich hinter den Ehrengästen versammelt, um dem heutigen Festakt beizuwohnen. Dabei war es nicht seine Ehrung, die sie herlockte, sondern die Möglichkeit, den Sha zu sehen, der sich nur äußerst selten in der Öffentlichkeit zeigte. Laudan war ihm noch nie nahe gewesen. Nur den wenigsten wurde diese Ehre zuteil. Zwei Privataudienzen hatte sein Vater genossen und sprach stets von den bedeutsamsten Momenten seines Lebens. Laudan hielt ein Grinsen zurück. Sollte er jemals die Gelegenheit haben, mit diesem Mann allein zu sein, würde er ihm sein Schwert in die Brust rammen.

Die Stimmen verstummten. Einzig leise Schritte durchbrachen die Stille, als der Sha zu ihm auf das Podest stieg. Laudan senkte sein Haupt, demütig und zugleich voll Abscheu vor dem Mann, den die Heressia verehrte wie einen Gott.

Kostbare Öle stiegen ihm in die Nase. Der schwere Stoff einer bodenlangen Robe streifte seinen Körper. Plötzlich war er hellwach. Der Sha beugte sich über ihn, löste Laudans Augenbinde und ließ sie zu Boden gleiten.

»Öffne deine Augen, mein Kind.« Die Stimme des Sha drang zu ihm heran, tief und ruhig. Er hatte sie nie zuvor gehört. Mit gesenktem Kopf betrachtete er die goldenen Lilienstickereien, die auf der schwarzen Robe des Sha im Sonnenlicht funkelten. »Hebe deinen Blick«, fuhr der Sha fort. »Erkenne die Wahrheit.«

Laudan sah dem Mann mit der goldenen Maske entgegen. Mit Ausnahme seiner graublauen Augen verdeckte sie alle Teile seiner oberen Gesichtshälfte und gab lediglich den Blick auf seine geschwungenen Lippen, sein Kinn und einen Teil seiner Wangen frei. Seine Haare waren von der Kapuze der Robe bedeckt. Darunter wirkte der Sha jung, und dennoch war er der mächtigste Mann der Welt.

»Erkenne, was hinter den Schatten der Finsternis liegt, und hülle dich in mein Licht. Von diesem Tage an ist dein Körper nicht länger dein eigener, sondern ein Werkzeug der Rechtschaffenheit; eine Waffe zum Schutz des Reiches. Du wirst sein Schild sein, bis du deinen letzten Atemzug tust auf dieser Welt.«

Es kostete Laudan unfassbare Mühe, dem Blick des Sha standzuhalten, dessen Augen viel zu weise für sein Alter waren. Allwissend und unergründlich bahnten sie sich einen Weg in die Tiefen seiner Seele.

»Mein Körper ist nicht länger mein eigener«, rezitierte er den Kodex. »Er ist ein Werkzeug, das Ihr einsetzen könnt, wie es Euch beliebt, Eure Heiligkeit. Mein Leben gehört der Heressia. Möge ich mich als würdig erweisen.« Obwohl er zitterte, war seine Stimme fest geblieben.

»Erhebt Euch, Kommandant Calieri.«

Er erhob sich. Nicht als Kommandant der Heressia, sondern als Spion der Rebellen.

# Kapitel 2

## Salz und Seide

Vaelen richtete den Blick auf den Horizont und ließ die Maschen des Fischernetzes durch seine Hände gleiten. Vor der aufgehenden Sonne zogen Möwen ihre Kreise. Ihr Krächzen mischte sich unter das Lied der See. Rau war es, wild und ungestüm. Salz auf seiner Haut und Wind in seinen Haaren. Das Licht der Aureale brach sich auf der Wasseroberfläche. Ihre Reflexion malte ein verklärtes Bild der am Himmel tanzenden Farben, die sich zu ständig neuen Nuancen vermischten. Seine Finger erreichten das Ende des Netzes und hielten dort inne.

»Du träumst.« Die Wärme in Iovis' Stimme glich dem Orange am Himmel. Unter der Fischermütze wehten weiße Strähnen über sein wettergegerbtes Gesicht.

Vaelen lächelte und zog den Fang in ihr kleines Boot. »Ich kann nicht anders.« Noch immer fehlten ihm die Worte, um die Schönheit zu beschreiben, die sich vor ihnen abspielte. Die Aureale tanzte in unregelmäßigen Abständen über die Obsidianklippen und hielt eine Nacht an, bis die Morgendämmerung sie allmählich verblassen ließ. Vor drei Jahren hatte er sie zum ersten Mal gesehen. Damals lag er schwer verletzt in der Bucht, und richtete den Blick auf die Aureale, während das Leben aus seinem Körper wich. Erst als ihr Farbspiel verblasste, fielen ihm die Augen zu, doch Iovis' Stimme hatte ihn zurückgeholt.

»Möchtest du noch bleiben?« Ohne auf eine Antwort zu warten, ließ Iovis die Ruder in ihre Verankerungen gleiten.

Im Bug sank Vaelen nach hinten, streckte die Arme aus und zog mit dem Finger Kreise durch das Wasser. Die ersten Sonnenstrahlen wärmten seine Haut.

»Ich möchte nirgendwo anders sein«, sagte er und lauschte dem, was in sanften Wellen durch seinen Körper pulsierte. Es war nicht der Strom des Meeres, sondern ein Gefühl, für das er keinen Namen hatte. Seit jener Nacht begleitete es ihn. Was davor war, wusste er nicht.

»Das musst du auch nicht.« Iovis hatte sich ebenfalls zurückgelehnt. Hinter ihm ragten die Obsidianklippen aus dem Wasser und schimmerten im Sonnenlicht wie schwarzes Glas. Die Hütte darauf glich aus der Distanz kaum mehr als einem kleinen Punkt, doch für ihn bedeutete sie mehr als das. *Zuhause.*

Zurück in der Bucht, schwang Vaelen sich über die Bordwand ins seichte Wasser. Er war die Kälte der See gewohnt, die durch seine Kleider drang, und zog ihr Boot ans Ufer, wo er es gemeinsam mit Iovis an Land trug. Seine Stiefel dämpften die unzähligen Obsidiansplitter, die messerscharf in nackte Haut schnitten. Seit damals hatte er Narben davon, aber er fürchtete diesen Ort nicht, im Gegenteil.

Er warf sich die Netze über die Schulter und nahm Iovis den Eimer Makrelen ab, bevor sie den schmalen Felspfad hinaufstiegen, der sich an der Klippe nach oben schlängelte.

Wenn Iovis hinter ihm langsamer wurde, wurde er es auch. Obwohl mindestens vierzig Jahre zwischen ihnen liegen mussten, war Iovis von deutlich kräftigerer Statur als er. Vaelen hatte gedacht, dass die letzten drei Jahre auch seinen Körper veränderten, aber das Einzige, was sich verändert hatte, war das namenlose Gefühl in ihm. Es war kein Flüstern mehr, sondern eine Melodie, so vertraut, dass sie genauso sein Zuhause war wie Iovis. Für nichts auf der Welt hätte er sie hergegeben.

An der obersten Stelle war der Pfad so steil, dass sie klettern mussten. Wasser schwappte aus dem randvollen Eimer, den Vaelen auf der Klippe abstellte, bevor er sich nach oben zog. Windböen fegten über das Gestein hinweg und ließen seine rotbraunen Strähnen vor seinen Augen tanzen. Die Vorboten der Herbststürme. Jahr um Jahr hüllten sie die Obsidianklippen in ihren grauen Schleier. Mit etwas Glück blieben ihnen zwei oder drei gute Wochen, in denen die Strömung Makrelenschwärme vor die Bucht trieb, bevor die Tage kalt und ihre Fänge karg wurden.

Er kniete sich hin, reichte Iovis die Hand und half ihm hoch. Gemeinsam liefen sie durch das hohe Gras entlang der Steilküste, über der die Farben der Aureale mit dem anbrechenden Tageslicht verblassten.

Bald erreichten sie die Hütte, die zurückversetzt am Rande der Klippen zwischen dicht bewachsenen Sträuchern lag. Sie war aus breiten Brettern gezimmert mit einem leicht geneigten Dach darüber. Die Tür knarzte, als Iovis sie für ihn öffnete. Mit dem Eimer betrat er den spärlich eingerichteten Wohnraum, zog die Stiefel aus und lief an gestapelten Kisten mit Angelhaken und allerhand Kleinkram vorbei in die Küche, wo er ihren Fang abstellte.

Vor der Hütte hing er die Netze auf und wechselte seine nasse Kleidung, bevor er die Truhe am Fuße seines Bettes öffnete. Sorgsam legte er den verzierten Hornkamm hinein, den er heute in der Bucht gefunden hatte, und zog ein rotes Seidenband hervor, an dem ein dünner, goldener Ring befestigt war. Einen Augenblick lang betrachtete er die zarten eingearbeiteten Goldranken. Sein größter Schatz. Sein einziger. Mit dem Band war der Ring um seinen Oberarm geknotet gewesen, als Iovis ihn fand. Was es damit auf sich hatte, würde er wohl nie erfahren, doch das hielt ihn nicht davon ab zu träumen.

Iovis gähnte und lehnte sich auf einem Stuhl zurück. Als Vaelen ein Feuer entfachte, fielen ihm die Augen zu. »Schlaf noch ein wenig.«

Ein Lächeln umspielte Iovis' Lippen. Sie brauchten nicht viele Worte, das hatten sie nie. Ihre Gesellschaft genügte. Sie waren eine Familie, auch ohne Blutsbande. Vaelen nahm den Eimer, steckte eines der Messer zwischen die Makrelen und wandte sich zum Gehen. »Wir sehen uns nachher in der Taverne.«

»Danke, Vaelen.«

Er ließ die Hütte hinter sich und lief zurück zum Klippenpfad. Statt hinabzusteigen, folgte er einer Gabelung in den Wald hinein. Im Wind raschelten die Blätter uralter Bäume, und ihr Lied begleitete ihn, bis die Felder und die ersten strohgedeckten Bauernhäuser von Cerza in der Distanz auftauchten.

Schon bevor er den Marktplatz erreichte, um den sich in unregelmäßigen Abständen mehrere Häuser schmiegten, erfüllte der Duft von frisch gebackenem Brot seine Nase. Unter einer großen Linde bauten die Händler ihre Stände auf. Er beschleunigte seinen Schritt und wich dem schlammigen Wasser aus, das unter den Rädern eines vorbeifahrenden Bauernkarrens aufspritzte. Zwischen den Dorfbewohnern bahnte er sich einen Weg auf den Platz und hockte sich neben den Stand der Bäckerin, wo er die Makrelen ausnahm.

Als die Sonne hoch am Himmel stand, hatte er sie alle gegen heressianische Münzen eingetauscht. Bevor er die letzte Münze in seine Tasche steckte, fuhr er gedankenverloren über das maskierte Gesicht, das reliefartig auf ihrer Rückseite hervortrat. Wieso der Sha es wohl unter einer Maske verbarg?

Den Eimer spülte er in einem Bach aus, wusch das Messer ab und rieb es an seinem Hemd trocken, bevor er dem Stimmengewirr in die Taverne folgte. In der Nische mit den Buntglasscheiben saß Iovis und sprach mit einem hageren Mann. Vaelen hob die Hand zum Gruß, doch der Klang einer vertrauten Stimme ließ ihn innehalten.

»Lass mich in Ruhe. Meine Geschäfte gehen dich nichts an.« Raelia stand an der Theke und warf den geflochtenen, rotbraunen Zopf über ihre Schulter. Über ihrer anderen Seite trug sie einen Köcher mit Pfeilen und ihren Bogen aus dunklem, ethelischem Holz. Er war das einzige Andenken an ihren Vater und ihre Heimat. Vor zwei Sommern hatte sie Vaelen ihre Geschichte anvertraut.

Ihr gegenüber baute sich ein breitschultriger Mann mit grobschlächtigen Gesichtszügen auf. Vaelen kannte ihn gut genug, um zu wissen, dass er ihn nicht leiden konnte.

»Alles in Ordnung?« Er stellte sich zu Raelia.

Ein Lächeln huschte über ihr Gesicht, während sie den Mann mit ihrem Blick fixierte. »Alles bestens. Taran wollte gerade gehen.«

Dieser deutete auf die toten Hasen, die auf dem Tresen lagen. »Die kleine Schlange zahlt ihre Abgaben nicht.«

»Und? Was geht dich das an?«

Tarans Gesichtsausdruck verfinsterte sich. Er war der Typ Mann, der sich gerne aufspielte, doch wann immer die Heressia nach Cerza kam, war er der Erste, der an ihren Stiefeln leckte. »Seit sie hier lebt, bringt sie uns alle in Gefahr. Wenn sie bleiben will, muss sie ihren Beitrag leisten, wie jeder andere auch.«

»Ich wusste gar nicht, dass du jetzt schon ein heressianischer Statthalter bist.« Vaelen zog eine Augenbraue hoch und blickte an Taran empor. Er war riesig. Während er sich über seine eigene Schlagfertigkeit wunderte, stieß Taran ihm gegen die Schulter.

»Pass auf, was du sagst, sonst lernst du mich kennen, du Bastard aus der See.«

Vaelen ballte die Hand zur Faust. Seit drei Jahren nutzte Taran jede Gelegenheit, ihm vor Augen zu führen, dass auch er nicht hierhergehörte. Er hasste es.

»Lass ihn«, kam Raelia ihm zuvor. »Sonst ist es dein Kopf, den mein Pfeil als Nächstes durchbohrt.«

»Ihr seid es doch nicht wert. Werdet schon sehen, was ihr davon habt.« Taran spuckte aus und wandte sich zur Tür.

»Danke.« Raelia lächelte ihm zu. Vaelen winkte ab, hätte ihr danken müssen. »Mach dir nichts daraus, was er gesagt hat. Er ist ein Arsch.«

»Bastard aus der See«, wiederholte er und lehnte sich gegen den Tresen. Dahinter beugte sich Edris zu ihnen herüber und wischte sich hastig die Schweißperlen von der Stirn. Seit dem Sommer führte er die Taverne für seinen alten Herrn und hatte sicher schon befürchtet, ihm von einer Schlägerei berichten zu müssen. Damals hatte er Iovis dabei geholfen, ihn von den Klippen zur Hütte zu tragen, doch Vaelen hatte keine Erinnerungen daran.

»Lass ihn nur reden«, sagte Edris. »Wahrscheinlich bist du irgendein Prinz aus einem fernen Königreich. Wenn sie dich holen kommen, wird Taran Augen machen, während du den Rest des Dorfes mit Gold überhäufst.«

Er lachte über Edris' Aufmunterungsversuch. Er war kein Prinz. Er war ein Niemand. »Zum Glück bin ich keiner. Zu viele Verpflichtungen. Zu viele Augen, die auf einen gerichtet sind.«

»Wohl wahr«, sagte Raelia. »Dann lieber arm und frei. Aber du siehst aus wie einer. Wie aus einem Märchen.«

Vaelen verdrehte die Augen. Er hatte sich nie viel aus seinem Äußeren gemacht.

»Das sagst du nur, weil er die gleiche Haarfarbe hat wie du.« Edris stupste sie über die Theke hinweg an, und Raelia stieß einen gespielten Schrei aus. Es war kein Geheimnis, dass Edris sie mochte.

»Nein«, protestierte sie. »Das sage ich, weil er hübscher ist als ich.«

»Ihr müsst eben zusammenhalten«, beharrte Edris. »Ich versteh das schon.«

Vaelen legte den Arm um Raelias Schulter. Sie grinste wie in jenem Sommer, in dem sie gemeinsam an den Klippen gesessen und sich ihr Herz ausgeschüttet hatten. Zwei Außenseiter, er ohne Vergangenheit und sie mit zu viel. Damals hatte sie genauso gegrinst, ihm die Haare zerzaust und ihn *Bruder* genannt. Seitdem war es so.

Iovis kam zu ihnen. Sein Gesichtsausdruck wischte die angenehme Leichtigkeit fort, die sich in seiner Magengegend ausgebreitet hatte. Beunruhigten ihn die Neuigkeiten, die sein Kontakt mitgebracht hatte? Was draußen in der Welt passierte, mochte vielleicht nicht ihre Hütte jenseits des Waldes treffen, aber dieses Dorf und seine Freunde mit Sicherheit.

»Kommst du mit?«

Er verabschiedete sich von Raelia und Edris, bevor er Iovis nach draußen folgte. Im Wald konnte er seine Neugierde nicht länger unterdrücken. »Was hast du erfahren? Ich wollte dazukommen, aber die Sache zwischen Taran und Raelia ist eskaliert. Du weißt ja, wie sie ist.«

»Sie redet, wenn sie schweigen sollte. Aber sie hat Feuer. Das mag ich. Du hast Taran gut Konter gegeben, aber du musst vorsichtig sein. Unauffällig. Was wir tun, ist nur möglich, weil niemand in uns eine Bedrohung sieht.«

»Verzeih. Ich habe gehandelt, ohne nachzudenken.«

»Du hast sie schützen wollen. Ich hätte dasselbe getan.« Iovis hielt inne, mit einem Mal tief in Gedanken. »Einige Rebellenstützpunkte vor Ethelis sind gefallen. Ich muss einen Brief schreiben.«

»In Ordnung, ich bringe ihn weg. Du bist der bessere Koch, und ich kann schneller rennen. Wir gewinnen beide.«

»Wirst du –«

»Natürlich werde ich vorsichtig sein. Ich bin wieder da, bevor du merkst, dass ich weg bin.«

Iovis lächelte, doch diesmal erreichte die Freude seine Augen nicht. »Nahe der Kreuzung vor Cerza. Du erinnerst dich an das Symbol?«

»Ich hatte den besten Lehrer.«

»Also gut, abgemacht.«

Als die Nacht über die Klippen hereinbrach, reichte Iovis ihm den Brief. Vaelen schob ihn in seine Tasche, nahm seinen Umhang vom Haken und hüllte sich in den dicken, dunklen Stoff.

Er verließ die Hütte, rannte durch das hohe Gras und folgte dem Waldweg nach Cerza. Lichter flackerten hinter den Fenstern der Bauernhäuser. Unwillkürlich lächelte er bei ihrem Anblick, lief außerhalb des Dorfes weiter und beobachtete das bunte Treiben vor der Taverne am Marktplatz aus der Distanz.

Abseits des Weges nahe einer Kreuzung hockte er sich in den

Schatten eines Baumes und schob einen grob behauenen Stein beiseite. Darunter lag ein zusammengefaltetes Dokument. Er nahm es heraus, legte Iovis' Brief hinein und verschloss das Versteck wieder. Mit der Nachricht rannte er weiter und markierte einen Wegstein mit dem vereinbarten Zeichen, bevor er über ein Feld zurücklief.

Auf dem Pfad stob ein Reiter in Richtung des Waldes. Im ersten Augenblick erstarrte Vaelen, doch als er die braunen, wehenden Haare sah, stürzte er vorwärts.

»Te!«, rief er. Das Pferd schnaubte, als Teralyn an den Zügeln zog. Solange er sich erinnern konnte, kam sie schon zu Iovis. Sie schmuggelte Nachrichten in die Hauptstadt hinein und hinaus. Er liebte ihre Geschichten, obwohl Ankhad für ihn nichts weiter als ein Name auf der grob gezeichneten Karte war, die Iovis in einer Schublade aufbewahrte. Heftig atmend blieb er neben ihr stehen. Teralyn schwang sich aus dem Sattel und schloss ihn in die Arme. »Schön, dich zu sehen.«

Vaelen lächelte. »Hast du sie getroffen? Die Kapitänin, von der du mir erzählt hast?«

»Dryele?« Teralyn lachte auf. »Sie ist großartig. In Ethelis wird sie ein Schiff bekommen.«

Er hob den Umschlag hoch. »Dann habe ich vielleicht nützliche Informationen für sie. Kam heute aus Ethelis. Komm, gehen wir zu Iovis. Er macht Essen.«

Sie durchquerten den Wald, bis sich das Dickicht öffnete. An der Klippe hielt Teralyn inne.

»Ist alles in Ordnung?«, fragte er. Sie nickte. Vaelen machte Anstalten, weiterzugehen, doch sie hielt ihn zurück.

»Es ist stärker geworden, nicht wahr? Dieses Gefühl in dir.«

»Woher weißt du –?«

»Ich kann es spüren.«

»*Spüren?* Was meinst du damit?«

Teralyn ergriff seine Hand. Wärme ging von ihrer Berührung aus, floss in seinen Körper, und das namenlose Gefühl in ihm antwortete. Er schloss die Augen. »Was ist das?«

»Eine Gabe erwacht in dir. Wie du sie nutzt, kann nur die Zeit offenbaren. Fürchte sie nicht.«

Er lauschte dem, was in ihm tobte, als riefe es nach jemandem, aber nicht nach ihr. »Denkst du, ich werde heilen können, so wie du?«

Teralyn lächelte. »Vielleicht wie mein Bruder Leas. Schon als kleiner Junge war seine Gabe stark. Als mich ein heressianischer Soldat anschoss, hat er mir das Leben gerettet.« Im Mondschein deutete sie auf ihre Hüfte. »Ich habe nicht einmal eine Narbe davongetragen.«

Ein Hauch von Traurigkeit lag in ihrer Stimme. Der Kummer über den Verlust eines Menschen, der ihr viel bedeutet hatte. Eines Tages war Leas fort gewesen. Was mit ihm geschehen war, hatte sie nie erfahren.

»Hast du Iovis davon erzählt oder deinen Freunden?«

»Niemandem«, sagte er.

»Gut so. Was du hast, ist selten. Die Menschen verstehen es nicht. Aber es gibt jemanden, der dir helfen kann. Jemand Mächtiges. Vielleicht kann Dryele den Kontakt herstellen. Warte ab, ja?«

»Mache ich.« Sein Herz klopfte bei dem Gedanken daran.

Teralyn deutete auf den Brief. »Du sagtest, du hast eine Nachricht aus Ethelis. Komm, gehen wir zu Iovis.«

Teralyn blieb nicht zum Essen. In der Hütte hatte Vaelen das Dokument auseinandergefaltet und vorgelesen, als sie Iovis in der Küche half. Bald schon stockten die Schäl- und Schneidegeräusche mit seiner Stimme und verstummten schließlich ganz. Wie ein Echo hallte der verzweifelte Hilferuf aus Ethelis in seinen Gedanken wider, und sie alle hatten das Gleiche gedacht: Fiel die Rebellion, starb jede Hoffnung.

Mit dem Brief war Teralyn sofort nach Ankhad aufgebrochen und hatte Iovis und ihn sich selbst überlassen. Von seinem Platz aus blickte Vaelen in das Feuer des Kaminofens, bis Iovis ihr Schweigen brach: »Ich habe sie gekannt, weißt du.« Er sprach von

Yria Daurell, der Anführerin der Rebellion. Vaelen kannte sie nur aus den Briefen und Berichten, die Iovis und er an andere Informanten weitergaben. »Einst kämpfte ich für die Rebellion. Yria hatte die Besten bei sich versammelt. Cen'to … Aard, al Veen und Neeran. Tote Legenden.« Iovis schüttelte den Kopf, presste die Hände über die Augen.

»Das wusste ich nicht …«

»Schon gut, Junge. Du konntest es nicht wissen. Yria ist die Einzige, die die Rebellion noch zusammenhält. Falls das, was in dem Brief stand, wahr ist, brauchen wir ein Wunder.«

»Du hast diese Legenden gekannt«, stellte Vaelen fest. »Sie alle.«

Iovis' Blick heftete sich auf die Flammen. Er sprach mit ruhiger Stimme. »Der Vater meiner Verlobten war ein Schiffskonstrukteur. Und Senna das schönste Mädchen, das du dir vorstellen kannst, mit einem Verstand so scharf wie eine Klinge.« Iovis lächelte wehmütig. Es war ein seltener Augenblick, in dem er so offen über sich selbst sprach. »In den Werften von Ethelis hat ihr Vater dem Rebellenadmiral das schnellste und beste Schiff gebaut, das je existierte. Die Heressia wollte, dass er für sie arbeitet, doch er hat sich geweigert. Also töteten sie zuerst Iveta, seine Frau, dann Senna und schließlich ihn. Mit kaum zwanzig Jahren bin ich Kanonier geworden. Auf genau dieser Fregatte. Aber sie liegt schon lange auf dem Grund des Meeres.«

»Es tut mir so leid.« Er wusste nicht, was er sonst sagen sollte. Es gab keine Worte, um Iovis' Schmerz zu lindern.

»Jetzt kennst du die Geschichte. Falls Ethelis fällt –«

»Ethelis wird nicht fallen. Teralyn wird die Rebellen in Ankhad verständigen. Ich glaube an sie.«

»Ich hoffe, du hast recht.« Iovis erhob sich, griff nach dem Schälmesser und machte weiter, wo Teralyn und er aufgehört hatten. Vaelen half ihm und hoffte, dass die Botschaft jemanden erreichte, der helfen konnte.

Draußen setzte der Regen ein. Sein gleichmäßiger Rhythmus mischte sich unter das Gefühl, das in ihm sang. Es war stärker geworden. Obwohl es wunderschön war, reichte es ihm nicht länger, nur zu lauschen.

Er brauchte Antworten, zog nachts das Seidenband mit dem Ring hervor und hielt es fest. So lag er wach und dachte an die toten Legenden der Rebellion; an Schlachten und sinkende Schiffe.

# Kapitel 3

## Blut und Sand

Die Schwarze Stadt war in Aufruhr. Aus allen Winkeln Istheniens folgten die Menschen Caliyans Ruf und strömten die sternförmig angelegten Straßen von Venantes hinauf zum neuen Mittelpunkt der Welt.

Er beobachtete dieses Schauspiel gemeinsam mit einigen venantischen Lords vom Balkon aus. Zur Feier des Tages hatte er sie zu einem rauschenden Fest in sein Palais geladen. Nie zuvor hatte Venantes solchen Wohlstand besessen und so viele Besucher angelockt wie heute. Die Ankömmlinge reckten ihre Hälse nach den reich verzierten Häusern aus Obsidian, die sich in eine grüne Idylle inmitten der Wüste schmiegten.

Nicht wenige blieben stehen und staunten über die künstlichen Seen und die zahlreichen Wasserfälle, die von begrünten Dächern hinabliefen. Vögel zwitscherten in den Grünanlagen, die vor nicht allzu langer Zeit nicht mehr als ein Hirngespinst an einem lebensfeindlichen Ort gewesen waren. Doch die Aquädukte und die magisch verstärkten Sonnensegel, die sich der Windrichtung anpassten und die Stadt überspannten, hatten diesen Traum Wirklichkeit werden lassen. Seinem Bruder hätte Venantes gefallen und Vaelen auch, aber beide waren schon lange tot.

Die Sonne brachte den glatten Stein des vor ihnen aufragenden Gebäudes zum Glänzen. Der Anblick entlockte Harian Ri'shan ein überraschtes Raunen. Durch ihn war Caliyan hier und beherrschte Isthenisch wie seine Muttersprache. Während sich die übrigen Gäste über die Balustrade lehnten, wandte er sich Harian zu. Seit ihrer ersten Begegnung war er alt geworden, kleiner, doch es tat noch immer gut, in ihm einen Vertrauten zu haben. Harian lächelte ihm zu. »Ihr habt dem Volk ein großes Geschenk gemacht. Ihr brachtet ihnen das Wasser und den Wohlstand. Ich vermag mir nicht vorzustellen, was Venantes ohne Euch wäre.«

»Ein Dorf.« Der Hauch eines Lächelns huschte über Caliyans Lippen. Falls er noch so etwas wie Stolz empfand, dann für das, was er hier geschaffen hatte.

»Nein, ein Scheiß. Verzeiht das Wort, aber ohne Euch würde meine Familie noch immer Schutz in einer Lehmhütte suchen, Rakshazul.«

Einmal ausgesprochen, war der Titel in aller Munde. Die anwesenden Lords schüttelten Caliyan die Hand und bedankten sich ausgiebig, bevor sie zu den übrigen Gästen ins Palais zurückkehrten. Zweifellos wandten sie sich nun wieder dem Buffet zu, bis es losging. Es war ihm nur recht. »Du weißt, dass ich diesen Titel nicht mag«, sagte er zu Harian, der als Einziger geblieben war. »Zumindest nicht hier, unter Freunden.«

»Ihr lebt lange genug in Venantes, um die isthenische Kultur zu verstehen. Der Name ist treffend, Lord. Das Volk hat Euch den Titel *Rakshazul* nicht grundlos gegeben: *Eure Legende wird überdauern.*«

»Meine Legende bedeutet mir nichts.« Er richtete den Blick auf das gigantische schwarze Bauwerk, das vor ihnen aufragte.

Harian trat neben ihn an die Balustrade. »Wie werdet Ihr es nennen?«

Die Frage rief Erinnerungen wach, die Caliyan lange nicht zugelassen hatte. Er schloss die Augen und ließ sich von ihnen forttragen, bis er wieder in der *Goldenen Feder* war. Jener heruntergekommenen Hafentaverne am anderen Ende der Welt, in der man seinesgleichen sonst vergeblich suchte. Vor ihm stand Vaelen mit seinen wachen Augen und dem verschmitzten Lächeln. Es war lange her, unfassbar lange, und doch war kaum eine seiner Erinnerungen so klar wie diese.

»Es ist nur eine Idee«, hörte er die vertraute Stimme, während seine Fingerspitzen über die raue Oberfläche der Skizze des Bauwerkes glitten. Über die Jahre hatte er jeden Strich längst verinnerlicht, konnte den Blick nicht von Vaelen abwenden. Nicht jetzt, nie wieder. *Verlass mich nicht.*

»Ein Ort des Austausches«, fuhr Vaelen unbekümmert fort. »Dort kann jeder sein Anliegen vorbringen, ganz gleich, welcher Herkunft er ist. Es wird gerecht darüber abgestimmt.«

Er streckte die Hand nach Vaelen aus, doch er griff ins Leere. Harians Stimme brachte ihn zurück in die Wirklichkeit. »Lord?«

»Verzeih. Ich nenne es Arena.«

»Sie ist ein Wunder, das Venantes noch reicher machen wird, obgleich ich ihren Zweck nicht gutheißen kann.« Harian klopfte ihm auf die Schulter. Falls er gemerkt hatte, was in ihm vorging, überspielte er es gut. Dabei war Caliyan, als sickere ihm die Dunkelheit aus allen Poren, für jedermann sichtbar. Was würde Vaelen sagen, wenn er dieses Bauwerk sehen könnte? Selbst seine Verachtung wäre ihm lieber als sein Verlust. Harian reichte ihm ein Glas Wasser.

Er schüttelte den Kopf. »Wein.«

Der alte Mann bedachte ihn mit einem prüfenden Blick, bevor er ihm aus der Weinkaraffe einschenkte. Caliyan trank.

Der Platz leerte sich allmählich. Einzig vor den Eingangstoren der Arena warteten noch einige Zuschauer darauf, eingelassen zu werden. Alles war perfekt geplant. Risikolos. Er musste nur noch zusehen, wie es geschah.

In seiner einsamen Loge hallten Caliyan die Schreie der Massen entgegen. Dicht an dicht drängten sie sich auf den vier übereinander errichteten, umlaufenden Rängen der Arena. Er trat vor und schloss die Finger um die Brüstung. Der Jubel schwoll an. Ganz Isthenien feierte ihn für das, was er geschaffen hatte. Dabei wussten sie nicht einmal, was ihm das hier wirklich bedeutete. Einzig Harian wusste es. Deshalb war er bei ihm und hielt sich im Hintergrund.

Die Menge wartete auf Caliyans Zeichen. Er kämpfte gegen den Wunsch an, sich abzuwenden. Diese Menschen dürstete es nach Unterhaltung, wie es ihn nach Rache dürstete. Zehntausende Spiegelbilder blickten ihm entgegen. Er verachtete sie. Doch er verachtete sich selbst noch mehr, weil er in ihnen überhaupt erst das Verlangen nach Blut und Tod geweckt hatte.

Schmerz loderte in ihm auf. Mit ihm kam die Wut, die Hilflosigkeit. Doch er war nicht hilflos, nicht mehr. Vaelens Mörder waren hier. Alle, die noch lebten, hatte er gejagt und eingesperrt für diesen Moment der Rache. Jetzt kehrte er seine Dunkelheit nach außen. Er nickte Harian zu, hob die Hand und gab das Zeichen, zu beginnen.

»Ich hoffe, es bringt Euch Frieden, Lord. Wollt Ihr Euch setzen?«

Er winkte ab und ging durch, was zeitgleich in den Katakomben unterhalb der Arena geschah. Dort brachte man zwei Gefangene durch das Magie unterdrückende Labyrinth hinauf zu den Schleusen. Erst wenn sich die inneren Barrieren schlossen, würden sich die Tore zum Sand öffnen. Von allen Teilen der Arena war einzig dort die Benutzung von Magie möglich.

Es war so weit. Ratternd setzten sie sich in Bewegung. Die Menge schrie, doch bald übertönte die Dunkelheit in ihm alles andere. Sie verschlang ihn wie damals in den Trümmern seiner Heimat, als sein Rachefeldzug begann. Hier endete er.

Aus den geöffneten Toren stürmten zwei Männer auf den Sand. Caliyan vermochte es nicht, sich an ihre Namen zu erinnern. Einzig ihre Gesichter hatten sich in sein Gedächtnis eingebrannt. *Ihr habt zugesehen,* wollte er schreien. *Jetzt sehe ich zu.* Stattdessen blieb er reglos. Sie zu töten wäre einfach gewesen. Sie zu fangen und mit der Gewissheit zu leben, dass sie noch immer existierten, unendlich viel schwerer. Dies waren keine Menschen mehr. Dies waren Monster, verdorben von Alter Magie, auf die sie sich nie hätten einlassen sollen.

Einer der beiden, ein blonder, hagerer Mann, rannte los und riss seinen deutlich größeren Gegner mit einer Druckwelle zu Boden. Die Menge grölte, hatte etwas Derartiges noch nie gesehen. Der Größere kämpfte sich auf die Füße und stürzte sich auf ihn. Ihre Schreie bahnten sich einen Weg in Caliyans Dunkelheit, waren Musik in seinen Ohren, Balsam für seine geschundene Seele.

Der Blonde riss sich los, doch gegen den anderen kam er nicht an. Dies waren keine Gegner, die kämpften, sondern Gleichgesinnte. Allesamt Mitglieder der Alten Ordnung. Bis jetzt hatte Caliyan ihnen absichtlich den Zugriff auf ihre Magie verwehrt. Nun verloren sie die Kontrolle und wurden zum Spielball ihrer Verderbtheit. Er hatte sie gewarnt. Statt zu hören, hatten sie ihm alles genommen, gemordet und die Welt ins Chaos gestürzt. Jetzt ließ er sie fühlen.

Die Menge tobte, als der Größere den anderen zu Boden drückte und Alte Magie in seinen Körper trieb. Unter ihm bäumte sich der Blonde auf, spuckte Blut und schrie. Es war ein grausamer Tod. Der Auftakt zu vielen grausamen Toden, die folgten. Doch nur einer kümmerte Caliyan wirklich.

Mit jedem Tag reduzierte sich die Anzahl der Gefangenen um die Hälfte. Bald war Caliyan der Arena überdrüssig, müde sogar. Einzig die Menge tobte weiter und verlangte nach mehr. Einen Kampf sparte er sich stets bis zum Schluss auf. Er wartete nur darauf, Lazair erneut siegen zu sehen. Der endgültige Fall seines ehemals besten Freundes war der einzige Grund, warum er überhaupt kam. Jeder Tag brachte Lazair dem Wahnsinn näher und kehrte die Bestie nach außen, die die Alte Magie aus ihm gemacht hatte. Und doch lebte er, überlebte.

Als nur noch fünf Gefangene übrig waren, schickte er Lazair gegen die zwei stärkeren Gegner, wohl wissend, dass er siegen würde. Den zweiten Kampf gewann eine Frau. Hyranis. Von allen Mitgliedern der Alten Ordnung lebten nur noch sie beide. In einem anderen Leben hätte er Lazair verschont, doch dieser hatte ihm allen Grund gegeben, es nicht zu tun. Deshalb hatte er dafür gesorgt, dass Lazair dieser Frau gegenüberstand. Ihr und niemandem sonst.

Oberhalb der Arena peitschte der Sturm, als man sie getrennt voneinander zu den Toren führte. Dies war er, der Moment, auf den Caliyan bis zum Schluss gewartet hatte. So lange, bis die Alte Magie Lazair und Hyranis so sehr verdarb, dass sie keine andere Möglichkeit hatten, nicht den Hauch einer Chance, sich diesem Kampf zu entziehen.

Die Tore öffneten sich. Lazair stürmte hinaus. Die dunklen Haare ein zotteliges Chaos, das ihm bis über die Schultern reichte. Unkontrolliert sickerte Alte Magie aus seinen schwarz verfärbten Händen. Auf der anderen Seite verharrte Hyranis im Schatten des Tores, kaum mehr als ein Umriss. Worauf wartete sie? Lazairs Magie zuckte ihr entgegen. In einem schwarzen Strom riss er sie zu sich und stürzte sich auf sie.

Hyranis' erstickter Schrei drang zur Loge hinauf. Die Magie fraß sich in ihren Körper. Auch Lazair schrie. Es war ein Schmerzensschrei, weil er tat, was er tat. Er konnte nicht aufhören. Hyranis lag unter ihm, unfähig, sich zu bewegen, oder so kontrolliert, es nicht zu tun. Als das Leben aus ihrem Körper wich, formten ihre Lippen Worte, die Caliyan nicht hören konnte und doch verstand. Sie vergab Lazair, liebte ihn. Deshalb war sie in den Schatten geblieben. Sie hatte nicht gewollt, dass Lazair sah, wem er gegenüberstand. Sie hatte den Tod gewählt, damit er leben konnte.

Zitternd stand Caliyan an der Balustrade. Er war sicher gewesen, dass die Alte Magie den letzten Teil ihrer Menschlichkeit vernichtet hatte. Dass sie so verdorben waren, dass ihnen nichts blieb außer einem unstillbaren Durst. Doch Hyranis, die in ihrem eigenen Blut lag und ihre Hand ein letztes Mal nach Lazair ausstreckte, strafte ihn Lügen, genau wie Lazairs schmerzverzerrtes Gesicht, die Tränen und die Schreie, als sie in seinen Armen starb.

Vor langer Zeit war Hyranis Lazairs zweite Wahl gewesen. Eine Gespielin, die Caliyan für einen Zeitvertreib gehalten hatte. Auch hier hatte er sich geirrt. Er hatte Bestien gegeneinander kämpfen lassen, doch das wahre Monster hatte von der Loge aus zugesehen.

Jetzt rief Lazair nach ihm, schrie nach Rache. Von den Rängen erhoben sich ernüchterte Rufe darüber, dass der finale Kampf so schnell vorbeigegangen war. Er nahm sie kaum wahr. Das Einzige, was ihn kümmerte, war sein eigener Schmerz, gespiegelt in dem seines ehemals besten Freundes, der seine tote Geliebte in den Armen wiegte.

Nachdem sich die Ränge geleert hatten und Lazair zurück in seine Zelle gebracht worden war, starrte Caliyan noch lange auf das Blut im Sand. Es waren die letzten Spuren der Eranthi, seines Volkes, das er ausgelöscht hatte. Irgendwann verschwamm das Blut vor seinen Augen, und er stand erneut mit Vaelen in der *Goldenen Feder*. Er war nicht würdig, Vaelen anzublicken. »Ich habe deinen Traum gebaut«, flüsterte er. »Und ich habe ihn in einen Albtraum verwandelt.«

Unter Harians Berührung zuckte er zusammen. »Erlaubt mir, Euch nach Hause zu bringen, Lord. Die Dunkelheit bricht an.«

»Ich bin die Dunkelheit.«

Harian brachte ihn fort von hier. Das Einzige, was er wollte, war, diesen Ort zu zerstören, diese Perversion, die er selbst geschaffen hatte, als könne er so das, was sich hier abgespielt hatte, ungeschehen machen. Die Dunkelheit rief danach, verlangte Chaos, das ihm nur noch mehr Chaos brachte, wenn er ihr folgte. Er konnte nicht mehr.

In seinen Gemächern brach er zusammen, aß nicht, trank nicht. Stattdessen tat er etwas, das er seit unendlich langer Zeit nicht mehr getan hatte: Er lauschte dem, was sich unterhalb der Dunkelheit verbarg, gab sich ihm hin und träumte, ohne Hoffnung, von dem, was einst war und nie wieder sein würde.

»Trinkt wenigstens.« Harian setzte sich auf die Bettkante. »Zwingt mich nicht, es Euch einzuflößen. Ich würde es tun.«

»Ich verdiene deine Güte nicht«, sagte Caliyan, ohne die Augen zu öffnen. »Ich verdiene den Tod, doch selbst er bleibt mir verwehrt. Ich bin schlimmer als jedes Monster.«

»Zu Isthenien seid Ihr gütig, Euren Feinden gegenüber skrupellos. Macht das nicht einen wahren Herrscher aus, Rakshazul? Das Volk liebt und verehrt Euch. Ihr habt so viel Gutes getan und es vor den Mitgliedern der Alten Ordnung bewahrt. Wie viele wären gestorben, wenn Ihr sie nicht gefangen hättet?«

»Was ich für Isthenien getan habe, kann die Dunkelheit nicht aufwiegen. Sie wird schlimmer, immer schlimmer, bis sie mich verschlingt. Wogegen werde ich sie richten, jetzt, da ich keine Feinde mehr habe?« Das Blut seiner aufgesprungenen Lippen legte sich auf seine Zunge.

»Ihr werdet Euch nicht verlieren, Lord.« Harian reichte ihm Wasser. »Ihr habt Kontrolle. Trinkt.« Widerstrebend nahm Caliyan ihm den Becher ab. Er trank nur Harian zuliebe.

»Gut so.«

Er nickte schwach, sank zurück in die Kissen und sehnte sich nach dem Vergessen des Schlafes.

Es klopfte. Harian wechselte einige Worte mit einem Bediensteten. »Ihr habt Besuch, Lord. Ich lasse ihn wegschicken.«

»Warte, wer ist es?«

»Ein Fremder namens Arahyr. Ich denke, er kann warten.«

»Arahyr?« Caliyans Brust war zugeschnürt. War Arahyr in der Arena gewesen, hatte alles mit angesehen, selbst Lazairs Kampf?

»Ist alles in Ordnung, Lord?«

Er nickte, obwohl nichts in Ordnung war. »Lass ihn ein, ich kenne ihn.«

»Aber Ihr seid nicht in der körperlichen Verfassung …«

Er zog sich aus dem Bett und griff nach seiner schwarzen Rashveta. Harian eilte herbei und half ihm, die traditionelle isthenische Robe anzulegen. »Sorge dafür, dass Arahyr in den Salon geführt wird. Ich komme gleich.«

»Wie Ihr wünscht, Lord.«

Kaum zwanzig Minuten später stieg er hinab und durchquerte

das Atrium, wo bunte Fische ihre Kreise in einem Becken zogen. Die Diener öffneten ihm die Flügeltüren in den Salon. Arahyr blickte aus einem Rundbogenfenster hinaus in den Garten. Mit seinem schwarzen Zopf und seiner breiten Statur sah er aus wie ein Krieger, obwohl Caliyan ihn nie eine Waffe hatte führen sehen. Selbst damals nicht, in den Wirren des Krieges, dem Zeitalter der Asche und des Wahnsinns, von dem niemand mehr zu sprechen wagte. Er bedeutete den Dienern, sie allein zu lassen.

Arahyr wandte sich um. Einzig seine dunklen Augen verrieten sein Alter. »Du hast ein Paradies geschaffen. Doch die Leere in dir vermag es nicht zu füllen. Hätte ich gewusst, dass du Rakshazul bist, hätte ich früher an diese Tür geklopft.«

»Vergib mir.« Seine Muttersprache kam ihm seltsam fremd über die Lippen. Er deutete auf die prunkvolle Sitzgruppe. Arahyr nahm Platz. Caliyan tat es ihm gleich und wartete auf die Anklage, die zweifelsohne folgen würde. Doch sie kam nicht.

»Du hast deine Worte wahr gemacht«, sagte Arahyr stattdessen. »Ich war da. Es ist noch Menschlichkeit in Lazair, auch wenn es nicht viel ist. Ich habe ihm gegenüber versagt, wie ich dir gegenüber versagt habe.«

»Ich war es, der unserer Heimat den Rücken gekehrt hat. Es war meine Entscheidung, genau wie die Arena.«

»Du hast den Krieg beendet, indem du sie gefangen hast. Ohne dich hätten sie weitergemordet.« Arahyr lehnte sich vor. »Aber das ändert nichts daran, dass ich dich hätte aufhalten müssen. Nicht um ihretwillen, sondern für dich selbst, mein Freund. Die Alte Ordnung hat dir mehr genommen als jedem anderen, doch ich spüre, dass dir deine Taten keinen Frieden gebracht haben. Ich habe nur eine Bitte. Er ist mein kleiner Bruder. Überlass Lazair mir.«

»Ist die Magie schwächer geworden?«

Ein Nicken.

Lange schwieg Caliyan. Noch immer vermochte es Arahyr, in die Tiefen seiner Seele zu sehen wie kaum jemand sonst. Schmerz fraß sich in Arahyrs Gesicht, und Caliyan verstand; verstand auch, dass Rache leer war und sich einer vergifteten Klinge gleich in das eigene Fleisch bohrte, bis man an der Vergiftung starb. »Hättest du ihnen helfen können? Kannst du Lazair helfen?«

»Es gibt keine dauerhafte Heilung. Sie hat nie existiert, ganz gleich, was Alcaelus ihnen versprochen hat. Ich hätte mich nicht von Lazair abwenden dürfen. Ich werde alles in meiner Macht Stehende tun, und wenn das nicht reicht, töte ich ihn.«

»Es gibt einen anderen Weg«, sagte Caliyan leise. »Ich habe eine Fessel, die Magie unterdrückt. Nimm sie mit. Du wirst sie brauchen.«

»Ich danke dir.«

Er wollte sich erheben, doch Arahyr hielt ihn zurück. »Es gibt noch etwas anderes. Ich möchte es dir zeigen.« Arahyr zog eine Karte hervor, breitete sie aus und deutete auf den vertrauten Umriss. »Unsere Heimat hat eine andere Herrschaft, andere Grenzen und einen anderen Namen.«

»Aerysia heißt jetzt Ankhad«, sagte Caliyan knapp.

»Du weißt davon? Von der Heressia?«

»Natürlich, aber die Goldene Stadt ist tot für mich. Ich will nichts darüber wissen.«

»Hör mich an. Die Heressia unterdrückt das Volk. Eine Rebellion formiert sich, baut eine Flotte auf. Yria und Gilain haben sich ihr angeschlossen. Seitdem hat sich Yria verändert, und ich weiß nicht, ob es zum Guten ist. Es wird Krieg geben. Die Menschen dort leiden. Sie brauchen Frieden.«

»Eine Rebellion?« Er rieb sich die Schläfen. »Dafür sind sie selbst verantwortlich.«

»Das mag sein. Aber sieh nur, was du hier aufgebaut hast. Isthenien ist ein freier, florierender Staat ohne Krieg und mit Venantes als ihrem pulsierenden Herzen. Komm nach Hause, vollbring dieses Wunder noch einmal.«

»Du verlangst das Unmögliche.«

»Nein. Ich bitte dich darum, weil du es kannst.«

»Ich kann nicht …« Caliyans Stimme versagte. »Die Dunkelheit sucht mich heim. Ich habe ihr selbst den Weg geebnet, ohne es zu bemerken. Bevor ich aus Aerysia fortging, hast du mich *unberechenbar* genannt. Dabei war ich pure Kontrolle, und jetzt fürchte ich, sie zu verlieren.«

»Ich weiß, was du spürst.«

»Du weißt nichts.«

»Ich weiß von Vaelen. Damals hast du versucht, es mir zu sagen, aber ich habe es nicht verstanden. Zeig es mir, Caliyan. Vielleicht kann ich helfen.«

Er nickte, hatte nichts zu verlieren. Arahyr legte die Hände an seine Schläfen und ließ Magie in ihn hineinströmen.

»Nicht …«, flüsterte er, als Arahyr jenen Teil seiner Magie fand, den er stets unter der Dunkelheit verbarg.

»Lass es zu.«

Und er ließ es zu, ließ Arahyr spüren, was er spürte. Das Rufen, den Schmerz, die trügerische Hoffnung.

Irgendwann ließ Arahyr ihn los. Caliyan gab ihm nicht die Gelegenheit, zu sprechen. »Ich habe auch eine Bitte. Im Tausch für Lazair oder einfach als Gefallen für einen alten Freund.«

»Natürlich, ich schulde es dir.«

Er zögerte, hatte lange geforscht, um an diesen Punkt zu gelangen. »Ich möchte dir mein Schicksal zeigen. Mein ganzes Schicksal, und dann möchte ich, dass du mir hilfst, es zu beenden, bevor ich die Welt mit Chaos überziehe.«

# Kapitel 4

## Der Preis der Freiheit

Laudan raffte seine Dokumente zusammen und trat vom Kopf des Ebenholztisches zurück. Die übrigen Kriegsratsmitglieder nickten ihm zu. Selbst Athos rang sich ein Lächeln ab und stützte sich dabei auf seinen Gehstock. Offenbar stießen die dezenten Fehlinformationen, die er zu den Truppenbewegungen in Isthenien gestreut hatte, auf dankbare Ohren. Nächtelang hatte er sich damit herumgeschlagen und unterdrückte ein Gähnen, als er den Platz mit seinem Vater tauschte.

Neben dem Berater des Sha ließ er sich nieder. Wie immer war dieser tadellos gekleidet, wenn auch stets in Schwarz. Unter seinen dunklen Strähnen blickte Kazul auf und lächelte ihm zu, bevor er fein säuberliche Notizen zu Papier brachte, die er zweifelsohne an den Sha weitergeben würde. Seit der alte Zeprin tot war, genoss er das vollste Vertrauen jenes Mannes, dem Laudan vor fünf Jahren einen Eid geschworen hatte.

Mit dem Stift zwischen den Fingern, lehnte sich Kazul zu ihm herüber. »Erlaubt mir eine Anmerkung, junger Lord.«

Laudan nickte und schluckte gegen den Kloß in seiner Kehle an. Seit wann mischte sich Kazul in die Entscheidungen des Kriegsrates ein? Sicherlich waren Isthenien und die Hauptstadt Venantes für die meisten der Anwesenden nichts weiter als Sinnbilder der Gerüchte über den grausamen Herrscher Rakshazul und ein angebliches Blutbad in einer eigens dafür errichteten Arena am anderen Ende der Welt. Aber das alles war ewig her, der Freistaat seitdem eines ihrer sichersten Hoheitsgebiete. Hatte Kazul ihn durchschaut? Eine Schwäche in seinem Plan aufgedeckt? Der Stift wippte auf und ab, bis Kazul ihn festhielt. »Ein erfrischender Vortrag. Erstaunlich, mit welcher Leichtigkeit Euch selbst eine derart barbarische Sprache über die Lippen kommt. Es grenzt an Verschwendung, Eure knapp bemessene Zeit zusätzlich als isthenischer Korrespondent zu strapazieren.«

»Ihr schmeichelt mir.« Laudan deutete dezent in Athos' Richtung. »Aber ich fürchte, das habe ich einzig seiner unnachgiebigen Erziehung zu verdanken.«

Nahezu anklagend richtete Kazul seinen Siegelring. »Wäre Euer Vater nur in anderen Dingen ebenso unnachgiebig gewesen.«

Laudan unterdrückte ein Grinsen und lehnte sich zurück. Es mochte über vier Jahre zurückliegen, dass sein Vater Ethelis an die Rebellion verloren hatte, doch das hielt Kazul nicht davon ab, sich regelmäßig darüber auszulassen.

Athos räusperte sich am Kopfende des Tisches, wo er ein dicht beschriebenes Pergament hochhielt. »Ein geheimes Schriftstück der Rebellion. Ihre Führungsriege ist zerrüttet, die blonde Hure wahnsinnig geworden. Ihre Schwester fleht um Hilfe für Ethelis. Ich sage, wir treffen sie, wo es wirklich wehtut. Wir holen uns Ethelis zurück, zerschmettern ihre Süd-Ost-Verbindung und kesseln sie ein.«

Laudan setzte sich auf. Hatte er sich verhört? Er öffnete die Lippen, doch Kazul kam ihm zuvor. »Hure …? Ihr sprecht von Yria Daurell. Gebt mir diesen Brief.«

Athos reichte Kazul das Schriftstück. Alle Leichtigkeit fiel von dem Berater des Sha ab, als er es las. »Ich gebe diesen Brief Unserer Heiligkeit. Fahrt fort, Lord Calieri. Berichtet von Eurem Vorschlag.«

»Die Rebellen haben nur geringfügige Änderungen an den Verteidigungsanlagen vorgenommen. Ich schlage vor, unser stehendes Heer mit den Truppen aus der Raskavenna zu vereinen, über den Aerethar zu ziehen und sie in Ethelis zu überrumpeln.«

Krieg. Die übrigen Mitglieder raunten ihre Zustimmung. Einzig

Reskir schwieg, aber er sprach nie in großer Runde, hatte ohnehin keine Stimmrechte, weil er lediglich den alten Lord Vaskari vertrat, der sich mittlerweile aus der Politik zurückgezogen hatte. Als sich ihre Blicke trafen, wandte sich Reskir ab und starrte in die gewölbte Kuppel.

»Dann ist der Angriff beschlossene Sache«, sagte Athos.

Lord Eskel kniff die Augen zusammen. »Eine Hafenstadt über den Landweg anzugreifen, erscheint mir wenig sinnvoll. Wir haben eine Flotte, sie nicht.«

»Ihr vergesst die Türme.« Laudan lehnte sich vor. Alles in ihm sträubte sich dagegen, Athos' Seite zu ergreifen, doch es war der einzige Weg, um der Rebellion Zeit zu verschaffen. »Wir müssen unsere Flotte nicht dem Risiko ihrer stärksten Verteidigungsanlagen aussetzen, wenn der Ostwall noch immer ihre Schwachstelle ist.« Damit legte er den Finger in die Wunde seines Vaters. Am Ostwall hatte Athos Ethelis verloren.

»Gut gesprochen«, sagte Kazul. »Ihr bringt es auf den Punkt.«

»Genau deshalb wird mein Sohn das Heer befehligen.«

Laudan krampfte die Hände um die Sessellehnen. Er war so blind gewesen, und jetzt schickte ihn sein Vater in diesen verdammten Krieg, um seine Ehre wiederherzustellen. Hätte man ihm am Ostwall doch nur die Klinge ins Herz statt in den Oberschenkel gerammt. Es hätte so vieles leichter gemacht.

Lord Eskel sprang auf. »Der junge Lord Calieri hat noch nie eine Schlacht angeführt. Sollten wir nicht auf jemanden mit der nötigen Erfahrung zurückgrei–«

»Setzt Euch«, sagte Kazul. »Im Gegensatz zu Euch hat er die Situation richtig eingeschätzt. Er soll seine Chance bekommen.«

Mit hochrotem Kopf versank Lord Eskel in seinem Sessel. Athos' Gesichtszüge verzogen sich zu einem triumphierenden Lächeln. »Gibt es weitere Einwände?«

Niemand wagte es, dem Berater des Sha zu widersprechen. Sie ernannten Laudan zum Feldherrn. Eine größere Ehre gab es nicht. Den Titel abzulehnen, wäre eine unverzeihliche Schwäche. In den letzten Jahren hatte er versucht, Kionne zu vergessen, doch jetzt dröhnten die Schreie jener Nacht lauter denn je.

»Dann soll es so sein. Tritt vor, mein Sohn.«

Er schritt an den Anwesenden vorbei und stellte sich zu seinem Vater an den Kopf des Tisches. Noch immer bemühte sich Reskir, ihn nicht anzublicken.

»Laudan«, fuhr Athos fort. »Für einen Vater gibt es keine größere Ehre, als zu sehen, wie der eigene Sohn zu einem Schwert des Reiches heranwächst. Es war stets mein Wunsch, dass du unsere Familientradition wahrst und eines Tages zum Feldherrn wirst, wie ich es gewesen bin. Für dieses Ziel hast du stets gekämpft und geblutet. Deshalb werde ich dich heute belohnen.«

Laudan kämpfte gegen die Abscheu und sank auf die Knie. All dies war Teil des Kodex, ein verblendeter Ritus, und doch war die Zuneigung in Athos' Stimme echt. Wahrscheinlich war er stolz darauf, ihn nach seinem Ebenbild geformt zu haben. Athos zog seine verzierte Klinge und hielt sie vor sich. »Ich bekam dieses Schwert von meinem Vater. Und er bekam es von seinem. Jede Kerbe steht für die Taten unserer Familie im Dienste Unserer Heiligkeit. Mögest du, mein Sohn, noch weitere Kerben hinzufügen. Es gehört dir.«

Die geschwungenen Lilienverzierungen des Familienerbstückes glitzerten im einfallenden Licht. Als Kind hatte er ihren Anblick geliebt, doch Athos hatte ihm nicht gestattet, das Schwert auch nur zu berühren. »Ich danke Euch, Vater. Möge ich mich dieser Waffe als würdig erweisen.« Er ergriff das Erbstück und blickte Athos entgegen. Wieder schien er eine ältere Version von sich selbst zu betrachten. Nein, er würde nie so werden wie sein Vater.

Unter dem Applaus der Anwesenden erhob er sich und verfolgte wie betäubt, dass Athos die Versammlung schloss. Plötzlich war er ein Feldherr, dem kaum Zeit blieb, seinen eigenen Angriff zu vereiteln. Er musste zu Teralyn, sofort. Als er den Saal verlassen wollte, wandte sich Kazul an Athos. »Woher stammte dieser Brief? Der Sha wird es wissen wollen.«

Laudan hielt inne und richtete seinen Stiefel. Je mehr er über diesen Brief herausfand, desto besser.

»Laudan«, rief Athos. »Komm herüber, ich will, dass du das hörst.« Hatte sein Vater ihn ertappt? Laudan gesellte sich zu ihnen. »Ich habe eine Informantin festgenommen, die den Brief bei sich trug«, fuhr Athos fort. »Ich lasse sie heute Abend hinrichten.«

»Tut es öffentlich«, sagte Kazul. »Ihr Tod soll als abschreckendes Beispiel dienen.«

Laudan erstarrte. »Eine Informantin? Wie heißt sie?«

»Teralyn Saryss.«

Er taumelte vorwärts, verlor den Boden unter den Füßen.

Athos legte die Stirn in Falten. »Was ist mit dir?«

»Nichts«, sagte er und unterdrückte jede weitere Gefühlsregung. »Ich wünschte nur, mir wäre es selbst gelungen, sie zu fassen.«

Wenig später betrat Laudan die Verliese unterhalb der Zitadelle. Das Geräusch seiner beschlagenen Stiefel durchschnitt die Stille und hämmerte wie sein Herz, als er den dunklen Gängen folgte. Am liebsten wäre er an den leeren Zellenreihen vorbeigerannt. Er hatte sich mit einer fadenscheinigen Begründung Zutritt verschafft und betete, dass sie niemand hinterfragte. Vor dem letzten Korridor wandte er sich um. Die Fackeln zitterten im Lufthauch und ließen ihn Verfolger sehen, wo keine waren.

Er stürzte vorwärts. Hinter den Gitterstäben wirbelte Teralyn herum, die zerzausten Haare zu einem Zopf geflochten. Sie schien unverletzt, bereit, jedem zu trotzen, doch als sie ihn sah, füllten sich ihre Augen mit Tränen. Durch das Gitter umfasste er ihre Hände, hielt sie fest.

»Laudan … du solltest nicht hier sein.« Sie reckte den Hals, blickte hinter ihn. »Habe ich dich nicht stets zur Vorsicht ermahnt?«

»Ich musste zu dir.« Er konnte sein Zittern nicht unterdrücken, versuchte es nicht einmal. »Hat dich jemand verraten?«

Teralyn schüttelte den Kopf. »Ich weiß es nicht, aber das spielt jetzt keine Rolle. Ich hatte einen Brief aus Ethelis. Ich wollte damit zu Dryele, habe den Inhalt kaum verstanden. Sie haben mich abgefangen. Ich konnte ihn nicht rechtzeitig loswerden.« Sie biss sich auf die Lippe, gab sich die Schuld daran. Ihre Augen verrieten es.

»War ich es …? Habe ich sie zu dir geführt?«

»Nein, das hast du nicht. Niemals. Sie haben das Haus durchsucht, aber nichts gefunden. Du bist sicher, und Bast ist es auch.« Ihr Gesicht war schmerzverzerrt. »Du weißt von dem Brief, nicht wahr?«

Er nickte. »Der Kriegsrat hat den Angriff auf Ethelis beschlossen. Ich soll ihn anführen.«

»Du? Dann besteht Hoffnung. Der Brief stammte von meinem Informanten an den Obsidianklippen. Sein Name ist Iovis. Er ist mit Ethelis vernetzt, kennt den inneren Kreis. Wenn er von den Angriffsplänen wüsste, könnte er –«

»Ich gehe zu ihm.« Dankbarkeit spiegelte sich in Teralyns Augen. Sie hatte gehofft, dass er das sagen würde. »Aber zuerst werde ich dich befreien.« Er musste einen Weg finden, fand immer einen.

»Laudan …«, sagte sie sanft. »Du weißt doch, dass ich dir gesagt habe, dass du eines Tages unzählige Menschen retten wirst.« Er schwieg und ließ sie ausreden. »Jetzt ist der Zeitpunkt gekommen. Benutze die Losung, die ich dir beigebracht habe. Übergib diese Aufgabe niemand anderem. Falls ich verraten wurde, wissen wir nicht, wem wir trauen können. Brich sofort auf, ich bitte dich. Rette die Menschen in Ethelis.«

»Nein«, flüsterte er. »Ich lasse dich nicht zurück. Niemals.«

»Das musst du. Ein Fluchtversuch wäre unser beider Tod, und das weißt du auch. Die Rebellion braucht dich. Bring dein Leben und das der Menschen in Ethelis nicht in Gefahr, um das meine zu retten.«

»Aber dein Leben ist …« Er verstummte. »Verdammt, Te. Verlang das nicht von mir. Ich brauche dich. Wie soll ich ohne dich –«

»Du musst mich gehen lassen.« Tränen erstickten ihre Stimme. »Rette die Menschen, für die es noch Hoffnung gibt. Versprich es mir. Warne Ethelis.«

Er schloss die Augen, hielt ihre Hände in den seinen. War es ihre Gabe, die ihn ruhiger werden ließ? Sein Herz schlug langsamer, sein Zittern ließ nach. Und so tat er es; flüsterte die Worte, die ihren Tod besiegelten: »Ich verspreche es.«

»Sieh mich an. Du bist der Sohn, den ich nie hatte. Mein Schüler, der heute so viel mehr ist, als ich ihm je hätte beibringen können. Ich bin stolz auf dich.«

Er zog sie an sich, umarmte sie durch den kalten Stahl der Gitterstäbe und weinte um die Mentorin, die er verlor. Die Freundin. Die Mutter.

Zu schnell trat sie zurück. Seine Hände glitten an ihren Schultern hinab. Er wollte sie nicht loslassen. Sie lächelte, und er erwiderte es, trotz der Tränen.

»Sieh nicht zu, Laudan. Behalte mein Leben in deiner Erinnerung, nicht meinen Tod.« Mit sanfter Gewalt löste sie sich von ihm. Seine Kehle war zugeschnürt. Er fühlte sich wie ein Ertrinkender, den das schwarze Wasser der See verschlang, taub und gelähmt, doch ihr Lächeln strahlte weiter. »Ich wünsche mir, dass du glücklich wirst. Sag Bast, dass ich ihn liebe. Geh jetzt, geh. Reite noch heute los.«

»Das werde ich. Ich werde dich nie vergessen.«

So ging er, wischte die Tränen fort und wurde wieder zu Lord Calieri, dem Feldherrn.

Keine halbe Stunde später geleitete ihn der alte Wyzran, Athos' Leibdiener, durch die großzügigen Gemächer seines Vaters im Herzen der Zitadelle. Unterwegs warf Laudan einen Blick auf die goldgerahmten Gemälde. Seit seiner Kindheit hatten ihre überdimensionalen Schlachtszenen ihre Wirkung nicht verloren. Auch jetzt fühlte er sich bei ihrem Anblick klein und unbedeutend.

»Setz dich schon mal nach draußen.« Athos sah kurz auf, bevor er sich erneut seinem Dokumentenstapel zuwandte. »Ich muss etwas zu Ende schreiben.«

»Wie Ihr wünscht.«

Laudan trat auf den Balkon und ließ sich in einen der Sessel sinken. Wyzran richtete kleine Schälchen mit Tee und Gebäck an. Der Dampf stieg in der kühlen Luft empor, während die tief stehende Sonne die Silhouette Ankhads in ihr rotes Licht tauchte.

»Du wolltest mich sprechen?« Athos lehnte seinen Gehstock gegen den Tisch und setzte sich zu ihm.

Er zwang sich zu lächeln, unterdrückte, was in ihm brodelte. »Ich wollte mich für Euer Vertrauen bedanken. Euren Titel und Euer Schwert zu tragen, erfüllt mich mit Stolz.«

Athos musterte ihn und trank dabei aus seinem Schüsselchen. »Sag mir, mein Sohn, wie lange patrouillieren deine Soldaten schon die Unterstadt? Sicher war es nur eine Nachlässigkeit, dass ihnen diese Informantin entgangen ist.«

Der Seitenhieb traf ihn unvorbereitet. Dabei ließ sein Vater keine Gelegenheit aus, um seine Überlegenheit zu demonstrieren. »Ich werde meine Männer zur Wachsamkeit ermahnen«, spielte er Athos' Spiel mit. »Es wird nicht wieder vorkommen.«

Athos lächelte zufrieden und biss von einem der Teilchen ab. Kirschmarmelade quoll daraus hervor. »Die heutige Hinrichtung wird als abschreckendes Beispiel dienen.«

Es hätte nicht viel gefehlt und er hätte seinen Vater angefleht, es nicht zu tun. Doch der Brief hatte Athos alles geliefert, was er brauchte. Selbst wenn er ihm vorschlug, Teralyn zu verhören, würde Athos in seinen Worten lesen wie in einem Buch.

Sein Vater wischte sich den Mund ab. »Da ist etwas, das du wissen solltest. Ich habe beobachtet, wie der Berater des Sha aus den Verliesen kam.«

»Kazul?« Laudan hielt inne. Hatte Kazul ihn gesehen, womöglich beschattet? Was war mit Athos? Er rieb sich die Schulter. »Er hat die Informantin besucht? Zu welchem Zweck?«

»Ich bin mir nicht sicher, aber ich traue ihm nicht.«

»Ich fürchte, ich verstehe nicht.«

Athos lehnte sich vor, fixierte ihn mit seinem Blick. »Es war gestern.«

»Gestern …? Wer wusste von dem Brief, bevor Ihr ihn heute im Kriegsrat gezeigt habt?«

»Nur ich. Das ist es ja.«

»Ihr glaubt nicht, dass Kazul auf Geheiß des Sha bei der Informantin war«, stellte Laudan fest.

»Der Sha hat weit Wichtigeres zu tun. Falls sich mein Verdacht bestätigt und Kazul Unserer Heiligkeit schadet, muss er unschädlich gemacht werden.«

»Selbstverständlich, Vater. Ich werde ihn im Auge behalten.«

Athos hatte recht, irgendetwas stimmte nicht. Kazuls Besuch bei Teralyn war nicht grundlos gewesen. Warum hatte sie ihm nichts davon gesagt? Deckte sie womöglich jemanden in einer höheren Position als ihn? Einen Mann, der dem Sha näher war, als er ihm je kommen würde?

»Genug davon.« Sein Vater machte eine wegwerfende Geste. »In drei Wochen stehst du auf dem Schlachtfeld.«

»Darüber wollte ich mit Euch sprechen. Diese Aufgabe ist zweifelsohne die wichtigste meines Lebens. Ihr sagtet selbst, dass wir die Rebellion womöglich mit einem Sieg in Ethelis vernichten.«

»So ist es. Eine große Verantwortung ruht auf deinen Schultern.«

»Mir steht der Sinn nach ein wenig Zerstreuung, wenn es Euch nichts ausmacht.«

»Nutze die Zeit, die dir bleibt, zu deiner freien Verfügung. Vielleicht wäre ein Ausflug zu unserem Weingut das Richtige für dich.«

Laudan deutete eine Verbeugung an und trank einen Schluck Tee, bevor er fortfuhr. Das Weingut war eine besondere Annehmlichkeit, die der Sha seiner Familie geschenkt hatte. »Ein schöner Gedanke, aber ich werde jagen gehen. Unsere gemeinsamen Jagdausflüge haben mir stets Freude bereitet. Ich erinnere mich noch genau daran, wie Ihr mich dazu anhieltet, mich in Geduld zu üben, bis ich den perfekten Schuss abfeuerte. Die Stille wird mir guttun.«

»Ich werde dafür sorgen, dass man dir eine Jagdgesellschaft zur Verfügung stellt. Eine junge Dame und ein paar Diener vielleicht?«

Er lächelte über das Angebot seines Vaters, doch er bevorzugte die Gesellschaft von Männern. »Wie aufmerksam von Euch, aber ein Geleit würde zerstören, was die Jagd ausmacht. Damals gab es nur uns beide und die Stille des Waldes.«

Athos' Mundwinkel zuckte kaum merklich. War das ein Hauch von Melancholie in seinem Blick? »Was möchtest du mir damit sagen?«

Er zögerte und stellte das leere Schüsselchen zurück an seinen Platz. »Ich würde am liebsten mit Euch jagen, aber seit Eurer Verletzung –«

»Laudan.«

Etwas an der Art, wie sein Vater seinen Namen aussprach, war seltsam. Vielleicht war er zu weit gegangen. Er senkte den Kopf. »Vergebt mir, Vater.«

»Du sollst jagen … ob mit Jagdgesellschaft oder ohne, bleibt dir überlassen. Sorge nur dafür, dass du in spätestens zwei Wochen wieder hier bist.«

»Selbstverständlich, Vater. Ich danke Euch.«

# Kapitel 5

## Der Fremde

Fremdartig ragte der Wald aus spitzen Felsen auf, durch den Vaelen mit seinem kleinen Boot ruderte. Die Gezeiten hatten ihn freigelegt, um ihn bald wieder zu verschlingen, doch heute war einer jener seltenen Tage, an dem er die Zeit hatte, ihn zu erkunden.

Im Morgengrauen war Iovis nach Danatis aufgebrochen, um in der Hafenstadt Neuigkeiten aus Ethelis aufzuschnappen. Seitdem suchte Vaelen nach Schätzen, die die See preisgab. Über die Jahre hatte er einige in seiner Truhe gesammelt. Sie erzählten von fernen Orten, die er nie gesehen hatte, und von Menschen, denen er nie begegnen würde.

Mittlerweile tanzte die Sonne auf dem Wasser und verwandelte es in ein Meer aus Diamanten, doch sein Blick hielt an einem gezackten Felsen fest. Weit draußen lag er, und an seiner Spitze funkelte etwas über alles hinweg. Vaelen navigierte sein Boot durch das Labyrinth kleinerer Gesteinsspitzen, das ihn umgab, und grinste unwillkürlich. Einzig Raelia wusste, was er hier tat. Sie hatte ihn für verrückt erklärt, aber wenigstens verriet sie Iovis nichts davon.

Am Fuße des Felsens band er sein Boot fest und balancierte es aus. Dabei überkam ihn eine beinahe andächtige Stille. Der Obsidian war lange vor ihm hier gewesen und würde es noch immer sein, wenn sich niemand mehr an ihn erinnerte. Doch vielleicht wartete dort oben eine längst vergessene Geschichte, die in ihm weiterleben würde. Also nahm er Anlauf, sprang über die Gesteinsspitzen hinweg und schloss die Hände um einen Vorsprung. Kurz baumelte er dort, bis seine Füße Halt fanden, und kletterte nach oben.

Unterhalb der Spitze lehnte er sich gegen den Obsidian und riskierte einen Blick in die Tiefe. Über ihm glitzerte es golden. Er tastete zwischen dem schwarzen Gestein danach, während der Rest seines Körpers in perfekter Balance innehielt. Seine Finger glitten über erhabene Verzierungen und schlossen sich um ein zylinderförmiges Objekt.

Vaelen zuckte zusammen. Etwas brach über ihn hinweg, heftiger als die Herbststürme. Ein Schrei bahnte sich einen Weg aus seiner Kehle. Und dann fiel er, stürzte in die Tiefe, bis ihm der Aufprall alle Luft aus dem Körper presste. Die See rauschte, riss ihn hinab in ihre Finsternis, wo ihm der Schatz entglitt. Bevor die Welt zu existieren aufhörte, griff er danach, als gäbe es nichts Wichtigeres.

*Ertrinken.* Er wusste, wie sich das anfühlte. Wie es war, wenn sich Wasser einen Weg in die brennenden Lungen bahnte. Schmerz durchzuckte seinen Oberarm, brachte ihn zurück in die Wirklichkeit, wo Luftblasen in den gebrochenen Schemen des Sonnenlichts wirbelten. Etwas rief nach ihm. Mit dem Schatz kämpfte er sich an die Oberfläche und nahm einen gierigen Atemzug.

Zwischen den Gesteinsspitzen schwamm er zum Boot. Er hätte sterben können, wollte sich nicht ausmalen, wie Iovis seinen leblosen Körper in der Bucht fand. Heftig atmend zog er sich über die Bordwand und blieb auf den Netzen liegen. Erst als er sah, was er in der Hand hielt, lachte er auf: ein Fernrohr. Andächtig glitten seine Finger über die goldenen Ornamente, die die Oberfläche zierten. Nie hatte er etwas so Kostbares gesehen.

Blut lief an seinem Arm herab. Eine Schnittwunde. Er hatte schon schlimmere gehabt, doch das namenlose Gefühl tobte weiter. Hatte ihn das, was er so liebte, in die Tiefe stürzen lassen? Wollte es ihn leiten? Vielleicht war Teralyn zurückgekehrt, und er spürte sie jetzt auch. Sie würde staunen, wenn sie sah, was er gefunden hatte.

Er machte sich auf den Rückweg. Am Ufer steckte er das Fernrohr zu seinem Messer in die Tasche, befestigte das Boot und stieg den Klippenpfad hinauf. Mit jedem Schritt steigerte sich das Gefühl. Unterwegs zur Hütte hegte er keine Zweifel mehr an Teralyns Worten. Etwas war in ihm erwacht. Dass es ausgerechnet an der Spitze eines Felsens passieren musste, war ein unglücklicher Zufall, mehr nicht.

Abrupt blieb er stehen. Sein Lächeln erstarb. Vor der Hütte stand ein Fremder. Vaelen ging in Deckung und suchte vergeblich nach einem Zeichen der Heressia oder Rebellion auf der Rüstung des Mannes. Das dunkelbraune Leder war genauso schmucklos wie das Schwert in dem abgenutzten Waffengurt über seinem Rücken. Ein Söldner? Dass er hier war, bedeutete nichts Gutes. Fremde kamen nicht hierher. Es sei denn …

Der Mann ließ die Zügel seines Pferdes los und ging zur Tür. Zum Glück war Iovis fort, aber das änderte nichts daran, dass es hier Beweise gab, wenn man nur lange genug suchte. Was sollte er tun?

Ohne den Eindringling aus den Augen zu lassen, zog Vaelen sein Messer. Es war weder sonderlich groß noch sonderlich scharf. Nichts im Vergleich zu dessen Schwert. Die Tür knarzte. Er dachte nicht mehr, sprang aus seinem Versteck.

»Hey! Was hast du hier verloren?«

Der Mann drehte sich um. Vaelen krampfte die Hand um den Messergriff. Unter den blonden Haaren waren die Augen des Fremden wie die See. Er konnte den Blick nicht davon abwenden.

»Ich suche Iovis.«

Vaelen richtete das Messer auf ihn.

»Ruhig, ich will dir nichts tun.«

»Was willst du von Iovis?« Seine Stimme klang weniger fest, als er es gewollt hätte. Wieder tobte dieses Gefühl in ihm. Wieso ausgerechnet jetzt?

»Ich will nur reden.« Der Fremde machte einen Schritt auf ihn zu. »Ich habe eine Botschaft von größter Wichtigkeit.«

»Eine Botschaft? Von wem?«

»Von einer gemeinsamen Freundin. Teralyn.«

»Te?« Das Messer entglitt ihm. Er taumelte. Verfluchte Gabe. Mit einem Satz war der Fremde bei ihm, hielt ihn fest. Wärme ging von seiner Berührung aus, drang durch Vaelens durchnässte Kleidung, und das Gefühl in ihm antwortete. War es das, was er auf See gespürt hatte? *Ihn?* Sein Herz raste. War er womöglich derjenige, der ihm helfen sollte?

»Alles in Ordnung? Du blutest.«

»Bist du auch …« Er verstummte. Teralyn hatte ihn davor gewarnt, über seine Gabe zu sprechen.

»Von der Rebellion. Ja. Ich heiße Laudan.« Der blonde Mann deutete auf die Verletzung. »Du solltest das verbinden, warte.«

Er nickte. Zu mehr war er nicht imstande. Laudan ging zu seinem Pferd. Mit dem Fernrohr stahl Vaelen sich in die Hütte, legte es auf die Truhe und ließ sich anschließend draußen auf die Bank neben der Tür sinken, wo er sich zu atmen zwang. Sein Blick hielt an dem jungen Rebellen fest, der Verbandszeug aus seiner Satteltasche zog.

»Du bist also Iovis?« Laudan setzte sich zu ihm und entkorkte eine Flasche.

»Nein, aber du bist –«, er presste die Zähne zusammen, als Laudan den Inhalt über die Wunde goss, »am richtigen Ort. Ich heiße Vaelen. Tut mir leid, dass ich das Messer auf dich gerichtet habe.«

»Schon gut. Es war mutig.«

»Oder wahnsinnig.« Ein bittersüßer Schmerz überkam ihn, als Laudan den Verband um seinen Oberarm schlang. Vaelen blickte auf. Dunkle Schatten lagen unter Laudans Augen. Hatte er etwa tagelang nicht geschlafen? »Ich weiß nicht genau, wann Iovis zurückkommt«, fügte er hinzu. »Vielleicht erst morgen.«

Hastig verknotete Laudan die Stoffenden und erhob sich. »So lange kann ich nicht warten. Wo finde ich ihn?«

»In Danatis.« Er folgte Laudan, der nach den Zügeln griff. »Aber du kannst doch nicht …«

Laudan wandte sich um. Schmerz tobte in seinem Blick. Irgendetwas war passiert. »Begleite mich. Ich weiß nicht, wie Iovis aussieht.«

»Kannst du mir nicht sagen, worum es geht? Warum kommt Teralyn nicht selbst?«

»Sie ist tot … ich konnte sie nicht retten.«

»Nein«, flüsterte er. »Nein …«

»Die Heressia hat Informationen, mit denen sie uns vernichten wird. Es war Teralyns letzter Wunsch, dass ich das verhindere. Bitte, hilf mir. Bring mich zu Iovis.«

Ein Flehen lag in Laudans Stimme. Ohnmacht. Er sagte die Wahrheit.

Wie betäubt ging Vaelen in die Hütte, um sich trockene Kleidung anzuziehen, bevor er sich hinter Laudan auf das Pferd setzte. Als dieser die Stute antrieb und die Welt an ihnen vorbeizog, konnte er an nichts anderes denken als daran, dass er Teralyn nie wiedersehen würde.

Eine Stunde später erreichten sie Danatis. Die Hafenstadt lag in einer geschwungenen Bucht jenseits der Klippen, wo sich heruntergekommene Häuser in den schmalen Straßenzeilen drängten. Mit dem Pferd am Zügel watete Laudan neben ihm durch den Schlamm. Überall wimmelte es von heressianischen Soldaten. Bevor sie Vaelen ein Flugblatt in die Hand drücken konnten, zog Laudan ihn in eine Seitengasse und warf sich die Kapuze seines Umhangs über. Wurde er gesucht? Vaelen konnte ihn schlecht danach fragen. Zumindest nicht hier.

»Wir gehen zu den Hafentavernen.« Er lehnte sich zu Laudan hinüber, hob den Kopf und brachte die Lippen an sein Ohr. »Meistens trifft Iovis seine Kontakte dort. Am besten, ich rede zuerst allein mit ihm.«

Laudan nickte. In der Bucht lag ein riesiger Dreimaster vor Anker. Matrosen kletterten in die Takelage und setzten die Segel. Der lilienüberzogene Stoff blähte sich im aufkommenden Abendwind über dem reich verzierten Schiffsrumpf. Auch Laudans Blick blieb daran hängen. »Die *Destine*. Sie patrouilliert den Golf von Ethelis.«

»Ich habe noch nie ein so großes Schiff gesehen«, gestand er.

»Das wirst du auch nie wieder. Sie ist einzigartig. Der Stolz der heressianischen Flotte. Drei Decks voller Kanonen, dafür ist sie etwas behäbig.«

Vor einer heruntergekommenen Hafentaverne bedeutete er Laudan, zu warten, und bahnte sich einen Weg in den nach Rum stinkenden Schankraum. Unter den lachenden Hafenarbeitern, Fischern und Händlern suchte er Iovis vergeblich. Auch in der nächsten Taverne fand er ihn nicht. Und in den übrigen ebenso wenig. Laudan fluchte leise.

»Keine Sorge, wir finden ihn.« Obwohl sich Anspannung in ihm breitmachte, zwang Vaelen sich, zu lächeln. Er lief hinab zum Pier, wo die Sonne mit der *Destine* am Horizont verschwand. Im Gedränge brachen die Händler ihre Stände ab. Der Duft verschiedenster Gewürze stieg ihm in die Nase. Musikanten spielten auf. Unzählige Stimmen mischten sich unter die Melodie. »Warte«, rief er Laudan zu, bevor ihn die Menge verschluckte.

Er suchte, drängte vorwärts. Dann sah er ihn.

»Iovis, Iovis!«

»Was machst du denn hier?« Iovis' Blick fiel auf seinen bandagierten Arm. »Was ist passiert?«

»Nur eine Schramme. Wir müssen reden. Sofort.« Er zog Iovis aus der Menge. In einigem Abstand zu Laudan blieb er stehen und deutete unauffällig auf ihn. »Teralyn ist …« Vaelen brachte es nicht über die Lippen. »Sie hat diesen Mann geschickt, um dir eine Botschaft zu überbringen. Ich habe dich überall gesucht.«

»Sch … nicht hier, Junge. Ich kläre das.« Iovis gab Laudan ein Zeichen, der ihnen zu den Anlegern folgte. Abseits des Trubels, nahe der Ruine einer ehemaligen Werft, brach er ihr Schweigen. »Vaelen sagt, du kennst Teralyn. Doch ich kenne dich nicht. Woher weiß ich, dass ich dir trauen kann?«

»Das Licht des Morgens verdrängt die Dunkelheit …«

»… und Freiheit erhebt sich daraus auf goldenen Schwingen«, führte Iovis den Satz zu Ende. »Gut. Lass uns reden.«

Eine Losung? Vaelen hatte sie nie zuvor gehört.

»Würdest du uns kurz allein lassen?«, wandte Iovis sich an ihn.

Er wollte protestieren, doch ihre Blicke verrieten ihm, dass er ihnen am meisten half, wenn er jetzt ging.

Je länger er zwischen den Schiffsskeletten des verlassenen Werftgeländes umherwanderte, desto mehr überkam ihn das Gefühl, als kenne er diesen Ort. Aber in seinen Gedanken sah er anders aus. Voller Leben, eingetaucht in die glühende Mittagssonne eines Hochsommertages.

Egal wie sehr er sich zu erinnern versuchte, er vermochte es nicht, und jene Ohnmacht stieg in ihm auf, die ihn damals heimgesucht hatte, als Iovis ihn fand. Im Delirium hatte er wieder und wieder einen Namen geschrien. Jetzt war es seiner.

Vaelen hockte sich auf einen der Landungsstege. Gedankenverloren fuhr er über den Verband an seinem Arm, und die namenlose Empfindung sang ihre Melodie. Er hätte Teralyn gern davon erzählt. Der Gedanke daran, sie nie wiederzusehen, schmerzte unerträglich.

Lange war die Heressia nichts als ein dunkler Schatten gewesen, der ihre Hütte nicht erreichte, aber ein Blick nach Cerza oder in die Nachbardörfer genügte, um zu sehen, dass die Menschen Hunger litten. Nach der Missernte im Sommer hatte sich eine Bäuerin geweigert, ihr weniges Korn abzugeben. Das ganze Dorf hatte zugesehen, wie sie aus ihrer Hütte geschleift und in einem Karren fortgebracht wurde.

Zwischen dem Schutt hob Vaelen einen Stein auf, warf ihn und beobachtete, wie er mehrfach über die Wasseroberfläche sprang, bevor er versank. Dieses Regime war krank. Es diente nur den feinen Lords in ihren weißen Palästen in Ankhad. Zur Hölle mit ihnen.

Am Anleger lief Laudan vor Iovis auf und ab, der heftig gestikulierte. Was auch immer sie besprachen, schien ernst zu sein. Etwas abseits wieherte Laudans Stute, und Vaelen gesellte sich zu ihr, um sie zu streicheln. Vorsichtig schmiegte sie ihre Blesse gegen seine Hand, und für eine Weile verlor er sich in ihrem sanften Schnauben.

»Sie heißt Gavis«, sagte Laudan. »Ich glaube, sie mag dich.«

Vaelen wandte sich um, den Blick auf Laudan gerichtet, bis Iovis ihn zu sich winkte.

»Geh ruhig.«

Laudan klopfte ihm auf die Schulter, doch er zögerte. Etwas schnürte ihm die Kehle zu. »Reitest du fort?«

»Nein, ich warte.«

Neben Iovis nahm er am Kai Platz und wunderte sich über sich selbst. Er kannte Laudan kaum.

»Was ist mit deinem Arm passiert?«

»Spielt das eine Rolle?« Erst nachdem er die Worte ausgesprochen hatte, bemerkte er die Tränen in Iovis' Augen. Sie galten Teralyn. Fünfzehn Jahre hatten sie einander gekannt. »Verzeih, ich bin gestürzt. Es sieht schlimmer aus, als es ist.«

Iovis blickte über das Meer hinaus. »Es wird wieder Krieg geben. Ich muss Ethelis warnen.«

»Ich begleite dich.«

»Dann wird sich mein Kontakt nicht blicken lassen, und das weißt du auch. Ich habe schon mit Laudan darüber diskutiert. Bitte erspar mir das ein zweites Mal.«

»Was kann ich tun? Es muss doch etwas geben –«

»Geh nach Hause, Vaelen. Prüfe die Verstecke. Gib alle Nachrichten an Laudan weiter.«

»Was hat das zu bedeuten? Wie lange wirst du fort sein?«

»Laudan wird warten, bis ich zurückkehre. Du kannst ihm vertrauen. Teralyn hat mir von ihm erzählt. Sie hat ihn geliebt wie einen Sohn.« Iovis erhob sich. Er folgte ihm zu Laudan hinüber, der Gavis einen Apfel gab. »Ich bin in zehn Tagen wieder da. Vielleicht früher, je nachdem, wie gut ich über den Pass komme.«

Laudan reichte Iovis die Zügel. Bevor dieser aufsaß, schloss Vaelen ihn in die Arme und verabschiedete sich. Sein Blick folgte ihm hinein in die dicht gedrängten Häuserzeilen, wo Iovis schließlich verschwand.

»Lass uns gehen«, sagte Laudan, obwohl seine Augen etwas anderes sagten. Eine Satteltasche stand neben ihm am Pier.

»Es sind drei Stunden Fußweg nach Cerza. Du siehst müde aus.«

»Ist schon in Ordnung.« Laudan deutete auf eine heressianische Patrouille, die ihre Runde drehte. »Ich will bloß raus aus dieser verdammten Stadt.«

Er kam Laudan zuvor, der nach der Satteltasche greifen wollte, und warf sie sich über die Schulter. »Ich mach das schon.«

»Das musst du nicht tun.«

»Ich weiß«, sagte er lächelnd. »Aber ich will es tun.«

Auf der Straße nach Cerza presste Vaelen die Zähne aufeinander. Der Wind fegte durch seine dünne Kleidung. Über ihnen ging der Mond auf. Hätte er gewusst, dass sie so spät unterwegs sein würden, hätte er sich wärmer angezogen.

Ohne Vorwarnung traf ihn Laudans Umhang. Er zog ihn vom Kopf, wollte protestieren, doch Laudan zuckte mit den Schultern. Ein Lächeln umspielte seine Lippen. »Was? Ich will es tun.«

Er lächelte ebenfalls und hüllte sich in den dicken Stoff, der ihn bis zur Hütte warm hielt. Unter ihnen gurgelte die See und kündete von den Stürmen, die die Küste in der Nacht heimsuchen würden. Hastig schloss er die Fensterläden und versperrte die Tür.

Im Inneren entzündete er ein Licht und bedeutete Laudan, ihm in Iovis' Kammer zu folgen. Dort stellte er die Satteltasche ab und rieb sich die Schulter. Was Laudan bei sich trug, war schwer. »Hier hast du deine Ruhe. Ich schlafe dort drüben.« Er deutete durch die offene Tür zu der Nische unterhalb des Fensters. »Hast du Hunger?«

»Nein. Ist es in Ordnung, wenn ich mich gleich hinlege?«

»Natürlich.« Im Türrahmen blieb er stehen. »Brauchst du noch etwas?«

Laudan schüttelte den Kopf. »Ohne dich hätte ich Iovis nie gefunden. Danke.«

»Gerne«, erwiderte er. »Was auch immer diese Botschaft ist … Iovis wird dafür sorgen, dass sie ihr Ziel erreicht.«

Bald darauf setzte sich Vaelen auf sein Bett. Die Tür zu Iovis'

Kammer stand einen Spalt offen. Dahinter wandte Laudan ihm den Rücken zu und zog die schlichte Tunika aus, die er unter der Rüstung getragen hatte. Bei dem Anblick der Narben, die darunter zum Vorschein kamen, erschrak er. Unvermittelt drehte sich Laudan um. Ihre Blicke trafen sich flüchtig, bevor Vaelen sich abwandte. Hatte er etwas gesehen, was er nicht hatte sehen sollen? Während er nach Worten rang, schloss Laudan die Tür.

Er hüllte sich in seine Decke. Stammten Laudans Narben aus Schlachten gegen die Heressia, oder war er womöglich gefoltert worden? Laudan war kaum älter als er, doch er schien einiges durchgemacht zu haben. Vaelen löschte das Licht. Eine Zeit lang lauschte er den leisen Schritten aus der Kammer. Bald verstummten sie. Einzig die namenlose Empfindung sang weiter.

# Kapitel 6

## Ein geflüstertes Bekenntnis

Zögerliche Strahlen der Morgendämmerung drangen durch die schiefen Fensterläden in Iovis' Kammer. Laudan wollte sie nicht sehen, zog die Decke über den Kopf und die Beine dicht an den Körper. Mit dem erstickten Laut, der sich zwischen seinen zusammengepressten Zähnen an die Oberfläche bahnte, kam die Erkenntnis. Teralyn war tot, das unsichtbare Band durchtrennt, das sie verbunden hatte. Wie sollte er ohne sie weitermachen? Wie kämpfen?

Sie hatte so viel Gutes in ihm gesehen, eine Stärke, an die er nicht glaubte, und jetzt trug jemand anderes ihren letzten Wunsch weiter, während er hier wartete. Dabei hätte er sie retten sollen.

Stattdessen war es ihm nicht einmal gelungen, Iovis davon zu überzeugen, ihn mitzunehmen. Im Gegensatz zu ihm hatte der alte Fischer seit über vierzig Jahren Verbindungen zur Rebellion, geschmiedet in der glorreichen Ära, in der die *Roa Hourak* vom Stapel lief. Wenn sein Wort noch immer etwas wert war, würden sie ihm glauben. Doch wenn sie seinem Vorschlag nicht folgten, würde Laudan in drei Wochen auf dem Schlachtfeld jenen Traum vernichten, für den Teralyn in den Tod gegangen war. Oder er würde bei dem Versuch, den Angriff zu vereiteln, sterben.

Schritte näherten sich, so behutsam, als würde Vaelen ihn nicht wecken wollen. Sie erinnerten ihn an sich selbst. An jene Morgenstunden, in denen er sich aus den Gemächern nächtlicher Bekanntschaften stahl, die er nie wiedersehen würde. Es gab keine Liebe für ihn. Sein Geheimnis wog so schwer, dass er es mit niemandem teilen konnte.

Etwas wurde unter der Tür durchgeschoben. Die Schritte entfernten sich wieder. Die Haustür knarzte, bevor ihn die Stille erneut verschlang. Er wollte sich aufraffen und Vaelen folgen, doch er tat es nicht. Er war keine gute Gesellschaft. Nicht jetzt.

Erst Stunden später öffnete er die Kammer und kniff die Augen zusammen, als ihm das Licht entgegenströmte und auf den Zettel zu seinen Füßen fiel. Er hob ihn auf und las: *Ich bin unten in der Bucht. Fühl dich wie zu Hause. Ich bringe später etwas zu essen mit.*

*Zu Hause?* Zum Glück hatte dieser Ort nichts mit der Zitadelle gemein. Sein Blick hielt an den kurzen Zeilen fest. In Gedanken fuhr er sie nach. Diese Schrift, hastig geschrieben und doch von einer Eleganz, die selten geworden war. Nie hatte er einen einfachen Mann so schreiben sehen.

Laudan legte die Nachricht beiseite und zog frische Kleidung aus seiner Satteltasche über, bevor er sie unter das Bett schob. Die Waffen darin waren Spezialanfertigungen, nicht zuordenbar für jemanden wie Vaelen, aber es war besser, wenn er sie gar nicht erst fand.

Bis auf das Fernrohr, das auf einer Truhe vor Vaelens Bett lag, kündete in der Hütte alles von einem einfachen Leben. Das goldene Instrument war ihm schon gestern aufgefallen. Was hatte es damit auf sich? Vorsichtig hob er es hoch und berührte die kostbaren Verzierungen. Dabei überkam ihn eine Sehnsucht, die er nicht in Worte fassen konnte.

Die Tür knarzte. Er schreckte auf und drehte sich um. Es war Vaelen. Seine knapp schulterlangen rotbraunen Haare waren vom Wind durcheinandergewirbelt. Im Licht der einfallenden Sonne schimmerten seine blassblauen Augen wie die aufspritzende Gischt eines Sturms auf See.

»Gefällt es dir?«

Vaelen kam zu ihm herüber. Er konnte das Salz auf seiner Haut riechen, sah es in getrockneten Schlieren auf seinen Wangen zwischen den vereinzelten Sommersprossen, die darüber tanzten. Laudan betrachtete seine geschwungenen Lippen einen Moment zu lang. Gestern war er blind gewesen. Er senkte den Blick und richtete ihn auf das Fernrohr. »Es ist eine schöne Arbeit. Ungewöhnlich.«

»Komm, nimm es mit nach draußen. Du musst hungrig sein.«

Sie setzten sich auf die Bank und aßen das Brot, das Vaelen mitgebracht hatte. Anschließend lehnte sich Vaelen zurück und griff nach dem Fernrohr.

»Der Sturm hat es angespült. Ich frage mich, welche Geschichte sich dahinter verbirgt. Vielleicht gehörte es einem Händler, der Gewürze aus fernen Ländern mit sich brachte. Oder einem Entdecker auf der Suche nach Schätzen.« Vaelen zögerte. »Nein. Das fühlt sich nicht richtig an …«

»Darf ich es versuchen?« Laudan streckte die Hand nach dem Fernrohr aus. Vaelen lächelte und reichte es ihm. Einen Moment lang betrachtete er das Instrument und erlaubte sich, jene Sehnsucht zu spüren, die vorhin in ihm aufgestiegen war. Dieser Ort erzählte eine Geschichte. Die Klippen, die schroffen Felsen. »Einst war es das Fernrohr eines Admirals, der für die Freiheit kämpfte. Sein Schiff war *Das Licht des Morgens* und seine Liebe die See.«

»Das ist schön. Was geschah mit ihm?«

»Eines Tages, als der Sieg zum Greifen nahe schien, brach er mit seiner Flotte von Ethelis in Richtung Ankhad auf. Doch hier vor den Klippen geriet er in einen Hinterhalt und lieferte sich eine erbitterte Schlacht mit dem Feind. Gemeinsam mit seiner Besatzung versenkte er einen Großteil der heressianischen Schiffe, bevor *Das Licht des Morgens* für immer im Ozean versank.«

»Wie lautete sein Name?«

»Gahaved Cen'to.« Laudan schluckte schwer. Gahaveds Geschichte ließ ihn nicht los, seit Teralyn zum ersten Mal davon erzählt hatte.

»Und du denkst, es könnte sein Fernrohr sein?«

Er lächelte. »Ich weiß es nicht.«

»Ich möchte gern glauben, dass es so war.«

»Ja«, sagte er. »Das möchte ich auch. Manche munkeln, dass Gahaved damals nur verloren hat, weil Magie im Spiel war.«

»Magie …?« Vaelen blickte auf.

»Märchen. Magie ist gern die Erklärung, wenn es keine Erklärung zu geben scheint.« Laudan machte eine wegwerfende Geste. Bis auf Teralyn war ihm nie jemand begegnet, der etwas ansatzweise Magisches vollbringen konnte. »Seit der Schlacht hat die Rebellion keine Flotte mehr«, wechselte er das Thema. »Ob wir einem Sieg je wieder so nahekommen, weiß ich nicht.«

»Aber du kämpfst dafür. Für die Freiheit, genau wie Gahaved, nicht wahr?«

Laudan nickte, doch es erschien ihm nicht richtig. Er lebte eine Lüge, die ihn zwang, alles zu verkörpern, was er hasste.

»Das bewundere ich. Ich würde gern mehr tun, als Nachrichten zu überbringen, besonders jetzt, wo die Heressia …« Vaelen hielt inne. »Verzeih. Auch ich habe Te gerngehabt. Sehr gern.«

»Das sind Monster, Vaelen. Sie werden dafür bezahlen.« Sein eigener Schmerz spiegelte sich in Vaelens Augen. Er wollte all das hinter sich lassen, zumindest für eine Weile. »Lass uns nicht davon sprechen. Ich möchte wissen, wie du lebst. Zeigst du es mir?«

Seit vier Tagen fuhren sie morgens raus aufs Meer, wo es nichts gab außer Vaelen, dem Tosen der Wellen und dem Kreischen der Möwen. Der Wind schnürte Vaelen das viel zu weite Hemd um den Körper, und Laudan wurde nicht müde, ihm dabei zuzusehen, wie er mit hochgekrempelter Hose in der Bootsmitte die Balance hielt und die Netze auswarf.

Auch er griff danach, aber wo Vaelens fließende Bewegung das Netz ins Wasser gleiten ließ, klatschte seines auf wie ein nasser Sack. Irgendwann stellte sich Vaelen hinter ihn und legte die Hand über die seine. Dort verweilte sie warm und sanft, bis sich das Boot unter ihren Füßen beruhigte und Vaelen seinen Wurf führte. »Lass los.«

Mit Leichtigkeit durchbrach das Netz die Oberfläche und versank in den Fluten. Wärme überkam ihn, und er drehte sich um. Vaelens Lächeln war die Sonne. Bei ihm war er kein Spion mehr, nicht länger der Sohn eines großen Feldherrn. Keine Verpflichtungen, keine Lügen. Er war einfach nur Laudan, und diese Erkenntnis brannte bittersüß: Freiheit. Sie war ihm nie vergönnt gewesen. Doch hier, an den Obsidianklippen, hielt Vaelen sie in den Händen und teilte sie mit ihm. Wäre es nicht so lächerlich, hätte er sich für die Freude bedankt, die in seinen Augen glänzte. Er war so unverfälscht schön, dass es einem den Atem raubte, und er war sich dessen nicht einmal bewusst.

Nachdem sie ihren Fang zur Hütte gebracht hatten, führte Vaelen ihn an das Ufer eines entlegenen Waldsees, wo sie sich von der Sonne wärmen ließen.

»Du kannst kämpfen, nicht wahr?« Vaelen setzte sich auf. Er hatte diesen Blick, der tief in ihm brodelte und nach mehr fragte als einer bloßen Bestätigung.

»Das ist es, was ich tue«, erwiderte er.

»Kannst du es mir beibringen?«

»Du weißt nicht, worum du mich bittest. Kämpfen ist nicht glorreich. Auf dem Schlachtfeld tötest du, um nicht selbst getötet zu werden. So schnell, dass dein Gegner die Schwertspitze nicht einmal kommen sieht, mit der du ihn durchbohrst.« Laudan lehnte sich vor und verringerte den Abstand zwischen ihnen. »Aber dafür musst du ihm so nahe kommen, dass du in die Tiefen seiner Seele blickst, wenn du ihm alles nimmst. Kannst du das?«

»Ich weiß es nicht, aber ich will es lernen.«

Einst war Laudan zurückgewichen, als sein Schwertlehrer ihm diese Lektion erteilte, doch Vaelen verharrte reglos. Sein Atem strich über Laudans Haut, ließ sein Herz hämmern, und mit einem Mal war er es, der die Distanz zwischen ihnen vergrößerte. »Du bist entschlossen. In Ordnung. Ich bringe es dir bei.«

Im Dickicht hob er zwei Äste auf und warf einen davon Vaelen zu, der ihm gegenüber in Stellung ging. »Keine echten Waffen. Ich will dir nicht wehtun.«

Vaelen grinste. Es war die Art von Grinsen, die so viel bedeutete wie *Unterschätz mich nicht.* Nein, er unterschätzte ihn nicht. »Komm«, rief er. »Greif an.«

Ohne zu zögern, stürmte Vaelen los. Laudan parierte einen Hieb von oben und blockte die schnelle Abfolge von Angriffen, die auf ihn niederging. Vaelens Augen funkelten wild. Er wollte es unbedingt und legte diesen Willen in jeden seiner Schläge.

Laudan ließ ihn gewähren und konterte schließlich mit einer Reihe schwerer Streiche, bevor er ihn mit einem Tritt gegen den Oberschenkel aus dem Gleichgewicht brachte. Vaelen strauchelte und fiel. Mit der Astspitze deutete Laudan auf seine Brust. »Du bist tot. Nicht schlecht für den Anfang.«

Er reichte Vaelen die Hand, der sich hochziehen ließ und das Laub aus seiner Kleidung klopfte. »Der Tritt war hinterhältig.«

»Im Kampf ist nichts hinterhältig, das ist deine erste Lektion. Nutze alles, was dir zur Verfügung steht. Du kämpfst, um zu überleben. Egal wie. Wenn du tot bist, interessiert es niemanden, dass du ehrenhaft gekämpft hast.«

Vaelen nickte. »Noch einmal?«

Es blieb nicht bei einem Mal. Wieder und wieder schickte er Vaelen zu Boden, bis die Dämmerung hereinbrach und sie heftig atmend nebeneinander im Gras lagen.

»Genug für heute.« War er ein zu strenger Lehrer gewesen? Er drehte sich auf die Seite, doch Vaelen lächelte. »Du hast gut gekämpft. Wirklich.«

»Danke. Machen wir morgen weiter?«

»Wann immer du willst. Wenn du so weitermachst, wird ein großartiger Kämpfer aus dir.« Er bereute die Worte sofort. Er wollte nicht, dass Vaelen in den Krieg zog.

Etwas raschelte im Dickicht und bewahrte ihn davor, das Gesagte ungelenk zurückzunehmen. Ein helles Lachen erklang.

»Raelia.« Vaelen machte sich nicht die Mühe, sich aufzusetzen.

Eine junge Jägerin mit roten Haaren erschien in ihrem Sichtfeld und entlockte Vaelen ein Lächeln, bevor ihr Blick zu Laudan wanderte. Vermutlich war sie eine Freundin. »Das erklärt einiges.«

»Was erklärt es denn?« Vaelens Lächeln wurde breiter.

»Dass du nicht auf dem Markt warst. Taran verteilt jetzt heressianische Flugblätter. Aber genug davon … Blond ist also deine Farbe.« Raelia warf ihren Bogen ins Gras und ließ sich neben ihnen nieder. »Ich bin Raelia. Vaelens Schwester. Na ja, nicht wirklich, aber fast. Willst du mir deine Bekanntschaft nicht vorstellen?« Sie verpasste Vaelen einen lockeren Hieb in die Seite, und dieser setzte sich auf.

»Raelia, das ist Laudan, mein Gast aus Ankhad. Laudan, das ist Raelia. Den Rest hat sie ja bereits erzählt.«

»Ankhad?«, fragte sie. »Schöne Stadt, schrecklicher Herrscher. Wie hältst du das aus?«

»Rede nicht so«, sagte Vaelen. »Sonst verlierst du eines Tages deinen Kopf dafür.«

Raelia verdrehte die Augen und zog Vaelen an sich. »Ist süß, dass du dich sorgst.« Erwartungsvoll richtete sie ihren Blick wieder auf Laudan.

»Ankhad ist nicht übel. Besonders die Unterstadt«, beantwortete er ihre Frage. Ein seltsames Gefühl breitete sich in seiner Brust aus. War das etwa … Verdammt, er war eifersüchtig. Was ging nur in ihm vor? So kannte er sich gar nicht. Unvermittelt ließ Raelia Vaelen los und flüsterte ihm etwas ins Ohr, bevor sie sich erhob und den Bogen über ihre Schulter warf. Vaelen errötete leicht.

»Ich bin dann mal weg«, sagte sie. »War schön, dich kennenzulernen, Laudan aus Ankhad.«

»Gleichfalls.«

Nachdem sie fort war, zuckte Vaelen entschuldigend mit den Schultern.

»Raelia also?« Er kam nicht umhin, sich zu wundern, was sie Vaelen zugeflüstert hatte. »Sie ist nett.«

Wenige Tage später hob Vaelen auf dem Rückweg zur Hütte zwei kleinere Stöcke auf. Als Laudan ihn fragte, was er damit vorhatte, grinste er verschwörerisch und schnitzte vor dem Kamin einen Übungsdolch daraus.

»Ein Dolch? Hast du schon genug von Schwertern?«

Prüfend fuhr Vaelen mit dem Finger über das Holz. »Die letzten Tage haben Spaß gemacht, aber ich besitze kein Schwert.«

»Aber ein Messer hast du.« Sein Blick wanderte zu der einschneidigen Klinge, die in Vaelens Fischereimer steckte. Er scheute sich davor, das alte Ding überhaupt als Waffe zu bezeichnen.

»Ich muss mit dem zurechtkommen, was ich habe.«

»Und der Zweite?« Er deutete auf den unbearbeiteten Ast, der vor ihnen auf dem Tisch lag. »Der ist doch nicht etwa für mich? Da könntest du genauso gut einen Schmied bitten, dir das Brotbacken beizubringen.«

»So schlimm?« Eine Spur von Enttäuschung lag in Vaelens Augen. Ihnen blieben nur noch wenige Tage, bis Iovis zurückkehrte. Wie konnte er ihm diesen Wunsch abschlagen?

»Nein«, sagte er schnell. »Ich wurde auch im Dolchkampf ausgebildet. Aber ich kämpfe lieber mit dem Schwert. Es liegt mir besser.«

»Du verabscheust Dolche«, stellte Vaelen fest. »Warum?«

Verdammt, war er so einfach zu lesen? »Es ist die Waffe, die du dir in den Stiefel steckst und hoffst, dass sie dein Leben rettet, wenn alles andere versagt. Ich hasse Dolche nicht, sondern die Situationen, in denen man sie braucht.«

»Dann will ich dich nicht darum bitten.« Vaelen ließ den Übungsdolch sinken, doch Laudan bedeutete ihm, weiterzumachen.

»Ist schon gut. Ich zeige dir, was ich weiß.«

»Wirklich?« Vaelen lächelte.

Es war schön, ihn so zu sehen. »Wirklich.«

Das Boot schaukelte heftig in den Wellen, als er mit Vaelen am nächsten Morgen die Netze einholte. An der Gabelung zum Wald trennten sich ihre Wege. Vaelen verkaufte die Fische auf dem Markt, und Laudan kehrte zur Hütte zurück, obwohl er ihn gern begleitet hätte. Doch es war zu riskant. Der Arm der Heressia erreichte selbst ein Dorf wie Cerza.

Eine Weile saß er auf der Bank und holte schließlich das Notizbuch aus der Satteltasche, das er vor seinem Aufbruch eingesteckt hatte. Er schlug den ledernen Einband auf und blätterte zwischen den Ideen und Plänen umher, die er so kryptisch formulierte, dass sie niemand außer ihm verstand. Seit Tagen ließ ihn ein Gedanke nicht los. Anfänglich hatte er ihn als töricht abgetan, doch heute loderte er stärker denn je.

Unten in der Bucht suchte er sich einen Platz am Wasser und schlug eine leere Seite auf, um diesen Ort festzuhalten, damit er sich immer daran erinnern konnte. Gnadenlos rannte ihm die Zeit davon, und er brauchte einen Beweis dafür, wirklich hier gewesen zu sein.

Er führte den Stift über das Papier, roh und wild, wie die Felsen, die vor ihm in den wolkenverhangenen Himmel ragten. Die Wellen peitschten dagegen, um all das zu untermalen, was dieser Anblick in ihm auslöste. Dies hier war echt. Lebendig. Vaelen und dieser Ort waren eins, auf ewig verbunden, als könne das eine nicht ohne das andere existieren.

Dieser Anblick berührte ihn, weil Vaelen etwas tief in ihm berührte. Zuerst hatte er auch das als töricht abgetan, doch er konnte sich ihm nicht entziehen. Einer Naturgewalt gleich hatte Vaelen ihn in seinen Bann gezogen, und nun blickte er auf die tosende See und sah nichts als ihn darin.

Seine Liebschaften in Ankhad waren flüchtig gewesen. Zum Scheitern verurteilte Nichtigkeiten. Er hatte nie an die Liebe geglaubt, sie sich nie zugestanden. Doch jetzt, in den Tagen, wo er frei war, wirklich frei, wo er einfach nur Laudan war, erwachte etwas in ihm. Etwas, von dem er sich scheute, es beim Namen zu nennen, weil es nicht existieren durfte, sobald er wieder Lord Calieri war.

»Ich wusste nicht, dass du zeichnest.« Vaelen setzte sich zu ihm.

»Es ist nichts.« Reflexartig schloss er das Notizbuch. Derselbe Wind, der verhindert hatte, dass er Vaelen hatte kommen hören, verwandelte dessen rotbraune Strähnen in ein zerzaustes Chaos.

Vaelen lehnte sich zu ihm hinüber. »Es sah aber nicht nach nichts aus. Im Gegenteil. Darf ich es sehen?«

Laudan blätterte nach der Seite, die genauso mit Kohle überzogen war wie seine Fingerspitzen. Zögerlich schlug er sie auf und betrachtete nicht das Bild, sondern Vaelen, der ganz still wurde. Andächtig. Vaelen deutete auf das kleine Fischerboot, das er hinzugefügt hatte. Darin stand eine hastig skizzierte Figur. Es war einfach so passiert.

»Du hast es eingefangen. Alles. Selbst mich.«

Er nickte nur. Ihm fehlten die Worte.

»Es ist schön, Laudan. Wunderschön.«

»Es hat mir Freude bereitet«, gestand er. »Das Zeichnen.«

»Dann solltest du es öfter tun.«

Laudan klappte das Buch zu. »In meinem Leben ist kein Platz dafür.«

»Du irrst dich. Verwehre dir nicht die Dinge, die dich glücklich machen. Niemals.«

Da war es wieder, jenes Gefühl, das Vaelen in ihm auslöste. Gemeinsam mit seinen Worten riss es ihn mit sich, und diesmal kämpfte er nicht dagegen an. Er bekämpfte schon so vieles. Seinen Vater, die Heressia, seine eigene Identität. Er wollte nicht auch noch gegen seine Gefühle ankämpfen.

Er streckte die Hand aus und ergriff Vaelens. »Ist das in Ordnung?«, fragte er leise.

»Ja.« Ein einzelnes Wort und doch unendlich viel mehr. Vaelen lächelte.

Gemeinsam blickten sie über das Meer hinaus. Laudan wollte nirgendwo anders sein in diesem einen perfekten Moment, den ihm das Schicksal geschenkt hatte. Teralyns letzte Worte kamen ihm in den Sinn. Ihr Wunsch, dass er glücklich wurde.

»Ich bin glücklich«, flüsterte er, und der Wind trug seine Worte davon.

Unter dem dichten Blätterdach am Rande des Sees nahm er Vaelen gegenüber Aufstellung. Iovis' baldige Rückkehr schwebte über ihm wie das Beil eines Henkers, doch Laudan wollte nicht daran denken. Auch nicht daran, dass seit Tagen keine Nachrichten von Informanten eintrafen. Alles, was er wollte, war, diese Zeit zu genießen, die die vielleicht beste seines Lebens war; und die vielleicht letzte.

Er reichte Vaelen einen der Dolche. »Ich sollte dir zuerst die Grundtechnik erklären. Es ist wichtig, dass du weißt, wie man …« *Den Dolch richtig hält,* hatte er sagen wollen, doch Vaelen tat genau das. »Vergiss es. Wir fangen direkt an. Schau einfach, was sich für dich gut anfühlt.«

Vaelen lächelte. Ohne auf eine Antwort zu warten, stürmte er auf ihn zu. Im letzten Moment riss Laudan den Arm vor, blockte den Angriff, der von der Seite kam, und konterte mit einem Streich in Brusthöhe. Vaelen war schnell. Bevor Laudan ihn traf, drehte er sich und versetzte ihm einen Tritt. Seine Bewegungen waren mühelos, von solcher Eleganz, als folgten sie einer einstudierten Choreografie, die nur er selbst kannte.

Laudan keuchte, war so beschäftigt damit, Vaelens Angriffe zu blocken, dass er selbst kaum dazu kam, einen Streich auszuführen. Als er es schließlich schaffte, offenbarte sich Vaelens Schwachstelle. Er durchbrach Vaelens nächsten Angriff mit einer schnellen Abfolge von Hieben und legte ihm die Klinge an den Hals.

»Das war … gut«, sagte er außer Atem. »Wirklich gut. Aber du musst blocken. In einem echten Kampf wird dein Gegner deinen Arm treffen. Im schlimmsten Fall verlierst du ihn, aber zumindest besteht eine Chance, dass du ihn mit deinem nächsten Hieb tötest.«

»Ich weiß nicht, ob ich das kann«, sagte Vaelen.

»Du musst, sonst stirbst du. Die Art, wie du den linken Arm bewegst … was hast du damit vor?«

Vaelen hob eines der Trainingsschwerter auf und hielt es ihm hin. »Gib mir deinen Dolch. Ich muss etwas ausprobieren. Bitte.«

Obwohl Laudan nicht überzeugt war, reichte er Vaelen den Dolch. Nachdenklich schloss dieser die linke Hand darum.

»Du willst beidhändig kämpfen?«

Vaelen nickte nur.

Dabei waren Kämpfe mit zwei Dolchen ein Mythos. Eine schöne Idee, festgehalten in alten Stichen und Malereien, die in der Wirklichkeit nicht funktionierte. Vaelen würde schon selbst dahinterkommen. »In Ordnung. Aber sei vorsichtig.«

Einen Sekundenbruchteil später stürzte sich Vaelen auf ihn, durchbrach seine Deckung und presste ihm die Waffe an die Kehle.

»Verdammt«, keuchte Laudan. »Noch mal.« Was Vaelen gerade getan hatte, war unfassbar schnell passiert. Jetzt blickte er ihm entgegen, unbändig wie die See.

Bei dem nächsten Angriff war Laudan vorbereitet. Er blockte die ersten Streiche, mit denen Vaelen ihm zusetzte. Immer schneller donnerten die Hiebe auf ihn ein, und Laudan begriff etwas. Vaelens Bewegungen waren ganz und gar nicht unbeholfen. Das Einzige, was gefehlt hatte, war eine zweite Waffe.

Ehe er sichs versah, strauchelte er unter einer Serie von Angriffen und ging zu Boden. Vaelen stürzte sich auf ihn, sein Körper dicht über Laudans. Das Trainingsschwert entglitt ihm. Sein Arm schoss nach oben, um den nächsten Streich abzuwehren, vergeblich. Verdammt, er verlor mit seiner stärksten Waffe.

Heftig atmend drückte ihm Vaelen eine Holzklinge an die Kehle und die zweite in die Armbeuge. Dabei kam er ihm so nah, dass Vaelens Strähnen seine Wange streiften. Bei allem, was heilig war, er hatte noch nie jemanden so kämpfen sehen.

»Ich ergebe mich«, presste er hervor. Vaelen rührte sich nicht. Er starrte an ihm vorbei, einen Blick in den Augen, den Laudan als Entsetzen beschrieben hätte, doch er wusste es nicht mit Gewissheit. »Hey …«, flüsterte er. Seine Hände glitten an Vaelens Armen hinauf, umfassten die angespannten Muskeln unterhalb des dünnen Hemdes. »Schon gut.«

Vaelens Blick fokussierte sich. Die Dolche entglitten ihm, als er nach hinten strauchelte. »Es tut mir leid.«

»Ist schon gut.« Er setzte sich auf und rieb sich den Hals.

»Habe ich dir wehgetan?«

»Nein, geht schon. Du hast das schon mal gemacht, nicht wahr?«

Natürlich hatte er das. Laudan erkannte einen Kämpfer, wenn er einen sah. Nie hatte er eine solche Schnelligkeit und Präzision gesehen. Gleichzeitig waren Vaelens Bewegungen so elegant, dass sie einen vergessen ließen, dass sie ein Tanz des Todes waren. Er strafte alles, was man über das Kämpfen mit Dolchen wusste, Lügen.

Vaelen hockte neben ihm, schüttelte den Kopf. Es war das erste Mal, dass Laudan ihn sprachlos sah. Warum war er nicht ehrlich? Warum all dieses Ausprobieren, um schließlich zu den Waffen zu greifen, die er führte, als wären sie ein Teil von ihm? Iovis war nicht Vaelens Vater, so viel wusste er. Seine elegante Handschrift schrie förmlich nach einer adligen Herkunft. Doch Vaelens Technik war weder heressianisch noch isthenisch. Sie war etwas völlig anderes.

»Wer hat dich ausgebildet?«, fragte er sanft. Mit einem Mal war sein Brustkorb wie zugeschnürt. Wenn jemand mit Vaelens Talent in die Hände der Heressia fiel, würden sie ihn zum Töten zwingen. Vielleicht hatte jemand genau das getan und er war geflohen, weil er es nicht länger ertragen hatte. »Ich verurteile dich nicht«, fügte er hinzu. »Die Welt da draußen ist manchmal so grausam, dass wir sie am liebsten vergessen möchten.«

Vaelens blassblaue Augen bohrten sich in seine. »Ich will nicht vergessen. Ich will mich erinnern. Iovis hat mich vor drei Jahren in der Bucht gefunden. Ohne seine Hilfe wäre ich jetzt tot. Ich weiß, dass ich geschwommen bin. Ich erinnere mich an die Kälte der See und die Felsen. Doch was davor war, existiert nicht mehr. Es ist wie ausradiert. Ich bin ein Schatten. Ein Nichts.«

Er ergriff Vaelens Hand und hielt sie fest. »Sag so was nicht. Du bist kein Nichts, du bist ein Sturm.« Er konnte sich ihm kaum entziehen.

Vaelen lächelte schwach. Er schien seinen Worten keinen Glauben zu schenken, dabei hatte er sie ernst gemeint. »Manchmal ist diese Leere in mir. Ich vermisse etwas, von dem ich nicht weiß, ob es existiert. Das gerade, dieser Kampf, war wie ein Echo dessen, was ich einmal war.«

»Gibt es etwas anderes, das dieses Gefühl auslöst?« Laudan lehnte sich vor. Wie schrecklich musste es sich anfühlen, seiner Erinnerungen beraubt zu sein?

»Die zerstörte Werftanlage in Danatis und …« Vaelen zögerte. »Sind wir uns schon einmal begegnet?«

Die Frage traf ihn unerwartet. »Wie kommst du darauf?«

»Ich weiß nicht. Es war nur ein Gefühl.« Vaelen schien weit entrückt.

»Aber dein Name«, sagte er schnell. »Du erinnerst dich daran.«

Ein Nicken. Ein ausweichender Blick.

»Er ist ungewöhnlich. In den Archiven von Ankhad gibt es Einwohnerregister. Vielleicht lässt sich dort etwas herausfinden.«

»Hältst du das für möglich?« Vaelen sah auf.

»Ich weiß es nicht«, gestand er. »Aber es wäre einen Versuch wert.«

Ein Hoffnungsschimmer huschte über Vaelens Gesicht, gefolgt von einem Lächeln, als würde die Sonne aufgehen. »Kannst du mir die Archive zeigen? Ich meine, eines Tages?«

»Natürlich. Eines Tages lösen wir dein Rätsel.«

Es war eine Lüge. Er hätte es gern getan, doch es war unmöglich, und er brachte es nicht übers Herz, es Vaelen zu sagen.

»Was geschieht, wenn Iovis wieder da ist? Was wirst du tun?«

»Ich werde in den Krieg ziehen«, sagte Laudan. Vaelens Hand zuckte in seiner. »Ich gehe nach Ethelis.«

»Stirb nicht, bitte …«

Laudan lächelte und nickte. Was hätte er sonst tun sollen?

# Kapitel 7

## Auge in Auge

Vor Caliyan schoss die Bestie eine Düne hinauf und verschwand inmitten des Sandsturms. Er trieb seinen Hengst hinter ihr her. Heißer Staub kratzte über sein Gesicht und ließ ihn blinzeln.

Ein Knurren zerfetzte den Wind. Messerscharfe Stacheln wippten in der Bewegung eines massigen schwarzen Leibes. Sein Pferd scheute, riss ihn aus dem Sattel. Mehrfach überschlug er sich, und seine locker sitzende Rashveta umschnürte seinen Körper auf dem Weg nach unten.

Am Fuße der Düne rappelte Caliyan sich auf. Er spuckte den Sand aus, wischte sich eine Strähne aus dem schweißnassen Gesicht und schob das Tuch wieder über Mund und Nase.

Die Bestie näherte sich. *Hathruun* nannten die Isthenier sie; schwarzes Biest. Einst Wölfe, hatten Experimente mit altem Blut und Alter Magie sie zu dem gemacht, was sie heute waren: Monster. Niemand außer ihm jagte sie freiwillig. Er griff nach dem Riemen an seiner Schulter und schloss die Hand um das Heft seines glatt polierten Obsidianspeers. Im Sandnebel glommen die Augen der Bestie wie die Glut eines Feuers. Reglos blickte Caliyan ihnen entgegen und sah die Dunkelheit dahinter. Zwei Monster. Auge in Auge.

Eine gewaltige Pranke bohrte sich in den Sand. Langsam, auslotend. Jeder Muskel der Bestie spannte sich. Sie fletschte die Zähne, und zwei Reihen messerscharfer Dolche blitzten auf. Caliyans Magie pulsierte in seinen Adern. Ein Wink mit der Hand genügte, um sie zu töten, seine Gedanken allein. Er würde es nicht tun, durfte es nicht. Aber er brauchte die Dunkelheit, die in ihm tobte, damit er nicht fühlen musste, was sie verbarg.

Die Bestie schoss auf ihn zu. Im letzten Moment warf er sich zur Seite, und Sand brannte sich in seine Handfläche. Mit dem Speer in der anderen, wirbelte er herum. Die Bestie prallte gegen die Düne und entblößte ihre Unterseite. Caliyan sprintete los, richtete die Speerspitze auf sie, sprang. Ihr fauliger Atem schlug ihm entgegen, als er die Waffe in ihren Körper trieb. Sie heulte auf, hieb um sich und erwischte ihn an der Hüfte. Die schiere Wucht entriss ihm den Speer, schleuderte ihn meterweit. Benommen tastete er unter dem zerrissenen Stoff nach der Wunde. Ein Kratzer, mehr nicht.

Mit ausgestreckten Krallen sprang ihm die Bestie entgegen. Er duckte sich, schlitterte unter ihr in Richtung seines Speers, warf sich auf den Rücken und riss die Speerspitze vor. Blut spritzte ihm ins Gesicht. Die Bestie jaulte, spießte sich selbst auf, und er trieb den Obsidianspeer tiefer und tiefer, bis sie schließlich zusammenbrach.

Es war vorbei. Unter ihr blieb Caliyan liegen und drängte die Dunkelheit an den Punkt zurück, wo er sie haben wollte. Laut genug, um die Melodie zu überdecken, die in ihm sang. Leise genug, um ihn nicht in den Wahnsinn zu treiben. Mit jedem Mal wurde es schwieriger, die Kontrolle zu bewahren.

Schwer atmend rollte er die tote Bestie von sich, warf sich den Speer über die Schulter und pfiff nach seinem Pferd. Hinter ihm schnaubte es auf. Er kraulte es an den Ohren, band die Bestie fest, schwang sich in den Sattel und schleifte sie in Richtung Venantes.

Bald ragte ihr schwarzer Wall aus den Dünen empor. Er gab den Wachen ein Zeichen, woraufhin sie das Stadttor nach oben zogen. Genau wie er waren sie von Kopf bis Fuß verhüllt; die Kleidung ihr einziger Schutz gegen Sand, Sturm und die unbarmherzige Sonne. Die Männer salutierten, als er mit der toten Bestie an ihnen vorbeiritt. Sie kannten diesen Anblick bereits.

Hinter dem Tor wickelte er sich das Tuch vom Gesicht. Wasser schlängelte sich parallel zur Straße entlang. Er folgte seinem Lauf bis zu einem Teich in einem prunkvoll angelegten Garten. Der süßliche Duft der Orchideen stieg ihm in die Nase. Im Schatten der Zypressen spielten Kinder, während ihre Eltern und Großeltern am Ufer saßen. Unwillkürlich lächelte er bei ihrem Anblick. Es war die erste Gartenanlage, die sie mithilfe der Aquädukte geschaffen hatten. Ein Paradies. Aber um ganz Venantes mit Grün zu überziehen, würde er sich eine Konstruktion überlegen müssen.

Am zukünftigen Herz der Stadt saß Caliyan ab und berührte den schwarzen Stein, der unter den Planen eines Baugerüstes hervorlugte. Jahre würden ins Land ziehen, bis die umlaufenden Ränge fertiggestellt waren und sich mit Menschen füllten.

Er hatte sich das Bauwerk stets hell vorgestellt, wie auf Vaelens Skizze, doch genau wie der Rest von Venantes bestand es aus Obsidian, dem einzigen Gestein, das sich in Isthenien in großer Zahl abbauen ließ. Deshalb nannte man Venantes die Schwarze Stadt; die dunkle, am anderen Ende der Welt existierende Schwester von Aerysia. Tag und Nacht. Sein Vermächtnis.

Am Rande des Platzes versagten efeubedeckte Mauern den Blick auf das dahinterliegende Palais. Die Tore schwangen auf. Er ritt durch den Garten, saß vor dem Gebäude ab und übergab einem der Bediensteten die Zügel. Hinter ihm eilten Weitere herbei. Sie banden die Bestie los und schleppten sie den Treppenabgang zum Keller hinab. Später würde er die Rückstände der Magie in ihrem Blut untersuchen. Seit dem Ritual waren sie einander ähnlich, die *Hathruun* und er. Er hatte Fortschritte gemacht und dokumentierte sie in seinem stetig wachsenden Archiv, doch die Wissenschaft hinter Alcaelus' Experimenten zu entschlüsseln, würde Zeit kosten. Bei dem Gedanken überkam Caliyan eine Mattigkeit, die ihn schon lange heimsuchte.

Er erklomm die Stufen zum Palais und schritt durch das Atrium.

»Ihr seid wahnsinnig«, erklang Harians Stimme hinter ihm. »Bei diesem Wetter?«

»Sie hat zwanzig meiner Arbeiter im Steinbruch getötet.« Caliyan übergab ihm den Speer und ging zu den Bädern. »Wie soll mein Bauwerk jemals fertig werden, wenn ich sie nicht daran hindere?«

»Ihr hättet es so oder so getan.« Vor dem dampfenden Wasserbecken strich sich Harian die schwarzen Haare aus der Stirn. »Sie hätte Euch ebenfalls töten können.«

»Hat sie nicht«, antwortete er knapp und wickelte sich aus der Rashveta. Zu seinen Füßen sammelte sich Sand auf dem glatt polierten Obsidian.

»Aber verletzt hat sie Euch. Lasst mich die Wunde versorgen, sonst wird sie sich entzünden. Ihr werdet eine Narbe –«

»Nur ein Kratzer.« Caliyan betrachtete die Kratzspuren an seiner Hüfte. Die Zeit würde sie heilen. Sie heilte alles außer ihn. Ihn würde sie vernichten, den letzten Teil dessen auslöschen, was er einst gewesen war. Er würde sein wie die *Hathruun,* wie alle Bestien, die er je gejagt hatte, ganz gleich, ob Mensch oder Tier.

Er ließ sich in das Becken sinken, wusch sich Sand und Schmutz vom Gesicht und lehnte sich an den Beckenrand.

»Ihr seht erschöpft aus«, merkte Harian an. »Macht es Euch erneut zu schaffen?«

*Nicht erneut, immer.* Als er hierherkam, hatte er sich Harian anvertraut. Er würde seine Geheimnisse mit ins Grab nehmen, doch das änderte nichts daran, dass es schmerzte, wenn sie zur Sprache kamen. »Erinnere mich nicht an das, was ich nicht vergessen kann.«

»Verzeiht, die Sorge sprach aus mir. Ich wollte Euch keinen zusätzlichen Schmerz bereiten. Ihr seid noch immer jung und schön. Ich könnte es nicht ertragen, Euch gehen zu sehen, bevor Eure Zeit gekommen ist.«

»Sie ist schon lange gekommen, und das weißt du auch.« Unter Wasser verkrampften sich seine Muskeln. Die Melodie sang so laut. Die Dunkelheit verdeckte sie nur kurz.

Harian hatte seinen Fall miterlebt. Er kannte einen anderen Caliyan. Einen, der weniger ein Schatten war als der jetzige. Es tat ihm leid, dass er ihm Kummer bereitete.

»Ihr sagtet, es sei lauter geworden«, fuhr Harian fort. »Falls Ihr dem Ruf nachgehen wollt, könnte ich Euch begleiten. Vielleicht ist es diesm–«

»Was würde das bringen?« Seine Stimme war eisig. »Ich weiß, was mich erwartet, wenn ich ihn finde.«

»Ihr beobachtet, doch Ihr sprecht nicht mit ihm. Vielleicht würde er –«

»Du sprichst von Dingen, die du nicht verstehst.«

Harians Gesicht spiegelte den Schmerz wider, der in Caliyan tobte. »Gibt es keine Hoffnung?«

»Die gab es nie. Vaelen ist tot.«

»Vergebung.«

»Sie werden dafür bezahlen.«

»Ich zweifle nicht daran.« Harian schien etwas auf der Zunge zu brennen.

»Sag es. Du verachtest mich. Ich baue seinen Traum, um seine Mörder hinzurichten.«

»Nein. Ihr verachtet Euch selbst. Euer Herz hat gelitten, und doch sehe ich so viel Güte darin.«

»Welches Herz? Sein Blut ist jetzt auch das meinige. Alles, was an ihm gut und schön war, ist schrecklich an mir. Ich …« Er verstummte. *Ich habe aufgehört, zu existieren, als er starb,* wollte er sagen, doch er brachte die Worte nicht über die Lippen, auch nach all der Zeit nicht.

»Ihr tut Euch unrecht, Lord. Ich danke den Göttern für den schicksalhaften Tag, an dem wir uns begegnet sind.« Als wolle er seine Worte untermalen, berührte Harian die längst verblasste Brandnarbe an seinem Schlüsselbein. »Ihr habt mir so viel Hoffnung gegeben. Ich wünschte, ich könnte Euch einen Teil davon zurückgeben.«

»Das ist lange her.« Caliyan stieg aus dem Becken und kleidete sich an. »Ich werde zu ihnen gehen. Gib den Befehl, den Zugang zu den Verliesen zu öffnen.«

»Haltet Ihr das wirklich für eine gute Idee?«

»Ich habe meine Dämonen gefangen. Dann kann ich mich ihnen genauso gut stellen.«

Zwei Wachen schoben die Plane des Baugerüstes beiseite und öffneten Caliyan den Zugang in den schwarzen Stein. Er bedeutete ihnen, in der Halle zu warten, und folgte dem Tunnelsystem, das sich tief unter den Rohbau fraß.

Je weiter er hinabstieg, desto unerträglicher stank es nach Schweiß, Exkrementen und Fäulnis. Er rümpfte die Nase, duckte sich unter den niedrigen Decken hinweg und ignorierte die Magie, die ihm aus den abzweigenden Gängen entgegenknisterte. Wie viele Jahre waren vergangen, seit er mit ihr die Zellen der Alten Ordnung versiegelt hatte?

Ihre Mitglieder hielten sich für Götter. Dabei waren sie Monster, schlimmer als die *Hathruun*. Nach und nach hatte er sie vom Angesicht der Welt getilgt und an diesen Ort gebracht, wo er sie ihre verdorbene Magie zwar spüren, aber nicht benutzen ließ. Es war Folter. Und dennoch, oder gerade deshalb, hatte er es getan.

Bei einer Abzweigung hielt Caliyan inne und bereitete sich auf das vor, was ihn dahinter erwartete. Er kam nur für Lazair hierher, das Schicksal der Übrigen hatte er längst vorausgeplant. An jenem Ort, der ihm als Bauplan für die Zellen gedient hatte, waren ihre Rollen vertauscht gewesen.

Er trat ein und blieb vor den Gitterstäben stehen. In der hintersten Ecke hockte Lazair auf einem Strohbündel und starrte gegen den nackten Stein. Er sah aus, wie Caliyan ihn in jener Nacht gefunden hatte, als sich die Schreie Unschuldiger über den Sandsturm erhoben. Doch statt des Blutes seiner Opfer haftete seinen Lumpen nun Schmutz an. Darunter fraßen sich die schwarzen Spuren Alter Magie nicht nur durch seine Hände, Arme und Teile seines Oberkörpers, sondern auch durch seinen Verstand.

»Lazair«, sagte er.

Die Gestalt zuckte zusammen und wandte sich um. Caliyan erschrak bei seinem Anblick. Hätte er Lazairs Hunger nach Macht doch Einhalt gebieten können.

»Was verschafft mir … die Ehre?«

Er hockte sich vor die Gitterstäbe. »Das Gleiche wie letztes Mal. Ich habe dich noch nicht aufgegeben.«

Lazairs irres Lachen durchbrach die Stille. Er kroch in Caliyans Richtung. Dass Caliyan ihm den Zugriff auf sämtliche Magie verwehrte, war seinem Wahnsinn nicht zuträglich. Aber er konnte nicht zulassen, dass Lazair sie benutzte. Dass überhaupt jemand sie benutzte.

»Du klingst wie damals … wie dein altes Ich. Du fehlst mir.«

»Der Caliyan, von dem du sprichst, ist tot. Du warst dabei, als er gestorben ist.«

»Mehrfach.« Lazair lachte erneut.

Caliyan drehte sich der Magen um. Er zog einen Zettel hervor und deutete auf die Worte, die er mittlerweile unendlich oft gelesen hatte. *Was wir getan haben, war falsch.* »Wo ist der Mann, der das geschrieben hat?«

Bei dem Anblick der Nachricht, die in Lazairs eigener Handschrift verfasst war, huschte ein seltsamer Ausdruck über dessen Gesicht. »Du hattest sie die ganze Zeit?«

»Deshalb bin ich hier, allem, was du getan hast, zum Trotz.« Caliyan löste die goldene Fessel von seinem Gürtel und hielt sie durch die Gitterstäbe. »Du weißt, was das ist. Ich biete dir die Freiheit unter der Voraussetzung, dass du sie anlegst. Versuch es wenigstens.«

»Du hast sie für mich gebaut?« Lazair legte den Kopf schief. »Das ist süß. Und was geschieht dann?«

»Dann wirst du keine Magie mehr benutzen. Nie wieder.«

»Leichte Worte für jemanden, der selbst keine Quelle braucht. Du hattest gut reden, als sie verdarb, *Seressare*.«

Caliyan hielt inne. Das Wort hatte er ewig nicht gehört. Ein Seressare. Das war es, was er war. Magie existierte in ihm. Ein seltenes Geschenk, das Alcaelus, der Anführer der Alten Ordnung, in seinen größten Fluch verwandelt hatte. »Ich hätte auf die Magie verzichtet, wie jeder andere auch.«

»Du warst so gut. So schön. So voller Ideale.« Lazairs Blick fokussierte sich. Etwas Wehmütiges lag darin. Erinnerungen an die goldene Zeit, bevor die alte Quelle für die Eranthi verdarb und nichts als Alte Magie hervorbrachte. »Solange du lebst, brauche ich ihre verdorbene Macht nicht. Lass mir wenigstens meine eigene. Das ist das Geburtsrecht der Eranthi.«

Ein anderer Caliyan. Eine andere Zeit. Er schob die Gedanken fort. »Du hast deine Versprechen mehr als einmal gebrochen, aber wenn du einwilligst, lasse ich dich und Hyranis gehen. Gemeinsam machen wir deinen Bruder ausfindig. Er sorgt sich sicher um dich.«

»Sorgst du dich auch, Caliyan? Mein Bruder und du … ihr habt euch verschworen, wollt mir alles nehmen. Was ist die Alternative?«

Caliyan suchte hinter der Maske des Wahnsinns nach dem Mann, der einst sein Freund gewesen war. Jenem Menschen, der seine Fehler eingestanden hatte und dem er trotzdem nicht hatte helfen können. »Du stirbst. Zusammen mit den anderen.«

Lazair hob die Hand. Im ersten Moment griff er nach der Fessel, aber dann rieb er die schwarz verfärbten Finger aneinander. »Sie noch einmal benutzen zu können, ist all das wert. Lieber sterbe ich als Eranthi, als wie ein Hund zu leben.«

»Du bist verblendet. Krank. Süchtig. Sieh dich doch an. Begreif endlich, was Alcaelus mit dir gemacht hat. Ich war bereit, dir deine Schwäche zu vergeben, obwohl sie mir alles genommen hat.«

»Alles?« Lazair lachte auf. »Vaelen war ein Nichts, *Cal.* Er war deiner nicht würdig, aber du warst der Einzige, der es nicht gesehen hat. Er hat dich zu seiner Hure gemacht, dich manipuliert mit seinem Gerede von Frieden und Demokratie. Ich bereue nichts, nicht einmal das –«

Caliyans Hand schoss durch das Gitter. Seine Finger gruben sich in Lazairs Hals. »Nicht einmal was?«

»Die Karaffe.« Lazair grinste. »Ich … Ich habe das getan.«

Etwas in ihm zerbrach. Er drückte zu. »Du wirst leiden«, sagte er. »Ich werde zusehen, wie du stirbst. Solltest du das Glück haben, auf dem Sand zu überleben, werde ich dich mit meinen eigenen Händen töten.« Er ließ ihn los. Lazair rang nach Luft und richtete den Blick auf Caliyans Hand. Reflexartig ballte Caliyan sie zur Faust.

»Du zitterst. Wann hat das angefangen? Nach der Nacht im Tempel oder erst später?«

»Fahr zur Hölle.« Er überließ Lazair sich selbst. Wie dumm zu glauben, dass es Hoffnung für ihn gab.

»Vielleicht nehme ich dich mit«, echoten Lazairs Worte hinter ihm, gefolgt von seinem irren Lachen. Außer Sichtweite lehnte sich Caliyan gegen das Mauerwerk und zwang sich zu atmen. Seine Hand zitterte schlimmer als je zuvor. Es gab keine Vergebung. Nicht für Lazair noch für irgendjemanden sonst. Er würde seine Rache bekommen, und die ganze Welt sollte dabei zusehen.

# Kapitel 8

## Klingentänzer

Am Ufer des Waldsees ließ Vaelen die Waffen fallen. Sein Blick hielt an Laudan fest, während sein Herzschlag mit dem namenlosen Gefühl um die Wette raste. Es war berauschend. Laudan richtete sein Trainingsschwert auf ihn. Unter dem mit Grasflecken übersäten Hemd bebte seine Brust. »Heb sie wieder auf. Wir sind noch nicht fertig.«

»Wirklich?« Er hob eine Augenbraue. »Ich dachte, du wärst müde.«

»Nicht müder als du, Klingentänzer.«

Vaelen grinste und griff nach den Dolchen. Er hätte ewig weiterkämpfen können. Vor zwei Tagen war das anders gewesen. Zu intensiv, als erwache etwas zum ersten Mal. Jetzt liebte er es, jenen Bewegungen zu folgen, die tief in seinem Inneren verankert zu sein schienen. Er wollte mehr erfahren, mehr kämpfen. Doch vor allem wollte er mehr Zeit mit Laudan verbringen.

Er wirbelte herum, entging so einem Hieb, der von der Seite kam. Seine Hand fand den Boden und stützte sich für einen Sekundenbruchteil auf, bevor er die Klinge nach oben riss. Sie blieb hängen. Etwas ratschte, zerriss schließlich, und er starrte ungläubig auf Laudans Hemd, das in Fetzen hing.

Während er nach Worten rang, landete das zerschlissene Kleidungsstück im Gras. Darunter kamen die Narben zum Vorschein. Größere und kleinere. Der nächste Hieb traf Vaelen ungebremst. Ein anschließender Tritt beförderte ihn zu Boden.

»Hab dich.« Laudan reichte ihm die Hand. Statt sich auf die

Füße ziehen zu lassen, zog Vaelen ihn nach unten. Heftig atmend blieb Laudan auf der Seite liegen, und Vaelen drehte sich zu ihm. In den letzten Tagen hatten sie so hart trainiert, dass jede Faser seines Körpers schmerzte wie ein zum Zerreißen gespanntes Seil. Auch Laudan war erschöpft, obwohl er es vermutlich nie zugeben würde. Einzig seine zufallenden Augen verrieten ihn.

»Ruh dich aus«, sagte Vaelen sanft. »Gut gekämpft.«

»Du auch.« Ein Lächeln breitete sich auf Laudans geröteten Wangen aus. Bald beruhigte sich sein Atem. Vaelen wurde nicht müde, ihn anzusehen, und hätte ihm am liebsten die blonden Strähnen aus dem Gesicht gestrichen, über die die Sonne hinwegtanzte. Dieser neunte Herbsttag seit Iovis' Aufbruch war ungewöhnlich mild. Doch selbst als die Wellen sich auftürmten und sie mit verschlungenen Händen an den Klippen gesessen hatten, war nichts als Wärme in ihm gewesen.

Mit dem Einbruch der Dämmerung säuselte der Wind und erfüllte die Luft mit der salzigen Schwere der See. Lautlos erhob er sich, um seinen Umhang zu holen. Als er Laudan damit zudeckte, fiel sein Blick auf die Narbe an dessen Rücken. Ein tiefer, gebogener Schnitt vom Schulterblatt bis zur Taille. Daneben weitere, feinere Narben, aber diese Wunde war ernst gewesen. Sehr ernst. Schläfrig rollte sich Laudan auf den Rücken und sah ihm entgegen.

»Du sahst aus, als würdest du frieren«, sagte Vaelen schnell und erwiderte sein Lächeln.

»Danke.« Laudan erforschte ihn mit seinem Blick. »Was bedrückt dich?«

Fast hätte er den Kopf geschüttelt, doch er wollte glauben, dass sie einander so nahestanden, dass er fragen durfte. »Die Narbe. Was ist passiert?«

Neben ihm setzte sich Laudan auf. Der Umhang rutschte von seinen Schultern, und er beließ es dabei. »Alte Kriegsverletzungen.«

»Hast du deshalb die Tür geschlossen? Weil du nicht wolltest, dass ich sie sehe?«

»Was?« Laudan zog die Augenbrauen zusammen. »Mir ging es einfach nicht gut an diesem Abend. Wegen Teralyn …«

»Verzeih. Und ich dachte, du würdest –«

»Sie verstecken? Stören sie dich?«

»Nein.« Er streckte die Hand aus. »Darf ich?«

»Ja.«

Sein Herz schlug heftig. Behutsam fuhr er jene Narbe nach, die an Laudans Schulterblatt begann. Laudan flüsterte seinen Namen. Statt zu antworten, setzte Vaelen sich hinter ihn und schlang die Arme um ihn. Einen Moment lang war ihm, als ginge er zu weit. Als überschreite er eine Grenze, von der Laudan nicht wollte, dass er sie überschritt. Dann lehnte Laudan sich gegen ihn und ließ den Kopf auf seine Schulter sinken. Nie war er ihm so nahe gewesen. Es fühlte sich gut an. Richtig.

»Ich war kaum dreizehn Jahre alt, als ich zum ersten Mal auf einem Schlachtfeld stand«, sagte Laudan, und Vaelen begriff sofort, dass dies einer jener seltenen Momente war, in denen Laudan sich öffnete. »Ein Axthieb zertrümmerte meine Rüstung und riss mich aus dem Sattel. Zwischen den Toten suchte ich nach meinem Schwert. Bevor ich es erreichte, hob es jemand auf. Ich sah nur seine Stiefel, bevor er mir damit den Rücken aufschlitzte. Doch als ich aufblickte, mich irgendwie aufrappelte und den Feind ansah, hielt er inne. Danach bin ich in den Matsch gesunken, habe geschrien, bis mir schwarz vor Augen wurde. Erst viel später bin ich wieder wach geworden. In einem Bett, wo mich ein Schmerz durchzuckte, der so grässlich war, dass ich ihn nie vergessen werde. Es war Wundbrand.«

Seine Finger wanderten über Laudans angespannten Arm. Dass ihm so früh etwas so Entsetzliches geschehen war, tat ihm leid. »War es Teralyn, die dir geholfen hat?«

»Nein, es passierte in Ethelis. Mein Vater saß an meinem Bett. Als ich vor Schmerzen stöhnte, flüsterte er mir etwas zu, das ich nie vergessen werde. *Entweder du überlebst das hier und wirst zu einem Mann, oder du stirbst wie ein dummer Junge, der sein Schwert verloren hat.*«

Vaelens Hand hielt in ihrer Bewegung inne. Beinahe hätte er sie zur Faust geballt. Welcher Vater ließ seinen Sohn so jung kämpfen und richtete solche Worte an ihn? Die vielleicht letzten, die er je hören würde? »Es tut mir so leid.«

»Das muss es nicht. Ich bin hier. Ich lebe.«

»Aber wie konnte er so etwas sagen? Du warst ein Kind, hattest Schmerzen. Todesangst.«

»Du kennst ihn nicht. Als ich Teralyn begegnete, habe ich mich von ihm abgewandt.«

»Das ist gut.« Er seufzte leise, als Laudans Hand die seine fand. »Gehst du zurück nach Ethelis, weil du deine Heimat verteidigen willst?«

»Ich habe bloß einen Teil meiner Kindheit dort verbracht. Wenn ich die Rebellion verteidigen kann, tue ich es, egal wo.«

Da war er wieder, dieser Wunsch, der aus Laudan sprach. Dieser ungebrochene Wille.

»Hast du keine Angst zu sterben?«

Laudan wandte sich ihm zu. »Ich habe Angst davor, nicht zu leben, Vaelen. Ein Leben ohne Freiheit ist es nicht wert, gelebt zu werden. Ich kann nicht tatenlos zusehen, wie die Heressia unschuldige Menschen unterdrückt und tötet.«

»Du bist so mutig. Das bewundere –«

»Manchmal weiß ich nicht, ob es Mut oder Dummheit ist.«

»Erzähl mir von Ankhad«, wechselte Vaelen das Thema. Er wollte Laudan lächeln sehen, und Laudan tat es, während sein Blick in die Ferne schweifte.

»Ankhad ist die schönste Stadt der Welt und eine Festung zugleich. Vom Gebirge aus erstrecken sich ihre goldenen Dächer bis zum Meer. Kleine Kanäle schlängeln sich durch die Oberstadt. Boote fahren darauf. Die Bewohner schmücken ihre weißen Villen mit Blumen … Die Unterstadt ist anders. Wild und voller Leben. In ihrer Bucht liegt weißer Sand. Er ist ganz warm unter den Füßen.«

»Das klingt schön.« Sehnsucht überkam ihn. »Eines Tages möchte ich das alles gern sehen.«

»Das wirst du.« Laudan lächelte.

Sie verweilten beisammen, bis die Dunkelheit über sie hereinbrach. Ein Gedanke stieg in ihm auf. Ein Wunsch vielmehr. In der Ferne grollte der Donner und kündete von einem heraufziehenden Sturm.

Auf dem Waldweg hielt Vaelen inne. »Ich kaufe in Cerza etwas zu essen. Geh schon mal vor. Ich bin bald wieder da.«

Im Wirtshaus erstand Vaelen ein duftendes Bündel, mit dem er durch die Dunkelheit rannte. Regen prasselte durch das Blätterdach, und Blitze zuckten darüber. Unwillkürlich trat ein Lächeln auf seine Lippen. *Einen Sturm* hatte Laudan ihn genannt. *Klingentänzer*. Laudan löste etwas in ihm aus, das er kaum in Worte fassen konnte. Es tat gut, ihm nahe zu sein. So gut.

Die durchnässte Kleidung klebte ihm am Körper, doch er fror nicht. Etwas rauschte in seinen Adern, tobte wie der Sturm. Diesmal war es ein angenehmes Gefühl, von dem er glauben wollte, dass es Laudan galt.

Vor der Hütte zerriss ein Wiehern die Nacht. Iovis war zurückgekehrt. Vaelen verlangsamte seinen Schritt. Er hatte sich das alles anders vorgestellt und trat zögerlich ein.

Iovis und Laudan saßen beisammen und wandten sich um. Dunkle Ringe hatten sich unter Iovis' Augen gegraben. Er sah älter aus. Abgekämpft.

»Iovis«, war das Einzige, was er hervorbrachte, bevor Iovis ihn in die Arme schloss. »Aber ich bin –« Vaelen hielt ihn fest. *Völlig durchnässt*. Er blickte über Iovis' Schulter hinweg zu Laudan. Die Art, wie er mit durchgedrücktem Rücken dasaß, die Hände fest ineinander verschränkt, hatte nichts mit jenem Mann gemein, der sich in seinen Armen hatte fallen lassen.

Iovis ließ ihn los. Vaelen suchte in seinem Blick nach einer Antwort. »Ist etwas passiert? Geht es dir gut?«

»Sorge dich nicht, Junge. Komm, trockne dich ab und setz dich zu uns.«

Vaelen rührte sich nicht. Irgendetwas stimmte nicht, und sie wollten nicht, dass er davon erfuhr. »Was ist mit der Nachricht?«

»Ich habe sie überbracht. Was der innere Kreis damit macht, bleibt ihnen selbst überlassen.«

Der Sturm riss an den Fensterläden. Vor der Hütte fiel einer der Eimer zu Boden und schepperte gegen die Tür. Laudan erhob sich. »Ich muss sofort los.«

»Du holst dir den Tod da draußen.« Vaelens Kehle war zugeschnürt. Wasser tropfte ihm aus den Haaren und rann über sein Gesicht. Er stellte sich Laudan in den Weg. *Nicht jetzt,* wollte er sagen. *Nicht so. Nicht ohne mich.*

Schmerz flackerte in Laudans Blick. Er öffnete die Lippen, um etwas zu sagen, doch Iovis kam ihm zuvor: »Vaelen hat recht. Lass Gavis ausruhen. Der Ritt war hart.«

»Gut, aber im Morgengrauen muss ich fort.« Laudan streckte die Hand nach ihm aus, doch mitten in der Bewegung hielt er inne. »Trockne dich ab«, flüsterte er.

Vaelen nickte nur, konnte kaum klar denken. Er zog die nasse Kleidung aus, und Laudans Blick verharrte auf der Narbe an seiner Hüfte, die der seinen so ähnlich sah. Hastig streifte er etwas Frisches über und ging in die Küche, um das Essen zuzubereiten. »Ich habe Räucherfleisch mitgebracht.«

Iovis musste hungrig sein. Als dieser ihm helfen wollte, winkte Vaelen ab. Stattdessen war es Laudan, der sich zu ihm gesellte. So nah, dass Laudans Oberarme seine Schultern berührten. Schweigend würfelten sie das Gemüse. »Ist das damals passiert?«, flüsterte Laudan und deutete auf seine Hüfte.

Er nickte nur, obwohl diese eine Narbe damals schon längst verblasst gewesen war. Es war leichter so. »Vermutlich die Felsen.«

»Verdammt … und doch fürchtest du die See nicht.«

»Das habe ich nie.«

Einen flüchtigen Moment strich Laudans Hand über die seine. Gemeinsam setzten sie sich an den Tisch und aßen, obwohl niemand hungrig zu sein schien, selbst Iovis nicht. Anschließend holte Laudan seine Tasche aus der Kammer, damit Iovis schlafen konnte, und breitete sich eine Decke auf dem Küchenboden aus.

»Nimm mein Bett«, sagte Vaelen.

»Nicht nötig.«

»Aber ich will es so.« Er lächelte, obwohl ihm die Zeit davonlief. Was sollte er nur tun? Er könnte kämpfen, ihm folgen.

Laudan klopfte ihm auf die Schulter. »Du bist unverbesserlich. Ich hätte gern weiter mit dir trainiert. Danke, dass ich mein Leben eine Weile vergessen durfte.«

»Danke für das Training.« Vaelen wandte sich ab. Laudan zog nicht in Erwägung, ihn mitzunehmen. Die Erkenntnis schmerzte, genau wie die Endgültigkeit seiner Worte. Mit der Öllampe ging Laudan zu seinem Bett, löschte das Licht und ließ ihn in der Dunkelheit zurück. »Schlaf gut.«

»Du auch.«

Vaelen legte sich auf die Decke und fand keine Ruhe. Es durfte nicht so enden. Tief in Gedanken, starrte er vor sich hin, bis der Sturm nachließ und ihn die Furcht überwältigte, dass er seine womöglich letzte Chance verpasste. Und so erhob er sich und schlich zu Laudan hinüber, der die Beine dicht an den Körper gezogen hatte. Behutsam berührte er ihn an der Schulter. »Laudan …?«

Laudan bewegte sich. War auch er wach gewesen? »Alles in Ordnung?«

»Können wir reden?« Er hasste das Flehen in seiner Stimme, die Schwäche, von der er nicht wollte, dass sie nach außen drang.

»Was ist los?« Laudan setzte sich auf.

»Nicht hier. Komm mit nach draußen, bitte.« Er reichte Laudan den Umhang und schlang sich seinen um die Schultern.

Draußen peitschte der Regen. Erst vor dem Abhang blieb er stehen und wandte sich Laudan zu. Ohne zu zögern, ergriff er seine Hand.

»Du bist so warm«, kam Laudan ihm zuvor. »Als würde deine Wärme in mich hineinfließen.«

Er wollte etwas sagen, verstand nicht.

»Du musst dich nicht verstecken. Mittlerweile weiß ich, wieso du gefragt hast, ob Teralyn bei mir war, als ich verwundet wurde. Du hast eine Gabe wie sie. Magie. Aber wenn du mich berührst, ist es anders. Intensiver.« Behutsam verschränkte Laudan ihre Hände. »Ich spüre sie.«

Vaelen schloss die Augen und nahm mit aller Deutlichkeit wahr, was ihn vor zehn Tagen gerufen hatte. »Und ich spüre die deine. Wieso hast du nichts gesagt?«

Laudan ließ ihn los. Das Gefühl endete abrupt. »Du täuschst dich.«

»Vielleicht täusche ich mich«, sagte er. Doch er täuschte sich nicht. Noch vor einer Sekunde hatte er nicht gewusst, wo seine Magie endete und Laudans begann. »Ich möchte dich begleiten. Nimm mich mit.«

»Oh Vaelen …«

»Ich will es so. Ich kann kämpfen.« Er schob die Hand unter Laudans Umhang, ließ seine Finger über die angespannten Muskeln seines Rückens gleiten. Ein bittersüßes Gefühl überkam ihn, als Laudan ihn mit demselben Blick ansah wie in der Hütte. Demselben Schmerz. Laudan zog ihn an sich. Seine Arme schlossen sich um ihn und hielten ihn so fest, dass es seine Worte Lügen strafte. »Du kannst mich nicht begleiten.«

»Aber du willst es auch«, flüsterte er, als Laudans warmer Atem über seinen Nacken glitt.

»Ich will nichts mehr als das, aber es geht nicht, Vaelen. Es geht aus so vielen Gründen nicht. Ich habe dir nicht die ganze Wahrheit gesagt und kann es auch jetzt nicht tun. Es steht zu viel auf dem Spiel, und du wärst nicht der Erste, der für dieses Wissen stirbt.«

»Egal, was es ist … lass mich dir helfen.«

Sanft schob Laudan ihn von sich und legte ihm die Hand auf die Wange. Sie war warm, trotz des Regens. »Sieh mich an. Du bist wundervoll, das bist du wirklich. Alles an dir ist vollkommen. Erinnerst du dich noch daran, was ich über Freiheit gesagt habe?«

Vaelen biss sich auf die Lippe, erstickte den Schmerz, der ihn zu zerreißen drohte.

»Das hier«, fuhr Laudan fort. »Dein Leben. Die Möglichkeit zu tun, was du willst, wann immer du willst, das ist wahre Freiheit. Das ist mir in den letzten Tagen klar geworden, und dafür danke ich dir. Wirf das nicht weg.«

Viel zu schnell zog Laudan die Hand fort. Wie gern hätte er sie festgehalten. »Du willst mich schützen«, sagte er mit rauer Stimme. »Dabei könnte ich es sein, der dich beschützt.«

»Wenn der Krieg vorbei ist, komme ich zurück. Dann finden wir die Wahrheit über dich heraus, wie du es dir gewünscht hast.«

Er nickte, obwohl Laudan dieses Versprechen nur machte, um ihn zu beruhigen. Genauso gut hätte er *in einem anderen Leben* sagen können. »Ich –«

Laudan legte ihm den Finger über die Lippen. »Nicht«, flüsterte er. »Nicht …«

Und so schwieg er, verschloss die Worte in seinem Herzen. Doch seine Magie sang sie trotzdem.

Am nächsten Morgen war Laudan fort. Wie betäubt schleppte Vaelen sich nach draußen, nur um zu sehen, dass auch Gavis nicht länger unter dem Dachüberstand wartete. Laudan war aufgebrochen. Einfach so, ohne Abschied.

Die Leere in seiner Brust brannte heftiger als in jenem Moment, in dem er ohne Erinnerungen erwacht war. Er ließ sich auf das Bett fallen, vergrub das Gesicht in den Kissen, die jetzt nach Laudan rochen, und erstickte, was in ihm aufzusteigen drohte. Was hatte Laudan vor ihm verborgen? Wieso hatte er ihm nicht trauen können?

Als er sich schließlich aufsetzte, fiel sein Blick auf ein ledernes Bündel, das auf seiner Truhe lag. Gestern war es noch nicht da gewesen. Er nahm es. Seine Finger zitterten, als er es öffnete. In dem weichen Leder lagen zwei gleiche Dolche aus kunstvoll gearbeitetem, sich verjüngendem Stahl. Eingearbeitete Ranken verzierten die Parierstangen unterhalb der lederumwickelten Hefte, um die er behutsam die Hände schloss. Nie hatte er solche Waffen gesehen. Sie waren wunderschön, wahre Meisterwerke. Laudan hatte sie für ihn dagelassen. Woher er sie hatte, war ihm ein Rätsel.

Schritte drangen aus Iovis' Kammer. Hastig wickelte Vaelen die Dolche wieder ein und versteckte das Bündel am Boden der Truhe. Die Tür knarzte. Iovis trat heraus und grüßte ihn. »Alles in Ordnung?«

»Ich weiß nicht«, gestand er.

»Ist Laudan schon fort?«

»Ja.« Er wollte nicht reden, doch Iovis setzte sich zu ihm auf die Bettkante.

»Du hast ihn gerngehabt, nicht wahr?«

»Sehr gern.«

»Ihr habt euch gut verstanden, das habe ich gleich bemerkt.« Iovis lächelte. »Verurteile ihn nicht dafür, dass er gegangen ist. Bewahre die Erinnerungen in deinem Herzen, mein Junge. Wenn das Schicksal es will, werdet ihr euch wiedersehen.«

Er schluckte schwer und umarmte Iovis, der ihn besser kannte, als er je für möglich gehalten hatte.

»Möchtest du fischen gehen?«

»Das würde ich gern.«

Mit jedem Tag, der verstrich, wuchs der Schmerz, den Laudans Verschwinden gerissen hatte. Mehr als eine Woche lag ihre gemeinsame Zeit zurück, dieser Vorgeschmack auf ein anderes Leben, von dem Vaelen nicht einmal geahnt hatte, dass es überhaupt existierte.

Laudan hatte unrecht gehabt. Nicht er war der Sturm. Laudan war es. Er hatte alles hinweggefegt wie jener Orkan, der die Klippen unter sich ertränkte und ihn seit Tagen in der Hütte gefangen hielt. Er liebte Iovis, doch er ertrug die Enge nicht – nicht jetzt, wo die

Tatsache, dass er hatte fortgehen wollen, wie ein schlecht gehütetes Geheimnis zwischen ihnen lag.

Am späten Nachmittag watete Vaelen durch den strömenden Regen zu Raelia. Er ließ sich Zeit; ließ die eisigen Tropfen auf seine Haut prasseln, bis er wieder atmen konnte. So überquerte er die Lichtung und schlich um die windschiefe Hütte herum, aus deren Schornstein Rauch in den wolkenverhangenen Himmel stieg.

Drinnen fiel er Raelia in die Arme. In jener Nacht war er bereit gewesen, nicht nur Iovis zurückzulassen, sondern auch sie, und er schämte sich dafür. Gemeinsam saßen sie auf ihrem Bett, beide in dicke Decken gehüllt, während er Raelia erzählte, was passiert war. Er hätte früher kommen sollen.

»Er fehlt mir.« Bei ihr konnte er es sagen. Sie verurteilte nicht. Weder Laudan, weil er einfach so gegangen war, noch ihn, weil er hatte gehen wollen.

Unter der Decke ergriff sie seine Hand und hielt sie fest. »Ich habe euch zusammen gesehen. Wenn er gesagt hat, dass er wiederkommt, wird er es tun.«

»Vielleicht ist er schon tot …«

Sie sah ihn an. »Wieso sagst du das?«

»Ich wäre ihm in den Krieg gefolgt«, gestand er. »Er kämpft für die Rebellion.«

Raelias Hand krampfte sich um die seine. Er wusste, was in ihr vorging, wie sie ihre Familie verloren hatte. »Du hättest es mir sagen sollen.« Sie presste die Kiefer aufeinander. In diesem Moment war er unendlich dankbar dafür, dass sie nicht fragte, warum ein Rebell zehn Tage bei ihnen verbracht hatte.

»Du hättest versucht, mich umzustimmen.«

»Ist das so falsch? Nicht erleben zu wollen, wie die Heressia noch mehr Menschen tötet, die einem etwas bedeuten? Sie kamen nach Kionne und haben mir alles genommen. Meine Eltern. Meine Heimat, selbst meinen kleinen Bruder. Er wäre heute in deinem Alter, wenn die Heressia ihn nicht getötet hätte.«

Sein Magen verkrampfte sich. »Deinen Bruder? Das hast du mir nie erzählt.«

»Es ist fünf Jahre her, Vaelen. Du hattest deinen Schmerz, und ich hatte meinen, und wenn wir zusammen waren, waren wir beide irgendwie heil. Du magst nicht mein echter Bruder sein, aber ich liebe dich wie einen.«

»Verzeih mir«, sagte er sanft. »Von jetzt an werde ich dir die Wahrheit sagen.« Eine Weile blickte er ins Nichts, bevor er jenes Geheimnis aussprach, das er so lange mit niemandem außer Teralyn geteilt hatte. »Ich glaube, ich bin ein Magier.«

»Übertreib's nicht.« Raelia lachte auf, und er konzentrierte sich auf jene Wärme, die durch seinen Körper floss. Vielleicht konnte er sie Raelia zeigen. Irgendwie.

Die Empfindung wurde heftiger, bäumte sich auf wie die See, die sich in immer höheren Wellen an den Klippen brach, und entlud sich schließlich in einem Schmerz, so übermächtig, dass er ihm den Atem nahm. Er schrie und sackte gegen Raelia. Dabei schoss seine Hand zur rechten Seite seines Halses, die schmerzte, als triebe jemand ein Messer hinein.

Raelia fing ihn auf, die Augen geweitet in schierer Panik. »Vaelen, was ist mit dir?«

Sein Atem kam stoßweise. Sie löste seine Hand. Stattdessen krampften sich seine Finger in ihren Arm, drückten so fest zu, dass er ihr wehtun musste.

»Da ist nichts an deinem Hals. Sieh mich an.«

Er hielt an Raelias Blick fest, doch ihm wurde schwarz vor Augen.

»Vaelen …«

Sein Blick irrte ins Leere, bis er Raelias fand, die ihn in den Armen hielt. Schwindel überkam ihn, als er sich aufsetzte. Raelia wollte ihn festhalten, aber er schob sie zurück. »Geht schon.«

Seine Kehle war wie aufgescheuert. Er rieb sich den Hals, in dem noch immer ein dumpfer Schmerz tobte. Beim Anblick von Raelias

Unterarm erschrak er. Wo er ihn umklammert hatte, malte sich eine dunkle Druckstelle ab. »Es tut mir leid …«

»Schon gut.« Raelias Augen waren gerötet. »Was war das …? Du hast geschrien.«

»Geschrien …?«, fragte er. »Was denn?«

»Deinen Namen.«

# Kapitel 9

## Leben oder Sterben

Laudan blinzelte gegen die tief stehende Herbstsonne, die das Lager in gleißendes Licht hüllte. Vor seinem Zelt hatten sie seine prunkvolle Rüstung auf einem Rüstungsständer drapiert. Zwei Knappen eilten herbei, um sie ihm anzulegen. Mit geschickten Handgriffen zogen sie ihm die Stahlstiefel an und schnürten seine Beine in glänzend polierte Platten.

Seine Augen waren dabei auf die See gerichtet, nicht auf Ethelis und ebenso wenig auf die Tausenden Soldaten, die sich mit ihm bereit machten. Es hatte etwas Tröstliches, auf dasselbe Meer hinauszublicken, das sich an den Obsidianklippen aufbäumte. Doch hier gab es keine Steilküste, sondern sattgrüne Hügel. Als Kind war er mit einem Holzschwert über diese Hänge gerannt, um Krieg zu spielen. In seiner kindlichen Unschuld hatte er nicht geahnt, dass er sein Leben lang nichts anderes tun würde.

Die Knappen zurrten seinen lilienverzierten Brustpanzer fest. Er schloss die Augen und ließ sich vom Lied der See forttragen, bis er wieder bei Vaelen war, der völlig durchnässt am Rande der Klippe stand. War es erst einige Tage her? Wie gern hätte er jenes warme Flüstern gehört und es für immer in seinen Erinnerungen festgehalten. Doch hätte Vaelen jene Worte ausgesprochen, hätte er vielleicht niemals gehen können. Also hatte er ihn zum Schweigen gebracht und hasste sich dafür.

Vor seinem Aufbruch hatte er Vaelen betrachtet. Er sah anders aus, wenn er schlief. Von einer wehmütigen Schönheit, die geschwungenen Lippen leicht geöffnet, während er die Brauen ein wenig zusammenzog. Am liebsten hätte er ihn in den Armen gehalten und ihn um Vergebung gebeten, weil er jemand Besseren verdiente als einen Feigling wie ihn. Stattdessen war er gegangen und verzehrte sich seitdem nach nichts anderem.

In Ankhad waren ihm kaum zwei Tage bis zum Aufbruch geblieben, keine Zeit für ein ausgedehntes Gespräch mit seinem Vater. Was im Kriegsrat gemunkelt wurde, reichte ohnehin. Athos hatte Teralyns Kopf aufspießen lassen und ihn zur Warnung in der Unterstadt ausgestellt. In der Nacht schlich Laudan dorthin, um Bast aufzusuchen, und fürchtete dabei den Anblick. Aber der Speer war ebenso fort gewesen wie Teralyns Gefährte.

Am nächsten Morgen hätte er Athos beim Abschied am liebsten seine Klinge in die Brust gerammt. Stattdessen war er sachlich geblieben, innerlich tot, als habe er sein Herz an den Obsidianklippen zurückgelassen, und vielleicht hatte er das auch.

»Lord Calieri …?« Entschuldigend hielt ihm der Knappe eine Armschiene entgegen. Laudan streckte die Arme aus und ließ sich den Rest der Rüstung anlegen. Anschließend folgte der Waffengurt mit dem Familienerbstück und einer verzierten Pistole.

Er trat zurück und warf einen flüchtigen Blick in den Spiegel, den sie ihm hinhielten. Was würde Vaelen von ihm denken, falls er ihn so sah? Den heressianischen Feldherrn, der alles verkörperte, was er hasste?

Ein Horn erklang. Die Truppen formierten sich. Er dankte den Knappen, steckte einen Dolch in seinen Stiefel und bahnte sich einen Weg zu dem reich geschmückten Zelt in der Lagermitte.

Im Inneren beugten sich seine Kommandanten über eine Karte von Ethelis. Lord Eskel, der sich gegen seine Ernennung zum Feldherrn ausgesprochen hatte, wandte sich an Reskir, wahrscheinlich um ihn zu belehren, doch Reskirs Gesichtszüge blieben reglos. Laudan und er nickten einander zu, als hätten sie einen stillen Pakt geschlossen. Der alte Lord Vaskari hatte den Wunsch geäußert, dass sein Sohn seine Prüfungen ablegte und zu führen lernte. Ethelis testete sie beide.

Zügig erläuterte Laudan die Angriffsstrategie, die er hoffentlich nicht anwenden musste, und entließ die Kommandanten. Die Schlacht war beinahe greifbar. Die Schreie, das Schlagen von Stahl auf Stahl, das Schieben und die Enge.

Vor dem Zelt wandte sich Reskir an ihn: »Verzeiht, Lord. Eine Frage.«

Er nahm Reskir zur Seite. Die Kommandanten strömten an ihnen vorbei zu den Truppen. »Sprich freiheraus.«

»Ich muss wissen, ob ich meine Männer anweisen soll, Gefangene zu nehmen.«

Jegliche Versuche, in Reskirs Gesicht zu lesen, scheiterten. Es war eine Maske wie das seine. Zweifelte er etwa den Kodex an, oder kannte er ihn nicht?

»Zitiere den dritten Abschnitt des achten Kapitels der fünften Abhandlung zur Kriegsführung«, forderte er, ohne den Blick abzuwenden.

»Im Rahmen einer direkten militärischen Konfrontation sind mit Ausnahme der gegnerischen Führungsriege keine Gefangenen zu nehmen.«

»Da hast du deine Antwort.« Übelkeit stieg in ihm auf, Erinnerungen an Kionne.

Reskir verbeugte sich. »Verzeiht, Lord. Die Antwort lag vor mir.«

»Manchmal vergisst man das Offensichtliche. Pass auf dich auf.« Er klopfte Reskir auf die Schulter und lief los. Wieso hatte er das gesagt? Bevor er außer Hörweite war, zischte Lord Eskel Reskir zwei Worte zu: »Keine Gnade.«

Wenig später trieb Laudan sein weißes Schlachtross an die Spitze der Truppen. Die Reihen drängten dicht an dicht. Kavallerie und Infanterie im Wechsel, dazwischen fahrbare Rammböcke und Ballisten. Ihr Ausgangspunkt war eine bewaldete Ebene im Osten. Aufgrund des abfallenden Terrains war sie von Ethelis aus kaum einsehbar, obwohl die Stadt vor ihnen aufragte wie eine weiße Festung. Ursprünglich so prunkvoll wie Ankhad, hatte der Krieg eine

Bresche in die zwei ringförmig übereinander angelegten Ebenen gerissen, die von hohen Mauern umgeben waren. Einzig der innere Ring mit seinen Prunkbauten kündete von der Schönheit vergangener Tage. Bekrönt wurde er von sechs schmalen Türmen mit goldenen Dächern. Einst, so hieß es, hatte es in der Zitadelle einen ebensolchen Turm gegeben.

Vor dem Heer machte Laudan halt. Die gesichtslose Masse blickte ihm entgegen, bereit, Ethelis an jener Stelle zu stürmen, wo Athos sie verloren hatte. *Bestien.* Er führte Bestien an. Sein Griff krampfte sich um die Lanze mit der heressianischen Flagge. Unter dem Tosen der Menge streckte er sie in den Himmel.

»Mein Leben für die Heressia!«, schrie er, und Tausende Stimmen antworteten. Ein Knappe nahm ihm das unhandliche Ding ab. Kurz schien die Welt stillzustehen. Über ihnen kreisten die Möwen und scherten sich nicht um den Krieg der Menschen. Laudan schluckte herunter, was in ihm tobte, zog sein Schwert und deutete mit der Spitze auf den Ostwall. »Heute holen wir uns zurück, was uns gehört. Für die Heressia. Für den Sha. Angriff!«

Er ritt los. Eine Lawine folgte. Die Kavallerie schloss zu ihm auf und galoppierte in Formation. Gleich würde er Gewissheit haben. Er hasste die Sekunden vor dem Sturm, die Zeit in der Schwebe, bevor sich das Schicksal entschied. Während er sein Pferd antrieb, betete er, dass seine Warnung nicht vergeblich gewesen war. Wie konnte er das Schwert mit denen kreuzen, die er hatte warnen wollen?

Der Wall raste auf ihn zu. Keine Bogenschützen, keine Kanoniere, nichts. Er riss an den Zügeln und ritt an den Reihen der leichten Infanterie vorbei. »Enterhaken!«

Im Schatten des Walls flogen Seile gen Himmel. Ihre Haken klirrten gegen den massiven Stein. Die Ersten zogen sich nach oben und erklommen die Mauern. Laudan wagte es kaum zu atmen, wartete auf Schreie, brennendes Pech oder eine Pfeilsalve, doch im Inneren blieb alles still. Als die Soldaten das Stadttor hochzogen, erlaubte er sich zu hoffen. Die Infanterie strömte hinein. Er trieb sein Pferd in die Menge. Reskir ritt neben ihm. Unter dem hochgeklappten Visier war sein Blick ungläubig.

Wohnhäuser flankierten die schmale Straße hinter dem Tor; manche dächerlose Ruinen, andere behelfsmäßig wiederaufgebaut. Die schweren Stiefel der Soldaten hämmerten in der Stille. Sein Pferd trampelte über Obst, Scherben und Teile von geborstenen Marktkarren hinweg, die überall verstreut lagen.

Auf einem Platz teilte sich die Sturmspitze und strömte an der überlebensgroßen, geköpften Statue in seiner Mitte vorbei. Es war Korelian Destine, der heressianische Admiral, der die Schlacht an den Obsidianklippen befehligt hatte. Seit seinem Tod trug das beste Schiff der Flotte seinen Namen. Hinter ihm wehte eine Rebellenflagge. Ein Infanterist riss sie zu Boden, wo sie unter den Stiefeln der Soldaten verschwand.

Sie folgten einer Trümmerallee hinauf zum inneren Ring und stürmten ihn ohne Gegenwehr. Zwischen den Truppen ritt er zum Platz der Türme. Hier, im Herzen der Stadt, abgetrennt von einem weißen Wall, wie die Zitadelle von Ankhad, war er aufgewachsen. Die Villa, in der er gelebt hatte, ragte vor ihm auf, umschlossen von wildem Grün. Weit darunter brach sich die See in sanften Wellen. Könnte er doch nur zurückkehren an jenen Ort, wo sie rau war, zurück zu Vaelen.

Begleitet vom Jubel der Truppen, ritt er auf das säulenumgebene Ratsgebäude mit der reich verzierten Kuppel zu. Auf der Freitreppe sammelten sich die Kommandanten. Das kunstvolle Portal stand offen. Soldaten strömten daraus ins Freie. Zweifelsohne hatten sie jeden Winkel des Gebäudes bereits durchsucht. Yria Daurell, oder wer auch immer die Fäden der Rebellion in der Hand hielt, hatte seine Warnung beherzigt. Sie hatten Ethelis aufgegeben. Kampflos.

Laudan stieg vom Pferd, schritt die Stufen hinauf und nahm den Helm ab. Er hatte Teralyns letzten Wunsch erfüllt und lebte. Reskir lächelte, offenbar erleichtert, einer Schlacht entgangen zu sein. Ein einfacher Sieg, aus dem die Heressia einen großen Triumph machen würde. Einzig Lord Eskel schien enttäuscht. »Das kann doch nicht alles gewesen sein«, murmelte er in die Runde. »Vielleicht hat sie jemand gewarnt.«

Laudan trat neben ihn. »Es sieht eher nach einem überstürzten Aufbruch aus.«

»So ein Haufen Feiglinge«, mischte sich Kommandant Zentaros ein. »Im Hinterland holen wir sie uns.«

»Zuerst sichern wir Ethelis«, mäßigte Laudan ihn. »Wie es danach weitergeht, obliegt dem Kriegsrat.«

Der Kommandant deutete eine Verbeugung an. Mittlerweile versammelte sich ein Großteil ihrer Streitmacht auf dem Platz. Laudan wartete, bis die meisten eingetroffen waren, und trat vor.

Er ließ die Eindrücke auf sich wirken, die Massen, den verblendeten Jubel, bevor er die Hand hob. Die Truppen verstummten, erwarteten, dass er den Sieg verkündete.

»Soldaten«, erhob er die Stimme. »Wir haben heute –«

Weiter kam er nicht.

Etwas ging auf sie nieder. Groß und brennend und alles verschlingend. Ein Aufprall. Schreie. Darunter sein eigener. Dunkelheit.

Er kämpfte sich auf die Knie. Hustete, würgte. Seine Ohren dröhnten. Feuer loderte. Tote. So viele Tote. Ein paar Schritte entfernt lag Reskir und rührte sich nicht. Durch den Rauch kroch Laudan zu ihm und drehte ihn um. Reskir atmete noch, hustete ebenfalls und riss die Augen auf.

Zwischen dem Gedränge aus schreienden Soldaten schleifte Laudan ihn zu einer Nische. Unterhalb der Säulen kauerte er sich zu ihm, wohl wissend, dass der Stein sie nicht schützen würde. Vor ihnen lag Kommandant Zentaros in seinem Blut. Von Lord Eskel fehlte jede Spur.

Reskirs Atem raste. »Was … geschieht hier?«

»Ein Hinterhalt.« Auf der Suche nach Angreifern huschte Laudans Blick umher. Sein schlimmster Albtraum bewahrheitete sich. Eine weitere Explosion. Wieder eine. Wo sie aufschlugen, stoben

Flammen in den Himmel. Keine normalen Geschosse brannten so. Er wandte sich Reskir zu. »Bleib unten.«

*Jetzt.* Laudan riss den Arm vors Gesicht und rannte durch den Rauchschleier. Soldaten drängten gegen ihn. Diejenigen, die gestürzt waren, schrien und ächzten unter den schweren Stiefeln der anderen. Zwischen ihnen irrte er vorwärts. Ein Flackern glomm über ihnen auf, unendlich viel heller als die Sonne. Geblendet warf er sich gegen einen Statuensockel und entging so dem Inferno, das über den Platz hinwegfegte. Der Infanterist vor ihm stöhnte, bevor er leblos zusammensackte.

Laudan fluchte, musste den Befehl geben, wenn er leben wollte. Er wollte das nicht tun, wollte ... »Sie sind in den Türmen!«, schrie er und zwang sich aus der Deckung. »Stürmt die Türme.« Keuchend suchte er Schutz am Fuße des Walls. Andere trugen seinen Befehl weiter, der bald über den Platz hinweghallte und das Todesurteil der Rebellen besiegelte. Seine Hand krampfte sich um sein Schwert. Er war nicht hierhergekommen, um die Rebellion zu vernichten. Die Blicke der Soldaten durchbohrten ihn. Sie kannten den Kodex, wie er ihn kannte. Kriegsgericht und Tod für jeden, der desertierte. »Zu den Türmen!«

Jenseits des Rauchschleiers hieb ein junger Unteroffizier mit dem Schwertknauf auf einen verrammelten Turmeingang ein. Das Holz barst. Seine Truppe stürmte hinein, und der Offizier folgte ihnen. Auch Laudan hielt auf den Turm zu, duckte sich unter den Explosionen hinweg und kauerte sich gegen den Wall, bis die niemals enden wollende Salve nachließ.

Der Turminnenraum war leer, doch vom steinernen Treppenaufgang drangen gedämpfte Stimmen zu ihm herab. Schreie schnitten über sie hinweg, bohrten sich in die Tiefen seiner Seele. Laudan stürzte vorwärts, erklomm auf der Wendeltreppe zwei Stufen auf einmal. Oben auf dem Podest hingen die zerborstenen Überreste einer Tür in den Angeln. Soldaten versperrten ihm die Sicht ins Innere. Blut klebte an ihren Schwertern. Er drängte an den Männern vorbei. Nichts hätte ihn auf das vorbereiten können, was er dort sah.

Es war Kionne – nur, dass es hier keine Dunkelheit gab, die die Wahrheit verschleierte. Menschen lagen in ihrem eigenen Blut. Alte, Kranke und dazwischen Kinder. Keine bewaffneten Rebellen. Zivilisten.

Laudan erstarrte. *Da hast du deine Antwort,* hatte er zu Reskir gesagt. Dies war der Kodex in all seiner Grausamkeit. Wenn es eine Hölle gab, war sie hier. Wenn es Monster gab, dann sie. Der Offizier trat vor, salutierte. Ein nervöses Lächeln huschte über seinen Mundwinkel. »Unteroffizier Direus zu Befehl. Wir haben den Turm eingenommen.«

Er wollte schreien. Hasste diese Männer, hasste sich selbst und den verdammten Kodex, den nur ein Wahnsinniger hätte verfassen können. Seine Hand spannte sich um den Schwertgriff, bis sich das Metall der Handschuhe in seine Haut bohrte.

»Feldherr?«

Er nickte knapp, sein Mund schmeckte nach Asche. »Für den Sha.«

Wie betäubt wandte er sich ab, taumelte die Treppe hinunter und übergab sich im Schutze des Walls. Wäre er doch nur schneller gewesen. Er hätte das verhindern müssen, hätte den Kodex gebrochen, sich gegen die Soldaten gestellt und die Zivilisten mit seinem Leben verteidigt. Und dann …? Kriegsgericht und Tod. Aber wenigstens hätte er auf der richtigen Seite gekämpft. Dieses eine Mal.

»Geht es Euch gut?« Es war Reskir. Hastig führte Laudan ihn weg und schluckte dabei gegen die Übelkeit an. Reskir deutete auf den westlichen Turm. »Sie haben den Ursprung der Explosionen ausgemacht. Dort oben.«

Wie benommen lief er los. Während er über die Leichen der Soldaten hinwegstieg, schwor er sich, dass dies die letzte Schlacht war, die er für die Heressia schlug. Stände er auf der Seite der Rebellen, hätte er diesen Anblick als Sieg verbucht. Stattdessen machte ihn seine Feldherrenrüstung zur Zielscheibe.

Reskir folgte ihm zum Turm. Die davor wartende Truppe salutierte. Mittlerweile waren die Explosionen verstummt. Laudan wandte sich an einen Offizier. »Sind die Rebellen tot?«

Der Mann hatte Schwierigkeiten, seinem Blick standzuhalten, sah in ihm das Monster, das er verkörpern musste, um das hier zu überleben. »Nein, Feldherr.«

»Worauf wartet ihr dann?« Er deutete auf den Eingang und erhob die Stimme. »Sichert den Turm.«

Die Soldaten stürmten vorwärts. Er folgte ihnen, wollte nicht noch einmal erleben, wie Unschuldige starben, doch vor dem aufgebrochenen Türeingang packte Reskir ihn am Arm. »Geht nicht da rauf. Sie töten jeden, der sich ihnen nähert.«

»Der Kodex –«

»Vergesst den Kodex, Lord.«

Er zog Reskir zur Seite, ließ ihn nicht aus den Augen. Zum zweiten Mal stellte Reskir heute etwas Unantastbares infrage. »Verdammt«, zischte er. »Nicht so laut, Vaskari.«

»Tut das nicht«, beharrte Reskir. »Keiner ist zurückgekehrt.«

Die Blicke der Soldaten richteten sich auf Laudan. Bei seiner Ernennung zum Feldherrn hatte er einen Eid geschworen. Wenn er ihn hier vor aller Augen brach, würde man ihn exekutieren, wie jeden anderen Deserteur. Er rang sich ein Lächeln ab und ließ Reskir stehen. »Mein Leben für die Heressia.«

Im Turm roch es nach Blut. Es klebte unter seinen Stiefeln, quoll aus den Leichen am Treppenaufgang und sickerte in die Dielen. Die Gesichter der Toten waren verzerrt, ihre Rüstungen wie von Pistolenschüssen aus nächster Nähe durchschlagen. Nur, dass Pistolenkugeln keine schwarzen Brandmale hinterließen.

Die Soldaten schleiften ihre toten Kameraden aus dem Weg und stürmten die Stufen hinauf. Panik stand ihnen ins Gesicht geschrieben. Einzig den Kodex fürchteten sie mehr. Im Eingang tauchte Unteroffizier Direus auf.

»Los«, rief Laudan. »Rauf da.«

Auf den blutverschmierten Stufen rutschte Direus aus und schlug der Länge nach hin. Etwas knallte über ihnen gegen eine

Wand. Schreie erhoben sich. Direus starrte ihn an. Womöglich wartete der Tod in diesem Turm. Doch er wartete ganz sicher auf jeden, der vor einer Schlacht floh.

»Weiter.« Laudan deutete mit dem Schwert die Treppe hinauf. Panik flackerte in Direus' Augen, aber er gehorchte. Oben gab es keine Tür. Nur einen Durchgang. Die Soldaten stürmten hinein. Direus folgte ihnen.

Etwas wirbelte durch die Luft. Sein Herz überschlug sich, als Direus ihm entgegenstürzte. Blutüberströmt blieb der Unteroffizier liegen, die Augen halb geöffnet. Laudan berührte ihn am Arm. »Was ist da drin?«

Mehr als ein Stöhnen brachte Direus nicht hervor.

»Rede«, sagte er.

Ein heiserer Atemzug. »Ein … Monster.«

Laudan erhob sich. Alles in ihm schrie danach umzukehren. Doch wenn er schon sterben musste, wollte er wenigstens herausfinden, was sich in diesem Turm verbarg. Er nahm das Schwert in die Linke, zog die Pistole und legte den Finger an den Abzug. Er hatte einen Schuss. Aus dem Raum drang ein weiterer Schrei. Leise Schritte. *Leben oder Sterben.*

Er stürmte vorwärts und feuerte, ohne zu zögern, auf die junge Frau vor ihm. Die einzige Gegnerin. Die Wahrheit traf ihn wie ein Schlag. Seine Kugel fand ihr Ziel und bohrte sich in ihren Oberkörper. Auf ihrem weißen Kleid breitete sich ein Blutfleck aus. Statt zusammenzubrechen, stand sie da und grinste. Sie schien durch ihn hindurchzusehen. Ihr Gesicht glich einer Puppe mit einer Haut aus Porzellan, doch der Ausdruck darauf erzählte von Wahnsinn, Leid und Hass. Wieso starb sie nicht?

Blitzschnell ließ er die Pistole fallen und wechselte die Schwerthand. Ihre Handbewegung entriss ihm den Boden unter den Füßen. Er schlug mit dem Rücken gegen die Wand. Schwärze tanzte vor seinen Augen. Er blinzelte dagegen an und tastete nach seinem Schwert. Reglos sah sie auf ihn herab. Hinter ihr lagen die heressianischen Soldaten. Sie waren tot.

»Wer bist du?«, fragte er heiser. Blondes Haar umrahmte ihr schmerzverzerrtes Gesicht. Was sie tat, schadete auch ihr. Er kannte die Namen, die sie ihr gaben. *Blonde Hure. Wahnsinnig.* Vor ihm stand Yria Daurell. Seine Finger fanden das Schwert, doch bevor er es ergreifen konnte, schlitterte es über den Boden und klirrte gegen die Wand hinter ihr. Magie. »Yria …«

»Wen haben wir denn da? Den Feldherrn?« Ihre Stimme war ein Flüstern, als spräche sie mit sich selbst. Sie legte den Kopf schief.

»Ich bin mehr als das.«

Yrias Ausdruck blieb reglos. Hatte sie seine Worte unter der Maske des Wahnsinns überhaupt gehört? Welchen Sinn machte es, ihr zu erklären, dass er ein Spion war? Ohne den Blick abzuwenden, tastete er nach dem Dolch in seinem Stiefel. Langsam, ganz langsam schloss er die Hand darum.

»Mehr als das?« Sie dehnte die Worte, als würde sie darüber nachdenken.

Laudan wagte es nicht, sich zu bewegen, wagte es kaum, zu atmen. Sie beugte sich zu ihm herab. Ihre Hand zuckte ihm entgegen, war aufs Grausamste durchzogen von schwarzen Adern. Was war das für ein Fluch?

Er holte aus, zielte direkt auf ihren Hals, wo eine Kette mit einem blauen Anhänger wippte, und stach zu. Kurz vor ihrer Halsbeuge stoppte seine Bewegung abrupt. Flüssiges Eis fraß sich durch seinen Körper und lähmte ihn. Sein Atem stockte, als sich der Dolch in seiner Hand gegen seinen Willen auf seinen eigenen Hals zubewegte. Wo die Rüstung aufhörte, strich die Spitze der Klinge über nackte Haut.

»Nicht so hastig«, säuselte sie.

Er öffnete die Lippen, doch kein Laut kam hervor. Sein Blick heftete sich auf den Durchgang. Er war allein.

Sie würde ihn töten. Sie würde …

Schmerz explodierte, wo die Klinge in sein Fleisch sank. Er schrie, konnte plötzlich schreien. Mehr noch. Seine linke Hand schnellte vor, um die andere zurückzuhalten, doch er schaffte es nicht. Der Dolch sank tiefer, schnitt weiter. Ein gurgelnder Laut. Fast unmenschlich. Sein eigener. Blut sickerte von seinem Hals in seine Rüstung und rann über seine Brust. Ein warmer Strom in all der Kälte. Er dachte an Vaelen; an geflüsterte Worte, die er nie hören würde. Er verdiente es nicht anders.

»Mehr als das …«, erklang ihr Säuseln wie ein fernes Echo hinter all dem Schmerz.

*Mach es kurz,* wollte er schreien. *Beende es.*

Abrupt ließ der Druck an seinem Hals nach. Die Klinge entglitt ihm.

»Ich sehe dich«, hauchte sie. »Ich sehe, was du bist.«

Laudan zwang sich, die Augen zu öffnen. Zwang sich, zu atmen. Yria sah aus, als erwache sie aus einem Traum. Sie presste ihre Hand auf seine Wunde.

»Was –« Er stöhnte, schaffte es nicht, den Satz zu Ende zu bringen. Ihre andere Hand fand den Dolch und legte ihn in die seine. Er rappelte sich auf, irgendwie. Sie ließ ihn los, und nun drückte er seine Hand auf den Schnitt. »Ich verstehe nicht«, presste er hervor. Wusste Yria, wer er war? Erlebte einen Moment der Klarheit?

»Ich weiß.« Ihre Stimme war mitfühlend. »Du verstehst es nie.«

Der Schmerz ließ ihn taumeln. »Was geschieht hier?«

»Geh zu ihm. Er wartet auf dich.«

»Wer?«, fragte er.

»Caliyan.«

Er sackte gegen sie, hatte den Namen nie zuvor gehört. Schritte donnerten die Treppen empor. Verstärkung. Yria griff nach seiner Hand und führte die Klinge an ihre Brust. »Du musst leben. Es ist der einzige Weg.«

Er wollte protestieren; wieso sollte sein Leben wertvoller sein als das der Anführerin der Rebellion?

»Meine Kräfte schwinden«, sagte sie, als würde sie seine Gedanken lesen. »Mein Schicksal endet, damit sich deines erfüllen kann.«

»Was bedeutet das?«

Die Schritte hämmerten, waren fast da.

»Du wirst dich erinnern, ich sehe es. Finde Caliyan. Er ist dein Schicksal. Und jetzt töte mich.«

Yrias Hand umklammerte die seine. Er zögerte, und sie stürzte vorwärts, trieb sich die Klinge in die Brust. Zitternd hielt er dagegen, bis sie leblos zu Boden glitt.

Er taumelte, fiel nach hinten, die Augen zur Decke gerichtet. Doch bevor er aufschlug, hielt ihn jemand fest.

Reskir schleifte ihn mit sich und lehnte ihn gegen eine Wand. Der feige Reskir. Hier? Reskir kniete neben ihm, riss sich den Plattenhandschuh herunter und presste die Hand auf die Wunde an seinem Hals. Soldaten umringten sie, starrten nur.

»Heiler!«, schrie Reskir. »Er braucht einen Heiler.«

Laudans Kopf sackte nach hinten. Er schaffte es kaum, die Augen aufzuhalten.

»Feldherr. Ihr müsst wach bleiben.«

*Finde Caliyan,* erklangen Yrias Worte in seinen Gedanken. *Er ist dein Schicksal.*

»Beim Sha. Er verblutet.«

Der Druck auf seinen Hals wurde stärker. Er stöhnte.

*Du musst leben.*

»Verdammt, wo bleibt der Heiler?«

Er wollte nicht sterben. Nicht jetzt. Nicht bevor er wusste, was das alles zu bedeuten hatte.

»Laudan, sieh mich an.«

»Es muss ernst sein … wenn du deine Förmlichkeit vergisst.« Er hielt an Reskirs Blick fest und rang sich ein Lächeln ab.

Schritte näherten sich. Ein hagerer Mann in einer schmucklosen Robe drängte sich an den Soldaten vorbei und kniete sich neben ihn.

»Endlich.« Reskir nahm die Hand weg. Der Heiler warf einen prüfenden Blick auf die Wunde, wühlte in einer Tasche und holte eine Flasche hervor. Nichts konnte Laudan auf den Schmerz vorbereiten, der ihn durchfuhr, als der Mann den Inhalt über den Schnitt goss. Er bäumte sich auf, biss sich auf die Lippe. Ein Feldherr schrie nicht.

Sie zogen ihm den Harnisch aus. Der Heiler machte irgendetwas an seinem Hals. »Ich stoppe die Blutung. Trinkt das. Ihr werdet es brauchen.«

Eine Ampulle wurde an seine Lippen geführt.

»Was … ist das?« Seine Stimme klang heiser.

»Somnium. Und jetzt schlaft, Lord Calieri. Schlaft.«

Sie betäubten ihn.

*Vaelen.*

Es war das Letzte, was er dachte.

# Kapitel 10

## Roter Marmor

Wie ein lebender Toter wandelte Caliyan im Niemandsland zwischen Danatis und Aerysia, seiner verlorenen Heimat. Regen durchtränkte seine Kleidung, doch was er spürte, ließ sich nicht fortwaschen. Auf Händen und Knien sank er in den Schlamm und schrie das hinaus, wofür es keine Worte gab. Er hatte sein Schicksal gesehen, aber die Magie in ihm war blind. Einer wunderschönen Melodie gleich rief sie noch immer nach jenem Menschen, der nicht mehr existierte. Jenem Menschen, den sie ihm genommen hatten, als sich der Duft der Zitronenhaine unter die Brise des Meeres mischte. Vaelen.

Caliyan presste die Hände auf die Ohren, als könne er so die Melodie ausblenden. Er war ihr gefolgt wie eine Motte dem Licht, doch was er spürte, betrog ihn. Jetzt kannte er die Wahrheit, und sie ergab keinen Sinn. Lieber wäre er blind gewesen, als sie zu sehen. Lieber tot wie *er*. Aber er konnte nicht sterben. Nicht jetzt, vielleicht nie. Sie hatten ihm nicht nur Vaelen genommen; sie hatten ihn mit dem Ritual zur Hölle verdammt. Ein Geschenk hatte Alcaelus es genannt. Einen Fluch nannte Caliyan es, die Perversion von allem, was er einst geliebt hatte.

Hier, inmitten von Schlamm, Kälte und Nässe umarmte er zum

ersten Mal die Dunkelheit. Er hieß ihr Lied von Chaos und Zerstörung willkommen, damit er Vaelens Melodie nie wieder hören musste. Einem Schleier des Todes gleich begrub sie alles andere und führte ihn zurück nach Aerysia, wo ehemals goldene Dächer nichts als Staub und Asche waren.

In der Dämmerung hockte Caliyan auf der Dachkuppel einer Villa, die gemeinsam mit den übrigen Palästen der Eranthi über seiner Heimatstadt thronte. Dass dieser letzte Teil Aerysias noch stand, verdankte er der Alten Ordnung. Ihr Anführer Alcaelus hätte niemals zugelassen, dass er brannte.

Vor ihm lag das prunkvollste Anwesen an der Steilküste im Schutze eines weißen Walls. Darunter warf sich die See gegen die Klippen. Caliyan liebte und hasste diesen Ort, war hier aufgewachsen zusammen mit seinem älteren Bruder, von dem er sich entzweit hatte, bevor alles zugrunde ging. Die verfluchte Magie war schuld gewesen. Jahrhundertelang hatte sie die Eranthi glauben lassen, sie wären geboren, um zu herrschen. Auch sein Bruder hatte das geglaubt. Dabei hätte Aerysia eine Reform gebraucht. Frieden. Gleichberechtigung. Einst hatte er für diesen Traum gekämpft. Vaelen war dafür gestorben und viele ihrer Verbündeten ebenfalls, ganz gleich, ob Eranthi oder nicht.

Caliyan blickte über die Bresche der Zerstörung hinweg, die den Platz spaltete, und wog zwei Dolche in den Händen. Ehrliche Waffen, die er zwischen den Trümmern aufgehoben hatte. Nichts Besonderes im Vergleich zu denen, die er früher besessen hatte, doch in Kombination mit seiner Magie waren selbst stumpfe Klingen tödlich.

Schemenhafte Gestalten huschten in Richtung des von Säulen umgebenen Anwesens. Caliyan wartete, bis der Platz leer und die Dunkelheit hereingebrochen war. Dann erhob er sich und zog einen Umhang mit Kapuze über, wie ihn die Mitglieder der Alten Ordnung trugen. Darunter verbarg er die schwarze Lederrüstung, die seinen Körper umgab wie eine zweite Haut. Er brauchte Bewegungsfreiheit, doch noch mehr brauchte er den Moment der Überraschung, wenn sie sahen, wer für sie kam.

Geduckt schlich er über das Dach, beschwor seinen Schutzschild und sprang in die Trümmer, zwischen denen er sich einen Weg zum weißen Wall bahnte. Er drückte sich in die Schatten, kannte jeden Winkel dieses Ortes. Bald erreichte er einen Mauerabschnitt, wo er ungesehen hinüberkletterte und in dem verwilderten Garten dahinter landete.

Raureif knirschte unter seinen Stiefeln. Das Anwesen mit seinem festlich beleuchteten Saal ragte vor ihm auf. Seine Eltern hatten dort zu Festen geladen. Er hatte Vaelen hergebracht. Sie waren hier gewesen, sie beide. Doch nun waren *sie* hier: Vor der Freitreppe standen sie beisammen. Mehr als fünfzig, weniger als hundert. Nicht genug, nicht alle. Er atmete innerlich auf, weil Lazair nicht unter ihnen war. Dabei war es sein Verrat, der am meisten schmerzte. Lazair hätte ihn warnen können. Sie waren wie Brüder gewesen. Caliyan hatte ihn mehr geliebt als seinen eigenen, und ausgerechnet an ihn hatte er Lazair verloren.

Er schlich zum Dienstboteneingang, als er sich eines Besseren besann. Mit der Kapuze tief im Gesicht, stieg er die Stufen zum überdimensionierten Hauptportal hinauf. Rechts und links davon brach sich das Licht in den goldenen Lilienornamenten der bodentiefen Fenster. Er legte die Hand auf die Klinke, drückte sie herunter, kam nach Hause.

Beim Eintreten war Caliyan, als triebe man ihm ein Schwert in die Eingeweide. Er wusste, wie sich das anfühlte. Überall standen Eranthi. Sein Volk. Oder besser gesagt das, was davon übrig war. Die Verblendeten und Wahnsinnigen der Alten Ordnung. Sie aßen und tranken, während draußen die Welt zugrunde ging. Ihre Zeit war längst überschritten, doch sie hatten etwas getan, was niemand je hätte tun sollen. Durch das Ritual hatten sie ihr Schicksal verändert und das seine ebenso.

Caliyan mischte sich unter sie, beinahe amüsiert darüber, wie wenig Beachtung sie ihm schenkten. Irgendwann erstarb ihr Lachen, ihre Gespräche verstummten. Sie traten zur Seite, umringten ihn. Er hob den Kopf, warf die Kapuze zurück und ließ den Umhang zu Boden gleiten.

Jetzt sahen sie ihn, Caliyan de la Vere. Den letzten noch lebenden Erben seiner Familie. Neben ihm stieß eine Frau einen spitzen Schrei aus. Ihr Name war Nevia. Wieso erinnerte er sich daran? Die Übrigen starrten nur, als wäre ein Toter zurückgekehrt. Und genau das war er auch.

»Caliyan?«, fragte jemand.

Er schüttelte den Kopf, war nicht länger Caliyan. Er war Rache, zog die Dolche und versenkte sie in Nevias Brust. Ihre schwarz verfärbten Hände zuckten zu dem dunkelroten Fleck, der sich auf ihrem Kleid ausbreitete. Mit einem Stöhnen sackte sie zusammen. Schreien konnte sie nicht mehr.

Innerhalb von Sekundenbruchteilen waren sie über ihm und pressten ihn gegen den Marmorboden. Schmerz durchzuckte ihn. Alte Magie. Die Dunkelheit in ihm antwortete, und diesmal bezwang er sie, machte sie sich untertan. Er musste sie nicht fürchten, denn er war eins mit ihr. Er hieb um sich, lähmte die Angreifer und versenkte seine Klingen in einem nach dem anderen. Sein Schutzschild flackerte. Er rappelte sich auf und wischte sich mit dem Unterarm das Blut aus dem Gesicht. Die übrigen Eranthi wichen zurück. Dabei hatte er gerade erst begonnen.

Als es vorbei war, hockte Caliyan auf der Freitreppe. Zu seinen Füßen lagen die Toten im Zwielicht der Morgendämmerung. Ihr Blut bildete Seen auf dem weißen Marmor. Die Spuren des Kampfes hatten Schlieren darin hinterlassen, durchbrachen das Rot und verschmierten es über den gesamten Boden bis zu der Stelle, wo er saß.

Durch halb geöffnete Lider blickte er in den Saal hinab und atmete heftig, während er mit der Dunkelheit in sich rang. Allmählich beruhigte sie sich und sang ihr Lied weiter, das Vaelens Melodie überdeckte. Mit zittrigen Fingern steckte er die Dolche weg, erhob sich und stieg in die Galerie hinauf.

Vor der Tür zu seinen ehemaligen Gemächern blieb er stehen, stieß sie einen Spaltbreit auf und spähte hinein. Er erkannte sie nicht wieder. Alles, was er besessen hatte, war bei seinem törichten Fluchtversuch verbrannt. Stattdessen erstreckte sich dort ein weitläufiger Salon. Er verschloss ihn, als könne er damit die Erinnerungen wegsperren, und betrat die Gemächer seines Bruders.

Die großzügigen Räumlichkeiten sahen aus wie damals. Alles war in bester Ordnung und wirkte, als lebe sein Bruder und käme jeden Moment zur Tür herein. Er zog die Schublade des Schreibtisches auf, der dem seinen so ähnlich war. Ein in schwarzes Leder eingebundenes Buch lag darin, aus dem ein Zettel hervorlugte. Caliyan schlug es an dieser Stelle auf. Die geschwungene Handschrift seines Bruders zierte die Seiten, aber die Lettern auf der zusammengefalteten Nachricht stammten nicht von ihm: *Ich gehe nach Isthenien und ich werde die mitnehmen, die mir folgen. Was wir getan haben, war falsch. Such nicht nach mir. L.*

*Lazair.*

Caliyan steckte den Zettel ein. Der Inhalt der Regale landete auf dem Boden, bevor er die verzierten Truhen auskippte und all die prunkvollen Kleidungsstücke aus den Schränken riss, die sein Bruder nie wieder tragen würde. Einzig, was er suchte, fand er nicht.

»Er hat sie verbrannt.«

Die Erkenntnis ließ ihn zusammenzucken, nicht die sanfte Stimme. Sie gehörte Yria. In ihrer Kindheit waren sie unzertrennlich gewesen. Sie, ihre Schwester Gilain, sein Bruder und er. Heute war ihm, als stammten diese Erinnerungen aus einem anderen Leben. Er wandte sich nicht um. »Was machst du hier? Du solltest nicht hier sein.«

»Du hast das getan.« Furcht schwang in Yrias Stimme mit.

Er nickte, hätte niemals gewollt, dass sie die Toten sah. *Mörder, Monster*. Jetzt passte diese Beschreibung auch auf ihn.

»Sieh mich an.«

Widerwillig drehte er sich um. Yrias Augen waren erfüllt von Kummer. Langsam näherte sie sich und blieb vor ihm stehen, die

Arme angehoben, als wolle sie ihn umarmen, doch sie tat es nicht. »Ich hatte eine Vision«, sagte sie. »Ich habe dich hier gesehen. Wo bist du gewesen? Du bist einfach verschwunden, nachdem der weiße Turm explodierte.«

»Ich habe ihn gesucht.«

»Was …? Oh, Caliyan, du musst damit aufhören.«

Schritte näherten sich. Seine Hand schnellte an den Griff seines Dolches.

»Hast du etwas gefun-« Arahyr erstarrte im Türrahmen. »Bei allem, was … Caliyan. Hast du sie getötet? Sie alle?«

Caliyan ließ die Waffe sinken. Ausgerechnet jetzt, wo er sein Innerstes nach außen gekehrt hatte, waren die beiden hier. »Ja«, sagte er leise. Seine Brust war zugeschnürt. »Der Krieg. Die vielen Opfer. Das Ritual … Vaelen. Verdammt, sie waren da, haben zugesehen, als er …« Er ballte die Hand zur Faust, als das Zittern einsetzte.

Arahyrs Blick bohrte sich in seinen. »Ich war auch da. Willst du mich jetzt auch töten?«

»Was …? Du warst auf unserer Seite.«

»Das bin ich noch immer. Aber in jener Nacht hat sich Lazair seltsam verhalten. Ich bin ihm gefolgt, habe gesehen, was sie euch angetan haben. Alles. Es war krank.«

»Krank? Vaelen ist tot. Und wofür? Weil Alcaelus Gott spielen wollte. Und du hast nichts getan, weil auch du profitiert hast.«

»Hör auf.« Arahyr stellte sich vor ihn. »Ich brauchte keine neue Quelle. Ich hätte auf die Magie verzichtet, und das weißt du auch.«

»Wie alt bist du jetzt?«, fragte er. »Hättest du auch darauf verzichtet?«

»Verdammt, Caliyan. Was hätte ich denn tun sollen? Mich als Heiler gegen sie alle stellen? Gegen meinen Bruder? Gegen Alcaelus? Sie hätten mich getötet.«

Arahyr hatte recht und er keine Antwort auf seine Frage. Er schob sich an ihm vorbei, wollte nicht hierbleiben, doch Arahyr hielt ihn auf. »Warte. Was hättest du getan, wenn Lazair hier gewesen wäre?«

»Ich weiß es nicht«, gestand er.

»Genug«, mischte sich Yria ein. »Er war nicht hier.«

Der Raum verschwamm, und Caliyan wankte vorwärts. Arahyr fing seinen Sturz ab. »Du bist verletzt.«

»Es ist nichts.« Blut tropfte an seinem Handgelenk hinab auf die Bücher, die zu seinen Füßen lagen. Ein stechender Schmerz bohrte sich in seinen Kopf. Yria kam zu ihm, und die filigrane Kette mit dem geschliffenen Aquamarin wippte an ihrem Hals.

»Lass es Arahyr ansehen, bitte.«

»Du trägst sie noch immer?« Sein Bruder hatte Yria die Kette geschenkt. Schmerz durchfuhr ihn, diesmal heftiger. Unweigerlich zuckte er zusammen. Arahyr berührte ihn an der Schulter. »Verdammt, es ist nichts«, protestierte er und wich zurück.

Arahyr sah ihn prüfend an. »Du hast zu viel Magie benutzt.«

Vor allem hatte er die Dunkelheit benutzt, aber Arahyr musste es nicht wissen. »Ich werde nicht daran sterben, wenn du das meinst.« Er lachte bitter. »Auch nicht an den Wunden.«

»Nein. Aber es wird wehtun.«

»Und wennschon.«

»Komm mit uns in die *Feder.*« Yria lächelte sanft. »Dort wird man dich nicht finden.«

Noch immer hatte er keine Ahnung, wie sie den Tod seines Bruders verkraftete, aber sie hatte recht. Wenn die Alte Ordnung ihn so fand, würde er sich nicht verteidigen können.

Beim Anblick der Leichen im großen Saal drehte sich ihm der Magen um. Er hatte das getan, er allein. Niemand sagte etwas, und auch er schwieg, weil ihm die Worte fehlten.

Sie ließen das Anwesen hinter sich und eilten durch die Trümmer, bis sie die *Goldene Feder* erreichten, oder das, was von ihr übrig war. Die Sonne fiel durch das klaffende Loch, das der Krieg in das Dach gerissen hatte. Staubpartikel tanzten darin und ließen die Trümmerteile jenes Ortes, der ihm einst so viel bedeutet hatte, noch unwirklicher erscheinen.

»Wir sammeln uns hier.« Yria deutete auf die Treppe. »Das zweite Zimmer ist frei.«

Er nickte und presste die Zähne aufeinander. Mittlerweile tobte der Schmerz in seinem ganzen Körper. Er wusste, was ihm bevorstand. Oben betrat er den schmalen Raum, legte die blutverschmierten Dolche ab und zog die Rüstung aus. Darunter kamen mehrere Wunden zum Vorschein, die an seinem Oberarm blutete noch immer. Resigniert ließ er sich auf einen Stuhl sinken und drückte ein sauberes Stoffstück darauf. Das Zimmer drehte sich um ihn. Er wollte nicht darüber nachdenken, was ihm dieser Ort einst bedeutet hatte.

Es klopfte. Arahyr trat ein und richtete den Blick auf das blutgetränkte Stück Stoff. »Lass mich die Wunde heilen.«

Caliyan fehlte die Kraft, zu diskutieren. Er ließ die Hand sinken. Arahyr legte die seine über die gezackte Schnittwunde. Magie floss hinein. Die Worte kamen ohne sein Zutun. »Ich habe Vaelen in Danatis gefunden, aber er ist es nicht. Das alles ist wie ein Albtraum, dem ich nicht –«

»Wovon redest du?«

»Ich weiß es selbst nicht …« Sein Blick fiel auf das verkrustete Blut an seinen Händen. »Ich werde zu dem, was ich stets verabscheut habe. Was würde er von mir denken?«

»Schon gut«, sagte Arahyr.

Hinter dem Fenster brachen sich die Wellen in der Bucht. Er hatte das Meer geliebt, genau wie Vaelen.

»Ich kann dir helfen zu schlafen. Möchtest du das? Ich spüre, was in dir tobt.«

»Kannst du mich auch vergessen lassen?«, fragte er.

»Nur während du schläfst.«

»Dann weck mich nie mehr auf.«

Gedämpfte Stimmen drangen in das Nichts, das ihn umhüllte. Caliyan wollte sie nicht hören, wollte nicht zurückkehren zu dem Schmerz, der ihn erwartete. *Du bist noch nicht fertig,* flüsterte ihm die Dunkelheit zu, erinnerte ihn an Blut auf weißem Marmor und an Lazairs Zeilen in schwarzer Tinte. *Isthenien.*

Vertraut und fremd zugleich erwachte Vaelens Melodie, rief nach ihm, schrie. Er presste die Zähne aufeinander, brauchte Ablenkung und konzentrierte sich auf die Stimmen, die aus dem Nachbarraum zu ihm herüberdrangen. Die Magie schärfte seine Sinne, ließ ihn hören, was jemand ohne seine Fähigkeiten nicht wahrgenommen hätte. Es war Arahyr, der sprach. »… war wieder im Anwesen. Die Toten sind noch da. Vom Rest der Alten Ordnung fehlt jede Spur.«

Caliyan zwang sich, die Augen zu öffnen. Hinter dem Fenster ragten Schiffsmasten in den wolkenverhangenen Himmel.

»Wahrscheinlich sind sie geflohen«, sagte Yria. »Sie wissen, dass Caliyan entkommen ist.«

Ein dumpfer Schmerz schoss durch seinen Kopf. Er setzte sich auf. Wie viele waren ihm entgangen? In Gedanken zählte er ihre Namen auf und füllte die Lücken mit denen, die nicht im Anwesen lagen. Vierzig, vielleicht fünfzig lebten noch. In Isthenien würde er sie finden.

»Sie fürchten seine Rache.« War das Gilains weiche Stimme? Er hatte sie so lange nicht gesehen.

»Vermutlich.« Arahyrs Schritte knarzten über die Dielen. »Aber dass sie fort sind, ist eine Chance. Ein Neuanfang.«

»Sie werden einen anderen Teil der Welt terrorisieren. Wir müssen zu Ende bringen, was Caliyan begonnen hat.« Yria dachte wie er. Er löste die Kiefer und rieb sich die Schläfen.

Arahyrs Schritte verstummten. »Du hättest keine Chance gegen sie. Niemand von uns hätte das. Für das Volk müssen wir nach vorne blicken und den Frieden wiederherstellen. Lass uns den Wahnsinn beenden, den Alcaelus begonnen hat. Zu lange hast du ihm blind geglaubt. Jetzt ist es genug mit all dem Krieg.«

»Ich habe ihn geliebt.« Yrias Worte zerschnitten die Luft. »Er musste nur lächeln und mir versichern, dass er das Richtige tut, um uns alle zu retten, und ich habe ihm geglaubt. Aber diesmal musst du mir glauben. Sein Wahnsinn endet erst, wenn auch sie tot sind.«

»Lass die Dämonen der Vergangenheit ruhen«, sagte Gilain sanft. »Das ist unsere Chance, Aerysia wiederaufzubauen.«

»Vielleicht.« Yrias Stimme beruhigte sich. »Aber es ist keine Chance, wenn es niemanden gibt, der sie ergreifen kann.«

Eine Pause folgte. Caliyan verharrte reglos. Schließlich war es Gilain, die das aussprach, was er einst mit einer Selbstverständlichkeit getan hätte, von der ihm nichts geblieben war. »Caliyan könnte es tun. Er hat die Fähigkeiten und das politische Geschick. Es war sein Traum.«

Oh, naive Gilain, sie wusste nicht, was sie von ihm verlangte. Die Wahrheit schnürte ihm die Kehle zu. Er war nicht mehr derselbe, würde es nie wieder sein. *Mein Traum starb mit ihm.*

»Caliyan hat fünfzig Eranthi getötet«, sagte Arahyr. »Was du vorschlägst, kannst du doch nicht ernsthaft in Erwägung ziehen.«

»Jemand musste es tun«, sagte Yria kalt. »Sie waren Mörder. Haben sie dir nicht auch Menschen genommen, die du geliebt hast? Nur weil sie tot sind, führen wir überhaupt erst dieses Gespräch. Nur weil Caliyan sie getötet hat, gibt es eine Chance auf Frieden.«

»Caliyan hat Mord mit Mord vergolten. Er ist nicht länger in der Lage, diese Rolle einzunehmen. Er ist unberechenbar.«

Caliyan kämpfte gegen den übermächtigen Wunsch an, seine Faust gegen die Wand zu schlagen, bis sie blutete. Stattdessen streifte er seine Hose über und trat hinaus in den Flur, wo Gilain die Stimme erhob: »Er hat viel durchgemacht. Mehr, als wir uns vorstellen können. Kannst du nicht etwas für ihn tun, ihn heilen?«

Caliyan riss die Tür auf. Arahyrs Antwort erstarb. Im Dämmerlicht hätte er ihn fast für Lazair gehalten. Yria und Gilain blickten ihm vom Bett aus entgegen, die Augen voll Sorge darüber, wie viel er gehört hatte.

»Ich will Aerysia nicht«, sagte er. »Gebt es dem Volk. Es soll entscheiden, was damit geschieht.« Es war eine klare Grenze, ein Neuanfang. Vielleicht das, was Vaelen in dieser Situation gewollt hätte.

Gilain erhob sich. Ihr Gesicht hatte seine Kindlichkeit nie ganz verloren. Sie wirkte noch immer wie das kleine Mädchen, das an den Rockzipfeln seiner Mutter gehangen hatte. »Was wirst du tun?«, fragte sie.

»Ich gehe fort und beende, was ich begonnen habe. Diesmal kehre ich nicht zurück.«

»Du wirst sie töten«, stellte Yria fest.

Er nickte nur.

»Deine Heimat ist hier.« Gilain kam zu ihm herüber. Es kostete ihn alle Überwindung, nicht zurückzuweichen. Er war ein Schatten seiner selbst. »Bleib, wir können dir helfen.«

»Ich kann nicht … Es ist besser für alle, wenn ich gehe.«

»Aber wohin denn?«

»Nach Isthenien.« Seine Hand fand den Zettel in seiner Tasche, doch er zögerte.

Arahyr legte die Stirn in Falten. »Was willst du am anderen Ende der Welt?«

»Neu anfangen.« Caliyan ließ den Zettel los und zog die leere Hand hervor. *Unberechenbar.* »Lebt wohl.«

Mit seinen wenigen Habseligkeiten durchquerte er den ehemaligen Schankraum und öffnete die Tür.

»Warte.« Gilain rannte die Treppen hinab und hielt ihm ein Pergament hin. »Ich habe etwas gefunden. Vielleicht gibt es noch mehr davon. Du solltest es haben.«

Der Anblick der fein säuberlichen Skizze eines Gebäudes mit umlaufenden Rängen überwältigte ihn fast. Vaelen hatte sie gezeichnet.

»Danke«, flüsterte er und nahm die Zeichnung an sich, die er seit ihrer gemeinsamen Zeit in der *Goldenen Feder* nicht mehr gesehen hatte. »Ich danke dir.«

# Kapitel 11

## Lügner

Als Vaelen an jenem Morgen vor die Hütte trat, untermalte einzig seine Magie das Knirschen von Raureif unter seinen Füßen. Seine Finger glitten über die vergraute Armlehne der Bank, bevor er sie zurechtrückte und sich daraufsetzte, um jene Welt aus grau in grau zu betrachten, der alle Farben abhandengekommen zu sein schienen.

Kälte durchfuhr ihn. Er zog die Beine an den Körper und bedeckte sie mit dem groben Stoff seines Umhangs, wohl wissend, dass er keine Wärme finden würde. Mit einem Mal war es Winter. Einem schwarzen Spiegel gleich erwartete ihn die See, doch sein Herz war nicht länger hier. Die Jahre in der Bucht waren an ihm vorbeigezogen wie ein unbeschwerter Traum, doch jetzt war er erwacht. Jetzt quälten ihn dieselben Fragen, die ihn schon einmal heimgesucht hatten, und mischten sich unter das Gefühl, dass auch er mehr für die Rebellion tun sollte, als Briefe unter einem Stein zu verstecken und auf Antworten zu warten, die nicht kamen.

So fand ihn Iovis. Die letzten Wochen hatten ihn älter gemacht, grauer. Seine Augen unter den dichten Brauen sagten mehr, als Worte je vermocht hätten. Iovis wusste, was ihn umtrieb. Er war ein guter Mensch, der beste. Deshalb schmerzten jene Worte, die Vaelen im Geiste flüsterte, umso mehr.

Eine tiefe Furche trat auf Iovis' Stirn, bevor dieser erneut in der Hütte verschwand. Kurz darauf kehrte er mit zwei Bechern zurück. Einen davon reichte er ihm und setzte sich ebenfalls. Dankend nahm Vaelen einen Schluck Tee und wärmte seine Hände an dem

Getränk. Es tat gut, mit Iovis hier zu sein. Aber die Antworten, die er suchte, warteten in Ankhad, genau wie die Rebellion.

*Laudan*. Er musste ihn wiedersehen. *Stirb nicht,* hatte er ihm zugeflüstert. Leere Worte im Angesicht von Schwertern und Pistolen. Er konnte nicht länger warten, doch Iovis kam ihm zuvor: »Geh mit mir fischen. Ein letztes Mal noch.«

Er erstarrte, als Iovis jene Wahrheit aussprach, die seit Wochen zwischen ihnen stand. Iovis hatte es ihm stets leicht gemacht, war immer da gewesen. Ein Freund. Ein Vater. Er verdankte ihm alles. Fest schloss er ihn in die Arme und spürte weniger Muskeln und mehr Knochen unterhalb seines abgetragenen Hemdes. »Vergib mir. Ich wollte es dir sagen.«

»Ich weiß, mein Junge. Schon gut, du musst deinen eigenen Weg gehen.«

Sein Blick hielt an Iovis' wettergegerbtem Gesicht fest, dem Lächeln und den trüber werdenden Augen, aus denen die Weisheit der Jahre sprach. Was würde aus ihm werden, sobald er den Klippenpfad nicht mehr ohne fremde Hilfe überwinden konnte? Wie viel Zeit blieb ihm, bis es so weit war?

»Du könntest mit mir kommen. Die Rebellen in der Unterstadt könnten dich sicher gut gebrauchen.«

»Die Klippen sind mein Zuhause. Die Rebellion braucht mich hier.«

Vaelen hatte nichts anderes erwartet, doch die Wahrheit schmerzte. »Ich komme wieder«, sagte er und klang dabei wie Laudan, der ein Versprechen gab, das er nicht halten konnte.

»Ich weiß.« Ein Lächeln trat auf Iovis' Gesicht. Seine Stimme ließ nicht den geringsten Zweifel vermuten. Wieder sah er etwas mit einer Klarheit, die Vaelen verborgen blieb. Er würde seine Worte wahr machen und zurückkehren. Das schwor er sich.

Bevor sie fischen gingen, brach Vaelen auf, um die Verstecke nahe der Wegkreuzung zu kontrollieren. Im Wald kletterte er über die Äste, die der Sturm den uralten Baumwipfeln entrissen hatte. Seine

Stiefel versanken im Schlamm, das ächzende Holz der einzige Laut in einer beinahe unwirklichen Stille.

Seit Laudans Aufbruch hatte er diesen Weg täglich zurückgelegt. Zu Iovis' Unmut manchmal sogar zwei- oder dreimal, weil ihm die Sorge um Laudan und die Zukunft der Rebellion keine ruhige Minute ließ. Eine Nachricht hatten sie nie bekommen.

Cerza schlief unter einem morgendlichen Nebelschleier. Vaelen folgte dem aufgeschwemmten Feldweg jenseits der strohgedeckten Häuser bis zur Straße, wo er den Wegstein auf neue Markierungen prüfte. Nichts. Vermutlich hätte der Regen sie ohnehin fortgewaschen. Nahe der Kreuzung hockte er sich in den Matsch und schob den grob behauenen Stein über der Mulde beiseite. Er lachte leise, konnte kaum glauben, was darin lag. Ein Brief. Endlich.

Wahrscheinlich hatten die Informanten wegen des Sturmes einen Bogen um Cerza gemacht. Er nahm den Umschlag heraus und drehte ihn um. Keine Zeichen, nichts. Es kostete ihn alle Überwindung, ihn nicht direkt zu öffnen. Stattdessen verschloss er das Versteck und rannte los. Waren das Nachrichten aus Ankhad? Womöglich von Laudan? Seine Finger krampften sich um den Brief, hielten ihn so fest, als fürchte er, ihn zu verlieren, wenn er locker ließe.

Abrupt verlangsamte er seinen Schritt, als eine in einen Umhang gehüllte Gestalt auf dem Feldweg auftauchte. Heftig atmend debattierte Vaelen mit sich, ob er den Umschlag wegstecken sollte oder nicht. Er entschied sich dagegen, wollte keine unnötige Aufmerksamkeit darauf lenken und blickte zum Versteck zurück. Die dichten Nebelschwaden begruben es vollständig. Es war sicher. Unentdeckt.

Mittlerweile erkannte er das Gesicht unterhalb der Kapuze. Es war Taran, der sich mit breiten Schultern vor ihm aufbaute. In den letzten Wochen war er noch unerträglicher geworden, belehrte die Dorfbewohner mit dem Kodex und wies sie zurecht. Wartete er auf ihn? Egal, was es war, Taran konnte ihm nichts anhaben. Jetzt nicht mehr.

»Was hast du da?« Taran deutete auf den Umschlag. Er kam sofort zur Sache, das musste man ihm lassen.

»Einen Brief. Das sieht man doch.« Seine Muskeln spannten sich, bereit, Tarans Angriff abzuwehren, falls dieser dumm genug war zu versuchen, ihm den Brief zu entreißen. Er tat es nicht. Stattdessen verzogen sich seine Lippen zu einem Lächeln. Vaelen hatte ihn noch nie lächeln sehen.

»Ah, für Iovis?«

Er nickte und ging weiter.

Taran rührte sich nicht. »Ehre dem Sha«, erklang seine Stimme hinter ihm.

Iovis war bereits aufgebrochen. Einen Moment verharrte Vaelen im Eingang der Hütte und betrachtete die dunklen Flecken, die sich seit einer Ewigkeit unterhalb der Eimer in die Dielen fraßen. Iovis hatte alles mitgenommen, selbst die Netze. Wieso hatte er nicht gewartet? Wollte er ihm zeigen, dass er sich keine Sorgen machen musste, wenn er fortging? Vaelen warf den Brief auf das Bett, einen Fluch auf den Lippen, den er gegen sich selbst richtete, und rannte los. Was auch immer darin stand, konnte warten, bis er wieder da war.

In der Bucht schwankte Iovis unter dem Gewicht des Bootes. Der Anblick versetzte Vaelen einen Stich ins Herz. Er sprang die letzten Meter hinab und schoss Iovis entgegen, doch bevor er ihn erreichte, klatschte der Bootsrumpf in die seichten Wellen. »Alles in Ordnung?«, fragte er atemlos.

Iovis atmete schwer. Sein Gesicht war gerötet vor Anstrengung. »Bist du nur wegen mir so gerannt?«

Vaelen nickte und bereute es sogleich. Er wollte Iovis nicht das Gefühl geben, dass er ihn für schwach hielt. Vierzig Jahre hatte er der See getrotzt. Falls Iovis wusste, was in ihm vorging, ließ er es sich nicht anmerken. Stattdessen lächelte er, und diese Geste war so ehrlich, dass sie all die Sorgen fortwischte, die in ihm tobten. »Schön, dass du da bist, Junge.«

Auch er musste lächeln und watete zurück zum Ufer, wo er sich die Netze und Ruder über die Schulter legte und nach den Eimern griff. Iovis nahm alles entgegen, bevor sie hinaus in die Bucht ruderten.

Die Wintersonne brach zwischen den Wolken hervor und wärmte sein Gesicht, während er jene Bewegungen ausführte, die seit drei Jahren sein Leben bestimmten. Sie warfen die Netze aus, lehnten sich zurück und ließen sich treiben. Es war wie früher. Wie in jenen perfekten Momenten, in denen er sich gewünscht hatte, dass alles so blieb, wie es war. Seine Hand glitt ins Wasser. »Ist es wirklich in Ordnung, dass ich gehe?«, fragte er vorsichtig. Er musste es wissen.

Iovis sah ihn prüfend an. »Ist es wegen Laudan? Wirst du ihn suchen?«

Er zögerte. »Ich bewundere Laudan. Aber mir geht es um mehr. Ich kann nicht länger wegsehen. Ich will mehr tun, auch wenn ich noch nicht weiß, was das bedeutet. Da draußen wartet etwas auf mich, und ich muss herausfinden, was es ist.« Es war nicht die ganze Wahrheit. Er würde Laudan suchen, aber er war nicht so naiv zu glauben, dass es einfach werden würde, ihn zu finden.

In Iovis' Augen brannten längst vergangene Erinnerungen. »Als ich damals diese Hütte baute, dachte ich, ich könnte alles hinter mir lassen. Senna. Den Krieg. Die Heressia. Ich habe mir das Gleiche für dich gewünscht. Aber Ungerechtigkeit hört nicht auf, zu existieren, weil man sie nicht mehr sieht. Ich wollte nie wieder kämpfen, aber wirklich aufhören konnte ich auch nicht. Was du vorhast, ehrt dich, Vaelen. Wenn ich dich sehe, sehe ich einen Teil von mir. Jenen Menschen, der ich einst gewesen bin. Manchmal denke ich, dass mich das Schicksal auf Gahaved Cen'tos Schiff geführt hat.«

»*Das Licht des Morgens?*«, fragte er ungläubig. »Du hast auf ihr gekämpft, gemeinsam mit Cen'to?«

»Du weißt davon? Von der *Roa Hourak?*«

»Laudan hat mir davon erzählt. Aber dass du auf ihr gekämpft hast, wusste ich nicht. Du hast überlebt und dich hierher gerettet.

Hast du mich deshalb aufgenommen, weil mein Schicksal dem deinen glich? Ein Gestrandeter an einer fremden Küste?«

Iovis setzte sich auf. Es gab Grenzen, die sie nie überschritten hatten. Unsichtbare Barrieren, denen Vaelen auszuweichen gelernt hatte. Dieses Thema gehörte dazu. Iovis öffnete die Lippen, doch er kam ihm zuvor.

»Verzeih mir. Ich wollte nicht –« Ein plötzlicher Ruck riss sie nach vorn. »Verdammt, die Netze.«

Sie ruderten ein Stück zurück. Iovis holte die Netze ein, die nass und schwer neben ihm aufklatschten. Einige Fische zappelten in den sich enger ziehenden Maschen, doch ein Teil war zerrissen, das Loch so groß, dass sie unmöglich damit weiterfischen konnten.

Seufzend begutachtete Iovis den Schaden.

»Ich kümmere mich darum.« Vaelen brachte sie zurück in die Bucht, insgeheim froh darüber, dass ihr Gespräch so jäh beendet worden war. »Mach dir keine Sorgen. In ein paar Stunden ist es wieder so gut wie neu.«

Oberhalb des Klippenpfades blieb Iovis stehen und nahm ihm den Eimer ab, dessen Boden kaum mit Fischen bedeckt war. »Edris schuldet mir einen Gefallen. Vielleicht tauscht er sie gegen Kuchen. Vorausgesetzt, du bist noch da, wenn ich zurückkomme.«

»Natürlich bin ich da.«

»Schön. Dann reden wir später.« Iovis klopfte ihm auf die Schulter. Vaelen blickte ihm nach, bis er im Wald verschwand, und machte sich anschließend vor der Hütte mit Netznadel und Ersatzseil daran, die gerissenen Stellen des Netzes zu flicken. Vor wenigen Wochen hatte er mit Laudan hier gesessen. Unwillkürlich lächelte er, als die Bilder jener perfekten Zeit erneut zum Leben erwachten. Ja, er ging wegen Laudan, und er würde ihn finden, egal wo er war.

Prüfend fuhr er über die neuen Maschen, bevor er das reparierte Netz aufhängte. Sachte wehte es hin und her und verströmte den vertrauten Geruch von Salz. Mittlerweile kreisten die Möwen vor der hoch stehenden Sonne, doch Iovis war noch nicht zurückgekehrt. Vielleicht entlockte er einem fahrenden Händler Informationen. Womöglich waren sie eingetroffen, jetzt, wo die Stürme vorbei waren. Genau wie …

*Der Brief.*

Vaelen hatte ihn ganz vergessen. Er holte den Umschlag und hielt ihn gegen das Sonnenlicht. Ein einzelnes, gefaltetes Blatt Papier lag darin. Er ließ sich auf die Bank sinken. Sein Herz raste bei dem Gedanken daran, dass er vielleicht jenes Lebenszeichen enthielt, auf das er so lange gewartet hatte.

*Wenn der Krieg vorbei ist, komme ich zurück.* War Laudans süßes Versprechen, das er als Notlüge abgetan hatte, am Ende die Wahrheit? War der Krieg vorbei? Die Rebellion siegreich? Falls Laudan zurückkehrte, durfte er ihn auf keinen Fall verpassen. Er schlitzte den Umschlag auf und zog das Papier hervor. Seine Finger zitterten, als er es entfaltete, doch bei dem Anblick erstarrte er.

Es war kein Brief. Es war ein Flugblatt. Den Kopf zierten die geschwungenen Lilien der Heressia. Darunter folgte die Zeichnung eines Feldherrn in prunkvoller Rüstung, der eine heressianische Flagge in den Himmel streckte. Den Blick hatte er abgewandt und richtete ihn auf die von Türmen bekrönte Silhouette einer Stadt. Hinter ihm bildete sein Heer eine undurchdringliche Mauer, während sich zu seinen Füßen die Leichen unzähliger Rebellenkämpfer stapelten. *Die Heressia hat gesiegt,* stand darunter. *Die Rebellion ist ausgelöscht. Ehre Lord Calieri, dem Helden von Ethelis.* Die Worte waren nur Beiwerk. Er brauchte sie nicht, um zu verstehen, was passiert war.

*Laudan.*

War auch er tot? Gefallen bei dem verzweifelten Versuch, Ethelis zu verteidigen? Die Zeichnung verschwamm vor seinen Augen. Wenn er nur rechtzeitig aufgebrochen wäre, hätte er in dieser Schlacht sein Schild sein können. Jetzt würde er ihn vielleicht nie wiedersehen. War das die Strafe für sein Zögern, sein wochenlanges Warten?

Seine Finger krampften sich in das Papier und zerknitterten es, bis sich ein erstickter Laut aus seiner Kehle löste. Laudan konnte nicht tot sein, durfte es nicht. Er zwang sich zu atmen. Das Flugblatt war Propaganda, keine Frage. Warum sollte sich ein Informant die Mühe machen, ihnen etwas Derartiges zu hinterlassen?

Er würde es nicht.

Die Erkenntnis traf ihn wie ein Schlag. *Iovis.* Sie mussten fliehen. Er sprang auf, steckte das Flugblatt weg, raffte das Nötigste zusammen und stopfte alles in seine Umhängetasche. Einer der Eimer rollte über die Dielen und schepperte gegen den Türrahmen. Fluchend ließ er ihn liegen und wühlte in seiner Truhe, bis er das rote Seidenband mit dem Ring daran und das weiche, lederne Bündel mit Laudans Dolchen fand. Ohne sie auszuwickeln, zwängte er sie zwischen Proviant und Kleidung in die Tasche und kämpfte mit dem Verschluss.

Das Seidenband schlang er um den Oberarm und zog sein Hemd darüber. Dabei fiel sein Blick auf das Fernrohr. Von allen Dingen, die ihm die See geschenkt hatte, war es ihm das Liebste, und doch passte es unmöglich in die Tasche. Widerwillig ließ er den Truhendeckel zufallen und rannte in Richtung Cerza.

Er musste Iovis das Flugblatt zeigen. Iovis würde wissen, was zu tun war. Schlamm spritzte unter seinen Stiefeln auf und klatschte nasskalt gegen seine Haut. Vaelen blinzelte sich den Dreck aus den Augen und atmete erleichtert auf, als er die vertrauten Händlerkarren auf dem Marktplatz ausmachte. Die meisten brachen ihre Stände bereits ab. Unter ihnen war auch der Händler, mit dem sich Iovis öfter unterhielt. Achtlos warf der Mann die letzten Flechtkörbe auf seinen Karren, schwang sich darauf und ließ die Peitsche knallen.

»Hey«, rief Vaelen ihm zu.

Statt ihn zu beachten, trieb der Händler die Pferde an. War das Angst in seinen Augen? Panik? Im letzten Moment sprang Vaelen zur Seite und blickte dem Gespann nach, das hinter einem Hügel verschwand. Etwas stimmte nicht.

Unter der Linde steckten die Dorfbewohner ihre Köpfe zusammen. Zwischen ihnen nestelte Edris mit hochgezogenen Schultern am Ärmel seines Hemdes. Was machte er hier? Sollte ein Wirt nicht hinter dem Tresen seiner Taverne stehen? Vaelen hielt auf ihn zu. Edris öffnete den Mund, doch noch bevor er etwas sagen konnte, trat Taran vor.

»Schön, dich zu sehen. Du suchst bestimmt Iovis.«

Alle Augenpaare richteten sich auf Vaelen. Sein Blick huschte zwischen den Dorfbewohnern umher, doch Iovis konnte er nirgendwo ausfindig machen. »Wo ist er?«

»In der Taverne«, entgegnete Taran. »Geh ruhig rüber. Er wartet auf dich.«

Er suchte in Edris' Blick nach einer Antwort. Von allen Anwesenden war er der Einzige, den er wirklich kannte. Edris starrte zu Boden. Wie in Trance hielt Vaelen auf den Taverneneingang zu. Jemand folgte ihm. Er musste sich nicht umdrehen, um zu wissen, dass es Taran war. Es spielte keine Rolle. Alles, was zählte, war Iovis.

Die Buntglasscheiben waren so mit Fett und Staub überzogen, dass ein Blick ins Innere unmöglich war. Als er die Hand nach der Tür ausstreckte, war sein Brustkorb wie zugeschnürt. »Vaelen, nicht!«

Etwas traf ihn am Hinterkopf. Die Tasche rutschte von seiner Schulter, und ihr Inhalt ergoss sich in den Schlamm. Während er fiel, realisierte er, dass es Raelia war, die geschrien hatte. Er schaffte es nicht, seinen Sturz abzufangen, und tastete auf dem Boden nach dem Bündel mit Laudans Dolchen. Bevor er es erreichte, hob es jemand auf. Ein Tritt rollte ihn auf den Rücken. Er blinzelte gegen die Schwärze an. Das Letzte, was er sah, bevor sie ihn verschluckte, war Taran, der sich über ihn beugte und die wulstigen Lippen zu einem Lächeln verzog.

»Hab dich.«

Schmerz bohrte sich in seinen Schädel. Vaelen wollte die Hand danach ausstrecken, die seltsam verdreht hinter seinem Rücken lag, doch etwas hielt sie zurück. Er stöhnte leise. Die winzige Bewegung entfachte ein Feuer zwischen seinen Schulterblättern.

Irgendetwas knarzte. Gleichzeitig ging eine Erschütterung durch den Boden, die in seinem Körper widerhallte. Widerwillig öffnete er die Augen. Sein Blick folgte wachsig glänzenden, von Furchen durchzogenen Dielen und heftete sich auf eine Reihe von … Er blinzelte, bis die verschwommenen Flecken Gestalt annahmen. Stiefel.

Viele Stiefel.

Ihre Träger standen so dicht vor ihm, dass er die getrockneten Schlammspritzer an ihren Absätzen sah. Was auch immer seine Hände fixierte, sorgte dafür, dass er kaum mehr als den Kopf heben konnte. Der Raum drehte sich um ihn. Ein warmes Rinnsal lief von seiner Schläfe über seine Wange. Blut. Er presste die Kiefer zusammen, kämpfte gegen Schmerz und Schwindel, während sein Blick an den Männern hinaufglitt.

Sie kehrten ihm den Rücken zu und rührten sich nicht. Gut. Das gab ihm Zeit, herauszufinden, was vor sich ging. Auf der anderen Raumseite standen weitere Männer. Hinter ihnen stapelten sich Tische und Stühle vor den Buntglasscheiben. Die Abendsonne fiel durch ein geborstenes Glas und ließ ihre Rüstungen glänzen. Das Knarzen verstummte. Das Licht erstarb und verwandelte das Metall in etwas Kaltes, Totes.

Dann sah er ihn, den Hauptmann. Geschwungene Ornamente überzogen seinen prunkvollen Brustpanzer. Lilien. Sein Abzeichen trug er am Arm. Er blickte auf etwas herab, das Vaelen nicht sehen konnte. Als er sprach, kräuselte sich die Narbe über seiner Lippe.

»Rede endlich.« Ruhig und düster durchschnitten die Worte die Stille. Wem auch immer diese Aufforderung galt, blieb ihm eine Antwort schuldig. Ohne Vorwarnung holte der Hauptmann aus. Ein Schlag. Das leise Stöhnen einer vertrauten Stimme.

Iovis. Sie hatten Iovis.

Sofort war Vaelen hellwach, stemmte sich gegen den Widerstand. Zwecklos.

»Das hatten wir doch schon, alter Mann. Mach es dir nicht schwerer, als es sein muss. Wenn du redest, dürft ihr gehen. Du und der Junge.«

Vaelens Finger schossen zu seinen Handgelenken. Das darum geschlungene Seil schnitt in seine Haut. Er kannte diese Knoten. Woher, wusste er nicht, aber es war ein Fehler gewesen, daran zu ziehen. Sie würden sich niemals öffnen lassen, doch das hielt ihn nicht davon ab, es zu versuchen.

»Du hältst dich wohl für besonders schlau, was?«

Ein Tritt. Ein Aufprall, als Iovis zu Boden sackte. Der Hauptmann schleifte ihn in die Mitte des Raumes, wo er ihn fallen ließ. Jetzt sah Vaelen ihn. Die Augen geschlossen, das Hemd blutüberströmt. Er ertrug den Anblick kaum.

»Es ist immer das Gleiche mit euch Ratten. Du wirst schon sehen, was du davon hast.« Ein weiterer Tritt ließ Iovis zusammenzucken. Er spuckte Blut und öffnete die Augen. Sein Blick, selbst jetzt noch voller Weisheit und Güte, huschte auf der Suche nach etwas durch den Raum und fand den seinen. Während sie einander ansahen, formte Iovis lautlose Worte, die nur für ihn bestimmt waren: *Es tut mir leid.*

Vaelen schüttelte den Kopf und biss sich auf die Lippe. Biss so fest zu, dass er Blut schmeckte, und erstickte so den Schrei, der in ihm aufzusteigen drohte. Nichts, was gerade geschah, war Iovis' Schuld. Es war seine. Iovis hatte ihn gewarnt. Es war ein Fehler gewesen, die Verstecke so häufig zu kontrollieren, und jetzt hatte Taran etwas bemerkt. Irgendwas.

Der Hauptmann zog Iovis außer Sichtweite. »Gestehe. Die Heressia weiß es sowieso schon. Also sag es, sag's endlich.«

Iovis schwieg. Er würde ihnen nichts sagen, niemals.

Noch ein Schlag.

Und wieder einer.

Sie würden ihn töten. Als der Hauptmann erneut ausholte, ging ein Schrei durch den Raum. Rau, schmerzverzerrt und verzweifelt. Seiner. »Aufhören. Bitte aufhören!«

Der Hauptmann hielt inne, die Lippen verzogen zu einem triumphalen Lächeln. »Sieh an. Er ist wach. Bringt ihn rüber.«

»Zu Befehl, Hauptmann Ruul.« Zwei Soldaten packten ihn.

Vaelen wand sich in ihrem Griff, doch sie hielten ihn wie in einem Schraubstock. Sie schleiften ihn in die Mitte des Raumes, wo sein Blick auf Iovis' blutüberströmtes Gesicht fiel. Furcht flackerte in seinen Augen, doch sie galt nicht sich selbst, sondern ihm.

Ein Tritt in die Kniekehlen schickte Vaelen zu Boden. Als er sich aufrappelte, war Iovis' Kopf nach vorne gesunken. Jeder seiner Atemzüge rasselte. »Iovis«, flüsterte er. »Iovis … ich bin da. Verdammt, was habt ihr ihm angetan?!«

»Etwas, das ich dir gern ersparen würde.« Ruuls behandschuhte Hand glitt über sein Kinn und hob es an. »Wäre doch schade um das hübsche Gesicht.« Vaelen wich zurück. Doch Ruul packte fester zu. »Na, na. Keine Angst. Wir fangen ganz von vorne an, du und ich. Wie heißt du?«

»Vaelen«, sagte er widerwillig.

»Gut, Vaelen. Ich möchte, dass du weißt, dass Lügen zwecklos ist. Hast du verstanden?«

Er nickte, hatte gesehen, wozu dieser Mann fähig war. Ihm blieb keine Wahl, als dieses Spiel mitzuspielen.

»Du hattest heute Morgen einen Umschlag bei dir. Für wen war er?«

»Für Iovis.« Das Gleiche hatte er Taran am Morgen gesagt.

»Siehst du, das war doch ganz einfach. Was war in dem Umschlag? Hast du es gesehen?«

Panik schnürte ihm die Kehle zu. Er zögerte, dachte nach. »Ein Brief. Ich habe ihn geschrieben.«

Ruuls Lächeln erstarb. Vaelen wappnete sich für einen Schlag, doch er kam nicht. Stattdessen zog Ruul ein zerknittertes Blatt Papier hervor, legte es vor ihm auf die Dielen und drehte es so, dass er es sehen konnte.

Das Flugblatt.

»Du weißt, was das ist, nicht wahr?«

Vaelen bohrte die Fingernägel in die Handflächen. Mit dem Flugblatt in seiner Tasche hatte er selbst ihnen den Beweis geliefert. Verdammt, was sollte er jetzt tun? Sein Blick fiel auf die Zeichnung.

Im Triumph des Feldherrn spiegelte sich seine eigene Niederlage. »Der Anblick macht dich wütend. Warum?«

Er suchte nach einer Antwort, irgendeiner. Doch er fand keine. Nur die Wahrheit. »Ich hätte gehen sollen … doch ich habe gezögert. Und jetzt ist es zu spät.«

»Wohin wolltest du gehen?«

Sein Blick heftete sich auf Iovis, aus dessen Mund ein dünnes Blutrinnsal tropfte. Wenn er doch nur Laudan gefolgt wäre, wäre all das nie passiert. »Nach Ethelis. In den Krieg.«

»Sieh mich an, Vaelen. Das hier ist sehr wichtig. Gestehst du, dass du geplant hast, dich der Rebellion anzuschließen?«

Was tat er hier? Wenn er sich nicht zusammenriss, würde er sie beide zum Tode verurteilen. »So war das nicht. Ich wollte mich freiwillig bei den heressianischen Truppen melden. Der Brief war mein Abschied an Iovis. Aber in Danatis haben sie mir das Flugblatt in die Hand gedrückt. Wir haben gesiegt, und ich … ich habe meine Chance auf Ruhm vertan. Ich wollte mehr sein, als ich bin.«

»Also bist du reumütig zurück zu Papa gekrochen. Und, *wer* bist du?«

»Ein Fischer … wie er. Iovis ist stur, aber er ist kein schlechter Mensch. Bitte lasst uns gehen, damit ich seine Wunden versorgen kann.«

Eine Falte kräuselte sich zwischen Ruuls Brauen. Er hockte sich neben ihn. »Die Heressia ist gütig. Bevor ich zu ihr fand, war ich ein Abdecker. Hast du eine Ahnung, was es bedeutet, den ganzen Tag fauliges Fleisch von Tierkadavern zu schälen? Diesen Gestank wird man nie mehr los.«

»Dann habt Ihr erreicht, wovon ich nur zu träumen wagte.« Vaelen zwang sich, zu lächeln. »Ein einfacher Mann wie ich.«

»Oh Vaelen …« Ruul strich über seine Wange. »Du irrst dich. Du bist etwas völlig anderes. Dafür hast du mir selbst einen unumstößlichen Beweis geliefert.«

Der plötzliche Schlag ließ ihn taumeln. Er stürzte. Blut füllte seinen Mund. Neben ihm stöhnte Iovis auf. Leise und qualvoll mischte sich der Laut unter das Klingeln seiner Ohren. Einige Soldaten lachten. *Diese Monster.* Sie waren nicht besser als ihr Hauptmann.

Ruul stand abgewandt, hielt etwas, das Vaelen nicht sehen konnte. »Weißt du, ich mochte unser kleines Spiel, aber ich will ehrlich sein. Das Flugblatt interessiert mich ebenso wenig wie Tarans Geschichte von einem Loch unter einem Stein … aber das hier, Vaelen, das interessiert mich brennend.«

Etwas flog durch den Raum und schepperte vor ihm auf die Dielen. Sein Magen verkrampfte sich, rebellierte fast, als er auf die zwei gleichen, kunstvoll verzierten Dolche herabblickte.

Ruul kam zu ihm herüber. »Hat dir meine kleine Überraschung die Sprache verschlagen? Woher hast du die Dolche?«

»Gefunden.«

»Lüg mich nicht an.«

»Das war keine –« Die Dielen rasten auf ihn zu. Er krümmte sich unter dem Schmerz, der in seiner Magengrube explodierte. Ruul packte ihn bei den Haaren.

»Unsinn. Solche Waffen findet man nicht. Wie hast du es fertiggebracht, sie ihm zu stehlen? In Ethelis? Auf dem Schlachtfeld?«

Wovon redete Ruul da? *Ihm* gestohlen? Wem? Der Hauptmann zog sein Schwert und legte die Klinge an Iovis' Ohr. »Du hast es nicht anders gewollt. Siehst du, wozu du mich zwingst?«

»Nein!«, schrie er. »Er hat doch nichts getan.«

»Dann lass nicht zu, dass er für deine Fehler leidet. Rede, oder ich schwöre beim Kodex, dass ich es tue.«

Der Raum löste sich auf. Wie konnte er zwischen Iovis und Laudan wählen? Er konnte es nicht. »Nein«, flehte er stattdessen. »Bitte tut das nicht …«

Iovis' Atem ging heftig. Ein kurzes Kopfschütteln, kaum sichtbar. Wieder traf Iovis eine Entscheidung, die er nicht zu treffen imstande war.

»Vaelen?«, fragte Ruul.

Er schloss die Augen. Iovis' Schrei durchdrang ihn bis auf die Knochen. Ein verzerrter, kaum menschlicher Laut. Auch er schrie.

Gewaltsam drehte Ruul seinen Kopf in Iovis' Richtung. »Sieh hin. Sieh, was du getan hast.«

Vaelen zwang sich, hinzusehen. Wo Iovis' Ohr gewesen war, rann ein unablässiger Strom herab und tropfte auf die Dielen. Iovis verblutete. Er starb, um ein Geheimnis zu bewahren, das er womöglich selbst nicht verstand.

»Wirst du jetzt reden?«

*Nein.* Er würde weder zulassen, dass Ruul ihn brach, noch, dass Iovis umsonst litt. Ruul gab den Soldaten ein Zeichen. Etwas schwappte über den Boden.

»Wen von euch soll ich auswählen?«

»Mich«, keuchte Iovis, bevor Vaelen antworten konnte. »Wählt mich.«

»Perfekt. Bringt mir den Jungen.«

Sie schleiften Vaelen zu einem Tisch und drückten ihn gegen die Tischplatte. Er wand sich unter den vielen Händen, die ihn festhielten. Dem Schmerz zum Trotz stemmte er sich gegen sie, bäumte sich auf, trat. Doch gegen so viele Soldaten kam er nicht an. Sie rollten ihn auf den Rücken, fixierten ihn dort. Seine gefesselten Hände bohrten sich in sein Kreuz. Sein Atem raste. Er drehte den Kopf zur Seite. Zu Iovis.

*Es ist in Ordnung,* wollte er ihm sagen. *Mach dir keine Sorgen.* Stattdessen schüttelte er den Kopf, wie Iovis es getan hatte. Einem schwarzen Schleier gleich warfen sie ein Tuch über sein Gesicht. Es dämpfte alles bis auf seinen Atem, dessen drückende Hitze sich unterhalb des Stoffes ausbreitete. Wasser tropfte auf seinen Oberkörper und sickerte durch sein Hemd. Jemand presste seinen Kopf nach unten. Iovis schrie, doch er verstand ihn nicht.

*Sag ihnen nichts,* flehte er in Gedanken, während das Wasser in kleinen Tropfen gegen das Tuch prasselte. Regen, der sich in einen reißenden Strom verwandelte. Er zuckte vorwärts, rang nach Luft und atmete Wasser, das sich in seine Lungen brannte. Wieder erwachte er in den tosenden Wellen der schwarzen See. Doch diesmal gab es keine Bucht, in die er sich hätte retten können. Kein

Entkommen. Er bäumte sich gegen den Griff der Soldaten auf, bis weiße Punkte vor seinen Augen flimmerten.

Kraftlos sank er auf die Tischplatte zurück, hustete. Erst als Wasser an seinem Kinn herablief, realisierte er, dass es vorbei war. Jemand strich ihm eine Strähne aus den Augen. Er zuckte zusammen. Ruul tauchte über ihm auf. »Unter all dem Dreck und dem Blut bist du sogar noch hübscher. Bereit zu reden?«

Zur Antwort spuckte er Ruul an und hieß den Schlag willkommen, der folgte. Wieder pressten sie ihm das Tuch aufs Gesicht. Das Wasser kam schneller. Während er nach Luft rang, dachte er an Laudan. An laue Herbstabende und Blätter in zerzausten Haaren. An Laudans Körper in seinen Armen und an die Worte, die er nie ausgesprochen hatte. Lieber starb er, als ihn zu verraten.

Etwas erwachte in ihm, rauschte lauter als das Wasser und übertönte seine kläglichen Laute, sein Ringen nach Luft, das Husten, das Würgen. Jemand packte seine Schultern und holte ihn zurück in die Wirklichkeit. Er zitterte am ganzen Körper. Ihm war kalt, entsetzlich kalt.

»Sieh mich an«, verlangte Ruul, doch er wollte ihm den Gefallen nicht tun. Ein Schlag traf ihn. »Wach auf, verdammt! Rede. Woher hast du sie? Woher hast du die Dolche von Lord Laudan Calieri?«

Vaelen riss die Augen auf, starrte Ruul entgegen. »Was …?« Das einzelne Wort kostete ihn das letzte bisschen Kraft, das ihm geblieben war. Er hatte sich verhört. Der Laudan, den er kannte, war ein Rebellenkämpfer und kein Lord, bestimmt kein Lord.

Da war es wieder; Ruuls Grinsen. »Du hast es nicht gewusst«, stellte er fest. »Aber eines musst du mir verraten. Wie bestiehlt man den Feldherrn?«

»Lügner«, presste er hervor.

Nass und schwer klatschte das Tuch auf sein Gesicht. Gnadenlos, wie die Wahrheit. Während das Leben aus seinem Körper wich, sank er tiefer und tiefer in eine Leere, die aus ihm selbst zu kommen schien. Bevor er sich darin verlor, drang ein Schrei an den Rand seines Bewusstseins, doch die Worte spielten keine Rolle.

Laudan hatte ihn belogen.

*Lügner,* dachte er.

*Lügner. Lügner. Lügner.*

Und dann war sie da wie eine alte Vertraute. Die alles verschlingende Dunkelheit.

# Kapitel 12

## Der Held von Ethelis

Laudan erwachte, um wieder einzuschlafen, den bitteren Geschmack von Somnium auf den Lippen. Gedanken kamen und gingen. Bilder, sinnlos verzehrt. Die See. Die Klippen. Rotbraune Strähnen, verwandelt in Blut. Dazwischen seine eigene Stimme: *Vaelen.*

Eine sanfte Berührung. Über ihm erschien das Gesicht einer Frau, deren Haut im Dämmerlicht wie Bronze schimmerte.

»Lord, Ihr seid wach.«

Ihre Stimme war ein melodischer Singsang. Augen ebenso dunkel wie ihre hochgesteckten Haare erwiderten seinen Blick. Ihre hochgeschlossene Bluse saß tadellos und war mit kostbaren Stickereien verziert. Adlig. Nicht heressianisch, sondern isthenisch. Laudan schaffte es kaum, den Arm zu heben. »Bleibt liegen. Ich bin Esthelia Ri'shan. Ihr seid in Sicherheit.«

*Ri'shan.* Die einflussreichste Familie aus Istheniens Hauptstadt Venantes. Seit vier Jahrzehnten verband ein Bündnis ihre Reiche, geschlossen von niemand anderem als dem Sha. Was machte sie hier? Wo war *hier?*

Laudan dämmerte, dass es kein Schwindel war, der seine Umgebung schaukeln ließ. Sein Blick wanderte zu den Holzvertäfelungen, die die Decke zierten. Blätterranken aus Ebenholz schlängelten sich daran entlang und umschlossen eine mehrteilige Fensterfront, gegen die der Regen peitschte. Nein, kein Regen. Gischt. »Wo … bin ich?«

»Auf der *Destine,* Lord. Unsere Heiligkeit holt Euch nach Hause.«

»Der Sha?« Sein Mund war trocken.

»Ihr habt Yria Daurell getötet. Ihr seid der Held von Ethelis.«

Seine Hand schnellte an seinen Hals und fand die raue Oberfläche eines Verbandes. *Wahnsinnig* hatte Athos Yria genannt. Sie hatte das getan, und er hatte sie getötet, die Anführerin der Rebellion.

Esthelia ergriff seine Hand und legte sie auf der Decke ab. »Ihr wärt fast gestorben. In der letzten Woche habt Ihr viel geschlafen, aber Ihr werdet bald wieder zu Kräften kommen.« Sie schlug die Augen nieder.

Eine Befürchtung stieg in ihm auf. »Wieso bist du hier?«

»Um an Eurer Seite zu sein, Lord. Mein Onkel Zervan Ri'shan wünscht, dass ich die Gepflogenheiten der Heressia kennenlerne. Der Berater Unserer Heiligkeit sagte, Ihr wäret der isthenische Korrespondent. Ich könnte mir keine treffendere Aufgabe vorstellen.«

»Kazul schickt mir eine Leibdienerin?«

Sie errötete. »Ich hoffe, ich kann mehr sein als das. Eine Vertraute. Eine Freundin.«

Zweifelsohne hatte Kazul Esthelia nicht grundlos ausgewählt. Ihre Schönheit musste reihenweise Männern den Atem verschlagen. Wahrscheinlich hoffte man, dass er ihr verfiel.

»Es freut mich, dich kennenzulernen.« Laudan zwang sich zu lächeln. Die oberflächlich nette Geste war weit mehr als das. Esthelia würde ihn überwachen. Wenn er nicht wollte, dass sie ihn verriet, musste er ihre Loyalität gewinnen.

Ohne die Wirkung des Somniums fand Laudan keine Ruhe. Der Heiler wollte ihm mehr verabreichen, doch er hatte abgelehnt. Somnium war tückisch. Je mehr man nahm, desto schwerer kam man davon los. Er zog es vor, schlaflos statt süchtig zu sein.

Als man seinen Verband wechselte, holte Esthelia einen Spiegel, damit er die Wunde sehen konnte. Sie verlief diagonal an seiner rechten Halsseite entlang bis zur Halsmitte. Fäden steckten in der dunkelroten Kruste. Sie würde eine Narbe hinterlassen, für jedermann sichtbar, und erzählte eine Geschichte, für die er keine Erklärung fand. Einzig eines blieb unumstößlich: Egal ob Wahrheit oder Wahnsinn, er lebte nur noch, weil Yria Daurell es so gewollt hatte. Er musste ihrem Hinweis nachgehen und diesen Caliyan finden, wer auch immer er war.

Weit nach Mitternacht glitt die *Destine* über das Wasser. Laudan setzte sich auf und rieb sich die Schläfen. Esthelias süßlich schweres Parfum benebelte seinen Geist. Er zwang sich aus dem Bett und schlich an ihrer Kammer vorbei. Jeder Schritt glich Tausenden, doch er sehnte sich nach der Brise des Meeres, auch wenn es nur für ein paar Minuten war.

Die breite Fensterfront verriet ihm, dass er sich im Heck befand, jenem Teil des Schiffes, der ausschließlich den wichtigsten Offizieren und dem Kapitän vorbehalten war. Lautlos schloss er die Kajütentür und folgte dem dunklen Gang. Nachdem er den ganzen Nachmittag Esthelias Nichtigkeiten gelauscht hatte, wollte er nicht riskieren, jemanden zu wecken. Schon gar nicht sie.

Vor langer Zeit hatte er die *Destine* mit Athos im Hafen von Ethelis besichtigt. Eine bestenfalls trübe Kindheitserinnerung, die ihn bis zu einem größeren Raum begleitete, an dessen Ende sich eine Treppe nach oben wand. Auf dem Weg dorthin zweigten Türen ab. Eine war angelehnt. Licht drang durch den Spalt und ergoss sich in einem schmalen Streifen in die Dunkelheit. Anscheinend war er nicht der Einzige, der noch wach war. Laudan hielt auf die Stufen zu. Dabei fiel sein Blick auf den Mann, der im Inneren der Kammer vor einer flachen, grob gezimmerten Kiste kniete. Er wandte der Tür den Rücken zu und vergrub seinen Kopf zwischen den Armen, die auf dem schmucklosen Holzdeckel ruhten. So verharrte er reglos, versunken in Trauer.

Wer war der Tote? Kommandant Zentaros oder einer der gefallenen Offiziere? Nein, es war mehr als zweifelhaft, dass ihr Verlust jemanden außerhalb ihrer Familien schmerzte. Aber einen Rangniederen würde man sicher nicht auf der *Destine* überführen. Wer auch immer in dieser Kiste lag, war wichtig. Äußerst wichtig.

Diesen Mann in seiner Trauer zu beobachten, war falsch, doch der Ring an seinem Finger ließ Laudan innehalten. Das Siegel des Sha. Nur sein persönlicher Berater trug es.

Kazul hob den Blick. Laudan lief weiter, erklomm die Stufen und stürzte hinaus in die Nacht. Draußen füllte er seine Lungen mit salziger Seeluft und hielt sich an der Reling fest. Was ging hier vor?

Unter ihm teilte sich das schwarze Wasser am Rumpf der *Destine*. Einzig die Sterne spendeten ein wenig Licht. Er hatte weder erwartet, Kazul hier anzutreffen, noch, dass ihm einer der Gefallenen nahestand. Kazuls Leben war dem Sha gewidmet. Zumindest war er davon ausgegangen, bis Athos seine Zweifel geschürt hatte. Was hatte Kazul in Teralyns Zelle gewollt, und wieso verbarg er diesen Besuch?

Da war sie wieder, jene leise Hoffnung auf einen Verbündeten, der dem Sha näherstand, als er ihm jemals kommen würde. Doch Hoffnung reichte nicht. Er musste wissen, wer in dieser Kiste lag.

»Guten Abend.« Kazuls Stimme ließ ihn herumfahren. »Verzeiht. Ich wollte Euch nicht erschrecken.«

»Das habt Ihr nicht.« Laudan hoffte inständig, dass sein Gesicht ebenjene Maske war, die er über Jahre einstudiert hatte. »Stand Euch der Sinn nach frischer Luft?«

»Mir stand der Sinn nach guter Gesellschaft. Es freut mich zu sehen, dass es Euch besser geht. Wein?« Kazul hielt eine Flasche und zwei Gläser in den Händen. Eins davon reichte er ihm.

»Gern.«

Der Berater des Sha schenkte ein, und der Hauch eines Lächelns umspielte seine Lippen. Kazul spielte seine Rolle in Perfektion. Hätte Laudan ihn nicht mit eigenen Augen trauern sehen, hätte er es nicht geglaubt.

»Auf Euch.« Kazul prostete ihm zu.

Sie tranken. Das herbe Aroma war vertraut. »Das Calieri-Weingut?« Er konnte seine Überraschung kaum verbergen. »Aber dieser hier ist kräftiger.«

Kazul lehnte sich an die Reling und zog seinen schwarzen Mantel enger um die Schultern. »Ihr seid ein Kenner. Dies ist eine alte Abfüllung. Einer der wenigen Weine, der etwas in mir auszulösen vermag.«

»Das freut mich zu hören. Wenn Euch unsere Reben so viel Freude bereiten, lasse ich Euch gern eine neue Lieferung schicken.«

»Ein Geschenk, das ich sicher nicht ausschlage. Ich stehe in Eurer Schuld.«

Laudan winkte ab. »Nach all den Großzügigkeiten, die Ihr mir habt zukommen lassen, ist es das Mindeste, was ich tun kann. Habt Ihr all das organisiert?«

»Dankt nicht mir, sondern dem Sha. Er ist ein Förderer besonderer Talente.«

»Ich habe nur meine Pflicht getan. Jeder hätte das.«

Kazuls Blick glitt über das Wasser. »Jeder andere wäre in diesem Turm gestorben, Lord Calieri.«

»Das kann ich nicht beurteilen. Ich bin Yria Daurell nie zuvor begegnet.«

Ein Hauch von Melancholie huschte über Kazuls Gesicht. Kaum wahrnehmbar und doch deutlich genug, wenn man die anderen Teile des Rätsels zusammenfügte. Er hatte sie gekannt. »Hat sie etwas zu Euch gesagt, bevor sie starb?«

Was, wenn Kazul die Lüge in ihm las? Vielleicht war es besser, bei der Wahrheit zu bleiben. Zumindest teilweise. »Sie sagte: *Geh zu ihm. Er wartet auf dich.*«

»Zu wem, Lord Calieri?«

»Das weiß ich nicht. Ich fürchte, der Wahnsinn sprach aus ihr.«

»Selbst hinter der Maske des Wahnsinns verbirgt sich ein Fünkchen Wahrheit.«

Laudan zögerte. »Vielleicht ist es der Sha, der mich erwartet. Aber diesen Gedanken zu hegen, wäre anmaßend.«

»Keineswegs. Seine Neugierde ist bereits geweckt.«

In der Distanz tauchten die Umrisse der Obsidianklippen auf. Eine Weile betrachteten sie das Schauspiel, jeder versunken in seine eigenen Gedanken. Laudan stellte sich vor, wie Vaelen auf dem schmalen Bett in Iovis' Hütte schlief. So nah und doch unerreichbar. Er fehlte ihm so.

Schließlich war es Kazul, der ihr Schweigen brach. »In wenigen Tagen laufen wir in Ankhad ein. Euer Leben ist im Begriff, sich grundlegend zu ändern.« Kazuls Hand glitt in Richtung seines Halses. »Darf ich?«

Er nickte nur, war völlig perplex.

Kazul löste den Verband. »Die Narbe ist keine Schwäche, Lord Calieri. Sie ist Eure größte Stärke. Ein Zeichen Eures eisernen Willens und Eurer Opferbereitschaft. Ihr habt der Heressia den größten Sieg gebracht. Tragt sie mit Stolz, Held von Ethelis.«

»Das werde ich«, erwiderte er.

Versteckte sich hinter Kazuls Kompliment womöglich eine Drohung? Ein Gedanke stieg in ihm auf. Eine These so tollkühn, dass alles in ihm danach schrie, sie von der Hand zu weisen. Falls Yria Daurell in diesem Sarg lag, war Kazul Caliyan? Er würde Kazuls Spiel mitspielen und es herausfinden.

# Kapitel 13

## Der Mann der See

Dieselben wachsig glänzenden Dielen, dieselben Schmerzen. Vaelens Atem raste. Jede Faser seines Körpers verkrampfte sich im dumpfen Echo des Sturmes, der durch seine Adern rauschte. Das war nicht seine Magie. Nicht die sanfte Melodie, die ihn seit Jahren begleitete. Dies war etwas anderes. Etwas, das nach Asche schmeckte. Nach Blut und Tod.

Er blinzelte. Seine Hände krampften sich um etwas, das er lange gehalten haben musste. Er lockerte die tauben Muskeln und betrachtete das Blut, das zwischen den kunstvollen Verzierungen metallener Parierstangen hervorquoll wie Harz aus einem Baumstamm.

Laudans Dolche schepperten zu Boden. Er presste die Hände über die Ohren, während sein Blick durch den Raum schnellte. Er zwang sich zu atmen, zwang sich zu sehen. Auf den Dielen, zwischen den Möbeln und selbst am Tresen lagen tote heressianische Soldaten, die meisten von ihnen in der Raummitte vor einem umgestoßenen Tisch. Ihre Gesichter waren schmerzverzerrt. Blut rann aus Stichwunden an ihren Hälsen und Armbeugen und ergoss sich über ihre Rüstungen. Einige Pistolen und Schwerter lagen verstreut, doch die Mehrzahl ihrer Waffen steckte unbenutzt in ihren Waffengurten. Sie hatten ihre Träger nicht retten können.

Zwischen den Toten erkannte er ein Gesicht und starrte auf die gezackte Narbe, die sich über den halb geöffneten Lippen kräuselte. Ruul, der Hauptmann. Unmenschlich verdreht lag sein Kopf im Nacken. Die hervorgequollenen Augen blickten Vaelen in stummer

Ermahnung vor dem Monster entgegen, das ihn so zugerichtet hatte.

Er kämpfte gegen die Übelkeit und zwang sich auf die Füße. Der Raum verschwamm, löste sich auf in Fragmente aus Rot. Er taumelte vorwärts, stürzte fast, weil sein Fuß an etwas hängen blieb, und zuckte zusammen, als der leere Wassereimer vor ihm über die Dielen rollte.

»Iovis?«

Seine Stimme klang fremd in seinen Ohren. Ein erstickter, verzweifelter Laut in einer alles verschlingenden Stille. Er rief erneut. Ein leises Husten drang zu ihm herüber. Vaelen stürzte vorwärts, blendete alles andere aus. Unter einem Tisch fand er Iovis. Zusammengekauert lag er auf dem Bauch, die Haare durchtränkt von dem Blut, das sich unterhalb seines Kopfes ausbreitete. Wie lange hatte er so dagelegen?

Neben Iovis sank er auf die Knie, griff wie in Trance nach dem Schwert eines Soldaten und durchtrennte die Fesseln an Iovis' wund gescheuerten Handgelenken, bevor er ihn auf den Rücken drehte. Iovis' Lider flatterten. Sein Blick glitt ins Leere und richtete sich erst auf ihn, als Vaelen seine Schulter berührte.

»Ich bin hier.« Er bettete Iovis' Kopf auf seinen Schoß, riss ein Stück Stoff aus seinem verdreckten Hemd und presste es auf die Wunde, wo Iovis' Ohr gewesen war. »Bleib bei mir.«

»Vaelen …«

»Es wird alles wieder gut. Wir gehen fischen, du und ich. Ich gehe nicht fort.« Die Worte zerfielen zu Staub in seinem Mund, als das Blut durch den Stoff sickerte und zwischen seinen Fingern hervorquoll. Behutsam ergriff er die zitternde Hand, die Iovis ihm entgegenstreckte, und legte sie in seine.

»Hör mir zu, Vaelen …«

Er nickte, wollte nicht, dass Iovis die Verzweiflung in seiner Stimme hörte, die Angst, ihn zu verlieren. Tränen stiegen in ihm auf.

»Ich dachte … ich hätte es mir eingebildet. Ich hielt es für Zufall. Aber das … stimmt nicht.«

Iovis rang nach Luft. *Sprich nicht,* wollte Vaelen ihm sagen. *Schone deine Kräfte.* Doch die Dringlichkeit in Iovis' Augen ließ ihn schweigen; der Blick eines Mannes, der zu lange etwas zurückgehalten hatte und jetzt darum fürchtete, es vielleicht nie aussprechen zu können.

»Ich habe dich wiedererkannt«, fuhr Iovis fort. »Obwohl ich es nicht für möglich hielt. Ich habe dich … gesehen. Damals, vor über vierzig Jahren auf der … *Roa Hourak.*«

»Was …?« Mehr brachte er nicht hervor.

»Ich war jung. Ein unbeholfener Kanonier. Aber du … hast dich nicht verändert. Hast uns geholfen. Bist so stark gewesen … wie jetzt. Wolltest ihn retten. Uns alle.«

»Wen retten?« Dabei kannte er die Antwort bereits. Seine Magie sang davon, obwohl er sie nicht verstand.

»Cen'to. Den Admiral …«

»Ich verstehe nicht –« Vaelens Stimme erstarb.

Er erinnerte sich an ein auf ihn gerichtetes Schwert, an den Schmerz auf Gahaveds Gesicht, als die Welt um sie herum in Flammen aufging, und an ein einzelnes Wort. Einen Namen vielleicht.

*Cal.*

Iovis drückte seine Hand fester. »Ich wollte es dir sagen … die ganze Zeit lang. Aber ich wusste nicht, wie. Verzeih. Cen'to war … ein Mensch, den man nur einmal im Leben trifft. Du wusstest das. Habe … an ihn geglaubt. Sein Traum war auch meiner … wünsche mir, dass du siehst, wie er wahr wird.«

»Iovis, bleib bei mir.«

»Bist der … Sohn, den ich nie hatte. Ich danke dem Schicksal dafür, dass es dich … zu mir geführt hat.« Iovis hustete schwach. Sein Blick glitt ins Leere.

»Bitte verlass mich nicht.«

»Ich kann es sehen … das Meer.«

Ein letzter Atemzug, bevor Iovis' Griff um seine Hand erschlaffte. Vaelen hielt sie fest und drückte sie gegen seine Wange. »Iovis«, flehte er. »Iovis.«

Die Stille erstickte seine Worte, bis nichts mehr übrig blieb. Iovis hatte gesagt, was er sagen wollte, hatte ausgeharrt, all der Schmerzen und Verletzungen zum Trotz.

Jetzt war er tot, der Mann, der ihm ein Vater gewesen war. Ein Freund.

Er konnte die Tränen nicht zurückhalten. Behutsam legte er Iovis' Hand auf dessen Brust und schloss ihm die Augen. Seine Finger hinterließen eine Blutspur auf Iovis' Gesicht. Er wiegte ihn in den Armen, verloren in Erinnerungen, die sie nie wieder teilen würden. Die unzähligen Morgen auf See, die Aureale, die für sie über den Himmel tanzte, die Abende in der Hütte im Schein eines knisternden Feuers. *Zuhause*.

Als der Mond durch das zersplitterte Buntglasfenster fiel, erhob er sich. Er suchte nach Worten, die nicht kommen wollten. Einem letzten Abschied. Stattdessen war eine Leere in ihm, als hätte man sein Innerstes Schicht um Schicht abgetragen.

»Verzeih mir«, flüsterte er, bevor er sich abwandte. Iovis verdiente mehr als das, doch er konnte es ihm nicht geben. Es würde nicht lange dauern, bis die Stille in der Taverne Fragen aufwarf.

Inmitten von Blut und Tod stieg er über die Leichen der heressianischen Soldaten hinweg. Selbst die Dunkelheit vermochte nicht zu verschleiern, was hier passiert war, und er war der Einzige, der noch lebte, um davon zu berichten. Er hob Laudans Dolche auf und wischte das Blut von den Klingen. Mit ihrem Anblick kamen die Gedanken, die er die ganze Zeit über an den Rand seines Bewusstseins geschoben hatte. Fünfzehn Soldaten waren tot. Und er, ein Gefangener, lebte. Wie das möglich war, wusste er nicht. Nur eins wusste er mit Gewissheit: dass er die Dolche in den Händen gehalten hatte, als er zu sich gekommen war. Laudans Lüge haftete daran. Vaelen wollte sie nicht, aber er brauchte Waffen, also stopfte er sie in seine Tasche, die neben dem Eingang stand, als habe sie auf ihn gewartet. Er warf sie über die Schulter und rannte hinaus in die Nacht.

Der Schein eines Kaminfeuers flackerte zwischen den zerfurchten Fensterläden von Raelias Hütte. Mit letzter Kraft schaffte er es zu klopfen, bevor er gegen den Türrahmen sackte. Seine Magie brannte in seinen Adern.

»Raelia«, keuchte er. »Raelia, mach auf.«

Im Inneren knarzte ein Stuhl. Raelia riss die Tür auf. Er taumelte kurz, fing sich wieder und blickte ihr entgegen. Die Strähnen ihres zerzausten Zopfs vermochten es nicht, den Bluterguss auf ihrer Wange zu verbergen. Taran musste sie so zugerichtet haben. Er öffnete den Mund, doch der sich schlagartig ändernde Ausdruck auf ihrem Gesicht erstickte seine Worte.

»Was haben sie dir angetan …?« Raelia zog ihn in die Hütte. Er wollte das Entsetzen in ihrem Blick nicht sehen, starrte zu Boden. Im nächsten Moment saß er auf einem Stuhl und zuckte zusammen, als Raelia ihm einen feuchten Lappen gegen die Schläfe presste. »Es tut mir so leid«, flüsterte sie und säuberte behutsam seine Wunden, bevor sie ihm das Gesicht abwischte. »Sie haben mich hier festgehalten. Ich hatte solche Angst. Rede mit mir, bitte …«

Vaelen biss sich auf die Lippe und erstickte den kläglichen Laut, der sich einen Weg an die Oberfläche bahnte. Raelia drückte ihn an sich, hielt ihn in den Armen. »Es wird alles gut. Bei mir bist du sicher, kleiner Bruder.«

Er umfasste ihr Handgelenk, zwang sich aufzusehen. »Wir müssen fortgehen. Iovis ist tot. Und ich … ich glaube, ich habe die hessianischen Soldaten getötet. Alle.«

Raelias Lippen bewegten sich, doch ihre Worte erreichten ihn nicht. Ihre Hand glitt über seine Schulter, bevor sie sich abwandte. Während sie ihre Sachen zusammenraffte, atmete Vaelen aus, und die Dielen verschwammen unter seinen Füßen. Erst als Raelia ihre Tasche zu seiner warf und ihren Köcher und Bogen darüberlegte, kam er wieder zu sich.

»Du musst dich umziehen.« Auf dem Boden hockend, öffnete Raelia seine Tasche. Tränen stiegen in ihm auf, als Iovis' Kleidungsstücke daraus hervorquollen. Hastig zog Raelia sie heraus und schob sie zur Seite, bevor sie ihm eines seiner schlichten Leinenhemden und eine dunkelbraune Hose reichte. Wortlos streifte er sie über. Flammen züngelten an seinen blutverschmierten Lumpen empor, die Raelia ins Feuer warf. Sie musste die Dolche gesehen haben, doch sie erwähnte sie nicht. »Kannst du gehen?«

Er nickte. Ohne das Feuer zu löschen, warf Raelia Köcher und Bogen über die Schulter, griff nach den Taschen und zog Vaelen hinaus in die Nacht. Er wollte ihr helfen, doch sie hielt an den Lederriemen fest und legte den Arm um seine Hüfte.

Weit hinter den Hügeln von Cerza blieben sie stehen. Ihr beider Atem so laut, dass er ihn zusammenzucken ließ. »Wohin sollen wir gehen?«, fragte sie.

Vaelen zögerte, sah hinauf zu den Sternen. Vor wenigen Stunden hatte er die Antwort auf diese Frage gekannt. Jetzt war alles anders. »Nach Ankhad«, sagte er dennoch. »In die Unterstadt.«

»Zu Laudan? Wir finden ihn.«

»Nein. Zu Dryele. Einer Kapitänin der Rebellion.« Die Selbstverständlichkeit, die in seiner Stimme mitschwang, überraschte ihn. Dabei war Dryele nicht mehr als ein Name aus Teralyns Geschichten. Raelia zog ihn vorwärts, und im Stillen dankte er ihr dafür, dass sie keine Fragen stellte.

Sie sprachen nicht viel in dieser Nacht und stolperten abseits der Straßen durch das Dickicht namenloser Wälder. Wenn er zu fallen drohte, hielt Raelia ihn fest. Erst als die trüben Sonnenstrahlen durch den Morgennebel drangen, zog sie ihn in eine Höhle und bedeckte den Boden mit etwas trockenem Laub. Kraftlos sank er darauf.

»Ich glaube, mein Name … ist nicht Vaelen.«

Raelia wich seinem Blick aus.

»Du hast es gewusst«, stellte er fest.

Sie nickte zögerlich »Seit du mir deine Magie zeigen wolltest. So wie du den Namen geschrien hast … wieder und wieder. Niemand würde seinen eigenen Namen so schreien. Wer ist Vaelen?«

»Ich weiß es nicht.« Es war die Wahrheit, aber er musste ihn finden. Unwillkürlich glitt seine Hand an seinen Oberarm, um den er das Seidenband geschlungen hatte. Stammte es von ihm?

»Und dein eigener Name?«

Er lag ihm auf der Zunge, doch er schüttelte den Kopf, schloss die Augen.

»Schlaf jetzt.« Raelia strich ihm durchs Haar. »Schlaf, kleiner Bruder.«

Bevor ihn die Erschöpfung überwältigte, wanderten seine Gedanken zurück zu Iovis. Mit Iovis starb der Fischer in ihm. Der Mann der See. Wer er jetzt war, wusste er nicht. Er hatte alles verloren in dieser Nacht.

Iovis.

Laudan.

Und sich selbst.

# Kapitel 14

## Vaelen

Auf der kargen Steppe warf Caliyan seine Kapuze zurück. Der Wind heulte, seine Zähne klapperten; seine Hände waren wie Eis, und doch erwachte er hier im Niemandsland zwischen Aerysia und Ethelis erneut zum Leben. Davor hatte er überlebt, existiert, wenn überhaupt.

Seit vier Tagen lief er. Er folgte Vaelen, seinem einzigen Licht in all der Dunkelheit. Seit der Nacht des Rituals waren ihre Schicksale miteinander verwoben. Egal, was er gesehen hatte, Vaelen war nicht tot, konnte es nicht sein, auch nach all der Zeit nicht. Er spürte ihn ganz deutlich.

Caliyans Beine schmerzten ebenso wie der Rest seines Körpers. Er war noch immer schwach, hatte sich nach seiner Gefangenschaft die verfilzten Haare und den Bart geschnitten und danach den Schmutz der Jahre fortgewaschen. Seit der Explosion des weißen Turmes hatte er kaum geschlafen. Wie konnte er ruhen, wenn Vaelen nach ihm rief? Zu lange hatte er ihn warten lassen. Doch sie beide lebten, und das war das Einzige, was zählte.

Der graue Himmel raubte der Steppe alle Farben. Caliyan brauchte sie nicht. Was er spürte, strahlte darüber hinweg. Regen rann über sein Gesicht und durchdrang ihn bis auf die Knochen. Er wollte die Kälte spüren, den Schmerz seiner tauben Glieder. Die Freude. Er lebte, und es drohte ihn zu zerreißen.

Vaelen hatte ihrer Heimat den Rücken gekehrt. Falls er vor der Alten Ordnung floh, blieb er vielleicht nie lange an einem Ort. War er gegangen, um das Geschehene hinter sich zu lassen? Spürte er ihn auch, oder hielt er ihn für tot? Mit dem Gedanken wuchs die Angst, dass er zu spät kam und Vaelen ihm erneut entglitt. Er durfte ihn nie wieder verlieren.

Aus dem dichten Regen tauchte ein Planwagen auf. Eine verhüllte Gestalt zog an den Zügeln des Gespanns und erhob die Stimme gegen das Plätschern. »Hey, wohin des Weges?«

Ein Akzent schwang in den Worten des Mannes mit. Caliyan deutete in Richtung des Aerethar, über dessen schneebedeckter Spitze ein Blitz zuckte.

»Ich fahre in dieselbe Richtung. Nach Danatis. Steigt auf, es ist ungemütlich auf der Straße.«

Dankend nahm Caliyan das Angebot an und setzte sich zu dem Fremden unter die Plane. Der Mann legte die Kapuze ab. Darunter kamen seine bronzefarbene Haut und die schwarzen kurzen Haare zum Vorschein. Er war kaum zwanzig. »Harian Ri'shan«, stellte er sich vor und trieb das Gespann an. »Freut mich, Eure Bekanntschaft zu machen.«

»Ein Isthenier?« Caliyan konnte seine Überraschung nicht verbergen. »Ihr seid weit weg von zu Hause. Ich bin Cal.« Sein voller Name wäre zu verräterisch. Auch jetzt noch. Selbst hier.

»Ich treibe Handel.« Harian lächelte entschuldigend und deutete auf die Kisten hinter ihnen. Getrocknete Pflanzenreste klebten daran. »Ich bin nicht stolz darauf, aber es ist das Einzige, was meine Heimat zu bieten hat außer Sand.«

»Was gewinnt man aus diesen Pflanzen?«

Harian winkte ab. »Somnium. Was führt Euch in dieses Niemandsland?«

»Ich suche jemanden.«

»Jemanden, den Ihr in den Kriegswirren verloren habt?« Harians Lächeln schwand. »Einst haben meine Vorfahren voller Bewunderung auf Aerysia und das Werk der Eranthi geblickt. Jetzt liegen Leichen im Straßengraben, und ihre Stadt ist nichts als Asche.«

Bei den direkten Worten des Istheniers begann Caliyans Hand zu zittern. Schnell steckte er sie weg. Konversationsführung war seine Stärke, doch er hatte zu lange mit niemandem gesprochen.

»Eure Hand … Verzeiht, nichts liegt mir ferner, als unhöflich zu sein, aber Ihr habt gekämpft, nicht wahr? Mein Bruder war Soldat in unserer Heimat. Er hat es zu verbergen versucht, wenn es passierte.«

Caliyans Brust war zugeschnürt. Er schüttelte den Kopf, bevor er sich eines Besseren besann. Es war einfacher so. »Ich war für die Reform.«

»Dann seid Ihr einer der wenigen Überlebenden. Mein Bruder wollte Eure Ideale auf Isthenien übertragen, aber seit er gefallen ist, fürchte ich, dass das Böse stets siegt. Und wenn ich mir Aerysia anschaue, glaube ich, es zu wissen.«

»Mein Beileid«, sagte er. »Und meine tiefste Sympathie.« Vaelen wäre stolz darauf, dass ihre Gedanken einen Weg ans andere Ende der Welt gefunden hatten. Er musste ihm davon berichten, sobald er ihn fand. »Ihr spracht über das Böse. Meint Ihr die Alte Ordnung?«

»Ja. Ich habe gehört, dieser Alcaelus zahlt gut. Er soll Söldner um sich scharen, die an der Seite dieser Monster kämpfen.«

Ein Fünkchen Genugtuung stieg in Caliyan auf. Jetzt tat Alcaelus gar nichts mehr. »Es gibt noch Eranthi, die nicht der Alten Ordnung angehören. Wenige, aber sie wollen, was wir wollen: Frieden, Gerechtigkeit, Freiheit.«

»Ein schöner Traum.« Harians Lächeln erreichte seine Augen nicht. »Es ist gut, dass ihn einige weiterträumen. Aber in der lebensfeindlichen Hölle meiner Heimat wird er wohl nichts als das bleiben.«

»Erzählt mir davon. Ich möchte mehr wissen.«

»Ihr seid der Erste, der fragt. Vielleicht der Einzige, der je fragen wird. Wir kämpfen um Wasser. Alles darüber hinaus ist ein Luxus, den wir uns nicht leisten können.«

»Gibt es denn nirgendwo Wasser?«

»In den Bergen. Aber dort können wir nicht mehr leben, seit die *Hathruun* über uns gekommen sind. Schwarze Bestien. Sie sind eine Strafe der Götter.«

Caliyan zögerte. »Sehen sie Wölfen ähnlich?«

»Ja, nur größer. Und tödlich. Ihr kennt Euch aus.«

Alcaelus hatte mit ihnen experimentiert, weil sie Magie in sich trugen, und Isthenien damit ins Chaos gestürzt. Ein Fehlschlag, entstanden in dem Streben, Göttlichkeit zu erschaffen.

»Ist es eine Frau?«

»Was?« Caliyan blickte auf.

»Ihr sucht doch jemanden.«

»Nein«, sagte er. »Keine Frau. Einen Freund.«

»Ist er auch ein Kämpfer für die Freiheit gewesen?«

Caliyan nickte nur und starrte hinaus in den Regen. Er konnte Harian unmöglich sagen, wer er war. Wer sie waren.

»Ihr wollt nicht darüber reden. Ich verstehe schon. Es sind düstere Zeiten, in denen wir leben.«

»Er ist nicht tot«, sagte er, während Vaelens Melodie in seinen Adern summte. »Und es wird Zeiten geben, die besser werden, Harian. Glaubt daran, für Euren Bruder.«

»Ich danke Euch. Ich werde mich an Eure Worte erinnern und mir erlauben zu träumen. Für Isthenien und Aerysia.«

Bei Anbruch der Nacht lenkte Harian den Wagen an den Straßenrand, brach ein Fladenbrot und reichte Caliyan eine Hälfte. »Esst. Ihr seht aus, als könntet Ihr es brauchen.«

Caliyan lächelte und biss hastig von dem Brot ab. Der Regen ließ nach, und als sie aufgegessen hatten, verschwand Harian zwischen den Kisten, um eine Decke auszubreiten. »Es gibt genug Platz für uns beide in diesem bescheidenen Karren. Kommt, es ist spät. Morgen ziehen wir weiter.«

»Danke, aber ich kann nicht bleiben.« Caliyan stieg ab.

Harian kam zu ihm und verbeugte sich. »Das ist bedauerlich, mein Freund. Bevor ich zurücksegle, hätte ich gern weiter mit Euch –«

Etwas zuckte an Caliyan vorbei und bohrte sich in Harians Schulter. Der Isthenier schrie auf. Hastig zog Caliyan ihn hinter den Wagen, wo er ihm das versengte Hemd aufriss. Darunter fraß sich Alte Magie in seinen Körper. Mit flatternden Lidern starrte Harian auf das Brandmal.

»Ruhig. Ich bin gleich wieder da. Bleibt in Deckung.« Caliyan rannte los. Ein Lachen zerschnitt die Nacht, gefolgt von einer Salve verdorbener Magie. Er brauchte Licht, schleuderte einen Feuerball in die Büsche. Flammen züngelten daran empor und offenbarten drei Eranthi. Zwei Männer. Eine Frau. Sie schossen auf Caliyan zu. Er stürmte ihnen entgegen, zog die Dolche. »Ihr wollt mich«, schrie er. »Dann kommt und holt mich.«

Der Wind riss seine Kapuze herunter, und das Grinsen der Frau gefror. Ihre Lippen formten seinen Namen, doch die Dunkelheit, die seit dem Ritual in ihm existierte, rauschte darüber hinweg. Es war wie im weißen Turm. Alles verschlingend, wenn er ihre Macht zuließe. Die perfekte Waffe. Stattdessen drängte er sie zurück. Seine eigene Magie und die Dolche genügten.

Alte Magie umschloss ihn. Caliyan stürzte sich auf den Angreifer, der dumm genug war, sie ihm entgegenzuschleudern. Unter ihm wand sich der Mann. Caliyan holte aus. Ungebremst bohrte sich sein Dolch in dessen Brust, und er drehte die Klinge in der Wunde. Ein erstickter Schrei gurgelte ihm entgegen, bevor sein Gegner zusammensackte.

So schnell, so einfach. Er war noch immer er selbst. Heftig atmend erhob er sich und blickte auf das von schwarzen Adern durchzogene Gesicht herab. Ein Mitglied der Alten Ordnung. Eines weniger.

Weitere Geschosse züngelten ihm entgegen. Er rannte, und Feuer sauste aus seiner Hand in Richtung seiner Gegner. Die Frau machte kehrt und floh, während ihr Gefährte auf ihn zustürmte. Lächerlich. Mit einer Handbewegung schleuderte er sie zu Boden, stürzte sich auf den Mann und trieb ihm eine Klinge in den Hals. Mit einem Stöhnen brach er zusammen, war sofort tot. Noch einer.

Caliyan rannte weiter. Alte Magie loderte aus der Hand der Frau hervor. Er stürmte auf sie zu, drückte sie in den Schlamm und hielt ihr den Dolch an die Kehle.

»Geist«, keuchte sie. »Du warst tot. Sie haben dich begraben.«

Er erhöhte den Druck der Klinge. »Was will die Alte Ordnung hier? Wer schickt euch?«

Ihre Hand schoss vor, doch er presste ihren Arm mit dem Knie nach unten. »Rede«, verlangte er.

»Alcaelus …«

»Alcaelus ist tot.«

»Du …?« Sie starrte ihn an.

»Ja, ich. Handelst du auf Alcaelus' Befehl? Greifst du deshalb Unschuldige an?«

Sie lachte auf, ein grausig verzerrtes Geräusch. »Wir sind Götter. Wir nehmen, was wir wollen. Und du, Bringer des Friedens? Jagst du uns?«

Er schob den Ärmel ihrer Tunika hoch. Darunter fraß sich Alte Magie durch ihre Adern. Sie war wahnsinnig.

Ein plötzlicher Schmerz presste ihm die Luft aus den Lungen. Caliyan fiel. Seine Hände schnellten vor, doch die Frau lähmte ihn. Dann war sie über ihm, bleckte die Zähne.

»Der große Caliyan de la Vere, vor mir auf dem Rücken wie die Hure, die er ist.« Sie drückte ihn zu Boden, trieb einen unablässigen Strom Alter Magie in ihn hinein. »Schrei, bettle um dein Leben, wie du um Vaelens gebettelt hast.«

Caliyan schrie, riss den Arm vor und schleuderte ihr seine Magie entgegen. Mehrfach überschlug sie sich, bevor sie neben einem Baumstamm liegen blieb. Dort packte er sie, zog ihren Kopf in den Nacken und durchtrennte ihre Kehle. Seufzend sackte sie in den Schlamm, wo sich ihr Blut mit dem Regenwasser mischte.

Er rannte zu Harian, der hinter dem Wagen kauerte. Neben ihm sank er auf die Knie und nahm die Hand fort, die dieser auf die Wunde drückte. »Ich muss sie ausbrennen, sonst werdet Ihr sterben.«

Harians Stimme zitterte. »Ihr … Ihr seid ein Eranthi.«

Hastig schob er einen Ast zwischen Harians Zähne. »Hier, beißt darauf.« Harians Nicken verwandelte sich in ein Keuchen, als Caliyan die Hand über die Wunde drückte und Feuer hineinlenkte.

»Alles wird gut«, flüsterte er. »Ihr werdet leben.« Er brachte Harian in den Karren, wo er ihn auf die Decken legte. »Ihr braucht Ruhe, ich werde über Euch wachen.«

Harian wollte protestieren. »Ich stehe … in Eurer Schuld. Solltet Ihr jemals nach Isthenien kommen, findet mich, damit ich sie begleichen kann. Mein Dorf heißt … Venantes.«

»Schlaft jetzt.« Caliyan lächelte, deckte Harian zu und blieb bei ihm, bis er einschlief. Anschließend lehnte er sich gegen den Karren und blickte hinaus in die Nacht. Er kannte Harian kaum, doch der Isthenier hatte das Herz am rechten Fleck. Er würde dafür sorgen, dass er sein Schiff erreichte.

Bald kreisten seine Gedanken um Vaelen und die schlaflosen Nächte in der *Goldenen Feder,* in denen ihr Traum auf unzähligen Pergamenten zum Leben erwachte. Er wollte seinen eigenen Worten glauben, jenem Versprechen, das er Harian gegeben hatte. Vielleicht war nicht alles verloren. Sobald er Vaelen fand, würden sie ihren Traum weiterträumen. Gemeinsam mit dem Rest der Welt.

Weit nach Sonnenaufgang erreichten sie Danatis. Nachdem er Harian zu seinem Schiff gebracht hatte, tauchte Caliyan in das bunte Treiben aus Wirtshäusern, Werften und fliegenden Händlern ein. An diesem Ort spürte er Vaelen so deutlich wie nie zuvor. Die kleine Hafenstadt passte zu ihm. Vaelen brauchte das einfache Leben, hatte es stets geliebt. Er hätte ihn nie in das Anwesen bringen sollen.

Einen Moment schloss er die Augen, um Vaelens Melodie zu

lauschen. Er ließ sich von ihr treiben, während sein Herz in ihrem Gleichklang schlug. Sie führte ihn am Hafen entlang, wo sich die Sonne auf dem spiegelglatten Wasser brach und Möwen ihre Kreise zogen.

Er bahnte sich einen Weg hinab zu einer der Werften. In der sengenden Mittagshitze arbeiteten Konstrukteure an einem aufgeständerten Schiffsrumpf. Manche knieten auf dem Gerüst, andere trugen Planken in den nahezu fertigen Rohbau, doch es würden Monate ins Land ziehen, bevor sie den Zweimaster zu Wasser ließen. Ein stolzes Schiff.

Aus der Distanz beobachtete er die Handwerker, doch Vaelen entdeckte er nirgends. Vielleicht fertigte er Konstruktionsskizzen im Inneren der Werft an. Er hatte so gern gezeichnet. So gut.

Caliyan lief an den Docks auf und ab. Sollte er warten? Wenn er sich von der Werft entfernte, führte ihn die Melodie dorthin zurück. Er war am richtigen Ort, keine Frage. Am Bretterzaun, der das Gelände umgab, rief er einen Arbeiter zu sich, der mit einer Planke unter dem Arm vorbeilief. Der Mann stellte sie ab und deutete auf die Tür im Zaun, die kurz darauf aufschwang. »Was willst du?«

»Ich suche jemanden.« Er konnte kaum atmen. »Vaelen. Ist er hier?«

Der Werftarbeiter legte den Kopf schief. »Vaelen? Nie von ihm gehört.«

Die Antwort überraschte Caliyan nicht. Vaelen musste vorsichtig sein, benutzte wahrscheinlich einen anderen Namen. Er hätte dasselbe getan. Während er nachdachte, fiel ihm ein Mann auf, der innerhalb des Konstruktionsgerüstes hockte. Mit einem Stift in der Hand beugte er sich über einen Bauplan, doch sein Blick unterhalb der dunkelblonden Strähnen versetzte Caliyan einen Stich ins Herz. Wieso, wusste er nicht.

»Sonst noch was?«, drängte der Werftarbeiter. »Ich will weitermachen.«

»Moment. Der Mann, den ich suche, ist in etwa so groß wie ich.

Er hat dunkle Haare, blaue Augen und eine Narbe, hier.« Er fuhr sich mit dem Finger über die rechte Seite seiner Stirn, hatte Vaelens Narbe unendlich oft nachgezeichnet. »Bitte, er muss hier sein.«

»So jemanden gibt es hier nicht.«

Bevor der Arbeiter die Tür zuschlagen konnte, schob Caliyan den Fuß dazwischen. Schützte der Mann Vaelens Identität, weil man ihn jagte? Das war nicht länger nötig. »Ich will ihm nichts Böses, im Gegenteil. Er kennt mich. Er sucht mich auch.«

»Hör mal. Du solltest –«

»Warte.« Er schnitt eine seiner rotbraunen Strähnen ab. »Zeig ihm das, bitte. Er wird es verstehen.«

Sein Gegenüber starrte ihn an. »Verdammt, bist du taub? Ich sagte doch bereits, dass –«

»Was ist los?«, rief der dunkelblonde Konstrukteur vom Gerüst herunter und ließ Caliyan dabei nicht aus den Augen.

»Er sucht jemanden«, antwortete der Arbeiter. »Schon mal was von einem *Vaelen* gehört, Elian?«

Elian sprang aus der Konstruktion. Um die Hüfte trug er eine Tasche mit allerlei Werkzeug und einem Satz zusammengerollter Baupläne. Während er zu ihnen hinüberlief, brach die Melodie über Caliyan hinweg, als wolle sie ihn verschlingen. Sein Blick irrte auf der Suche nach Vaelen umher, bevor er ihn schließlich auf Elian richtete.

»Geh wieder an die Arbeit, Miron. Ich kläre das schon.« Nachdem der Mann mit der Planke fort war, lächelte Elian ihm zu. »Du suchst also jemanden? Wie heißt er noch gleich?«

»Vaelen«, sagte er leise.

»Oh, tut mir leid. Ich kenne keinen Vaelen.«

Caliyan taumelte einen Schritt zurück. Vielleicht war es die Hitze oder die ungewohnten Strapazen der letzten Tage. Die Flucht. Sein Mund war ausgedörrt.

»Ist alles in Ordnung?«

Er winkte ab und wandte sich zum Gehen.

Elian berührte ihn am Arm. »Warte.«

Und dann durchzuckte es ihn, jenes Gefühl, das weder sein konnte noch sein durfte. Dies war nicht Vaelen, dies war ein Fremder. Er suchte in Elians Augen nach einer Antwort, die es nicht gab. Schwindel überkam ihn, so heftig, dass er den Boden unter den Füßen zu verlieren drohte.

»Wer bist du?«, fragte Elian.

»Niemand.«

Sein Gegenüber legte die Stirn in Falten. »Ferlan schickt dich, nicht wahr? Wir machen hier gute Arbeit. Ehrliche Arbeit, verstehst du? Der Lohn ist gerecht, die Arbeitszeiten ebenso. Wenn er ein Problem damit hat, dass seine Männer lieber zu mir kommen, soll er sich direkt an mich wenden. Freiheit ist –«

»Das höchste Gut«, beendete Caliyan seinen Satz.

»Ja …« Elian starrte ihn an.

Was geschah hier? Wer war dieser Mann, dieser Fremde? Caliyans Finger krampften sich um die Haarsträhne. Er öffnete die Hand, und der Wind trug sie fort. Schritt für Schritt wich er zurück und hielt dabei an Elians Blick fest, bis ihn die Menge verschluckte.

Caliyan kauerte auf dem Boden seines Tavernenzimmers. Draußen überzog die Dämmerung den Hafen von Danatis mit bunten Farben, doch seine Welt erreichten sie nicht. Stattdessen durchdrang ihn ein Schmerz, der sich nicht in Worte fassen ließ. Alles in ihm verzehrte sich nach Vaelen.

Die Melodie sang so laut … Irgendwann hielt er es nicht mehr aus und stieg hinab in den Schankraum. Im Gegensatz zur Schlichtheit der *Goldenen Feder* war die Seefahrerspelunke mit allerlei Tand und vergilbten nautischen Karten dekoriert. Er zog sich die Kapuze seines Umhangs ins Gesicht, wählte einen Tisch in einer Nische und setzte sich mit dem Rücken zur Wand. Viele der Gäste waren Werftarbeiter, aber ihre Gespräche erreichten ihn nicht. Das warme Bier, das die Wirtin ihm reichte, stieg ihm ins Blut, doch was er fühlte, ließ sich nicht betäuben.

Weit nach Anbruch der Dunkelheit schwang die Tür auf. Er

musste nicht aufsehen, um zu wissen, wer da kam, aber das hielt ihn nicht davon ab, es dennoch zu tun. Elian setzte sich mit drei Arbeitern an einen der Nachbartische. Caliyan wandte sich ab, verkrampfte sich.

Bald waren Elian und die anderen in ein intensives Gespräch vertieft. Je mehr er sprach, desto mehr bestätigte sich Caliyans Verdacht. Es waren Vaelens Gedanken, Vaelens Werte und Vaelens Träume, aus dem Mund eines Fremden.

War das die wahre Strafe für die Alte Magie, die Alcaelus in der Nacht des Rituals angewandt hatte? Sie war unberechenbar, verlangte einen Preis, wenn man es wagte, in das Schicksal einzugreifen. Aber das konnte nicht sein, durfte nicht sein.

Der Raum drehte sich um ihn. Elians Stimme drang seltsam verzerrt in seine Ohren. Nein, er irrte sich. Sein Verstand spielte ihm einen Streich. Vaelen war hier, irgendwo. Er musste ihn nur finden. Wieder zitterte seine Hand. Er hatte viel durchgemacht, zwang sich, ruhig zu bleiben und der Melodie zu lauschen. Sie würde ihn zu Vaelen führen.

Elian verabschiedete sich von den Arbeitern und verließ die Taverne. An einem der vorderen Tische knarzten Stühle, als eine andere Gruppe Werftarbeiter aufstand und ebenfalls ging. Anscheinend war er nicht der Einzige, der gelauscht hatte. Die Melodie ließ nach. Caliyan erhob sich und folgte ihnen durch die leeren Straßen des Hafenviertels. An einer Kreuzung schlossen die Männer zu Elian auf, der seinen Schritt beschleunigte. Auch er lief los und schoss vorwärts, als sie Elian packten.

Einer der Angreifer verpasste Elian einen Tritt. Ein Messer blitzte in der Hand eines anderen. Bevor er es Elian an die Kehle drücken konnte, wehrte dieser den Streich ab, doch die Klinge erwischte ihn an der Schulter. Ein Schrei zerschnitt die Nacht. Elians.

Caliyan presste die Zähne zusammen, als ihn ein Schmerz an ebenjener Stelle durchzuckte, wo Blut Elians Tunika tränkte. Sofort war er über dem Angreifer, riss ihn mit sich und rang mit ihm, bis er die Oberhand gewann. Er wollte seine Magie nicht einsetzen.

Nicht, wenn er es nicht musste. Stattdessen wehrte er einen Messerhieb mit dem Unterarm ab, bevor er dem Mann den Arm auskugelte und ihm die Waffe entriss. Halb schreiend, halb flehend rief dieser um Hilfe. Caliyan verpasste ihm einen Hieb, der ihn zusammensacken ließ.

In einigem Abstand wehrte Elian einen weiteren Angreifer ab. Die anderen stürmten auf Caliyan zu. Sie waren keine Gegner für ihn. Einen nach dem anderen schickte er sie zu Boden, riss den Letzten von Elian weg und sorgte dafür, dass er sich zu den Übrigen gesellte.

»Du bist keiner von Ferlans Leuten«, sagte Elian atemlos und hielt sich den blutenden Arm.

»Nein, bin ich nicht.« Caliyan zog ihn mit sich in eine Seitengasse. Dort begutachtete er die Wunde, riss ein Stück Stoff aus seinem Hemd und schlang es um Elians Oberarm. Irgendetwas war mit Elians Blut, er spürte es ganz deutlich. *Altes Blut, unverdorben,* echoten Alcaelus' Worte in seinen Gedanken. Elian heftete den Blick auf die Dolche in Caliyans Gürtel. Er hatte sie nicht einmal benutzt.

»Wo hast du gelernt, so zu kämpfen?«

»In Aerysia. Ist alles in Ordnung?«

»Aerysia …? Ich dachte, dort gäbe es nichts als Trümmer.«

Er rieb sich die Schläfe, sprach, ohne nachzudenken. »Die Wunde muss genäht werden. Ich kann dir helfen.«

Elian lächelte, und es zerriss ihn fast. »Danke, aber das ist nicht nötig. Wir wohnen nicht weit von hier. Ich werde schon erwartet.«

»Erwartet?«

»Komm.« Elian deutete die Straße hinab. »Es ist genug Abendessen für uns beide übrig.«

»In Ordnung.« Mehr brachte er nicht hervor.

»Wie heißt du? Ich sollte wenigstens wissen, wer mich gerettet hat.«

»Caliyan.«

Elian lachte leise. »So wie Caliyan de la Vere?«

Caliyan erstarrte. Elian kannte seinen Namen. Aber er war eine Legende gewesen. Die ganze Welt kannte seinen Namen.

»Ich fürchte schon«, entgegnete er und zwang sich zu lächeln.

»Ein guter Name. Er wollte Gutes, dieser Caliyan. Du hast doch heute Mittag nach jemandem gefragt. Wie hieß er noch gleich?«

Er schüttelte den Kopf. All das musste Elian absurd vorkommen. »Ist nicht wichtig.«

»Doch, das ist es. Du sagtest *Vaelen.*«

»Du hast dich verhört.«

»Nein, ich weiß doch, was ich gehört habe. Ein Caliyan, der nach einem Vaelen sucht. Ist das eine Art Scherz?« Elian hielt inne, betrachtete ihn. »Aber du … deine Haare … Ich habe ein Gemälde von ihm gesehen. Du könntest er sein, wenn es nicht ewig her wäre.«

Caliyan trat zurück. Was tat er hier überhaupt? »Ich sollte gehen.«

»Nein, warte. Ich wollte dich nicht verärgern. Komm einfach mit. Erzähl mir deine Geschichte. Ich wohne da drüben.« Elian deutete auf ein kleines Haus mit einem spitzen Dach, in dessen Fenster eine Öllampe flackerte. In ihrem schwachen Licht wiegte jemand ein Kind in den Armen.

Statt zu antworten, legte Caliyan die Hand auf Elians unverletzte Schulter. Wo er ihn berührte, rauschte die Magie, die ihn mit diesem Menschen verband. »Was spürst du? Ich muss es wissen.«

»Eine Berührung.« Elian sah ihn fragend an. »An der Werft hast du meinen Satz vervollständigt. Woher wusstest du, was ich sagen würde?«

»Weil es nicht dein Satz war. Es war Vaelens.«

»Vaelens?«

In ihm tobte ein Sturm. »Heute, morgen und für immer.«

»Was?«

Caliyan ließ die Hand sinken. Ihm war, als ertränke er auf hoher See, gefangen in einem Meer der Dunkelheit. »Vergib mir. Ich irre mich.«

Doch er irrte sich nicht.

Er irrte sich nicht.

Alles in ihm schrie nach diesem Menschen, der nicht Vaelen war, nicht Vaelen sein konnte. War das Mitleid in Elians Blick? Hielt er ihn für verwirrt? Krank?

»Du hast eine Familie.« Caliyan deutete zum Fenster hinüber. »Das ist dein Kind, nicht wahr?«

»Ein Mädchen. Ihr Name ist Sahvi.« Ein Lächeln trat auf Elians Lippen.

»Bist du glücklich?«

»Was? Ich verstehe nicht …«

»Bist du glücklich, Elian?«

Elian nickte. »Sie ist mein Leben. Vielleicht ist es besser, wenn du nicht mitko–«

Caliyan klopfte ihm auf die Schulter und spürte ihre Verbindung erneut, bevor er an ihm vorbeiging. »Werde ich nicht.«

»Leb wohl«, erklang Elians Stimme hinter ihm. »Ich hoffe, du findest, wen du suchst.«

»Das habe ich bereits«, flüsterte er in die Nacht. »Und ich wünschte, ich hätte es nie getan.«

# Kapitel 15

## Masken und Paraden

Seit zwei Wochen erstrahlte der Zitadellengarten im Licht unzähliger Laternen. Die Heressia feierte seinen Sieg, doch es kümmerte Laudan nicht. Er rieb sich die Schläfe und fluchte über die Tinte, die von seinem Federhalter auf die Rede tropfte, an der er arbeitete. Zusammengeknüllt flog sie durch seine Gemächer und segelte neben einer goldverzierten Kommode zu Boden.

Jenseits der Balkonfenster erstreckte sich Ankhad, als läge es ihm zu Füßen, dabei war er der Gefangene. Bei seiner Rückkehr hatte Athos ihn in die Arme geschlossen und ihn zum Jubel der Massen in die Zitadelle gebracht. Ein goldener Käfig, schlecht verborgen unterhalb neuer, prunkvoller Gemächer und einer ständig anwesenden Dienerin.

Seitdem glich sein Leben einem Uhrwerk. Unsinnige Festivitäten reihten sich aneinander, zwischen denen er Reden und Briefe schrieb, deren Inhalt er verabscheute. Täglich huschten Schneider um ihn herum, nahmen Maß und hüllten ihn in den Schwall der Dekadenz, die der Sha ihm schickte. Er wurde gemalt, stand stundenlang Modell, eingezwängt in perfekt sitzende Kostüme. *Jeder soll dich sehen,* hatte Kazul ihm zugeflüstert. *Den Helden von Ethelis.*

Oh, wie er es hasste.

Statt ihm Klarheit zu verschaffen, machte ihn Kazuls Spiel wahnsinnig. Manchmal führten sie vertraute Gespräche. An anderen Tagen übertrafen sie sich gegenseitig mit ihrer Bewunderung für den Sha. Könnte er diesen Mann doch nur mit seiner Vermutung konfrontieren, um dieser Farce endlich ein Ende zu bereiten. Stattdessen erwarteten ihn die Höhepunkte der Festivitäten: ein Maskenball und die morgige Parade durch die Oberstadt.

Laudan vermochte es kaum, sich aufrecht zu halten. Sein Gewissen zerfraß ihn, weil er es bislang nicht geschafft hatte, Bast aufzusuchen. Seit Teralyns Tod hatte er nicht mit ihm gesprochen. Spätestens wenn die Feste Schlachtplänen wichen, blieb ihm keine Wahl mehr, doch so lange durfte er nicht warten.

Es klopfte. Er eilte an den Blumengestecken vorbei, die neben unzähligen liebevoll verpackten Schachteln drapiert worden waren. Er hatte sie nicht angerührt, all die Annehmlichkeiten wie Pralinen oder die feinen Kleider und Waffen, die für seine neue Position angemessen waren und die er ab jetzt zu tragen hatte.

Die Verbindungstür zu den Gemächern seiner Leibdienerin war ein weiterer Vorzug, den andere sicherlich genossen hätten. Glücklicherweise ließ sie sich abschließen. Esthelias Stimme drang durch das verschnörkelte Holz. »Lord, es wird Zeit. Darf ich –«

Er ließ Esthelia ein. Über ihrem Arm lagen kostbare Gewänder. Eine Schachtel baumelte an ihrem Handgelenk. Laudan folgte ihr ins Ankleidezimmer. »Das Kostüm für heute Abend?«

»Ja, Lord. Seid Ihr aufgeregt? Die Enthüllung des Gemäldes wird die Krönung des Maskenballs sein.« Sie strahlte. Bei jeder Bewegung schimmerte ihre Haut wie flüssige Bronze unter dem rückenfreien Kleid.

»Ich bin nur froh, dass es vorbei ist«, gestand er.

»Das Modellstehen?« Esthelia legte die Gewänder über einen Stuhl und drapierte das Schächtelchen auf einer Ablage.

»Ja … Wie lange dauert es, so ein Bild zu malen?«

Esthelia zuckte mit den Schultern. »Künstler eben. Aber das Gemälde ist fantastisch. Jacque hat es mich sehen lassen.«

»Jacque?«

»Jacque van Wesnar.« Esthelia lachte. »Der Maler …«

»Ich vergaß.« Resigniert ließ Laudan sich gegen einen der Kleiderschränke sinken.

»Ihr seid überarbeitet, Lord. Ihr schlaft zu wenig.«

Er deutete auf die Gewänder. Wenn er eins hasste, dann Maskenbälle. »Zeig mir, was du hast.«

Zur Antwort hielt Esthelia ihm eine schwarze, langärmlige Weste mit dezenten goldenen Stickereien am Kragen hin. »Wäre das zu Eurer Zufriedenheit?«

»Das wäre es.« Es überraschte ihn, dass sie nicht vorhatte, einen Paradiesvogel aus ihm zu machen.

Nachdem er angekleidet war, öffnete Esthelia die Schachtel und zog eine filigran gearbeitete, goldene Maske hervor. Sie trat hinter ihn. »Darf ich?«

Er nickte und stellte sich vor den Spiegel. Während sie ihm die Maske anlegte, die alles bis auf das untere Drittel seines Gesichtes bedeckte, betrachtete er sich. Obwohl sein Gewand eine herausragende Qualität besaß, war nichts daran auffällig. Der hochgeschlossene Kragen verbarg sogar die Narbe. Ein Plan reifte in ihm.

Esthelia trat zurück. »Ihr seht großartig aus.«

Ohne dass je ein Wort darüber gefallen war, hatte Esthelia ihm seinen Wunsch von den Lippen abgelesen. Sie hatte ihn unsichtbar gemacht. »Ich danke dir.«

Laudan stieg mit Esthelia die Freitreppe zum Festsaal empor, an deren Brüstung Adlige hinter vorgehaltenen Händen tuschelten. Einzig ihn nahmen sie nicht wahr.

»Sie warten auf den Helden von Ethelis«, flüsterte Esthelia, während die Kostümierten ihre Hälse nach einem Paar in rotem Samt reckten. Laudan hielt dem Zeremonienmeister die gesiegelte Einladung hin. Die Augen des Mannes weiteten sich unter der Kranichmaske.

»L… Lord Calieri. Es ist mir eine Ehre. Bitte erlaubt mir, Euer Eintreffen anzukündigen.«

»Nicht nötig. Das hier ist ein Maskenball.«

Der Zeremonienmeister räusperte sich sichtlich irritiert. »Natürlich, Lord. Genießt den Abend.«

In der Mitte des Saals unterhielt sich der Maler neben seiner verhüllten Leinwand angeregt mit einigen Damen. Laudan wandte sich ab und suchte hinter den dekadenten Masken nach vertrauten Gesichtern, wobei sich seine Neugierde einzig darauf beschränkte, gewissen Leuten auszuweichen. Athos erkannte er an seinem Gehstock und wechselte die Richtung.

Esthelia verlangsamte ihren Schritt. Er folgte ihrem Blick vorbei an den Tanzenden, deren ausladende Kleider den Marmorboden polierten. Hinter der Tanzfläche türmte sich ein Buffet mit unzähligen Köstlichkeiten. »Bedien dich ruhig«, sagte er. »Du bist als Gast hier, nicht als Dienerin.«

»Ich bringe Euch etwas mit.«

Esthelia machte einen Knicks und verschwand in der Menge. So viele Menschen. Einzig der, nach dem er sich sehnte, war nicht hier. Im Gehen nahm Laudan ein Glas Wein vom Tablett eines Dieners und trat an die breite Fensterfront. Regen prasselte gegen die Scheiben. Dahinter eilte die durchnässte Dienerschaft umher, um das Außenbuffet abzubauen. Testweise legte er die Hand auf die Klinke.

»Da ist er ja, der Held von Ethelis. Ich dachte schon, ich würde ihn heute nur auf einem Gemälde sehen.«

Er fuhr herum. Reskir vollführte eine kunstvolle Verbeugung. In seinem Kostüm zählte Laudan nicht weniger als sechs verschiedene Farben, allesamt durchwebt mit Gold. Bekrönt wurde das Ganze von einer Maske aus Fasanenfedern.

»Du siehst aus wie …« Er rang nach Worten.

»Ein laufender Skandal?«

»Ich fürchte schon. Wer zur Hölle hat das ausgesucht?«

»Ich. Spürt Ihr die Blicke?«

Erst jetzt bemerkte Laudan, wie viele Augenpaare auf sie gerichtet waren. Keines davon galt ihm.

»Vieren habe ich erzählt, ich sei verwitwet«, fuhr Reskir fort. »Drei weiteren, dass ich gedenke, in die Vin'astera zurückzukehren, um mich der Kunst zu widmen. Und irgendjemand streut wahrscheinlich gerade das Gerücht, dass mein einziges Interesse Euch gilt.«

Laudans Gesichtszüge entglitten. »Was ist passiert?«

»Ihr seid passiert.« Reskir lachte. »Vor Ethelis hätten sie mich in diesem Kostüm nicht mal hier reingelassen. Mein Vater hätte sich in Grund und Boden geschämt. Seht Ihr, was er jetzt macht?«

Er folgte Reskirs Blick hinüber zum alten Lord Vaskari, der sich mit mehreren Damen unterhielt und freudestrahlend auf seinen Sohn zeigte.

»Ein amüsantes Experiment«, gab Laudan zu. »Du könntest die Aufmerksamkeit genießen.«

»Und was soll ich tun? Den Damen meine Waffensammlung zeigen …? Ihr seid das krasse Gegenteil, Feldherr. So schlicht gekleidet, als wärt Ihr unsichtbar, und doch täuschen wir sie beide.«

»Ich täusche niemanden.«

Ein Fünkchen Erleichterung machte sich in ihm breit, als Athos auftauchte und ihm eine weitere Antwort ersparte. »Ich habe dich überall gesucht. Scheußliches Kostüm, Vaskari.«

»Danke.« Reskir grinste und verbeugte sich. »Ich wünsche einen angenehmen Abend.«

»Du solltest dich nicht mit ihm abgeben«, sagte Athos, als Reskir außer Hörweite war. »Sein Aufzug ist lächerlich.«

»Mag sein, aber er war da, als ich fast verblutet wäre. Und jetzt ist er Kommandant.«

»Eine Farce ist er. Und pass auf, was deine Dienerin angeht.«

»Ihr traut Esthelia nicht«, sagte er mit Blick auf den alten Wyzran, der wie eine Fliege an Athos klebte.

»Wie auch? Kazul hat sie ausgewählt. Dass er dem Ball fernbleibt, ist ein Affront. Der alte Zeprin, Unsere Heiligkeit sei seiner Seele gnädig, hätte sich etwas Derartiges nie erlaubt.«

»Vielleicht hat Unsere Heiligkeit ihn mit einer Aufgabe betraut, die nicht warten kann.«

»Du nimmst ihn in Schutz?« Athos' Mundwinkel zuckte kaum merklich.

»Selbstverständlich nicht.«

Esthelia winkte ihnen über die Tanzfläche hinweg zu. In der anderen Hand balancierte sie ein Tablett mit Wein und verschiedenen Speisen. »Wenigstens kann sie Gedanken lesen«, stellte Athos fest.

Sie folgten Esthelia zu einer freien Sitzgruppe am anderen Ende des Saals, wo sie Platz nahmen. Dort spießte Athos eine Olive auf und wandte sich über ihn hinweg an sie. »Erzähl mir von deiner Heimat. Mich reizt die Arena.«

»Mit Vergnügen, Lord.« Esthelia fächerte sich Luft zu. »Mein Onkel Zervan Ri'shan ist der Schirmherr der Spiele. Er bestimmt über ihren Ablauf. Nur Kämpfer, die seinen Geschmack treffen, dürfen antreten.«

»Dann hast du sie besucht?«

Laudan spürte förmlich, wie die Neugierde seines Vaters wuchs.

»Ich bin mit den Spielen aufgewachsen.« Obwohl Esthelia lächelte, verlor ihre Stimme ihren Singsang.

»Wer kämpft dort? Soldaten? Adlige?«

»Abschaum, Sklaven und Bestien, Lord. Manche werden speziell dazu ausgebildet, einstige Schlachten und Heldentaten nachzuahmen. Besonders die des großen Rakshazul, der Venantes und die Arena erbaut hat. Doch mit Sicherheit ließen sich auch heressianische Heldensagen inszenieren.«

»Ist das so? Tausch die Plätze mit ihr, Sohn.«

Laudan erhob sich schmunzelnd. Esthelia hatte Athos am Haken, und ihr Gespräch nahm gerade erst Fahrt auf. Er warf einen flüchtigen Blick durch den Saal und stellte fest, dass Reskir wieder bei den Fenstern stand. »Entschuldigt mich.«

Falls Athos ihn gehört hatte, kümmerte es ihn nicht.

Mit einem weiteren Weinglas gesellte sich Laudan zu Reskir. »Wie fühlt es sich an, ein Held zu sein?«, fragte dieser.

»Ich weiß es nicht«, gestand er. »Ich bin keiner.«

Die Musik verstummte. Reskir deutete auf die Adligen, die Jacque vor der Staffelei mit ihren Fragen löcherten. »Sie sind anderer Meinung. Man kann sie in zwei Gruppen teilen. Die eine Hälfte begehrt Euch, die andere möchte sein wie Ihr.«

»Und du? Wo ordnest du dich ein?«

Reskir nahm einen tiefen Schluck. Ein Grinsen umspielte seine Lippen, doch diesmal blieb der erwartete Spruch aus. »Ich würde alles tun für ein Fünkchen Eures Mutes.«

»Du bist mutig, Reskir. Deshalb bist du jetzt Kommandant und hast die Befehlsgewalt über die morgigen Patrouillen.«

»Die habe ich nur, weil Ihr verhindert seid, Held von Ethelis.«

»Nein, die hast du, weil du der Erste in diesem Turm warst. Du wolltest mir ausreden, dort hineinzugehen, und doch warst du derjenige, der mich auffing, als ich fiel.«

»Könntet Ihr das etwas lauter wiederholen?« Reskir grinste. »Es war meine Pflicht. Der Kodex –«

»Vergiss den Kodex. Nimm ein Lob an. Du bist mutiger als sie alle zusammen. Keiner in diesem Saal würde es wagen, dieses Kostüm zu tragen.«

Reskirs Blick ruhte auf dem alten Lord Vaskari, der sich mittlerweile am Buffet bediente. »Ich stand immer in seinem Schatten, diesem übermächtigen Ungetüm. Ihr wisst wie kein anderer, wie es ist, einen solchen Vater zu haben. Ich habe Euch beobachtet, Eure Stärke zu imitieren versucht. Nach jedem Schlag seid Ihr aufgestanden, bis Euer Schatten den Eures Vaters überragte. Ihr tut das, woran Ihr glaubt, Lord Calieri. Das ist das Einzige, was zählt. Ich hoffe, dass ich in Eurer Nähe irgendwann die Stärke finde, dasselbe zu tun.«

Laudan wollte protestieren. Stattdessen senkte er die Stimme. »Verzeih, dass ich dich in der Nacht vor Kionne aufgehalten habe. Du wolltest dieses Leben nicht.«

»Sagt das nicht. Ihr habt mich gerettet. Sie hätten mich getötet, falls –«

»Vielleicht hättest du es geschafft, und ich habe dich verdammt.«

»Nein, Lord. Wir schaffen uns unsere Hölle selbst.«

»Aber wir schaffen uns auch alles andere.«

*Vaelen*. Eine Klarheit überkam ihn wie schon lange nicht mehr. Die einzige Person, die wirklich zählte, wartete an den Obsidianklippen auf ihn. Zur Hölle mit der Heressia, mit der Lüge, die er lebte. Nur eines würde er noch tun, bevor er zu ihm zurückkehrte: sicherstellen, dass Yria Daurell nicht umsonst gestorben war.

Reskir lächelte. Als er zu sprechen ansetzte, läutete der Zeremonienmeister neben Jacque eine Glocke. Sämtliche Gäste flockten wie eine Herde Schafe um das verhüllte Gemälde. Selbst Athos.

»Hört, hört«, erhob der Zeremonienmeister die Stimme. »Auf Geheiß des Sha habe ich heute die Ehre, das Bildnis von Lord Laudan Calieri zu enthüllen. Porträtiert wurde er von dem herausragenden Jacque van Wesnar zu meiner Linken, der die werten Lordschaften im letzten Winter mit seiner Vernissage erfreut hat. Sicherlich in Erinnerung geblieben sind Bilder wie das Meisterwerk *Glanze im Licht*, das den glorreichen Sieg über die Rebellenflotte in atemberaubender Detailtreue einfängt.«

Ein zustimmendes Raunen ging durch die Menge. Reskir rollte mit den Augen.

»Heute präsentiert Jacque Ihnen sein neuestes Werk *Der Held von Ethelis*, in dem er den jungen Lord Calieri unmittelbar nach seinem Sieg in Szene setzt. Es ist ein beinahe intimer Moment, in dem ein junger Mann zu einer Legende wird –«

»Oh bei allem, was …«, flüsterte er Reskir zu.

»Lasst mich raten, Lord. Wenn er so weiterschwafelt, hat er gleich einen intimen Moment mit Eurer Faust?«

Sie lachten. Der Zeremonienmeister zog das Tuch von der Staffelei, und eine plötzliche Stille erfüllte den Saal. Selbst Reskirs Lachen erstarb. Laudan starrte auf das Gemälde. Was hatte er erwartet? Einen glorreichen Feldherrn mit Stolz in seinem Blick oder einem Lächeln vielleicht. Aber das hier war anders. Dieser Laudan blickte in die Ferne, eine kaum sichtbare Falte zwischen seinen Brauen, Melancholie in seinen Augen.

Er taumelte zurück und stieß gegen die Flügeltür zum Garten.

Dieser Maler hatte eingefangen, was er tief in sich verschloss, hatte seine Sehnsucht nach Vaelen für die Heressia verzerrt und für alle Zeit in dieses Bild gebannt.

»Es ist großartig«, sagte Reskir. »Ihr seht aus wie –«

»Würde Lord Calieri bitte so freundlich sein, vorzutreten?«, hallte die Stimme des Zeremonienmeisters durch den Saal.

»Ich muss gehen.« Er drückte Reskir sein Glas in die Hand und griff nach der Türklinke. »Bitte entschuldige mich.« Ohne sich umzudrehen, stahl er sich hinaus in die Nacht.

Dieses schreckliche Gemälde. Auf dem Zitadellenplatz hielt Laudan inne und verharrte im Schatten des Walls. Sein Blick glitt zum Tor hinüber, wo der Regen zwei Gestalten ebenso durchnässte wie ihn. Verdammt, war das Kazul? Die Dunkelheit verschluckte den wild gestikulierenden Fremden vor ihm, doch da stand er, jener Grund, warum Kazul dem Ball ferngeblieben war.

Laudan huschte näher und drückte sich gegen die Stallwand. Der Fremde redete auf Kazul ein. Dieser verschränkte die Arme und durchbohrte ihn mit seinem Blick. Darin funkelte keine bloße Ablehnung, wie Kazul sie Athos entgegenbrachte, sondern eisige Verachtung.

Dann war es vorbei. Der Fremde wandte sich ab und hielt auf die Ställe zu. Einen Augenblick lang offenbarte das Licht einer Laterne sein verhülltes Gesicht, bevor Laudan sich in die Schatten kauerte. Ketten klirrten aneinander, als der Mann aufsaß. Mit einem Fluch auf den Lippen und wehenden schwarzen Gewändern schoss er an ihm vorbei und ritt aus der Zitadelle.

Laudan verharrte reglos. Wen hatte er da gesehen? Einen Informanten der Rebellion? Seine Kleidung war isthenisch, aber die Verhüllung einer traditionellen Rashveta diente einzig dem Schutz vor der Sonne. Wieso verbarg er sein Gesicht? Nachdem Kazul hinter der Palaismauer jenseits des Zitadellenplatzes verschwand, schlich Laudan zur Kanalisation. Vielleicht kannte Bast die Antwort darauf.

Er klopfte an Teralyns Haustür und wartete auf jene Schritte, die er nie wieder hören würde. Zitternd sank er gegen den Türrahmen. Die nassen Strähnen, die ihm in die Augen fielen, wischte er fort. Diesmal schlug er, statt zu klopfen. Nichts.

Wieder war er vergeblich hier. Er fluchte, zog sich die Kapuze tief ins Gesicht und folgte dem Labyrinth der stinkenden Gassen zum Hafen jenseits der Werften der Heressia.

Die Straße gab den Blick auf die vor Anker liegenden Schiffe frei. Musik mischte sich unter das Stimmengewirr, das aus den Tavernen und Freudenhäusern drang. Hinter den bunten Scheiben lachten und tranken Soldaten, Seeleute, Handwerker, und versteckt zwischen ihnen sicherlich auch Rebellen. Einzig Bast fand er nirgends, also machte er sich auf zu etwas anderem, Düstererem.

Vielleicht war es seine eigene Erfahrung, die ihn dorthin trieb. Das Verlangen, das ihn noch immer heimsuchte, wenn der Schmerz durch seine Narbe zuckte. Doch das Somnium in jenem Etablissement war pures Gift im Vergleich zu dem, was ihm der Heiler verabreicht hatte.

Laudan durchquerte einen verdreckten Hinterhof und hielt auf einen Kellerabgang zu, den zwei Laternen in rotes Licht tauchten. Die schweren Vorhänge schob er zur Seite und folgte dem dahinterliegenden Gang. Rauch schlug ihm aus einem Kellergewölbe entgegen. Er zog den Umhang über Mund und Nase und betrat das Halbdunkel, in dem das Somnium seine Sinne benebelte.

Im Schein der winzigen, überall herumstehenden Lampen stieg er über die Süchtigen hinweg und suchte in ihren Gesichtern nach dem einen, das ihm vertraut war. Er erschrak. In einer Ecke, zusammengekauert auf einem Kissen, fand er Bast. Seine Augen waren geschlossen. Seine Hände umklammerten eine Pfeife, aus deren Ende ein dünner Rauchfaden emporstieg. Laudan hockte sich neben ihn, um ihm die Pfeife abzunehmen, aber Bast hielt sie fest. Sein leerer Blick glitt an ihm vorbei.

»Bast«, flüsterte er, »ich bin es, Laudan.«

Bast stieß ein verzerrtes Lachen aus. »Seht. Der Held von Ethelis stattet mir einen Besuch ab.« Die Stimme war heiser, die Worte undeutlich, doch jeder hatte sie gehört. Laudan erstarrte.

»Du bist verwirrt, Vater«, sagte er schnell. »Komm, ich bringe dich nach Hause.«

»Ich habe kein Zuhause mehr.«

Bevor sie weiteren Schaden anrichten konnte, entriss Laudan Bast die Somniumpfeife und zog ihn mit sich. Die übrigen Süchtigen wandten sich erneut ihrem Rausch zu. Offenbar kannten sie derartige Szenen bereits.

Auf der Straße sackte der einst so kräftige Mann gegen ihn, und Laudan stützte Bast, bis sie Teralyns Haus erreichten. Dort fischte er den Schlüssel aus Basts Tasche und half ihm, sich zu setzen, bevor er die Tür hinter ihnen schloss und eine Öllampe entzündete. Kleidungsstücke und Hausrat lagen überall verstreut.

Zwischen all dem Chaos füllte Laudan einen Becher mit Wasser, den er vor Bast auf den Tisch stellte. »Trink.«

Bast trank.

Er füllte den Becher nach. »Noch mal.«

Nachdem Bast den zweiten Becher geleert hatte, setzte Laudan sich ebenfalls. »Bast, sieh mich an. Es tut mir leid. Ich konnte sie nicht retten.«

Bast hob den Kopf. Seine Augen waren jetzt klarer, erfüllt von Trauer. In den letzten zehn Jahren hatten Teralyn und er nicht nur ihre Ideale geteilt, sondern ihr Leben.

»Sie hat dich geliebt wie einen Sohn. Wo warst du, als sie dich am meisten brauchte?«

Laudan presste die Zähne aufeinander. Es war das Somnium, das aus Bast sprach. »Ich werde dir alles erzählen«, sagte er und berichtete von Teralyns Bitte, von Cerza und davon, wie er ihn vor seinem Aufbruch nach Ethelis vergeblich gesucht hatte.

»Das klingt nach Te.« Bast war ruhiger geworden. »Sie hat immer das Leben anderer über ihr eigenes gestellt. Schon damals bei ihrem Bruder Leas. Es hat ihr das Herz gebrochen, als er verschwunden ist.«

»Ich weiß«, sagte Laudan. »Sie hat ihn sehr geliebt. Und dich liebte sie ebenfalls. Sie hat mich gebeten, dir das zu sagen.« Ihm gegenüber unterdrückte Bast ein Schluchzen. »Du musst damit aufhören, Bast. Te würde nicht wollen, dass du dir das antust, und ich auch nicht.«

Wieder verengte Wut Basts Augen. »Ich habe gesehen, wie du von Bord der *Destine* gegangen bist. In deiner Rüstung hast du ausgesehen wie ein Held. Hast gelächelt, als sie dich gefeiert haben.«

»Das bin nicht ich, und das weißt du auch.«

»Ich weiß nichts mehr. Auf den Straßen sagen sie, Yria Daurell sei tot. Sie sagen, Laudan Calieri habe sie getötet. Ist das wahr?«

»So einfach ist das nicht. Ich lebe nur noch, weil sie irgendetwas in mir gesehen hat, was ich nicht bin. Sagt dir der Name Caliyan etwas?«

»Caliyan …?«

»Yria wollte, dass ich ihn finde. Sie hat es mir aufgetragen, bevor sie starb.«

»Du jagst einen Geist.«

»Da war ein Mann von extrem hohem Rang bei Teralyns Zelle. Er trifft sich mit einem Isthenier. Dieser Mann ist auf unserer Seite, nicht wahr? Ist er Caliyan?«

»Hör auf mit diesem Unsinn.«

»Bitte«, setzte Laudan an. »Hier geht es um die Zukunft der Rebellion. Teralyn hätte –«

»Teralyn ist tot. Und du hast nichts Besseres zu tun, als in der Vergangenheit rumzustochern.« Bast torkelte zur Tür und riss sie auf. »Scher dich weg! Am besten zu Dryele. Anscheinend teilt ihr eine Leidenschaft.«

»Wieso tust du das? Ich hatte keine Wahl. Begreif doch …«

Basts Gesicht verwandelte sich in eine Maske des Schmerzes. »Verschwinde einfach und komm nie wieder.«

Laudan trat nach draußen und zwang das zurück, was in ihm brodelte. »An meiner Treue zur Rebellion hat sich nichts geändert, hörst du? Daran wird sich nie etwas ändern. Egal was du siehst, egal was du hörst. Ich bin immer noch –«

Bast schlug die Tür zu.

*Laudan,* hatte er sagen wollen. Er biss sich auf die Lippe, nahm Abschied von diesem Ort, von Teralyn und all den Momenten, die er hier verbracht hatte. Er würde nicht zurückkehren.

Der Mond ging unter. Ihm blieb keine Zeit für einen Besuch bei Dryele. Zumindest nicht heute Nacht, aber morgen würde er mit ihr sprechen. Teralyn hatte ihm viele Geschichten und Anekdoten über die Kapitänin erzählt. Doch zu ihr gebracht hatte sie ihn nie, um seine Identität zu schützen.

Er brauchte keinen Schutz mehr; stürzte sich in die Fluten der Bucht und kämpfte sich in den Kanal, wo er sein Kostüm überstreifte und zurück in seinen goldenen Käfig kroch. Er wollte nichts als schlafen und machte einen weiten Bogen um die Laternen auf dem Zitadellenplatz.

Der Aufprall kam plötzlich. Er taumelte rückwärts. Sein Blick irrte an den schlammverkrusteten Stiefeln seines Gegenübers hinauf. Reskir presste die Hand gegen den Kopf. Von seinem festlichen Aufzug fehlte jede Spur.

»Verzeihung.« Laudan rang nach Fassung. »Das wollte ich nicht. Alles in Ordnung?«

»Geht schon.« Reskir rieb sich die Schläfe. »Falls das blau wird, könnte ich behaupten, wir hätten ein Duell darüber ausgefochten, wem der wahre Ruhm der Schlacht von Ethelis gebührt. Eine Fehde zweier Edelmänner, ausgelöst durch zu viel Wein und unüberlegte Worte meinerseits. Ich werde sagen, dass ich gegen Euch keine Chance hatte, vorausgesetzt, Ihr sagt, ich hätte mich tapfer geschlagen.«

»Äußerst tapfer.« Laudan lachte auf. Ihm brannte es auf der Zunge, Reskir zu fragen, was er zu dieser Stunde hier verloren hatte, doch dann schuldete auch er ihm eine Erklärung.

»Ihr wurdet schmerzlich vermisst«, fuhr Reskir fort. »Ich sagte, es wäre eine junge Dame, mit der ich Euch zuletzt gesehen habe. Ein kleiner Skandal verkauft sich gut.«

Er räusperte sich. »Perfekt. Ich will dich nicht länger aufhalten.«

»Gute Nacht«, erklang Reskirs Stimme hinter ihm. »Ihr solltet Euch die Haare trocknen, sonst erkältet Ihr Euch noch.«

Laudans Herz setzte einen Schlag aus. Es regnete seit Stunden nicht mehr. »Werde ich«, rief er und verschwand im Hauptgebäude. Beim Aufschließen entglitten ihm die Schlüssel. Zitternd hob er sie auf und entriegelte die Tür.

Zurück in seinen Gemächern, hockte er sich auf das überdimensionierte Bett, während seine sorgsam aufgebaute Fassade auseinanderbrach. Im Halbdunkel kramte er nach seinem Notizbuch. Lange starrte er auf die Skizze mit den Klippen und der kleinen Figur auf dem Fischerboot, bis er realisierte, dass er noch eine Rede schreiben musste.

Eine letzte Parade. Ein erster und letzter Besuch bei Dryele. Dann kehrte er zu ihm zurück.

Laudan ritt an der Spitze des Festzuges. Blütenblätter tanzten in der Mittagshitze, die vor seinen Augen flimmerte. Die Schreie der Menge überschlugen sich und hallten von den von Säulen umgebenen Gebäuden des Straßenzuges wider. Tausende riefen seinen Namen und strömten vorwärts. Manchen gelang es, die Absperrung zu durchbrechen, bevor die Garde sie zurückdrängte. Sie streckten ihm Blumen entgegen. Geschenke. Liebesschwüre. Er schluckte gegen den Ekel an. Waren sie so leicht zu blenden?

Athos ritt hinter ihm. Auch Kazul war dort. Statt sich umzublicken, hob Laudan die behandschuhte Hand, lächelte und winkte, wie man es von ihm erwartete. Falls Kazul Caliyan war, hatte dieser besser einen Plan, der diese Farce rechtfertigte.

Gemeinsam mit einer Reihe von Gardesoldaten flankierte ihn Reskir und sicherte den Weg zum Festplatz. Vor der Parade hatten sie gesprochen und gescherzt. Reskir schien wieder ganz der Alte und dachte sich offenbar nichts weiter zu ihrer nächtlichen Begegnung. Umso besser, aber bald spielte all das ohnehin keine Rolle mehr.

Unterwegs zum Platz wiederholte er im Geiste die Rede, die er letzte Nacht geschrieben hatte – Lügen, die er verabscheute und die dennoch aus ihm herausflossen, wie die unumstößliche Wahrheit. Gleich würde er sie vortragen und hasste nichts mehr als die Vorstellung, dass andere sie glaubten. Und so, wie sie jubelten, wie sie an seinen Lippen hingen, würden sie ihm glauben.

Er sah zu Kazul hinüber, der mittlerweile an der Seitenlinie mit einem Offizier sprach und in Richtung der Zuschauer deutete. Was dann geschah, bekam Laudan nicht mit. Etwas tobte in ihm und dämpfte die anderen Eindrücke, die auf ihn einprasselten. Sein Atem stockte. Dieses Gefühl. Er hatte es schon einmal gespürt und wollte es dennoch nicht wahrhaben. Sein Blick irrte durch die Menge und suchte nach jenem Menschen, der diese Empfindung in ihm auslöste. Hoffte, dass er falschlag. Bettelte. Flehte.

Und dann sah er ihn.

Seit Laudan denken konnte, hatte er gekämpft, hatte Schlachten geschlagen und so viele getötet, die es nicht verdienten. Und doch verblasste das alles im Vergleich zu dem Schmerz in jenen Augen, die ihm die Welt bedeuteten. Inmitten der gesichtslosen Masse stand er, jener Mann, nach dem er sich seit Wochen sehnte.

Wieso war er hier, ausgerechnet jetzt, wo es keine Möglichkeit für Erklärungen gab, weil jener Laudan, den Vaelen kennengelernt hatte, in dieser Welt nicht existieren durfte? Hinter ihm knallten Zügel. Kazul schloss zu ihm auf. Es kümmerte ihn nicht. Er wollte vom Pferd springen, Vaelen um Vergebung bitten und die Situation aufklären. Stattdessen tat er das Einzige, was er tun konnte. Er wandte den Blick ab, und es war das Schmerzhafteste, was er je getan hatte.

# Kapitel 16

## Der Jäger

Vaelen fiel, ohne zu fallen. Ohne Felsen und ohne ein goldenes Fernrohr in seiner Hand. Und doch verschlang ihn das Tosen der Magie, das beim Anblick des Mannes an der Spitze der Parade über ihn hinwegbrach. Einen schmerzvollen Moment lang sah er ihn. Sein Blick streifte den seinen. Er war die Sonne, doch man blickte nicht in die Sonne.

Der Rest der Welt existierte erst wieder, als Vaelen sich abwandte. Seine Hände schnellten vor, um die Lawine aus Menschen zu teilen, die weiter und weiter in Richtung der Absperrung rollte. Adlige, Bürger, selbst Bettler. Sie alle strömten dem Licht entgegen. Lieber wählte er die Dunkelheit, und ihm war, als hätte er diesen Gedanken schon einmal gehabt.

Seit einer Woche war er in Ankhad – seit einer dreckigen Woche jenseits der goldenen Dächer. Ohne feste Bleibe. Ohne einen Hinweis auf seine Vergangenheit und ohne einen Kontakt zur Rebellion, nachdem der erste im Sande verlaufen war.

Heute war er gekommen, um ihn zu sehen: Laudan Calieri, den Helden von Ethelis. Er hatte nichts mehr gewollt als das. Nichts mehr gesucht als einen Hinweis darauf, dass sich hinter der Fassade des Feindes ebenjener Mann verbarg, den er dachte, kennengelernt zu haben. Oh, wie er wünschte, er hätte es nicht getan.

In Gedanken sah er ihn noch immer. Eingehüllt in eine prunkvolle Rüstung, die die Narben verbarg, die er hatte berühren dürfen. Nur dass sie nicht von der Heressia stammten, sondern von den Schwertstreichen unzähliger Rebellen. Jetzt kannte er sein Geheimnis. Jene Wahrheit, die so schwer wog, dass er sie mit niemandem teilen konnte. Laudan kämpfte nicht für einen Traum von Freiheit. Er vernichtete ihn.

Vaelen schob sich zwischen den schwitzenden Schaulustigen hindurch. Die Winter waren mild in Ankhad. Woher er das wusste? Beinahe hätte er sich nach Laudan umgewandt, ein letztes Mal noch. Stattdessen würgte er, als sich Schweiß, Parfum und Pferdedung unter die Brise mischten, die vom Meer heraufzog. Er hielt inne. Eingekesselt inmitten feuchtkalter Haut, stützte er die Hände auf die Knie und schloss die Augen. Um ihn herum schrie die Menge jenen Namen, den er im Geiste geflüstert hatte in den endlosen Tagen des Sturms.

*Laudan.*

Er wollte ihn nicht hören, hätte die Erinnerung an ihn eingetauscht für ein winziges Fragment seiner Vergangenheit, wenn er nur gekonnt hätte.

»Laudan!«

*Hört auf,* wollte er rufen. Stattdessen drängte er weiter. Blütenblätter regneten auf ihn herab und klebten an seiner Haut wie Schneeflocken. Er wischte sie fort. Jemand packte ihn am Arm. Vielleicht Laudan, der ihm versicherte, dass er ein grausames Spiel spielte, das ihm keine Wahl ließ. Er hätte ihm geglaubt, weil er es hätte glauben wollen, und hasste seine Schwäche. Aber es war nicht Laudan. Es war Raelia. »Verdammt«, keuchte sie. »Warte.«

Er konnte nicht warten, umfasste ihre Hand und zog sie mit sich aus der Menge. Erst in einer leeren Seitenstraße verlangsamte er seinen Schritt. Vor dem Eingangsportal einer Villa ließ er Raelia los. Der Wind rauschte in den Zypressen, die den Garten hinter der Mauer säumten. Über ihren Kronen erhob sich ein prunkvolles, goldverziertes Dach. Es war ihm vertraut und gleichzeitig ganz anders als in seinen Erinnerungen. »Es war zerstört«, sagte er, doch der sich erhebende Jubel schluckte die Worte. Eine Falte kräuselte sich zwischen Raelias Brauen.

»Du hättest es mir sagen sollen.«

»Was sagen?« Vaelen hielt inne. Sein Atem ging heftig. »Dass ich an nichts anderes denken konnte als an ihn? Mich wochenlang nach ihm verzehrt habe? Einem heressianischen Lord. Einer Marionette in feinen Kleidern.« Er spuckte aus, ballte die Hand zur Faust. »Was willst du noch wissen? Dass ein Teil von mir ihn wiedersehen wollte? Dass ich dumm war? Blind? Was soll ich dir –«

Stiefel donnerten über das Pflaster. Er zog Raelia zu sich in den Schatten des Portals und spähte in Richtung des Festplatzes. Niemand war zu sehen, doch das Geräusch übertönte bald den schwächer werdenden Jubel. Raelia starrte ihn an. »Was ist das?«

»Eine Patrouille. Wir müssen weiter. Bleib im Schatten.«

Raelia lief vor ihm an der Mauer entlang. Ihr Zopf wippte auf und ab, als sie ihren Schritt beschleunigte.

»Nicht rennen.« Sie hatten nichts getan, hatten nichts zu verbergen. Er warf einen hastigen Blick über die Schulter. Ein Dutzend Soldaten bog um eine Ecke. Dahinter noch eine Reihe. Wieder eine. Warum waren sie hier, statt den Helden von Ethelis zu beschützen? Die Schritte dröhnten. Ein Schrei. Nein, ein Befehl. »Da ist er! Lasst ihn nicht entkommen.«

Bevor er reagierte, riss Raelia ihn mit sich. Sie rannten; die Soldaten hinter ihnen. Zwischen den Ästen der Zypressen flimmerte die Sonne. Hell. Dunkel. Hell. Dunkel.

»Schneller!«, dröhnte die Stimme. Raelias Hand verschränkte sich in seiner. Vor ihnen öffnete sich die Straße, tauchte sie in gleißendes Licht.

»Hier lang.« Er zog Raelia auf einen Marktplatz und drängte zwischen den Ständen vorwärts, bis die Menge sie verschluckte.

»Haltet ihn!«, schrie einer der Soldaten. »Den Rothaarigen!«

Hatten sie ihn enttarnt, wussten von den Vorfällen in Cerza? Jemand schubste ihn. Er strauchelte, verlor Raelia aus den Augen und prallte gegen eine Auslage. Der Angreifer war über ihm, presste die Pranken gegen seine Oberarme. Kein Soldat. Ein Schmied. Vaelen wand sich in seinem Griff, ließ sich nach hinten fallen und riss den Mann mit sich. Holz barst. Eine Händlerin schrie. Schmerz schoss durch seinen Rücken. Eine Gewürzwolke wirbelte auf, als er zutrat. Und traf. Der Angreifer taumelte in Richtung der Traube Schaulustiger, die ihn verschluckte.

Irgendwo rief Raelia seinen Namen. Vaelen rappelte sich auf, duckte sich unter jemandem hinweg, riss sich los und schoss vorwärts. Sein Blick huschte auf der Suche nach Raelia umher, bis er sie beim Eingang einer schmalen Gasse ausmachte. Er drängte durch die Menge, schubste.

Auf halber Strecke holperte ein Getreidekarren in seinen Weg und kesselte ihn ein. Er fluchte. Die Stiefel donnerten heran. Er rannte weiter, vergrößerte seine Schritte und sprang. Einen Moment lang wirbelte er durch die Luft und tänzelte über die aufgeschichteten Getreidesäcke, bevor er neben Raelia auf die Füße kam, die ihn in eine schmale Gasse zog. Hinter ihnen erhoben sich Schreie. Holz splitterte, doch er drehte sich nicht um.

»Alles in Ordnung?«, fragte sie.

»Ja.«

Raelia deutete nach vorne. »Ich kenne einen Weg raus.«

Ein Schuss löste sich und schlug hinter ihnen in die Hauswand ein. Noch einer.

»Zielt auf die Beine! Er will ihn lebend.«

*Er?* Meinte er etwa Laudan? Der nächste Schuss ließ Raelia straucheln. Er zog sie hoch und schleifte sie mit sich, bis sie ihren Rhythmus wiederfand. Blut rann an ihrem Unterschenkel herab. Ein Streifschuss.

»Ist nichts«, keuchte sie. »Weiter. Die Abzweigung.«

Vaelen schob sie vor sich her, schützte sie mit seinem Körper. Weitere Schüsse schlugen neben ihnen ein. Nicht nur seine Magie rauschte, sondern auch etwas anderes. Das Donnern der Stiefel mischte sich darunter und hallte von den feuchten Wänden wider.

Bald war das Rauschen ohrenbetäubend. Seine Hände verkrampften sich, als Raelia ihn festhielt und einem Abgrund entgegenzog. Wassermassen tosten in der Tiefe. Der Kanal, der Unter- und Oberstadt voneinander trennte. Sie schossen darauf zu, wie auf den Waldsee bei Cerza. Unzählige Male waren sie hineingesprungen, doch jetzt stockte sein Atem. Er rang nach Luft, die er nicht bekam. Ihm wurde schwarz vor Augen. Da war es wieder: das nasse Stück Stoff über seinem Gesicht, das sich mit jedem kläglichen Atemzug in seinen Mund fraß. Iovis' Schreie hallten in ihm nach.

Er riss sich los, wollte nicht, konnte nicht. Ein Ruck ging durch seinen Arm, trennte ihre Hände gewaltsam, als Raelia sprang. Bevor sie in den Fluten versank, schrie sie etwas, das er nicht verstand. Sein Körper gehorchte ihm nicht mehr.

Dann packten sie ihn, schleiften ihn mit sich. Er trat um sich, doch ein Schlag traf ihn an der Schulter. Der nächste in den Magen. Er sackte vornüber, keuchte. Sie hielten ihn und zogen ihm den Kopf in den Nacken. Ein Offizier trat vor. Als er sich zu ihm herunterbeugte, verwandelte sich dessen Gesicht in Ruuls. »Fesselt ihn. Und dann bringt ihn in die Zitadelle.«

Während sich die Soldaten an seinen Armen zu schaffen machten, erinnerte Vaelen sich daran, dass Ruul tot war. Er hatte ihn getötet. Seine Muskeln spannten sich. Er stemmte sich gegen den eisernen Griff, in dem sie ihn hielten. Zwecklos. Wieso war er nicht gesprungen?

Sie rissen die wenigen Habseligkeiten aus seiner Tasche und ließen sie zu Boden fallen. Dann fanden sie Laudans Dolche. »Was haben wir denn da?«

Neben Vaelen zog ein Soldat einen grob geknüpften Sack auf. Nicht die Dunkelheit. Nicht schon wieder. »Was wird mir vorgeworfen?« Er zwang sich, den Offizier anzusehen. Hinter den Soldaten bildete sich eine Traube Schaulustiger, die ihnen vom Markt gefolgt sein musste.

»Das kannst du *ihn* fragen, wenn du bei *ihm* bist. Weiter jetzt.«

Hufgetrappel näherte sich. »Genug!«

Er kannte diese Stimme. Der Soldat ließ den Sack fallen und erstarrte. Auch die übrigen Anwesenden rührten sich nicht mehr. Die Lippen des Offiziers zuckten, als wolle er sprechen, doch er brachte kein Wort hervor. Die Dolche entglitten ihm. Die Luft war schwer, erfüllt von etwas, für das Vaelen keinen Namen hatte. Es legte sich über ihn und sickerte in jede Faser seines Körpers. Er sackte zur Seite, konnte seinen Sturz nicht abfangen. Eisiger Schmerz durchfuhr ihn.

Auch die anderen brachen zusammen. Vaelen zwang sich, den Kopf zu heben. Ein in Schwarz gehüllter Reiter schwang sich aus dem Sattel. Im Gehen warf er die Kapuze zurück. Sein Gesicht darunter war mit einem Tuch verhüllt, das einzig einen Spalt für seine Augen frei ließ. Der Wind riss an seiner fremdartigen Kleidung. Der locker sitzende Stoff hatte nichts gemein mit den maßgeschneiderten Uniformen der Heressia.

Zwischen den sich am Boden windenden Soldaten blieb der Fremde stehen und richtete den Blick auf Vaelen. Seine schwarzen Augen funkelten wie die eines Raubtieres. »Sieh an, verschnürt wie ein perfekt verpacktes Geschenk. Du überraschst mich immer wieder.« Ein Lachen schwang in seiner tiefen Stimme mit. »Ich habe dich meilenweit gespürt. Wir sollten reden. Du und ich.« Der Mann hob die Hand und machte eine flüchtige Geste. Die Soldaten keuchten. Im Hintergrund wimmerte eine Frau. Der Offizier riss die Augen auf. Sein Mund öffnete sich zu einem stummen Schrei, gefolgt von einem gurgelnden Laut, als er zusammensackte. Ein schwarzes Mal zeichnete sich auf seiner Haut ab. Auch die Bewegungen der anderen erstarben.

Über fünfzig Menschen. Tot.

Einfach so.

Wer war dieser Mann?

Vaelen wand sich in den Fesseln, die ihn hielten. »Was hast du mit ihnen gemacht?«

Die Frage schien den Fremden nicht zu interessieren. »Wie hat dich deine kleine Freundin auf dem Markt gerufen? *Vaelen?* Ist das nicht ein bisschen krank, selbst für deine Verhältnisse?«

Er ballte die Hand zur Faust, ertrug es nicht, den Namen aus dem Mund dieses Mannes zu hören. Bei dem Anblick der Toten drehte sich ihm der Magen um.

»So schweigsam, im Gegensatz zu früher.« Der Fremde zog ihn auf die Knie. Dabei glitt sein Umhang zur Seite und offenbarte die eiserne, grobgliedrige Kette, die um seinen Gürtel geschlungen war. »Es gab eine Zeit, in der ich die Antworten in deinen Augen gelesen habe. Aber jetzt … jetzt sehe ich nichts.«

»Wer bist du? Woher kennst du mich?«

Der Blick des Fremden durchbohrte ihn. Ihm standzuhalten war, als würde er in einen Abgrund sehen, der ihn unbarmherzig in die Tiefe zog. Der Mann legte eine behandschuhte Hand an seine Wange. Magie drang daraus hervor und bahnte sich einen Weg in seinen Körper. Vaelen presste die Kiefer aufeinander. Er ertrug ihn nicht, diesen Schmerz.

Feine Linien umspielten die Augen des Fremden. Ein Lächeln. »Eine Bestie, die nicht weiß, was sie ist.«

»Ich bin keine Bestie.«

»Oh doch, das bist du. Du hast es nur vergessen. Aber keine Sorge, ich kenne einen Ort für jemanden wie dich. Er wird dir gefallen. Und mir ebenso.« Der Fremde löste einen goldenen Reif von seinem Gürtel. Bei dem bloßen Anblick des Metalls erwachte Vaelens Magie und bäumte sich gegen etwas auf, von dem er nicht einmal wusste, was es war.

»Du kannst sie nicht kontrollieren.« Der Fremde deutete auf seinen Kopf. »Bei dir ist da oben etwas kaputtgegangen. Ist wahrscheinlich die Strafe, weil du dein Schicksal nicht so akzeptieren konntest, wie es nun mal ist. Die Aktion mit der Seeschlacht hättest du dir sparen können.«

Iovis' letzte Worte … Cen'to, die brennende Flotte. Es war wahr, das alles. »Ich verstehe nicht …«

»Nein, natürlich nicht.« Der Fremde ließ den Reif durch seine Finger gleiten. »Du hast sie geschaffen, weißt du? Jetzt zeig mir, wie es ist, sie zu tragen.«

»Sie geschaffen?« Er betrachtete die Oberfläche des Metalls. Es war aus einem Guss geschmiedet worden. Die Magie des Fremden legte sich wie flüssiges Eis um seine Muskeln, lähmte ihn. Er keuchte auf, kämpfte dagegen an, doch es war zwecklos. »Was geschieht jetzt?«

»Dich so zu sehen …« Der Fremde schüttelte den Kopf. Unter seinen Fingern öffnete sich das glatte Metall. Kein Reif. Eine Fessel. »Du wolltest wissen, wer ich bin.« Er legte die Fessel um Vaelens Hals und ließ sie zuschnappen. »Dieses Mal bin ich der Jäger. Und du die Beute.«

Vaelens Atem kam stoßweise. Die Melodie, die ihm so selbstverständlich geworden war, verstummte. Seine Magie war fort.

Er wollte den Jäger anflehen, ihm dieses eisige Ding abzunehmen, das sich in seine Haut fraß, doch er tat es nicht. Stattdessen sackte er vornüber. Der Jäger richtete ihn auf und löste das Seil, mit dem ihm die Soldaten die Hände hinter den Rücken gebunden hatten. Kraftlos sank er gegen ihn. Die Lippen des Fremden streiften sein Ohr, als dieser seine Hände mit der eisernen Kette vor seinem Körper fesselte. »Ich wünschte, du wüsstest, was mir das hier bedeutet. Aber du wirst es wissen, das verspreche ich.«

Der Jäger führte eine Ampulle an Vaelens Lippen. »Im Gegensatz zu dir bin ich kein Unmensch. Trink. Das hier macht alles einfacher.« Vaelen presste die Zähne zusammen, als sich ein bitterer Geschmack auf seiner Zunge ausbreitete. Der Fremde zog seinen Kopf nach hinten und flößte ihm den Rest der Ampulle ein.

Die Welt verschwamm. Einzig der Kanal rauschte weiter. Dann setzte ihn der Jäger auf das Pferd und stieg hinter ihm auf. »Das hier wird ungemütlich«, sagte er, als Vaelen gegen ihn sackte. »Aber du bist all das wert.«

Die Zügel knallten. Schnaubend setzte sich das Tier in Bewegung.

Er hätte springen sollen.

# Kapitel 17

## Demaskierung

Laudan saß ab und riss an den Schnallen seiner Rüstung, erstickte fast darin. Ein Knappe eilte herbei und half ihm, das verzierte Ungetüm abzulegen. Endlich kam er frei, schickte den Jungen damit fort und sackte außer Sichtweite gegen die Stallwand.

Jeder Atemzug glich einem Kampf mit einem Schraubstock. Nicht die Rüstung schnürte ihn ein, sondern sein eigener Körper, das Sinnbild des Gefängnisses, das er sich geschaffen hatte. Eine Maske aus Lügen, bekrönt von einem Lächeln, das er perfektioniert hatte, obwohl er schreien wollte. Er biss sich auf die Lippe.

Der Trubel auf dem Zitadellenplatz verklang allmählich. Vaelen war da draußen und glaubte jene Lüge, die er ihm nicht hatte offenbaren können, weil er nichts mehr gefürchtet hatte als seine Verachtung. Er musste ihn finden und ihm alles erklären. Aber was sollte er schon sagen? *Ich bin immer noch Laudan?* Dasselbe hatte er Bast gesagt. Leere Worte in Anbetracht von Taten und Paraden. Er hatte so viel Schlechtes getan. Wie sollte er je in Vaelens Leben passen?

Die Augen halb geschlossen, ließ er sich zurücksinken und atmete hörbar aus. Schritte näherten sich. »Hier steckt Ihr also. Ein Held, der für Ruhm nichts übrighat … das ist der Stoff für Legenden.«

Verdammt, wie hatte Kazul ihn gefunden? Laudan stand nicht der Sinn danach, ihr Spiel zu spielen. »Was bedeutet Ruhm, wenn *er* mich nicht sieht?« Er deutete auf das Palais jenseits des weißen Walls und wünschte sich doch, dass Vaelen ihn sah, hinter all den Masken und Mauern.

Kazul trat ihm gegenüber. »Ihr wart exzellent da draußen. Eure Worte haben die Macht, die Welt zu formen. Die Menschen lieben Euch, und der Sha tut es ebenso.«

Laudan lachte ein bitteres Lachen. Wann war er ein so guter Schauspieler geworden? »Mit Verlaub, der Sha war nicht da, um meine Rede zu beurteilen. Und dem Ball seid Ihr ebenso ferngeblieben.«

Kazuls Blick durchdrang ihn, als wolle er ihn zurechtweisen. Stattdessen wurden seine Gesichtszüge weich. »Du blutest.«

Jetzt merkte Laudan es auch. Er hob die Hand, um das Blut fortzuwischen, doch Kazul hielt sie fest. »Was –?«

Seine Stimme erstarb, als Kazul ein Taschentuch gegen seine Lippe drückte.

»Der Sha sieht dich, Laudan. Tu dir nicht selbst weh.«

Sein Vorname. Etwas war passiert, eine Grenze überschritten. Er nickte schwach.

»Ich wollte zum Ball kommen«, fügte Kazul hinzu. »Man hat mich aufgehalten. Es konnte nicht warten. Erlaube mir, mein Fortbleiben wiedergutzumachen. Komm heute Abend zum Palais.«

Während er nach Fassung rang, schoss Reskir um die Ecke und hielt abrupt inne. Sein Blick huschte zwischen Kazul und ihm hin und her. »Verzeiht, man sagte mir, dass ich Euch hier finde.«

»Vaskari.« Kazul faltete das blutgetränkte Taschentuch sorgfältig, bevor er es wegsteckte. Sein Lächeln erstarb. »Ist der Auftrag ausgeführt worden?«

»Es hat Schwierigkeiten gegeben.« Angst flackerte in Reskirs Blick. Unterhalb seines Umhangs tastete er nach etwas und ließ Laudan dabei nicht aus den Augen.

»Ich kläre das.« Laudan ging auf Reskir zu, der seine leere Hand hervorzog.

»Das ist eine Sache zwischen Vaskari und mir.« Kazul gab Reskir ein Zeichen, und Laudan folgte ihnen hinaus auf den Zitadellenplatz, wo Reskir Kazul etwas zuflüsterte.

»… sind tot.«

Laudan trat neben sie. »Was ist passiert?«

»Ein Anschlag«, sagte Kazul. »Es braucht dich nicht zu kümmern.«

»Was? Wann?«

Reskirs Stimme überschlug sich. »Kurz vor Eurer Rede. Nahe dem Festplatz.«

»Genug davon. Fünfhundert Mann, Vaskari. Jetzt gleich.«

»Ich begleite Euch.«

Kazul hielt ihn zurück. »Du wirst nichts dergleichen tun. Es war ein Anschlag auf dein Leben. Ruh dich aus. Ich will dich nicht in Gefahr wissen.«

Etwas stimmte nicht. Reskirs Ausdruck verriet, dass er nicht frei sprechen konnte. Sollten Soldaten unter seinem Kommando gestorben sein, würde man seine Schuld prüfen.

»Vaskari hat seinen Auftrag erfüllt«, sagte er. »Er sollte mein Leben schützen. Das hat er getan.«

»Dann sieh zu, dass es dabei bleibt«, antwortete Kazul. »Wir sehen uns heute Abend.«

In der Dämmerung hielt Laudan auf das Palais des Sha zu, das am Rande des Zitadellenplatzes in goldenem Licht erstrahlte. Die Garde bewachte den weißen Wall und ließ niemanden passieren, es sei denn, er kam mit einer persönlichen Einladung. Ein Theater erwartete ihn, das ihn hoffentlich nicht allzu viel Zeit kostete. Gedanklich befasste er sich ohnehin bereits mit seinem nächtlichen Ausflug in die Unterstadt und hatte sich den ganzen Nachmittag der vagen Hoffnung hingegeben, Teralyn könne Vaelen dieselben Geschichten über Dryele erzählt haben wie ihm. Vielleicht hatte er dieses eine Mal unfassbares Glück.

Kazul trat mit wehendem Kurzmantel aus dem Tor. »Wenn du mir bitte folgen würdest.«

»Es wäre mir eine Ehre.«

Vor dem wachhabenden Offizier hielt Kazul inne. »Sathris, das hier ist Lord Calieri, der Held von Ethelis. Seine Anwesenheit im Palais ist ausdrücklich erwünscht.«

Sathris senkte sein Haupt und salutierte. Die anderen Gardesoldaten taten es ihm gleich. »Ehre dem Sha, Lord. Möge Sein Licht Euch leiten.«

Auf dem Weg durch den Vorgarten, dessen Beleuchtung sie aus der Dunkelheit zum Palais führte, eröffnete sich Laudan eine neue Welt. Kazul dagegen schien ruhelos und eilte die von Säulen umgebenenen Stufen zum Portal hinauf. Vor den bodentiefen, lilienverzierten Fenstern wandte er sich um. »Du bist so schweigsam.«

»Ich genieße die Schönheit.«

Die Garde geleitete sie in einen lichtdurchfluteten Saal, an dessen Ende sich eine ausladende Freitreppe nach oben wand. Darüber wölbte sich eine Kuppel, doch Laudans Aufmerksamkeit galt den verblassten Landschaftsgemälden. Er hatte Schlachtszenen erwartet, Glorifizierungen großer Siege aus vergangener Zeit, aber hier gab es nichts dergleichen. Bis auf die Liliengestecke, die ihren Duft verströmten, fehlte die heressianische Ideologie vollständig.

»Unsere Heiligkeit legt großen Wert auf die Pflege dieses Ortes. Alles ist seit über dreihundert Jahren nahezu unangetastet. Wie fühlst du dich?«

»Bestens.« Laudan ignorierte die plötzliche Enge in seiner Brust. »Dieser Ort ist beeindruckend. Seit über dreihundert Jahren? Also ist das Palais eranthisch.«

»Genau wie weite Teile der Zitadelle und der Oberstadt.« Kazul schob ihn vorwärts. »Komm, wir wollen Unsere Heiligkeit nicht stören. Der Sha residiert oben im Allerheiligsten und bedarf absoluter Ruhe. Wir gehen in den Salon, aber ich fürchte, ich muss dich enttäuschen. Es ist der einzige Ort, der einst einem Brand zum Opfer fiel.«

Sie stiegen in die Galerie hinauf, wo ein Diener zu einer Tür huschte. »Warte«, rief Kazul ihm zu. »Ist der Salon vorbereitet?«

»Selbstverständlich, mein Herr.«

Der Diener wandte sich um. Unter den braunen Strähnen wirkten seine feinen Gesichtszüge seltsam vertraut, obwohl Laudan sie nicht zuzuordnen vermochte. Ein verklärter Schleier durchzog seine Augen. Er war blind.

»Informiere mich, falls es Neuigkeiten gibt«, sagte Kazul und schickte den Mann fort.

Im Salon nahmen sie auf einer Sitzgruppe Platz, hinter der sich Bücherregale bis zur Decke erstreckten. Auf dem Tisch wartete eine bereits entkorkte Flasche jener fünfundzwanzig Jahre alten Abfüllung des Calieri-Weingutes, die er Kazul hatte zukommen lassen. Der Jahrgang war nicht willkürlich gewählt. Es war der beste der letzten sechzig Jahre.

»Welche Neuigkeiten erwartet Ihr?«, fragte Laudan. »Ist es der Anschlag, der Euch umtreibt?«

Kazul füllte zwei Gläser. Sein schwarzes Hemd saß wie immer tadellos. »Mich treibt um, dass es dort draußen Menschen gibt, die dich töten wollen. Falls dir etwas passiert, würde ich mir das nie verzeihen.«

»Ist der Angreifer noch auf freiem Fuß?«

»Die Truppen haben seine Spur vor den Türmen verloren. Ich habe die Wachen am Pass verdoppeln lassen und werde dafür sorgen, dass du mehr Geleitschutz erhältst.«

Das war das Letzte, was Laudan brauchte. »Er ist bestimmt über alle Berge«, sagte er, »mir geschieht schon nichts«, und wechselte das Thema. »Sind alle Leibdiener Unserer Heiligkeit blind?«

Kazul lehnte sich zurück. »Alle außer mir. Unsere Heiligkeit und ich haben eine besondere Vereinbarung getroffen.«

»Was ist das für eine Vereinbarung, wenn es Euch nichts ausmacht?«

»Ich mag deine offene Art, doch gewisse Regularien verbieten mir, über Details zu sprechen. Wisse, Kazul ist nur ein Name. Meine Identität habe ich abgelegt, als ich in den Dienst des Sha getreten bin.«

»Ich verstehe.« Laudan wagte es nicht, nach seinem wahren Namen zu fragen, aber zumindest war dies ein erster Schritt in Richtung der Wahrheit. »Wir alle leben, um zu dienen.«

»Wohl wahr. Und wir alle bringen Opfer.«

»Sind es wirklich Opfer, wenn sie uns Seinem Licht näherbringen?« Wieder spielten sie ein Spiel.

Kazul reichte ihm ein Glas. »Eine bewundernswerte Auffassung. Danke für den Wein.«

»Mögen aus zweihundert Jahren Heressia zweitausend werden.« Laudan ließ den vertrauten Geschmack seinen Rachen kühlen. Auch Kazul trank.

»Gut gesprochen. Reden konntest du schon immer. Ich bin ein Bewunderer deiner Ansprachen im Kriegsrat. Männer, die so frei sprechen wie du, sind selten. Männer, die ihren Worten Taten folgen lassen, noch seltener.«

»Ihr wollt, dass ich mehr Reden halte?«

Ein Lächeln umspielte Kazuls Lippen. »Du liest in mir. Aber der Sha will mehr als das. Er will, dass du das Gesicht und die Stimme der Heressia bist. Sein ergebenster, treuester Diener. Du bist ein Krieger, ein Kämpfer. Aber dein Schlachtfeld ist ein anderes, Laudan. Dein Krieg wird mit Worten gewonnen. Unsere Heiligkeit wünscht sich, dass die Heressia erblüht und über alles hinwegstrahlt. Du bist der richtige Mann dafür. Deine Stimme. Deine Worte und niemand sonst.«

Laudan schluckte schwer. Dies war kein bloßes Angebot. »Dass Unsere Heiligkeit so hoch von mir denkt, ehrt mich. Ich werde alles in meiner Macht Stehende tun, um ihn zufriedenzustellen.«

Falls Kazul ein doppeltes Spiel spielte, war dies ein perfekter Plan. Doch falls nicht … Unwillkürlich glitt sein Blick zu den Fenstern. Der Sha wollte eine Marionette, aber alles, was Laudan sah, war, wie Vaelen in immer weitere Ferne rückte. Ein Traum. Ein Hirngespinst.

»Ein wenig frische Luft?« Kazul erhob sich. Dankend folgte Laudan ihm auf den Balkon. Irgendetwas an dieser Aussicht drohte ihn zu zerreißen. Ihm war, als habe er Ankhad schon einmal aus genau diesem Blickwinkel gesehen, doch das war unmöglich.

»Ihr wisst einen guten Ausblick zu schätzen«, stellte Kazul fest.

Laudans Hand wanderte über den fein gearbeiteten, goldenen Handlauf. »Dieser Ort berührt mich«, gestand er. »Mir ist, als wäre mir Ankhads wahre Schönheit bis heute verborgen geblieben.«

»Es ist das Alte, was uns berührt. Die Vergangenheit. Nostalgie. Wenn ich die Augen schließe, kann ich ihre Musik hören … ihr Lachen, das im großen Saal widerhallt. Unzählige Geschichten aus vergangener Zeit, spürbar nur für die wenigsten. Doch du spürst sie, Laudan. Du spürst sie jetzt.«

»Die Eranthi«, sagte er.

»Ich möchte dir ein Geheimnis anvertrauen. Erlaube mir, frei zu sprechen.«

»Natürlich.« War das der Moment, in dem Kazul sich öffnete? Ihm die Wahrheit offenbarte?

»Ich weiß, was du an Bord der *Destine* gesehen hast. Ein Fehltritt, der nicht hätte passieren dürfen und der doch passiert ist. Du bist ein Mann der Diskretion, sonst wäre diese Angelegenheit längst in aller Munde. Wisse, dass es Dinge gibt, die nicht nach außen dringen dürfen. Dinge, die die Welt nicht verstehen würde und die doch wahr sind. Du hast mit Yria Daurell gesprochen, bevor sie starb. Ich habe sie gekannt. Wir wissen beide um ihre Fähigkeiten, aber der Rest der Welt muss es nicht wissen.«

Mit so viel Offenheit hatte Laudan nicht gerechnet. »War das Magie?«, fragte er. »Ich habe so etwas noch nie gesehen.«

»Nicht alles, was tot geglaubt ist, ist verloren. Während manches, das lebt, für immer von uns geht.«

»Ihr sprecht in Rätseln.«

Kazuls Blick hielt an seinem fest. »Lass mich dir einen Rat geben. Vergeude deine Zeit nicht mit der Vergangenheit. Es lohnt sich nicht. Nimm diese Worte von einem Menschen, der sich fast ausschließlich mit ihr befasst. Blicke nach vorn, nie zurück.«

Vor seinem inneren Auge verschwand Vaelens Boot in der Dunkelheit. Nein, er würde sich nicht verlieren, würde das einzige Licht in seinem Leben nicht erlöschen lassen. »Ein weiser Rat, den ich gern beherzige.«

»Ich mochte deinen Trinkspruch. Sag mir, Laudan, glaubst du, dass dein Name die Zeit überdauern wird? Wird man sich noch in zweihundert oder zweitausend Jahren an deine Taten erinnern?«

»Ich würde mir nie anmaßen, einen derartigen Gedanken zu hegen.«

»Dann lass mich diese Frage für dich beantworten. Ich denke, man wird sich an dich erinnern.«

Weit nach Mitternacht spähte Laudan in die Hinterhöfe verdreckter Mietskasernen, aus deren Korridoren ihm jener beißende Gestank entgegenschlug, den zu viele Menschen auf zu engem Raum verursachten. Oft versteckten sich die Rebellen hier im Sumpf der Unterstadt, vielleicht auch Vaelen. Doch die Chance auf einen schnellen Tod war weitaus größer, als ihn hier zu finden.

In der Nähe des Hafens verlangsamte er seine Schritte. Er hielt Ausschau nach dem verwitterten Messingschild, das Teralyn ihm beschrieben hatte, und fand es schließlich an einem ehemals schmuckvollen, backsteinernen Gebäude, dessen Obergeschoss nachträglich wiederaufgebaut worden war. Vor dem Eingang des *Goldenen Kompasses* blieb er stehen. *Nautische Instrumente* stand unterhalb der verkratzten Abbildung.

Die Tür war verrammelt, die Fenster von einer Rußschicht geschwärzt. Alles wirkte, als wäre hier seit Jahren niemand mehr ein und aus gegangen. Er klopfte. Zweifel stiegen in ihm auf. Was, wenn er am falschen Ort war? Wenn es hier keine Dryele gab?

Drinnen polterte etwas. Jemand öffnete die Tür einen Spaltbreit und schob ihm den Lauf einer Pistole ins Gesicht. Es war zu spät für Zweifel.

»Was willst du?«, fragte eine Frauenstimme.

»Ich suche Dryele.«

»Verschwinde.« Die Tür fiel ins Schloss. Verdutzt blieb er stehen, bevor er erneut klopfte.

»Verdammt, hast du einen Todeswunsch? Das lässt sich einrichten.« Die Frau verlieh ihren Worten mit der Pistole Nachdruck.

»Das Licht des Morgens verdrängt die Dunkelheit«, flüsterte er und spähte am Pistolenlauf vorbei. Dunkle Locken warfen sich über die gezackte Narbe auf ihrer Wange. Ihr Auge lag dicht am Abzug. Es war Dryele. Teralyns Beschreibung passte perfekt.

Dryele zog ihn ins Innere und verrammelte die Tür, ohne die Waffe runterzunehmen. »Geh.« Sie deutete auf einen Durchgang jenseits des Chaos aus sich auftürmenden Instrumenten, Karten und allerlei nautischem Zeug. Ein schwaches Licht drang daraus hervor.

Der Pistolenlauf bohrte sich in Laudans Rücken. Er ließ Dryele gewähren, als sie seinen Dolch aus seinem Gürtel zog und ihn auf der Theke ablegte.

Das Hinterzimmer, in das Dryele ihn brachte, war halb Lagerfläche, halb Bibliothek, in dem ein Modell der *Roa Hourak* das Einzige zu sein schien, das sie regelmäßig abstaubte. Er konnte den Blick nicht davon abwenden. Auch dann nicht, als Dryele ihn zu einem Tisch mit zwei Stühlen führte.

»Setzen. Hände dahin, wo ich sie sehen kann.« Sie nahm ihm gegenüber Platz, war kaum älter als er, und doch verlieh ihr die Narbe in Kombination mit ihren aufeinandergepressten Kiefern eine Härte, die er sonst nur von Athos kannte.

»Woher kennst du Teralyns Losung?«

»Von ihr.«

Scheinbar irritiert kniff Dryele die Augen zusammen und schob den Lauf ihrer Pistole unter seine Kapuze. Der Stoff fiel zurück. Sie sprang auf, zielte auf ihn. Ihre Brust hob und senkte sich heftig unter dem lockeren Hemd. »Der verfickte Held von Ethelis.«

»Ich bin auf eurer Seite.«

Ein kurzes Lachen, bevor sich Dryeles Gesicht verfinsterte. »Heute Mittag auf einer Parade, heute Nacht in meinem Haus. Hast du Teralyn verhört? Die Losung aus ihr herausgepresst? Ich sollte dir den Schädel wegpusten, jetzt, wo ich die Gelegenheit dazu habe, du Bastard.« Der Lauf ihrer Pistole drückte gegen seine Schläfe.

»Warte! … Ich war ihr Informant. Vor über dreizehn Jahren hat sie mich in der Unterstadt aufgelesen.«

Dryele senkte die Waffe. »Scheiße. Sie hat gesagt, dass du adlig bist, aber nicht, dass du …« Die Pistole schnellte zurück an seine Schläfe. »Du bist Yrias Mörder.«

»So war das nicht. Sie hat es so gewollt. Sie wollte, dass ich jemanden finde. Deshalb bin ich hier. Ich erzähle dir alles. Danach kannst du mich immer noch erschießen, wenn du willst.«

»Rede, Held von Ethelis.«

»Einfach nur Laudan«, sagte er und berichtete von Teralyns Gefangennahme, ihrer Bitte und dem Plan, Ethelis zu warnen.

Als er zu Ende gesprochen hatte, schüttelte Dryele den Kopf. »Ich habe von der Warnung gehört. Aber dass sie von dem verschissenen Feldherrn kam, hätte ich nie für möglich gehalten. Wen suchst du?«

»Caliyan.«

Unter der Hutkrempe entglitten Dryeles Gesichtszüge, als sei es das Absurdeste, was sie je gehört hatte.

»Bast sagte, wir teilen eine Leidenschaft«, fügte er schnell hinzu und ließ seinen Blick durch das Chaos schweifen, das sie umgab.

Dryele lehnte sich vor. »Ich weiß nicht, was Bast behauptet hat. Aber ich bin Rebellin … beinahe Kapitänin. Sagt dir der Name Rosh al Veen etwas? Nein? Dachte ich mir. Mein Großvater war Cen'tos Steuermann. Er ist an den Klippen gestorben. Ich kämpfe für seinen Traum, warte nur auf mein Schiff. Und du …? Du bist hier, weil ich eine Schwäche für altes Zeug habe?«

»So war das nicht gemeint. Dieser Traum ist auch meiner. Alles, was ich tue, alles, was ich bin, existiert nur deshalb. Aber ich muss wissen, was es mit Caliyan auf sich hat. Yria hat von ihm gesprochen, bevor sie starb. Sie sagte, er sei mein Schicksal.«

»Dann war sie wahrhaft wahnsinnig.« Dryele kramte zwischen Kisten und Büchern herum, kam mit einer Schatulle zurück und stellte sie vor Laudan auf den Tisch. »Dieses Haus ist seit Generationen in Familienbesitz. Früher war es eine Taverne. Die *Goldene Feder*. Den Inhalt haben wir gefunden, als wir das Obergeschoss repariert haben.«

»Was ist das?«, fragte er.

»Na, seine Reden.«

Er schluckte. »Darf ich?«

Zur Antwort öffnete Dryele die Schatulle und reichte ihm einen Stapel vergilbter Dokumente, die mit einer eleganten Handschrift überzogen waren. Mit zittrigen Fingern löste er die Schleife und überflog die Seiten.

»Er war sehr fortschrittlich. Wir bräuchten so jemanden wie ihn.«

»Bräuchten?« Er blickte auf.

»Siehst du nicht, wie alt sie sind? Mein Großvater hat meinen Vater ermahnt, nicht davon zu sprechen, weil es angeblich verbotenes Wissen ist. Aber ich glaube nicht, dass überhaupt noch jemand davon weiß, es sei denn, sie wissen es von mir.«

»Also ist er lange tot.«

»Sein Name war Caliyan de la Vere. Bei ihm hat alles angefangen.«

Laudan legte die Dokumente zurück. Diese Schrift. Nein, er hatte wahrhaftig einen Geist gejagt. »Ich wollte deine Zeit nicht verschwenden.«

»Schon gut. Wenn Yria das zu mir gesagt hätte, wäre ich dem auch nachgegangen.«

»Hast du sie gekannt?«

»Nein, und Gilain ebenso wenig.«

»Wer ist Gilain?«, fragte er.

»Ihre Schwester. Sie ist im inneren Kreis, versucht uns zusammenzuhalten, aber seit Ethelis herrscht Chaos.«

»Der heutige Anschlag … Steckt die Rebellion dahinter?«

Dryele schnaubte. »Ich wünschte es. Aber wir haben weder einen Plan noch ein Konzept. Nicht mehr lange, und die Heressia wird unsere Basis in Pirea überrennen.«

»Habt ihr einen Isthenier in euren Reihen?«

»Nein, wieso?«

Er winkte ab, hatte nichts anderes erwartet. Kazul spielte wahrlich ein Spiel, das nur er selbst kannte. »Bast ist nicht länger zuverlässig«, wechselte er das Thema.

»Das war er nie.«

»Wirst du ein Auge auf ihn haben? Er richtet sich zugrunde.«

»Das ist nichts Neues.« Dryeles Gesicht verfinsterte sich. »Du willst nicht wissen, wie oft Teralyn ihn aus diesem Loch geholt hat.«

»Das habe ich nicht gewusst …«

»Sie hat es vor jedem verschwiegen. Ich wollte, dass sie ihn verlässt, aber sie konnte es nicht.« Dryele machte eine wegwerfende Geste. »Genug davon. Bring die Informationen in Zukunft direkt zu mir.«

»Zuerst muss ich etwas wissen. Es gibt noch jemanden, den ich suche. Er ist in Ankhad. Ich kann mir vorstellen, dass er hier war.«

»Ein Rebell?«

»Noch nicht, aber ich glaube, er will einer werden. Sein Name ist Vaelen. Er hat schulterlange, rotbraune Haare, graublaue Augen und ist wahrscheinlich zwei oder drei Jahre jünger als ich.«

»Ja, an so jemanden erinnere ich mich.«

»Wirklich?« Laudan setzte sich auf. »Wo ist er?«

»Er war gestern mit seiner Schwester hier. Wie hieß sie gleich?« Dryele legte die Stirn in Falten.

»Raelia«, sagte er. Vaelen musste sie mitgenommen haben.

»Ah, Raelia. Richtig. Hübsches Pärchen, besonders sie. Aber ich hab sie weggeschickt.«

»Du hast was?«

Dryele winkte ab. »Sie wären bloß gestorben.«

»Dann hast du ihn nicht kämpfen sehen. Wo sind sie jetzt?«

»Keine Ahnung.«

Laudan fluchte.

»Er ist dir wichtig«, stellte sie fest.

»Ist er. Wird er wiederkommen?«

»Ich fürchte nicht.« Dryele deutete auf ihre Pistole. »Sie ist recht einschüchternd.«

Das hier brachte Laudan nicht weiter. »Ich muss los. War nett, dich kennenzulernen.« Er verließ das Hinterzimmer und wollte nach seinem Dolch greifen, als Dryele ihn rief: »Warte. Wie, sagtest du, hieß er?«

»Vaelen.«

Irgendetwas polterte zu Boden. »Komm zurück.« Dryele durchwühlte eine Schreibtischschublade, bevor sie ein vergilbtes Pergament hervorzog. »Es hat nicht in die Schatulle gepasst, und ich wollte es nicht knick–« Dryele hielt inne. Wortlos reichte sie es ihm, und er betrachtete die fein säuberlichen Striche. Ein Porträt, eingefangen, als stände der Mann darauf direkt vor ihm. Es war Vaelen.

»Er kam mir gleich so bekannt vor, aber … dreh es um.«

Laudan tat es und las die verblichenen Worte auf der Rückseite. *Caliyan. In Liebe, Vaelen.* Die Handschrift war eine andere, weniger elegant als die auf den Reden. Das Blatt entglitt ihm. Er taumelte einen Schritt zurück, bevor er loslief. »Was hast du jetzt vor?«, rief Dryele.

»Ihn finden. Ich komme wieder.«

Laudan stürzte hinaus in die Nacht. Auf der anderen Straßenseite drückte sich eine Gestalt in den Schatten eines Türrahmens. Dunkle Augen blickten ihm unter schwarzen Strähnen entgegen.

*Reskir.* Dieser rannte los, Laudan hinterher. Ihre Schritte hämmerten über das Pflaster, versanken im Schlamm einer Seitengasse. Dreck spritzte gegen ihre Kleidung. Vor dem Eingang der Mietskaserne kletterte Reskir auf eine Frachtkiste, sprang und zog sich an einer Mauer nach oben. Fluchend tat Laudan es ihm gleich.

Hintereinander balancierten sie über den Mauerrücken. Reskir war schnell. Gebälk ächzte, als er sich auf das Dach eines Anbaus stürzte. Auch Laudan sprang und rutschte mit den schlammbeschmierten Stiefeln über die Dachziegel, bis sie nur noch eine Armeslänge trennte. Reskir keuchte. Am Dachende huschte sein Blick zwischen Laudan und einem Schuppen hin und her. Vier, vielleicht fünf Meter Luftlinie trennten ihn davon. Ohne zu zögern, schoss Reskir darüber hinweg, und Laudan nahm Anlauf, flog und warf sich auf ihn. Gemeinsam rollten sie in Richtung der Traufe und fielen.

Ein Strohbündel milderte ihren Sturz. Als Laudan sich aufrichtete, durchbrachen Reskirs Schritte bereits die Stille. Benommen verfolgte er ihn in eine schmale Gasse, wo dieser in einem Durchgang verschwand. Fäulnis schlug Laudan entgegen. Mit ausgestreckten Händen bahnte er sich einen Weg durch die Dunkelheit, in der Ratten an seinen Beinen entlangwuselten. Ein Kanal. Das erste Licht des Morgens drang durch eine Öffnung, aus der Reskir ins Freie stürzte.

Sand erstreckte sich dahinter. Die Bucht. Reskir strauchelte, und Laudan bekam ihn zu packen, drückte ihn zu Boden.

»Was tust du hier?«

Vor ihnen brachen sich die Wellen. Möwen kreischten. Heftig atmend bäumte sich Reskir unter ihm auf, drehte sich auf den Rücken.

»Das Gleiche … könnte ich Euch fragen.«

Verdammt, Reskir hatte zu viel gesehen. Falls er ihn meldete, war nicht nur sein Leben verwirkt, sondern auch Dryeles. Statt nach seinem Dolch griff Laudan ins Leere. Die schlichte Klinge war fort, er hatte sie bei Dryele vergessen, und Reskir begriff. Unter ihm wand er sich, bis Laudan ihn in den Sand presste. Seine Finger schlossen sich um Reskirs Hals, drückten zu.

Laudan fluchte. Hasste sich, hasste sie beide. Reskirs Hände schnellten vor, krampften sich in seine, rissen und zogen, doch er war nicht stark genug. Übelkeit überkam ihn. Vor fünf Jahren hatte er Reskir gerettet. Jetzt tötete er ihn.

Reskir rang nach Luft, presste Worte hervor, die er nicht verstand. Von allen, die seine Hölle mit ihm teilten, war Reskir ihm der Liebste, und doch musste Reskir sterben, damit er leben konnte. Er drückte fester, versuchte, es schneller zu machen, schmerzloser. Das Blut rauschte in seinen Ohren.

»*Wollte Euch schützen …*«, las er von Reskirs Lippen, bevor dieser die Augen verdrehte. Laudans Hände zitterten. Er ließ locker, schluckte die Übelkeit herunter. Was tat er hier überhaupt?

Unter flatternden Lidern blickte Reskir ihm entgegen, hustete.

Laudan brachte ihn in eine halb sitzende Position, und Reskir sackte gegen ihn. »Komm schon, atme.«

Ein quälender Atemzug. Noch einer. »So schnell sterbe ich nicht«, flüsterte Reskir. »Aber Ihr … wart schwer, Lord.«

»Du wirst nicht wieder weglaufen?«

Reskir schüttelte den Kopf. Über dem Meer ging die Sonne auf und offenbarte die roten Abdrücke, die sich um seinen Hals abzeichneten. »Ich hätte Euch früher konfrontieren sollen, aber ich hatte Angst, Ihr würdet … mich töten, um Euer Geheimnis zu bewahren.«

»Eine begründete Vermutung. Du sagtest, du wolltest mich schützen. Wovor?«

Zögerlich schob Reskir die Hand unter seinen Umhang und zog zwei verzierte Dolche hervor, wie nur er sie besessen hatte.

Er erstarrte. »Woher hast du die?«

»Der Anschlag. Sie lagen zwischen den Leichen. Ich habe sie an mich genommen, bevor die Soldaten etwas gemerkt haben.« Reskir reichte ihm die Waffen. Laudans Magen rebellierte.

»War ein rothaariger Mann unter den Toten?«, fragte er tonlos.

»Weiß ich nicht. Wegen der Dolche bin ich sofort gegangen. Aber da waren Soldaten und Zivilisten. Kazul hat ihre sofortige Verbrennung angeordnet. Sie hatten schwarz verfärbte Male, wie in Ethelis … Niemand überlebt einen derartigen –«

Laudan erhob sich und rannte, bis die See seine Knie umspülte. Die Kälte sank ihm in die Knochen. Sein Schrei mischte sich unter die tosenden Wellen. Die Antworten, die er gesucht hatte, lagen vor ihm. Und doch hatte er alles verloren.

# Kapitel 18

## Schwarze Stadt, schwarzes Herz

Die Welt stand kopf. Tage wurden zu Wochen; das sanfte Wippen des Pferderückens und der Geruch des Fells sein ständiger Begleiter. Entgegen seiner Worte hatte es der Jäger nicht lange ausgehalten, ein Pferd mit ihm zu teilen. Woher das zweite kam, wusste Vaelen nicht. Auch nicht, wann der Jäger ihm die Augen verbunden und ihn auf ein Schiff gebracht hatte. Aber er erinnerte sich an das Tosen der Wellen, das Schaukeln des Schiffsrumpfes und das Flehen auf seinen Lippen. Er hatte sehen wollen, doch der Jäger hatte es ihm verwehrt.

Seitdem schwieg er, schwiegen sie beide. Die See verwandelte sich in Land, in Hitze und fremdartige Vogellaute. Nach einer Weile verstummten auch sie und wichen dem Rauschen des Windes. Heiß und drückend brannte er sich in seine Lungen und scheuerte in winzigen Partikeln über seine Haut. Sand.

Die Augenbinde blendete die Welt aus. Zwischen seinen aufgesprungenen Lippen rann Blut in seinen Mund. Seine Gedanken wurden wirr, waren mehr Traum als Wirklichkeit. Er glaubte zu wissen, wer Vaelen war; glaubte, ihn zu sehen, in all der Dunkelheit. Doch wann immer die Wahrheit Gestalt annahm, entglitt sie ihm.

Irgendwann verweigerten ihm seine Muskeln den Dienst. Quälend langsam rutschte er vom Rücken des Pferdes, landete zwischen den Hufen und blieb dort liegen. Sein eigenes Flüstern drang zu ihm heran, rau und verzerrt: »Heute, morgen und …« *Nein.* In seiner Erinnerung klangen die Worte anders. Eine andere Stimme, eine andere Zeit.

Als der Jäger zu ihm herüberkam, hatte er gerade genug Selbstachtung, um zu verstummen. Fluchend brachte dieser ihn in eine sitzende Position. Der Wind riss an ihnen. Sein Kopf sackte gegen die Brust des Jägers, der eine Flasche an seine Lippen führte. Er trank. Die Flüssigkeit rann über sein Kinn. Bitteres Wasser. Er wusste, was das bedeutete, und trank dennoch.

»Bevor die Wirkung einsetzt, will ich dir etwas zeigen.« Der Jäger lachte. »Dein Herz hämmert ja. Kannst es wohl kaum erwarten.«

Vaelen antwortete nicht, würde ihm den Gefallen nicht tun. Stattdessen wartete er auf die Müdigkeit, die in seine Adern kroch. Der Jäger riss ihm die Augenbinde herunter. Gleißendes Licht blendete ihn. Er stöhnte auf, presste die Lider zusammen.

»Sieh hin.«

Ein Ruck ging durch seinen Körper. Keine Magie, ein Schlag. Er blinzelte. Ein flimmernder Schleier tanzte vor Bergen aus Sand. Er schloss die Augen. Hier gab es nichts zu sehen außer dem Jäger und dem Tod.

Behandschuhte Hände zwangen seinen Kopf nach links. Dann sah er sie. Eine Stadt, die sich aus dem Nichts erhob, bekrönt von einem schwarzen, alles überragenden Bauwerk. Er zitterte, rang nach Worten.

»Du erkennst sie. Du weißt, was sie ist.«

»Eine Arena.« Die Müdigkeit überkam ihn mit voller Härte. Woher kannte er diese Stadt? Wann war er hier gewesen? Warum? »Wer hat sie gebaut?«, fragte er, als spiele es eine Rolle.

Wieder lachte der Jäger. »Du.«

»Ich?«

Schweigen.

»Wer war ich?« Er bäumte sich gegen die Fesseln und das Somnium auf, flehte um die Wahrheit. »Bitte … du musst es mir sagen.«

Der Jäger hielt ihn fest, bis seine Bewegungen erstarben. »Es ist egal, wer du warst. Sobald du einen Fuß in die Arena setzt, wirst du ein Niemand sein.«

Auf der Suche nach Wärme streckte Vaelen die Hand nach der Fackel aus, die vor seinem Gesicht tanzte, und berührte nichts als kaltes Mauerwerk. Eine Reflexion. Seine Finger glitten über den Obsidian. Er war überall. Auch unterhalb der dünnen Strohschicht, auf der er lag.

Er zwang sich auf die Knie und zuckte zusammen, als die eiserne Kette an seiner Halsfessel auf dem Boden aufschlug. Der Jäger musste sie dort befestigt haben. Ein Keuchen kam ihm über die Lippen. Dieser Ort schien vertraut, wenn auch aus einer anderen Perspektive. Ein Verlies. Er blinzelte, bis der Schatten jenseits der Gitterstäbe allmählich Gestalt annahm.

Der Jäger blickte auf ihn herab. »Steh auf.«

Endlose Sekunden reihten sich aneinander, bis das Gitter aufschwang und der Jäger eintrat. Eine weitere Kette wippte in seiner Hand. Die Zellentür ließ er offen. Vaelen rührte sich nicht.

Ein Schritt. Noch einer. Er sprang auf, stürzte sich auf den Jäger. Doch dieser war schneller, packte ihn am Handgelenk und trieb Magie in seinen Körper. Ungelenk sackte Vaelen nach vorn. Ein kläglicher Versuch, mehr nicht.

Der Jäger zog ihn hoch, lachte. »Sieh dich an. Ein halb toter Sklave. Nichts als Staub unter meinen Füßen.«

War es das, was er jetzt war? Sein Flehen aus der Wüste dröhnte in seinen Ohren. *Wer war ich?* Während der Jäger seine Handgelenke fesselte, schwor er sich etwas: Egal, was dieser Mann mit ihm tun würde, er würde nicht flehen, nie wieder. Er mochte ein Sklave sein, doch der Jäger besaß ihn nicht, und er würde ihn nie besitzen.

»Du schweigst? Hier gibt es ohnehin nur noch eine Sache, die das Volk von dir hören wird. Deine Schreie. Komm, es wird Zeit.«

Der Jäger riss an der Kette seiner Halsfessel. Vaelen stolperte ihm hinterher und duckte sich intuitiv unter Mauervorsprüngen hinweg, von deren Existenz er gar nicht hätte wissen können. Sein Geist mochte vergessen haben, doch sein Körper erinnerte sich an den Weg.

Ein Ächzen aus den Tiefen des Fundamentes erfüllte die Dunkelheit. Staub rieselte herab, Spuren der Zeit. An manchen Stellen war der Obsidian matt geworden und platzte auf wie Schiefer. Der Jäger hatte gelogen. Dieses Gebäude musste lange vor ihrer Zeit errichtet worden sein, und doch sang der Stein ein dunkles Lied, das ihm zutiefst vertraut war. Bald mischten sich Stimmen darunter. Schreie. Je weiter sie dem Gang folgten, desto mehr dröhnten sie. Vaelen wurde schwindlig davon. Tageslicht fiel durch das Tor am Ende des Tunnels, wo der Jäger stehen blieb. »Da sind wir. Nach all der Zeit.«

»Waren wir schon einmal hier?«

»Du weißt wirklich nichts.«

»Dann erzähl es mir«, sagte er.

»Ich will, dass du es durchlebst. Jedes noch so kleine Detail.« Der Jäger deutete auf die Fesseln an seinen Handgelenken. »Ich nehme sie dir ab.«

Schweigend ließ Vaelen die Prozedur über sich ergehen und wog ab, ob er erneut angreifen sollte. Vielleicht konnte er dem Jäger die Kette entreißen und ihn damit überwältigen. Eine schnelle Abfolge von Tritten und Hieben wäre genug, doch er schaffte es kaum, sich aufrecht zu halten, und sein Gegner hatte Magie.

Dann war der Moment vorbei.

»Sobald sich das Tor öffnet, wirst du da rausgehen. Ob ich dich vorher halb totprügle, spielt keine Rolle für mich.«

Zwischen den Gitterstäben blickte Vaelen auf den leeren Sand und die tobenden Ränge darüber. Der Jäger packte sein Handgelenk. Schmerz durchzuckte ihn, bis er auf die Knie sank. »Hast du verstanden?«

Er nickte, zwang sich wieder auf die Füße. Hinter ihm trat der Jäger zurück und betätigte einen in die Wand eingelassenen Hebel. Ein leises Surren erhob sich, bevor sich eine nahezu transparente Schicht Magie über den Durchgang legte, aus dem sie gekommen waren. »Was ist das?«

»Ohne die Fessel würdest du es spüren. Sieh nach vorn.«

Das Tor ratterte nach oben. Ein Ring aus Eis legte sich um seine

Brust, nahm ihm den Atem. Es war so weit. Der Jäger schubste ihn hinaus auf den Sand. Hinter ihm donnerte das Tor herab. Die Hände des Jägers schnellten durch das Gitter, umschlossen die Fessel und ließen sie aufspringen. Vaelens Magie brach über ihn hinweg, stärker als jeder Herbststurm. Er wirbelte herum, sah dem Jäger entgegen.

»Das ist es«, murmelte dieser. »Und nun geh schon. Kämpfe um dein Leben.«

Vaelen schloss die Finger um die Gitterstäbe. »Ich habe keine Waffe. Gib mir eine Waffe.«

»*Du* bist die Waffe. Enttäusch mich nicht.«

Bevor er antworten konnte, betätigte der Jäger den Hebel und verschwand in der Dunkelheit des Tunnels.

Er war allein, wandte sich um. Eindrücke prasselten auf ihn ein. In den Himmel ragende Tribünen. Banner über schwarzem Stein. Fremdartige Symbole. Und Menschen. So viele Menschen. Eine gesichtslose Masse, die aufsprang, um ihn zu sehen. Einzig der Sand war leer. Wo war sein Gegner?

Er machte einen Schritt vorwärts. Die Sonne ließ Punkte vor seinen Augen flimmern. Sein Mund war ausgedörrt, seine Haut klamm. Rufe erhoben sich aus der Menge, ertranken im Lied seiner Magie. Dies geschah. Dies geschah wirklich.

Die Erkenntnis lähmte ihn.

Etwas traf ihn am Kopf. Er wischte den schmierigen Film weg, dessen Geruch ihm den Magen umdrehte. Mittlerweile stand der Jäger in der Loge, wo ein Lord in feiner Kleidung auf ihn einredete, doch sein Blick blieb auf Vaelen gerichtet. Dies war etwas Persönliches. Er spürte fast, wie es war, selbst dort zu stehen.

Ihm gegenüber ratterte das Tor nach oben. Sein Atem stockte, aber sein Körper nahm die Kampfstellung ein, die er mit Laudan trainiert hatte. Ein Kämpfer trat aus dem Tunnel hervor, schlug mit dem Schwert auf seinen Brustpanzer und streckte es anschließend in den Himmel. Ein Name hallte durch die Ränge, bevor der Mann auf ihn zurannte. Zwanzig Schritte trennten sie voneinander. Zehn.

Ein Gedanke durchschoss Vaelen, klarer als jeder andere. Der Jäger hatte ihn zum Sterben hergebracht. Die Klinge raste auf ihn zu. Er machte einen Ausfallschritt, versank mit dem Knie im Sand. Über ihm zerteilte sein Gegner die Luft. Er rappelte sich auf, rannte; sein Gegner hinter ihm. Pfiffe erhoben sich. Gegröle.

Im Augenwinkel setzte sein Gegner zum Sprung an. Auch Vaelen sprang, rollte zur Seite. Zu spät. Der Kämpfer presste ihn gegen den glühenden Untergrund. Sand füllte seinen Mund. Er spuckte ihn aus, rang nach Luft, während der Mann ihm seinen heißen Atem in den Nacken blies.

»Lächerlich.«

Er wand sich unter dem massigen Körper, schaffte es, sich auf den Rücken zu drehen, wo der Mann seine Arme packte und mit der anderen Hand die Spitze der Klinge gegen seinen Hals drückte. »Zeit zu sterben.«

Vaelens Brustkorb hob und senkte sich heftig. Da lag er, ein todgeweihter Sklave im Sand einer Arena, die er angeblich selbst errichtet hatte.

Nein, nicht so. Nicht ohne die Wahrheit.

Er stemmte sich gegen den eisernen Griff, drückte den Arm gegen die Klinge. Seine andere Hand kam frei, tastete nach etwas, das ihm helfen konnte. Doch da war nichts. Da war nur … Seine Faust ballte sich um den Sand, schleuderte ihn seinem Gegner entgegen. Dieser keuchte, taumelte zurück und schwang dabei das Schwert in Vaelens Richtung. Vaelen trat zu. Der Kämpfer verlor das Gleichgewicht, fiel. Er selbst rappelte sich auf, sprang, schloss die Hände um den Hals des Mannes und drückte ihn zu Boden.

Sie rangen miteinander. Sengender Schmerz durchzuckte seinen Arm. Ein Schwertstreich. Irgendwie bekam er das Handgelenk seines Gegners zu fassen, riss daran. Die Waffe zuckte zwischen ihnen, bis ihn ein Ellenbogen im Gesicht traf. Der Sand raste auf ihn zu.

Vaelen musste aufstehen, kämpfte sich auf die Knie. Sein Atem stockte, verwandelte sich in einen Schrei, als ihn die Klinge des

Gegners an der Schulter durchbohrte. So plötzlich. Blut tropfte vor ihm auf den Sand. Seine Hände zitterten, gaben nach.

»Es ist vorbei, Kleiner.« Mit einem Ruck zog sein Gegner die Klinge aus der Wunde. Vaelen keuchte, rollte sich auf den Rücken, die Arme ausgestreckt.

»Wo bist du?«, flüsterte er. *Wo?*

Sein Herz raste, und seine Magie antwortete. Er riss die Hand vor, katapultierte seinen Gegner durch die Arena, bis dieser unterhalb der Ränge gegen den Stein prallte.

Im tosenden Rauschen des Stroms erhob Vaelen sich. Der Schmerz verflog. Seine Hand kribbelte, war ganz Magie. Ohne Hast lief er zu dem Kämpfer, der sich im Sand wand.

»Monster«, schrie dieser. Der Rest verlor sich in einer Melodie des Todes. Kurz flackerte eine andere Zeit vor Vaelens Augen, andere Kämpfe auf demselben Sand. Dann durchzuckte Schmerz seine Handflächen und riss ihn zurück in die Wirklichkeit, in der sich seine Hände um die zerborstene Klinge seines Gegners krampften.

Horror spiegelte sich in dessen Augen. Todesangst. Vaelen trieb das gesplitterte Metall in seinen Hals. Ein erstickter Schrei, ein gurgelndes Stöhnen. Leere Augen blickten ihm entgegen, bevor der Kopf des Mannes zur Seite rollte.

Vaelen ließ ihn los, taumelte zurück. Blut rann aus seinen aufgeschnittenen Handflächen. In einigem Abstand zu dem Toten sank er auf die Knie und würgte. Der Jubel dröhnte in seinen Ohren. Erst jetzt, wo die Magie ihn verließ, erwachte der Schmerz in seiner Schulter. Er presste die Hand auf die Wunde und fiel vornüber.

Soldaten stürmten auf den Sand, umringten ihn. Ihre lockere, an der Taille verschnürte Kleidung wehte im Wind. Er zwang sich auf die Füße, biss die Zähne zusammen. Egal, was geschah, er würde nicht knien. Vor niemandem.

Schwarze Speerspitzen richteten sich auf ihn. Dahinter näherte sich der Jäger. Die Soldaten öffneten den Kreis, ließen ihn eintreten und bildeten einen Wall um den Lord, der in seiner Begleitung kam. Der untersetzte Mann blieb zurück. Hatte er etwa Angst? Dabei schaffte Vaelen es kaum, sich auf den Beinen zu halten. Er taumelte gegen den Jäger, der ihm die Fessel um den Hals zwang. Dieses grausame Ding. Er kam nicht dagegen an.

Nachdem der Jäger auch seine Hände gefesselt hatte, brachte er die Lippen an Vaelens Ohr. »Ich habe dich genau beobachtet. Dein Gesichtsausdruck, als du realisiert hast, wozu du imstande bist … unbezahlbar. Aber deine Schreie … Oh, deine Schreie haben mich an etwas erinnert, das ich nie vergessen werde.«

»An was …?«

»Als Alcaelus *ihm* die Kehle durchgeschnitten hat, hast du genauso geschrien.«

Etwas in ihm zerbrach. Bildfetzen flackerten vor seinem inneren Auge. Zu grausam, um sich zu erinnern. Zu grausam, um sie zu vergessen. »Alcaelus? Wem hat er die Kehle durchgeschnitten?«

»Hast du selbst *ihn* vergessen?« Der Jäger breitete die Arme aus. »Den Grund für all das hier?«

Vaelens Blick huschte über die sich leerenden Ränge der Arena, bis der schwarze Stein verschwamm. Als er wieder zu sich kam, stand auch der Lord vor ihm.

»Seht Ihr, Lord? Mit der Fessel kann er Euch nichts anhaben.«

Der Lord ging um ihn herum, als begutachtete er Vieh. Vaelen blickte nicht auf, ertrank im Schmerz eines Verlustes, für den er keinen Namen hatte.

»Seine Kräfte sind unterhaltsam«, sagte der Lord. »Selten, keine Frage. Aber er sieht nicht wie ein Kämpfer aus. Zu klein. Zu dünn. Und ob die Schulter heilt? Vielleicht stirbt er schon am Fieber. Der Letzte, den ich von Euch gekauft habe, war in weit besserer Verfassung, und wie viele Siege hat der mir gebracht? Zwei?«

»Eine Fehlinvestition für uns beide, Lord Ri'shan. Aber den hier heile ich sogar, wenn es sein muss.«

*Dieser Name.* Woher kannte er diesen Namen?

Lord Ri'shan stieß ein kehliges Geräusch aus. »Ihr wollt Eure Magie einsetzen? Welch seltenes Schauspiel, mein Freund. Gut, ich gebe Euch fünf Goldmünzen.«

*Mein Freund?* Vaelen öffnete die Lippen, starrte Ri'shan entgegen. Ein anderer Mann hatte ihn einst so genannt, und es war keine Floskel gewesen. »Harian. Wo ist –?«

Ein Tritt des Jägers schickte ihn zu Boden.

»Für wen hält er sich?«, fragte Ri'shan.

»Er ist verrückt, Lord. Aber ich werde dafür sorgen, dass er kämpft.«

Vaelen zwang sich auf die Knie. »Rakshazul«, presste er hervor. Dabei wusste er nicht einmal, was das Wort bedeutete.

»Verdammt. Reiß dich zusammen. Es ist ewig her.« Der Jäger stieß ihn zurück in den Sand. »Verzeiht, Lord, er wird sich demnächst ruhiger verhalten.«

»Drei Goldstücke«, sagte Ri'shan. »Für Wahnsinn zahle ich nicht den vollen Preis.«

Seine Augen glichen Harians. Aber das war auch das Einzige, was sie gemeinsam hatten. Der Jäger verkaufte ihn, doch es kümmerte ihn nicht. *Alcaelus …?* Wem hatte er die Kehle durchgeschnitten?

»Er ist nicht zu verkaufen«, sagte der Jäger.

Ri'shan spuckte aus. »Nicht zu verkaufen? Was soll diese Farce?«

»Er wird unter Euren Farben kämpfen, in Eurem Namen Siege erringen. Die Prämie könnt Ihr behalten. Aber er gehört mir.«

»Das ist gegen die Regeln.«

»Na und? Ihr seid der Herr der Spiele. Ihr macht die Regeln. Ich habe nur eine Bedingung, und die ist nicht verhandelbar. Ich will, dass er kämpft. Und zwar jeden verdammten Tag. Wollt Ihr ihn oder nicht?«

Ri'shan lachte auf. »Er muss etwas Besonderes sein, wenn Ihr Euch auf ein derartiges Geschäft einlasst. Also gut. Abgemacht.«

*Etwas Besonderes?* Nein. Nicht er. Jemand anderes war besonders gewesen.

»Vaelen«, flüsterte er.

Vaelen war nicht sein Name. Es war der Name des Mannes, den er hatte sterben sehen, bevor er selbst gestorben war.

# Kapitel 19

## Von den Toten

Caliyans erster Atemzug war Feuer in seinen Lungen. Er lag auf dem Rücken, riss die Augen auf und sah nichts als Dunkelheit. Seine Hände glitten über den hölzernen Boden und stießen dicht neben ihm gegen Wände, bevor sie nach oben schnellten. Eine Decke, knapp über seinem Kopf. Er hieb dagegen, schrie und bohrte die Fingernägel in das Holz. Erinnerungen flackerten auf, so schrecklich, als wären sie einem Albtraum entsprungen, doch sie waren wahr.

»Alcaelus.« Seine Stimme kratzte, als habe er sie ewig nicht benutzt. Wieder und wieder hieb er gegen das Holz, schrie wieder und wieder seinen Namen. *Mörder.*

Caliyan ließ die Hände sinken, spürte die Tränen. Wozu sollte er leben, wenn Vaelen tot war? Er hatte versagt. Er, der mächtigste Magier seiner Zeit, hatte den Menschen, der ihm am meisten bedeutete, nicht retten können.

Seine Magie war fort. Das Gefühl, das ihn stets begleitet hatte, existierte nicht mehr. Etwas schnürte ihm die Kehle zu. Seine Hand schloss sich um die Fessel, die um seinen Hals lag. Vor Stunden hatte er alles gehabt. Jetzt hatte er alles verloren. Er stemmte seine Knie gegen die Decke und die Füße gegen den Boden. Seine Arme schnellten vor, und er drückte sie mit aller Kraft gegen das Holz über ihm.

Endlich gab es nach. Licht fiel durch einen Spalt. Caliyan presste die Zähne aufeinander, ignorierte den Schmerz und hämmerte dagegen, bis der Deckel aus seinen Verankerungen riss. Heftig atmend blickte er zum steinernen Gewölbe hinauf, wo ewig brennende magische Kerzen flackerten. Er kannte diesen Ort und zwang sich aus der Kiste, die auf einem marmornen Sockel ruhte. Getrocknetes Blut klebte an seinem Hemd. Vaelens. Die Gruft drehte sich um ihn. Wieso war er hier? War das eine weitere von Alcaelus' Perversionen, ihn hier einzusperren?

In der gegenüberliegenden Nische standen zwei Steinsärge. Blumenreliefs wanden sich um die Kanten ihrer erhöhten Deckel. Er hatte sie nie zuvor gesehen, wankte hinüber und sackte auf die Knie. Die in die Inschriftentafeln eingeätzten Buchstaben verschwammen vor seinen Augen. Er war gefangen in einem Albtraum.

»Caliyan.« Ein Lufthauch ließ die Kerzen erzittern. Schritte näherten sich. Lazair hockte sich neben ihn, legte die Hand auf seine Schulter, doch Caliyan schlug sie weg. Lazairs dunkle Augen richteten sich auf ihn. Nasse Strähnen im Gesicht, Mitleid im Blick. Er wollte es nicht. »Caliyan. Es tut mir leid.«

»Du warst da. Wieso, verdammt?« Er packte Lazair, schob einen durchweichten Ärmel zurück. Darunter durchzogen schwarze Adern Lazairs Haut. »Wieso …?«

»Nicht …« Ein Kopfschütteln. »Mein ganzes Leben bin ich auf den Abgrund zugelaufen. Dieses düstere Nichts … aber ich hätte nie gedacht, dass ich dich mit mir in die Tiefe reiße.«

Er ließ Lazairs Arm los, kämpfte gegen das, was in ihm tobte. Lazair drehte die Handflächen nach oben, betrachtete die Spuren, die die Alte Magie dort hinterlassen hatte. »Ich war schwach … Er hat versprochen, dass es möglich ist, sie zu kontrollieren. Ohne Schmerzen. Ohne das, was mich nachts heimsucht. Ich habe ihm geglaubt, habe alles getan, was er wollte.«

»Wir finden einen Weg.« Ein bitterer Geschmack legte sich auf Caliyans Zunge. Er deutete auf die Särge, unfähig zu glauben, was dort stand. *Gaelyna de la Vere, Serric de la Vere.* Seine Eltern. »Was ist das alles? Wieso bin ich hier? Wieso diese Kiste?«

Lazair rang mit sich. »Nach dem Ritual gingen die Kriege los. Es ist alles eskaliert. Die Alte Ordnung hat sich gegen jene gestellt, die anders dachten. Viele sind gestorben. Auch sie.«

Caliyan konnte kaum sprechen, kaum atmen.

»Du warst tot.«

»Tot?« Er sackte nach vorne und dankte allem, was heilig war, dafür, dass Lazair ihn jetzt nicht anfasste. Er kannte ihn. Lazair sagte die Wahrheit, doch das änderte nichts daran, wie grotesk sie war. »Wie lange?« Sein Blick heftete sich auf Lazairs Gesicht mit den ausgeprägten Wangenknochen. Selbst die langen Haare trug er offen wie in der Akademie.

»Nicht. Gib dir Zeit. Ich möchte dir etwas zeigen, sieh nur.« Im Lufthauch tanzte eine winzige Flamme über Lazairs Fingern. Unverdorbene Magie wie damals. »Sie ist zu mir zurückgekehrt. Wie du.«

»Wie ist das möglich? Die Quelle ist verdorben. Ich verstehe nicht –«

»Das wirst du.«

Caliyans Hand schnellte an die Fessel. Er musste sie loswerden, seine Magie spüren. Er riss daran, vergeblich. »Nimm sie mir ab.«

»Ich kann nicht.«

»Du meinst, du darfst nicht. Du folgst Alcaelus. Sag mir, dass ich mich irre. Sag mir, dass mein bester Freund mich nicht verraten hat.«

»So einfach ist das nicht.«

»Oh doch, das ist es. Er hat ihn umgebracht. Er ist ein Mörder, und du bist auf seiner Seite.« Caliyan zog den Dolch aus Lazairs Gürtel und richtete die Klinge auf ihn.

Lazair erstarrte. »Du ziehst eine Waffe gegen deinen Freund?«

Der Dolch entglitt ihm. Ihm fehlten die Worte. Er wandte sich ab, berührte die Sargdeckel und hinterließ blutige Schlieren auf dem Stein. »Ich werde jetzt gehen.«

An der Tür stieg ihm der Duft von Regen in die Nase. Rauch mischte sich darunter. Die Nachtluft wirbelte ihm die rotbraunen Strähnen ins Gesicht.

»Warte«, rief Lazair, bevor er hinaustrat. »Die Welt ist jetzt ein …« Der Sturm schluckte den Rest der Worte. Tote Bäume umgaben den einstigen Garten wie Schatten, deren verknorpelte Äste zum Spielball des Windes wurden. Schemen flackerten dahinter auf. Donner grollte. Caliyan stürzte vorwärts, dem Abhang entgegen, von dem sich Aerysia überblicken ließ.

Ein Flammenmeer verschlang die Goldene Stadt. Der Platz des Lythelius lag in Trümmern. Das bunte Treiben ausgelöscht. Vaelen, seine Eltern, seine Heimat, nichts existierte mehr.

Lazair trat an ihn heran. »Ich wollte dich warnen. Die Welt ist jetzt ein anderer Ort.«

Er wollte schreien, doch er vermochte es nicht. Stattdessen sank er in den Schlamm.

»Pathetisch«, sagte jene Stimme, die der seinen so ähnlich war. »Im Regen sieht man deine Tränen nicht.«

Caliyan rappelte sich auf, blinzelte und blickte ihm entgegen; seinem Bruder. Ein Blitz zuckte. Alcaelus' Haare leuchteten einen Augenblick lang wie die Glut des Feuers. Regen lief über das Gesicht mit der schmalen Nase, den geschwungenen Lippen und der ausgeprägten Kieferpartie. Er hasste ihre Ähnlichkeit.

Unter Alcaelus' Umhang blitzten die Schnallen einer Lederrüstung hervor, in seinem Gürtel steckte ein filigraner Dolch. Caliyan hätte ihn überall erkannt. Sein Bruder lächelte. Lazair stand hinter ihm wie ein Schatten. *Verräter.*

»Mörder.« Er stürmte auf Alcaelus zu, die Hand zur Faust geballt, den Kiefer aufeinandergepresst. Eine Handbewegung seines Bruders genügte, um seine Bewegungen ersterben zu lassen. Caliyan hatte keine Magie, keine Möglichkeit, sich ihm zu entziehen. Seine Knie gaben nach, einzig Lazair hielt ihn aufrecht. »Verräter.«

»Ich wollte das nicht tun«, drang Lazairs Flüstern an sein Ohr. »Es tut mir leid, das tut es wirklich.«

Hinter den Vorhängen tobte ein Inferno und tauchte Caliyans Gemächer in das tanzende Licht alles verschlingender Flammen. Während seine Welt brannte, hatte man ihn gewaschen und in edle Kleider gehüllt, seine Hände versorgt und selbst die Nägel akribisch gesäubert. Er duftete nach kostbaren Ölen und würgte von ihrem Geruch. Einzig das rote Band hatten sie ihm gelassen und die Fessel, dieses schlichte goldene Ding, das ihm zum Verhängnis geworden war.

Dieser Ort sah aus wie an jenem Morgen, als er mit Vaelen hier erwacht war. Für ihn war es gestern gewesen. Ein Sommertag, an dem sich die Brise einen Weg zwischen den wehenden Vorhängen hinein bahnte. Jetzt waren die Balkonfenster ebenso mit Magie verriegelt wie die Türen. Er wollte die Flammen dahinter nicht sehen, die selbst der prasselnde Regen nicht zu ersticken vermochte. *Winterregen.*

Noch immer standen zwei Stühle vor dem filigranen Ebenholzschreibtisch, an dem Vaelen und er so oft gesessen hatten. Behutsam legte Caliyan die Hand auf die Tischplatte, bevor er die Schublade aufzog. Der Dokumentenstapel darin bedeutete ihm alles. Er zog ihn hervor und drückte ihn gegen seine Brust. Sie waren glücklich gewesen an diesem Sommertag, an dem ihr Traum zum Greifen nahe schien. Hier in diesem Raum, der jetzt kalt und leer war. Tot – wie Vaelen.

Er ließ die Pergamente sinken. War dies alles, was blieb? Eine Schublade voller Erinnerungen an einen verlorenen Traum? An einen Menschen, den er nie wieder in den Armen halten würde? Seine Faust donnerte herab und riss die Schublade aus ihrer Verankerung. Blätter wirbelten umher. Texte, Skizzen, alles, was sie angefertigt hatten. Caliyan biss sich auf die Lippe und unterdrückte die Tränen, von denen er nicht wollte, dass sie kamen. Er schaffte es nicht.

Lange hockte er zwischen den Dokumenten und starrte ins Nichts, bis er zur Besinnung kam und sie zusammenraffte. Er musste diese Fessel loswerden, sich bewaffnen.

*Du warst tot.*

Unmöglich. Niemand starb und kehrte je zurück. Er riss die Truhen auf und wühlte darin nach seinen Dolchen. *Wieso war es Winter?* Hatte man ihn betäubt, ihn monatelang an der Schwelle zwischen Schlaf und Wirklichkeit wandeln lassen? Aber da waren keine Träume, keine Erinnerungsfetzen außer jenen Momenten im Tempel, die sich für immer in jede Faser seines Körpers gebrannt hatten.

Seine Waffen waren fort. Alcaelus hatte an alles gedacht, ihm nicht einmal einen Brieföffner gelassen. Caliyan tastete nach der Fessel und suchte nach einem Fünkchen Magie, einem Schlupfloch vielleicht, doch der Mechanismus unterdrückte sie vollständig. Bis zu der Nacht im Tempel hatte er nicht gewusst, dass so ein Ding überhaupt existierte. Zweifellos hatte sein Bruder es gebaut. Alcaelus war durch und durch Wissenschaftler. Schon als Kind hatte er magische Experimente geliebt und war nah dran gewesen, seinen Hauslehrer mit seinen Erfindungen zu kontrollieren, bevor ihre Eltern ihm Einhalt geboten. Stets ging es seinem Bruder darum, jene Gabe auszugleichen, mit der Caliyan so selbstverständlich gesegnet worden war. Sie beide waren Seressare wie ihre Mutter, konnten Magie aus sich selbst heraus nutzen. Aber die Gabe hatte ihn gesegnet und Alcaelus vernachlässigt, denn ohne die Quelle glichen die Fähigkeiten seines Bruders Taschenspielertricks.

Als Alcaelus eintrat, wirbelte er herum. Die kurzen Haare waren perfekt frisiert, die Rüstung gegen ein maßgeschneidertes, schwarzes Hemd eingetauscht. Caliyans Muskeln spannten sich. Sein Bruder kam auf ihn zu und machte eine Geste, als wolle er ein ungezähmtes Pferd beschwichtigen. »Ruhig, kleiner Bruder. Letzte Nacht habe ich mich von meinen Emotionen leiten lassen. Ich bin nur hier, um zu reden.«

»Reden? Nach allem, was du getan hast? Es gibt keine Rechtfertigung für Mord, Aerysias Asche und die Opfer des Krieges. Du willst reden? Nimm mir die Fessel ab und wir reden.«

»Das ist unmöglich.«

»Wieso? Hast du Angst vor mir?«

»Sie schützt dich vor dir selbst.«

Caliyans Kehle war zugeschnürt. »Was hast du getan?«

»Das, was nötig war, um die Eranthi zu retten. Dass ausgerechnet *er* dafür sterben musste, tut mir leid. Ich hielt das Ritual für einen Fehlschlag und dich für verloren. Doch du bist zurückgekehrt und unser aller Magie mit dir.«

Er starrte Alcaelus an. Lazair hatte das Gleiche gesagt und eine Flamme beschworen, die es gar nicht geben durfte.

»Verstehst du es nicht, Caliyan? Du bist die Quelle. Du warst der Stärkste. Der Einzige, der infrage kam.«

Alcaelus trat ihm gegenüber, das Gesicht versteinert. Mit seiner Magie hätte Caliyan ihn gegen eines der Bücherregale geschleudert. »Was …? Wie ist das möglich?«

»Alte Magie war nur ein Mittel zum Zweck. Ein notwendiges Übel, um die Position der Eranthi zu bewahren, solange es keine neue Quelle gab.«

»Du wolltest etwas bewahren, auf das wir nie einen Anspruch hatten. Aerysia gehört dem Volk.« Er hielt inne. »Wieso er? Wieso Vaelen?«

Sein Bruder lachte. »Hast du es nicht gewusst? Seine Tugend. Seine Güte. All das Schöne in ihm. Altes Blut, unverdorben. Hast du ihn nicht deshalb geliebt?«

»Lügner!«

»Ich gab dir, was du nicht zu nehmen wagtest.«

»Nein.« Caliyan presste die Handflächen gegen seine Schläfen. »Ich habe das nicht gewusst.«

»Vielleicht nicht. Aber gespürt hast du es. Was ich getan habe, war ein Geschenk. Jeder andere hätte es mit Freuden angenommen, auch ich. Doch das Schicksal hat dich erwählt, um die Eranthi zu retten, und mich, um das zu tun, wozu du nicht imstande warst.«

»Du hast mir nichts gegeben. Du hast mir alles genommen. Deinem eigenen Bruder hast du Altes Blut verabreicht, obwohl du wusstest, was es in einem Körper anrichtet, der nicht dafür geschaffen ist. Ich habe Vaelen geliebt, und dennoch hast du es getan.«

»Ich habe es für die Eranthi getan. Für uns alle.« Verzweiflung tobte in Alcaelus' Blick. »Dir muss nicht das gleiche Schicksal widerfahren wie der alten Quelle. Du wirst nicht verderben, kannst lernen, es zu kontrollieren. Ich kann dir helfen.«

»Die Eranthi brauchten kein weiteres deiner fehlgeschlagenen Experimente. Sie brauchten Frieden. Du hast die Dunkelheit über mich gebracht und damit auch über die ganze Welt.«

»Frieden? Ich gab ihnen unendlich viel mehr als das.«

Caliyan riss die Vorhänge zurück. Dahinter schlugen die Flammen in den Himmel. »Sieh dich doch um, du bist verblendet!«

»Ich bringe das in Ordnung, und du kannst mir helfen. Wir bauen Aerysia wieder auf. Du und ich.«

Er war wie benommen. Draußen brannte die Welt, um die sie gekämpft hatten. »Was hast du vor?«

»Den Aufstand des Volkes niederschlagen und die Alte Ordnung an die Spitze setzen. Deine Träume waren Hirngespinste, Caliyan. Sieh das doch ein. Unsere Eltern sind tot, weil sie deine Seite gewählt haben. So viele sind gestorben.«

»Du gibst mir die Schuld daran? Ich war nicht einmal da.«

»Deine Ideen waren da«, Alcaelus tippte gegen seine Schläfe, »in den Köpfen der Menschen wie ein schwelendes Feuer. Sieh, was daraus geworden ist.«

Dazu brauchte er nicht viel Fantasie. Nach dem Ritual war jener Bürgerkrieg entflammt, den Vaelen und er hatten verhindern wollen. »Als du ihn getötet hast, hast du das zerstört, was uns alle hätte retten können. Du hast ein Feuer entfacht, das du nicht aufhalten kannst. Ich werde nie an deiner Seite kämpfen. Stattdessen wähle ich das Chaos.«

»Chaos? Willst du mir drohen? Ziemlich mutig für jemanden in deiner Position.«

»Was du getan hast, hat alles zerstört, was uns je verbunden hat. Dafür wirst du bezahlen.«

»Mein törichter, kleiner Bruder … Wachen!«

Schwere Schritte hämmerten herbei. Die Tür schwang auf, und mehrere bewaffnete Soldaten positionierten sich hinter Alcaelus.

»Die Ewigkeit in einer Zelle wird dich zur Vernunft bringen. Ergreift ihn!«

Caliyan duckte sich unter dem Ersten hinweg, blockte den Angriff eines anderen und riss am Handgelenk des Dritten, dessen Schwert zu Boden fiel. Mit dem Fuß zog er es zu sich, wich einem Hieb aus. Er trat auf den Knauf, katapultierte die Waffe nach oben und fing sie. Die Soldaten umringten ihn. Der Erste holte aus. Caliyan parierte, drehte sich und rammte ihm die Klinge in den Bauch. Mit einem gurgelnden Schrei brach der Angreifer zusammen.

»Genug«, rief Alcaelus, der das Schauspiel mit angesehen hatte. Seine Magie traf Caliyan ungebremst. Das Schwert entglitt ihm. Er konnte sich nicht bewegen, sich nicht gegen die Soldaten wehren, die ihn überwältigten.

»Feigling, stell dich mir in einem echten Kampf! Ich werde dich –«

Ein Hieb traf ihn in der Magengegend. Ohne die Fessel läge Alcaelus jetzt am Boden, nicht er. Sein Bruder lächelte. Er wusste es ebenfalls.

»Bringt ihn weg.«

2886. Ein neuer Tag, an dem die Dunkelheit langsam schwand und den zögerlichen Strahlen der Sonne wich. Ein Sonnenaufgang glich dem anderen. Es gab keine Überraschungen in seinen Gemächern, die ein perfekt getakteter, sich ewig wiederholender Zauber jeden Morgen erhellte und abends wieder verdunkelte. Seit Alcaelus beschlossen hatte, ihn hier einzusperren, war es so, und so würde es auch heute sein, an Tag 2886.

Caliyan hatte nie aufgehört zu zählen. Auch nicht, als aus Tagen

Wochen, aus Wochen Monate und aus Monaten schließlich Jahre wurden. Anfangs hatte er die Schreie und die Explosionen gehört. Irgendwann waren sie verstummt, der Aufstand niedergeschlagen, während er hier festsaß – unfähig, denen zu helfen, die für das starben, wofür er stets gekämpft hatte.

Er ging vor den Gitterstäben des Käfigs auf und ab, den Alcaelus in der Mitte seiner Gemächer für ihn errichtet hatte. Wo einst bodentiefe Fenster den Blick auf die Stadt und das Meer freigegeben hatten, blitzte nacktes Mauerwerk. Alcaelus nahm ihm nicht nur den Ausblick, den er stets geliebt hatte, sondern gleichzeitig jede Möglichkeit zu wissen, was in der Welt vor sich ging. Er hasste ihn, hasste die künstliche Sonne, von der er nicht wusste, ob sie die Zeit wahrheitsgemäß wiedergab oder nur existierte, um ihn zu täuschen.

Seine Landschaftsgemälde außerhalb des Käfigs bildeten die einzigen Fenster, die ihm geblieben waren. Die Möbel standen bis auf die Bücherregale zusammengerückt im Inneren. *Fühl dich wie zu Hause,* lachten sie Caliyan zu. *Du wirst eine lange Zeit hier sein.* Es gab weder Federhalter noch Papier, doch am meisten schmerzte, dass der Inhalt seiner Schreibtischschublade fehlte. Alcaelus musste ihm die Dokumente bewusst genommen haben. Bis heute ertrug Caliyan den Anblick des Schreibtisches nicht, weil er ihn am meisten daran erinnerte, was er verloren hatte. Dies war seine persönliche Hölle, und sein Bruder kam längst nicht mehr, um ihn davon abzulenken. Bis auf das blinde Mädchen, das ihm zweimal täglich Essen brachte, kam niemand.

Er streckte sich, um die Schmerzen in seinem Rücken zu lindern, die ihn seit Monaten heimsuchten. Die Fessel verrutschte. Die Kälte, die von ihr ausging, ließ ihn zusammenzucken. Es waren nicht die Gitter, die ihn gefangen hielten, sondern einzig dieses verfluchte Ding. Sie war zu seiner Obsession geworden. Falls er es schaffte, sie zu öffnen, würde er frei sein. Gleichzeitig fürchtete er nichts mehr als das, was die Fessel zurückhielt. Was hatte Vaelens Blut aus ihm gemacht? War er eine Bestie und ahnte es nur noch nicht? Möglicherweise, doch das hielt ihn nicht davon ab, alles zu versuchen, um das Ding endlich loszuwerden. Er schloss die Augen, berührte das glatte Metall, wie er es täglich stundenlang tat, und richtete seine Aufmerksamkeit darauf.

Eine Weile passierte nichts. Dann explodierte ein Schmerz in seiner Magengegend, als hätte ihm jemand ein Schwert in die Eingeweide gerammt. Er presste die Hand darüber. Kalter Schweiß brach ihm aus. Mit einem Mal war er fiebrig, kraftlos. Er taumelte und sackte gegen den Schreibtisch, suchte vergeblich Halt und schlug auf dem Boden auf. Mit zittrigen Fingern schob er sein Hemd hoch.

Da war kein Blut.

Wie in einem Fiebertraum voll Angst und Qual lag er da, starrte minutenlang auf eines der Gemälde, das den Blick über die Zitronenhaine von Aerysia zeigte, bis das blinde Mädchen am Treppenaufgang erschien. Er keuchte, brachte keinen anderen Laut hervor. Das Tablett mit den Speisen fiel ihr aus der Hand. Trauben und Brot verstreuten sich auf dem Boden, als sie davonlief. Sie war fort und er allein.

In all der Einsamkeit und dem Schmerz klammerte er sich an Vaelen. Er fehlte ihm so. Ihm fielen die Augen zu, und die Dunkelheit führte ihn in eine Zeit, in der sie glücklich gewesen waren.

»Caliyan.« Das Gitter knarzte. Schritte näherten sich. Jemand schlug ihm ins Gesicht. Er zwang sich, die Augen zu öffnen. Alcaelus beugte sich über ihn. Er hatte ihn so lange nicht gesehen. *Mörder, Monster … Bruder.*

»Verdammt, was ist mit dir?« War das Sorge in Alcaelus' Blick? Alles verschwamm. Der Raum löste sich auf.

*Ich sterbe,* hätte er gesagt, wenn er gekonnt hätte.

Alcaelus schüttelte ihn. »Tu mir das nicht an, hörst du?«

Die Dunkelheit empfing ihn erneut und verschlang ihn, bis sich die Worte seines Bruders in ein leises Echo verwandelten. »Nicht jetzt, verdammt. Nicht jetzt.«

*Doch.* Eine Genugtuung, dass sich sein Körper Alcaelus' Willen widersetzte. Fast schon ein Sieg, heute, an Tag 2886, dem Tag seines Todes.

# Kapitel 20

## Nichts als Erinnerungen

Laudan hockte in Dryeles Hinterzimmer zwischen Karten und Notizen und studierte im flackernden Kerzenlicht die südlichen Ausläufer des Reiches. Knapp vier Monate lag die Schlacht von Ethelis zurück. Bald rollte eine Lawine von dort aus gen Westen, bereit, die letzten Stützpunkte der Rebellion unter sich zu begraben. Der Kriegsrat hatte den Angriff beschlossen, und er hatte es nicht verhindern können.

Hastig markierte er die Angriffspunkte der Heressia in den oridianischen Wäldern, zeichnete Marschwege ein, Schiffsrouten und Lager. Anschließend schrieb er Seite um Seite heressianischer Kriegstaktik, suchte ihre Schwachstelle, entwarf Gegenangriffe, zerknüllte Zettel und schleuderte sie durch den Raum, bevor er von Neuem begann.

So verging die Nacht, vergingen alle Nächte, und alle endeten auf die gleiche Weise. Er nahm die Reden aus der Schatulle, hockte sich zwischen das Chaos und zeichnete die elegante Handschrift nach, als existiere sie nur um ihrer selbst willen. In Gedanken legte er sie neben den Zettel, den Vaelen unter der Tür durchgeschoben hatte. Sie war identisch. Nur dass Vaelen nicht Vaelen hieß, sondern Caliyan.

*Cal.* Ein vertrauter Schmerz erwachte, als ihm der Name über die Lippen kam, und Laudan war, als habe er ihn vor einer Unendlichkeit gegen die seinen geflüstert. Er wollte die Zeit zurückdrehen und ihn auf dem schmalen Bett in Cerza in den Armen halten, statt ihn zu beobachten und zu gehen.

Laudan fielen die Augen zu. Im Traum fuhr er die Kurve seines

Nackens entlang, bis ihn rotbraune Strähnen an den Wangen kitzelten und ihr salziger Duft ihn berauschte. Dann erwachte er zitternd mit den Reden in der Hand. Worte, die ihm schon beim ersten Mal so vertraut gewesen waren, dass er halbe Sätze las und sie im Geiste vervollständigte.

»Wie oft willst du sie noch lesen?« Dryele beugte sich mit einem Umschlag zu ihm herab. Er ignorierte die Frage und nahm ihn entgegen. »Ist schon spät«, fügte sie hinzu. »Du solltest gehen. Hat verdammt lange gedauert heute. Wir dachten, wir hätten den Informanten verloren.«

Während er die neuen Dokumente ausbreitete, verstaute Dryele die Reden. Sie hatten eine stille Abmachung. Er sprach nicht darüber, was ihm die Reden bedeuteten, und sie fragte nicht. Die Wahrheit lag irgendwo zwischen ihnen, und er fürchtete, verrückt zu werden, sobald sie ausgesprochen wurde. Mit einer fadenscheinigen Begründung hatte er in den Archiven und Melderegistern nach Antworten gesucht und keinerlei Unterlagen gefunden. Selbst nach den Eranthi hatte er gefragt, um seine abstrusen Theorien zu widerlegen. Nichts. Dryele brachte ihm Brot. »Iss wenigstens.«

Er nickte und studierte die Rebellenstützpunkte. Die Schlacht lief vor seinem inneren Auge ab. Sie würden fallen. Am Tag der Parade hatte er Cal verloren. Er durfte nicht zulassen, dass sein Traum ebenfalls starb. »Sie müssen die Heressia nachts in den Feldlagern überrumpeln, sie anzünden.«

»Bist du wahnsinnig?« Dryele schnaubte. »Wenn sie uns erwischen, sind unsere Verluste verheerend.«

»Besser Verluste als Vernichtung.« Seine Feder kratzte über das Papier. Immer fand er einen taktischen Fehler; eine Kerbe in einer ansonsten perfekten Klinge, die sich nicht wegpolieren ließ. »Verdammt, wie soll ich ihnen helfen, wenn ich den Standort von Pirea nicht kenne?«

Mittlerweile hockte Dryele neben ihm, die Augenlider schwer. »Kaum jemand kennt ihn. Nur deshalb existiert Pirea überhaupt noch.«

»Vielleicht ist Pirea ein Mythos.«

»Lass das. Ein Schiff wartet dort auf mich. Sobald sie mich rufen, gehe ich.«

»So viel Zeit haben wir nicht. Du musst ein Treffen mit dem inneren Kreis organisieren. Und bis dahin …« Er verband mehrere Stützpunkte und deutete auf eine Meerenge an ihrer südlichen Spitze. »Da. Das ist Pirea.«

Dryele beugte sich über die Karte, plötzlich hellwach. »Die Meerenge von Tisselia? Sie gilt als unschiffbar.«

»Genau deshalb. Sie befahren sie.«

»Scheiße, sie müssen wahnsinnig sein. Oder wie Cen'to.« Dryeles Grinsen erstarb. »Ich weiß, wer uns in den inneren Kreis bringen kann. Die süße Kleine. Ich hab sie getroffen.«

Er sah auf. »Raelia?«

»Sie hat einen ziemlichen Auftritt hingelegt. Hab sie kaum wiedererkannt.«

»Hat sie etwas gesagt …? Du weißt schon.«

»Nein. Nichts.«

»Lässt du mich allein?« Laudan deutete auf die Karte, überspielte so, was in ihm tobte. »Ich kann besser denken, wenn …«

Dryele erhob sich. Er schob das Brot fort und fühlte sich wie der Junge, dem Athos Schlachtpläne vorlegte, um sie zu zerschlagen. Würde sein Vater seine Handschrift in diesem Plan erkennen? Vielleicht. Doch was spielte das noch für eine Rolle? Er würde alles tun, um die Heressia zu zerstören. Ob er dafür überlief oder sie von innen heraus sabotierte, war ihm gleichgültig.

Es klopfte. Er schrieb weiter, war sich sicher, dass Dryele die Person verjagte, wie sie es stets tat. Doch die Tür schwang auf. Gedämpfte Worte folgten: »Er muss gehen.« Und dann lauter: »Laudan?«

Reskir betrat das Hinterzimmer. »Kazul schickt nach dir.«

Er fluchte über seine Entscheidung, Reskir einzuweihen. »Warte. Ich hab's gleich.« Die Tinte verschmierte auf dem Papier, als Reskir ihn auf die Füße zog. »Verdammt, was –«

»Du kannst sie nicht retten, wenn du tot bist.« Reskir schleifte ihn zum Ausgang, wo er sich an Dryele wandte. »Lass nicht zu, dass er so lange hierbleibt. Die Leute reden schon. Meine Ausreden werden dünn.«

Schweigend liefen sie durch die Gassen. Die Sonne ging auf wie an jenem Morgen, an dem alle Masken gefallen waren. Reskir wusste, dass Laudan jemanden verloren hatte, doch der Anschlag war nie aufgeklärt worden.

»Ich war so nah dran«, sagte Laudan und wusste nicht, ob er Cal meinte oder die Taktik, die halb fertig in Dryeles Hinterzimmer lag.

»Ich weiß …«

»Was will Kazul von mir?«, fragte er, als sie sich in der Höhle der Bucht die Lumpen abstreiften.

»Vermutlich das Übliche. Du musst dich ausruhen.«

Sie stürzten sich in die Fluten, doch die Kälte brachte nichts als Leere, in der Laudan zurück zur Zitadelle irrte.

Im Haupthaus schloss Reskir seine Gemächer auf und schob ihn hinein. »Schlaf, Laudan. Versuch es wenigstens.« Reskir verabschiedete sich und trat hinaus in den Flur.

Es klopfte an der Verbindungstür. Kurz darauf rief Esthelia nach ihm.

»Ich bin sehr müde«, sagte er.

»Lasst mich ein, bitte.«

»Ich kann nicht.« Wasser tropfte an ihm herab.

»Wo wart Ihr? Ich sehe Euch kaum noch. Lasst mich Euch helfen.«

»Arbeiten. Der Krieg …« Er konnte nicht klar denken. »Weck mich in drei Stunden, bitte.«

»Entsperrt die Tür. Ich werde nicht hereinkommen, bevor die Zeit um ist. Das verspreche ich.«

Er zog sich aus. Mit seinem Hemd wischte er das Wasser vom Boden, bevor er den Schlüssel umdrehte und auf sein Bett sank. Was auch immer Kazul wollte, er würde es zum Vorteil der Rebellion nutzen. Das schwor er sich.

Eine Berührung an der Stirn weckte Laudan. Esthelia beugte sich über ihn. »Verzeiht, Lord. Eure Haare … ich dachte, Ihr hättet Fieber.«

»Mir geht es gut.« Er wischte die klammen Strähnen fort und setzte sich auf. Hinter Esthelia brach die Sonne durch die geöffneten Fenster.

»Ihr seht nicht gut aus. Ich wünschte, Ihr würdet Euch mir anvertrauen.«

»Es ist nur die Arbeit. Sorge dich nicht.«

Ihr Blick fiel auf das Chaos auf seinem Schreibtisch, das dem in Dryeles Hinterzimmer um nichts nachstand. Er hatte sie gebeten, dort nicht aufzuräumen. »Ihr habt immer viel gearbeitet, aber etwas hat sich verändert – Ihr habt Euch verändert. Die Welt liebt Euch nicht grundlos, Lord. Ihr gebt so viel von Euch. Aber lasst nicht zu, dass sie alles nehmen. Bewahrt Euch, wer Ihr seid.«

»Manchmal weiß ich nicht mehr, wer ich bin.« Es war das Ehrlichste, was er seit Langem zu ihr gesagt hatte.

»Ihr seid Laudan.«

Keine Titel, Siege oder Reden. Dankbarkeit stieg in ihm auf, weil Esthelia hinter all das blickte. Inmitten der Heressia war sie eine Ausnahme, verschont vom Kodex, der sie offenbar in Isthenien nicht erreicht hatte, um ihr Herz zu vergiften. »Wieso hat Kazul dich ausgewählt?«

»Es war mein Wunsch.« Esthelia faltete die Kleidungsstücke, die auf dem Boden lagen.

»Da ist noch mehr, oder? Will Kazul, dass du mich ausspionierst?«

»Er fragt nach Euch, aber das ist es nicht. Ihr seid der isthenische Korrespondent. Ich glaube, dass ich meiner Heimat hier am besten dienen kann. Bei Euch.«

»Eine Frau aus dem einflussreichsten isthenischen Haus sollte im Rat sitzen, statt zu dienen.«

»Das dürft Ihr niemals sagen. Es ist eine Ehre, an Eurer Seite zu sein.« Esthelia wandte sich ihm zu.

*Niemand sollte dienen müssen,* hätte er gern geantwortet. Stattdessen nickte er. »Ich bin froh, dass Kazuls Wahl auf dich gefallen ist.«

Es klopfte. Esthelia geleitete Kazul zu ihm, der eine halb fertige Rede zwischen den ausgebreiteten Unterlagen seines Schreibtisches hervorzog. »Eine Ansprache an die Soldaten? Deine Hingabe ist bewundernswert.«

»Es ist wichtig, dass sie wissen, wofür sie kämpfen.«

»Du beziehst alle mit ein, das schätze ich an dir.«

»Ich könnte Isthenien miteinbeziehen.«

Kazul legte die Rede weg. »Du hast einen scharfen Verstand, Laudan. Die Isthenier sind kein Volk von Kriegern. Waffen haben sie dennoch.«

»Was meint Ihr damit?«

Kazul lächelte. »Nicht jetzt. Später.«

Statt darauf einzugehen, wandte sich Laudan dem Schlachtplan zu und deutete auf die oridianischen Wälder. Es war Zeit, Kazul in die Irre zu führen. »Es gibt einen strategisch besseren Weg. Wir werden –«

»Das kann warten. Ich bin nicht wegen der Taktik hier.« Hinter ihm bediente sich Kazul an seinem Kleiderschrank und warf ihm eine Jacke zu. »Du bist brillant, aber du brauchst Zerstreuung. Komm.«

»Wohin gehen wir?«

»Das wirst du schon sehen.«

»Ich kann nicht …«

»Du kannst. Und du musst. Wie willst du vor Unsere Heiligkeit treten, wenn du dich vorher zugrunde richtest?«

»Was? Sagt das noch einmal.«

»Eine Audienz, Laudan.« Kazul verringerte die Distanz zwischen ihnen. »Der Sha hat einen Auftrag für dich und schickt bald nach dir. Jetzt komm, lass uns feiern.«

Sie verließen die Gemächer. Wohin Kazul ihn brachte, war bedeutungslos, doch die Möglichkeit, die sich ihm eröffnete, änderte alles.

Bis zum Abend scheiterte Laudan daran, Kazul in einem der Oberstadtsalons mehr Informationen zu entlocken.

»Die Audienz ist ein Mysterium.« Kazul winkte eine Kutsche herbei. »Um nichts auf der Welt würde ich dir das nehmen.«

Laudan stieg ein. Kazul wechselte einige Worte mit dem Kutscher, bevor er ihm gegenüber Platz nahm. Die Straßenzeilen zogen an ihnen vorbei. In Gedanken kniete er wieder auf dem Zitadellenplatz. Ein Junge, der sich schwor, einen Gott zu töten. »Es hat sich viel verändert, seit ich Unserer Heiligkeit zuletzt begegnet bin.«

»Ich vermute, vor fünf Jahren ahnte er nicht, wen er vor sich hatte.«

Über ihnen ragte die Zitadelle auf, doch der Kutscher schlug einen anderen Weg entlang des Kanals ein. »Ich will seine Erwartungen nicht enttäuschen.«

»Das wirst du nicht, aber die Audienz verheißt Veränderungen. Du wirst klarer sehen als je zuvor.«

Die Audienz hatte Athos noch fanatischer gemacht, doch dieses Schicksal würden sie niemals teilen. Laudan rang sich ein Lächeln ab. »Wie war es, als Ihr dem Sha zum ersten Mal begegnet seid?«

»Ich fürchte, mein Eindruck wäre wenig objektiv.«

»Deshalb interessiert er mich. Ihr seht, was dem Rest der Welt verborgen bleibt. Den Mann hinter der Maske.«

»Es gibt keinen Mann hinter der Maske. Wenn der Sha erwählt wird, legt er alles andere ab.«

Die Wahl war ein weiteres Mysterium. Der Sha selbst wählte seinen Nachfolger und übertrug ihm das Amt, sodass die Illusion einer ewigen Herrschaft entstand. »Unsere Heiligkeit wird zu einem Symbol«, stellte Laudan fest. »Zum Wohle aller bringt er das größte Opfer.«

»Richtig. Man könnte meinen, ihr wärt euch ähnlich.«

Die Kutsche hielt vor einem Anwesen am Rande der Oberstadt. »Was ist das für ein Ort?«

Sie stiegen aus. Statt zu antworten, reichte Kazul einem Portier ein Dokument. Der adrett gekleidete Mann verbeugte sich und öffnete die überdimensionierte Tür. Musik drang ihnen aus der Dunkelheit entgegen. Kazul schob ihn vorwärts.

Laudan blinzelte, bis die flackernden Schemen zu sich bewegenden Körpern wurden. Haut streifte gegen Haut. Eine Frau rempelte ihn an und lächelte, bis die Erkenntnis ihr die Überraschung ins Gesicht schrieb. »Der Held von Ethelis«, hauchte sie.

Er ließ sie stehen und folgte Kazul zu einer etwas abseits gelegenen Sitzgruppe. Jenseits der Tanzenden unterhielten sich Adlige in feinsten, wenn auch freizügigen Kleidern oder sanken hinter halb transparenten Vorhängen in drapierte Kissen. Ein Diener brachte ihnen Wein.

Kazul prostete ihm zu. »Auf dich.«

Schnell stieg ihm der Wein zu Kopf. Er lehnte sich zurück und ließ den Luxus auf sich wirken, der nichts gemein hatte mit den Etablissements der Unterstadt, die er aufgesucht hatte, wenn er sich nach Nähe sehnte. In diesem Moment war ihm, als ließe sich sein Leben in drei Zeitebenen einteilen, in denen Cal der Maßstab war. Dabei war ihre gemeinsame Zeit so kurz gewesen.

»Hast du je geliebt?«, fragte Kazul, als habe er seine Gedanken gelesen.

Laudan winkte ab. »Ich glaube nicht an die Liebe. Ihr?«

»Ich glaube an Träume und Ideale. Die Hingabe, sie umzusetzen, ist die reinste Form der Liebe.«

»Wovon träumt Ihr?«

Kazul lächelte, doch seine Augen erreichte es nicht. Eine Antwort blieb er ihm schuldig.

»Ihr habt mich davor gewarnt, mich mit der Vergangenheit zu befassen. Wieso?«

»Die Vergangenheit ist tot. Man kann sie nicht festhalten, egal wie sehr man es versucht.«

Er konnte Kazul niemals sagen, wie nachvollziehbar seine Worte waren, wie vertraut der Schmerz darin.

»Genug davon«, sagte Kazul. »Spürst du die Blicke?«

Er nickte. Wie konnte er sie nicht spüren?

»Sie begehren dich.«

»Sie begehren, was Ihr geschaffen habt. Den Helden von Ethelis.«

»Verabscheust du mich dafür?«

»Ihr handelt im Interesse des Sha. Ich würde mir nie anmaßen, Seine Entscheidungen infrage zu stellen.«

Dezent deutete Kazul auf mehrere Damen, die Laudan hinter vorgehaltenen Fächern entgegenblickten. »Dir liegt die Welt zu Füßen. Bediene dich daran.«

Die Ausrede erstarb auf seinen Lippen, als eine rothaarige Frau in einem prunkvollen Kleid am Rande der Tanzfläche entlangschlenderte. Ihr Lächeln galt dem Mann, der sie begleitete. Laudan kannte beide.

»Sie gefällt dir.« Kazul gab Reskir über die Menge hinweg ein Zeichen. Es war nie Thema gewesen, wie Reskir seine Freizeit gestaltete. Aber dass er ausgerechnet mit *ihr* hier war? Dryeles Worte schossen Laudan durch den Kopf. *Innerer Kreis. Kaum wiedererkannt.* Er suchte nach einem Ausweg, doch es war zu spät. Ihr Blick bohrte sich in seinen, und unter all dem Schmuck, den perfekt frisierten Haaren und dem eng geschnittenen, mit Silberfäden durchwebten Kleid sah er sie: die Jägerin mit dem lockeren Flechtzopf und dem noch lockereren Mundwerk, die Cal ihm am See von Cerza vorgestellt hatte.

Kazul wandte sich an Reskir. »Willst du uns deine Begleitung nicht vorstellen, Vaskari?«

»Valyra Flores«, kam Raelia ihm zuvor, ohne Laudan aus den Augen zu lassen. »Der Held von Ethelis, welch Ehre.« Ihre Stimme imitierte den melodischen Klang heressianischen Adels. »Es freut mich, Eure Bekanntschaft zu machen.«

Raelia reichte ihm die Hand. Er suchte nach einer Möglichkeit, ihr ein Zeichen zu geben, bevor er einen Kuss auf ihren Handrücken hauchte. Ihr süßes Parfum stieg ihm in die Nase.

»Ihr seid nicht aus Ankhad«, stellte Kazul fest und bedeutete

Raelia, sich zu setzen. In Anbetracht des Mangels an weiteren Stühlen war Reskir der Einzige, der stand.

»Landadel, mein Lord. Meine Familie hat ein Anwesen nahe Danatis. Bevor ich hierherkam, sagte man mir, *Ankhad sei nicht übel.*«

Raelia betonte jene Worte, die er damals am See gesagt hatte. Was zur Hölle spielte sie hier? »Was führt Euch in die Goldene Stadt, Valyra?«

»Bedauernswerte Umstände. Mein Bruder ist hier gestorben.«

Die Enge legte sich wie ein Schraubstock um Laudans Brust. »Mein Beileid«, sagte er tonlos.

Kazul erhob sich und gesellte sich zu Reskir. »Ich habe noch etwas mit Vaskari zu besprechen. Genießt den Abend.«

Sie verabschiedeten sich. Reskir nickte ihm zu, doch seine Augen sagten etwas anderes. Laudan wartete, bis sie fort waren, und wandte sich an Raelia. »Gibt es hier einen Ort, wo wir ungestört sprechen können?«

Raelia schenkte ihm ein Lächeln.

Er folgte ihr hinauf in die Galerie, wo ein Diener sie zu einem prunkvollen Zimmer geleitete. Hinter sich schloss Laudan ab. »Raelia, ich –« Sie presste ihm einen Dolch an die Kehle. Er taumelte nach hinten, prallte gegen die Tür.

»Nenn mir einen Grund, warum ich diese Narbe nicht wieder aufschlitzen soll, *Held von Ethelis.*«

Er zögerte, hatte keine Antwort. Außer einer. »Ich habe ihn geliebt.«

Raelias Augen funkelten wild. »Lügner. Wie kannst du es wagen?«

»Die Wahrheit hätte ihn in Gefahr gebracht. Ich musste sie ihm verschweigen.«

»Die Wahrheit hat ihn umgebracht. Nur deshalb ist er überhaupt nach Ankhad aufgebrochen.«

»Was …? Wovon redest du?«

Raelia erhöhte den Druck der Klinge. »Was macht ein heressianischer Feldherr in Cerza?«

»Das Gleiche … was eine Jägerin in einem Etablissement wie diesem macht. Wir stehen auf derselben Seite.«

»Beweise es. Nenn deine Kontakte.«

»Dryele. Ihr kennt euch. Du musst mich in den inneren Kreis bringen.«

»Du hast Nerven. Wüsste ich nicht, wie du ihn in Cerza angesehen hast, wärst du schon längst tot. Er hat dich geliebt, verdammt.«

Er blickte an ihr vorbei, biss sich auf die Lippe. »Was ist passiert?«

Raelia ließ die Waffe sinken und erzählte ihm von der Folter in Cerza, von Iovis' Tod und ihrer Ankunft in Ankhad. Als sie vom Tag der Parade berichtete, kämpfte sie gegen die Tränen. »Er konnte nicht springen. Gerade er, der die See immer geliebt hat.«

Die Leere ließ Laudan keine Worte. In Gedanken stand Cal ihm gegenüber auf dem schaukelnden Boot, ein Lächeln wie die Sonne. Die See und Cal waren eins gewesen, untrennbar verbunden. Ihn nicht nur tot, sondern auch dieser Liebe beraubt zu wissen, war unerträglich. »Du sagtest, die Wahrheit hat ihn umgebracht. Was meinst du damit?«

»Nicht …«

Er umfasste Raelias Schultern. »Bitte sag mir, was das bedeutet.«

»Der Hauptmann hat deine Dolche erkannt … Deshalb hat er ihn gefoltert.«

»Ein Hauptmann …? Wie hieß er?«

»Ruul.«

Die Erkenntnis bohrte sich in seine Magengrube. Der widerliche Späher aus Kionne. Hätte er ihn doch nur sterben lassen. »Das habe ich nicht gewollt … Ich wollte nichts, als –«

Raelia drückte ihn an sich, und er erwiderte es. Er hatte seinen Schmerz nicht teilen können, in all der Zeit nicht. »Ich glaube dir«, flüsterte sie. »Es tut mir so leid.«

»Sein Name war nicht Vaelen.«

»Ich weiß. Aber seinen wahren Namen hat er mir nie genannt.«

»Caliyan …«, sagte er. »Caliyan de la Vere.«

»Danke.« Raelia wischte die Tränen fort. »Ich muss gehen. Sie erwarten mich.«

»Warte, wo kann ich dich finden?«

»Dryele kennt unser Versteck. Aber komm nicht dorthin. Sie werden dich töten.«

Laudan hielt sie zurück. »Was ist mit Reskir? Spionierst du ihn aus?«

»Das ist meine Sache«, sagte sie. »Warte auf mein Zeichen.«

Hinter ihr fiel die Tür ins Schloss. Er sackte zu Boden. Diesmal erstickte er die Tränen nicht.

# Kapitel 21

## Schatten der Vergangenheit

Er lag auf dem Boden der Zelle, die Beine dicht an den Körper gezogen, und blickte zwischen von Blut und Schmutz verkrusteten Haarsträhnen ins Nichts. Das Fieber tobte in ihm.

Hier, in den schwarzen Eingeweiden der Arena, sang sein Schmerz im Kanon. Der erste Schmerz war ein monotones Echo, das durch seinen Körper hallte und seine Wunden miteinander verband wie ein komplexes Sternbild. Der zweite war die Abwesenheit seiner Magie; die dröhnende Leere, die jene Melodie hinterließ, die nicht länger erklang. In den Momenten, in denen der Jäger ihm die Fessel abnahm, verlor sie sich in einer Dunkelheit, die ihn sich selbst fürchten ließ.

Der letzte Schmerz war unerträglich. Ein Requiem aus einer anderen Zeit; den dunklen Jahren, bevor er vergessen hatte, dass er ein Geist gewesen war. Mehr tot als lebendig, verloren in einem Verlust, der eine Wunde hinterlassen hatte, die niemals heilte. Stattdessen vergiftete sie ihn, und so vergiftete er sich selbst.

In ihm existierte eine Idee von Vaelen, doch er wusste nicht, wer er gewesen war. Während er in seinem eigenen Blut lag, Blut hustete und nichts als Blut schmeckte, lief sein Leben rückwärts. Er kannte nur den toten Vaelen, jenen Geist, dem er hinterhergejagt war. Dessen Stimme in seinen Gedanken erklang und in den Worten fortlebte, die er selbst wieder und wieder wiederholt haben musste, um ihm nahe zu sein. Nur noch ein Mal. Ein letztes Mal.

In den Augenblicken vor dem Kampf spürte er ihn. Auf dem Sand erwachte *er,* um erneut zu sterben, verschlungen zu werden von der Dunkelheit, die er selbst gerufen hatte, und der Jäger wusste es. Er wusste genau, was er mit ihm tat und was mit jedem Tag, in dem er durch das Blut seiner Gegner watete, zu ihm zurückkehrte.

Drei Winter hatte er sich nach der Wahrheit verzehrt; nach jenen fehlenden Teilen, die ihn irgendwie heil machten. Nun wünschte er sich nichts sehnlicher, als den Strom der Erinnerungen zu durchbrechen, die auf ihn einprasselten und den Mann töteten, der er gewesen war. Er war nicht länger Vaelen, und nach dem, was sich ihm in der Dunkelheit offenbart hatte, würde er es nie wieder sein. Sein Name war Caliyan. Caliyan de la Vere, und diese Wahrheit vernichtete ihn.

Lieber blieb er namenlos, doch das Volk hatte ihm in den letzten Monaten einen Namen gegeben. Einen alten vertrauten, der von den Rängen widerhallte wie eine sich selbst erfüllende Prophezeiung. *Rakshazul.*

Er hasste ihn, verabscheute die Erinnerungen, die er mit sich brachte, in denen Harian der einzige Lichtblick war. Aber Harian existierte nicht mehr. Ein anderer Ri'shan lebte nun im schwarzen Palais und blickte an jenen Mosaiken hinauf, die er hatte anbringen lassen, um sich an das zu erinnern, was er nicht vergessen konnte.

Und doch hatte er *ihn* vergessen. Immer wieder tastete er nach dem Seidenband. Der Jäger hatte nur gelacht und es ihm gelassen, als wäre es wertloser Tand. Vielleicht war es das. Aber er wollte glauben, dass es etwas bedeutete. Dass es ihn mit Vaelen verband, irgendwie.

Wieder übertönte die Dunkelheit den Schmerz. Es war Zeit. Das Flackern der Fackel verschwamm vor seinen Augen, genau wie der Jäger, der ihn von der anderen Seite der Gitterstäbe aus beobachtete. Er tat es jedes Mal. Ein stummer Zeuge seines Leides und sein Verursacher zugleich. Caliyan hatte aufgehört, ihn zu fragen, wer er war. Es spielte keine Rolle. Bald würde er es wissen oder tot sein.

Als die Erinnerungen kamen, wehrte er sich nicht. Sie rissen ihn fort und brachten ihn in eine andere Zelle. In eine andere Zeit. Und so durchlebte er die dunklen Jahre ein weiteres Mal und kehrte dorthin zurück, zu Tag 2886, dem Tag seines Todes.

Caliyan schreckte auf. Sein Blick irrte durch den Käfig in seinen Gemächern und heftete sich auf die Gitterstäbe, die nun in einem blassblauen Licht leuchteten. Er war noch hier, lebte. Etwas tobte in ihm. Seine Hand schoss an seinen Hals. Die Fessel war fort.

Die Magie, die in seinen Adern rauschte, hatte nichts mit dem Gefühl gemein, das er sonst mit ihr verband. Sie schrie, und auch er schrie, bevor er zusammenbrach und sich auf dem Boden krümmte.

Er war gestorben.

In den Armen seines Bruders hatte er sie gespürt, die letzten Sekunden seines Lebens, als all die Last von ihm abfiel und in der Dunkelheit des Vergessens verschwand. Seine Finger gruben sich in seinen Oberarm, drückten zu, bis der Schmerz unerträglich wurde und seine Nägel tiefe Abdrücke in seine Haut bohrten. Er fühlte. Er lebte. Und dennoch war er gestorben.

»Willkommen zurück.«

Alcaelus. Caliyan sprang auf, Feuer in seiner Hand, Hass in seinem Herzen. Hatte sein Bruder ihn mit Alter Magie zurückgeholt? War das überhaupt möglich? Die Flamme raste auf Alcaelus zu und verpuffte an den Gitterstäben. Sein Bruder lächelte selbstzufrieden.

»Was hast du mit mir gemacht?«

»Nichts, Caliyan. Ich konnte nichts tun.«

»Was geschieht mit mir?«

Alcaelus wirkte müde, seine ansonsten so tadellose Kleidung zerknittert. »Du kennst die Antwort bereits. Warum, glaubst du, bist du damals in der Gruft aufgewacht?«

»Erklär es mir.« Er hasste sich für das Zittern in seiner Stimme, die Ohnmacht darin. Das Grinsen, das über Alcaelus' Gesicht huschte, genügte, um seinen Hass erneut zu schüren. Seine Magie trat an die Oberfläche und zuckte durch sein Gefängnis, wo er kraftlos auf die Knie sank. Er war aus der Übung, hatte zu schnell zu viel Magie benutzt. *Anfänger.*

»Ich komme wieder, wenn du dich beruhigt hast.«

»Nein«, rief er. »Warte.«

Doch sein Bruder war bereits fort und kehrte nicht zurück. Auch Lazair kam nicht, hatte seine Wahl getroffen. In seiner Einsamkeit sehnte Caliyan sich fast nach ihm. Statt des blinden Mädchens kam eine ebenso blinde alte Frau. Einzig die lächerliche Sonne war ihm geblieben und zog ihre Kreise.

Die Tage vergingen.

Jeder Logik zum Trotz zählte er von Neuem. Eine Melodie erwachte unterhalb seiner Magie am Rande des Wahrnehmbaren. Je mehr er ihr lauschte, desto mehr fürchtete er sich davor, ihr einen Namen zu geben, denn sie sang das Lied eines Menschen, den er verloren hatte. Er wünschte sich nichts sehnlicher, als ihr zu folgen, ließ sich von ihr forttragen und ertrank in der Sehnsucht nach demjenigen, der ihm alles bedeutete. Er jagte seinem Geist hinterher, dem letzten Fünkchen Hoffnung, das ihm noch geblieben war. Und er nannte ihn beim Namen.

*Vaelen.*

Vielleicht lebte Vaelen. Sein Blut war kostbar; die Macht darin unendlich wertvoll für jeden Eranthi. Seit dem Ritual war es ein Teil von ihm, verband sie auf ewig. Er spürte ihn, musste ihn nur finden.

Heute, an Tag vierundachtzig, würde er fliehen, hatte einen so wahnwitzigen Plan, dass er funktionieren würde. *Tu mir das nicht an,* echoten Alcaelus' Worte in seinen Gedanken. Dabei galt seine Sorge nicht ihm, sondern der Magie, die mit ihm starb. Da war sie, die Schwachstelle seines Bruders. Er würde ihn vor die Wahl stellen. Besser heute als morgen. Besser jetzt, wo sich die Furcht noch unterdrücken ließ, die in ihm aufstieg.

Die Dämmerung setzte ein. Gleich brachte die alte Frau sein Abendessen. Er trat an den Rand des Käfigs und schleuderte Flammen gegen die Möbel darin. Auf den Schreibtisch richtete er sie zuletzt. Etwas zerbrach in ihm, als sie daran emporzüngelten. Er fachte das Feuer an, ließ es bis zur Decke schlagen und stand bald am Rande eines Infernos.

Hustend kauerte er sich vor das Gitter. Die Flammen schlugen auf die Möbelstücke außerhalb des Käfigs über. Darauf hatte er spekuliert. Die Gitterstäbe unterdrückten zwar Magie, aber ein einfaches Feuer hielten sie nicht auf. Falls niemand kam, würde er verbrennen.

*Komm schon. Komm endlich.*

Es war nicht die Frau, die kam. Es war Alcaelus, der Mund und Nase unter dem Ärmel vergrub und zu ihm rannte. »Lazair, das Feuer. Schnell.«

Hinter ihm riss Lazair den Arm vor. Strömender Regen ergoss sich über sie, doch er vermochte den Rauch nicht zu ersticken, der in Caliyans Lungen brannte.

Genauso wollte er es, wollte Alcaelus keine Wahl lassen. Keine Möglichkeit, außer ihn aus diesem Gefängnis zu holen. Sein Bruder keuchte.

»Was hast du getan? Was hast du nur getan?«

»Bruder …« Caliyan rang nach Luft, die er nicht bekam. In seinen Gedanken waren sie wieder Kinder. Sein großer Bruder streckte ihm ein selbst geschnitztes Holzpferd entgegen und grinste. Er griff danach, schob die Hand durch das Gitter und flehte ohne Worte um sein Leben. *Hilf mir.*

Statt den Käfig zu öffnen, kniete Alcaelus vor den Gitterstäben. Auch er hustete. Caliyan fand seinen Arm und hielt daran fest, doch sein Bruder schüttelte ihn ab. Sein Blick war eisig. »Für wie dumm hältst du mich? Verrecke. Ich habe Wichtigeres zu tun.«

Alcaelus erhob sich und taumelte zum Ausgang, wo Lazair stand. Caliyan wollte schreien, doch er vermochte es nicht.

Sein Bruder war fort. Einzig Lazair verharrte reglos und schirmte Mund und Nase vor dem Rauch ab, durch den sie einander entgegenblickten. »Lazair«, flüsterte er. »Freund.«

Dabei war Lazair mehr als das gewesen. Mehr Bruder als Alcaelus. Lazair kam auf ihn zu und streckte ihm eine zitternde Hand entgegen, doch Alcaelus' Ruf ließ ihn innehalten. Unter den nassen Haarsträhnen spannte sich Lazairs Kiefer, bevor er sich abwandte. Wieder hatte er ihn verraten.

Caliyan war allein, hatte versagt. In den letzten, grausamen Minuten seines Lebens war er in Gedanken bei Vaelen und nur bei ihm.

Nichts.

Er erwachte in einem leeren Verlies. Sein letzter Tod war der schlimmste gewesen. Er mochte Altes Blut in sich haben, aber das wahre Monster war sein Bruder.

Diesmal kam niemand.

Trockenes Brot fiel durch einen Schacht, durch den auch ein stetiges Wasserrinnsal hinabtropfte. Ein schmaler Streifen Tageslicht flackerte ihm daraus entgegen. Jetzt, wo er es gekonnt hätte, zählte er nicht mehr. Stattdessen schlug er gegen die Mauern seines Verlieses, bis seine Knöchel aufrissen. Nackter Stein brannte nicht. *Sieh, was ich mit dir mache, wenn du versuchst, mit mir zu spielen,* flüsterte er ihm zu.

Noch sang Vaelens Melodie, doch er fürchtete nichts mehr, als dass sie verstummte. Zu wissen, dass er lebte, war eine Gnade. Zu spüren, wie er starb, während er hier eingesperrt war, sein Untergang.

Jeden Tag schrie er um Hilfe, bettelte, so tief war er gesunken. Was würde Vaelen von ihm denken, wenn er ihn so sah?

Leise Schritte näherten sich. Caliyan war so an die Stille gewöhnt, dass er hochschreckte. An den Gitterstäben zog er sich nach oben und hielt sich daran fest. Er aß kaum, doch er wollte Alcaelus zeigen, dass er ihm nichts anhaben konnte; dass er stark war.

Es war nicht sein Bruder, der kam, sondern Yria. Schmutzsprengsel überzogen den Saum ihres Kleides, das viel zu kostbar für diesen Ort war. Sie schlug sich die Hand vor den Mund. Er musste furchtbar aussehen.

Yria flüsterte seinen Namen wie ein Überbleibsel aus einem Leben, das er längst vergessen hatte. »Ich habe Schreie gehört. Alcaelus sagte, du seist tot. Was hat er dir nur angetan? Es tut mir leid, so unendlich leid.«

Ihre weichen Hände legten sich über die seinen, über all den Schmutz, und er schämte sich so. Sie weinte, wo er selbst keine Tränen mehr hatte, und er stellte die einzige Frage, die ihm noch etwas bedeutete: »Lebt Vaelen?«

»Du weißt es nicht? Caliyan, es ist lange her.«

»Wie lange … zehn Jahre? Fünfzehn?« Wahrscheinlich hatte er jahrelang nicht gezählt.

»Du hast schon genug gelitten.« Sie biss sich auf die Lippe.

»Dann lindere meinen Schmerz. Sag mir die Wahrheit, bitte.«

»Das Ritual hat uns verändert. Wir altern nicht mehr seit jener Nacht, aber wir können verwundet werden, sterben, und unsere Magie kommt und geht.« Yria zögerte, die Augen erfüllt von Kummer. »Es ist über zweihundert Jahre her … Vaelen ist seit zweihundert Jahren tot.«

Caliyan verlor den Boden unter den Füßen, und sie konnte ihn nicht halten. Mit ihm ging sie in die Knie, schob ihre Arme durch die Gitterstäbe und legte sie um seinen Rücken. Sein Körper bebte. Er bekam keine Luft. Hatte er wirklich so wenig Zeitgefühl? »Das ist unmöglich. Wie lange … war die Magie fort?«

»Beim letzten Mal achtzig Jahre.«

»Was …?«

»Oh Caliyan, was haben sie mit dir gemacht?«

»Ich sterbe und erwache wieder … Sag mir, was passiert ist, bitte.«

Yria erstarrte. »Fünfundzwanzig Jahre nach dem Ritual kehrte die Magie zurück«, setzte sie an. »Alcaelus sagte, wir hätten eine neue Quelle. Instabil, aber nutzbar. Knapp zehn Jahre später war die Magie wieder fort.«

»2886 Tage.« Er analysierte die Situation wie eine komplexe wissenschaftliche Fragestellung, gegen die sein Körper rebellierte. »Was geschah dann?«

»Vierzig Jahre später kehrte sie für zwei oder drei Monate zurück.«

*Vierundachtzig Tage.*

»Danach kam die dunkelste Zeit. Fast ein Jahrhundert ohne unsere Magie. Wir hatten sie aufgegeben.«

Seine Finger suchten Halt an den Gittern, gruben sich hinein. Er blickte auf. »Ich bin die Quelle … Eine neue Quelle … Wenn ich lebe, habt ihr Magie. Wenn ich tot bin … ist sie fort. Das hat Alcaelus aus mir gemacht.«

»*Dafür* brauchte er Vaelens Blut? Alcaelus ist wahnsinnig. Besessen. Tag für Tag schließt er sich in seinem Labor ein, während draußen die Welt zugrunde geht.«

Sein Atem beruhigte sich im Gleichklang mit Vaelens Melodie. Er spürte ihn so deutlich, als könne er die Hand nach ihm ausstrecken, um ihn zu berühren. »Du musst mich hier rausholen.«

»Werde ich. Aber der Mechanismus –«

»Ich muss ihn finden.«

»Wen finden?«, fragte sie.

»Vaelen.«

Yrias Gesicht war schmerzverzerrt. Sie zog einen Ring mit filigranen Ranken hervor, kaum mehr als ein dünnes Band, und reichte ihn Caliyan. »Vaelen ist tot, versteh das doch. Ich habe den Ring genommen, bevor sie ihn verbrannt haben.«

Der Ring verschwamm vor seinen Augen. »Du irrst dich. Hol mich hier raus.«

Vorsichtig berührte sie den Mechanismus des Verlieses. »Ich werde herausfinden, wie, und dann komme ich zurück. Iss, Caliyan. Warte auf mich.«

Ihre Schritte verklangen. In seiner Einsamkeit löste er das verdreckte rote Band von seinem Oberarm und flocht den Ring hinein. Er würde ihn Vaelen zurückgeben. Dicht zog er die Beine an den Körper und lächelte. Zeit war ebenso bedeutungslos wie sein Schicksal. Solange Vaelen lebte, würde er alles ertragen.

Nach Anbruch der Nacht kam Alcaelus. Mehrere Mitglieder der Alten Ordnung folgten ihm wie Schatten, doch weder Yria noch Lazair waren unter ihnen. Alcaelus warf die geöffnete Fessel durch die Gitterstäbe. »Du willst zu Vaelen? Leg sie an. Ich bringe dich zu ihm.«

Hatte Alcaelus Yria verhört? Er glaubte ihm kein Wort, hob die Fessel dennoch auf und wog sie in den Händen. Alcaelus' Miene blieb eine Maske. Er tat sicher nichts aus Gutmütigkeit. Endlose Sekunden starrten sie einander entgegen, bis Caliyan schließlich das goldene Ding um seinen Hals legte. Seine Magie und Vaelens Melodie verstummten.

»Dreh dich um und lass dich fesseln, sonst ändere ich meine Meinung.«

Er tat es. Das Gitter schwang auf. Sie zwangen ihm die Hände auf den Rücken und fesselten sie. Währenddessen konzentrierte er sich auf den Mechanismus der Fessel. Vielleicht konnte er ihn heute überwinden. Sie verbanden ihm die Augen und zerrten ihn aus der Zelle. Er stolperte. Der Seilknoten um seine Handgelenke zog sich fester und fester, je mehr er daran riss.

Bald strich die Seeluft über seine Haut, doch sie ließen ihm keine Zeit, sie zu spüren, zogen ihn vorwärts durch den Schlamm, bis eine Tür knarzte. Der Geruch von altem Pergament stieg ihm in die Nase. Die Bibliothek. Das gesammelte Wissen der Eranthi. Unbarmherzig schleiften sie ihn die Wendeltreppe hinauf. Er zählte die Stufen bis zum Labor seines Bruders in der Spitze des weißen Turmes.

Dort angekommen, rissen sie seine Augenbinde fort. Er blinzelte. Überall standen Mitglieder der Alten Ordnung. Hinter ihnen stapelten sich Gerätschaften, Fläschchen, Bücher und allerlei Zeug auf umlaufenden Wandregalen. Schematische Zeichnungen und Notizen türmten sich auf dem Schreibtisch darunter. Sie zerrten ihn zu einer Liege in der Mitte des Raumes. Es war eine Falle. Vaelen war nicht hier.

Caliyan riss sich los, kämpfte, trat. Vergeblich. Als sie ihn auf die Liege zwangen und seine Arme und Beine daran festschnallten, heftete er den Blick auf seinen Bruder. »Lügner«, schrie er. »Lügner!«

Alcaelus lächelte. »Eine Notlüge mit einem wahren Kern. Es hatte etwas Gutes, dass Yria dich aufgesucht hat.«

»Was geschieht jetzt?« Sein Atem raste. Auf Alcaelus' Zeichen umkreiste ihn die Alte Ordnung. Sein Bruder wandte sich ab und kehrte mit etwas zurück, das aussah wie ein glatter goldener Helm ohne Öffnungen für die Augen. Caliyan bäumte sich auf, als Alcaelus ihm das Ding über den Kopf zwang. An seinem Hinterkopf schnappte es zu. Er war blind, hörte nichts mehr außer seinem eigenen Herzschlag, der in seinen Ohren hämmerte.

Jemand nahm ihm die Fessel ab. Seine Magie schoss zurück in seine Adern, aber er schaffte es nicht, sie zu konzentrieren. In Erwartung dessen, was mit ihm geschehen würde, riss er an den Fesseln, stemmte sich dagegen. Zwecklos.

Alte Magie drang in seinen Körper, eisig und alles verschlingend. Er schrie auf. Der Schmerz lähmte ihn, trug Schicht um Schicht seiner Magie ab, um das freizulegen, was darunter existierte.

*Vaelen.*

Er hätte Vaelens Melodie verborgen, wenn er es vermocht hätte, sie tief in sich begraben. Doch Alcaelus fand sie, riss an ihr, versuchte zu zerstören, was sie verband. Wieder und wieder schrie er, bettelte, flehte.

Irgendetwas passierte mit ihm, erwachte.

Plötzlich war die Alte Magie fort, und etwas anderes bahnte sich einen Weg an die Oberfläche. Im Gegensatz zu seiner Magie war es pure Dunkelheit. Noch konnte Caliyan sie unterdrücken, sie zurückdrängen, wo sie hergekommen war. In den blinden toten Fleck, der seit dem Ritual existierte.

Nein. *Ich wähle das Chaos,* hatte er gesagt. Heute würde er seine Worte wahr machen und ließ die Dunkelheit aus jeder Faser seines Körpers strömen, bis sie ihn umgab wie eine Mauer der Vernichtung. Dort wartete sie auf sein Zeichen, lauerte.

Und Caliyan wählte das Chaos.

Stille. Ein dunkler Strudel riss ihn mit sich. Er wirbelte durch die Luft. Im Flug riss er den Helm runter und raste auf den Boden zu. Flammen stoben in den Himmel. Sein Schutzschild flackerte. Er musste ihn beschworen haben, krachte auf den Vorplatz des weißen Turms. Benommen blieb er liegen. Trümmerteile des goldenen Daches regneten auf ihn nieder. Ein Inferno züngelte aus den Überresten des Turms und verschlang das gesamte Wissen seines Volkes.

Er kämpfte sich auf die Füße, taumelte zwischen den Trümmern und Leichen, die überall verstreut lagen. Seine Ohren rauschten. Asche wirbelte umher und legte sich in einer feinen Schicht über seine Haut. Vor ihm wand sich einer der Eranthi, der ihn in den Turm geführt hatte. Seine Beine waren gebrochen. Er streckte die Hand nach Caliyan aus, schleuderte ihm seine Magie entgegen, doch Caliyan war schneller, griff nach dem Dolch des Mannes und rammte die Klinge in dessen Nacken. Gurgelnd erstickte er an seinem eigenen Blut.

»Alcaelus«, schrie er. »Alcaelus!«

Weitere Mitglieder der Alten Ordnung rannten herbei. Es kümmerte ihn nicht. Jeder, der dumm genug war, ihn anzugreifen, würde sterben. Niemand griff an.

Am Rande des Vorplatzes fand er Alcaelus. Mit dem Gesicht nach unten lag er auf dem Pflaster. Caliyan drehte ihn um und betrachtete den geschundenen Körper seines Bruders. Er atmete nicht mehr. Was auch immer Caliyan getan hatte, hatte ihn getötet. Es war zu einfach gewesen. Ein zu leichter Tod für all seine Taten.

Jemand packte ihn. Yria. Sie hatte eine Prellung im Gesicht und blickte kurz auf Alcaelus hinab. In einiger Entfernung stand Lazair. Arahyr redete auf ihn ein.

»Wir müssen hier weg. Sofort.« Yria zog ihn mit sich.

Er ließ sein Gefängnis hinter sich und folgte ihr in die Dunkelheit, hinein in die Trümmer seiner Heimat.

Caliyan riss die Augen auf und fokussierte seinen Blick auf die Fackel, die sich im Obsidian der Katakomben spiegelte. In seinem Meer aus Erinnerungen war sie sein Anker. Er bäumte sich unter dem Schmerz auf, der durch seinen Körper tobte. Sein Kopf rollte zur Seite. Die Welt löste sich auf, doch sein Name brachte ihn zurück. »Trink, Caliyan.«

Wasser rann über sein Kinn, und er trank gierig. Sein Blick fand den des Jägers, der sich über ihn beugte und ihn hielt. »Das ist … das erste Mal, dass du mich beim Namen nennst.«

»*Cal.*« Fast sanft wischte der Jäger das Wasser fort. »*Cal. Cal … Cal.*«

Caliyan streckte die Hand aus, um das verhüllte Gesicht zu berühren. Einen Augenblick lang glitt sie über den schwarzen Stoff, bevor der Jäger sie wegnahm und seinen Arm neben seinem Körper ablegte. »Du bist nicht er …«

»Nein. Sonst hätte ich dich vergessen, wie *er* dich vergessen hat.«

»Vaelen ist tot.«

Eine Falte kräuselte sich zwischen den Brauen des Jägers, aber seine Augen blieben unergründlich. »Wann hast du entschieden, das zu glauben? Macht es das leichter? Hast du dir deshalb deine Erinnerungen genommen?«

»Ich wollte ihn nicht vergessen … Ich wollte sterben.« Die Worte kamen ohne sein Zutun, genau wie die Erkenntnis, die sie mit sich brachten. In den Armen seines Peinigers verlor er sich im Leid jenes Mannes, der sich selbst verloren hatte. In Flammen hatte seine Suche nach Vaelen begonnen. In Flammen hatte sie geendet, in der Schlacht an den Obsidianklippen.

Er hatte den Admiral Vaelen genannt. Und er ihn Cal, wie Vaelen es tun würde. Doch Vaelen war tot. Er hatte ihn sterben sehen. Darüber nachzudenken hieß, sich dem Wahnsinn zu stellen. Dem Wahnsinn seiner Vergangenheit.

Wie oft hatte er Vaelens Tod gespürt?

Auf wie viele Arten?

In wie vielen Leben?

Darüber nachzudenken, war sein Untergang, aber das hielt ihn nicht davon ab, an den Abgründen des Wahnsinns nach einer Antwort zu suchen, die er nicht finden konnte.

»Wie lange geht das schon so?« Er hustete.

»Lange, *Cal.* Sehr lange.«

Der Jäger ließ ihn auf das Stroh sinken, wo er reglos liegen blieb. Das Gitter fiel ins Schloss. Er war allein, doch sein Schmerz begann erneut zu singen.

# Kapitel 22

## Goldene Lilien

Athos schloss die Kriegsratssitzung, und Reskir stürmte, begleitet vom schadenfreudigen Raunen der Mitglieder, aus dem Saal. Diese Geier. Laudan drängte an ihnen vorbei, bis ihm Athos seinen Gehstock in den Weg hielt. »Vaskari ist kein Mädchen. Hör auf, ihm nachzurennen, als wäre er eins.«

»Ihr vergesst Euch, Vater.«

Seiner meisterhaften Fassung zum Trotz zuckte Athos' Mundwinkel. Sein Blick huschte durch den Saal, um sich zu vergewissern, dass niemand den Fehltritt seines Sohnes mit angehört hatte. Laudan ließ ihn stehen. Die Wachen am Eingang verbeugten sich. Er verabschiedete sich flüchtig, hatte sie befehligt, als er noch die Unterstadt patrouillierte, und folgte Reskir über den Zitadellenplatz zum Haupthaus.

Laudan schob seinen Fuß in die Tür zu Reskirs Gemächern, bevor dieser sie zuschlagen konnte, und drängte durch den Spalt hinein. Reskir funkelte ihn an. »Was willst du hier? Du hättest das verhindern können. Was ist, wenn es wie damals ist? Ich kann das nicht.«

»Ruhig«, sagte er. »Unter deinem Kommando wird es kein zweites Kionne geben. Es ist nur ein Spähtrupp. Eine leichte Prüfung. Wenn du zurückkehrst, hast du das Stimmrecht im Rat, kannst sie lenken. Die Rebellion braucht dich da.«

»Du weißt nicht einmal, wo *da* ist.«

»Genau deshalb.«

Reskir wandte sich den prunkvollen Waffen zu, die oberhalb des Sekretärs an der Wand hingen. »Ich bin nicht wie du.«

»Nein, du hast etwas, das ich längst verloren habe. Verzeih, diesmal kann ich es nicht selbst tun. Ich weiß nicht mal, ob ich morgen noch lebe.«

»Was hast du vor?«

Sein Blick glitt ins Leere. Es auszusprechen, machte es wahr. Aber nur er konnte es tun, hatte es so weit gebracht, dass der Sha ihm traute. Er würde diesem Albtraum ein Ende bereiten. Für Cal, Teralyn und all die anderen.

Ehe er sichs versah, drückte Reskir ihn gegen die Wand, durchbohrte ihn förmlich. »Verdammt, Laudan. Das ist Selbstmord.«

»Und wennschon? Wenn der Sha stirbt, habe ich mein Ziel erreicht.«

»Hast du den Verstand verloren? Du wirst nie auch nur die Gelegenheit dazu haben, eine Waffe in seiner Nähe zu ziehen.«

Er zuckte mit den Schultern, brauchte keine. Er war allein mit diesem Mann. Zur Not erwürgte er ihn.

Reskir fluchte, ließ locker. »Sieh mich an. Ich weiß nicht, wen du am Tag der Parade verloren hast, aber er würde nicht wollen, dass du für eine Chance auf Rache in den Tod gehst.«

Musste Reskir Cal ins Spiel bringen? »Er würde das Gleiche tun«, sagte er. »Aber hier geht es nicht um Rache. Es geht um Freiheit. Wenn mein Tod die Freiheit aller bedeutet, bin ich nicht umsonst gestorben.«

*Und er ebenso wenig.*

»Heute Abend?«

Laudan nickte.

»Weiß Dryele davon?«

Ein weiteres Nicken.

»Sie ist schlimmer als du. Versprich mir eins. Hör dir wenigstens an, was er zu sagen hat.«

»In Ordnung. Wirst du die Prüfung ablegen? Wenn Kazul derartige Truppenbewegungen anordnet, müssen wir wissen, warum.«

Widerstrebend nahm Reskir das Schwert des alten Lord Vaskari aus seiner Halterung. Seit Kionne hatte er es nicht mehr geführt.

»Gut, ich tue es, aber diese Klinge wird nie wieder einen Menschen töten.«

Er klopfte Reskir auf die Schulter und wandte sich zum Gehen, doch Reskir hielt ihn zurück. »Was sollte das mit Valyra?«

»Ich habe kein Interesse an Frauen.«

»Dachte ich auch, aber gestern sah das anders aus.«

»War es nicht«, sagte Laudan. Hielt Reskir Raelia für eine Adlige, oder durchblickte er ihr Schauspiel? Das Thema schien ihm nahezugehen. »Magst du sie?«

»Ja.«

»Sei vorsichtig. Sie ist mehr, als sie zu sein vorgibt.«

Reskir schüttelte den Kopf. »Du weißt gar nichts. Ich bete, dass wir in einigen Wochen noch leben, wir drei. Dann reden wir.«

Auf dem Weg zum Palais klatschte der Regen herab. Ein Diener rannte über den Zitadellenplatz und beschirmte Laudan eifrig. Wasser strömte vom Rand des Schirms und weichte die Buchstaben der gesiegelten Einladung auf, die Laudan Offizier Sathris reichte. Dieser überflog sie und gab das Tor frei. »Ehre dem Sha.«

»Kommt Kazul nicht?«

»Er wartet drinnen, Lord. Die Garde wird Euch begleiten.« Eine Windböe kam auf. Sathris musterte den Diener, der sich am Griff des Schirms festklammerte.

»Du kannst gehen«, wandte sich Laudan an ihn. »Der Regen macht mir nichts aus.«

Die Gardesoldaten geleiteten ihn zum Palais. Bei jedem Schritt rieb der Dolch in seinem Stiefel. Er hatte Reskir angelogen. Cal hätte einen anderen Weg gefunden, doch dieser Idealismus war ihm verloren gegangen.

Am Treppenabsatz vor dem Portal erwartete ihn Kazul. Völlig durchnässt verbeugte sich Laudan. Die im Palais stationierte Garde löste die Soldaten ab, die zum Wall zurückkehrten. Mit Kazul trat er in den lichtdurchfluteten Saal, wo jeder seiner Schritte eine Wasserlache auf dem weißen Marmor hinterließ.

»Mach dir nichts draus.« Kazul deutete auf die Freitreppe. »Sie werden dich ohnehin umkleiden.«

Er fluchte innerlich, als sie hinaufstiegen, und zählte die Gardesoldaten, die sich in das Palais einfügten wie ein Teil der Innenausstattung. Bei sechzig hörte er auf. Kazul öffnete eine Tür in der Galerie und ließ ihn eintreten. Im Lufthauch flackerte die Kerze auf dem Tischchen des fensterlosen Raumes. Neben ihr lag ein in schwarzes Leder eingebundenes Buch. Ein einzelner Stuhl stand davor. »Die Erstausgabe des Kodex«, stellte Laudan fest.

Kazul nickte. »Ich lasse dich nun allein. Möge Sein Licht dich leiten.«

Die kleine Flamme erzitterte, als die Tür ins Schloss fiel. Gegenüber lag ein verschlossener Durchgang. Der Raum dazwischen ließ sich mit wenigen Schritten durchqueren. Eine filigrane Kommode stand an einer der Wände, die mit Wandvorhängen dekoriert waren. In Blickrichtung des Stuhls hing ein einzelnes Gemälde in einem goldenen Rahmen.

Die Enge in seiner Brust schnürte Laudan den Atem ab. Unwillkürlich setzte er sich und betrachtete van Wesnars *Glanze im Licht,* auf dem die Rebellenflotte in einem Inferno vor den Obsidianklippen versank. Dass es hier hing, obwohl der Sha so viel Wert darauf legte, das Palais zu konservieren, war ein Widerspruch in sich. *Glanze im Licht* gehörte nicht hierher. Und doch sprach es zu ihm. Nein, es schrie förmlich.

Laudan berührte den Ledereinband des Kodex. Was war mit ihm los? Er schluckte schwer, musste sich zusammenreißen. Halbherzig blätterte er durch die handgeschriebenen Seiten des ersten Sha. Sie waren das Heiligtum der Heressia. Ihr größter Schatz. Er kannte jede Passage auswendig. Als Kind hatte Athos ihn daraus rezitieren lassen. Statt zu lesen, schloss er die Augen, ging in sich.

Eine Ewigkeit später trat der blinde Diener durch die andere Tür. Er war Laudan schon bei seinem ersten Besuch aufgefallen. Seine Gewänder waren bis auf den goldenen Gürtel schmucklos. Er verbeugte sich und begrüßte ihn. Einzig die Falte zwischen seinen

Brauen verriet sein Alter. Jetzt, da Laudan ihn von Nahem sah, begriff er, wieso sein Äußeres so vertraut wirkte. Er hatte jemanden gekannt, der ihm ähnlich sah. »Wie heißt du?«, fragte er vorsichtig.

»Leas, Lord. Bitte reicht mir Eure Waffen.«

Seine Vermutung bestätigte sich. Zwanzig Jahre hatte Teralyn ihren Bruder für tot gehalten. Dabei lebte er und diente dem Sha als Geblendeter. Die Heressia musste ihn verschleppt und hierhergebracht haben. Er löste den Waffengurt und gab Leas das Schwert seines Vaters. Vielleicht wäre der Tod eine Gnade gewesen.

»Den Dolch in Eurem Stiefel ebenso.« Leas' verklärte Augen blickten ins Leere. Laudan erstarrte. Woher wusste er davon? Hatte er geraten?

»Eine alte Gewohnheit.« Er reichte Leas die verborgene Klinge. Dieser brachte sie fort und kehrte mit einem Bündel zurück, das er auf der Kommode ablegte. Eine kostbare, mit Blumenranken verzierte Phiole stellte er daneben, bevor er sich ihm zuwandte. »Erlaubt mir, Euch zu entkleiden, Lord. Um in das Licht zu treten, müsst Ihr alles andere ablegen.«

»Selbstverständlich.«

Obwohl Leas' Schritte leichtfüßig waren, zögerte er, als lote er den Abstand zwischen ihnen aus. »Ihr seid durchweicht.«

»Der Regen … Draußen wütet ein Sturm.«

»Verzeiht. Ihr müsst frieren.« Leas zog ihm die nasse Jacke aus, öffnete sein Hemd und streifte es ab. Laudan unterdrückte ein Zittern. Obwohl Leas ein guter Mann zu sein schien, wagte er es nicht, ihm zu offenbaren, dass er seine Schwester gekannt hatte. Es würde ihre Leben nur schwerer machen.

Nachdem er entkleidet war, trocknete Leas ihn ab und hüllte ihn in eine helle, mit goldenen Stickereien durchwebte Robe. »Ihr werdet barfuß vor den Sha treten. Kniet nieder, Lord Calieri.«

Er sank auf die Knie. Leas öffnete die Phiole und goss ihren Inhalt über seinen Kopf. In dünnen Rinnsalen rann Öl seinen Nacken entlang und benebelte seine Sinne. Bald drehte sich der Raum um ihn. Was war das für ein Zeug? Bevor Laudan Zeit hatte, darüber nachzudenken, tupfte Leas die Reste ab und verband ihm die Augen mit einem samtenen Band. »Erhebt Euch. Der Weg der Erleuchtung liegt vor Euch.«

Statt sich aufzurichten, wankte er gegen Leas, der ihn festhielt. Irgendetwas stimmte nicht. Einige Schritte gingen sie gemeinsam, bis Leas die zweite Tür hinter ihnen schloss und Laudan losließ.

»Blind seid Ihr wie ein unwissendes Kind. Durch die Dunkelheit wandelt Ihr, allein.«

»Im Lichte des Sha werde ich wiedergeboren«, ergänzte Laudan den Vers aus dem Kodex.

»Es ist Zeit«, sagte Leas. »Geht nun.«

Laudan streckte die Arme aus und stieß an Wände. Ein schmaler Korridor. Auf wackligen Beinen tastete er sich vorwärts. Unter seinen Füßen schien sich der Boden aufzulösen. Er kämpfte gegen den übermächtigen Wunsch an, sich die Augenbinde herunterzureißen. Die Wirkung des Öls steigerte sich mit jedem Schritt. Bald zitterte er. Das Blut rauschte in seinen Ohren wie das sich draußen aufbäumende Meer.

Die Seeschlacht von van Wesnars Gemälde erwachte um ihn herum zum Leben. Rauch brannte in seinen Lungen. Schreie erhoben sich und verstummten. Schmerz durchzuckte ihn, und dann war *er* da, fing ihn auf und beugte sich über ihn. *Cal,* wollte er flüstern, doch zu schnell verschluckte die Dunkelheit die Bilder und ersetzte sie mit anderen. Mit einem Stift, der über Papier glitt, mit Sommersonne, dem Wind in seinem Haar und dem Duft von frisch gehobelten Holzspänen, während er auf einem halb fertigen Schiffsrumpf hockte. Und dann war auch dieser Eindruck fort. Das Meer tobte im Gleichklang mit seinem Herzen. Die salzige Luft riss an den Wipfeln der Zitronenhaine und vermengte sich mit ihrem Duft. Schwarze Schemen zogen Schlieren durch den roten Marmor unter ihm. Er war so schwach, dass die Welt um ihn herum verschwamm. Ein Schrei drang zu ihm heran. Ein Name. *Vaelen.* Wieder und wieder. Bevor er fiel, fand sein Blick Cals. Seine Augen waren feucht und klammerten sich in schierer Panik an ihm fest.

Laudan streckte die Hand nach ihm aus, schob sie durch den See aus Rot und konnte ihn dennoch nicht erreichen.

Dann war es vorbei.

Er lag auf dem Bauch, die Arme über dem kalten Marmor ausgestreckt. Dort tastete er nach Cal, obwohl die Bilder längst verblasst waren, und klammerte sich wie ein Ertrinkender an die Hand, die ihm dargeboten wurde. Als er realisierte, wen er vor sich hatte, rutschte er auf die Knie. »Führt mich aus der Dunkelheit ins Licht«, zitierte er die Riten mit zittriger Stimme.

»Befolge den Kodex, und du wirst in meinem Lichte wandeln.«

Die Robe des Sha glitt über den Boden. Laudan wagte es kaum, zu atmen. Der Sha war ihm so nah, dass sein Atem seine Haut streifte, als dieser sich herunterbeugte, um die Schleife seiner Augenbinde zu lösen. Der Stoff fiel herab. Gleißendes Licht blendete ihn, bevor die Umrisse des Sha Gestalt annahmen.

»In meinem Lichte wirst du wiedergeboren.«

»Eure Heiligkeit.« Er blinzelte und blickte in das goldene Antlitz des Sha. Statt der Kapuze rahmten dunkle Strähnen die Maske ein, die der Schein unzähliger Kerzen mit einem Hauch von Rot durchzog. Noch immer kniend, rang Laudan nach Fassung. »Ich habe das Licht gesehen.«

Der Sha breitete die Arme aus. Goldene Lilien zierten die Ärmel der kostbaren Robe aus schwarzem Brokat, die ein Gürtel an seiner schmalen Taille zusammenhielt. »Du wurdest mit einer Vision belohnt. Erzähl mir davon.«

War es das Öl oder die schiere Präsenz dieses Mannes, die es ihm unmöglich machte, seinem Blick standzuhalten? »Es waren Bilder aus der Vergangenheit. Schlachten, in denen ich gekämpft, Freunde, die ich verloren habe.«

»Du hast die Vergangenheit auf dem Weg ins Licht hinter dir gelassen. Das geschieht mit jedem, der mich aufsucht.«

Er nickte. Zu mehr war er nicht imstande.

»Aber du hattest noch eine andere Vision. Eine Offenbarung, die dich in die Knie gezwungen hat. Kaum jemand erlebt sie.«

»Eine Offenbarung?« Was zur Hölle hatte er überhaupt gesehen?

»Etwas, das schon war oder noch sein wird«, fuhr der Sha fort. »Was hat sich dir offenbart, bevor du meine Hand ergriffen hast?«

Es waren unmögliche Dinge gewesen, sinnlos verzerrt. »Ich habe einen Freund gesehen. Und meinen Tod.«

»War er es, der dich getötet hat?«

»Nein. Er hat versucht, mich zu retten, aber er vermochte es nicht.«

Der Herrscher der Heressia nickte kaum merklich. »Wandle auf dem Pfad der Erleuchtung, und du wirst dich selbst retten.«

»Ihr seid das Licht in der Dunkelheit«, rezitierte Laudan den Kodex. »Die einzige Wahrheit und meine unabänderliche Bestimmung.«

»Du hast dich als würdig erwiesen.« Der Sha küsste ihn auf die Stirn. »Deshalb bist du hier. Komm, erhebe dich, Held von Ethelis.«

Laudan stand auf. Obwohl der Schwindel allmählich abebbte, schmerzten seine Muskeln, als hätte er stundenlang trainiert. Wie sollte er diesen Mann töten, wenn er sich kaum auf den Beinen halten konnte?

Der Sha geleitete ihn durch die von einem Gewölbe bekrönte Halle. Schmale Bahnen des Mondlichtes fielen durch die Fensterbänder an ihrem Ende, wo Stufen auf ein Podest führten. Unzählige Bücherregale erstreckten sich in einer offenen Galerie über ihnen. Dieser Ort diente nicht nur zu Repräsentationszwecken. Er war eine Bibliothek. Der Sha deutete auf einen prunkvollen Tisch mit zwei Stühlen abseits der Stufen. »Setz dich.«

Er tat wie geheißen, die Muskeln zum Zerreißen gespannt und doch so zittrig wie selten zuvor. Der Sha nahm ihm gegenüber Platz. Eine versiegelte Silberschatulle stand zwischen ihnen. »Du bist sehr jung«, stellte der Sha fest. »Der mit Abstand Jüngste, den ich je zu mir gerufen habe, und doch hast du mehr vollbracht als viele meiner Generäle, die doppelt so viele Jahre zählen.«

»Nichts bedeutet mir mehr, als den Schwur zu ehren, den ich Euch geleistet habe.«

»Du wirst etwas für mich tun.«

»Alles, was Ihr verlangt, Eure Heiligkeit.«

Der Sha schob die Schatulle zu ihm hinüber. Ein Lächeln umspielte seine geschwungenen Lippen. »Wie ich hörte, sprichst du fließend Isthenisch. Eine Seltenheit. Du wirst in deiner Funktion als Korrespondent nach Isthenien reisen und dieses Kästchen gegen etwas eintauschen, das von größter Wichtigkeit für mich ist. Ich möchte, dass du es mir zurückbringst.«

»Was werde ich abholen?«, fragte er vorsichtig.

»Eine Waffe. Mächtig genug, um über den Ausgang des Krieges zu entscheiden.« Der Sha ließ ihn nicht aus den Augen. Laudan deutete eine Verbeugung an. Sein Gesicht blieb eine Maske, doch der Triumph loderte in seinem Inneren. Da war er, jener Grund, sein Leben nicht hier und jetzt zu verwirken.

»Du wirst dieses Kästchen nicht öffnen«, fuhr der Sha fort. »Solltest du es bei deiner Ankunft nicht bei dir tragen, oder sollte das Siegel gebrochen sein, wird man dich exekutieren. Deine Dienerin wird dich begleiten und dich zu deiner Kontaktperson führen. In spätestens dreißig Tagen musst du zurück sein. Du darfst diese Frist auf keinen Fall überschreiten.«

»Ich lebe, um zu dienen. Ihr werdet Eure Waffe erhalten, Eure Heiligkeit.«

»Eine Waffe aus Isthenien?« Dryele starrte ihn an. »Diese Nummer ist zu groß für mich.«

»Was soll das heißen?«, fragte Laudan.

»Verdammt, das heißt, dass ich es nicht schaffe, zusammenzustellen, was du brauchst. Zumindest nicht sofort.« Ein Sextant flog durch den Raum und prallte gegen eines der Regale.

»Wenn wir diese Waffe nicht stehlen, besiegeln wir unser Ende.« Laudan griff nach dem Tintenfass, bevor Dryele damit werfen konnte. »Bring mich endlich zu jemandem, der etwas zu entscheiden hat. Am besten zum inneren Kreis. Raelia weiß ohnehin schon, dass ich der Spion bin.«

»Die Kleine? Woher?«

Er stolperte durch das Chaos zur Tür. »Keine Zeit.«

»Warte, du weißt nicht, worauf du dich einlässt.«

»Deshalb begleitest du mich.« Er reichte Dryele ihren Umhang, den sie hastig überzog.

»Verfickte Scheiße, Calieri. Wenn wir draufgehen, war's deine Schuld.«

Im Dämmerlicht der Gasse zog er sich die Kapuze ins Gesicht, bevor sie sich auf den Weg machten. »Also, wer führt sie an? Gilain?«

»Zymion Aard.«

»Was?« Er blieb stehen. »Aard ist tot. Ich war dabei, als sie ihn enthauptet haben.«

Dryele zog ihn weiter, ein Grinsen auf den Lippen. »Manchmal muss man sterben, um zu leben. Ihr habt den Falschen erwischt. Einer seiner Soldaten hat sich geopfert, während Aard zwischen den Leichen ausgeharrt hat. Das zumindest erzählen die Legenden.«

»Aber wenn er lebt, ist er mittlerweile –«

»Noch älter? Wohl wahr. Mein Großvater hat ihn gekannt. Cen'to ebenso.« Bewunderung schwang in Dryeles Stimme mit. Sie deutete auf die Gasse, die zu den Mietskasernen führte.

Laudan folgte ihr durch den Schlamm. »War Aard bei der Schlacht an den Klippen dabei?«

»Glaub nicht. Wieso?«

Er winkte ab. »Ist nicht wichtig.«

»Komm schon. Wenn wir gleich draufgehen, will ich wenigstens wissen, was dich umtreibt.«

»Ich glaube, Caliyan war auf der *Roa Hourak*.« Er erzählte Dryele von der Vision der Seeschlacht. Die anderen ließ er außen vor.

»Scheiße, die Heressia ist noch irrer, als ich dachte.«

Beißender Gestank schlug ihnen aus der Kanalisation entgegen, in die Dryele sie hinabführte. Laudan hielt sich den Arm vors Gesicht. »Bist du sicher, dass wir richtig sind?«

Zur Antwort deutete Dryele auf eine Abzweigung, an deren Ende eine Fackel brannte. Etwas knirschte.

»Wer da? Gebt euch zu erkennen.«

Er schloss die Hand um das Heft seines Dolches. Dryele hielt ihn zurück.

»Dryele al Veen. Enkelin von Rosh al Veen.«

»Und wer noch? Vortreten.«

»Ein Freund.« Laudan wechselte einen Blick mit Dryele, bevor sie ins Licht traten. Wo die Fackel brannte, öffnete sich der Kanal in eine gewölbeartige Halle, in der sich allerlei Kisten und Fässer stapelten.

Vor einer Tür zog der Fremde einen Säbel aus dem abgetragenen Waffengurt. »Losung, sofort.« Ohne ihre Antwort abzuwarten, klopfte der Rebell gegen die Tür.

»Verdammt«, spuckte Dryele aus. »Wir sind auf eurer Seite.«

Aus dem Inneren polterten Schritte heran. Rebellen strömten aus dem Durchgang und umkreisten sie. Frauen und Männer gleichermaßen, doch Raelia war nicht unter ihnen. Dryele fluchte, als sie ihre Waffen auf sie richteten.

»Wartet.« Laudan hob die leeren Hände. »Wir haben Kenntnis über etwas erlangt, das den Ausgang des Krieges entscheidet. Unsere Botschaft ist zu wichtig, um –«

Etwas traf ihn am Hinterkopf. Der Boden raste auf ihn zu. Dryele schrie. Er stöhnte, als jemand seine Kapuze fortriss und ihn auf den Rücken drehte. »Sieh an, etwas Kriegsentscheidendes? Mir scheint, der werte Held von Ethelis hat sich selbst gemeint.«

Laudan blinzelte, erkannte den Mann, der sich über ihn beugte, und öffnete die Lippen, doch mehr als einen unverständlichen Laut brachte er nicht hervor.

»… sollten der Heressia seinen Kopf schicken.«

Stimmengewirr riss Laudan zurück in die Wirklichkeit. Jemand packte ihn bei den Haaren, zwang seinen Blick in Richtung des Gewölbes, das vor seinen Augen verschwamm. Ein Schwert legte sich an seinen Hals. Laudan riss an dem Seil, mit dem man ihn an eine Säule gefesselt hatte. Das vertraute Gesicht mit der Augenklappe und dem grauen Zopf erschien vor ihm. Damals waren die Haare dieses Mannes braun gewesen.

»Aufhören«, schrie Dryele. »Laudan ist unser Mann. Aard, bitte, tu das nicht.«

Das war also Zymion Aard? Ausgerechnet dieser Mann? Aard erhöhte den Druck der Klinge auf seinen Hals.

»Spion hin oder her, tot dient er uns mehr als lebendig.«

»Warte«, presste Laudan hervor. »Wir sind uns schon einmal begegnet. Gib mir die Chance zu beweisen, dass du mich nicht umsonst verschont hast.«

Die Rebellen redeten durcheinander. Mit seiner narbenüberzogenen Hand gebot Aard ihnen Einhalt. »Niemals hätte ich jemanden wie dich verschont.«

»Du irrst dich. Vor dreizehn Jahren in der Vin'astera. Binde mich los, und ich beweise es.«

Eine tiefe Falte grub sich in Aards Stirn. Endlose Sekunden vergingen, bevor dieser die Klinge fortnahm und damit Laudans Fesseln durchtrennte. »Keine Dummheiten jetzt.«

Langsam erhob er sich und zog sein Hemd aus. Bevor er sich abwandte, suchte er Dryeles Blick, die gefesselt zwischen den Rebellen hockte, und zeigte Aard die Narbe. Aard schwieg. Die Übrigen ebenso. Einzig sein eigener Herzschlag dröhnte ihm in den Ohren. Wahrscheinlich hatte Aard zu viele Schlachten geschlagen, um sich zu erinnern. Doch er selbst würde sie nie vergessen, diese schmerzhafte Erinnerung, getaucht in die Wärme von Cals Armen.

»Dreh dich um.«

Er tat wie geheißen. In Erwartung eines Schwerthiebs verkrampfte sich sein Brustkorb, doch Aard nickte nur. »Ich erinnere mich an den Jungen im Schlamm.«

»Noch im selben Jahr wollte ich überlaufen«, sagte Laudan. »Niemand will den Fall der Heressia mehr als ich. Und jetzt gebe ich euch, was wir brauchen, um sie ein für alle Mal zu vernichten.«

# Kapitel 23

## Rakshazul

*Rakshazul,* drang der Name zu ihm in die Dunkelheit wie ein Flüstern aus einem anderen Leben. Er wollte ihn nicht hören. Wollte nicht erinnert werden an die Zeit, in der ihm nichts geblieben war. Oh, wie er sich verloren hatte, wie er gefallen war an diesem Ort jenseits des Meeres aus Sand. Und doch hatte Isthenien ihn verehrt, geliebt sogar.

Vaelen hätte ihn verachtet, hätte an ihm vorbeigeblickt und ihn gefragt, warum er getötet statt geholfen hatte, und seine Antwort wäre eine Entschuldigung gewesen, die er selbst glauben wollte. *Weil es keinen anderen Weg gab.* In Vaelens Augen hätte er gelesen, dass er sich irrte, dass Straßen aus Trümmern entstanden und Brücken über Schluchten. *Aber sie haben dich mir genommen,* hätte er geflüstert und erkannt, wie viel er gewesen war mit ihm. Und wie wenig ohne ihn. Denn es gab keinen Caliyan ohne Vaelen.

»Rakshazul«, erklang die Stimme erneut, so hell in all der Dunkelheit. Er blinzelte. Der Stein fügte sich zusammen, bis er wieder zu seinem Gefängnis wurde. Zu Fieber, feuchter Kälte, Blut und seinem eigenen Tod, der über ihm schwebte wie eine auf ihn gerichtete Dolchspitze, die mit jedem Tag tiefer sank. Er setzte sich auf.

»Hier drüben.«

Sein Blick folgte der Stimme hinüber zum Gitter, wo ein kleiner Junge die Hände um die Eisenstäbe schlang und ihn zwischen dunklen Locken ansah. Was tat er hier? Niemand kam hierher. Selbst Lord Ri'shan begnügte sich damit, ihm von der Loge aus zuzusehen, obwohl jeder seiner Siege seine Taschen füllte.

Er zwang sich zu lächeln, wollte nicht, dass der Junge ihn so sah. Ein sterbender Sklave war kein Anblick für ein Kind. »Hast du dich verlaufen?«

Der Junge schüttelte den Kopf. »Ihr seid es wirklich, oder? Es ist nicht bloß ein Name. Ihr *seid* Rakshazul.«

»Du irrst dich.« Wie war es möglich, dass ausgerechnet dieses Kind sah, was ganz Isthenien vergessen hatte?

Seine Antwort kümmerte den Jungen nicht. »Ich habe Euch kämpfen sehen, als Vater es mir erlaubt hat. Ihr seht aus wie er und Ihr kämpft wie er. Jedenfalls so, wie ich es mir vorstelle.« Die Lippen des Jungen verzogen sich zu einem Lächeln, doch sein Blick blieb fragend. »Habe ich recht?«

Er zwang sich auf die Füße. Die wenigen Schritte von seinem Strohbündel bis zu den Gitterstäben schnitten durch seinen Körper wie Messer. Er hätte gedacht, dass der Junge zurückweichen würde. Stattdessen streckte er ihm den Arm entgegen. Kleine Finger legten sich über seine von Blutergüssen und Schnittwunden überzogene Hand. »Du solltest nicht hier sein. Geh nach Hause.«

»Ich bin zu Hause. Wenn ich groß bin, soll all das hier mir gehören. Aber ich will nicht herrschen. Ich weiß nicht, ob ich sie mag … die Arena. Vater sagt, sie ist wichtig für Venantes. Sie bringt Gold, aber ist es nicht falsch, dass Menschen einander töten?«

»Du bist sehr weise.« Im Licht der Fackel betrachtete er die Augen des Jungen. »Du bist ein Ri'shan, nicht wahr?«

Der Junge nickte. »Ilaeus Ri'shan. Der einzige Sohn von Lord Zervan Ri'shan, dem Herrscher von Venantes und der Arena.«

»Und was tust du hier?«

»Mein Vater mag Euer Andenken vergessen haben, aber ich bin ein Nachfahre von Harian Ri'shan.«

»Harian? Wann ist Harian gestorben?«

»Vor knapp hundert Jahren.«

Er schloss die Augen. Zeit begrub alles unter ihrer Asche.

»Aber es ist mein Wunsch und meine Pflicht, Euch zu helfen, wie er es tat«, fügte Ilaeus hinzu. »Deshalb bin ich hier.«

»Niemand kann mir helfen.«

»Aber Ihr seid es. Ihr seid genau, wie Onkel Arahyr gesagt hat. Er hat mir viel von Euch und Harian erzählt. Ich will reisen wie er.«

»Arahyr ist hier? In Venantes?« Er blickte auf.

»Nein, er lebt hinter der Wüste, am Rande des Gebirges. Vater hat mich im Sommer zu ihm gebracht, damit er mir beibringt, wie man jagt und Salben herstellt. Er ist nett, obwohl er groß ist und aussieht wie ein Krieger. Aber er würde niemals jemandem etwas tun. Er sagt, dass Venantes ein Dorf war, bevor Ihr kamt. Ist das wahr?«

*Ein Scheiß*, hallten Harians Worte in ihm nach, und er lächelte. »Weiß Arahyr, dass ich hier bin?«

»Nein, aber ich will es ihm sagen, damit er mir hilft, Euch zu befreien. Ihr solltet nicht hier sein.«

Sein Herz hämmerte. »Das würdest du tun?«

»Ja. Ich laufe zu ihm, sobald der Sturm vorbei ist. Ich kann rennen. Das habe ich schon mal gemacht, als Vater mich …« Ilaeus zog am Saum seiner Tunika und verdeckte die blauen Flecken, die seine Knöchel überzogen.

»Hat dein Vater das getan?« Wut loderte in ihm auf.

Ilaeus blickte zu Boden. »Er will, dass ich ein Mann werde. Der Kodex will es so. Ich muss viel kämpfen, mit dem Schwert trainieren.«

»Die Heressia kontrolliert Isthenien?«

Ilaeus antwortete, doch er hörte ihn nicht. Stattdessen erstarrte er.

*Laudan.*

Die Narben. Die Schwertwunde. Die Worte seines Vaters, als Laudan beinahe gestorben wäre. Das waren keine Lügen. Das waren die Worte eines Vaters an einen Sohn, der in einem Regime lebte, das alle Menschlichkeit vernichtete. Alles fügte sich zusammen. Laudan, der sich in Danatis die Kapuze tief ins Gesicht zog; der nie mit nach Cerza kam; der von Freiheit sprach, als habe er sie nie kosten dürfen. Laudan lebte eine Lüge, aber er war kein Lügner.

Seine Hand umfasste die des Jungen. »Du musst jetzt gehen. Ich lege mein Schicksal in deine Hände, kleiner Lord.«

Ilaeus' Lächeln erhellte den Raum. »Ihr könnt auf mich zählen, Rakshazul.«

»Mein richtiger Name ist Caliyan. Richte Arahyr das aus. Er wird es verstehen.«

»Caliyan«, wiederholte Ilaeus. »Haltet durch.«

Der Jäger führte ihn in die Arena. Ein Sturm tobte in ihm, den selbst der Schmerz nicht zu ersticken vermochte. Als sein Gegner fiel, fiel auch er. Er kam nicht auf die Füße, nicht auf die Knie. Der Sand kühlte seine Haut, obwohl er sie verbrennen müsste.

In Gedanken war er bei Ilaeus, wollte ihm zeigen, dass er stark war. Dabei schaffte er es kaum, den Arm zu heben. Lange lag er im Sand und bereitete sich darauf vor, dass weitere Erinnerungen kamen. Mehr Grausamkeiten, vor denen es keine Rettung gab, doch der Einzige, der kam, war der Jäger. Er zwang ihm die Fessel um den Hals und trug ihn zurück in die Katakomben, wo das verhüllte Gesicht vor seinen Augen verschwamm.

»Du hast es fast geschafft.« Der Jäger bettete ihn auf das Stroh. Diesmal waren seine Bewegungen vorsichtig. Fast sanft, als habe er Mitleid mit seiner Beute. Caliyan schaffte es nicht, sich aufzusetzen. Der Jäger hatte recht.

Bald würde er entweder tot oder frei sein.

# Kapitel 24

## Meer aus Sand

Venantes versank im Sand. An den Stadtmauern brachen sich die Dünen wie eine ewig aufbäumende See. Der Wind rauschte und schluckte das Wiehern seiner Stute, die Laudan an der Spitze der Truppen vorwärtstrieb. Er hatte Gavis mitgenommen, wohl wissend, dass er nicht zurückkehren würde.

Die Soldaten folgten ihm in die Stadt. Sie waren müde, hatten tagelang in der Wüste unter behelfsmäßigen Planen ausgeharrt. Einzig Esthelia überraschte ihn. Mit wehenden Gewändern ritt sie an seiner Seite, die Zügel fest im Griff. Auf der Schiffsreise zur isthenischen Hafenstadt Vir'nirash hatte Laudan sich ausgemalt, wie sie sich in einer Sänfte nach Venantes tragen ließ. Stattdessen hatte Esthelia sie beide in die Rashveta, die traditionelle Bekleidung der Isthenier, gehüllt und ihn Lügen gestraft.

Von dem grünen Paradies, das Geschichtsschreiber als die größte Errungenschaft der Zeit lobten, war nichts geblieben. Ruine reihte sich an Ruine. Einzig bröcklige Ornamente kündeten noch vom Glanz der Vergangenheit. Und doch lebten Menschen hier, harrten hinter verbretterten Fenstern und Türen aus, bis der Sturm vorbei war.

Die Schemen, die ihnen entgegenkamen, eilten weiter, begleitet von dem ewigen Knarzen rostiger Metallstäbe, die die Straßen überspannten. Der Wind riss an den Segeltuchfetzen, die daran herabhingen. Welchen Zweck sie einst erfüllt hatten, erschloss sich Laudan erst, als sie eine Mauer erreichten, hinter der sie noch intakt waren.

Esthelia gab ihm ein Zeichen und galoppierte zu den Wachen am Tor, mit denen sie einige Worte wechselte.

Sie saßen ab. Schreie erhoben sich über den Wind. Der Jubel Tausender Stimmen aus einem in den Himmel ragenden Schatten jenseits der Sandwolken. Die Arena. Athos schwärmte davon, hatte ihm aufgetragen, die Spiele zu besuchen, falls sich die Gelegenheit bot. Vor seiner Abreise hatten sie sich versöhnt, als wäre es seinem Vater ein Anliegen, nicht im Streit auseinanderzugehen.

Ein Schauer lief Laudan über den Rücken. Er wandte sich an Esthelia, die neben ihm auftauchte, und erhob die Stimme. »Bei diesem Wetter?«

»Gerade bei diesem Wetter, Lord. Die Arena ist windgeschützt. Kommt. Wir werden erwartet.«

Laudan schluckte den trockenen Kloß in seiner Kehle herunter und folgte ihr mit den Truppen in eine unwirkliche Oase. Auf dem Weg zum schwarzen Palais lauschte er halbherzig Esthelias Geschichten über Rakshazul, dem großen Erbauer von Venantes, und beobachtete die Vögel, die im Schatten der Zypressen badeten. Dass sich die einstige Schönheit dieses Ortes nun auf ein einzelnes Anwesen beschränkte, widerte ihn an. Vermutlich würde Rakshazul sich im Grab umdrehen, wenn er wüsste, was aus seiner Stadt geworden war.

»Wieso sind die Segel nur hier intakt?«, fragte er.

»Sie zu reparieren, bedarf besonderer Mittel, die sich kaum jemand leisten kann.« Esthelias Worte verfielen zu Staub im Angesicht des untersetzten Lords, der sich mit seiner Dienerschaft auf der Freitreppe versammelte.

Bevor ein Stallbursche Gavis fortführte, zog Laudan die Schatulle des Sha aus der Satteltasche. Sie abzugeben, setzte einen Mechanismus in Gang, der sich nicht mehr aufhalten ließ. Gut so. Er wickelte sich das Tuch vom Gesicht und wischte den Sand fort, während Zervan Ri'shan in seiner edelsteinbesetzten Robe auf sie zuschritt. Mit einer Verbeugung ergriff Laudan die beringte Hand, die dieser ihm darbot. »Vaz ní rash therak.«

»Oh, Ihr sprecht fehlerfrei. Es ist mir ebenfalls eine Freude, Lord Calieri. Ich habe viel von Euren Heldentaten gehört.« Ri'shan deutete auf die Schatulle. »Wie ich sehe, führt Ihr sie bei Euch. Ich werde dafür sorgen, dass alles nach den Wünschen Unserer Heiligkeit umgesetzt wird.«

Laudan reichte ihm das Kästchen.

»Ihr müsst erschöpft sein. Kommt, für Eure Soldaten wird gesorgt, mein Freund.«

Der Prunk im Inneren des Palais stand dem der Zitadelle um nichts nach, obwohl seine Machart eine andere war. Ein kleiner Junge rannte mit einem hölzernen Dolch hinter den Dienern herbei und stürmte auf Esthelia zu. »Theli!«

Esthelia strahlte, als der Junge in ihre Arme schoss. Sie umarmte ihn und wischte ihm eine Locke aus dem Gesicht. »Du bist aber groß geworden. Sieh mal, Ilaeus. Der Held von Ethelis.«

Laudan hockte sich hin und ergriff die Hand, die Ilaeus ihm zögerlich entgegenstreckte. »Freut mich sehr, kleiner Krieger.«

»Seid Ihr ein Held wie der große Rakshazul?« Die Augen des Jungen leuchteten, doch als sich Lord Ri'shan einmischte, verschwand sein Lächeln.

»Verzeihung. Mein Sohn sollte sein Schwerttraining ernst nehmen, statt sich mit diesen Flausen zu befassen.«

Widerlich, wie sehr ihn Ri'shan plötzlich an Athos erinnerte. Ein Diener eilte herbei und gab dem Lord ein Zeichen.

»Esthelia, bitte führe unseren Gast in die Bäder. Entschuldigt mich.« Außer Hörweite wechselte Ri'shan einige Worte mit dem Diener, bevor beide durch das Atrium verschwanden.

Derweil blickte Ilaeus ihn erwartungsvoll an. Laudan deutete auf den hölzernen Dolch, den der Junge umklammerte. »Trainierst du damit?«

Ilaeus zog einen zweiten hervor, der Laudan unweigerlich an Cal denken ließ. »Es ist nur ein Spiel. Eigentlich hat Rakshazul die *Hathruun* mit einem Speer bekämpft, aber ich mag seine Dolche lieber. Was meint Ihr?«

»Ich mag Dolche auch.« Die Worte blieben ihm im Halse stecken, als sich Ilaeus die Waffen in beide Hände legte.

»Wenn ich groß bin, möchte ich seine Heimat bereisen. Ankhad und das gesamte heressianische Reich. Könnt Ihr mir davon erzählen?«

»Natürlich. Wie alt bist du denn?«

»Sieben. Wieso seid Ihr traurig?«

»Lord Calieri ist nur müde«, kam Esthelia ihm zuvor. »Es war eine lange Reise.« Sie ergriff Ilaeus' Hand. »Verzeiht, Lord. Ich werde Euch in den Bädern behilflich sein.«

Laudan winkte ab, wollte allein sein. »Ich schaffe das schon. Ruh dich aus und verbring Zeit mit deiner Familie.«

Vom Atrium drangen Schritte zu ihnen heran. Stimmen redeten durcheinander. Anscheinend empfing Ri'shan noch andere Gäste, bei deren Besuch er weniger Wert auf Etikette legte. Derweil folgte Laudan Esthelia in einen Flur.

»Wann hört der Sturm auf, Theli?«, fragte Ilaeus.

»Bestimmt bald. Möchtest du spielen gehen?«

Ilaeus nickte und drückte sich unterwegs an Esthelia. Laudan hoffte, dass sich die unschuldigen Zukunftspläne des Jungen bewahrheiteten, aber Zervan Ri'shan galt als striktester Traditionalist, seit sein Großvater ein Bündnis mit dem heressianischen Reich eingegangen war. Sicher hielt er an der Erbfolge fest.

Sie betraten eine säulengetragene Halle mit einem Wasserbecken, aus dem ihm der Duft kostbarer Öle in die Nase stieg. Esthelia legte Handtücher und frische Kleider bereit. »Ich sorge dafür, dass Ihr ungestört bleibt. Falls Ihr etwas braucht, warten die Diener vor der Tür.«

Er bedankte sich und wandte sich Ilaeus zu. »Morgen berichte ich dir von den schwarzen Klippen. Aber dafür musst du mir mehr über Rakshazul erzählen. Ich will alles wissen.«

Der Junge umarmte ihn. Die Geste kam so unerwartet, dass er reglos dastand.

Laudan sah seinem Spiegelbild in den glänzend polierten Obsidianfliesen entgegen, entkleidete sich und stieg ins Wasser. Im Becken löste sich der Staub, der seine Haut überzog, und die Wärme sickerte in seine verkrampften Muskeln. Mit geschlossenen Augen lehnte er am Beckenrand und ließ den Kopf in den Nacken fallen. So verharrte er, bis die Sonne durch seine Lider drang.

Esthelia behielt recht, der Sturm war vorbei. Träge blickte er in die von einem Glasmosaik überzogene Kuppel. Das Kunstwerk entfachte einen bittersüßen Schmerz in seiner Brust. Diesmal sah er nicht vom Palaisbalkon über die Bucht von Ankhad hinweg, sondern fand ein Abbild des exakt selben Ausblickes Tausende Kilometer entfernt in einem Meer aus Sand. Wie war das möglich?

Er hastete aus dem Wasser, warf sich ein Badetuch um und klopfte gegen die prunkvolle Holztür. Ein junger Diener erschien. Laudan zeigte auf das Kunstwerk. »Wer hat das beauftragt?«

Der Mann schüttelte den Kopf und sah betreten zu Boden. Anscheinend sprach der venantische Adel mittlerweile die Sprache des Reiches, doch sie machten sich nicht die Mühe, ihre Bediensteten zu unterrichten. »Is thi vaz reshal?«, wechselte er ins Isthenische.

»Rakshazul.« Der Diener lächelte. »Ti ní?«

Laudan schüttelte den Kopf. Er brauchte nichts weiter. Nachdem der Mann fort war, ließ er sich auf eine der Obsidianbänke sinken, rieb sich die Schläfen und blickte noch lange zur Kuppel hinauf.

Erst als es klopfte, wandte er den Blick ab. Er hatte den Diener erwartet, doch es war Esthelia, die an ihm vorbei in die Bäder spähte. Ihr feuchtes Haar verströmte den Duft frisch aufgetragener Öle. »Verzeiht, Lord, habt Ihr Ilaeus gesehen?«

»Nein. Tut mir leid.«

Eine Sorgenfalte trat zwischen Esthelias Brauen. Ihr Blick glitt über ihn hinweg. Mehr als das Badetuch trug er nicht. »Die Diener werden Euch beim Ankleiden behilflich sein.« Sie hastete zurück in den Flur.

»Warte. Ist etwas nicht in Ordnung?«

»Ich weiß nicht«, gestand sie. »Ich habe gebadet, und jetzt kann ich Ilaeus nirgends finden.«

Er deutete in die Kuppel. »Der Sturm ist vorbei. Vielleicht spielt er draußen.« Wahrscheinlich hatte Ilaeus einen Weg gefunden, dem Palais zumindest eine Zeit lang zu entfliehen. Er konnte es ihm nicht verübeln.

»Ihr habt recht.«

»Ich helfe dir beim –«

»Nein, Lord. Ihr habt Wichtigeres zu tun. Mein Onkel erwartet Euch zum Abendessen. Genießt die Zeit.«

Esthelia winkte die Diener herbei und verschwand in die Halle. Laudan stand nicht der Sinn nach der Gastfreundschaft des Lords, der ihm noch unsympathischer war, als ihre Korrespondenz hätte vermuten lassen. Aber er wollte etwas von ihm, und er würde es bekommen.

# Kapitel 25

## Vertrauter Feind

Das Knarzen der Verliestür ließ Caliyan aufschrecken. Waren Stunden vergangen? Tage? Der Jäger hockte sich neben ihn. Er schaffte es kaum, die Augen zu öffnen. Egal wer sein Gegner war, falls der Jäger ihn jetzt in die Arena brachte, würde er sterben.

»Ich erinnere mich nicht«, presste er hervor. Halb Lüge, halb Wahrheit. »Du wolltest doch … dass ich das tue.«

Der Jäger berührte seine Stirn und zerriss die Lumpen, die seinen Oberkörper bedeckten. »Verdammt, du glühst ja.«

Schemen tanzten vor seinen Augen, bevor sie ihm zufielen. Der Jäger presste ihm die Hand auf den Brustkorb. Er kam nicht dagegen an, hustete. Blut füllte seinen Mund und rann über sein Kinn. Er wollte nicht sterben.

»Schon gut. Ich bin hier, um dir zu helfen.«

Magie drang in Caliyans Körper. Nach all den Monaten linderte der Jäger seine Qualen, statt sie zu verschlimmern. »Kannst du gehen?«

Eine Berührung an der Wange ließ ihn zusammenzucken.

»Versuch es für Ilaeus. Er ist weit gerannt, um mich zu finden.«

»Was …?« Caliyan zwang sich in eine halb sitzende Position. Das Gesicht des Mannes erschien einen Augenblick lang, bevor es in der Dunkelheit verschwamm. Keine Verhüllung. Schwarze, zu einem Zopf gebundene Haare. Ein Lächeln, das die Sorgenfalte zwischen seinen Brauen nicht verbergen konnte. Das war nicht der Jäger. »Arahyr …«

Er war gekommen, wirklich gekommen.

»Ruhig.« Arahyr zog ihn auf die Füße. »Er darf uns nicht hören.«

Caliyan taumelte. Das Gewicht der Kette, die an der Halsfessel befestigt war, riss ihn zu Boden. Arahyr schlang ihm einen Umhang um die Schultern und zog ihm die Kapuze ins Gesicht. Die Welt löste sich auf. Er sackte gegen Arahyr, der einen Arm um seine Hüfte legte und ihn aufrecht hielt. »Du musst jetzt laufen. Er ist nur abgelenkt. Schaffst du das?«

»Ja.« Er würde alles schaffen.

Als Arahyr ihn aus der Zelle schob, zerriss das Klirren der Kette die Stille. Arahyr packte sie und zog ihr loses Ende unter seinen Umhang. »Ich kann sie dir nicht abnehmen. Uns fehlt die Zeit.«

»Schon gut.« Der Gedanke, sie loszuwerden, war Motivation genug. Arahyr führte ihn durch die Eingeweide dieser Hölle. Ihr Gestank kroch ihm in die Nase, obwohl er längst ein Teil von Moder und Tod war.

»Lass den Kopf unten, egal was passiert. Niemand darf dich sehen.«

Er stolperte vorwärts, glühte und zitterte gleichzeitig.

»Es ist das Fieber.« Arahyr hielt ihn fester, schleifte ihn weiter. »Halte durch.«

»Wer ist der … Jäger?«

»Sch. Schone deine Kräfte. Wir reden später.«

Caliyan zwang ein Bein vor das andere und betete, dass der Jäger sie nicht überrumpelte. Arahyr mochte ein Eranthi sein, aber ein Heiler hatte gegen die Magie des Jägers keine Chance. Seine Hand krampfte sich um die Fessel. Wenn er sie nur fortreißen könnte …

Licht blendete ihn durch die Flügeltür, die Arahyr aufstieß. Vor Monaten hatte ihn der Jäger in diese Hölle geführt. Jetzt entkam er ihr und fasste es kaum.

»Kopf runter.«

Behutsam zog Arahyr ihn weiter. Die Eindrücke überschlugen sich. Frische Luft strömte in Caliyans Lungen, und er atmete gierig. Wasser plätscherte und mischte sich unter das Singen der Vögel. Leise Gespräche drangen zu ihm heran. Das Lachen von Kindern.

Vielleicht spielte Ilaeus mit ihnen. Er verdankte ihm so viel, hätte gern den Kopf gehoben. Venantes war sein Vermächtnis, untrennbar verbunden mit den düsteren Jahren, aber die Schwarze Stadt war nicht verdorben. Einzig ihr Herz war es. Die Arena. Hätte Harian sie doch nur zerstört.

Stimmen erhoben sich, so viele, so laut. Bald rempelten sie gegen ihn, schickten Welle um Welle des Schmerzes durch seinen Körper, bis er strauchelte. Arahyr zog ihn hoch, stützte ihn. »Du machst das gut«, sagte er. »Es ist nicht mehr weit.«

Er biss sich auf die Lippe. *Vorwärts. Weiter.* »Wohin bringst du mich?«

»Nach Hause.«

In einer Mauer schwang ein Tor auf. Der Duft der Orchideen, der daraus hervorströmte, trieb Caliyan die Tränen in die Augen. Der Garten seines Palais. Unterwegs zum Haupthaus verlor er sich in Erinnerungen. Jemand rannte die Stufen hinab. Die Schritte entfernten sich hastig wieder, bevor weitere herbeieilten.

Erst jetzt wagte er aufzublicken. Ihm gegenüber schlug Zervan Ri'shan die Hand vor den Mund, das Gesicht eine Maske des Schocks, während er seinen Dienern etwas zuraunte.

»Nicht jetzt«, sagte Arahyr. »Ein Zimmer. Er braucht Ruhe.«

Eine Diskussion entbrannte. Worte, die keinen Sinn ergaben und sich auflösten wie die Stufen unter seinen Füßen. Ri'shan gestikulierte wild, als sie ihm ins Innere des schwarzen Palais folgten.

Schemenhafte Umrisse des Wasserbeckens tanzten im Atrium vor Caliyans Augen. Die Stimmen der Diener erhoben sich. Eine Flügeltür schlug zu. Draußen säuselte der Wind in den Segeln, und er erwartete fast, dass Harian herbeieilte, wie er es stets getan hatte, wenn er nach Hause gekommen war. Doch er würde Harian nie wiedersehen. Er war ein winziges Rußpartikel in der Asche der Zeit. Alles war Asche. Die ausgetretenen Stufen der Freitreppe blieben die Zeugen derer, die längst nicht mehr auf ihnen wandelten.

»Wieso bin ich hier?«

»Du hast es geschafft.« Arahyr schob ihn in ein abgedunkeltes

Zimmer und verriegelte die Tür. »Lord Ri'shan hat seinen Fehler eingesehen.«

Wieder griff er nach der Fessel, doch seine klammen Finger fanden keinen Halt. Er sackte auf die Knie. Arahyr bettete ihn auf kostbare Kissen und Decken aus Seide. Blut und Schmutz sickerten in die Laken. Er blinzelte, rieb über die feine Sandschicht, die seine Haut überzog, als sei er durch einen Sturm gelaufen. Die Körner rieselten auf das Bett. Er starrte sie an. Draußen war doch alles grün gewesen …

Arahyr setzte sich zu ihm. »Alles wird gut. Du bist frei.«

»Ilaeus …« Er wollte sich bedanken. Jetzt, wo er nach Monaten wieder in einem Bett lag, schrie sein Körper nach Ruhe, verlangte Schlaf.

»Er ist ein guter Junge.« Wärme schwang in Arahyrs Stimme mit. Ein Lächeln vielleicht.

»Danke für …«

»Schon gut, dank mir nicht.«

»Habe meine Erinnerungen verloren, als ich –« Er hustete. »Vaelen … das Ritual … was geschieht mit Vaelen?«

»Erinnerst du dich an mich?«, fragte Arahyr.

»Wir … waren Freunde.«

»Beste Freunde. Du musst durstig sein.«

Er nickte, die Augenlider so schwer, dass er sie kaum aufzuhalten vermochte. Arahyr half ihm, sich aufzusetzen, und lehnte ihn gegen die Kissen, bevor er sich erhob. »Du warst wie ein Bruder für mich. Ich habe immer zu dir aufgeschaut.«

Ein Löffel klirrte gegen ein Glas. Bald darauf kehrte Arahyr mit einer Karaffe zurück, füllte einen Becher und reichte ihn Caliyan.

Zitternd nahm er ihn entgegen. »Vaelen … Was ist mit –«

»Trink.«

Er hob den Becher, verschüttete die Hälfte. Arahyr füllte ihn erneut und führte ihn an seine Lippen. »Ist schon gut«, sagte er sanft und half ihm zu trinken.

Nachdem er getrunken hatte, sank Caliyan in die Kissen. Er

schämte sich für das, was aus ihm geworden war. Sowohl für den Caliyan, den Arahyr an den Obsidianklippen verabschiedet hatte, als auch für den halb toten Sklaven, der jetzt vor ihm lag.

Ein bitterer Geschmack breitete sich in seinem Mund aus. Seine Zunge war taub, sein Herz hämmerte wie nach einem Sprint. Kraftlos hob er die Hand, deren Umrisse vor seinen Augen verschwammen.

»Wie damals.« Arahyr lachte. Ein hämischer Laut, der nicht zu ihm passte. »Erinnerst du dich jetzt?«

»Was …«

Caliyans Worte erstarben. Seine Hand glitt herab. Sein Kopf rollte zur Seite, und sein Blick fiel auf den Becher, der neben der Karaffe auf dem Tisch stand. Er konnte sich nicht bewegen, war gefangen in seinem Körper. Sein Atem kam stoßweise zwischen zusammengepressten Zähnen.

*Was hast du mir gegeben?*, wollte er schreien, doch er vermochte es nicht. Arahyr trat in sein Sichtfeld und ließ eine Flamme über seiner Hand erscheinen, die sein Gesicht erhellte. Nur dass es nicht Arahyrs Gesicht war, sondern das eines Mannes, der ihm nur allzu ähnlich sah.

*Süße Träume,* las er von dessen Lippen. Hören konnte er ihn nicht mehr.

# Kapitel 26

## Tauschhandel

Laudan betrat den Salon, aus dem ihm der Duft würziger Speisen entgegenwehte. Diener wirbelten durcheinander und trugen das Essen in unzähligen Schüsselchen auf. In seiner Robe nahm er Ri'shan gegenüber Platz und lehnte sich auf dem Polstersessel zurück. Die Diener hatten ihn rasiert, seine Haare gekämmt und ihn auf isthenische Art eingekleidet. Anerkennend nickte Ri'shan ihm zu. »Wie ich sehe, habt Ihr Euch gut eingelebt. Die Rashveta steht Euch ausgezeichnet. Behaltet sie.«

»Ihr seid sehr großzügig.«

Während ein Diener Wein einschenkte und die Übrigen die abgedeckten Schüsselchen öffneten, sah Laudan zur Tür. Bei der schieren Menge an Speisen fiel es ihm schwer zu glauben, dass sie nur für sie beide bestimmt waren.

»Bitte greift zu«, bestätigte Ri'shan seinen Verdacht und ließ sich eine Fleischplatte reichen.

Laudans Magen knurrte. Obwohl alles köstlich schmeckte, lag ihm der Geschmack schal auf der Zunge. Zu viele Gedanken suchten ihn heim. Dinge, die er entscheiden musste; Rätsel, die ihn verfolgten. Und Cal, immer wieder Cal. Er hatte gehofft, aus Ankhad fortzugehen würde den Schmerz lindern, doch hier war er präsenter denn je.

Ri'shan ermüdete ihn mit Fragen über Krieg und Politik, die er mit Floskeln beantwortete. Sein Blick driftete durch den Salon, bis er an einer gerahmten Zeichnung hängen blieb.

»Entschuldigt mich.«

Er wischte sich den Mund ab und trat vor die Kommode, über der sie hing. Obwohl die Skizze hastig gezeichnet war, erwachte sie vor seinem inneren Auge zum Leben. Sie zeigte die Arena und tat es doch nicht.

*Ein Platz des Austausches.* Woher kam dieser Gedanke? Er stützte sich ab, konnte den Blick nicht abwenden. Der Lord reichte ihm ein Weinglas.

»Wer hat das gezeichnet?«, fragte er.

»Vermutlich Rakshazul selbst. Eines der wenigen Stücke aus seinen Archiven, die sich noch hier befinden.«

»Seine Archive? Was ist damit passiert?«

»Ich dachte, das könntet Ihr mir sagen, Lord Calieri. Schließlich sind sie in heressianischem Besitz.«

»Richtig«, überspielte Laudan seine Überraschung. »Ich habe davon gehört. Wer hat sie abgeholt?«

Ein Schmunzeln huschte über Ri'shans Lippen. »Da müsstet Ihr meinen Großvater fragen. Sie haben bergeweise Notizen, Forschungen und Berechnungen mitgenommen. Was sie damit wollten, habe ich nie verstanden.«

»Woran hat Rakshazul gearbeitet?«

»Wer weiß das schon? Aber in seinen letzten Jahren muss er wie besessen davon gewesen sein.«

»Wann ist er gestorben?«

»Er ist nicht gestorben, mein Freund. Er ist fortgegangen. Vor etwa hundert Jahren.«

Laudan trank einen Schluck, doch der Wein vermochte die wachsende Unruhe in ihm nicht zu betäuben. »Ist es wahr, was Euer Sohn sagt? Hat Rakshazul mit Dolchen gekämpft?«

Zur Antwort nahm der Lord den Rahmen von der Wand. »Lasst gut sein. Wollt Ihr es haben? Die Realität gefällt mir ohnehin besser.«

Die Strichführung von Nahem zu sehen, machte alles nur noch schlimmer. Wurde er wahnsinnig? »Euer Sohn wäre bestimmt traurig.«

Ri'shan winkte ab. »Der Kodex wird ihm Halt geben. Ihr bekommt das Bild zu Eurer Abreise.«

Laudan wollte protestieren, doch er besann sich eines Besseren. Er musste eine Waffe abholen, den Krieg gewinnen.

Mittlerweile hatten die Diener den Tisch abgeräumt und warteten neben den Sesseln, um ihnen Luft zuzufächeln. Vermutlich verzichtete Ri'shan aus reinem Kalkül darauf, ihnen die Sprache des Reiches beizubringen, damit sie ihn nicht belauschten. Laudan stellte sein Glas ab. »Wir sollten über das Geschäftliche sprechen.«

Ein Lächeln malte sich auf Ri'shans Gesicht ab. »Tun wir das nicht längst? Ich hoffe, der Sha erinnert sich an sein Versprechen. Ich habe ihn aus tiefster Verbundenheit kontaktiert.«

»Selbstverständlich. Ihr erhaltet die von Euch ausgehandelten Münzen bei der Übergabe. Damit soll Venantes als Teil des heressianischen Reiches erneut erblühen und wiederaufgebaut werden.«

Die Augen des Lords verengten sich. »Ich fürchte, hier liegt ein Missverständnis vor. Ich will Fortschritt. Keine Märchen.«

»Die Heressia erwartet nicht, dass Ihr Eure Kultur aufgebt«, erwiderte Laudan. Dass die Stimmung so schnell kippte, hätte er nicht für möglich gehalten.

»Das mag sein, aber die Vergangenheit liegt hinter uns. Mein Vorfahre Harian Ri'shan sollte die Arena auf Geheiß von Rakshazul zerstören. Bevor es zu spät war, hat mein Großvater die Klinge gegen ihn erhoben und tötete seinen eigenen Vater. Wenn er es nicht getan hätte, wäre Venantes heute nichts mehr. Gar nichts.«

»Eine schreckliche Geschichte«, räumte er ein. »Wieso sollte Rakshazul ihre Zerstörung fordern?«

»Weil er wahnsinnig war. Venantes *ist* die Arena, und ich werde sie ausbauen.«

*Und dich weiter daran bereichern, während der Rest der Stadt im Sand versinkt.* Darum ging es hier also. *Tiefste Verbundenheit?* Beinahe hätte er aufgelacht. Die Arena war falsch, hätte nie so sein sollen. Vielleicht hatte auch ihr Erbauer das erkannt.

»Verwendet das Gold, wie es Euch beliebt«, erwiderte Laudan

schließlich. Sobald die Rebellion die Waffe hatte, flossen ohnehin keine Gelder mehr. »Wie wird die Übergabe stattfinden? Der Sha hat mich instruiert, binnen dreißig Tagen zurück in Ankhad zu sein.«

Die Gesichtszüge des Lords entspannten sich. Er schob sich eine Traube in den Mund, die zwischen seinen Zähnen zerplatzte. »Während wir sprechen, wird alles für Eure Abreise vorbereitet. Aber zuerst sollt Ihr essen, trinken und unsere Gastfreundschaft genießen.«

»Ich wünsche eine Demonstration, um sicherzugehen, dass der Sha erhält, was er erwartet.«

Lord Ri'shan verschluckte sich und tupfte seine Mundwinkel ab. »Aber der Sha wird sicherlich nicht wollen, dass –«

»Du hast den Lord gehört, Zervan«, erklang eine tiefe Stimme hinter ihnen. Laudan wandte sich zur Tür, in deren Rahmen eine in Schwarz gehüllte Gestalt lehnte. Das Gesicht des Fremden war bis auf die Augen verdeckt, doch er erkannte ihn sofort. Es war der Mann, mit dem sich Kazul in der Nacht des Festes unterhalten hatte.

»Ich habe Bestien gefangen«, fuhr dieser fort. »Sicherlich ein Schauspiel, das der Lord gern sehen würde.«

»Mit Vergnügen.« Laudan genoss, dass der Fremde offenbar die Macht besaß, Ri'shan zum Schweigen zu bringen. Derweil schenkte ihm der Lord das angestrengteste Lächeln, das er je gesehen hatte.

»Dann ist es entschieden. Morgen sollt Ihr Eure Demonstration erhalten.« Der Fremde wandte sich zum Gehen. Mit einem Räuspern erhob sich Ri'shan und folgte ihm. »Entschuldigt mich einen Augenblick, Lord Calieri.«

Gedämpfte Stimmen drangen zu ihm heran, bevor Ri'shan zurückkehrte und den Rest des Abends damit verbrachte, seine eisige Stimmung zu überspielen.

Sobald der Anstand es zuließ, entschuldigte sich Laudan, um die Truppen in den Quartieren zu besuchen, und zog sich zügig in seine Gemächer im Palais zurück, als der Wein zu fließen begann.

Die Soldaten waren zuverlässige Männer, teilweise aus seiner Unterstadtpatrouille, aber allesamt regimetreu. Keiner von ihnen wusste, was sie hier abholten, und er beließ es dabei. Selbst Esthelia war nicht eingeweiht. Dass ihr Onkel etwas verriet, hielt Laudan für ausgeschlossen, denn scheinbar handelte Zervan Ri'shan nach ebenso strikten Vorgaben des Sha wie er.

Es spielte keine Rolle. Das Einzige, was zählte, war, dass Laudan in Besitz dieser Waffe gelangte und sie anschließend gegen die Heressia einsetzte. Doch dafür musste er lernen, wie man sie benutzte.

# Kapitel 27

## Am Ende der Zeit

Vor ihm lag Vaelen in seinem Blut, und die Welt stand still. Er schrie, doch er hörte nichts. Sie packten ihn und rissen seinen Kopf in den Nacken, doch er spürte nichts. Selbst als Alcaelus den Kelch mit Vaelens Blut gegen seine Lippen presste und sich die Flüssigkeit einen Weg in seinen Mund bahnte, schmeckte er nichts.

Er fühlte nicht mehr, existierte nicht mehr, und dann sackte er nach vorn, blickte zwischen den Beinen der Alten Ordnung zu Vaelen hinüber und streckte ihm die Hand entgegen, wie er es tat. Doch Vaelen war tot.

Lazair versperrte ihm die Sicht, packte ihn bei den Schultern, sein Ausdruck panisch. Er wollte nicht, dass Lazairs Gesicht das Letzte war, das er sah, und drehte seinen Kopf. Andere rannten herbei, hinterließen Fußspuren in Vaelens Blut. Dann verschwamm dieses Bild, bis es zu existieren aufhörte, hier, am Ende der Zeit. Und er starb mit ihm. Mit Vaelens Namen auf den Lippen und Vaelens Blut in seinem Mund.

Etwas erstickte seinen Schrei. Schwarzer Stein und Fäulnisgestank überlagerten seine Erinnerungen. Er war wieder hier, in den Katakomben der Arena. Seine Zähne gruben sich in den Knebel; seine Hand schnellte nach oben, um ihn fortzureißen. Fesseln hielten sie zurück. Er riss daran. Man hatte ihn auf einer Liege festgebunden, seine Wunden versorgt und sorgfältig bandagiert. Warum?

»Sch …« Ein Gesicht erschien über seinem. Dunkle Augen sahen auf ihn herab. Dieselben Augen wie in seiner Erinnerung, die ihn seit Monaten durch den Spalt eines Tuches anblickten. Er erkannte sie jetzt, erkannte den Mann, der sich die schwarzen Haare zurückgebunden hatte, um auszusehen wie sein älterer Bruder.

»Willkommen zurück.« Ein Grinsen breitete sich auf Lazairs unverhülltem Gesicht aus. »Hast du wirklich geglaubt, ich wäre Arahyr? Nachdem er mich aus der Arena holte, hat er jahrelang versucht, mich zu retten. Hat sich um mich gekümmert. Dabei brauchte ich keine Rettung. Ich brauchte Macht.«

»Ilaeus«, presste Caliyan zwischen dem ledernen Knebel hervor.

Lazairs Grinsen wurde breiter. Verschwörerisch.

In den Fesseln verkrampften sich seine Muskeln. Er bäumte sich dagegen auf, bis Lazair ihn zurück auf die Liege drückte. »Lass das. Ich habe mir viel Mühe mit dir gegeben und ich bin noch nicht fertig.«

Sein Blick bohrte sich in Lazairs. Er presste die Kiefer aufeinander, bereit, ihm an die Gurgel zu springen, wenn er nur könnte. Lazair hatte ihn in eine andere Zelle gebracht. Eine Rüstung hing über einem Stuhl. Auf dem dazugehörigen Tisch stand eine mit Ornamenten verzierte Schatulle. Was es damit auf sich hatte, spielte keine Rolle. Hölle blieb Hölle. Und ein kleiner Junge war tot, weil er ihn daraus befreien wollte.

»So viel Feuer. Ich dachte schon, das wäre dir abhandengekommen.«

*Ilaeus war ein Kind,* wollte er schreien. *Ein unschuldiges Kind.* Er hatte Vaelens Idealismus geliebt, doch jetzt war er sich sicher, dass es für Monster wie Lazair keine Erlösung gab.

Lazair bückte sich nach einer Schüssel und träufelte etwas in das Wasser. »Du hast halluziniert, weißt du? Hast dich im Sturm an mich geklammert. Ich war dein Retter, und du hast tapfer gekämpft, Fieber und Wunden zum Trotz. Hoffnung macht vieles möglich. Wie war es, als ich sie zerschlagen habe?«

Der Knebel schluckte seine Antwort. Lazair war noch wahnsinniger als früher. Am Übergang zwischen seinen Handschuhen und seinem Ärmel suchte Caliyan nach Spuren Alter Magie, aber der

Stoff bedeckte Lazairs Haut vollständig. Ohne Vorwarnung ergoss sich der Inhalt der Schüssel über seinen Kopf und ließ ihn zusammenzucken.

»Wasser?« Mit gekräuselter Stirn strich Lazair ihm durch die Haare und wusch den Schmutz der letzten Monate fort. »Wusste nicht, dass dir das Angst macht. Das ist neu.«

Quälend langsam kippte Lazair eine zweite Schüssel über ihm aus. Caliyan würgte von dem süßlichen Duft, der ihm in die Nase stieg, und erinnerte sich an das Versprechen, das er sich selbst gegeben hatte. Lazair besaß ihn nicht. Er würde ihn nie besitzen.

»Als vorhin die Wirkung der Betäubung nachließ, wusste ich, dass ich recht hatte«, sagte Lazair. »Deine Schreie, dein Wimmern, der Schmerz in dir … Niemand könnte dir so viel Leid zufügen wie du selbst, Caliyan.« Lazair brachte seine Lippen an sein Ohr. »Es war deine Schuld.«

Mit aller Gewalt schoss er vorwärts. Schmerz explodierte an seiner Hüfte, unter deren Bandage sich ein Blutfleck ausbreitete. Die Naht war gerissen.

»Er ist nicht wegen des Blutes gestorben, *Cal.* Ein Tropfen hätte genügt. Alcaelus wusste das. Vaelen ist gestorben, weil du an seine Ideale geglaubt hast. Du bist Vaelens Mörder. Du tötest alles, was du liebst.«

*Das ist nicht wahr,* wollte er schreien. *Nicht wahr.*

»Oh, du willst etwas sagen?« Ohne auf seine Antwort zu warten, löste Lazair den Knebel.

»Du verdammter Bastard! Stell dich mir in der Arena. Ich korrigiere meinen Fehler und töte dich, du Mör–« Seine Worte verwandelten sich in ein Keuchen, als Lazairs Magie durch seinen Körper peitschte.

»Ein reizvoller Gedanke, nicht wahr?« Ein Hauch von Wehmut flackerte in Lazairs Blick, der an der Schatulle festhielt.

»Was ist da drin?«

Lazair lachte müde. »Flüssiges Schicksal. Es gibt keine Erlösung. Keinen Weg zurück. Weder für dich noch für mich. Kannst du stehen?«

Die plötzliche Frage überraschte Caliyan. Er nickte.

»Gut. Ich binde dich los, und dann will ich, dass du das anziehst. Du wirst kämpfen.« Lazair schleuderte ihm die Rüstung entgegen. Es war Caliyans. Jedenfalls eine von denen, die er in einem anderen Leben getragen hatte. »Bedank dich bei Ri'shan. Wenn es nach mir ginge, würdest du halb tot da rausgehen.«

Als Lazair ihn losband, begriff er. »Du verlierst die Kontrolle. Es läuft nicht mehr, wie du es willst.«

Ein Schlag riss seinen Kopf zur Seite. Das Blut, das sich in seinem Mund sammelte, spuckte er Lazair entgegen.

Grinsend wischte dieser es fort. »Glaub, was du willst, aber bald kontrolliere ich jeden deiner Schritte. Du wirst schon sehen. Und jetzt zieh dich an.«

Caliyan rieb sich die Handgelenke. Jeder Muskel seines Körpers schmerzte. Lazair hatte sein Fieber gesenkt, doch er war nicht geheilt, und die Wunde an seiner Hüfte blutete unablässig. Seine Finger glitten über das weiche Leder, bevor er die Rüstung über die Verbände streifte. Jetzt fehlten nur noch die Dolche, aber die würde er nicht bekommen.

»Fast wie der Caliyan, den ich gekannt habe«, stellte Lazair fest.

»Ich *bin* Caliyan.«

Diesmal fühlte es sich richtig an. Er trat Lazair gegenüber und dachte daran, wie Funken zu alles verschlingenden Feuern wurden. Damals hatte er den Augenblick verpasst, jenen Funken, der Lazair vom rechten Weg abgebracht hatte, und seinen eigenen ebenso.

Ja, Lazair hatte recht. Es gab keine Erlösung und keinen Weg zurück.

»Bringen wir es hinter uns.«

# Kapitel 28

## Das Herz der Welt

Auf dem Weg zur Arena peitschte der Wind feinste Sandkörner über Laudans Gesicht. Er spuckte aus, wickelte sich das Tuch der Rashveta um und folgte Ri'shan zu dem schwarzen Ungetüm, in dessen Maul sich ein nicht abreißender Strom aus Menschen schob.

Seit gestern kehrten die Isthenier den Sand zusammen und trugen ihn eimerweise vor die Stadttore. Diese Menschen brauchten keine Spiele, sie brauchten reparierte Segel, doch solange Ri'shan herrschte, füllte dieser ausschließlich seine eigenen Taschen; und mit der Arena als einzigem Zeitvertreib füllte er sie gut.

Statt sich einzureihen, hielt der Lord auf einen Seiteneingang zu. Die dort positionierten Wachen schulterten ihre Speere und öffneten das Tor. Sie traten ein. Die modrige Feuchte, die Laudan entgegenschlug, weckte Erinnerungen an das Verlies der Zitadelle. Erst im offenen Treppenturm konnte er wieder durchatmen.

Je höher sie stiegen, desto mehr schnaufte der Lord. Es war keine Höflichkeit, die Laudan dazu veranlasste, auf dem Treppenabsatz über ihm stehen zu bleiben, sondern der Anblick der Stadt, deren sternförmig angelegtes Raster nur von oben wirklich sichtbar war. Alle Wege führten hierher. Zu diesem einen, schrecklich schönen Ort.

»*Das Herz der Welt* hat Rakshazul die Arena genannt. Jetzt versteht Ihr, wieso.« Ri'shan tupfte sich den Schweiß von der Stirn und schob die Vorhänge der Loge beiseite.

»Kommt Esthelia nicht?« Seit gestern hatte Laudan weder sie noch Ilaeus gesehen.

»Ich fürchte, meine Nichte hat kein Gemüt für die Spiele.«

Er konnte es ihr nicht verübeln. »Ist Euer Sohn wiederaufgetaucht?«

Im Gehen winkte Ri'shan ab. »Meine Soldaten sind unterwegs, um ihn wieder aufzulesen. Belastet Euch nicht damit. Kommt, der Sand wartet.«

In Ri'shans Loge richteten Bedienstete ein Buffet an. Wie konnte man im Angesicht dieser Barbarei nur ans Essen denken? Noch bevor Laudan neben dem Lord in einem Sessel Platz nahm, hielt er ein Getränk in der Hand. Ein Diener fächerte ihnen Luft zu.

Im Sand ächzte der Schild eines Speerkämpfers unter dem Hieb seines Gegners und zerbarst. Jubel schwoll an. Das Gestein vibrierte, und Ri'shan erhob die Stimme. »Willkommen in meiner Arena. Ihr bekommt keine bloße Demonstration. Ihr bekommt ein Schauspiel, das Ihr nie vergessen werdet.«

Mit einem Lächeln maskierte Laudan seine Abscheu. »Sind das Eure Kämpfer?«

»Nur der in der schwarzen Rüstung. Die eigenen Sklaven gegeneinander antreten zu lassen, wäre unmoralisch.«

Er schluckte seine Antwort herunter. Moral gab es hier ohnehin nicht. Ein junger Diener eilte auf den Wink des Lords herbei und schenkte Ri'shan nach, während dieser seinen Kämpfer bei einer Parade beobachtete. Der Gegner taumelte in den Sand, riss den Speer hoch und durchbohrte ihn. Ri'shans Mann sank auf die Knie. Die Hände schnellten in Richtung der Waffe, die ihm aus dem Bauch ragte.

Die Zuschauer grölten. Ri'shan sprang auf, fluchte und rempelte gegen den Diener. Wein spritzte aus der Karaffe und ergoss sich über die Rashveta des Lords. Mit zusammengepressten Zähnen holte dieser aus und schlug dem Diener so hart ins Gesicht, dass er gegen die Brüstung taumelte. Er drohte zu fallen, doch Laudan hielt ihn fest. Heftig atmend huschte der Blick des Mannes zwischen ihm und Ri'shan hin und her.

»Vaz arash«, sagte Laudan, *schon gut,* und stellte sich vor den

Diener. »Gestern spracht Ihr von Fortschritt, Ri'shan. Heute sehe ich das Gegenteil. Der Sha missbilligt derartige Praktiken, und ich missbillige sie ebenfalls.« Dem Lord entglitten die Gesichtszüge. Unten im Sand ließ der Speerkämpfer den sich windenden Mann unnötig leiden. »Beendet diese Barbarei.«

»Ihr nennt das hier Barbarei? Wie viele habt Ihr in den Tod geschickt, *Feldherr?* Und wie viele haben sie wiederum getötet?«

»Ihr wagt es? Das ist doch nicht vergleich–« Jubel übertönte ihn. Nur beiläufig nahm Laudan wahr, wie der Kämpfer dem Sterbenden die Waffe in den Hals rammte. Bilder aus Kionne stiegen in ihm auf; von allen Schlachten, die er je befehligt hatte. *Du wirst Unzählige mehr retten.* Teralyns Worte. Er klammerte sich daran und krampfte die Hände um die Balustrade. Bald musste er wieder Befehle erteilen.

Ri'shan räusperte sich. »Verzeiht. Meine Worte waren unüberlegt. Vielleicht werden Euch die nächsten Kämpfe besänftigen. Ich habe sie zu Euren Ehren arrangiert.«

Stunden später war Laudan, als hätte er seine Seele gegen diese Waffe eingetauscht. Er hatte etliche sinnlose Tode mit angesehen, die man für ihn orchestriert hatte. Während sich der Lord den Bauch vollschlug, fragte er sich, bis zu welchem Punkt der Zweck die Mittel heiligte. Nach Teralyns Worten mussten einige sterben, um viele zu retten. So lebte er seit Jahren, doch wenn er die Augen schloss und Cals Reden in ihm erwachten, fand er eine andere Antwort.

»Tí Lazair rash arok vel«, wandte sich Ri'shan an einen Diener. Dieser verließ die Loge.

»Lazair?«, fragte Laudan. »Der Mann von gestern?«

Ri'shan kaute auf einem Stück Fleisch und nickte. »Wir haben ein Abkommen geschlossen, das für uns beide äußerst lukrativ war.«

»Was für ein Abkommen?«

»Lazair kontrolliert, was ich nie kontrollieren könnte. Während wir sprechen, bereitet er alles vor, damit Ihr Eure Demonstration bekommt. Aber wisset, Lazair ist … schwierig. Für uns alle wäre es besser, ihn in dem Glauben zu lassen, der Sha habe die Übergabe angeordnet.«

»Ihr habt mein Wort.« Laudan betrachtete die Blutspuren im Sand. Wovon sprach Ri'shan? Eine unkontrollierbare Waffe nützte niemandem. »Der Sha ist Euch sehr dankbar. Was ich hier abhole, bedeutet ihm alles.«

»Und doch wünscht *Ihr* eine Demonstration.«

»Ich fürchte, ich kann Euch nicht folgen.«

»Das macht nichts. Seht einfach zu.«

Das gegenüberliegende Tor ratterte nach oben. Laudans Gedanken überschlugen sich. Die Rebellion verließ sich auf ihn, hatte alles auf diese Karte gesetzt, diese eine Chance.

Im Tunnel tauchten zwei Schemen auf. Lazair war der Erste, der hinaus auf den Sand trat; die grobgliedrige Kette um sein Handgelenk der einzige Kontrast zu all dem Schwarz. Er riss daran. Durch den Ruck taumelte ein Sklave in die Arena. Man hatte ihm einen Sack über den Kopf gezogen und die Kette an einer Fessel um seinen Hals befestigt. Wie barbarisch.

Mit der Kette in der Hand trat Lazair zurück in den Tunnel. Das Tor schoss nach unten. Der Gefangene rührte sich nicht, und Laudan begriff, dass er nicht nur blind, sondern auch gefesselt sein musste. Die kostbare Lederrüstung täuschte nicht darüber hinweg, wie ausgezehrt sein Körper war. Waffen trug er keine.

Durch das Gitter zerrte Lazair den Sklaven zu sich, bis dieser mit dem Rücken gegen das Tor schlug. Ohne Hast befreite er ihn von den Ketten und machte sich anschließend an der Halsfessel zu schaffen. Die Menge tobte, wusste scheinbar genau, was sie erwartete. Dabei war das Leben dieses Mannes verwirkt, und es war Laudans Schuld, weil er eine Waffe in Aktion sehen wollte.

Die Fessel fiel in den Sand. Laudan zuckte. In seinem Inneren brach ein Sturm los, als habe er nur darauf gewartet, sich zu entladen. Er biss sich auf die Lippe, konnte sich der Empfindung nicht entziehen, wollte es nicht, denn bei allem, was … Er hatte sie schon zweimal gespürt.

Er sprang auf. Die Dienerin, die ihm Obst reichte, schickte er weg, hörte sich dabei selbst nicht. Seine Welt bestand aus dem Mann, dem Lazair den Sack vom Kopf zog. Rotbraune Strähnen wirbelten im Wind wie Herbstlaub, während seine Magie in Laudans Körper widerhallte. Er hätte ihn überall erkannt. An diesem Gefühl allein.

*Dreh dich um,* dachte er, unfähig, zu glauben, dass er es war. Unfähig, es nicht zu glauben. Neben ihm schob sich Ri'shan in überheblicher Gelassenheit Trauben in den Mund. Er schien es nicht zu spüren und die Diener ebenso wenig.

In jener schicksalhaften Nacht an den Klippen hatte Cal ihn angesehen und gesagt, dass auch er Magie in sich trug. Laudan hatte es abgestritten, es nicht wahrhaben wollen. Doch jetzt war jede Faser seines Körpers erfüllt von Cal, und etwas in ihm antwortete.

Cal drehte sich um. Sein Blick huschte über die Ränge hinweg.

Spürte er es auch?

Laudans Knie waren so weich, als hätte man die Knochen herausgeschnitten. Er riss an der Rashveta, verhüllte sein Gesicht. Ri'shan trat neben ihn. »Entspannt Euch. Der Kampf hat noch nicht einmal begonnen.«

»Die Hitze«, presste er hervor, völlig im Klaren darüber, wie fadenscheinig diese Erklärung klang. Der Lord winkte die Dienerin herbei, die Laudan ein Getränk reichte. Mit zittrigen Fingern nahm er es entgegen.

»Setzt Euch. Genießt das Spektakel.«

Mehr als ein Nicken brachte er nicht zustande, ließ sich in den Sessel sinken und umklammerte den Becher. Was zur Hölle tat er hier? Er war gekommen, um eine Waffe abzuholen, nicht, um Cal sterben zu sehen.

Im Tosen der Menge hielt Cal inne. Ein Lächeln huschte über seine Lippen. Nicht strahlend wie in Cerza, sondern kalt und voller Schmerz. Ja, er spürte es auch.

Laudan stellte das Glas ab. »Ich habe es mir anders überlegt. Vergesst die Demonstration.«

Ri'shans kehliges Lachen verlor sich im Geschrei der Menge, die ein einzelnes Wort rief. Einen Namen: *Rakshazul.*

Er starrte Ri'shan an. »Wissen sie es? Weiß das Volk, wer da für sie kämpft?«

»Nein. Es ist eine Eigenart der Isthenier, ihren liebsten Kämpfern Namen zu geben. Es war Zufall.«

»Wo ist die Waffe?«

Das Tor unterhalb der Loge ratterte nach oben. Ri'shan lehnte sich vor. »Habt Ihr es noch immer nicht begriffen?«

»Ich nehme ihn so mit.«

»Dafür ist es zu spät.«

Ein Ächzen dröhnte aus den Katakomben, und die Zuschauer verstummten. Cals Blick fokussierte sich. Jetzt schickten sie ihm einen Gegner. Laudan ließ ihn nicht aus den Augen. »Der Sha will ihn lebend. Ich hoffe, Ihr wisst, was Ihr tut.«

Ein Lachen. »Panik passt nicht zu Euch. Aber ja, Lazair weiß, was er tut. Er kennt Rakshazuls Grenzen. Sorgt Euch nicht.«

Alle Augenpaare richteten sich auf den Tunnel unterhalb der Loge. Ein Heulen drang daraus hervor. Selbst die Diener starrten hinab in den Sand, wo eine wolfsähnliche Bestie aus dem Durchgang schoss. Ihre Schneidezähne ragten wie Dolche aus ihrem gewaltigen Kiefer. Dicht gefolgt sprang eine zweite hinterher und schließlich eine dritte. Bei allem, was heilig war, wie sollte Cal diesen Kreaturen trotzen?

»Was sind das für Monster?« Er schaffte es nicht, die Anspannung in seiner Stimme zu unterdrücken.

»*Hathruun,* Lord Caleri. Lasst mich raten, Ihr hieltet sie für Märchen, die man Kindern erzählt, um ihnen Angst zu machen.«

»Hat Lazair sie …«

Cals Magie erhob sich zu einem Orkan, bereit, die Welt unter sich zu begraben. Die *Hathruun* umkreisten ihn.

»Hat er. Sie reißen ganze Dörfer in Stücke, töten jeden, der sich ihnen in den Weg stellt. Schaut ihn Euch an. Schaut, wie er dasteht.«

Cal rührte sich nicht. Eine Bestie fletschte die Zähne. Ihr Knurren durchdrang jeden Winkel der Arena. Ihre Augen glühten, richteten sich auf Cal. Dann stürzte sie sich auf ihn.

Laudan duckte sich instinktiv; seine Muskeln zum Zerreißen gespannte Sehnen eines Bogens. Cal riss die Hand vor, schleuderte die Kreatur von sich, deren massiver Körper gegen die Wand unterhalb der Ränge prallte. Heulend sank sie zu Boden und bäumte sich auf. Die Menge jubelte aus einer Stimme.

»Das ist mein Junge«, triumphierte Ri'shan. »Versteht Ihr jetzt, warum ich mich nur ungern von ihm trenne?«

Er ignorierte die Frage, war ganz bei Cal, der mit einer Handbewegung die nächste Bestie durch die Arena katapultierte. Die dritte wich zurück wie ein verschreckter Welpe. Cal sprintete zu der verletzten Kreatur, die sich unterhalb der Ränge wand. Sie kämpfte sich auf die Hinterbeine, sprang auf ihn zu. Laudan erstarrte, als sie Cal mit sich riss.

Dann war sie über Cal. Messerscharfe Zähne schnappten nach ihm. Cals Hände schossen vor, umfassten ihren Hals und drückten zu. So hielt er gegen sie, hinderte sie daran, ihn zu zerfleischen. Sein Schrei drang zu Laudan herauf. Ein Keuchen, als er die Bestie wegdrückte und unter sich zwang. Eine Pranke erwischte Cal am Arm, eine weitere am Bein. Einige grausame Sekunden lang gruben sich ihre Krallen in seine Haut. Dann erschlaffte ihr massiger Körper.

Cals Brust hob und senkte sich heftig. Blut sickerte unter den zerfetzten Teilen seiner Rüstung hervor. Ihm blieb keine Zeit, sich auszuruhen. Die beiden anderen *Hathruun* näherten sich bereits. Laudan wollte ihn warnen, doch Cal hatte sie schon bemerkt, umfasste den Reißzahn der toten Bestie, riss ihn aus dem Kiefer und schloss die Hand um seine neue blutige Waffe.

»Verdammt …«

Ri'shan applaudierte. »Unglaublich, nicht wahr?«

Laudan hielt den Atem an. Die nächste Bestie schoss auf Cal zu.

Gerade rechtzeitig rollte er zur Seite, sprintete ihr entgegen, sprang, wirbelte durch die Luft. Wie ein Tänzer des Todes trieb er ihr den Zahn in den Hals. Dunkles Blut spritzte hervor und rann in Schlieren über sein Gesicht. Cal setzte nach, hieb wieder und wieder zu, bis die Kreatur unter ihm zusammenbrach.

*Unglaublich.* Schon an den Klippen hatte Cal gut gekämpft, aber das hier überstieg Laudans Vorstellungskraft. Die Menge tobte. Die dritte Bestie knurrte und stürmte Cal entgegen. Sie war die kleinste von ihnen, doch auch sie überragte Cal bei Weitem. Gleich würde er sie töten. Gleich endete dieser Albtraum ein für alle Mal.

Doch Cal rührte sich nicht. Die Waffe entglitt ihm. Seine Knie gaben nach, und er stürzte in den Sand, wo er reglos liegen blieb.

Der Anblick schnürte Laudan die Luft ab. Ihm war, als triebe man ihm eine Klinge zwischen die Rippen. »Beendet das«, forderte er. »Er schafft es nicht.«

Der Lord sprang auf, sein Gesicht eine Mischung aus Ratlosigkeit und Panik.

»Tut doch was!« Alle Hilfe kam zu spät, falls die Bestie jetzt angriff.

Und genau das tat sie. Sie stürzte sich auf Cal, schlug ihre Zähne in seine Schulter, und Cals Blut tropfte aus ihrem Maul. So schleifte sie ihn durch die Arena. Laudans Schrei mischte sich unter die Schreie der Zuschauer. Er packte Ri'shan. »Verdammt, beendet das, sonst tue ich es!« Die Worte sprudelten aus ihm heraus. Er musste da runter. Sofort.

Der Lord hielt ihn fest. »Wartet und seht zu.«

Unten im Sand umschlang die Bestie Cal mit ihren Krallen und spielte mit seinem leblosen Körper. Ihre Zähne verhakten sich in seiner Schulter. Blut, so viel Blut. Laudan stürmte zum Ausgang der Loge. Nie im Leben würde er untätig zusehen, wie Cal starb.

»Bring mich da runter, Zervan. Sofort.« Um seine Worte zu unterstreichen, legte er die Hand auf den Knauf seines Schwertes.

»Aber Lord Calieri, Lazair hat –«

»Lazair kümmert mich einen Scheiß! Ich sagte *sofort.*«

Ri'shan wuchtete seinen Körper in Richtung des Ausgangs.

»Schneller«, drängte er den Lord hinab in die Katakomben. »Der Sha wird Euch töten lassen, falls er stirbt.«

Unterwegs wickelte Laudan die Rashveta so, dass nur noch seine Augen sichtbar waren. Plötzlich bebte das Gestein. Staub rieselte herab, und Tausende Stimmen erhoben sich zu einem ohrenbetäubenden Geschrei. »Jetzt habt Ihr das Beste verpasst«, sagte Ri'shan trocken. »Gehen wir zurück.«

Cals Magie ebbte ab. War er tot? Laudan drückte den Lord gegen die Tunnelwand. »Führt mich zu Lazair. Diese Farce ist beendet.«

»Wie Ihr wünscht.« Ri'shans Abneigung lag in der Luft wie ein schlecht gehütetes Geheimnis, das auf Gegenseitigkeit beruhte. Im Schatten des bereits geöffneten Tores starrte Lazair auf das Geschehen im Sand. Ri'shan gestikulierte wild. »Hol ihn da raus, Lazair. Der Feldherr wünscht es so.«

Schwarze Augen durchbohrten Laudan. Die ungestellte Frage loderte darin, wer es wagte, bis hierher vorzudringen. Dahinter lag Cal mit dem Kopf nach unten im Sand. Blut quoll aus seiner Schulter, doch die Bestie war tot. Mit seltsam verdrehtem Körper lag sie neben ihm, war ebenso reglos wie er.

Laudans Brust glich einem Schraubstock, gegen den seine Lungen nicht ankamen. Verdammt, wenn dieser Mann jetzt nicht zur Seite trat, würde er ihn töten, wer auch immer er war.

»Mach schon«, drängte Ri'shan mit Blick auf Laudans Faust, die sich noch immer um den Schwertknauf krampfte. »Aktiviere die Schleuse.«

Schier endlose Sekunden vergingen, bis Lazair eine Handbewegung vollführte und hinaus auf den Sand trat. Im Gehen spielten seine Finger mit der goldenen Fessel. Auch Laudan lief los – und stieß gegen eine unsichtbare Barriere. Er presste die Hände darauf, drückte, schob. Vergeblich.

Ri'shans Worte erreichten ihn nicht.

Er konnte Cal nicht noch einmal verlieren. Und so stand er da und blickte hinaus auf den Sand.

*Lebe,* dachte er. *Bitte lebe.*

# Kapitel 29

## Zwei Monster

Mit dem Gesicht nach unten harrte Caliyan im Sand aus. Feucht war er, klebrig von seinem Blut, das unablässig aus der Bisswunde an seiner Schulter sickerte. Einer eisigen Klinge gleich fraß sich Schmerz in seinen Körper. Er schloss die Augen und ließ sich im Strom der Erinnerungen treiben. Ausgerechnet heute, wo er all seine Stärke brauchte, gaukelte ihm seine Magie vor, Vaelen wäre hier; und er stürzte sich auf diese süße Lüge, wie er es in Alcaelus' Zelle getan hatte.

Er spürte ihn noch immer, hatte vielleicht nur deshalb ertragen, wie sich die Zähne der Bestie in seinem Schulterblatt verhakten und Fleisch von Knochen trennten. Er wusste es nicht, wusste nichts mehr außer einem: Nach Monaten zwischen Verlies und Arena, Monaten zwischen Leid, Tod und der Vergangenheit gab es keine Rettung, nur Rache. Er akzeptierte diese Tatsache mit nüchterner Gewissheit. Seine Erinnerungen mochten lückenhaft sein, aber sie reichten aus, um zu wissen, dass Lazair und er einander alles genommen hatten. Es endete heute, egal wie.

Unter seiner Brust ballte er die Hand zur Faust, und seine Magie antwortete. Er hatte die Kontrolle, wagte es kaum zu atmen und lockerte alle Muskeln, selbst die, wo ihn der Schmerz zu zerreißen drohte. Lazair kam. Die Ketten klirrten gegeneinander, die er stets am Gürtel trug.

Ein Tritt traf ihn an der Hüfte. Nicht sonderlich fest, aber auslotend. Er ließ sich in die Ausgangsposition zurückrollen wie ein Toter. Lazair drehte ihn um und legte die Arme um ihn. Die Berührung war vorsichtig, als wolle er ihm nicht noch mehr Schmerzen bereiten. Caliyans Kopf sackte gegen seine Brust. Kälte breitete sich in seiner Schulter aus. Er verlor Blut, viel Blut.

Das vertraute Rasseln erklang, das leise Klicken, als Lazair die Fessel öffnete.

*Jetzt.* Er sprang auf, presste Lazair zu Boden. Schwarze Augen starrten ihm entgegen, und Caliyans Magie war da, kontrollierbar. Seine Hand schloss sich um Lazairs Hals, drückte zu. Lazair wand sich unter ihm, keuchte, doch der wahre Grund dafür strömte unsichtbar aus Caliyans Hand in seinen Körper. Lazairs Finger bohrten sich in seine Schulter. Eisiger Schmerz explodierte darin. Ein Schrei. Seiner.

Caliyan taumelte zurück. Ein Tritt traf ihn, und die Welt versank in Schwärze. Blinzelnd zwang er sich auf die Knie, stürzte sich auf die Fessel, die im Sand lag. Weiter, nur noch ein bisschen, doch Lazair war schneller, ergriff sie und drückte ihn zu Boden. In seinen Fingern schnappte sie auf. »Du bist schwach geworden. Wehr dich nicht.«

Und wie er sich wehrte.

Lazairs Magie durchzuckte ihn. Ein eisiger, weißer, ihn lähmender Schmerz. Er sackte nach vorn, fluchte über sich selbst. Lazair zog seinen Kopf in den Nacken. »Ich weiß, was in dir vorgeht. Du denkst, der alte Caliyan würde hier nicht liegen. Aber da irrst du dich gewaltig.«

Noch immer rauschte Vaelens Melodie. Er riss die Hände vor, katapultierte Lazair durch den Sand und grinste. Der Schmerz verflog. Er zwang sich auf die Füße, strauchelte, zog dabei eine Blutspur hinter sich her. Auch die Dunkelheit sang ohrenbetäubend. Unterwegs hob er den Reißzahn auf, schloss die Faust darum und riss einen zweiten aus der Schnauze eines toten *Hathruun*. Jetzt war er Caliyan. Jetzt war er ganz, und selbst die Toten waren hier, um zu sehen, wie Lazair starb.

Lazair spuckte Blut und tastete nach der Fessel, die ihm beim Aufprall entglitten war. Mit einem Tritt schickte Caliyan ihn zurück in den Sand und hob das goldene Ding vor Lazairs Gesicht. In seiner Verzweiflung griff dieser danach, doch Caliyan schleuderte es durch die Arena.

»Nur du und ich. Wie damals.«

In der Akademie waren sie Trainingspartner gewesen. Freunde. Mehr sogar. Auf Lazairs Gesicht las er, dass auch er sich erinnerte. Und dann war er über ihm, zwang seine Magie in Lazairs Körper und hieß den Schmerz willkommen, als ihn Lazairs Eiseskälte durchzuckte. Es war eine Symphonie des Grauens. Ein Totentanz, in dem sein Leben aus seiner zerfetzten Schulter auf Lazair herabtropfte.

Er presste Lazair den Unterarm gegen die Gurgel. »Wo ist sie jetzt?«, schrie er und riss ihm das Tuch vom Gesicht. »Deine Überheblichkeit?«

Lazairs Lippen bewegten sich, doch Caliyan verstärkte den Druck auf seinen Hals und erstickte dessen Laute. Über ihm rief die Menge seinen Namen. Seine Faust spannte sich um den Reißzahn, hob das mattschwarze Ding über Lazairs Gesicht, und Lazair wand sich, die Augen geweitet in schierer Panik, weil er wusste, was ihm blühte.

Seine wahre Rache kam spät, aber sie kam. Er holte aus, trieb seine Waffe mit voller Wucht in Lazairs Auge, durchstach die schwarze Iris und verwandelte seine Augenhöhle in einen See aus Blut. Lazair stieß einen gurgelnden, kaum menschlichen Laut aus. Unter ihm bäumte er sich auf, keuchte.

Caliyan presste ihn zu Boden. »Wehr dich nicht«, wiederholte er Lazairs Worte und zog den Reißzahn aus der Wunde, wo Lazairs Auge gewesen war. Blut spritzte ihm entgegen, mischte sich mit seinem. Sie waren wahrlich Bestien, die einander zerfleischten.

Dann zielte er auf das andere Auge. Lazairs Gegenwehr erstarb. Gab er auf? Resignierte? Es spielte keine Rolle. Er ließ seine Waffe herabsausen, aber mitten in der Bewegung entglitt sie ihm. Schwarzer Nebel schoss unter Lazair hervor, hüllte ihn in eine Wolke des Todes. Alte Magie.

Caliyan taumelte, konnte nichts mehr sehen, nicht atmen.

Bäuchlings presste Lazair ihn in den Sand, riss ihn herum und warf sich über ihn. Es gelang ihm, Lazairs Handschuh fortzureißen. Darunter kam seine entstellte Hand zum Vorschein. Er versuchte, sie abzuwehren, doch Lazair schloss die Finger um seinen Hals und drückte zu. Er rang nach Luft. Alte Magie bohrte sich in seinen Körper. Seine Hände schnellten vor, diesmal vergeblich. Gnadenlos riss Lazair ihn mit sich und schleifte ihn durch die Arena.

Die Ränge verschwammen. Die Dunkelheit lauerte in seinen Adern, wartete nur auf ein Zeichen. Es war wie damals im weißen Turm. Er konnte das Chaos wählen und alles vernichten. Lazair. Die Arena. Sich selbst.

Und Tausende Unschuldige.

Wie konnte er sie mit in den Tod reißen? Sie bestrafen, weil sie zusahen? Das hatte er schon einmal getan, aber dieser Caliyan war tot.

Sein Hinterkopf knallte in den Sand, wo Lazair sich über ihn warf und fester zudrückte. Er sah ihn kaum noch, konzentrierte sich stattdessen auf Vaelens Melodie. Wenn er starb, wollte er wenigstens mit der Illusion sterben, dass er bei ihm war.

»Töte mich … mach schon.«

Blut rann über Lazairs Wange wie ein Schatten. Sein Brustkorb hob und senkte sich heftig unterhalb der Robe. In der freien Hand hielt er etwas, ließ es aufspringen und zwang das elende Ding um Caliyans Hals.

Caliyan wollte den Arm heben, doch seine zertrümmerte Schulter hinderte ihn daran. Wieder nahm ihm Lazair seinen letzten Augenblick mit Vaelen und ersetzte ihn durch nichts als Schmerz. Die Welt löste sich auf. Lazair hob ihn in die Arme, seine Stimme kaum mehr als ein Flüstern an seinem Ohr: »Ich liebe und ich hasse dich, Caliyan. Und beides tut gleich weh.«

Er fand keine Antwort. Ihm war kalt. So kalt. Sein Kopf fiel in den Nacken, seine Haarsträhnen tanzten vor seinen Augen wie Schemen in der Dunkelheit. Gedämpfte Stimmen drangen zu ihm heran. »Verblutet … darf nicht sterben … will ihn lebend.«

Seine Lippen formten einen Namen. Lautlos fantasierte sein sterbender Geist von einem Mann, den er zu kennen glaubte. Die Worte wurden drängender. Lazair lief weiter. Sein Griff spannte sich um ihn wie ein Schraubstock. Die Stimme hallte ihnen nach, ein flehendes Echo.

*Leb wohl,* wollte er ihm sagen, dem Menschen, der unmöglich hier sein konnte. Es war der letzte Gedanke, der ihn in die Dunkelheit begleitete. *Leb wohl.*

# Kapitel 30

## Zum Greifen nahe

Cals Schrei schnitt durch die Katakomben der Arena. Ein hervorgepresster Laut am Rande des Abgrunds. Ein Schmerz, der einen zu zerreißen drohte. Unaufhaltbar, unkontrollierbar, wie jene Schreie, die über Schlachtfelder hinwegrissen, wenn aus Heilern Metzger wurden.

»Gehen wir zurück zum Palais.« Ri'shan lief im Gang auf und ab und schleifte mit seiner Rashveta durch die Blutspur.

Laudan stellte sich ihm in den Weg, die Hand zur Faust geballt, als könne er so Cals Leiden lindern. Dabei verblutete er in diesem Drecksloch, war mit Lazair allein. »Ihr habt seine Schulter doch gesehen.«

Im Halbdunkel wich der Lord zurück, bis er mit dem Rücken gegen eine Wand schlug. Vorhin hatte Laudan sich dort in die Schatten gedrückt und zugesehen, wie Lazair Cal aus der Arena trug. Cal hatte ihn angeblickt. Er hatte seinen Namen auf Cals Lippen gelesen. Ein lautloses Flüstern, während sein Arm von seinem Körper herabhing, als wäre er nicht länger ein Teil von ihm. »Verdammt, Ihr hattet eine Aufgabe, Ri'shan. Nur eine.«

Der Lord lachte auf. »Ich lebe, um zu dienen. Der Held von Ethelis wollte eine Demonstration. Er hat sie bekommen.«

Gern hätte Laudan ihm das Grinsen aus dem speckig glänzenden Gesicht geschlagen, doch Ri'shan hatte recht, war sogar zögerlich gewesen, als Lazair seine Bitte unterstützt hatte. Dieses Monster. Und er war auf ihn hereingefallen.

»Ihr hättet ihn nur mitnehmen müssen«, fuhr der Lord fort. »Er war schon im Palais. Aber –«

Ein weiterer Schrei. Seine Faust krachte neben Ri'shan gegen den Stein. Dieser stammelte los: »Er wird leben … ich sagte doch, Lazair wird ihn heilen.«

»Dann soll er sich verdammt noch mal beeilen.«

»Vielleicht sollte ich dem Sha schreiben, dass –«

Er packte Ri'shan. »Wagt es, und ich sorge dafür, dass Eure Arena Geschichte ist. Was glaubt Ihr, wessen Wort bei Unserer Heiligkeit mehr Gewicht hat? Meines oder das eines Sklaventreibers?«

Der Lord hob die Hand, als wolle er einem Schlag ausweichen.

»Seit wann geht das schon so? Redet endlich.«

»Vier … Monate. Am Anfang wusste ich es nicht, das schwöre ich. Sein Kopf ist kaputt. Unsere Heiligkeit weiß das. Außerdem ist die Sache ewig her. Woher sollte ich überhaupt wissen, *wer* er ist?«

Laudan ließ von ihm ab, war sich sicher, dass er sonst zugeschlagen hätte. *Vier. Verdammte. Monate.* »Ihr werdet jetzt da reingehen. Sorgt dafür, dass Lazair seine Schulter heilt. Wenn er den Arm nicht gebrauchen kann, ist er wertlos für den Sha.«

Ri'shan nickte nur und verschwand in der Dunkelheit. Nachdem er fort war, sank Laudan in die Hocke. Bilder der Arena tanzten vor seinen geschlossenen Lidern. Cal, den die Bestie durch den Sand schleifte; der sich die Schulter zerfetzen ließ für eine Chance auf Rache. Sein Arm. Verdammt, sein Arm. Was hatten sie ihm angetan, dass er keinen Ausweg sah außer diesem?

Er hatte ihn tot geglaubt, sich an einen Geist geklammert. Dabei hatte Cal hier gelitten, Tag für Tag für Tag. Seine Faust traf die Wand erneut.

Erst als sich Ri'shans Schritte näherten, besaß Laudan die Geistesgegenwart, sich aufzurichten. Der Lord senkte die Stimme. »Lazair kümmert sich um ihn.«

»Gut.« Laudan lehnte sich gegen den Stein, ließ die Kälte in seine Knochen sinken. Er musste ruhig bleiben, durfte weder riskieren, dass er sich verriet, noch, dass Cal es tat. »Und nun will ich, dass

Ihr mir alles sagt, was Ihr über Lazair wisst. Wer ist er? Warum tut er, was er tut?«

»Ruhig …« Ri'shans Blick huschte den Gang entlang. »Ihr habt doch gesehen, wozu er fähig ist. Er ist wie Rakshazul. Ein Eranthi, versteht Ihr?« Damit sprach Ri'shan aus, was Laudan zwar geahnt und doch nie hatte wahrhaben wollen. Er nickte, das Gesicht wieder jene Maske, die er schon so viele Jahre trug.

»Er repariert meine Segel und fängt *Hathruun* für die Arena«, fuhr der Lord fort. »Aber er hat eine Krankheit. Seine Haut … Er verbirgt sie nicht grundlos. Schwarze Adern. Mal mehr, mal weniger. Wenn es zu schlimm wird, verhält er sich merkwürdig. Dann verschwindet er für eine Weile. Anschließend geht es wieder. Aber als er mit Rakshazul hier aufgetaucht ist, war er noch unberechenbarer als je zuvor. Wenn er herausfindet, dass ich es war, der den Sha über Rakshazul informiert hat –«

»Wird er nicht. Ihr habt richtig gehandelt. Die Heressia wird Euch schützen.«

Ri'shans Gesichtszüge entspannten sich. »Ich danke Euch. Bitte vergebt mir meine Impulsivität. Ich bin nicht ohne Fehler, aber ich verehre Unsere Heiligkeit und den Kodex.«

»Sofern der Sha erhält, was Ihr versprochen habt, wird alles vergeben und vergessen sein. Ihr sagtet, Lazair geht fort. Wohin?«

»Ins Reich. Aber ich stelle keine Fragen.«

Mit einem Mal fügten sich die Ereignisse zusammen. Das nächtliche Streitgespräch zwischen Kazul und Lazair, jener Anschlag am nächsten Tag, die vielen Toten, die schwarzen Spuren auf den Leichen. Und Kazul, der die Tat vertuschte.

»Ankhad«, erwiderte Laudan, halb zu sich selbst, und begriff. Der Anschlag auf die Parade hatte nie ihm gegolten. Auch die Toten waren nur Beiwerk. Zur falschen Zeit am falschen Ort.

Hier ging es um Cal.

Und sowohl die Heressia als auch Lazair wollten ihn. Vielleicht hatte Kazul Lazair sogar ausgesandt, um ihn zu finden, doch dieser hatte den Befehl aus irgendeinem Grund missachtet und ihn stattdessen hierhergebracht. »Wieso lässt Lazair ihn gehen, obwohl er ihm so wichtig ist?«

»Weil der Sha über allem steht, Lord Calieri. Auch über Lazair.«

Bei Anbruch der Nacht setzte er sich von Ri'shan ab und folgte Aards Beschreibung entlang der eingeschossigen Häuser bis in den Außenbereich von Venantes. Unterwegs erwischte er sich, wie er sich nach der Arena umwandte. Er wollte glauben, dass Cal lebte, würde ihn hier rausbringen, und weder Lazair noch der Sha würden ihm je wieder etwas zuleide tun. Das schwor er sich. Doch bis es so weit war, musste er sich von ihm fernhalten, so weh es auch tat.

Bald trug der aufkommende Nachtwind Stimmen zu ihm heran. Lachen und Musik mischten sich darunter. Hinter einer Gebäudeecke strahlten die Lampions einer Dachterrasse. Unzählige Gäste standen darauf beisammen oder saßen an schmalen Tischen vor dem Gebäude, dessen einziger Eingang ein Treppenabgang in den Keller war.

Dort angekommen, drängte er an einer Gruppe Isthenier vorbei. Einer von ihnen riss die Münzen der Übrigen an sich und witzelte dabei lautstark über Cals Kampf. Laudan unterdrückte, was in ihm brodelte, und stieg die Kellertreppe hinab. Drinnen wickelte er sich das Tuch vom Gesicht. Er war der einzige Gast, wählte einen Tisch, wo er die innen liegende Treppe im Blick hatte, bestellte Wein und wartete.

Irgendwann knarzten die Stufen unter den leisen Tritten einer Frau, die aus dem Gästezimmer hinabstieg. Sie kam allein, die Haare unter der Rashveta verborgen, die ihren zierlichen Körper umspielte. Ihre helle Haut war ebenso verräterisch wie Laudans blonde Strähnen. Ihr Blick richtete sich auf ihn. Blaue Augen, die jener Frau glichen, deren Herz er durchbohrt hatte.

Sie setzte sich ihm gegenüber und betrachtete ihn lange. Egal wie sehr er sich bemühte, sie schien durch seine Maske hindurchzusehen, die Weisheit von Jahren in den Augen, die ihr beinahe kindliches Gesicht nicht widerspiegelte. »Trink aus«, sagte sie schließlich, und ihre Stimme war so sanft wie Yrias, als sie ihn bat, sie zu töten.

Er leerte das Weinglas und folgte ihr nach draußen, wo sie ein Pferd aus einem benachbarten Stall holte und es am Zügel führte. An einem ausgedörrten Wasserbecken auf einem verlassenen Platz abseits der Taverne band sie es fest.

»Ich bin Gilain.« Ihre Hand wanderte unter ihre Rashveta, wo sie einen Dokumentenstapel hervorzog. »Stammten die von dir?«

»Laudan«, erwiderte er und kniff die Augen zusammen, um das Geschriebene zu entziffern. Ein kleines Licht erschien darüber und zitterte im Nachtwind wie die Flamme einer Kerze. Er blickte auf. Auch Gilain war eine Magierin, natürlich war sie das. Er blätterte durch die taktischen Zeichnungen und Verteidigungsstrategien für Pirea und bejahte ihre Frage.

»Sie waren akkurat. Woher wusstest du, wo Pirea liegt? Hast du es jemandem gesagt?«

»Nur Dryele. Es war eine logische Schlussfolgerung.« Er deutete auf die Meerenge von Tisselia, erklärte ihr seinen Gedankengang. »Wie gut sind die Verteidigungsanlagen?«

Gilain steckte die Unterlagen weg und zog sich die Rashveta enger um die Schultern. »Pireas Zweck war nie der einer Festung. Auch Dryele wird das mittlerweile festgestellt haben. Während wir sprechen, zieht Aard die Truppen zusammen. Mit der Waffe werden wir den Krieg zur Heressia bringen.«

»Nach Ethelis?« Ein bitterer Geschmack legte sich auf seine Zunge. Cal war keine Waffe. »Man hat mir eine Demonstration gegeben. Du solltest wissen, dass –«

»Ich weiß es. Ich war da.« Gilain reichte ihm eine Karte und deutete auf eine Felsformation auf halber Strecke zum Hafen von Vir'nirash. »Zeig uns dort, auf welcher Seite du wirklich stehst.«

»Ich werde ihn dorthin bringen«, erwiderte er.

»Vergiss nicht, was für uns gilt, gilt dort auch für sie.«

»Keine Gnade.« Sein Magen verkrampfte sich.

»Du überraschst mich, Calieri. Die Heressia liegt dir zu Füßen. Du hast alles, und doch stehst du hier. Wieso?«

»Weil es das Richtige ist. Das Einzige, was zählt. Ich kehre nicht zurück.«

Eine Falte kräuselte sich auf Gilains Stirn.

»Es tut mir leid«, sagte er. »Ich wollte Yria –«

»Nicht. Meine Schwester hatte Visionen. Ich will glauben, dass sie recht hatte.«

»Recht womit?«

»Mit dem Schicksal. Sie beharrte darauf, du wärst ihres. Ich konnte sie nicht davon abbringen, in Ethelis zurückzubleiben.«

»Zu mir sagte sie, Caliyan wäre meines.« Er kämpfte gegen jenen Teil in sich, der dagegen rebellierte, Gilain davon zu erzählen.

»Hab keine Angst.« Ihr Blick war unergründlich. Das Licht folgte ihrer Bewegung, als sie seine Hand ergriff und sie mit der Handfläche nach oben in die ihre legte. Mit der anderen zog sie einen von Cals Dolchen aus seinem Waffengurt.

Die Schneide glitt über seine Haut. Blut quoll aus dem sauberen Schnitt hervor. Gilain blickte ihn an, als wäre das Antwort genug. »Ich verstehe nicht«, sagte er.

»Du verstehst es nie.«

»Yria hat dasselbe gesagt. Was bedeutet das?«

Ein Tropfen Blut rann an seiner Hand herab und tropfte in den Sand. »Du bist ihm begegnet. Erzähl mir davon.«

Er tat es, ließ nichts aus.

»Was du sagst, klingt nach ihm. Nach dem Mann, der er einst gewesen ist.« Gilain wandte sich ab und ging zu ihrem Pferd.

»Einst? Wie ist das möglich …? Ich habe Reden gefunden. Alte Dokumente. Es waren seine. Ich weiß es einfach.«

Gilain schwang sich in den Sattel, und ihr magisches Licht erlosch. »Ich muss heute Nacht noch jemanden holen. Ohne ihn ist Caliyan nutzlos.«

»Nutzlos?« Laudan griff in die Zügel. »Was ist mit den Reden? Was bedeutet all das?«

»Alles kehrt irgendwann zu seinem Ursprung zurück.« Ihr Blick glitt in die Ferne, als erinnere sie sich an eine Zeit, die längst vergangen war.

»Der Ursprung?«, fragte er. »Wer war Vaelen?«

Gilain stob davon.

# Kapitel 31

## Flüssiges Schicksal

Die Decke der Zelle stürzte ein und begrub Caliyan im Bauch des schwarzen Monstrums. Schmerz riss an seinen Sehnen. Seinen Muskeln. Seinen Knochen. Auf der Liege zitterte und stöhnte er bei jeder Welle, die durch seine Schulter zuckte. Seine Gedanken waren Fieberträume am Rande des Wahnsinns. Groteske, sich ineinanderfügende Bilder vergangener Zeiten und dazwischen Lazair, immer wieder Lazair.

Lazair, der sich nicht einmal die Mühe machte, ihn an der Liege festzubinden; der ihn in die Blutlache zurückdrückte, die sich unter ihm ausbreitete, und seine Schulter mit groben Stichen wieder zusammenflickte. Der Schmerz ließ ihn fallen, fallen, fallen, bis ihn ein Schlag ins Gesicht daran erinnerte, weiterzuatmen.

»Lass mich sterben«, presste er hervor. »Ich finde dich … finde dich wieder.«

Aus seinem verbliebenen Auge blickte Lazair auf ihn herab. Blut tränkte die Bandage über der anderen Seite, wo Caliyan ihn geblendet hatte. Aus Lazairs Fingern drang Magie in seine Wunde. Sein Keuchen hallte von den Wänden wider, ein erbärmliches, leidvolles Geräusch, für das er sich selbst verachtete.

Lazair löste das blutdurchtränkte Seidenband von seinem Arm. Caliyan streckte die Hand danach aus, wollte darum betteln, doch die Dunkelheit hüllte ihn ein.

Als er erwachte, war seine Schulter bandagiert, der Schmerz fort. Sein Kopf sackte zur Seite, hinüber zu Lazair, der auf einem Stuhl inmitten der Blutlache saß und auf seine blutüberströmten, schwarz verfärbten Hände starrte. Auf dem Tisch stand die geöffnete Schatulle. Daneben lag ein blutverschmierter Brief mit gebrochenem Siegel. Lazair schloss die Faust um etwas.

Eine Phiole. *Flüssiges Schicksal.*

Ihre Blicke trafen sich, dann erhob sich Lazair und führte die Phiole an Caliyans Lippen. Ihr Inhalt schmeckte wie Wasser, doch das Grinsen, das sich über Lazairs entstelltem Gesicht ausbreitete, sagte ihm, dass es etwas anderes war. Lazair hatte gewartet, hatte gewollt, dass er diesen Moment mitbekam. *Bald kontrolliere ich jeden deiner Schritte,* hatte er gesagt.

Lazair ließ die leere Phiole sinken. Caliyans Hand schloss sich um dessen Handgelenk. »Ich scheiße … auf das Schicksal.«

Caliyan schlug die Augen auf. Lazair war fort und die Schatulle mit dem Brief ebenso. An ihrer Stelle lag ein sorgsam gefalteter Kleiderstapel. Nichts Besonderes, aber besser als die Lumpen, die monatelang in Fetzen von seinem Körper gehangen hatten. Er setzte sich auf, und der Geruch von Seife stieg ihm in die Nase. Lazair hatte das Blut von der Liege gewaschen, doch die blassroten Flecken würde das Holz nie wieder preisgeben.

Eine Weile verharrte er reglos. Ein Kribbeln verlief unterhalb der Bandagen von seiner Schulter bis in seine Hand. Wie war das möglich? Die Bestie hatte seine Muskeln zerfetzt, Sehnen durchtrennt. Sein Arm war zerstört gewesen. Unbrauchbar. Vorsichtig bewegte er das Handgelenk, beugte und streckte die Finger. Reste von Lazairs Magie vibrierten darin. Jene vertraute Empfindung aus einem anderen Leben, in dem es Vaelen noch nicht gab. Lazair hatte ihn geheilt, hatte seine Gabe eingesetzt, die er seit der Akademie am liebsten gegen einen Teil von Caliyans getauscht hätte. Warum?

Die verzweifelten Rufe aus dem Tunnel echoten in seinen Gedanken. Diese Stimme. Er biss sich auf die Lippe und hinderte sich daran, Laudans Namen erneut zu flüstern. Ein Hirngespinst, mehr nicht.

Sein Kopf dröhnte. Er setzte einen Fuß vor den anderen und

griff nach der Kleidung. Darunter fand er das blutgetränkte Seidenband mit dem Ring, schlang es um seinen gesunden Arm und weinte fast über Lazairs Gnade.

Nachdem er angekleidet war, sank er auf die Liege zurück, kaum fähig, sich zu rühren. Erst als sich Lazairs Schritte näherten, setzte er sich auf, doch er wandte sich nicht um. Eine flüchtige Berührung glitt durch seine Haare. »Ich sollte sie dir abschneiden. Der alte Caliyan hätte sie gehasst.«

Er war nicht länger der alte Caliyan, und es kümmerte ihn nicht. Lazair ging um die Liege herum, das geblendete Auge unterhalb der Rashveta nun mit einer Augenbinde verdeckt.

Bevor Caliyan etwas sagen konnte, zerrte Lazair ihn von der Liege. Mit den Knien schlug er auf den Obsidian. Seine Hand krallte sich in Lazairs Arm, doch die Kette um seinen Hals riss ihn in die Tiefe. Lazair schleifte ihn daran aus der Zelle. Er kam nicht dagegen an, war so schwach, dass er es geschehen ließ, bis Lazair ihn schließlich auf die Füße zerrte. Eine Wärme breitete sich unterhalb seines Hemdes aus, die nur eins bedeuten konnte: Er war nicht geheilt. Nicht richtig.

»Beweg dich.«

Schickte Lazair ihn halb tot in die Arena, oder hatte er eine andere Möglichkeit gefunden, ihn zu quälen? Caliyan stolperte bei jedem Schritt, und doch haftete alldem eine Endgültigkeit an, die ihn antrieb. »Warum hast du Ilaeus getötet?«, fragte er. Er hatte alles ertragen. Einzig dies nicht, nicht den Tod eines unschuldigen Kindes.

Lazair presste ihn gegen den Obsidian. Ein Lachen drang unterhalb seiner Rashveta hervor, und mit einem Mal war Caliyan nach Schreien zumute. Wo war jener Mann, der einst sein Freund gewesen war?

»Du hast schon immer geglaubt, was du glauben wolltest. Dabei ist ein Teil von mir gestorben, als Alcaelus dich ersticken ließ. Und als ich danach in den Spiegel blickte, habe ich es auch gesehen. Das Monster.«

Caliyan fielen die Augen zu. »Wieso … konntest du nicht zufrieden sein? Wieso brauchtest du mehr? Immer mehr?«

»Ich brauchte nur eines, *Cal,* und selbst das war zu viel.«

Der Ruck an der Fessel riss ihn weiter. Erst vor dem massiven Eingangstor erlaubte Lazair ihm eine Pause und zog ihn so nah, dass sein Atem seine Haut streifte. Erinnerungen stiegen in ihm auf und überlagerten die Realität. Lazairs Lächeln an einem warmen Sommertag. Die Momente des Trainings, in denen die Magie durch ihre Adern rauschte. Die Abende. Die Nächte.

»Du wirst mich verlassen.« Lazair löste die Kette von seiner Fessel. Irgendwie hatte er damit gerechnet, berührte Lazair an der Schulter und zwang sich, ihn anzusehen.

»Aber wenn wir uns wiedersehen –«

»Dann endet es.«

Caliyan nickte.

Zur Antwort fesselte Lazair ihm die Hände vor dem Körper und zog das Seil so fest, dass es in seine Haut schnitt. Mehr gab es nicht zu sagen.

Das Tor schwang auf. Neben Lazair stolperte er hinaus in die gleißende Sonne, wo der verfallene Platz allmählich Gestalt annahm. Es gab kein Grün, kein Wasser, sondern Ödnis. Er hatte fantasiert, im Fieberwahn Dinge gesehen, die die Zeit längst vernichtet hatte. Einzig die Arena, jener Fehler, dem er sich hatte entledigen wollen, überdauerte die Zeit wie ein Andenken an sein verdorbenes Herz.

Dies war sein Vermächtnis. Alles, was blieb. Sein Blick huschte über den Platz, bevor er ihn auf einen überdachten Käfig mit überdimensionierten Rädern heftete. Eines der davorgespannten Pferde wieherte. Lazair hielt darauf zu. Ri'shan verstand dies als Aufforderung und öffnete die Gittertür. Ein weiteres Gefängnis, gerade groß genug, um darin zu sitzen, doch wenigstens würde er die Sonne sehen.

Ri'shan trat zurück und unterhielt sich mit einem verhüllten Mann. Aber das war es nicht, was Caliyan inmitten der Bewegung innehalten ließ. Es war der kleine Junge, der sich an die Hand einer Frau klammerte und zu Boden blickte, als habe er versagt.

Ilaeus lebte. Er schob sich hinter die Beine der Frau und kämpfte gegen die Tränen an. Er musste nicht weinen. *Es ist in Ordnung*, hätte Caliyan ihm gern gesagt. Stattdessen suchte er in Lazairs verbliebenem Auge nach einer Antwort, doch Lazair zog ihn weiter, riss so heftig, dass er strauchelte.

Das Pflaster raste auf Caliyan zu. Der Aufprall durchzuckte seinen Körper. Benommen blieb er liegen, nicht wirklich hier, nicht wirklich fort, und hieß die Zwischenwelt aus süßen Träumen willkommen, in denen Vaelen ihn auf den Rücken drehte. Dabei war es nicht Vaelen, der ihn hochhob. Es war Lazair. Absurd, wie sanft er mit ihm umging, nur weil andere zusahen. Sein Kopf sackte gegen Lazairs Schulter und schlug unterhalb seiner Rashveta gegen etwas Hartes. Ein Brustpanzer?

Durch halb geöffnete Lider blickte er dem Meer entgegen, jenen Augen, von denen er sich an den Klippen nicht hatte abwenden können. Seine Hand zuckte gegen die Fesseln nach oben, um das Tuch über dem Gesicht des Mannes abzustreifen, doch dieser ergriff seine Hand und hielt sie fest, während die Welt an ihnen vorüberzog.

Es war Laudan.

Er wagte es nicht, sich abzuwenden, flüsterte unzusammenhängende Silben, die er selbst nicht verstand. Die Käfigtür knarzte, metallene Streben unterteilten das Geschehen um sie herum. Kraftlos sackte er auf den hölzernen Boden, wo Laudan ihm half, die Beine anzuwinkeln. Dabei streifte er die Fessel, und Caliyan zuckte zurück, bis er mit dem Rücken gegen die Gitterstäbe schlug. Obwohl die Müdigkeit ihn fortriss, hielt er an Laudans Blick fest. Schmerz lag darin, Furcht. Wieder erhoben sich Stimmen, und diesmal spülten sie alle anderen Eindrücke fort, bis nichts mehr übrig blieb außer der Erkenntnis selbst.

*Laudan.*

*Laudan.*

# Kapitel 32

## Ein schöner Traum

Auf dem Bretterboden des Käfigs fielen Cal die Augen zu. Laudan lehnte ihn gegen sich und streifte seinen Umhang ab. Dabei stöhnte Cal in seinen Armen. Blut sickerte durch den Verband an seiner Schulter, rann an seinem aufgescheuerten Handgelenk herab.

Er legte ihn ab und konnte ihm nichts geben außer einem lautlosen Versprechen.

*Alles wird gut.*

Ri'shan trat an das Gitter. »Ihr könnt doch nicht …«

Er konnte und er würde. Behutsam schob er den zusammengeknüllten Umhang unter Cals Kopf und bettete ihn darauf. Hinter ihm räusperte sich der Lord. Es genügte, um ihn herumfahren zu lassen. »Er ist nicht geheilt!«

»Beruhigt Euch. Lazair hat getan, was er konnte. Er wird schon nicht sterben.« Ri'shan winkte ihn aus dem Käfig, verschloss die Tür und reichte ihm den Schlüssel.

»Auch den von der Halsfessel. Her damit.«

Etwas abseits starrte Lazair ihm entgegen wie ein Jagdhund, dem man seine Beute entrissen hatte. Der Lord grinste entschuldigend. »Jemand in Ankhad weiß, wie man sie öffnet.«

In Erwartung, dass Lazair sich einmischte, presste Laudan die Kiefer aufeinander, doch dieser rührte sich nicht.

»Lasst ihn unter keinen Umständen heraus«, fuhr Ri'shan fort. »Der Käfig ist kompakt genug, um ihn für den Transport auf See zu verladen.«

»Das sehe ich.« Er wandte sich Cal zu, der zusammengekauert hinter den Gitterstäben lag.

Ein Diener eilte herbei, dem Ri'shan eine Mappe mit einer überdimensionierten Schleife abnahm. »Euer Abschiedsgeschenk. Möge es Euch an Euren Besuch in meinem bescheidenen Heim erinnern.« Ri'shan drehte Lazair den Rücken zu und senkte die Stimme: »Und jetzt das Gold.«

Widerstrebend steckte er dem Lord einen Beutel mit Münzen zu, den dieser hastig unter seiner Robe verschwinden ließ.

»Berichtet in Ankhad von den Spielen. Mehr Gäste sind immer willkommen. Und für eine gewisse Summe –«

»Es reicht.« Er ließ Ri'shan stehen und ging zu Esthelia, die Ilaeus auf dem Arm trug. Zum Glück war der Junge wiederaufgetaucht.

»Bereit, aufzubrechen, Lord? Wir können jederzeit los.« Behutsam strich sie Ilaeus durchs Haar. »Verzeiht, er ist müde.«

Laudan senkte die Stimme. »Geht es ihm gut?«

»Ja. Gestern Nachmittag lag er plötzlich in seinem Bett und schlief so fest, dass ich ihn nicht wecken konnte. Als er wach war, hat er felsenfest behauptet, sich an nichts erinnern zu können, aber Ihr wisst ja, wie Kinder sind. Er hat bestimmt irgendwo ein Versteck und will es nicht preisgeben.«

In Esthelias Armen sah Ilaeus ganz friedlich aus.

»Esthelia, ich möchte, dass du hierbleibst.«

»Was? Aber –«

»Bleib noch eine Weile. Verbring etwas mehr Zeit mit ihm.«

»Oh, Lord …« Esthelia strahlte.

Unwillkürlich lächelte auch er, als Ilaeus die Augen aufschlug und ihm entgegenblickte. »Hallo, kleiner Krieger.«

»Hallo«, flüsterte Ilaeus und ließ sich absetzen. Er gähnte hinter vorgehaltener Hand und verschwand hinter Esthelia, die Laudan zum Abschied umarmte. Ihre Finger glitten über den Harnisch, den er unter der Rashveta trug, und ihr Lächeln gefror.

»Nur eine Vorsichtsmaßnahme«, versicherte er ihr. »Ich habe

schlecht geträumt. Hier, behalte das. Ilaeus und du, ihr solltet es haben.« Er streckte ihr die Mappe entgegen.

Zögerlich ergriff Esthelia sie. »Was ist das?«

»Rakshazuls Skizze der Arena.« Obwohl sie Cal gehörte, schien es ihm richtig, sie hierzulassen. Die beiden hingen mit Sicherheit daran.

»Ich danke Euch, Lord. Bitte passt auf Euch auf.«

Mittlerweile unterhielten sich Ri'shan und Lazair vor dem Käfig. Keinen Augenblick länger würde er Cal mit diesen Monstern allein lassen. Er winkte zwei seiner Soldaten herbei, die auf dem Gespann reiten sollten.

Cal stöhnte im Schlaf, verkrampfte seinen ganzen Körper. Am liebsten hätte Laudan sein Schwert gezogen und es zuerst in Lazair und anschließend in dem Lord versenkt. Es war Zeit, dass sie hier wegkamen. Er schwang sich in den Sattel und gab den Soldaten ein Zeichen.

Zum Abschied vollführte Ri'shan eine ausladende Verbeugung. Dabei glitt der Geldbeutel aus seiner Rashveta, und eine Handvoll Münzen ergoss sich daraus. Eine davon rollte vor Lazairs Stiefel, der sie aufhob und die Prägung mit dem maskierten Antlitz musterte. Ri'shan klaubte den Rest zusammen, doch Lazair, der auf ihn zukam, das verbliebene Auge zusammengekniffen, sorgte dafür, dass der Lord hinter seinen Wachen verschwand.

Ein Grinsen breitete sich auf Laudans Lippen aus. Genugtuung. Ri'shans Geschäfte mit dem Sha waren aufgeflogen. Sollte Lazair mit ihm machen, was er wollte.

Ihr Zug setzte sich in Bewegung. Bevor sie den Platz hinter sich ließen, wandte er sich um. Die Wachen umringten Ri'shan wie Fliegen. Einzig Lazair verharrte reglos. Sein Blick war weder auf den Lord gerichtet noch auf Cal. Er galt ihm.

»Schneller!« Laudan galoppierte zum Käfig. Und dann schossen sie davon, als flöhen sie vor dem aufgerissenen Maul des schwarzen Ungetüms.

Stundenlang trieb Laudan die Soldaten durch die unbarmherzige Wüstensonne. In der Mitte ihres Zuges holperte der Käfig über die Dünen. Zu oft drehte er sich danach um, nur um festzustellen, dass Cal reglos hinter den Gitterstäben lag.

Er fürchtete den Moment, wenn Cal das Bewusstsein wiedererlangte, fürchtete, in seine Augen zu blicken und nichts als Leere darin zu sehen. Aus Sorge um ihn ließ er die Truppe rasten. Urthas, einer der Soldaten, nahm sich ihm an und flößte ihm Wasser durch die Gitterstäbe ein. Hustend bäumte Cal sich auf, bevor Urthas ihn auf dem Käfigboden ablegte. Laudan ging nicht zu ihm, würde sich verraten, falls er es tat, und gab stattdessen den Befehl, aufzubrechen.

Düne um Düne verglich er die Umgebung mit der Karte, die Gilain ihm gezeigt hatte, bis die Dämmerung anbrach und sie zwang, ein Lager zu errichten.

Im Schutze eines Felsens schlangen sie eine Mahlzeit herunter. Der Nachtwind riss am Käfig und fegte über Cal hinweg. Wie seine Schulter unterhalb der Verbände aussah, wollte Laudan sich nicht ausmalen. Je schneller sie die Schlucht erreichten, desto besser.

Der Mond ging auf und verwandelte die Wüste in einen kaltweißen See. Laudan lauschte den Gesprächen der Soldaten von der Heimat, ihren Frauen und Familien und fühlte sich wie ein Verräter, als er sie in ihre Zelte entließ. Einzig Urthas blieb und mühte sich damit ab, ein Feuer zu entfachen. Laudan erhob sich. »Lass gut sein. Ich übernehme die erste Wache.«

Urthas verbeugte sich und verschwand in seinem Zelt. Wie er sich um Cal kümmerte, sprach für ihn. Vielleicht war er ein guter Mann auf der falschen Seite eines Krieges, doch es gab nichts, was Laudan für ihn tun konnte.

Er kauerte sich an den Felsen und debattierte mit sich, wie lange er warten musste. Eine Stunde, vielleicht zwei? Die Minuten krochen dahin, in denen er Cal nicht aus den Augen ließ. In den Zelten raschelte es. Immer wieder hustete einer der Soldaten.

Erst als die Geräusche verstummten, holte er seine Decke und schlich damit zu Cal. Eine Weile stand er vor dem Gitter, die Hand hindurchgestreckt, und wagte es dennoch nicht, ihn zu berühren. Cal zitterte. Schweiß überzog seine schmerzverzerrte Stirn. Laudan zog den Schlüssel hervor. Es war töricht, doch das hielt ihn nicht davon ab, den Käfig aufzuschließen. Eine Windböe schluckte das Knarzen der Tür. Er schlüpfte ins Innere, kniete sich neben Cal und strich ihm eine feuchte Strähne aus dem Gesicht. »Es tut mir leid«, flüsterte er. »So leid.«

Cals Lider flatterten. Seine Muskeln waren angespannt, doch die Fesseln hinderten ihn daran, sich zu bewegen. Mit einem der Dolche trennte Laudan sie auf und achtete darauf, die wunden Handgelenke nicht zu berühren. Könnte er ihm doch bloß auch die Halsfessel nehmen. Stattdessen breitete er die Decke über ihm aus, zog Cal in seine Arme und lehnte ihn gegen sich. Cals Kopf sackte gegen seine Schulter, und er hielt ihn so, während sein Herz hämmerte. Cals rotbraune Strähnen verströmten nicht länger den Duft der See, sondern unterhalb der Seife etwas zutiefst Vertrautes.

Er flößte Cal Wasser ein, wäre so gern geblieben, und legte ihn behutsam ab. Nachdem er ihn zugedeckt hatte und aufstehen wollte, streckte Cal die Hand aus und berührte ihn am Arm.

»Hast sie … wiedergefunden.«

Cals Stimme war rau. Tiefer als in seiner Erinnerung. Er deutete auf die Dolche, die er seit dem Tag der Parade stets bei sich trug. Laudan flüsterte seinen Namen. Nicht seinen echten, sondern *Vaelen,* weil er nicht wusste, ob Cal sich erinnerte, doch seine Augen verrieten, dass er es tat. »Hast du Schmerzen?«

Cal schüttelte den Kopf, setzte sich auf. »Mein Name ist nicht Vaelen.«

»Ich weiß.« Laudan half ihm, sich gegen das Gitter zu lehnen. »Was du auf der Parade gesehen hast, war nicht ich. Ich hätte dich nie zurücklassen dürfen.« Seine Emotionen bahnten sich einen Weg an die Oberfläche. Zu viele, um sie auszusprechen. Nicht genug, um zu sagen, was er ihm bedeutete. »Vergib mir.«

Cal legte ihm die Hand auf die Schulter. Er wollte sie ergreifen, aber etwas hatte sich verändert.

»Wer ist Vaelen?«, fragte Laudan vorsichtig.

Mit einem Mal schien Cal weit entrückt, die Augen erfüllt von einem Schmerz, der so tief lag, dass er ihn die Wahrheit fürchten ließ.

»Du musst gehen.«

»Ich wollte nicht …«

Ein Laut durchschnitt die Stille. Laudan sprang aus dem Käfig und schloss die Gittertür, doch er konnte den Blick nicht von Cal abwenden. »Alles wird gut«, flüsterte er. Urthas tauchte aus der Dunkelheit auf. *Vertrau mir. Bitte.*

»Soll ich Euch ablösen, Lord? Ihr müsst müde sein.«

»Gern.« Er führte den Soldaten vom Käfig weg, wechselte beim Feuer einige Worte mit ihm und verabschiedete sich für die Nacht. Bevor er in sein Zelt kroch, wandte er sich noch einmal um. Cal lehnte an den Gitterstäben und blickte hinauf zu den Sternen. Laudan ließ die Zeltplane zurückfallen. Furcht schnürte ihm die Kehle zu. Vielleicht hatte er ihn verloren, obwohl er lebte.

Am folgenden Nachmittag erschien die Felsformation aus Obsidian am Horizont, nach der Laudan seit Stunden Ausschau hielt. Einem Küstenstreifen gleich ragte sie aus dem Sandmeer. Er trieb die Truppe darauf zu, hatte in der letzten Nacht kein Auge zugetan und das Lager in den frühen Morgenstunden abbrechen lassen. Seitdem verkürzte er die Pausen und ließ die Soldaten die Umgebung auskundschaften, bis sie keuchend und nass geschwitzt zurückkehrten.

Es ging nicht länger nur um ihn, nicht länger einzig um Sieg oder Niederlage in diesem verdammten Krieg. Es ging auch um Cal, der ihm den Blick in den Rücken bohrte und in einem Käfig hockte, zu dem er den Schlüssel hatte.

Wieder konnte Laudan ihm kein Zeichen geben. Er brüllte seine Befehle und schluckte den bitteren Geschmack auf seiner Zunge herunter. Sand wirbelte unter den Hufen der Pferde auf und hüllte sie in eine Wolke, in der er sich die Kapuze der Rashveta vom Kopf zog. Es war so weit.

Eine Schlucht teilte die Felsen, als hätte man sie mit einem riesigen Schwert hineingeschlagen. Ein Eingang in den schwarzen Stein, wie jener der Arena, nur dass sich hier etwas deutlich Schöneres verbarg. Er zog am Zügel, hob die Hand. Überhastet blieb Gavis stehen und schnaubte auf. Das Getrappel der Pferde verstummte und wich dem Zwitschern bunter Vögel, die zwischen den Felsspalten umherflogen.

»Absitzen«, rief er.

Urthas näherte sich, die Übrigen ebenso. »Was ist das für ein Ort, Lord?«

»Eine Oase.« Er deutete auf die Schlucht, die so schmal war, dass höchstens zwei Soldaten nebeneinanderreiten konnten. »Wir rasten hier. Durch den Käfig haben wir einiges an Zeit verloren. Schlagt ein Lager auf, versorgt die Tiere.«

Erleichtertes Stimmengewirr erhob sich.

Laudan hielt Ausschau, doch Spuren der Rebellion entdeckte er nirgends. »Führt die Pferde am Zügel.«

Die Soldaten strömten vorwärts. Er reihte sich hinter dem Käfig ein, wo Cal seine befreiten Handgelenke unter der Decke verbarg. Nur ein paar Schritte und das Käfiggitter trennten sie voneinander, doch der Ausdruck in Cals Augen legte Schluchten zwischen sie. Blut sickerte durch die Bandage an seiner Schulter. Cal musste ihn hassen, würde es definitiv tun, sobald er herausfand, warum er ihn zu den Rebellen brachte. Aber Laudan wollte glauben, dass die Rebellion besser war als die Heressia und den freien Willen eines Menschen respektierte, egal wie kriegsentscheidend er sein mochte.

Auf halber Strecke zur Felsspitze machte er ein Plateau aus. Dort flackerte etwas. Flüchtig, mehr nicht. Es würde passieren. Wie zufällig glitten seine Finger über den Abzug seiner Pistole. Geladen.

Cal hatte es bemerkt, sah ihn an, und Laudan nickte kaum merklich. Bald würden sie offen sprechen. »Weiter«, rief er, um sicherzugehen, dass die gesamte Truppe in der Schlucht war, bevor die Rebellen angriffen. Die Letzten strömten hinein.

So bald …

Hinter ihnen zerschnitt ein vertrautes Signal die Luft. Laudan wirbelte herum. Auf dem Dünenrücken donnerte eine Lawine heran. Fünfzig heressianische Soldaten galoppierten in Formation. Dahinter eine weitere Reihe und schließlich eine dritte.

»Geleitschutz?«, rief Urthas vom Gespann aus.

»Offensichtlich.«

Da war sie: jene Variable, die seinen Plan zum Scheitern brachte. Er bedeutete seinen Männern, kehrtzumachen. Die Truppe hielt auf sie zu. Die Staubwolke lichtete sich, als ihr Kommandant das Zeichen zum Halt gab. In seiner prunkvollen Rüstung schwang er sich aus dem Sattel und nahm den Helm ab. Schwarzes Haar. Olivfarbene Haut. Es war Reskir.

Beinahe hätte Laudan aufgelacht. Das verbarg sich also hinter jener ominösen Mission, zu der er Reskir genötigt hatte.

Reskir kam zu ihm herüber und wischte sich die Sandschlieren fort, die überall da klebten, wo sein Helm keinen Schutz bot. Sein Blick huschte zum Käfig, doch sein Gesicht ließ keine Gefühlsregung vermuten. Selbst als er salutierte, blieb seine Maske so intakt wie Laudans.

»Kommandant Vaskari«, grüßte er ihn.

»Feldherr. Ich habe den Befehl, Euch zur *Destine* zu geleiten. Sie wartet im Hafen von Vir'nirash, bereit zum Auslaufen nach Ankhad.«

Er fluchte innerlich.

Reskir besaß die Geistesgegenwart, ihn beiseitezunehmen. Laudan folgte ihm eine Düne hinauf. »Was geht hier vor?«, fragte Reskir, als sie außer Hörweite waren. »Ich dachte, du wärst in Ankhad, wolltest den Sha töten.«

»Siehst du das Plateau auf den Felsen?« Er blieb stehen, hatte keine Zeit für Erklärungen. »Eine Rebellenarmee wartet dort oben. Ich habe ihnen den Mann im Käfig versprochen.«

»Du hast was?« Reskir starrte ihn an, als hätte er den Verstand verloren.

»Du musst deine Truppe hier wegbringen. Schaff sie weg, Reskir.«

»Das ist Wahnsinn. Sie kennen meine Befehle. Wenn ich sie verweigere, werden sie sich gegen mich wenden.«

»Dann sag ihnen, ich hätte es befohlen. Mach schon.«

Er schob Reskir in Richtung der Truppen, doch dieser sperrte sich dagegen.

»Sie haben den Befehl, *anzugreifen,* falls sie auf Widerstand stoßen. Die oberste Priorität ist, das zu sichern, was du mit dir führst.« Reskir blickte zu Cal hinüber. »Wer ist dieser Mann?«

Laudan atmete tief ein, bevor er die Hand an den Griff eines der Dolche legte.

»Ich dachte, er wäre –« Reskir verstummte.

»Ich auch«, sagte er.

»Was sollen wir jetzt tun?«

»Wir führen sie in die Schlucht. Sie alle. Und dann beten wir, dass die Rebellen genügend Kämpfer für einen Angriff haben.«

Reskirs Blick heftete sich auf die Soldaten. »Aber das kannst du doch nicht –«

»Ich muss. Das hier ist Krieg, und im Krieg sterben Menschen. Gib den Befehl, Reskir, sonst sind wir beide gleich ebenso tot.«

Reskir biss sich auf die Lippe, schwieg.

Sie kehrten zu den Truppen zurück, wo Reskir seinen Soldaten befahl, sie in die Oase zu begleiten. Gemeinsam reihten sie sich hinter dem Käfig ein. »Bleib dicht bei mir«, flüsterte Laudan. »Egal, was passiert.«

Die Felswände kesselten sie ein. Neben ihm drückte Reskir den Oberkörper durch und atmete so heftig, als würde man ihn zur Schlachtbank führen.

Cal schloss die Finger um die Gitterstäbe. Eine Weile hallte einzig das Knarzen des Käfigs von den Felsen wider, bis sich das Ende der Schlucht zur Oase hin öffnete. Wind säuselte in den Baumwipfeln, doch die vorangehenden Truppen versperrten die Sicht darauf. Wo blieb der Angriff?

Vor ihnen stießen die Soldaten erstaunte Laute aus. Einer pfiff und wandte sich um. »Das ist der schönste Ort, den ich –«

Eine Pfeilspitze bohrte sich in den Hals des Mannes. Er sackte zu Boden, bevor sich eine Salve über sie alle ergoss.

*Endlich.*

Laudan sprang zur Seite, drückte sich gegen den Felsen und zog die Pistole. Sein Blick huschte durch das Chaos. Verdammt, wo war Reskir?

»Hinterhalt!«, schrie jemand.

Die Pferde wieherten. Teils getroffen, trampelten sie nieder, was sich ihnen in den Weg stellte. Laudan konnte Reskir nirgends finden, stürmte auf den Käfig zu. Bei den Gitterstäben kollidierte er mit Urthas. *Zeig uns, auf welcher Seite du wirklich stehst.*

»Kommt, Lord. Ich bringe Euch –«

Er zog die Pistole, drückte ab. Mit panikgeweiteten Augen brach Urthas zusammen. Laudan schluckte die Übelkeit herunter, ließ den Toten liegen und zog sein Schwert. Eine Explosion riss ihn von den Füßen. Flammen stoben in den Himmel. Der Gestank von verbranntem Fleisch schlug ihm entgegen und verwandelte die Schreie in ein Stakkato. Eine vertraute Stimme erhob sich darüber. Cals.

Zwischen den Truppen stürmte das Käfiggespann in Richtung der Oase. Laudan zwang sich auf die Füße. Ein dumpfer Schmerz schoss durch seinen Rücken und ließ ihn spüren, warum Cal geschrien hatte. Er wirbelte herum und versenkte seine Klinge in dem Angreifer, der offenbar nicht damit gerechnet hatte, dass er einen Brustpanzer unter der Rashveta trug.

»Verräter«, presste der Mann hervor. »Verrät–«

Laudan riss das Schwert zurück, stolperte in Richtung der Flammen und rief nach Reskir. Er konnte ihn nicht zurücklassen. Jemand stürmte aus dem Rauch, nicht Reskir, sondern einige von Reskirs Soldaten, die mit erhobenen Waffen auf ihn zuhielten. Laudan machte kehrt, rannte um sein Leben in Richtung der Oase.

Dann sah er sie. Spiegelglattes Wasser, umgeben von Palmen. So wunderschön, als wäre sie einem Traum entsprungen. Bald würde er mit Cal am Ufer sitzen und all das aus der Welt räumen, was zwischen ihnen lag.

So bald.

Feuer schoss durch seinen Oberschenkel. Sein Bein versagte ihm den Dienst. Irritiert blickte Laudan daran hinab, bevor er fiel. Blut tränkte den Stoff. Er riss die Arme vor, fing seinen Sturz ab und rollte sich auf den Rücken, wo jemand eine Schwertspitze auf ihn richtete. Ein Grinsen breitete sich auf dem Gesicht des Soldaten aus.

»Verräter.«

Es war ein schöner Traum gewesen. Zu schön.

# Kapitel 33

## ENTFESSELT

Das Gespann stürmte vorwärts. Caliyan prallte gegen das Gitter, verlor Laudan aus den Augen. Erneut schrie er seinen Namen und zog sich in Richtung der Käfigtür. Das Feuer verwandelte sich in ein Inferno. Pfeile regneten herab und bohrten sich in den Käfigboden. Die Soldaten, die Schilde hatten, rissen sie hoch. Die Übrigen drückten sich in den Schutz der Felswände und luden ihre Pistolen.

Getroffen bäumte sich eines der Zugpferde auf, das andere zog es weiter. Heressianische Kugeln fanden ihr Ziel in den Rebellen auf dem Plateau. Einige stürzten in die Tiefe, und ihre Schreie mischten sich unter die der Heressia.

Die Schlacht raste an Caliyan vorbei. Mit voller Wucht trat er gegen die Gittertür und zerriss dabei den Stoffstreifen, den er um die untersten Streben geschlungen hatte, damit sie nicht aufsprang. Laudan hatte sie nicht abgeschlossen. War das Absicht gewesen? Bis jetzt hatte er gewartet, hatte ihm vertraut.

Der Schmerz in seiner Schulter trieb ihm die Tränen in die Augen. Eine Erschütterung katapultierte ihn in Richtung der offenen Tür, die über dem Weg hin und her schlug. Seine Hände schnellten ins Leere. Schwarzes Gestein raste auf ihn zu. Der Aufprall kam hart, presste ihm alle Luft aus den Lungen. Benommen lag er neben einem Toten, doch der Gedanke an Laudan genügte, um sich aufzurappeln.

In einem Leben ohne Erinnerungen hätte er ihn lieben können. Aber dieses Leben existierte nicht mehr. Die Fessel unterdrückte Vaelens Melodie.

Sein Herz gehörte ihm, für immer.

Er stolperte vorwärts. Seine Magie hätte seine Schmerzen gelindert, doch ohne sie war er, was Lazair aus ihm gemacht hatte: ein halb toter Sklave, mehr nicht. Das Kampfgetümmel schwoll an. Unter einem Toten zog er ein Kurzschwert hervor, fand wenig später ein zweites und schloss die Hände darum.

Einige heressianische Soldaten kauerten in einer Felsnische und feuerten eine Salve ab. Andere stürmten den Felspfad zum Plateau. »Der Gefangene«, schrie einer, ließ die abgefeuerte Pistole fallen und rannte mit gezogenem Schwert auf ihn zu. »Was sollen wir mit ihm –«

Caliyan rammte dem Soldaten eine Klinge in den Hals. Der Nächste stürmte bereits auf ihn zu. Die Entschlossenheit in seinen Augen beantwortete die Frage seines toten Kameraden. Instinktiv kreuzte Caliyan die Schwerter, parierte so den Hieb, der mit voller Wucht durch seinen Körper vibrierte. Unter der schieren Kraft des Mannes sackte er auf die Knie, riss die Klingen zurück, rammte ihm die eine in den Bauch und die andere in die Armbeuge.

Keuchend kam Caliyan auf die Füße, machte sich nichts vor. Hätte sein Gegner mehr als eine Rashveta getragen, läge er selbst jetzt in seinem Blut. Vier Soldaten in Rüstungen schossen auf ihn zu, als hätten sie seine Gedanken gelesen. Er taumelte vorwärts, parierte den ersten Hieb.

Zu viele.

Jemand rammte ihm einen Schwertknauf in den Bauch. Er sackte vornüber, verlor eine der Klingen. Zeitgleich sauste etwas durch die Luft und fraß sich in die Rüstung eines Gegners.

Magie.

Die übrigen Soldaten schrien und stoben auseinander. Er rappelte sich auf und trieb einem sein Schwert in den Hals, bevor er zum Plateau hinaufblickte. Eine Pfeilsalve grüßte ihn. »Nicht schießen!« Eine Frau trat mit wehenden Haaren an den Felsrand. »Nicht auf ihn.«

Über ihrer Hand erschien eine Lichtkugel, mit der sie einen weiteren Soldaten zu Boden schleuderte. Sie sah aus wie damals, als er Aerysia den Rücken gekehrt hatte. Es war Gilain.

Gilain rief seinen Namen und ließ Feuer auf die heressianischen Soldaten regnen, die ihm entgegenströmten. Ihr schmerzverzerrtes Gesicht verriet, wie nahe sie ihrer Grenze war. »Komm da raus!«

Statt zu antworten, hob er sein zweites Schwert auf und rannte weiter. Er musste Laudan finden. Von den Felsen prallte eine Pistolenkugel ab und erwischte einen Soldaten. Caliyan strauchelte. Schmerz durchzuckte seinen Oberschenkel. War er getroffen? Seine Hand schnellte zu seinem Bein, doch da war nichts. *Was zur …?*

»Er ist verletzt«, schrie Gilain. »Hol ihn da raus.«

Jemand riss ihn mit sich, bewahrte ihn so vor den Schwertstreichen der Soldaten. Schreie erhoben sich. Darunter Laudans. Er trat um sich, bäumte sich auf. Vergeblich. »Lass mich! Lass mich los.«

Caliyan schaffte es, sich zu dem Mann umzudrehen, der ihn hielt wie in einem Schraubstock. Bei seinem Anblick stieg Panik in ihm auf, bis er sich darauf besann, dass Lazair nur noch ein Auge hatte.

»Arahyr.«

Der große Mann drückte ihn in eine Nische. »Du erkennst mich?«

Er nickte.

»Gut.«

»Die Fessel«, rief Gilain von oben. »Mach schon.«

»Tu, was sie sagt. Bitte.«

»Die Wunde ist ernst. Ich muss dich heilen.«

Arahyr legte die Hand auf seine Schulter, doch Caliyan schlug sie weg. »Keine Zeit. Nimm mir die Fessel ab. Jetzt.«

»Er ist nicht bereit.« Arahyr sah zu Gilain hinauf. »Nicht so.«

»Wie sonst?« Ihre Stimme war eisig. »*Er* stirbt da draußen. Sie alle sterben. Willst du das?«

*Mach schon.* Arahyr berührte die Fessel, ließ seine Magie in das Metall dringen. »Du wirst es ihm sagen müssen«, rief er. »Alles.«

»Was –?«

Die Welt schrumpfte zu jener Empfindung zusammen, die Caliyan wieder und wieder gespürt hatte. Arahyrs Lippen bewegten sich, doch seine Magie rauschte über die Worte hinweg und ertränkte alles in dem Sturm aus der Arena. Jenem Hirngespinst, von dem er dachte, sein sterbender Geist hätte es ihm vorgegaukelt. Er hatte sich geirrt, hatte sich so sehr geirrt, wie man sich nur irren kann.

Er rannte los.

Magie in seinen Adern.

Dunkelheit.

Vaelen.

Alles zusammen.

Vor ihm tauchte ein Soldat auf und richtete die Pistole auf ihn. Der Schuss löste sich in dem Moment, als Caliyans Hand nach oben schnellte. Nutzlos fiel die Kugel zu Boden, bevor er die Klingen in den Körper des Angreifers stieß. Er versenkte sie in einem weiteren Gegner. In zweien. Dreien. Und dann hörte er auf zu zählen, katapultierte sich gegen die Felswand, stieß sich ab und stürzte sich von oben auf die heressianischen Soldaten. Blut spritzte, und er hieß den metallischen Geschmack willkommen, der zwischen seine Lippen rann.

Sie waren keine Gegner für ihn. Ihre Zeit lief langsamer, ihre Bewegungen waren träge. Sie fielen zu seinen Füßen in einer Schneise der Vernichtung. Dann sah er ihn, auf dem Boden liegend zwischen seinen eigenen Männern, die die Waffen auf ihn richteten. Caliyans Magie durchbohrte sie. Sie hatten keine Zeit zu schreien.

Neben Laudan sank er auf die Knie. Ein unablässiger Blutstrom rann aus der Schusswunde an seinem Oberschenkel. Er zog Laudan auf die Füße und legte den Arm um seine Hüfte. Noch immer schmerzte sein Bein an der gleichen Stelle.

Das Rauschen seiner Magie umhüllte sie. Er schrie nach Arahyr, schleifte Laudan in Richtung der Oase. Mittlerweile hatten die Rebellen ihre Position verloren und warfen sich mit Schwertern, Säbeln und Äxten gegen die Heressia. Er presste die Hand auf Laudans Schusswunde. Blut quoll unter seinen Fingern hervor. So viel davon.

»Arahyr!«

Sie stolperten vorwärts, bis sich der Obsidian unter ihren Füßen in Gras verwandelte. Ein Wasserfall rauschte. Nebelschwaden wirbelten ihnen entgegen. Er lehnte Laudan gegen einen Baumstamm, riss sich das blutverschmierte Hemd runter und drückte es auf die Wunde.

»Arahyr«, schrie er erneut. »Arahyr!«

Caliyans Magie tobte stärker denn je. Sein Blick fiel auf die gezackte Narbe an Laudans Hals. In Cerza war sie noch nicht da gewesen. Erinnerungen an den Moment in Raelias Hütte stiegen in ihm auf – an den Schmerz einer Wunde, die er nie erlitten hatte. Seine Hand krampfte sich um den blutigen Stoff. Laudan blickte ihm aus halb geschlossenen Lidern entgegen.

»So schön … dich wiederzusehen. Hast … mir gefehlt.«

»Nicht sprechen. Es wird alles gut.« Wieder rief er nach Arahyr, und Laudans Hand glitt über seine Wange, bevor sie sich einen Weg in seine Haare bahnte. Er ließ es geschehen.

»Das hier war all das wert. Habe mir gewünscht … mit dir hier zu sitzen. Tut mir leid. Alles. Verzeih …«

Zur Antwort ergriff er Laudans Hand und drückte sie gegen seine Lippen. Laudan lächelte, bevor ihm die Augen zufielen. Schritte eilten herbei. Eine Hand schob die seine beiseite und legte sich über die Wunde. Arahyrs heilende Magie, die in Laudans Oberschenkel drang, war beinahe greifbar.

»Lass nicht zu, dass er stirbt«, sagte er mit rauer Stimme. »Bitte.«

»Er wird nicht sterben. Vertrau mir.« Ein Ausdruck tiefster Konzentration trat auf Arahyrs Gesicht. In der Schlucht stoben Flammen auf. Caliyan zog die Dolche aus Laudans Waffengurt und erhob sich.

Arahyr blickte auf. »Was hast du vor?«

»Sie töten. Was sonst?«

Die letzten lebenden heressianischen Soldaten flohen aus der Schlucht. Caliyan verfolgte sie in die Dünen, stürzte sich auf den Hintersten und versenkte die Klingen in ihm.

*Er war Rache.*

Die Übrigen rannten vor dem Monster, das für sie kam. Die Dunkelheit sang in ihm, bereit, aus jeder Pore seines Körpers zu sickern. Er musste bald aufhören. Selbst jetzt, wo er sie nicht nutzte, war ihm, als brächte ein winziger Tropfen sie zum Überlaufen.

Abseits der Soldaten kämpfte sich ihr Kommandant einen Dünenrücken hinauf. In der Schlucht hatte Caliyan ihn vergeblich gesucht. Wahrscheinlich hatte er sich versteckt und zugesehen, wie seine Truppen brannten.

Der dunkelhaarige Mann näherte sich einem herrenlosen Pferd. Caliyan wiegte ihn in Sicherheit, bis er sich in den Sattel gezogen hatte. Einen Augenblick lang lag der Kommandant auf dem Rücken des Tieres, bevor er die Zügel ergriff und dem Pferd die Sporen gab. Es galoppierte los, hatte mehr Reserven als sein Reiter, der sich kaum aufrecht halten konnte.

Caliyan zählte.

Der Kommandant ließ die Zügel knallen.

Er erlaubte ihm, die greifbare Freiheit auszukosten. Wenn er so weiterritt, schaffte er es in drei Stunden bis nach Vir'nirash. Von dort aus konnte er weitere Truppen mobilisieren und mit einer Armee zurückkehren. Er würde gar nichts tun. Caliyan hob die Hand und schleuderte ihn aus dem Sattel.

*Er war Gerechtigkeit.*

Mehrfach überschlug sich der Kommandant und blieb mit dem Gesicht nach unten liegen. Caliyan beließ es dabei, hatte noch weitere Soldaten zu töten. Hinter dem Ersten setzte er zum Sprung an, trieb ihm den Dolch in den Nacken und kam auf die Füße, als dieser neben ihm zusammenbrach. Der Zweite wehrte seinen Angriff ab. Caliyan duckte sich unter seiner Klinge hinweg, riss ihn herum und durchtrennte ihm die Kniekehlen. Der Letzte wimmerte und strauchelte durch den Sand. Er warf einen der Dolche und zog ihn anschließend aus dessen Rücken.

*Er war der Tod.*

Die tief stehende Sonne bemalte den Horizont mit dem Blut der Heressia. Er riss die Verbandsfetzen fort und ließ den aufkommenden Wind seine Haut kühlen. Mittlerweile wand sich der Kommandant im Sand. Ohne Eile schritt er zu ihm. Der Mann starrte ihn an und kroch zurück. Er war so jung wie er, als man ihm alles genommen hatte. So jung, wie er immer sein würde, während alles andere starb.

Der Kommandant tastete nach seinem Schwert, als könne dieses prunkvolle Ding sein Leben retten. Caliyan trat auf seinen Unterarm. Sein Schrei durchschnitt die Luft. Panik flackerte in seinen Augen. Horror.

»Ich bin auf deiner Seite …«

Es war die mit Abstand dümmste Lüge, die Caliyan je gehört hatte. Er stürzte sich auf den Kommandanten und zog dessen Kopf in den Nacken. Laudans Dolch legte er ihm an die Kehle, fixierte den Mann unter sich, bis die Gegenwehr erstarb.

Langsam erhöhte er den Druck der Klinge. Der Kommandant war weich, weinte fast. Wie konnte die Heressia ihm eine derartige Position überlassen? Es spielte keine Rolle.

*Der Tod kannte keine Gnade.*

»Aufhören«, rief jemand hinter ihm.

Bei dem Klang der Stimme zuckte der Dolch in seiner Hand. Ein dünnes Rinnsal rann unter der Klinge hervor. Der Kommandant blickte an ihm vorbei, ein Flehen in den Augen. Hoffnung, wo es keine geben sollte.

»Hör auf, ich kenne diesen Mann.«

Alles in ihm schrie danach, den Mann unter sich zu töten. Die Dunkelheit verlangte es. Warum nahm er ihm das? Ausgerechnet *er*, der den Kommandanten am meisten hassen musste?

Laudan berührte ihn an den Schultern, und die Melodie in ihm fand, wonach sie so lange gesucht hatte. Unweigerlich erzitterte er.

»Ganz ruhig. Du musst das nicht tun.«

Die Dolche entglitten ihm. Er ließ von dem Kommandanten ab, den Gilain fortführte. »Sein Name ist Reskir Vaskari«, rief Laudan. »Er ist auf unserer Seite.«

Gilains Antwort hörte er nicht. Er konnte kaum atmen, kaum klar denken. Das Schicksal spielte mit ihm. *Oh, hab Erbarmen, bitte.* »Ich habe das nicht gewusst.«

»Sch … du konntest es nicht wissen.«

Laudan zog ihn an sich, wie in der letzten Nacht, wo die Fessel all das verborgen hatte, was jetzt in ihm sang. Caliyan war, als würde er fallen, versinken in seiner Wärme. Als fände er Frieden nach all der Zeit.

»Dein Bein«, setzte er an, doch seine Stimme versagte.

»Arahyr hat die Wunde geheilt. Lass mich deine Schulter ansehen. Das sah gestern schon nicht gut aus.«

*Lass mich nicht los,* wollte er flüstern, nicht bereit dazu, ihm in die Augen zu sehen. Erinnerungen an jene Begegnung mit Elian in Danatis vor endlos langer Zeit stiegen in ihm auf. Er konnte sie nicht noch einmal durchleben, hatte nicht die Kraft dazu. Er war so müde. Seine Schulter pochte schlimmer denn je. Bei der winzigsten Bewegung schoss Schmerz durch seinen Arm. Sein Keuchen kam zu plötzlich, um es zu ersticken. Wieso überdeckte seine Magie all das nicht länger?

Laudan drehte ihn zu sich. »Verdammt, wie konntest du so …?« Er verstummte abrupt, ein Ausdruck tiefer Sorge trat auf sein Gesicht. »Ich bringe dich zu Arahyr. Kannst du stehen?«

»Ja, geht schon.«

Behutsam zog Laudan ihn auf die Füße. Er strauchelte, strafte seine Worte Lügen. Laudan stützte ihn. Leichen säumten den Pfad in die Oase, teilweise aufs Schrecklichste entstellt, wie er es von Lazair erwartet hätte, aber dies war sein Werk. Laudan strich über seinen Arm, über all das Blut darauf, und ihm war, als verdiene er diese Gnade nicht. Seine Beine gaben nach. Laudan hielt ihn aufrecht. Die Umgebung löste sich auf und setzte sich wieder zusammen. Schmerz durchzuckte seine Schulter. Leblos hing sein Arm daran herab. Er konnte ihn nicht bewegen.

Nahe dem Ufer hatten die Rebellen ein Lager aufgeschlagen. Sie umkreisten sie. Ein älterer Mann schlug mit dem Schwert gegen seinen Schild, und die anderen stimmten ein.

»Sie feiern dich«, sagte Laudan. »Ohne dich wären sie alle tot, und ich wäre es ebenso.«

Der Rhythmus hämmerte in Caliyans Kopf. Er ertrug ihn nicht, hätte sich am liebsten abgewandt.

»Auf Ethelis«, rief jemand. »Und Ankhad!«

»Aschenbringer!«

Wieso dieser Name? Er blickte zu Gilain hinüber. Was hatte sie ihnen erzählt? Ihnen versprochen? Sie nickte ihm zu, dabei war er kein Held.

Erneut strauchelte er, und Arahyr war da, half Laudan, ihn gegen eine Palme zu lehnen. Der Jubel verstummte, aber die Rebellen drängten sich um sie. Wieder fuhr eine Welle des Schmerzes durch seine Schulter, und diesmal schrie er. Als Arahyr ein filigranes Messer aus einem Tuch wickelte, schob Laudan ihm einen Ledergürtel zwischen die Zähne.

Arahyr berührte ihn am Arm. »Die Wunde ist entzündet. Irgendwas in deinem Körper wehrt sich gegen meine Magie.«

»Wird er den Arm verlieren?«

»Nicht, wenn ich es verhindern kann. Halt ihn fest.«

Laudan drückte ihn gegen den Baumstamm. »Sieh mich an. Alles wird gut. Alles wird –«

Die Klinge drang in die Wunde. Er schrie aus zusammengebissenen Zähnen, und Laudan hielt ihn fest, einen Blick in den Augen, den er kaum ertragen konnte – hätte er sich selbst damals im Tempel gesehen, er hätte diesen Blick gehabt. Erneut durchzuckte ihn der Schmerz, und er bohrte die Zähne in das Leder, um nicht zu schreien.

Dunkelheit.

In Laudans Armen kam er zu sich. Die Oase zog an ihm vorüber. Ein Vogel huschte an ihrem Ufer entlang, doch er verlor ihn aus den Augen, als Laudan ihn auf eine Decke in einem Zelt legte. Laudans Hand schloss sich um die seine. Er war so müde, kam nicht dagegen an.

»Ruh dich aus.«

Was, wenn er nicht wieder aufwachte? Wenn er ihm nie sagen konnte, wer er für ihn war? Wenn er jetzt …

»Hast gefragt … wer Vaelen ist …«

Weiter kam er nicht.

# Kapitel 34

## Der Ursprung aller Dinge

Laudan tauchte das Stoffstück in die Schüssel, und Blut trübte das Wasser. Während Cal schlief, hatte er damit die Spuren des Kampfes fortgewaschen, doch sein Gesicht überzogen sie noch immer. Er wrang den Stoff aus, schloss die Augen und war wieder an den Klippen. Vor ihm lächelte der Fischer mit einem Eimer in der Hand.

Schlieren aus Salz.

Schlieren aus Blut.

Behutsam wischte er sie fort, bereute jede Blessur, jede Narbe an Cals Körper, die vorher noch nicht da gewesen war, und legte Cals Hand in seine. Seine Magie durchdrang ihn, als wären sie eins, sie beide. Dabei fiel Laudans Blick auf das zerschlissene Band um Cals Oberarm. Es war ihm schon in der Schlucht aufgefallen, doch den eingeflochtenen Ring bemerkte er erst jetzt.

Arahyr schob die Zeltplane zurück. »Er wird eine Weile schlafen. Er braucht es.«

Zögerlich strich Laudan über Cals Arm, bevor er zu dem dunkelhaarigen Mann nach draußen trat. Wind fegte durch die Oase und trug die Reste der Magie fort, die in ihm nachhallten. Er folgte Arahyr zum Seeufer.

»Danke«, sagte er. »Für alles.«

»Es war mir ebenso ein Anliegen wie dir.«

»Dann warst du es, den Gilain geholt hat. Ihr kennt einander, du und Caliyan.«

»Seit langer Zeit.« Arahyr richtete den Blick auf das Lager, die

Augen erfüllt von einer Tiefe, die ihm fremd war. »Wir alle waren Freunde. Mein Bruder, Gilain, Caliyan und noch andere, die nicht mehr unter uns sind. Auch dir bedeutet Caliyan etwas, nicht wahr?«

»Ja.« Er atmete gegen die Enge in seinem Brustkorb an. Stimmengewirr erhob sich. Zwei Rebellen schleiften einen gefesselten Mann vorwärts. Reskir. »Entschuldige mich.«

Er ließ Arahyr stehen und rannte in die Lagermitte, wo sie Reskir vor Gilain auf die Knie zwangen. Laudan schob sich an den Umstehenden vorbei. »Was soll das? Der Mann ist auf unserer Seite.«

Die Blicke der Rebellen durchbohrten ihn. Auch Reskir sah ihn an. Blut quoll aus seiner aufgesprungenen Lippe. Jemand hielt Laudan zurück, doch er riss sich los. Schwerter zuckten in den Händen der anderen. Gilain winkte ab, wandte sich ihm zu.

»Du hast nie etwas von einem zweiten Mann gesagt, Calieri. Ganz zu schweigen von einer zweiten Truppe. Zwölf unserer Kämpfer sind tot, getötet von den Soldaten, die dieser Mann mit sich brachte.«

»Das war ungeplant«, gestand er. »Eine geheime Mission, für die im Kriegsrat Kommandanten ausgewählt wurden. Ich habe forciert, dass Reskir diese Aufgabe übernimmt. Er wusste nicht, was auf ihn zukam, konnte mich nicht warnen. Aber dass er hier ist und niemand anderes, hat überhaupt erst möglich gemacht, dass Caliyan jetzt auf unserer Seite ist.«

Gilain kam auf ihn zu, die Schultern unter dem Brustpanzer durchgedrückt. »Große Worte. Hat dein Freund dir auch gesagt, wer noch da draußen ist? Wer näher und näher rückt, während wir hier festsitzen? Nein?«

Laudan zwang sich, ihrem Blick standzuhalten.

Sie packte Reskir. »Sag es ihm.«

»Eine weitere Truppe wie meine. Eine dritte wartet in Vir'nirash. Sobald sie herausfinden, dass ich nicht zum Stützpunkt zurückkehre –«

Flüche erhoben sich. Wieso hatte Reskir ihm das nicht vorher gesagt? »Sendet Späher aus. Wir müssen wissen, ob sie nahe sind.«

»Gerade mal zwei Stunden bei uns, und du glaubst, du kannst hier Befehle erteilen?« Gilain lachte. »Das haben wir längst erledigt, als du in seinem Zelt gehockt hast.«

»Caliyan hat uns gerettet«, erwiderte Laudan.

»Und jetzt bricht uns sein Zustand das Genick. Oder kann er wieder kämpfen?«

Etwas abseits schüttelte Arahyr den Kopf.

»Wir sitzen in der Falle. Wir müssen aufbrechen. Sofort.«

Kaum waren Gilains Worte ausgesprochen, klaubten die Rebellen ihre Sachen zusammen.

»Wartet«, rief Laudan. »In der Dunkelheit in sie hineinzureiten, wäre Selbstmord.« Er senkte die Stimme. »Gib den Befehl, Reskirs Fesseln zu lösen. Lass mich mit ihm sprechen. Er ist ein Freund. Er kann helfen.«

»Wenn er Mist baut, ist er tot.« Gilain zog Reskir auf die Füße und durchtrennte das Seil. Reskir stolperte ihm entgegen, einen Blick in den Augen, der mehr sagte, als Worte je vermocht hätten. Laudan führte ihn weg von den Rebellen, weg von jener Welt, zu der er stets gehören wollte und die sich nun so seltsam fremd anfühlte.

Am Wasserfall lehnte sich Reskir gegen eine Palme. Laudan reichte ihm seine Flasche, und Reskir trank gierig, bevor er sich die Handgelenke rieb.

»Scheißtag. Dein Freund hätte mich fast umgebracht, und ein herzliches Willkommen sieht auch anders aus.«

»Tut mir leid, was da draußen passiert ist. Er wusste es nicht besser, sonst hätte er das nie getan.«

»Wirklich? Er war nicht das Opfer auf der Parade, oder? Er war der Täter.« Reskir berührte die oberflächliche Schnittwunde an seinem Hals. »Und diese blonde Hexe ist auch so eine. Hübsch, aber –«

»Sch. Sie ist Yria Daurells Schwester.«

»Verdammt … und der Mann, der einfach mit seinen Händen heilt? Was sind das für Leute?«

»Ich erkläre dir alles, versprochen. Aber nicht jetzt.«

»Wann dann?« Reskir stellte sich ihm gegenüber. »Die Heressia wird bald hier sein, und offenbar ist sonst niemand so stark wie dein Freund.«

Im Lager sprach Gilain mit den Rebellen und nickte Laudan beiläufig zu. »Wir werden fliehen, bevor sie uns einkesseln, aber wir können nicht riskieren, in diese Truppen zu laufen.«

»Wie willst du das anstellen?«

»Nicht ich«, sagte Laudan. »Du.«

Reskir öffnete die Lippen.

»Reskir«, setzte er an. »Du hast einmal gesagt, dass du dir die Stärke wünschst, eines Tages zu tun, woran du glaubst.«

»Du willst, dass ich zurückgehe? Fick dich, Laudan. Für dich bin ich doch nur eine Schachfigur, die du nach Belieben einsetzen kannst. Mach es doch selbst.«

Er rieb sich die Schläfen. Reskir hatte recht. Er konnte es selbst tun. Vielleicht besser, vielleicht glaubwürdiger. »Ich kann nicht. Ich habe Gilain gesagt, dass ich nicht zurückkehre. Sie brauchen mich hier.«

Reskir schnaubte. »Du meinst wohl, *er* braucht dich hier.«

»Er hat einen Namen. Caliyan. Du hast gesehen, wie er kämpft. Sie schicken ihn nach Ethelis. Ich will nicht, dass er –«

»Du glaubst, er braucht deinen Schutz? Wach auf. Er hat über hundert Soldaten getötet. Sie entfesseln ihn, und er ist wie eine Bestie, die nicht aufzuhalten ist.«

»Nenn ihn nicht so. Du kennst ihn nicht.«

»Ich will ihn auch nicht kennen.«

Reskir schob sich an ihm vorbei, doch Laudan stellte sich ihm in den Weg. »Das ist unsere Chance. Die vielleicht einzige, die uns bleibt. Das hier ist größer als wir beide. Wir kämpfen für einen Traum, und manchmal muss man Dinge tun, die einem Angst machen, damit er wahr wird.«

»Ja, ich habe Angst.« Ihm gegenüber blickte Reskir auf. »Weißt du, Laudan … lange war Kionne für mich der einzige Moment, in dem ich richtig gehandelt habe. Als ich in die Hütte kam, stand Raelia wie gelähmt zwischen ihrer toten Familie. Ich habe ihre Hand ergriffen und sie fortgebracht, um mein Gewissen zu beruhigen. Aber ich wusste immer, dass ich mehr hätte tun müssen.«

»Das wusste ich nicht.« Er hatte Reskir falsch eingeschätzt. Raelia war für ihn keine flüchtige Romanze. Vielleicht war sie überhaupt keine Romanze. »Hat sie dir von ihrem Bruder erzählt? Nicht ihrem echten, sondern dem Fischer?«

»Ja, sie wollten zusammen zur Rebellion. Aber als er gestorben ist –«

»Er ist nicht tot. Caliyan ist der Fischer. Ihr Fischer.«

»Das ist nicht wahr.«

»Doch, das ist es. Yria Daurell ist gestorben, damit ich ihn finde.«

»Und jetzt soll *ich* sterben, damit du bei ihm bleiben kannst?« Etwas Wildes funkelte in Reskirs Blick. »Wie die Truppen? Verdammt, Laudan, wie lange kanntest du diese Soldaten?«

Er schloss die Augen. »Seit der Ausbildung. Sie haben ihre Seite selbst gewählt.«

»So wie ich?«

»Nein, du bist nicht wie sie.«

»Hast du *sie* gefragt, wie *sie* sind?« Reskir lief in den Nebelschwaden des Wasserfalls auf und ab. »Immer, wenn der Ausbilder mit mir fertig war, hat Urthas mich wieder aufgerichtet. Das waren nicht alles schlechte Menschen.«

»Glaubst du, das weiß ich nicht?« Laudan presste die Kiefer aufeinander, wollte nicht darüber nachdenken, nicht darüber reden. Im Geiste sah er Urthas vor sich; seinen Ausdruck, der sich von Ungläubigkeit zu Entsetzen wandelte, bevor er starb. Für ihn war er das Monster. Er. Laudan Calieri. »Hätte ich gezögert, wären wir jetzt tot. Wäre dir das lieber? Es war notwendig.«

»Notwendig …? Ich kannte einmal einen Mann, der diese Notwendigkeit infrage stellte.«

»Das hier waren keine Zivilisten.« Übelkeit stieg in ihm auf. Ekel. Eine Weile starrte er dem Wasserfall entgegen, sein Mund zu trocken, um zu sprechen. »Ich werde nicht wie mein Vater«, sagte er schließlich. »Das verspreche ich.«

Rufe erhoben sich im Lager. Ein Reiter stob herbei. »Truppenbewegungen! Zwei Stunden südwestlich von hier in Richtung des Schiffes.«

Sie schnitten ihnen den Weg ab. Es war fast zu spät. Reskir berührte ihn an der Schulter, den Blick erfüllt von etwas, das Laudan von Athos kannte, wenn er eine seiner taktischen Fragen falsch beantwortete. »In Ordnung, ich führe sie weg. Das gibt euch Zeit.«

Er hielt Reskir zurück, der sich zum Gehen wandte. »Du wirst nicht sterben, hörst du? Ich habe einen Plan, der uns alle retten wird.« Hastig erklärte er ihm alles, ließ Reskir dabei nicht aus den Augen. »Tu, was ich gesagt habe. Weich nicht davon ab. Vergiss nicht, die Rebellen haben den Helden von Ethelis als Geisel genommen. Warte auf mich. Ich werde zurückkehren, und dann sehen wir gemeinsam, wie die Zitadelle brennt.«

»Verlier dich nicht.«

»Werde ich nicht.« Er hätte gern mehr gesagt, stattdessen folgte er Reskir zu Gilain, die ihm eines der heressianischen Pferde überließ.

»Tut mir leid, was passiert ist.« Gilain reichte Reskir die Hand. »Das ist nicht unsere Art. Wir haben nur die Rüstung gesehen, nicht den Mann dahinter. Ich hoffe, wir sehen uns wieder.«

»Das hoffe ich auch.« Reskir schwang sich in den Sattel und ließ die Zügel knallen. »Auf bald.«

Sorge und Erleichterung kämpften in Laudan um die Oberhand. Er wandte sich an Gilain. »Im Morgengrauen ist der Weg für uns frei. Bis dahin sollte die Truppe ausruhen.«

Gilains Gesichtsausdruck entspannte sich. Vielleicht hatte er sich in ihr getäuscht und ihre oberflächliche Härte war nur ein

Schutz, den sie aufgebaut hatte, um die Lücke zu füllen, die Yrias Tod gerissen hatte.

Lange saß er am Ufer, wo Reskirs Worte in ihm nachhallten. Erst nach Einbruch der Nacht gesellte er sich zu den Rebellen ans Feuer und lauschte ihren Geschichten über Pirea. Bald prasselten Fragen auf ihn ein. Sie alle hatten von ihm gehört oder ihn in Ankhad gesehen, doch ihr wahres Interesse galt Caliyan, dem Aschenbringer, den Gilain ihnen versprochen hatte.

Er verabschiedete sich, schob die Zeltplane zurück und kniete sich neben Cal. Selbst in der Dunkelheit war die Falte, die sich zwischen seine Brauen grub, nicht zu übersehen. Am liebsten hätte er sie fortgewischt, als könne er so sein Leid lindern. Stattdessen legte er sich zu ihm und betrachtete ihn lange. An den Klippen hatte Cal ihm geholfen, zurück zu sich selbst zu finden. Er würde das Gleiche für ihn tun – was auch immer das bedeutete.

Die Rebellen trieben ihre Pferde einen dicht bewachsenen Hügelkamm zum Meer hinab. Nur mit Mühe zügelte Laudan seine Stute, die ebenfalls losgaloppierte. Schmerz schoss durch seine Schulter, und er verlagerte den Griff um Cal, den er seit Stunden aufrecht hielt.

Im Gegensatz zu den Klippen wehte der Wind hier so warm wie Cals Körper gegen seinem. Unter ihnen erstreckte sich endloses Blau, und der Hügel gab die Sicht auf ein Schiff frei, das am Steg eines Fischerdorfes lag. Er hätte es Cal gern gezeigt, doch es war besser, dass er schlief und etwas Ruhe fand.

Matrosen kletterten in die Takelage des Zweimasters, der aussah wie ein isthenisches Handelsschiff. Ihre Rufe hallten zu ihnen herüber. Gilain ging an der Spitze der Rebellen an Bord.

Gemeinsam mit Arahyr ritt er zu den Docks, wo dieser ihm half, Cal vom Pferd zu heben. Arahyr trug ihn an Deck, während Laudan sich damit abmühte, Gavis die Rampe hinaufzuziehen. Unter dem Lachen der Umstehenden scheute und wieherte sie, bis es ihm endlich gelang.

»Sie ist genauso eine Landratte wie du«, rief eine vertraute Stimme. Dryele stürmte zwischen den Matrosen hindurch und fiel ihm in die Arme.

»Sieh dich an.« Ungläubig musterte er ihren Marinemantel, die enge Kniebundhose und die Stiefel. Unter dem dreizackigen Hut umspielte ein Lächeln ihre Lippen. »Dann hast du also dein Schiff bekommen?«

»Noch nicht, aber bald. Sethrian bringt mir bei, wie man die Meerenge von Tisselia durchfährt.« Sie deutete auf den Mann am Steuer, der den Befehl gab, die Taue einzuholen. »Ich muss zurück. Wir sehen uns später. Scheiße, so gut, dass du hier bist. Alle sind aufgeregt wegen dieser Waffe.«

Ehe Laudan antworten konnte, rannte sie die Stufen zum Steuerrad hinauf. Er brachte Gavis unter Deck und gesellte sich anschließend zu Arahyr an die Reling.

»Caliyan ist in einer der Kajüten. Er war wach, als ich die Schulter behandelt habe. Meine Magie wirkt jetzt. Er wird bis morgen durchschlafen und ist dann hoffentlich wieder auf den Beinen.«

»Das sind gute Neuigkeiten.« Sein Herz hämmerte bei dem Gedanken daran. Über ihnen klatschten die Segel hinab und blähten sich im Wind. Ein Ruck ging durch das Schiff. Sie nahmen Fahrt auf.

Als Isthenien am Horizont verschwand, überkam ihn eine beinahe kindliche Freude. Auch die Rebellen scherzten und lachten. Einzig Arahyr schien wehmütig. Laudan war seine Rolle in der Rebellion nicht klar, also fragte er danach.

»Oh nein.« Arahyr lächelte. »Ich habe nie eine Klinge geführt, und das werde ich auch nicht. Meine Kunst beschränkt sich auf das Heilen.«

Er musterte Arahyr. Wegen seiner Statur wäre er auf jedem Schlachtfeld im Vorteil gewesen. »Das klingt poetisch. Ein Heiler, der das Leid derer lindert, die dumm genug waren, die Waffen gegeneinander zu erheben. Und doch hast du deine Seite gewählt.«

»Wie du«, sagte Arahyr. »Gilain hat mir davon erzählt. Es muss hart gewesen sein, dich von allem abzuwenden, was du kanntest.«

»Nein, das war es nicht … Aber zu erkennen, dass ich eine Wahl hatte, die Freiheit, meinen eigenen Weg zu gehen, war unendlich schwer.«

»Es liegt in deiner Natur, deinen Weg zu gehen, Laudan. Es kann gar nicht anders sein.« Arahyr wandte sich zum Gehen. »Ich habe etwas mit Gilain zu besprechen.«

»Warte. Wer war Vaelen?«

Eine Falte kräuselte sich zwischen Arahyrs Brauen. »Wenn du es wirklich wissen willst, werde ich es dir zeigen.«

Den Rest des Tages half Laudan an Deck. Obwohl ihm Arahyrs Worte nicht aus dem Kopf gingen, wurde er nicht müde, Dryele dabei zuzusehen, wie sie den Zweimaster steuerte. Genau wie sie lauschte er den Instruktionen des alten Kapitäns, und der leise Wunsch stieg in ihm auf, irgendwann einmal ein Schiff zu steuern.

Die Sonne versank. Delfine tauchten auf und schwammen mit ihnen um die Wette, bis Dryele in seichtere Gewässer fuhr, wo sie den Anker warfen und die Segel einholten. Die Meerenge von Tisselia lag unmittelbar südlich, aber es war zu riskant, sie bei Nacht zu befahren. Falls sie morgen gute Winde hatten, würden sie innerhalb weniger Stunden in Pirea sein.

Nachdem sie geankert hatten, folgte er Dryele in die Kombüse, wo der Schiffskoch Eintopf verteilte. Mit der Schüssel in der Hand zog Dryele ihn zurück an Deck und hockte sich mit ihm gegen die Reling. Das Schaukeln des Zweimasters machte ihm nichts aus. Im Gegenteil. Er stellte die leere Schale beiseite, lehnte sich zurück und richtete den Blick auf die Sterne.

»Dass wir einmal hier sein würden«, sagte Dryele, »ein heressianischer Lord und eine Träumerin, die seit Ewigkeiten an nichts anderes denken kann, als wieder ein Schiff zu steuern … Teralyn wäre stolz auf uns.«

»Das wäre sie. Bist du glücklich? Ist es so, wie du es dir vorgestellt hast?«

»Besser.« Dryele überkreuzte die Beine. »Ich war noch ein Kind, als mein Vater mir Segeln beibrachte. Freiheit, weißt du? Für nichts in der Welt hätte ich das eingetauscht. Heressianische Frauen tragen ihren Schmuck wie Fesseln, aber hier sind wir alle gleich. Sethrian ist geduldig, der beste Lehrer, den ich mir wünschen kann, und einer der wenigen, die die Rebellion noch hat. Ich hoffe, ich bin bereit, wenn wir nach Ethelis segeln.«

Dryele wusste davon. Alle wussten es. »Wann wird das passieren?«

»Hoffentlich nicht allzu bald. Ich kenne nicht mal die Route durch die Meerenge. Aber mal ehrlich, erzähl mir, was passiert ist. Mittlerweile hab ich gemerkt, wen ihr da an Bord gebracht habt. Ich dachte, Caliyan wäre –«

»Dachte ich auch.«

Nachdem er Dryele von Cals Befreiung erzählt hatte, zog sie ein Bündel unter ihrem Mantel hervor und reichte es ihm. »Hab sie mitgenommen. Ich konnte sie nicht zurücklassen, außerdem dachte ich, du würdest sie vielleicht wollen.«

Es waren die Reden. Ein bittersüßes Gefühl stieg in ihm auf. »Du hast daran gedacht. Danke.«

»Sag mal, ich habe Geschichten von der Schlucht gehört. Sind sie wahr? Wird Caliyan den Krieg für uns gewinnen?«

Laudan wollte nicht an das Heer der Heressia denken, die Lawine, die alles und jeden überrollte. »Er ist unglaublich, aber ich weiß es nicht …«

»Er ist Caliyan de la Vere. Es war sein Traum. Niemand wird härter dafür kämpfen, dass er wahr wird.«

»Sagt diejenige, die ihn nicht für die Rebellion rekrutieren wollte.« Lachend nahm er die Reden und erhob sich. Mit einem Mal wollte er nichts sehnlicher, als bei Cal zu sein. Dass er schlief, spielte keine Rolle. Laudan verabschiedete sich und stieg zu seiner Kajüte in den Schiffsrumpf hinab. Gedämpfte Stimmen drangen daraus hervor.

»… darf es nicht wissen.«

»Er hat ein Recht darauf, Gilain. Du kannst ihm das nicht nehmen, du hast nicht gesehen, was aus ihm geworden ist.« Es war Arahyr, der sprach. Laudan verharrte reglos.

»Es interessiert mich auch nicht. Wenn er seine Worte wahr gemacht hätte, wäre dieser Krieg längst beendet. Yria würde noch leben. So viele würden noch leben. Aber Caliyan interessiert sich seit Ewigkeiten für nichts als Caliyan.«

»Vergiss nicht, dass die Welt im Chaos versinken würde, wenn er sich nicht um die Alte Ordnung gekümmert hätte. Seine Taten waren falsch motiviert, aber notwendig.«

»Ich will doch nur, dass er kämpft.« Gilain zögerte. »Was ist, wenn er es wieder versucht? Wenn du das tust, hat er, was er braucht, um das Ritual aufzuheben. Ein Tropfen *seines* Blutes, und wir verlieren alles.«

»Er wird es nicht tun. Nicht, wenn *er* sich erinnert.«

»Ich hoffe, dass du recht hast.«

Gilain trat nach draußen. Im letzten Moment wich Laudan aus. Sie starrte ihn an, die ungestellte Frage auf den Lippen, wie viel er gehört hatte. Ihr Blick fiel auf die Reden.

»Gilain«, sagte er, doch sie ließ ihn stehen und verschwand im Bauch des Schiffes. Arahyr erschien im Türrahmen. Er folgte ihm in die Kajüte und legte die Reden auf eine Kommode. Cal schlief auf einer schmalen Pritsche. Seine Schulter war aufgedeckt, der Verband entfernt worden. Hätte er es nicht mit eigenen Augen gesehen, hätte er nie vermutet, dass anstelle der rosigen Haut gestern noch eine Wunde klaffte, die so entzündet war, dass er fürchtete, ihn zu verlieren.

»Das ist unglaublich.« Laudan trat näher und senkte die Stimme. »Die heressianischen Heiler können eine Blutung stillen und sie verbinden, aber es ist der Körper, der damit fertigwerden muss. Und wenn er zu schwach ist … stirbt er.«

»Oft ist es nicht der Körper. Ich habe Menschen sterben sehen, weil sie aufgaben. Andere wiederum lebten, obwohl sie an der

Schwelle des Todes wandelten.« Arahyr setzte sich zu Caliyan, hob seinen Arm an und bewegte ihn vorsichtig. »Vor langer Zeit habe ich einen Mann geheilt, der diese Schwelle schon überschritten hatte. Er hat sich mit allem, was er hatte, an das Leben geklammert. Mit jedem Fünkchen seines Seins.«

»Dieser Mann muss dir sehr dankbar gewesen sein.«

»Er hat es nie erfahren. Ich war fort, bevor er erwachte.«

»Du scheinst niemand für große Dankesreden zu sein«, stellte Laudan fest. »Aber zu wissen, dass du helfen konntest, hat sicher gutgetan.«

»Manchmal ist dieses Wissen die schwerste Last der Welt.« Gedankenversunken legte Arahyr Cals Hand in seine und beugte dessen Finger. »So gut wie neu. Er wird sich normal bewegen können.«

»Du hast ihn gerettet. Danke.«

»Ich habe seine Schulter geheilt. Der, der ihn gerettet hat, warst du. Aber ich glaube, du begreifst die Tragweite dieser Tat noch nicht.«

»Es war Zufall«, gestand er und widerstand dem Wunsch, Cals Hand zu ergreifen. »Ich hatte ihn aufgegeben.«

»Er dich ebenso. Ich habe es erlebt.«

»Ich dachte, ihr hättet euch seit Jahren nicht gesehen.«

Arahyr erhob sich. »Seit der Schlacht an den Obsidianklippen.«

»Ich verstehe nicht«, sagte er.

»Aber das wirst du.«

»Wovon hat Gilain gesprochen? Was darf Caliyan nicht wissen?«

»Nicht Caliyan. Du. Komm, lassen wir ihn schlafen.«

Laudan schluckte gegen den Kloß in seinem Hals an und folgte Arahyr hinaus in die Nacht. Die Rebellen hatten sich zurückgezogen, einzig zwei Matrosen hielten außer Hörweite im Ausguck Wache. Hinter Arahyr stieg er die Stufen zum Steuerrad hinauf und konnte den Blick nicht davon abwenden.

»Du hast sie gelesen, nicht wahr? Die Reden, die du auf die Kommode gelegt hast.«

»Ja.« Laudan fühlte sich seltsam ertappt. »Ich wollte sie Cal … Caliyan zurückgeben. Er hat sie verfasst, er sollte sie haben.«

»Du irrst dich.«

Sein Magen verkrampfte sich. Da waren sie wieder; all die Momente, in denen er die Reden in den Händen gehalten und nach Antworten auf Fragen gesucht hatte, die er nicht verstand.

»Du spürst es«, fuhr Arahyr fort. »Du spürst noch mehr, oder? Den Wind in den Segeln, das Holz des Steuerrads unter deinen Fingern, obwohl du es nie berührt hast. Berühre es und sag mir, dass ich mich irre.«

Laudan zitterte, als er die Finger um das Holz legte. Das Gefühl des Griffes war seltsam vertraut. Er schloss auch die andere Hand darum, bevor er beide zurückzog. »Was geschieht mit mir? Ich hatte Visionen, Trugbilder, die nicht sein können.«

»Was du gesehen hast, ist wahr. Aber sonst erinnerst du dich nicht daran.«

»Sonst …?«

»Es immer wieder zu erleben, hat Caliyan an den Punkt gebracht, an dem er war, bevor auch er vergessen hat. Zu diesem einen Moment, dem Ende und dem Anfang gleichermaßen.«

Er schüttelte den Kopf. »Ich verstehe nicht. Wer war er, bevor er vergessen hat? Hat er auf der Seite der Rebellen gekämpft?«

»Lange bevor es die Rebellion und die Heressia überhaupt gab, hat er von Frieden geträumt. Er hat nie für die Rebellen gekämpft. Am Ende hat er einen dunklen Pfad beschritten, weil es der einzige Ausweg war, den er noch gesehen hat.«

»Ausweg? Wovon …?«

»Du warst dabei, als Yria gestorben ist. Wir Eranthi altern nicht, aber sterben können wir dennoch. Caliyan ist anders. Er ist gestorben. Viele Male.«

»Was hat man ihm angetan?«

»Nicht nur ihm«, sagte Arahyr vorsichtig. »Sondern auch dir.«

Laudan taumelte gegen die Reling. »Du irrst dich …«

Arahyr umfasste seine Schultern. »Sieh mich an. Du bist weit gekommen. So weit wie nie zuvor. Es ist nicht leicht, Zusammenhänge zu begreifen, die scheinbar um so vieles größer sind als man selbst.«

Sein Atem raste. »Erklär sie mir.«

»Nein. Die Antworten sind in dir. Ich werde sie dir zeigen, wenn es das ist, was du wahrhaft willst.«

»Ich will es«, erwiderte er.

»Auch wenn die Wahrheit so bitter ist, dass du dir wünschtest, sie nie gesehen zu haben? Selbst dann?«

Er würde den Mann zurückbringen, den er an den Klippen kennengelernt hatte. Er hatte es sich geschworen, egal, was er dafür tun musste. »Selbst dann.«

»Hör mir zu. Vor vierzig Jahren starb ein bedeutender Admiral in der Schlacht an den Obsidianklippen.«

»Gahaved Cen'to. Wieso erzählst du mir das?«

»Weil Caliyan ihm etwas wiedergab, bevor er starb. Doch er hatte keine Möglichkeit, zu Ende zu führen, was er begonnen hatte.«

»Was hat er ihm gegeben?«

»Die Wahrheit.« Arahyrs Hände glitten zu seinen Schläfen. »Schließ die Augen.«

Er tat es, wurde ganz ruhig, als Arahyrs Magie in seinen Körper drang.

»Du hattest viele Namen, aber dein erster war Vaelen.«

# Kapitel 35

## Caliyan de la Vere

Mein Name ist Caliyan.« Sein Gegenüber nahm die Kapuze ab. »Caliyan de la Vere. Aber ich glaube, das wisst Ihr bereits.«

Natürlich wusste er es. Jeder wusste, wer Caliyan de la Vere war. Doch wie konnte er glauben, dass dieser Mann vor ihm stand, hier inmitten des einfachen Volkes?

»Ihr scherzt.« Er schüttelte den Kopf. »Ihr müsst scherzen.« Mit einem Mal fehlten ihm die Worte, die ihm sonst mit solcher Leichtigkeit über die Lippen kamen.

Selbst in dem abgetragenen Umhang war Caliyan eine Erscheinung. Ein paar Mal hatte er ihn in der Oberstadt von Weitem gesehen, wenn er mit den anderen Eranthi aus dem Senat kam. Eine in kostbare Kleider gehüllte, ätherische Schönheit, die man nicht anzusehen wagte. Jetzt stand er vor ihm, ein Lächeln auf den Lippen, das diese Fassade Lügen strafte, das ihn menschlich machte. Real.

Caliyans Blick hielt an seinem fest. Wasser, umgeben von der Glut eines Feuers, in das die Sonne seine Strähnen verwandelte; die helle Haut an Nase und Wangen mit zarten Sommersprossen bedeckt.

Auch er lächelte, konnte gar nicht anders. Doch jetzt war es eher die Tatsache, dass Caliyan ihn mit einer einfachen Handbewegung töten konnte, die ihn nervös werden ließ.

»Ich scherze nicht, Vaelen.«

*Oh, bei allem, was …* er kannte seinen Namen.

»Ihr kommt seit Monaten«, stellte er ungläubig fest. Es war

schwer, so unglaublich schwer, Caliyans Blick standzuhalten. »Ihr steht immer etwas abseits unter dem Baum vor der Tempelruine des Lythelius.«

»Ihr habt mich ertappt.«

Dieses Lächeln. Es wollte so gar nicht in das Bild passen, das er von Caliyan hatte, um den sich trotz seiner Jugend Mythen und Legenden rankten wie um niemanden sonst. Zwanzig Jahre war er alt wie er. Doch im Gegensatz zu Caliyan, dessen Familie die Geburtstage ihrer Söhne jedes Jahr mit einem rauschenden Fest feierte, kannte er seinen nicht einmal.

»Können wir reden?« Caliyan legte den Kopf schief, riss ihn mit dieser simplen Geste aus den Gedanken.

»Reden?« Er blickte hinter Caliyan über den Marktplatz hinweg. Die Ansammlung hatte sich längst aufgelöst, seit er seine Rede beendet hatte. Menschen strömten durcheinander, gingen wieder ihren alltäglichen Beschäftigungen nach. Er hatte Dinge gesagt, die jedem Eranthi mehr als genug Motive lieferten, um ihn auf der Stelle zu töten. Er tat es seit Monaten. Was sollte er tun? Fliehen?

»Keine Sorge, ich bin nicht hier, um Euch in Flammen aufgehen zu lassen.« Caliyan zwinkerte. »Aber sagt es keinem weiter, ich habe einen Ruf zu verlieren.«

Unwillkürlich lachte er auf, doch er verstummte abrupt, als er den Mann mit langen dunklen Haaren bemerkte, der sie aus einiger Entfernung beobachtete. Auch er war ein Eranthi, und er machte sich nicht die Mühe, es zu verbergen. Vaelen senkte die Stimme. »Setzt die Kapuze besser wieder auf, sonst wird bald jeder wissen, dass Ihr hier seid.«

Caliyans Blick folgte seinem. Der andere Eranthi bemerkte es und drängte durch die Menge davon. Caliyan sah ihm nach, bevor er sich erneut Vaelen zuwandte. »Nur ein Freund.«

»… der offenbar missbilligt, dass Ihr hier seid. Kommt, ich bringe Euch an einen Ort, wo wir reden können.« Er schob sich an den Ständen der Händler vorbei. Der Duft von Kuchen lag in der Luft. Musikanten spielten ein Stück auf, eine alte Melodie, erfüllt von

Sehnsucht nach einer besseren Zeit, während die Waisen am Straßenrand bettelten.

Hinter ihm fiel Caliyan zurück. Er zahlte an der Kuchenauslage und schenkte ihm ein entschuldigendes Lächeln. Vaelen lehnte sich an eine Hauswand und beobachtete, wie Kinder um Caliyan herumströmten, der nicht müde wurde, den Kuchen zu verteilen, bis alle zu essen hatten. Seit Monaten kamen sie in immer größerer Schar hierher. Jetzt wusste er, wieso.

»Wollt Ihr die Welt retten, Caliyan de la Vere?«, fragte er und ließ sich nicht anmerken, wie sehr sein eigener Magen knurrte.

»Ich fürchte, dazu braucht es mehr als Kuchen. Lasst uns gehen.«

Er führte Caliyan in eine Hafengasse, wo er in der Taverne zur *Goldenen Feder* ein Zimmer angemietet hatte. Seit ein paar Monaten lebte er hier, schlug sich durch und verdiente sich ein Abendessen damit, dass er seine Reden auch vor den Tavernengästen hielt.

Gemeinsam betraten sie den Schankraum und stiegen die knarzende Treppe zu den Unterkünften hinauf. An ihrem Ende machte er vor der letzten Tür halt, dem günstigsten Zimmer unterhalb des Daches, sperrte es mit zittrigen Fingern auf und ließ Caliyan eintreten. Es erschien ihm unpassend, ihn in eine derartige Absteige zu führen, doch wohin hätte er ihn sonst bringen sollen?

Drinnen empfing sie das übliche Chaos. Notizblätter lagen zwischen den Türmen aus Büchern, die er überall auf dem Boden aufbewahrte. Seine Skizzen hatte er in Anbetracht der Tatsache, dass es hier nur eine winzige Dachgaube gab, wahllos an den Schrägen aufgehängt. Nicht einmal das Bett hatte er gemacht, und nun widerstand er dem Wunsch, hastig aufzuräumen und alles in die einzige vermackte Kommode zu schieben, die er besaß.

Caliyan legte seinen Umhang ab, unter dem seine maßgeschneiderte Kleidung zum Vorschein kam.

»Wollt Ihr Euch setzen?« Er deutete auf den kleinen Tisch mit den zwei Stühlen unterhalb der Gaube, wo er seine Reden schrieb, und klaubte hastig die Zettel zusammen, die darauf verstreut lagen.

Eine der Zeichnungen entglitt ihm und segelte zu Boden. Als er sich danach bückte, kam Caliyan ihm zuvor. Ihre Hände streiften sich flüchtig. Er hielt inne und merkte erst jetzt, wie sehr sein Herz klopfte.

»Ihr seid nicht nur ein begnadeter Redner, sondern auch ein Künstler«, sagte Caliyan, ohne den Blick von dem säulenumgebenen Rundbau abzuwenden, den er gestern hastig gezeichnet hatte.

»Ihr schmeichelt mir.«

»Wo befindet sich dieses Bauwerk? Ich habe etwas Derartiges nie zuvor gesehen.«

»Nur in meinen Träumen, fürchte ich. Es ist nur eine Idee. Ein Ort des Austausches. Dort kann jeder sein Anliegen vorbringen, ganz gleich, welcher Herkunft er ist. Es wird gerecht darüber abgestimmt, denn … Freiheit ist das höchste Gut.«

Warum erzählte er Caliyan das? Die Eranthi herrschten seit Generationen über Aerysia und nannten Privilegien ihr Eigen, von denen Menschen ohne ihre Fähigkeiten nicht einmal zu träumen wagten. Obwohl ihre Magie schwand und sich Aufstände aus dem Volk erhoben, taten sie alles, um ihre Machtposition zu halten. Unter ihnen war Caliyan eine Ausnahme, gesegnet mit einer Gabe, die die der anderen bei Weitem übertraf. Und doch hatte er ihm zugehört.

Er blickte auf. »Warum seid Ihr hier, Caliyan de la Vere?«

Caliyan lächelte. »Weil ich glaube, dass wir einen gemeinsamen Traum haben. Setzen wir uns.«

»Bist du sicher, dass das eine gute Idee ist?« Er nahm Caliyan das weiße Hemd ab und zog es an. Ein leises Lachen kam ihm über die Lippen, als es ebenso perfekt saß wie die schwarze Hose und die glänzenden Stiefel, die er bereits trug.

»Die beste, die ich hatte, seitdem ich dich angesprochen habe.« Caliyan grinste und half ihm beim Zuknöpfen. Seine Wärme drang durch den Stoff und löste ein Kribbeln in ihm aus. Anschließend trat Caliyan zurück und betrachtete ihn.

»Wie sehe ich aus?«, fragte er.

Statt zu antworten, ergriff Caliyan seine Hand und führte ihn zu dem großzügigen Spiegel. Im Hintergrund spiegelten sich Caliyans helle Gemächer mit den Landschaftsgemälden, die er so liebte. Die Balkontüren standen offen und wehten den Duft der See zu ihnen herüber, während die Sonne über Aerysia versank. Nie war ihre Heimat schöner gewesen als an diesem Abend, doch er wollte nicht daran festhalten, erlaubte sich schließlich, hinzusehen. Sie anzusehen. Sie beide.

Wenn Caliyan Feuer war, waren seine dunklen Strähnen Asche. Ihre ineinander verschlungenen Hände lösten Wünsche in ihm aus, die er nicht einmal zu denken wagte, weil er Vaelen war und der Mann, der seine Hand hielt, Caliyan de la Vere.

Und doch war Caliyan in den letzten Monaten Teil seines Lebens geworden. Er hatte unzählige Stunden in der *Goldenen Feder* mit ihm verbracht, wusste, wie Caliyan dachte, was er hoffte, wovon er träumte. Und er träumte mit ihm, wollte nie erwachen.

»Du siehst großartig aus«, brach Caliyan ihr Schweigen. »Anders und trotzdem ganz du, aber für mich müsstest du das nicht tragen.«

Er lächelte. »Woher wusstest du, dass es passen würde?«

»Magie.« Caliyan zog eine Augenbraue hoch.

»Ist das deine Ausrede für alles?«

»Für vieles. Funktioniert ziemlich gut, oder?«

Ein Klopfen an der Tür ließ ihre Hände auseinandergleiten. »Die Gäste sind eingetroffen.«

»Wir kommen.« Caliyan half ihm in den passenden Kurzmantel. »Mach dir keine Sorgen. Sie sind nicht halb so schlimm, wie du sie dir vorstellst. Ich glaube sogar, du wirst sie mögen.«

»Das ist es nicht.« Er schob sich eine Strähne aus den Augen. Sich selbst so zu sehen, war seltsam. »Ich will keinen Skandal auslösen. Schon gar nicht an deinem Geburtstag. Ich habe nicht mal –«

Caliyans Finger legte sich über seine Lippen. »Sie werden dich lieben. Ich bin da, in Ordnung?«

Er nickte. Als Caliyan seine Jacke überstreifte, zog er unauffällig die gerollten Dokumente aus seinem abgetragenen Umhang und steckte sie in die Innentasche des Kurzmantels.

»Bereit?«

»Ja.«

Sie betraten die Galerie. Magische Lichter erstrahlten in der Kuppel wie Sterne über dem festlich geschmückten Saal. Die Melodie einer Harfe klang über die Stimmen der Gäste hinweg, die unter ihnen an ihren Gläsern nippten. So viele waren gekommen. Eranthi und Menschen ohne die Gabe gleichermaßen.

»Meine Eltern sind recht fortschrittlich«, flüsterte Caliyan ihm zu, als habe er seine Gedanken gelesen.

Kaum hatten sie den Fuß auf den Treppenabgang gesetzt, schlug jemand gegen ein Glas. Die Gespräche verstummten. Alle Augenpaare richteten sich auf sie, und ihm war, als sähen die Gäste durch seine feine Kleidung hindurch und enttarnten, wer er wirklich war: ein Niemand, ein Nichts.

Unwillkürlich verlangsamte er seinen Schritt. Da ergriff Caliyan seine Hand, ein Lächeln auf den Lippen, das ihm die Welt bedeutete. Ein Raunen ging durch die Menge. Einige tuschelten hinter vorgehaltenen Händen, doch Caliyan hielt ihn fest, als wäre es unumstößlich, dass er zu ihm gehörte. Und das tat er.

Sein Herz hämmerte. Raunen verwandelte sich in Applaus. Am Fußende der Treppe strömten ihnen die Gäste entgegen. Eine Frau mit hochgesteckten dunklen Haaren schloss Caliyan zuerst in die Arme.

»Alles Gute zum Geburtstag, mein Sohn.« Sie lächelte ihn über Caliyans Schulter hinweg an. »Willst du mir deine Begleitung nicht vorstellen?«

»Das ist Vaelen.« Caliyan trat zur Seite. »Vaelen, das ist meine Mutter, Gaelyna.«

Sie war eine Schönheit. Caliyan hatte ihre Lippen. Ihre Augen.

Ihre Anmut. Er ergriff Gaelynas Hand, verbeugte sich tief, doch sie brach mit der Form und zog ihn in die Arme. »Du bist gut für ihn«, flüsterte sie. »Er ist so glücklich.«

»Danke.« Er lächelte ihr entgegen, hätte ihr gern gesagt, wie viel ihm diese Worte bedeuteten. Nicht nur wegen des Komplimentes, sondern weil sie keine Fragen über einen Nachnamen stellte, den er nicht hatte.

Die Gäste gratulierten Caliyan und begrüßten auch ihn. Zahllose Hände schüttelten die seine. Namen prasselten auf ihn ein: Yria, Gilain, Arahyr … zu viele, um sie sich zu merken, und sie alle waren wissbegierig zu erfahren, wen Caliyan da mitgebracht hatte.

Caliyans Worte waren voller Bewunderung. Eine Liebeserklärung an ihn und das einfache Leben. Und diese Liebe spiegelte sich in den Reaktionen der Gäste, die ihn anlächelten und ebenso umarmten, wie Gaelyna es getan hatte.

Er mochte ein Redner sein, aber Caliyans Begeisterung verbreitete sich wie ein Lauffeuer, und er tat all das mit einer Leichtigkeit, einer wahrhaftigen Freude.

Umso unübersehbarer war der Mann, der Caliyan mit seinen Blicken erdolchte. Falls Caliyan es merkte, ignorierte er es gut. Vaelen erkannte ihn vom Platz des Lythelius.

Lazair.

Caliyan sprach nicht oft von ihm, aber wenn, dann erwähnte er ihn als Freund aus der Akademie. Lazair unterhielt sich abseits mit Yria und einem Mann, der ihnen den Rücken zuwandte und dessen Haar im gleichen verräterischen Rotbraun schimmerte wie Caliyans.

»Mein Bruder«, sagte Caliyan. Dabei hätte Vaelen ihn auch so erkannt. Alcaelus de la Vere, der Aerysia mit seinen Ansichten spaltete wie kein Zweiter.

»Wird er nicht zu dir kommen?«

»Alcaelus mag den Trubel nicht, aber er war der Erste, der heute früh gratuliert hat. Komm, lass uns etwas essen, bevor das Buffet komplett geräubert ist.«

Sie bedienten sich. Dabei kam er nicht umhin, sich zu fragen, wie Caliyan damit zurechtkam, dass sein Bruder und er grundverschiedene Meinungen vertraten. Unterhalb der verzierten Fenster suchten sie sich einen Stehtisch und aßen besser, als er je gegessen hatte.

»Ich liebe ihn trotzdem«, sagte Caliyan. »Die Politik lassen wir im Senat. Früher habe ich es versucht, hatte Debatte um Debatte, aber ich kann ihn nicht ändern.«

Vaelen schob seinen leeren Teller beiseite. »Ihr respektiert einander. Das ist bewundernswert.«

»Nach dem heutigen Abend wird nichts mehr sein wie früher. Alcaelus weiß es ebenso wie ich.«

»Was meinst du damit?«

»Nicht jetzt.« Ein Lächeln wischte Caliyans nachdenklichen Ausdruck fort. »Heute will ich feiern. Mit dir.«

Zur Antwort glitt Vaelens Hand in seine Innentasche, bereit, hervorzuziehen, was er dort aufbewahrte, doch bevor seine Finger das aufgerollte Papier erreichten, verstummte die Musik.

»Es ist so weit.«

Ein großer Mann mit roten Haaren und ebenso rotem Bart trat auf die Freitreppe. Caliyans Vater. Serric de la Vere hob sein Glas und prostete seinem Sohn über die Gäste hinweg zu, bevor er dagegen schlug. Die letzten Gespräche verstummten, und Serric hielt eine Rede, die Vaelen wünschen ließ, er hätte seine Eltern gekannt. Worte voller Erinnerungen an Caliyans Kindheit, voll Anekdoten und voll Stolz für einen Sohn, der so schnell erwachsen geworden war. Einundzwanzig.

Als Serric zu Ende gesprochen hatte, rief er Caliyan zu sich. Dieser bahnte sich einen Weg durch die Menge und stellte sich neben seinen Vater.

»Caliyan«, sagte Serric und lächelte seinem Sohn entgegen. »Ich möchte dir heute ein besonderes Geschenk machen. Eines für ganz Aerysia. Es ist kein Geheimnis, dass der Vorsitz des Senates ab dem nächsten Monat für zwei Jahre der Familie de la Vere obliegt. Ich lege dieses Amt in deine Hände, mein Sohn. Mögest du als Senatsvorsitzender unseren Fortschritt leben und Aerysia in eine Zukunft des Friedens führen.«

Serric schloss Caliyan in die Arme. Jubel erhob sich. Auch Vaelen applaudierte, konnte kaum fassen, was passiert war, und hielt Ausschau nach Alcaelus, der als ältester Sohn eine beschämende Niederlage einsteckte. Einzig Lazair war geblieben und starrte ihm entgegen. Vaelen wandte sich ab und hielt an Caliyans Blick fest. Über all die gratulierenden Gäste hinweg, galt er ihm, bis Caliyan sich losriss und ihm in die Arme fiel.

»Meinen Glückwunsch«, flüsterte er. »Du hast es dir verdient.«

Die Harfe spielte zum Tanz auf. Zwei Violinen und ein Cello stimmten ein. Obwohl die Gäste in die Mitte des Saals strömten, existierte dieser Moment nur für sie beide. Caliyan brachte seine Lippen an sein Ohr. »Tanz mit mir.«

Anmutig bewegten sich die Paare im Rhythmus der Musik. Er hätte alles dafür gegeben, Caliyan so zu sehen. »Ich kann nicht tanzen.«

Bevor Caliyan etwas erwidern konnte, stellte sich Gilain vor ihn. »Darf ich bitten?« Röte schoss in ihre Wangen. Vorhin hatte sie sich gemeinsam mit ihrer Schwester vorgestellt. Caliyan wollte protestieren, doch Vaelen verpasste ihm einen Schubs. »Geh schon. Ich schaue gerne zu.«

Gilain zog Caliyan mit sich.

Vaelen trank einen Schluck und hielt abrupt inne, als die beiden tanzten. Gerüchte besagten, dass Caliyans Kampfstil einem Tanz glich, und jetzt, da Caliyan jede Bewegung mit einer Leichtigkeit ausführte, die ihresgleichen suchte, fürchtete er, ihn kämpfen zu sehen – aus Angst, er könne das Töten ebenso schön aussehen lassen.

Sein Blick war so gebannt, dass er erst zu spät merkte, wer sich vor ihm aufbaute. Lazair packte ihn am Kragen, riss ihn zu sich, die Zähne gebleckt.

»Du bist seiner nicht würdig.«

Etwas Eisiges strömte in ihn hinein. Magie? Das Glas zersprang zwischen seinen Fingern und bohrte sich in seine Handfläche. Die Musik verstummte. Lazair ließ von ihm ab, spuckte ihm vor die Füße. Wieder richteten sich alle Augenpaare auf ihn. Seine Hand spannte sich zur Faust, doch er senkte sie. Blut tropfte daran herab, und dann war Caliyan da, zerrte Lazair weg von ihm, hinaus aus dem Saal.

Sein Atem raste. Gaelyna eilte zu ihm herüber. Er hielt die Hand hinter den Rücken, wollte nicht, dass sie das Blut sah.

»Alles in Ordnung?«, fragte sie.

Er nickte. Übelkeit stieg in ihm auf. Vielleicht war es gut, dass die Magie der Eranthi schwand. »Wo ist das Bad?«

Sorge trat auf Gaelynas Gesicht. Sie führte ihn zu einer Tür am Ende der Halle. Er betrat den breiten Flur mit dem kostbaren Teppich, lehnte sich an eine Wand und atmete tief durch. Dabei hielt er die blutende Hand von sich weg, um das Hemd nicht zu ruinieren, und verharrte so, bis eine Stimme ihn hochschrecken ließ. Zuerst hielt er sie für Caliyans, aber es war Alcaelus, der auf ihn zukam.

Sie waren wie zwei Seiten einer Medaille. Wenn Caliyan der Sommer war, war Alcaelus der Winter. Sein Gesicht strahlte eine Härte aus, die Caliyans fehlte. Verbissenheit statt Anmut; und jetzt hatte man ihn gedemütigt.

Vaelen bereitete sich darauf vor, weitere Beleidigungen über sich ergehen zu lassen, vielleicht Schlimmeres.

»Du bist Caliyans Freund.« Alcaelus blickte auf seine blutende Hand herab.

»Ich wollte das verbinden, war auf dem Weg zum –«

Während er sprach, zog Alcaelus ein seidenes Taschentuch mit eingestickten Initialen hervor. Er ergriff seine Hand, tupfte das Blut ab und wickelte ein zweites über den Schnitt, bevor er es verknotete.

»Vaelen, richtig?«

»Ja.«

Alcaelus lächelte. »Die Freunde meines Bruders sind auch meine Freunde.«

Die Tür zum Saal schwang auf. Caliyan atmete so heftig, als wäre er gerannt. »Hier steckst du. Ich habe dich überall gesucht.« Caliyans Blick fiel auf ihn und anschließend auf Alcaelus und seine verbundene Hand. Mit wenigen Schritten war er bei ihnen. »Ist alles in Ordnung?«

»Es ist nichts. Nur ein kleiner Schnitt.«

Caliyan nickte, sah Alcaelus an. »Lazair hat sich nicht mehr unter Kontrolle. Wir müssen etwas tun. Ihm helfen.«

»Überlass ihn mir. Du hast jetzt Wichtigeres zu tun, Bruder. Er ist sowieso enttäuscht wegen …« Alcaelus verstummte, sah zu Vaelen hinüber. »Ich werde einige Monate fortgehen und nehme Lazair mit.«

»Fortgehen?«, fragte Caliyan. »Wegen des Senatsvorsitzes?«

»Nein. Ich forsche an etwas, das uns alle retten könnte. Ich wäre so oder so gegangen.«

Caliyan legte die Stirn in Falten, hielt Alcaelus zurück, der sich abwandte. Mittlerweile spielten die Musiker wieder zum Tanz auf.

»Ein andermal, kleiner Bruder. Heute sollst du feiern. Ich bin stolz auf dich.« Alcaelus öffnete die Tür zum Saal und ließ sie allein.

Sorge spiegelte sich in Caliyans Augen, bevor er aufblickte. »Hat Lazair dir etwas getan?«

»Nein.« Er ergriff Caliyans Hand, die noch immer zur Faust geballt war. In seinem Griff entspannten sich seine Finger.

»Und der Schnitt?«

»Nur ein Unfall. Was ist da draußen passiert?«

»Lazair wird das nie wieder tun. Ich will dir etwas zeigen. Komm.« Caliyan zog ihn mit sich. Statt in den Saal zurückzukehren, führte er ihn durch die hinterste Tür am Ende des Flures, wo sie eine Treppe hinabstiegen und einem Gang folgten, bis sie den rückwärtigen Ausgang des Anwesens erreichten. Der Wind legte sich wie eine zweite Melodie über die Musik, die aus dem Saal zu ihnen herüberdrang.

Magisches Licht erhellte Caliyans Hand, als er ihn einen steilen Felspfad hinabführte. An seinem Ende erstreckte sich eine kleine, von Felsen eingefasste Bucht. Die See rauschte in ruhigen Wellen gegen das Ufer. Dort ergriff Caliyan seine Hand.

»Was Lazair gesagt hat, war falsch. So falsch, wie es nur sein kann. Er hätte es zu mir sagen müssen. Nicht zu dir, niemals zu dir.«

Er schüttelte den Kopf, suchte in Caliyans Augen nach einer Erklärung. »Du hältst die Welt in deinen Händen, heute mehr als je zuvor. Wie kannst du –«

Caliyan führte seine Hand an seine Lippen und hauchte einen Kuss auf seinen Handrücken. Die Wärme, die davon ausging, ließ ihn erzittern.

»Cal …«

»Wenn du mich so nennst, ist es, als würde ich nach Hause kommen. Ich will die Welt nicht. Ich will sie verändern. Mit dir.«

»Was hast du vor?«

»Nicht ich. Wir. Unsere Träume. Unsere Ideale … Schreib für mich, bitte. Wir werden eine Welt erschaffen, in der du mich nicht brauchst, damit sie dir zuhören. Wir haben zwei Jahre.« Cal lachte leise. »Es gibt unmöglichere Ziele.«

Zur Antwort zog er die gerollten Dokumente hervor und reichte sie Cal. »Es ist noch nicht viel. Nur Notizen, aber es ist ein Anfang. Alles, worüber wir gesprochen haben. Alles Gute zum Geburtstag.« Er schlang die Arme um ihn, atmete die Wärme an Cals Hals und konnte sein Glück kaum fassen. »Wohin du gehst, gehe ich auch. Heute, morgen und …«

»Für immer.«

»Für immer«, wiederholte er. Cals Hände wanderten über seinen Rücken. »Für immer.«

Cal schlief neben ihm. Die ersten Sonnenstrahlen fielen durch die offenen Balkonfenster und legten sich in schmalen Bahnen über sein Gesicht. So wie er da lag, die Lippen leicht geöffnet, lose Haarsträhnen über den dunklen Wimpern, hätte Vaelen ihn am liebsten berührt. Doch er tat es nicht, wollte ihn ebenso wenig wecken wie Cal ihn, wenn er nach den Sitzungen und politischen Unterredungen ins Anwesen zurückkehrte.

Stattdessen betrachtete er Cal, konnte den Blick nicht abwenden. Der Duft der Zitronenhaine stieg ihm in die Nase. Der Wind trug ihn von den Hügeln Aerysias hinab, wie jedes Jahr nach Cals Geburtstag, wenn die Haine in voller Blüte standen.

Dreiundzwanzig war er jetzt und nur noch wenige Tage im Amt des Senatsvorsitzenden, bevor eine andere Familie es übernahm. In den letzten Wochen waren aus den abendlichen Sitzungen Nächte geworden, in denen Cal ein Schlachtfeld betrat, auf das er ihm nicht folgen konnte. Oft sah er ihm an, wie hart er kämpfte, und es waren jene Momente, in denen er sich schwor, mit Cal fortzugehen und all das hinter sich zu lassen. Aber heute war Cal ganz ruhig.

Er würde weiterarbeiten, während Cal schlief. Das tat er oft, bevor Cal seine Worte für den Senat ins Reine schrieb. Der so entstehende, stetig größer werdende Stapel, den Cals elegante Handschrift überzog, war ihr größter Schatz. Sein Blick fiel auf den Schreibtisch, wo Cal nach den Sitzungen seine Notizen ablegte, doch heute war er leer. Vorsichtig setzte er sich auf, aber Cal legte die Hand auf seinen Arm.

»Bleib … bitte bleib.«

Er wandte sich Cal zu, der die Augen öffnete. Seine Finger glitten über Cals Wange, strichen behutsam einige seiner Strähnen fort, unter denen Cal ihm entgegenlächelte. Er würde für immer bleiben; sank in seine Arme, ihre Körper bald so ineinander verschlungen, dass er nicht mehr wusste, wo Cal aufhörte und er begann.

»Du bist mein Leben …«, flüsterte ihm Cal zu, mehr Atem als Worte, während sich seine Finger in Cals Rücken gruben. »Mein erster und mein letzter Gedanke.«

Er zog Cal näher; auf sich; in sich und verlor sich in Cals Küssen, in seinen Bewegungen, seinem Atem.

Seine Hand versank in Cals Haaren, und Cal verschränkte die andere mit der seinen. Cal zitterte über ihm. Auch er bebte, hielt ihn fest, wollte ihm nahe sein. So nah.

Er presste ihre Lippen aufeinander und erstickte ihre Laute mit einem Kuss. Danach hielt er ihn in den Armen und lauschte seinem ruhiger werdenden Atem.

Cal strich ihm die feuchten Strähnen aus der Stirn und fuhr über die Narbe oberhalb seines Auges, von der Vaelen nicht einmal wusste, woher er sie hatte. Anschließend beugte sich Cal vor und küsste sie. Die Wärme in seinem Blick war alles. Sie spiegelte wider, was er seit jenem Tag fühlte, als Cal in sein Leben getreten war. Sie waren eins, sie beide.

»Wir träumen nicht länger.«

Gehauchte Worte, mehr nicht. Er hielt inne.

Cal lächelte. »Wir haben die Mehrheit, Vaelen.«

»Sag das noch einmal.«

»Unser Traum wird wahr. Es wird keinen Krieg geben.«

Er öffnete die Lippen, doch ihm fehlten die Worte. Cals Hand glitt über seine Wange und wischte fort, was sich an die Oberfläche bahnte. Er lachte leise, zog Cal an sich. In zwei Jahren hatte Cal das Unmögliche geschafft. »Oh Cal … ich bin so stolz auf dich.«

»Es war ebenso dein Verdienst«, flüsterte Cal gegen seine Lippen. »Deine Worte, meine Stimme. Unser Traum.«

Oh, wie er ihn liebte. Worte reichten nicht, um es auszudrücken. »Wie geht es nun weiter?«

»In vier Tagen wird die neue Verfassung verabschiedet. Aerysia wird eins sein. Du wirst für den Senat kandidieren können. Jeder kann das.«

Er schüttelte den Kopf, konnte es kaum fassen. »Wie haben Alcaelus und die Alte Ordnung es aufgenommen?«

»Die Mehrheit war gegen sie. Mein Bruder wird lernen müssen, es zu akzeptieren. Die Ära der Eranthi ist ebenso Geschichte wie ihre Magie. Aber es werden andere Seressare geboren werden. Glückliche Zufälle, die nicht auf die Quelle angewiesen sind. Das ist der Lauf der Dinge.«

»Vielleicht war es Schicksal, dass du diese Gabe hast. Andere wie Alcaelus würden sie für Schreckliches nutzen. Für Ruhm, Kriege und Tod.«

»Ich will sie gar nicht.« Cals Blick glitt an ihm vorbei. »Wohin ich auch gehe, eilt sie mir voraus. Diesen Teil von mir werden sie immer fürchten.«

»Nein. Sie sehen dich, wie ich dich sehe. Du könntest dir die Welt nehmen, Cal. Aber du hast dich entschieden zu geben, statt zu nehmen, und dafür lieben sie dich umso mehr.«

Cal lächelte, bevor er aufstand und sich anzog. »Heute möchte ich dir etwas geben. Komm.«

»Du hast mir schon alles gegeben«, erwiderte er, streifte sich ein Hemd und eine Hose über und folgte Cal auf den Balkon, wo Cal ihnen aus einer Karaffe einschenkte. Eines der Gläser reichte er ihm.

»Warte hier.«

Er stellte das Glas ab und ließ den Blick schweifen. Cal verschwand im Inneren der Gemächer. Etwas raschelte, bevor sich Cals Schritte näherten. Einen Moment lang verweilten sie schweigend nebeneinander. Die Möwen krächzten. Weit unter ihnen brach sich die See an den Felsen, und die Fischer luden ihren Fang aus, um einen Großteil davon in die Oberstadt zu bringen. Bald würden sie begreifen, was Freiheit wirklich bedeutete. Jeder würde das, egal woher er kam, egal was er tat.

»Lass uns das Bauwerk errichten, das du skizziert hast. Wie möchtest du es nennen?«

Er blickte Cal an. »Das hast du nicht vergessen?«

»Wie könnte ich?« Cal deutete auf die Brachfläche der Tempelruine am Platz des Lythelius.

Vaelen lächelte. »Einen besseren Ort könnte ich mir nicht vorstellen. Dort hat alles angefangen. Du und ich … was werden wir tun, wenn all das hier vorbei ist? Wohin werden wir gehen?«

»Die *Goldene Feder* fehlt dir«, stellte Cal fest. »Wir könnten dorthin zurückkehren.«

Er winkte ab, lachte. »Es muss nicht die *Feder* sein.«

Cal zog etwas aus der Tasche und ergriff seine Hand. Unwillkürlich hielt er inne.

Cals Blick war ernst. »Ich gehe mit dir, wohin du willst. Bis ans Ende der Welt, wenn du das möchtest, solange du nur bei mir bist.«

»Cal …«, flüsterte er. »Ich werde immer bei dir sein.«

Cal drehte seine Handfläche nach oben, legte etwas Kleines darauf und schloss seine Finger darum.

»Was ist das?«

»Eine alte eranthische Tradition, an der ich festhalten möchte.«

Er öffnete die Hand. Ein dünnes, goldenes Band lag darauf, verziert mit filigranen Ranken. Ein Ring.

»Ich bekam ihn von meinen Eltern, und meine Mutter bekam ihn von ihren. Damals hat sie ihn Serric geschenkt.«

»Und du schenkst ihn mir? Er ist wunderschön, Cal.«

Nachdem Cal ihm den Ring an den Finger gesteckt hatte, stahl er einen Kuss von seinen Lippen. »Warte hier.«

Er öffnete die Schreibtischschublade und nahm eines der Seidenbänder heraus, mit denen sie ihre Dokumente zusammenbanden. Mit dem roten Band kehrte er zu Cal zurück, der ihn fragend anblickte und einen Schluck aus seinem Glas trank.

Statt zu antworten, schlang er es um Cals Oberarm. »Eine alte Bauerntradition wie eure.« Er band eine Schleife, zog sie grade. »Jedes Kind bekommt von seinen Eltern ein seidenes Band. Es wird so lange aufbewahrt, bis man demjenigen begegnet, dem sein Herz gehört.«

Cal flüsterte seinen Namen, und er konnte nicht anders, schob ihn zurück in Richtung des Bettes. Etwas fiel zu Boden, zersprang in tausend Scherben. Das Glas, das Cal in der Hand gehalten hatte.

»Pass auf, wo du –« Cal taumelte gegen ihn. Er hielt ihn fest. »Was ist mit dir? Cal? Cal …?«

Cal öffnete die Lippen, flüsterte etwas, das Vaelen nicht verstand.

Dann gaben seine Beine nach. Mit ihm sank Vaelen in die Knie, und die Glassplitter bohrten sich in seine Haut. Cals Kopf rollte zur Seite, den Blick auf etwas gerichtet.

Die Karaffe. Er begriff. »Hilfe«, schrie er. »Hilfe!«

Er wiegte Cal in den Armen, hielt ihn dicht bei sich. Cal blickte ihn an, Tränen in den Augen. *Nein, oh nein.* »Es wird alles wieder gut.« Er hob Cal hoch, musste ihn zu einem Heiler bringen. Arahyr würde ihnen helfen.

Vaelen kam nicht weit. Schritte polterten ihm entgegen. Die Tür flog auf, und mehrere Mitglieder der Alten Ordnung stürmten hinein. Allen voran Lazair.

»Gib ihn mir. Er ist vergiftet. Ich kann ihm helfen.«

Lazair machte Anstalten, ihm Cal zu entreißen, der leblos in seinen Armen lag. Er glaubte ihm kein Wort. »Bleib weg von ihm!«

Doch Lazair packte ihn. Auch die anderen stürmten auf sie zu. Jemand entriss ihm Cal. Ein Hieb erwischte Vaelen, und er stemmte sich gegen Lazair, der ihn an sich presste. Düster dröhnte Lazairs Lachen in seinen Ohren. Er war nicht hier, um Cal zu heilen. Vaelen trat um sich und rammte Lazair einen Ellenbogen in die Rippen. Lazair fluchte. Schmerz lähmte ihn, als Lazairs Magie in seinen Körper drang. Er schrie auf. Wie war das möglich? Die Quelle war versiegt.

Benommen taumelte er nach vorn. Lazair ließ ihn gewähren. Schwarzer Nebel quoll aus seinen Fingern. Alte Magie. Der Marmor raste auf ihn zu. Hart schlug er dagegen, hob den Kopf und sah, wie sie Cal aus den Gemächern trugen. »Cal«, flüsterte er, bevor ihm schwarz vor Augen wurde. *Cal.*

Der Duft der Zitronenhaine hielt Vaelen in einem gnädigen Zustand zwischen Traum und Wirklichkeit. Sein Mund füllte sich mit Blut. Wind strich über seinen Körper hinweg; unzählige Berührungen auf seiner Haut. Cals.

*Cal.*

Enge schnürte ihm die Brust ab. Er keuchte auf. Ein fremdes, verzerrtes Geräusch, das die See verschluckte, die unter ihm gurgelte. Ein warmer Strom rann an seinem Kinn herab. Schmerz schoss von seinen Schultern in seine Arme, die seltsam ausgestreckt waren. Er riss daran, doch seine Bewegungen erstarben in den Seilen, die ihn hielten.

Er schlug die Augen auf. Fackeln blendeten ihn, so hell in der Nacht. Er blinzelte, zwang sich zu sehen. Blut tropfte unter ihm in einem dünnen Rinnsal auf den Marmor. Seines. Er öffnete die Lippen, doch statt eines Lautes kam nur noch mehr Blut hervor.

Jetzt spürte er die Leere in seinem Mund; spürte, was sie ihm genommen hatten, wollte es nicht spüren, riss den Kopf nach oben. Sein Atem kam stoßweise. Dunkle Schatten tauchten vor den Treppenstufen der verzierten Säulen auf. Ein offener Tempel oberhalb der Klippen von Aerysia. Ein Überbleibsel einer anderen Zeit.

Die Schatten verwandelten sich in schwarz gekleidete Gestalten mit tief ins Gesicht gezogenen Kapuzen. Die Alte Ordnung. Sie kamen näher, umringten ihn. Wieso waren sie hier?

Wieder riss er an den Fesseln, drehte den Kopf. Jedes der Seile führte hinüber zu einer Säule, zum Zerreißen gespannt und er dazwischen. Er stemmte sich dagegen, doch es war zwecklos.

Eine der Gestalten trat vor und warf die Kapuze zurück. Das Gesicht, das darunter zum Vorschein kam, war ausdruckslos. Cals und doch nicht Cal. *Zwei Seiten einer Medaille*. Alcaelus.

In einigem Abstand blieb Alcaelus stehen. Hinter ihm teilten sich die Reihen. Alcaelus ließ ihn nicht aus den Augen, als warte er auf etwas. Eine Reaktion. Und dann kam sie. Kam über ihn, als sie eine leblose Gestalt vor ihm auf die Stufen schleiften.

Cal.

Sie ließen Cal vor ihm auf die Knie sinken. Um seinen Hals lag eine goldene Fessel. Sein Kopf sackte nach vorne, aber er lebte. Sie hielten ihn aufrecht. Das rote Band um seinen Arm flatterte im Wind. Nur wenige Schritte trennten sie. Wäre seine Hand frei, hätte er ihn berühren können.

Alcaelus trat zwischen sie, versperrte Vaelen die Sicht und kam ihm so nah, dass sein Atem über seine Haut glitt.

»Guten Abend, Redner. Hat es dir die Sprache verschlagen?«

Hinter Alcaelus stöhnte Cal auf. In einem der Männer, die ihn hielten, erkannte er Lazair. Vaelen stemmte sich gegen die Fesseln, riss so heftig, dass es ihm die Tränen in die Augen trieb.

»Schon gut«, flüsterte Alcaelus. »Du wirst ihn sehen, wenn es so weit ist. Aber zuerst will ich, dass du eine Sache weißt. Es gibt keine Zufälle, Vaelen. Es gibt nur das Schicksal. Und das Schicksal hat dich zu mir geführt, nicht zu ihm. Seit dem Tag, als wir uns zum ersten Mal begegnet sind, bist du auf diesen Moment zugesteuert. Während ihr die Welt revolutionieren wolltet, habe ich es bereits getan.« Alcaelus fuhr mit dem Finger über seine Lippen, zeigte ihm das Blut daran. »Damit habe ich Antworten auf Fragen gefunden, die ich vorher nicht einmal zu stellen wagte. Ich möchte, dass du weißt, dass es dein Blut war, das den Eranthi ihre Magie zurückgegeben hat. Und dafür danke ich dir.«

Alcaelus riss ihm den Kopf in den Nacken. Mit der anderen Hand zog er einen filigranen Dolch hervor. Hinter ihm näherte sich jemand mit einem leeren silbernen Kelch.

Er wollte schreien, biss sich auf die Lippe.

»Ganz ruhig. Ich mache es schnell und ich mache es schmerzlos. Glaub nicht einen Augenblick, dass ich das hier genieße, aber es ist die einzige Möglichkeit, meinem Bruder diese Hirngespinste auszutreiben.«

Alcaelus trat zur Seite, gab den Blick auf Cal frei. Cals Augen waren geöffnet, klammerten sich in schierer Panik an ihm fest. Er bäumte sich gegen die auf, die ihn hielten, doch er war benommen, sackte in ihrem Griff zurück auf die Knie. Cal rief seinen Namen, und er flüsterte den seinen ohne Worte, denn er konnte nicht mehr sprechen. Selbst das hatten sie ihm genommen. Seinen Abschied.

Kalter Stahl legte sich an seinen Hals. Die Welt lief langsamer, bestand nur noch aus Cal. Er würde Cal nicht sehen lassen, was sie ihm schon angetan hatten. Würde stark sein. Stark für ihn, damit das Bild, das sich gleich in seine Erinnerungen brannte, kein Bild der Angst war oder des Terrors.

*Ich liebe dich.*

Die Klinge glitt durch seine Haut, schnitt so tief, dass es ihm den Atem nahm. Wieder und wieder schrie Cal seinen Namen, flehte. »Hör auf, bitte hör auf!«

*Ich liebe dich.*

Wärme rann aus dem Schnitt hervor. Die Welt löste sich auf. Er blinzelte, als sie das Blut mit einem Kelch auffingen, doch er sah nicht hin, war bei Cal.

Ganz bei Cal.

Alcaelus ließ ihn los und ging mit dem Kelch zu Cal hinüber. Vaelen sackte nach vorn. Alle Kraft wich aus seinem Körper. Einzig die Fesseln hielten ihn aufrecht. Jemand durchtrennte sie. Er stürzte vorwärts, fiel in sein eigenes Blut. Dort schob er die Hand nach vorn, tastete nach Cal. Etwas daran glitzerte golden.

*Ich liebe dich.*

# Kapitel 36

## Erwachen

Laudan riss die Augen auf. Seine Hand schoss an seinen Hals, bevor er sie vor sein Gesicht hielt. Seine Finger zitterten, aber da war kein Blut. Auch kein Ring.

»Cal.« Eine Stimme, abgekämpft und doch die seine. Er taumelte vorwärts. Jemand umfasste seine Schultern.

»Ruhig, Laudan. Atme.«

Sein Blick fokussierte sich auf Arahyr. Um sie herum fügten sich die Umrisse des Schiffsdecks zusammen. Die Nachtluft legte sich salzig auf seine Zunge. Er blinzelte. Sorge spiegelte sich in Arahyrs Augen. »Alles ist gut. Du bist zurück. Was du gesehen hast, ist längst Vergangenheit.«

Er nickte schwach, bevor er sich gegen die Reling lehnte. Sein Kopf hämmerte. Zu viele Eindrücke flimmerten darin; Erinnerungen, die seine waren und auch wieder nicht. Wimpernschläge im Strudel der Zeit.

»Ich war Vaelen …«, sagte er. »Wie ist das möglich? Die Nacht im Tempel. Wann war das?« Er schüttelte den Kopf, kannte die Antwort bereits.

»Gib dir Zeit. Du wirst es verstehen. Es ist fast dreihundertfünfzig Jahre her und hat die Eranthi zu dem gemacht, was sie heute sind.«

*Es war dein Blut.* Laudan vergrub das Gesicht in den Händen. Mit der Reling im Rücken sank er in die Knie. Bilder aus der Oase stiegen in ihm auf; der goldene Ring, eingeflochten in das längst zerschlissene Band an Cals Oberarm.

»Er trägt es noch immer …« Er biss sich auf die Lippe, biss so fest zu, dass Blut hervorquoll. In Cerza mochte Cal vergessen haben, doch jetzt erinnerte er sich, und Laudan tat es ebenso. In ihm existierten Augenblicke mit Cal; Augenblicke ohne ihn, manche so intensiv, dass er sie fortschob. Und dann ein letzter Moment in einem Meer aus Flammen, in dem Cal ihm wieder gegenüberstand. »Wer bin ich wirklich …?«

»Diese Frage wirst du dir selbst beantworten müssen«, sagte Arahyr, der mittlerweile neben ihm saß. »Aber was sind Namen im Vergleich zu Taten? Du bist dir stets treu geblieben. Vielleicht ist das alles, was wirklich zählt.«

Laudan erhob sich. »Ich muss zu ihm.«

»Vorher musst du noch etwas wissen. Wenn er sich erinnert, ist er jemand anderes. Die Zeit hat ihn verändert.«

Er suchte in Arahyrs Blick nach einer Erklärung. »Was war das auf der *Roa Hourak*? Wieso hat er so lange damit gewartet? Ich hätte mich an ihn erinnert. Ihn erkannt. Ihn …«

»Der Preis dafür ist zu hoch. Was Caliyan auf der *Roa Hourak* vorhatte, war ein Fehlschlag.«

»Aber –«

»Du musstest dich erinnern. Es war die Voraussetzung, um aufzuheben, was euch seit der Nacht im Tempel verbindet, aber für beides muss man das Gefüge des Schicksals mit Alter Magie ändern, und sie verlangt einen Preis dafür.«

»Einen Preis?«, fragte Laudan. »Hat er deshalb vergessen? Du hast sie mir doch auch zurückgegeben. Jetzt gerade.«

»Ich habe nur repariert, was schon da war. Habe den Geist geheilt, wie ich Körper heile. Dass Caliyan dir die Erinnerungen gegeben hat, war unnatürlich. Du hättest sie nie haben dürfen.«

»Wieso wollte er aufheben, was uns verbindet?«

Arahyr zögerte. »Um zu sterben. Wirklich zu sterben.«

Ein Schraubstock legte sich um Laudans Brust. Er lief los, polterte die Treppe zum Hauptdeck hinunter und riss die Flügeltür auf, die ins Schiffsinnere führte. Der tranige Geruch der Öllaternen stieg ihm in die Nase, so vertraut wie nie zuvor. Zwischen den Lichtern schliefen die Rebellen in ihren Hängematten, doch als er zu ihnen hinabstieg, erhob sich ein Schrei.

»Masten! Steuerbord.«

Die ersten Matrosen sprangen auf, bewaffneten sich und schossen an ihm vorbei. Ihre Rufe weckten auch die Übrigen. Laudan folgte ihnen zurück an Deck und drängte an die Reling. Aus der Dunkelheit tauchten die Masten eines Schiffes auf. Eine Matrosin läutete die Schiffsglocke. Der Lärm brachte ihn zurück an die Obsidianklippen, zurück zu jeder Seeschlacht, die er je geschlagen hatte. Kapitän Sethrian brüllte seine Befehle. Dryele hatte das Steuerrad fest im Griff. Matrosen verschwanden in der Takelage. Andere lichteten den Anker. Über ihnen klatschten die Segel herab. Einige Rebellen kauerten sich in den Schutz der Reling und stopften fluchend ihre Pistolen mit Pulver.

Sie nahmen Fahrt auf und hielten Kurs auf das offene Meer. Das andere Schiff verringerte die Distanz stetig. Die Schemen der lilienüberzogenen Segel genügten, damit Laudan zum Heck hinaufstürmte, wo Sethrian sein Fernrohr auf den finsteren Horizont richtete. »Das ist die *Destine!* Unsere Tarnung ist aufgeflogen. Wir müssen –«

»Unmöglich«, sagte Gilain, die neben dem Kapitän stand. »Sie liegt in Ethelis.«

»Nicht mehr.« Sethrian reichte ihr das Fernrohr, bevor er Dryele am Steuerrad ablöste. »Ballast abwerfen. Sofort!«

Mit den Matrosen warf Laudan Kiste um Kiste über Bord, wohl wissend, dass ihr getarntes Handelsschiff gegen heressianische Kanonen keine Chance hatte. Gilain packte mit an. »Sie werden nicht feuern, oder? Sie wollen Caliyan.«

»Oh doch, das werden sie. Sie wissen nur von einer Waffe. Sie würden sie eher zerstören, als zuzulassen, dass sie in die Hände des Feindes fällt. Also werden sie versuchen zu entern und –«

Eine Explosion schluckte seine Worte. Die *Destine* schickte ihnen einen Warnschuss aus den Jagdkanonen am Bug.

Arahyr stürmte die Treppe hinauf. »Ich kann Caliyan nicht wecken.«

Gilain fluchte. »Sie werden uns zerfetzen, bevor sie in Reichweite meiner Magie sind.«

»Die Meerenge.« Laudan trat neben Sethrian ans Steuerrad. »Sie ist unsere einzige Chance.«

Dryele starrte ihn an, als sei er wahnsinnig, doch der Kapitän riss das Steuer herum. »Der Junge hat recht. Der Wind ist mit uns.«

Das Schiff legte sich in die Wellen. Mit der *Destine* im Rücken hielten sie Kurs auf die Meerenge von Tisselia. Ihre aus dem Wasser ragenden Felsen kamen auf sie zu. Ein Raunen ging durch die Reihen der Rebellen. Die Untiefen waren berüchtigt. Die Heressia befuhr sie nicht. Unschiffbar, hieß es. Es bei Nacht zu versuchen? Selbstmord.

»Wir sind geliefert«, zischte Dryele mit Blick auf die Passage, die sich vor ihnen auftat wie ein Nadelöhr.

Im Tumult deutete Laudan auf Sethrian, der das Steuer mit ruhiger Hand führte. »Vertrau ihm. Er weiß, was er tut.«

Die *Destine* folgte ihnen, als wolle auch sie sich auf die Untiefen einlassen, doch bevor sie sie erreichte, zeigte sie ihnen die Breitseite. Schreie erhoben sich unter den Rebellen. Flüche. Gebete.

Kugeln donnerten ihnen entgegen. Laudan riss Dryele zu Boden. Etwas splitterte. Er hob den Kopf. Vor der zerfetzten Heckreling lagen drei Matrosen in ihrem Blut. Arahyr versorgte sie. Lichter flackerten hinter den Kanonenluken der *Destine*. Sie zündeten die Lunten.

»Runter«, schrie Laudan. »Alle runter!«

Die nächste Salve riss durch ihre Reihen, dabei waren sie fast da, fast in dem Nadelöhr. Mit Dryele kauerte er sich in den Schutz der Reling. Holz barst. Gilain schrie auf. Ein Schrei, als wäre sie verwundet worden, doch es war Sethrian, der in ihren Armen zusammenbrach. Blut quoll aus seiner Stirn, wo ihn ein Splitter erwischt hatte.

Dryele sprang auf, war sofort am Steuer. Ihre Hände schlossen sich darum, während sie auf die Felsen zusteuerten. »Scheiße«, rief sie. »Ich kenne den Kurs nicht! Sethrian wollte ihn mir heute zeigen.«

Panik tobte in ihrem Blick, doch ihr Gesicht verschwamm vor Laudans Augen. »Drei Grad Backbord«, sagte er mehr zu sich selbst und presste die Hand an die Schläfe. Was war nur los mit ihm?

»Was?«, fragte Dryele.

»Tu, was er sagt.« Ein Aufprall, als Gilain den Toten zu Boden gleiten ließ.

Heftig atmend korrigierte Dryele den Kurs.

»Gut so«, sagte Gilain.

Eine weitere Salve riss über sie hinweg und ließ Laudan zusammenzucken. Er blinzelte, fand zurück in die Wirklichkeit, wo die Felsen auf sie zurasten.

»Wie geht es weiter?« Gilain starrte ihn an. »Komm schon, Calieri, denk nach! Ich weiß, wer du warst, und offenbar weißt du es ebenso.«

Laudan krampfte die Finger um die Balustrade, atmete hörbar aus. »Korrigiere auf … sieben Grad Backbord.«

»Aye.« Dryele riss das Steuerrad herum und fädelte das Schiff durch das Nadelöhr. Endlose Sekunden flüsterte er weitere Anweisungen, die er selbst nicht verstand. Ein kurzer Ruck ging durch den Rumpf. Ein Ächzen erklang, bevor sie weitersegelten.

Jubel erhob sich in den Reihen der Rebellen. Hinter ihnen klatschte eine letzte Salve der *Destine* ins Wasser. Dryele strahlte. Sie hatte es geschafft, hatte sie außer Reichweite gebracht.

Laudan schluckte schwer, kämpfte mit all den Erinnerungen, die noch immer über ihn hinwegbrachen, und hockte sich gegen die Reling. Gilain gesellte sich zu ihm, senkte die Stimme. »Gut gemacht, das hat uns das Leben gerettet.«

»Dank ihr, nicht mir.« Er deutete auf Dryele, die dem felsigen Eiland entgegenblickte, das zusammen mit den ersten Sonnenstrahlen am Horizont auftauchte. Pirea. Hoch mit sattem Grün bewachsen, ragte die Insel vor ihnen auf. Eine Bucht aus weißem

Sand schmiegte sich dagegen. Bunte Vögel zogen ihre Kreise und grüßten sie mit ihrem Gesang. Fliegende Fische glitten über das kristallklare Wasser hinweg. Laudan hatte selten etwas so Schönes gesehen.

Er fand seine Fassung und klopfte Dryele auf die Schulter. »Gut gemacht, Kapitänin. Dein Großvater wäre stolz auf dich.«

»Woher wusstest du …?« Dryele richtete ihren Hut und schob sich die Ärmel hoch.

Auch er wischte sich den Schweiß fort. »Instinkt, glaube ich.«

»Verdammt, Laudan. Du bist Feldherr, kein Admiral. Was hat Gilain damit gemeint, als sie sagte, sie weiß, wer du warst? Was zur Hölle?«

Er zwang sich zu lächeln. »Wenn ich die Antwort kenne, sag ich sie dir. Ich muss zu Caliyan.«

Ein Klopfen ließ Laudan hochschrecken. Er setzte sich in dem Stuhl auf, den er ans Bett geschoben hatte, und Cals Hand zuckte in seiner.

Arahyr trat ein. »Wir haben angelegt.«

»Das sind gute Neuigkeiten.« Behutsam hob er Cal in die Arme, um ihn an Land zu bringen.

»Lass mich dir helfen.«

»Nicht nötig.«

Arahyr lächelte, warf sich seine Satteltasche über die Schulter und legte die zusammengebundenen Reden darauf. »Dein Pferd bringen sie in die Ställe.«

Dankend nickte er Arahyr zu und trat hinter ihm an Deck, wo ihm der Atem stockte. Im kristallklaren Wasser der Sandbucht lagen sechs Fregatten. Die zwei größten davon baugleich.

»Die *Nebel-* und die *Schattensturm*«, sagte Dryele, die sich ihnen anschloss. »Sie tragen ihre Farben im Andenken an die *Roa Hourak*.«

»Das ist unglaublich. Hast du von der Flotte gewusst?«

Dryeles Grinsen war Antwort genug. Sie und Arahyr halfen ihm,

Cal in das Beiboot zu legen, das sie zur Küste brachte. Er starrte Dryele an. »Unfassbar. Und du hast nichts gesagt?«

»Wollte die Überraschung nicht ruinieren, Calieri.«

Bald setzten sie auf dem weichen Sand auf. Laudan sprang an Land und hob Cal aus dem Bootsrumpf. Die Übrigen zogen das Ruderboot an den Strand, wo unzählige Rebellen nach ihren Freunden, Gefährten oder Familien Ausschau hielten. Manche vergeblich. Unter ihnen war auch Gilain, die einem Mann in die Arme fiel, der ihm nur allzu bekannt war.

Cals Kopf sackte gegen seine Brust, als Laudan ihn durch den Sand trug. Arahyr beugte sich zu ihm und sprach gerade so laut, dass Dryele ihn nicht hören konnte. »Sie sind seit über vierzig Jahren ein Paar.«

Gilain blickte Aard an, der ihr die Strähnen aus dem Gesicht strich. Bei ihr wirkte seine so verhärtete Miene weich. Erinnerungsfetzen tanzten vor Laudans innerem Auge. Momente, in denen Aard ein junger Feldherr voller Träume und Ideale gewesen war und er … ein Admiral.

»Ich weiß«, erwiderte er.

War das seine Zukunft? Alt zu werden, während Cal ewig jung blieb? Unbewusst hielt er ihn fester. Was würde passieren, sobald er aufwachte? Gab es einen Weg zurück für sie? Und wenn ja, was war dieses *Zurück* überhaupt?

»Laudan.«

Eine Frau drängte an den Wartenden vorbei. Im Sonnenlicht schimmerten ihre Haare noch rötlicher als Cals.

Raelia.

Dryeles Wangen glühten. Vor Cal blieb Raelia stehen und schlug die Hand vor den Mund.

»Ihm geht es gut«, sagte Laudan schnell. »Er ist nur betäubt. Spätestens in ein paar Stunden –«

»Er lebt.« Raelia lachte und weinte gleichzeitig. Sie ergriff Cals Hand und drückte sie gegen ihre Wange, bevor sie auch ihn ansah. »Und du lebst auch. Ihr seid beide hier.«

»Das sind wir.« Er lächelte, glaubte es selbst kaum. »Das sind wir wirklich.«

Raelia führte sie zu den mit Schnitzereien verzierten Holzhäusern, die zwischen den Palmen in Ufernähe errichtet worden waren. Unterhalb der ausladenden Balkone wimmelte es von Rebellen, natürlich tat es das.

»Kommt, ich bringe euch zu einem Ort, wo er sich ausruhen kann. Ihr alle.« Raelia deutete einen Sandweg hinauf, doch bevor Laudan ihr folgen konnte, hielt Aard ihn zurück. Der Ausdruck seines verbliebenen Auges war ernst, wissend.

Arahyr nahm ihm Cal ab. »Ich mach schon.«

»In Ordnung«, erwiderte er und schmunzelte unwillkürlich, als Dryele Raelia in ein Gespräch verwickelte. Vielleicht sollte er ihr sagen, dass sie Konkurrenz hatte.

Er folgte Gilain und Aard zu einem schmuckvollen Gebäude aus dunklem Holz und stieg hinter ihnen die Außentreppe hinauf. Oben liefen sie durch den Laubengang zu einer Flügeltür und betraten die Gemächer dahinter.

Aard deutete auf einen Tisch. Laudan setzte sich so, dass er die Bucht überblicken konnte. Der Wind zog durch die geöffneten Fenster und kühlte seine Haut.

Gilain schenkte ihnen ein. »Willkommen in Pirea, der letzten freien Bastion der Rebellion.«

Laudan deutete auf die Fregatten. »Ihr habt eine Flotte. Das ist unglaublich.«

»Das ist jahrelange Arbeit«, sagte Aard, der ihm gegenübersaß. »Wir sind stolz auf das, was wir hier geschaffen haben. Sag mir, was wird die Heressia tun, jetzt, da sie weiß, wo Pirea liegt?«

Aard machte keine Umschweife, das musste man ihm lassen. Laudan trank einen Schluck. »Sie werden kommen und all das hier dem Erdboden gleichmachen.«

»Richtig. In einer Woche sind sie hier. Doch bevor es so weit kommt, müssen wir den Krieg zu ihnen bringen. Du weißt, was das bedeutet.«

»Ethelis.« Laudans Magen verkrampfte sich.

»Es ist der einzige Weg.« Gilains Stimme war sanft, fast mitfühlend. »Wir können nicht zulassen, dass die Heressia uns Pirea nimmt. Wenn sie hierherkommen, sind wir verloren.«

»Ich weiß.« Er schluckte schwer.

Aards Blick schien ihn zu prüfen. »Ich habe gehört, dass du Dryele durch die Meerenge navigiert hast. Auch ich weiß, wer du warst. Wenn es so weit ist, wirst du tun, was du am besten kannst.«

»Du gibst mir ein Schiff?«

»Mehr als das.« Aard lächelte. »Jetzt weiß ich, warum ich dich damals verschont habe. Ergreif diese Chance. Auch ohne die *Roa Hourak* können wir uns holen, was wir an den Obsidianklippen verloren haben.«

Sein Herz hämmerte. »Und Caliyan? Was ist mit ihm?«

»Genießt die Zeit, solange wir auf die letzten Truppen warten. Danach segeln wir. Sorg dafür, dass er kämpft. Er ist unsere einzige Hoffnung.«

Laudan schloss die Augen. Verdammt, er hatte Cal gerade erst wiedergefunden. Die Worte, die er an Reskir gerichtet hatte, hallten in ihm nach. Wie konnte er von anderen Opferbereitschaft verlangen, wenn er nicht bereit war, dasselbe zu tun?

Das Lachen der Rebellen drang zu ihnen hinauf. Unten im Sand spielten Kinder.

Vielleicht war er ein Träumer und Teralyn hatte recht: Manchmal musste man Opfer bringen, um viele zu retten. *Verzeih mir, Cal.*

Und so nickte er.

# Kapitel 37

## Jenseits der Zeit

Caliyan lebte. Einer sanften Berührung gleich strich ein Lufthauch über sein Gesicht, erfüllte seine Lungen mit der Brise der See, und die Sonne blendete ihn durch die geschlossenen Lider. Ein Lächeln trat auf seine Lippen. Er rollte sich zur Seite und streckte die Hand unter der Decke aus, doch die Bewegung ließ den Traum verfliegen. An seine Stelle trat der Albtraum der Wahrheit. Dunkelheit. Vaelens Melodie. Schmerz und Tod.

Er erstickte die Laute, die sich einen Weg an die Oberfläche bahnten. Jemand berührte ihn am Arm. »Ich bin da, kleiner Bruder.«

Seine Hand glitt unter der Decke hervor. Raelia ergriff sie. Er flüsterte ihren Namen wie ein Relikt aus einem anderen Leben, und doch war sie hier, wo auch immer *hier* war.

*Vaelen.*

*Laudan.*

Er riss die Augen auf.

»Sch … du bist in Sicherheit.«

Wie durch einen Schleier blickte er Raelia entgegen. Er blinzelte und setzte sich auf.

»Ich dachte, du wärst tot …« Tränen erstickten ihre Stimme.

Ihr Fischer existierte nicht mehr, doch er brachte es nicht übers Herz, es ihr zu sagen. Stattdessen legte er seinen bandagierten Arm um Raelia, und sie drückte ihn an sich. »Verzeih, dass ich nicht gesprungen bin.«

»Du bist hier, das ist alles, was zählt. Laudan wurde aufgehalten. Er kommt bestimmt bald.«

Raelia wischte die Tränen fort, die ihm so unpassend erschienen; falsch im Angesicht all der Dinge, die er je getan hatte.

»Du hast mir gefehlt.« Die Vorhänge der hellen Gemächer wirbelten im Wind. Dahinter erstreckte sich die spiegelglatte See wie nach den Stürmen in Cerza, doch sie war blau, nicht schwarz. »Wo sind wir? Wie ist es dir ergangen?«

Raelia erzählte von Pirea und sprach auch von der Arena und seiner Befreiung, doch ihm war, als lausche er einer Geschichte über jemand anderen. Er schob seine zitternde Hand unter die Decke. Unterhalb des Tisches machte er eine Satteltasche aus. Bittersüßer Schmerz durchfuhr ihn, weil der Fischer sie vor Monaten von Danatis bis zur Hütte getragen hatte. Auf ihr lag ein sorgsam zusammengebundener Dokumentenstapel. Verloren geglaubt und zutiefst vertraut.

Er zog sich aus dem Bett. Raelia wollte ihn stützen, doch er winkte ab. Trotz der Wärme ließ ihn der Wind frösteln. Er trug nur eine dunkle Stoffhose, bückte sich und hob das vergilbte Bündel auf. Seine Finger zitterten so sehr, dass es ihm kaum gelang, die Schleife zu öffnen, die die Dokumente zusammenhielt.

Raelia trat neben ihn. »Was ist das?«

*Er hat sie verbrannt,* echoten Yrias Worte in seinen Gedanken. Caliyan schüttelte den Kopf, zwang sich zu lächeln. »Lässt du mich kurz allein, bitte?«

»Natürlich.«

Nachdem Raelia fort war, zog er einen der Stühle ans Fenster und setzte sich mit den Dokumenten. Der Anblick der aufragenden Schiffsmasten brachte ihn zurück in die *Goldene Feder*. Vaelens Worte verwandelten sich in eine geflüsterte Stimme, die ihn nach dem zerschlissenen Band an seinem Oberarm tasten ließ. Er schloss die Augen und fuhr über die filigranen Ranken des Ringes. Etwas tropfte auf die verblasste Schrift. Er wischte es fort, und das Pergament bröckelte unter seinen Fingern.

Wieso hatte Laudan sie? Woher? Er konnte unmöglich wissen, was die Reden ihm bedeuteten. In der Schlacht an den Obsidianklippen hatte er Gahaved die Erinnerungen gegeben, sie mit Alter Magie aus seinem Blut extrahiert. Ein wahnsinniger Narr, der davon fantasierte, das Ritual aufzuheben und anschließend die Klinge gegen sich selbst zu richten, bevor ihn die Alte Magie zu einem schlimmeren Monster machte, als er ohnehin schon war.

Doch Gahaved war tot, der Zauber ausgelöscht. Und er? Er lebte nur noch, weil er damals gezögert hatte.

Schritte näherten sich. Ein helles Lachen verstummte abrupt, als die Tür aufschwang. Dahinter erschienen Laudan und Dryele.

Caliyan erhob sich. Dryeles Arm rutschte von Laudans Schulter. »Scheiße«, drang ihr Flüstern zu ihm herüber. »Hallo, sieh an, wer wach ist. Ich geh mal zu Raelia.«

Ihre Schritte polterten die Treppe hinab. Sein Blick fand Laudans. Einen Moment lang verharrten sie reglos. Während Vaelens Melodie in ihm tobte, krampften sich seine Finger um die Reden. Eine Falte grub sich zwischen Laudans Brauen. Er zog die Tür hinter sich zu und blieb dort stehen.

»Gilain hatte noch etwas mit mir zu besprechen. Deshalb war ich nicht …«

»Schon gut.« Caliyan fehlten die Worte. In Cerza wäre er ihm in den Krieg gefolgt. Bis ans Ende der Welt, wie er Vaelen gefolgt wäre. Und jetzt sah er Laudan, spürte Vaelen, und beides war falsch.

Er wich zurück, bis er mit der Hüfte gegen die Fensterbank schlug. Es war wie in Danatis. Wie in jedem Moment seiner verdammten Hölle. Er wandte sich ab und richtete den Blick auf den Horizont; diesen schmalen Streifen zwischen Himmel und Erde, der jenseits der Zeit zu existieren schien. Für immer unerreichbar. Wie Vaelen.

»Cal.«

Etwas fiel zu Boden. Er drehte sich nicht um, konnte es nicht. Die Dielen knarzten, als Laudan die Distanz zwischen ihnen verringerte. Hinter ihm blieb er stehen, berührte ihn an der gesunden Schulter. Laudans Finger glitten seinen Arm hinab bis zu den

Reden, die in seinem Griff zitterten. Dort hielt er inne, legte die Hand über seine. Er spürte Vaelen in dieser Berührung; in jedem Atemzug, der über sein Ohr hinwegstrich, so heftig wie die seinen.

»Woher hast du sie? Die … Reden.«

»Sieh mich an, Cal. Bitte.«

Er drehte sich um und fand jenen Sturm in Laudans Blick, der auch in ihm tobte. Laudan gab ihm keine Gelegenheit zu sprechen, schlang die Arme um ihn. Er ließ es geschehen, die Melodie so laut, dass sie ihn zu überwältigen drohte. Seine freie Hand suchte nach Halt an Laudans Rücken, und Laudan hielt ihn, während auch er zitterte.

Sein Herz raste. Selbst die Erinnerungen an Vaelen hatten nicht auszulöschen vermocht, was er für Laudan empfand. Aber Laudan war nicht Vaelen. Er war nicht … *Verwehre dir nicht die Dinge, die dich glücklich machen.* Die Worte des Fischers. Seine Worte.

*Vaelen, vergib mir.*

Er blickte auf, ertrank in Laudans Augen.

*Vergib mir.*

*Vergib …*

»Ich erinnere mich.«

Ein Flüstern. Mehr nicht. Unendlich viel mehr.

Die Reden entglitten ihm und wirbelten einen Moment lang um sie herum, bevor sie zu Boden segelten wie trockenes Herbstlaub. Er musste sich verhört haben. Laudans Hand fand einen Weg in seine Haare, strich hindurch, wie Vaelen es vor unendlich langer Zeit getan hatte.

»Heute, morgen und für immer.«

Caliyan schüttelte den Kopf. Er hatte eine Lüge geglaubt, obwohl die Wahrheit vor ihm lag. »Ich … habe das nicht gewusst.«

Das Lächeln, das auf Laudans Lippen trat, war das von den Klippen, nicht jene Maske, die er bei der Heressia trug. In diesem Augenblick schien es nur für ihn zu existieren.

»In Cerza wusste ich es ebenso wenig. Aber gespürt habe ich es.

Du hast mir so gefehlt.« Laudan beugte sich vor, war ihm so nah, dass der Abstand zwischen ihnen schmerzte.

»Du weißt nicht, was aus mir geworden ist.« Caliyan biss sich auf die Lippe. »Was ich getan habe.«

Laudans Hand schmiegte sich gegen seine Wange. Schmerz loderte in seinem Blick. »Auch ich habe eine Dunkelheit in mir. Ich habe so schreckliche Dinge getan, dass ich sie kaum auszusprechen vermag. Ich tue sie noch immer. Aber ich will versuchen, dein Licht zu sein, wenn du das meine bist.«

Ihre Lippen fanden einander. Sanft wie eine erste Berührung nach unendlich langer Zeit. Ihm war, als würde er fallen. Er hielt Laudan fester, drückte ihn dicht an sich, und sein Herz, von dem er stets geglaubt hatte, es wäre in jener Nacht ebenso gestorben, kam nach Hause.

Eng umschlungen taumelten sie zum Bett, brauchten keine Worte. Sie landeten darauf, Laudans Berührungen so warm auf nackter Haut, dass er erzitterte. Er zog ihn näher, wollte ihn nie mehr loslassen und verlor sich in Laudans Küssen, seinem Atem, seiner Wärme. Lange hielten sie einander wie damals in Aerysia, hier an diesem schmalen Streifen jenseits der Zeit, wo sich Himmel und Erde begegneten.

Am neuen Morgen strich Laudan über seine Schulter. »Hast du noch Schmerzen?«

Caliyan lächelte. »Nein.«

Er hatte ihn an seiner Seite, hatte die ganze Welt. Der alte Caliyan verdiente keine zweite Chance, aber er würde dafür sorgen, dass der jetzige es tat.

Laudan zog ihn näher.

Seine Hände bahnten sich ihren Weg in Laudans blonde Strähnen, bevor sie einander küssten. Die Alte Magie hatte ihn nicht bestraft. Sie hatte ihm die größte Gnade erwiesen, weil sie ihn vergessen ließ. Er hatte wieder träumen können, lieben können, und er hatte sich in ihn verliebt, ohne zu wissen, was sie verband. Lautlos flüsterte er sein Bekenntnis gegen Laudans Lippen. Er würde gut sein, für sie beide. Und er würde nicht zulassen, dass ihm je wieder etwas geschah. Das schwor er sich.

Lange hielten sie einander, wie sie es gestern getan hatten, bis Laudan sich aufsetzte. Er schien nachdenklich. »Alcaelus«, sagte er schließlich. »Was ist mit ihm geschehen?«

Caliyan wollte nicht an damals denken. »Er starb bei der Explosion des weißen Turms. Als ich ihn fand, war er schon tot. Wieso?«

»Es ließ mir keine Ruhe …« Laudan lächelte. »Geht es dir gut genug für einen Ausflug?«

»Mir ging es nie besser.« Er bewegte den Arm. »Siehst du? Alles gut.«

»Lass Arahyr noch einmal drüberschauen, während ich alles vorbereite.«

Er zog eine Augenbraue hoch. »Was hast du vor?«

»Eine Überraschung.«

Caliyan trat ans Fenster. In der Bucht zogen Fischer ihre Boote in den Sand, hingen Netze zum Trocknen auf und hievten gut gefüllte Eimer über die Bordwände. Laudan kleidete sich an und kam zu ihm.

»Fehlt es dir? Sie hätten sicher nichts dagegen, wenn wir eines der Boote leihen.«

Er wandte sich um, schmunzelte. »Ich möchte sehen, was du vorhast. Ich folge dir, egal wohin.«

Zur Antwort kräuselte sich eine Falte auf Laudans Stirn.

»Was bedrückt dich?«

»Ich war bloß in Gedanken.« Laudan wandte sich ab. »Nimm dir was zum Anziehen aus der Tasche. Ist vielleicht etwas groß, aber …«

»Stört mich nicht«, erwiderte er.

»Gut. Ich bin bald wieder da.« Laudan verschwand durch die Tür.

Willkürlich wählte er einige Kleidungsstücke aus, die er anzog, und schüttelte den Kopf. Er fasste sein Glück nicht. Lange stand er da, bevor er ans Fenster trat und über die Bucht hinwegblickte, wo Arahyr abseits der Rebellen am Wasser entlanglief. Kaum jemand kannte ihn wie er. Er sollte zu ihm gehen.

Unterwegs wehte ihm der Duft von Seetang entgegen. In den Blättern der Palmen säuselte der Wind. Arahyr wandte sich um. Ein Lächeln trat auf seine Lippen, bevor sein Blick zu Caliyans Schulter wanderte.

»Verzeih, dass ich so grobschlächtig handeln musste.«

»Sag das nicht. Ich weiß nicht, wie ich dir danken soll. Du hast mir zurückgegeben, was ich längst verloren glaubte.« Gemeinsam liefen sie am Wasser entlang. Er hatte es vermisst, das Lied der See. »Du kennst meine dunkelsten Jahre, und doch hast du an mich geglaubt.«

Arahyr schmunzelte. »Ich fürchte, ich muss dich enttäuschen. Ich habe an *ihn* geglaubt. Und wenn ich dich so sehe, scheint mir, dass ich recht hatte.«

»Das hattest du, Freund. Das hast du immer.«

»Nicht immer, und das weißt du auch.«

Sie blieben stehen. Eine Möwe pickte etwas aus einem Büschel Seetang und flog damit davon. Arahyrs Blick folgte ihr zum Horizont.

»Lazair. Du hast ihn laufen lassen.«

»Ein Fehler«, sagte Arahyr. »Ich war zu vorschnell. Er war noch nicht so weit, und du hast den Preis dafür bezahlt.«

»Ich habe für meine Taten bezahlt, nicht dafür, dass du ihm die Fessel abgenommen hast.« Eine Welle rollte heran. Caliyan trat zur Seite, bevor ihr letzter Rest seine Füße umspülte. »Aber er ist völlig außer Kontrolle, er wird anderen schaden.«

»Er ist mein kleiner Bruder. Lazair hat sich dem Abgrund zugewandt, und ich habe zugesehen, wie er fiel. Ich hätte das verhindern müssen. Was bin ich für ein Heiler, wenn ich ausgerechnet ihm nicht helfen kann?«

»Tu das nicht … du bist der beste Mensch, den ich kenne.« Caliyan hielt inne. »Bist du deshalb hier?«

»Meine Schuld dir gegenüber habe ich beglichen. Ich hoffe, dass ich eines Tages dasselbe über meinen Bruder sagen kann. Du weißt, wie er war. Auch du erinnerst dich.«

Er schluckte schwer, schob die Gedanken fort. »Hast du die Fessel?«

Arahyr nickte.

»Du wirst sie ihm niemals anlegen können.«

Ein weiteres Nicken.

»In Ordnung. Ich werde dir helfen, aber ich kann dir nicht versprechen, dass es Lazair zurückbringt. Du weißt, was Alte Magie anrichtet.«

»Ich bin bereit, alles dafür zu tun, egal, wie –«

Das Wiehern eines Pferdes drang zu ihnen herüber. Unterhalb ihrer Gemächer band Laudan Gavis fest. Etliche Bündel stapelten sich auf ihrem Rücken, die Caliyan aus der Distanz nicht zuordnen konnte.

»Wann willst du es tun?«, fragte er Arahyr und beobachtete, wie Laudan die Stufen hinaufeilte. »Dir bleibt nicht viel Zeit.«

»Wenn Gilain so weit ist. Wir werden das zu dritt machen. Nun geh, lass ihn nicht warten.«

»Sag es Laudan nicht«, bat er. »Er würde sich nur sorgen.«

»Wäre das unbegründet?«

Caliyan lächelte. »Wir werden einen Plan brauchen. Ich habe nicht vor, zu sterben.«

Er schlang die Arme um Laudans Hüfte. Gemeinsam ritten sie durch das grüne Herz der Insel, wo kleine Vögel zwischen den Blüten der Büsche umherflogen. Überall streckten Bäume ihre Äste in den Himmel. Schoten wuchsen daran, die er nie zuvor gesehen hatte, und erfüllten die Luft mit einer süßen Schwere. Laudan pflückte einige und verstaute sie in der Satteltasche.

»Wohin bringst du mich?«, fragte Caliyan, ohne den Blick von dem fremden Paradies abzuwenden. Statt zu antworten, half Laudan ihm aus dem Sattel und ergriff seine Hand. Mit der anderen führte er Gavis beim Zügel. Die Sonne brach durch das Dickicht und glitzerte auf der Oberfläche des Wasserlaufes, dem sie folgten. Etwas rauschte. Seine Schritte wurden langsam, zögerlich.

Laudan blieb stehen. »Du zitterst.«

Er lächelte. »Ich bin nur aufgeregt.«

Laudans Blick durchdrang ihn bis auf den Grund der Furcht, die sich in seiner Magengegend ausbreitete. Raelia musste ihm erzählt haben, was in der Taverne passiert war.

»Bei mir bist du sicher. Wir werden nichts tun, was du nicht willst, in Ordnung?«

»In Ordnung«, erwiderte er. »Ich möchte sehen, wohin du mich bringst.«

Laudan schob das Blattwerk beiseite und führte ihn auf eine grasbewachsene Ebene, an deren Ende der Fluss in die Tiefe stürzte. Nebelschwaden wirbelten auf. Darunter erstreckte sich eine kleine Bucht, umfasst von Weiß, Grün und Blau. So schön, dass ein Maler sie nicht hätte einfangen können.

Er schloss Laudan in die Arme. Warm schmiegte sich seine Haut gegen die seine, während Wassersprengsel auf sie herabrieselten. Eine Weile hielten sie einander und konnten nicht fassen, hier zu sein. Schließlich deutete Laudan unten in der Bucht auf eine kleine Hütte, die am Wasser errichtet worden war.

Caliyan schüttelte den Kopf. »Ich träume.«

Laudan band Gavis fest und zog ihn mit sich den schmalen Pfad hinab.

»Wie lange werden wir hierbleiben?«

»Ein paar Tage, wenn du möchtest.«

»Für immer.« Er lachte und erinnerte sich an den dunklen Caliyan, der die Zeit angehalten hatte. Ob er es noch konnte?

Unten angekommen, zogen sie die Schuhe aus und versanken auf dem Weg zur Hütte im warmen Sand. Er schaffte es kaum, Schritt zu halten, aber das spielte keine Rolle. Es tat gut, Laudan so glücklich zu sehen. Die schlichte Holztür knarzte, als Laudan sie aufschob. An den wenigen Möbeln nagte längst der Zahn der Zeit.

»Falls die Regenfälle kommen, ist es gut, die Hütte zu haben.« Laudan lächelte entschuldigend und öffnete die Fensterläden. »Sie können heftig sein. Warte hier, ich hole unser Gepäck.«

Ehe er antworten konnte, lief Laudan zum Pfad zurück. Caliyan lehnte sich gegen den Türrahmen, bis sich sein Atem beruhigte. Dann fanden seine Füße wie von selbst den Weg zum Meer und hielten erst inne, als es seine Knöchel umspülte.

Erinnerungen an die Taverne stiegen in ihm auf, doch das regelmäßige Rauschen der Wellen holte ihn zurück in die Wirklichkeit. Etwas schillerte. Er bückte sich und zog eine Perle aus dem Wasser. Sie war perfekt. Der Fischer hätte sie in seine Truhe gelegt.

Laudan trat neben ihn. Die Sonne verwandelte seine Strähnen in Schnee. »Hast du einen Schatz gefunden?«

Er nickte, ohne den Blick von Laudan abzuwenden, und reichte ihm die Perle. Während Laudan sie betrachtete, glitten Caliyans Hände an seinen Rücken und wanderten unterhalb des Hemdes nach oben. Laudan schloss die Augen und atmete hörbar aus, bevor sich ihre Lippen berührten.

Das Rauschen der See untermalte ihren Herzschlag. Er brauchte nichts anderes – nur sie beide, hier an diesem einen perfekten Ort jenseits der Zeit. Zögerlich fanden seine Finger die Knopfleiste von Laudans Hemd und öffneten sie.

»Geh mit mir schwimmen. Bitte.«

»Bist du sicher?«

»Ganz sicher.« Er wollte neue Erinnerungen an die See; an jenen Ort, den er stets mit ihm verband. Laudan steckte die Perle weg und zog sich aus. Als er es ihm gleichtat, berührte Laudan seine Schulter, die nun einzig eine leichte Rötung überzog. Arahyr war wahrlich ein Genie.

Im Wasser war er wieder der Fischer, der nichts anderes kannte als die See. Er zog Laudan mit sich, bis die Wellen über sie hinwegglitten. Unter Wasser fanden sich ihre Körper. Laudan strich ihm die nassen Haarsträhnen aus dem Gesicht, und seine Augen schimmerten wie die Gischt, die um sie herum aufwirbelte. Er war so schön, dass Caliyan diesen Augenblick am liebsten für immer festgehalten hätte. Wasser rann über seine Lippen und mischte sich mit ihrem Kuss. Diesmal fürchtete er es nicht.

Sie lagen im Sand und ließen sich von der Sonne trocknen, bis Laudan ihren Proviant ausbreitete. Es waren einfache Speisen: Brot, Käse, etwas Wurst, doch nach all der Zeit in Gefangenschaft erschienen sie Caliyan wie ein Festmahl.

Nachdem sie gegessen hatten, schnitt Laudan eine der Schoten auf, die er auf dem Weg gepflückt hatte, und reichte sie ihm. Ihre Süße explodierte in Caliyans Mund. Er breitete die Arme aus und ließ sich zurückfallen. »Woher wusstest du davon? Von alldem hier?«

Laudans Gesicht erschien über seinem. »Magie. Den Trick hat mir mal jemand zugeflüstert.«

Er lachte. »Du warst schon mal hier.«

»Du liest in mir.« Laudan stahl einen Kuss von seinen Lippen. »Es ist lange her, aber ich erinnere mich daran.«

»Erzähl mir davon«, bat er.

Neben ihm legte sich Laudan auf die Seite. »Ein verrückter Isthenier hat mich hergebracht. Nicht mich, Gahaved. Damals hieß es, es gäbe diesen Mann, der Schiffe baut wie kein Zweiter. Zav Neeran war sein Name. Und ich war jung, voller Träume, also habe ich ihn aufgespürt. Weißt du, was er sagte?« Laudan hielt inne, und ein verschwörerisches Grinsen umspielte seine Lippen.

Caliyan schüttelte den Kopf, konnte den Blick nicht von ihm abwenden. »Was?«

»Er sagte, er würde dem Mann ein Schiff bauen, der es schafft, die Meerenge von Tisselia zu durchfahren.«

»Also hast du es getan«, stellte Caliyan trocken fest und unterdrückte sein Lachen.

»Natürlich habe ich es getan. Und als meine Mannschaft mich für wahnsinnig erklärte, hat mir mein Steuermann den Rücken freigehalten. Dryeles Großvater, Rosh al Veen. Ein guter Mann.«

Seine Finger zogen Kreise auf Laudans Schulter und lösten den getrockneten Sand. »Du hast es geschafft, hast die Route aufgeschrieben. Die Rebellion nutzt sie noch heute.«

»Ja.« Laudan schüttelte den Kopf, als könne er es selbst kaum glauben. »Ich war lange hier. Monate voller Berechnungen und Skizzen, bis Zav einen ersten Entwurf hatte.«

»Und dann habt ihr sie gebaut.«

»Acht Jahre lang. Aber das ist eine andere Geschichte.«

Caliyan kannte sie in Bruchstücken. Statt den Schmerz alter Wunden erneut zu entfachen, schlang er den Arm um Laudan, der ihm entgegenblickte.

»Bin ich Vaelen, weil ich mich erinnere? Gahaved? Elian und all die anderen? Ich hätte all das nie erfahren, wenn du nicht …«

Beinahe wäre er zurückgewichen, doch Laudan legte die Hand über das Seidenband. »Nicht, Cal. So war das nicht gemeint. Ich weiß bloß nicht, wie ich damit umgehen soll.«

Über ihnen verdunkelten Wolken die Sonne. Caliyan atmete aus. Auch wenn der Tod es unterbrach, hatte er nur ein Leben, eine Identität. »Egal wie du aussiehst, egal welchen Namen du trägst, ein Teil von dir bleibt immer du selbst. Jener Teil, aus dem deine Erinnerungen stammen.«

»Mein Blut«, sagte Laudan leise.

»Es ist sehr mächtig. Die reinste Form Alter Magie. Wärst du ein Seressare, würden deine Fähigkeiten alles übersteigen, was die Welt je gesehen hat.«

»Dann bin ich froh, dass ich keiner bin.« Laudan schüttelte den Kopf, schien tief in Gedanken.

»Was mit dir geschieht, hat nichts mit dem Ritual zu tun.« Er zögerte, die Stimme rau, als sabotiere sein Körper jene Wahrheit, vor der er viel zu lange die Augen verschlossen hatte. »All die Leben … Es wäre immer geschehen, aber ich wollte es nicht bemerken … habe nur das Offensichtliche gesehen.«

Laudan verschränkte ihre Hände. »Ich erinnere mich an dich. Du warst da, an jenem Sommertag in Danatis. Du hast nach mir gesucht.«

Caliyan schloss die Augen. Dort hatte sie begonnen, jene Lüge, die er all die Jahre geglaubt hatte. »Das weißt du noch?«

»Ich hätte dich nicht gehen lassen sollen.« Auch Laudan kämpfte gegen etwas an, das in ihm tobte. »Es hat mich verfolgt bis zum Ende meines Lebens … Elians Leben. Jetzt weiß ich, wieso.«

Er blickte auf, verstand nicht. »Aber du hattest eine Frau. Eine Tochter. Du hast sie geliebt. Ich habe sie gesehen.«

»Oh Cal, hast du deshalb gefragt, ob ich glücklich bin?«

Er nickte, unterdrückte den Schmerz längst vergangener Jahre, doch das Zittern seiner Hand ließ sich nicht verbergen. Laudan zog ihn zu sich, hielt ihn fest.

»Die Frau, die du gesehen hast, war meine Schwester, und das kleine Mädchen eine Waise. Ich habe sie aufgenommen.«

Caliyans Herz drohte zu zerspringen. Wie blind er gewesen war, wie grausam das Schicksal. Laudans Atem glitt über seinen Nacken hinweg.

»Es tut mir so leid … für dich und den Mann, der ich einst war. Ich hätte dir so viel Leid ersparen können. Uns.«

Er verlor sich in Laudans Wärme. Über ihnen grollte der Donner. Die ersten Regentropfen stürzten herab, doch es kümmerte ihn nicht. »Du bist jetzt hier«, sagte er. »Nichts anderes ist mehr wichtig.«

Und so tat er etwas, von dem er nicht gedacht hätte, dass er es je wieder tun würde. Er griff nach dem zerschlissenen Seidenband und löste es, löste auch den Ring, der darin eingeflochten war. Seine Finger zitterten noch immer, als er Laudans Hand ergriff und ihm den Ring ansteckte.

»Cal …« Laudan hob das Band auf und wickelte es wieder um seinen Oberarm, bevor er ihn an sich zog. Caliyan war über ihm. Sie küssten sich, heftiger als zuvor. Unentwegt prasselte der Regen, durchtränkte ihre Haare und tropfte von seinen Strähnen auf Laudans Gesicht, während Laudans Hände über seinen Rücken glitten.

Ein Blitz zuckte am Himmel. Der Wind peitschte die Regentropfen über sie hinweg, und ihm war, als würde der Sturm in ihm an die Oberfläche treten. Ohne ihren Kuss zu unterbrechen, setzte sich Laudan unter ihm auf. Caliyan hielt an ihm fest. Seine Hände glitten über Laudans Oberkörper, dessen Brustkorb sich heftig hob und senkte.

»Die Hütte«, flüsterte Laudan gegen seine Lippen.

Sie rannten durch den Regen, der den Sand unter ihren Füßen fortspülte. Laudan schob die Tür auf, und das Holz ächzte, weil Caliyan ihn dagegen drückte. Gemeinsam taumelten sie ins Innere, wo Laudans Hände an seine Hüfte glitten und ihn zum Bett zogen. Eng umschlungen ließen sie sich darauf nieder. Ihre Körper fanden einander, wie sich ihre Lippen fanden. Laudan war über ihm, und seine Hand wanderte über seinen Hals, seinen Oberkörper, tiefer. Er biss sich auf die Lippe, erstickte seine Laute.

»Ich will dich hören«, flüsterte Laudan. »Lass mich dich hören.«

Draußen versank die Welt, doch es existierten nur sie beide. Er öffnete die Lippen, atmete Laudans Atem, als er Halt an seinem Rücken suchte. »Hör nicht auf.«

Und Laudan hörte nicht auf.

# Kapitel 38

## Anbrechende Dunkelheit

Im Morgengrauen lag Laudan wach und beobachtete Cal. Die letzten Reste ihres Feuers knisterten zur Brise des Meeres. Jener dritte Morgen seit ihrer Ankunft in der Bucht war rauer als die übrigen. Der Wind spielte mit Cals Strähnen, der im Schlaf einen Teil des Gesichtes unter seinem Arm vergrub. Eine Falte kräuselte sich zwischen seinen Brauen wie in Cerza, wo Laudan ihn zurückgelassen hatte.

Er erlaubte sich, Cals Wärme zu spüren, und lauschte seinen regelmäßigen Atemzügen, bevor er sich aufsetzte und ihn behutsam in die Decke hüllte. Arahyr hatte Cals Schulter geheilt, doch seine anderen Wunden heilten langsamer. Nachts bahnten sich jene Dämonen an die Oberfläche, die Cal unter seinem Lächeln verbarg. Laudan hatte unzählige Männer an weniger zerbrechen sehen.

Wenn Cal in seinen Armen zusammenzuckte und den Atem zwischen den Zähnen hervorpresste, fluchte Laudan auf die Rebellion und den Krieg, der über ihnen schwebte wie das Beil eines Henkers. Und er hielt Cal, bis ihn ein unterdrückter Schrei zu ihm zurückbrachte, und wollte ihn niemals loslassen. War es die Arena, die ihn heimsuchte, oder jene Bürde, die er so lange mit sich herumgetragen hatte?

Doch jetzt schlief Cal friedlich, während Laudan in seinem Notizbuch blätterte, in dem sich Skizzen der Wasserfälle und der Hütte an seine Zeichnung aus Cerza reihten. Er schlug eine leere Seite auf und schloss die Finger um den Kohlestift, der so vertraut darin lag. Dieser Teil von ihm war Vaelen. Ohne den Blick von Cal abzuwenden, kratzte sein Stift über das Papier. Egal wer er war, egal welchen Namen er trug, er hätte Cal immer geliebt. Er, der nicht einmal gewusst hatte, was Liebe überhaupt bedeutete.

Die Linien verschwammen. Seine Striche wurden gröber und roh. Verdammt, er sollte dafür sorgen, dass Cal nie wieder litt. Stattdessen schickte er ihn in ebenjenen Krieg, vor dem er ihn in Cerza hatte schützen wollen. Aber welche Wahl blieb ihm? Welche Alternative? Der Kohlestift bohrte sich in das Papier, und eine Hand legte sich über seinen Arm. Laudan blickte auf und fand ein Lächeln, das heller schien als die Sonne. Er klappte das Buch zu, ließ es zu Boden fallen und vergrub das Gesicht in Cals Haaren, wo jene Worte aus ihm hervorbrachen, von denen er nie gedacht hätte, dass er sie aussprach.

»Ich liebe dich.«

Cal hauchte seine Antwort gegen seine Lippen, seinen Hals, seinen Oberkörper. Nie hatte er ihn mehr gewollt, und doch hielt er inne. Cal setzte sich zu ihm und schlang die Decke um sie beide.

»Was bedrückt dich?«

Als er nach Worten rang, um abzumildern, was er sagen musste, griff Cal nach dem Notizbuch und blätterte darin. Laudan streckte die Hand danach aus, doch es war zu spät. Cal ließ das aufgeschlagene Buch auf seine Knie sinken. Sein Lächeln erstarb und wich etwas, das Laudan nicht so recht deuten konnte. In Aerysia hatte er ihn porträtiert und eine Illusion eingefangen, für die Cal still gesessen hatte. Aber dies hier war anders. Schonungslos.

Laudan schloss das Buch, die Stimme rau, als er sprach. »Verzeih. Ich musste –«

»Du musstest es festhalten. Mich. Wie damals an den Klippen.«

Seine Hand zuckte. Der Ring daran machte seinen Verrat noch schlimmer. »Ich muss dir etwas sagen.«

Cals Blick glitt zum Horizont, und jener Ausdruck trat auf sein Gesicht wie nachts im Käfig, als sie die Wahrheit noch nicht kannten. »Ich weiß es schon. Unsere Zeit hier ist zu Ende.«

»Cal …«, setzte er an. »Ich will nichts mehr, als hierzubleiben. Nur mit dir, das musst du mir glauben.«

»Aber du kannst nicht. Wieso?«

»Mir bleibt keine Wahl.« Schwache Worte, hinter denen sich jener Wunsch nach Vergeltung verbarg, der noch immer in ihm loderte.

»Was hast du der Rebellion versprochen?«

Er schwieg, biss sich auf die Lippe.

»Sag es. Sie wollen, dass wir in den Krieg ziehen. Sie wollen mich. Deshalb haben sie mich befreit. Deshalb geben sie mir Namen.«

Zur Antwort zog er Cal zu sich und fürchtete nichts mehr, als dass er ihn zurückwies, doch Cal tat es nicht. »Wir müssen das tun. Sonst gibt es keine Freiheit. Nie wieder. Nur Unterdrückung, Blut und Tod.«

»Wann?«

»Bald, sehr bald. Wenn die letzten Truppen hier sind, stechen wir in See. Die Heressia denkt, sie hätte uns in die Enge getrieben. Gerade deshalb müssen wir angreifen.«

»Und das sagst du mir erst jetzt? Wieso?«

»Weil ich ein paar Tage lang dich wollte, nur dich. Keine Sorgen, keine Verpflichtungen und keinen verdammten Krieg.«

Cal löste ihre Umarmung. Seine Augen verrieten, welche Schlacht in ihm tobte. Verlor er ihn schon hier? Jetzt? Cal ergriff seine Hand. Weich und warm schmiegten sich seine Lippen gegen seinen Handrücken. Laudan schluckte gegen den Kloß in seiner Kehle an, gegen die Enge in seiner Brust und den Schmerz, der sich darin ausbreitete, weil sie einander gerade erst wiedergefunden hatten.

»Ich werde ihn dir geben«, sagte Cal schließlich, »unseren Traum. Und wenn ich dafür einen Gott vernichten muss, tue ich es mit Freuden, wenn es mich zurück zu dir bringt.«

Lange hielten sie einander, hier am Ende der Welt, bevor sie schweigend ihre Taschen packten. Sie würden in den Krieg ziehen. Sie beide.

Nach ihrer Rückkehr zur Rebellion blieb Cal die meiste Zeit fort. Als Laudan am Nachmittag die Rüstmeisterin aufsuchte, sah er ihn mit Gilain und Aard hinter der geöffneten Flügeltür jener Gemächer, wo auch er mit ihnen gesessen hatte.

»Sollte dir passen.« Die Rüstmeisterin hielt ihm eine Plattenrüstung hin.

»Sie ist nicht für mich.« Unauffällig deutete er auf Cal, der auf und ab lief wie ein Raubtier in einem Käfig. »Irgendetwas Leichtes. Er wird nichts anderes wollen.«

Sie lächelte, verschwand im Inneren und kehrte schließlich mit einem Harnisch aus dunklem Leder, den passenden Armschienen, Schulterpanzern und einem Waffengurt zurück. »Könnte ihm passen, oder? Wäre mir eine Ehre. Viele Sachen hier haben wir geklaut, aber diese hier hab ich selbst gemacht und mich von alten Geschichten inspirieren lassen.«

»Eine schöne Arbeit. Wirklich gut.« Laudan fuhr über die präzise gesetzten Details der Rüstung. »Ich nehme sie, danke.«

Zurück in ihren Gemächern, legte er die Lederrüstung neben sein heressianisches Rüstzeug und wetzte sein Schwert und die beiden Dolche, als Raelias Lachen durch das Fenster drang. Kurz darauf trat Cal ein.

»Hey …«

Er erhob sich. Cals Blick fiel auf die Rüstung, und ihn überkamen Zweifel, ob er sie überhaupt tragen würde, doch Cals Lächeln wischte sie fort.

»Ich hab sie für dich –«

Cal zog ihn zu sich. Laudan verstand. Keine Gespräche über den Krieg. Nicht jetzt, in ihrer letzten Nacht in Pirea. Cal schob ihn zum Bett. Laudans Hände wanderten über seinen schlanken Körper, folgten jedem Muskel, als wolle er sie sich einprägen, bevor er sich in Cals Berührungen verlor.

Zu schnell kam der Morgen, ein Schwebezustand zwischen dem, was war, und dem, was sie in Ethelis erwartete. In seiner Rüstung stand Cal am Fenster. Ein Unwetter zog auf und verdunkelte den Himmel über der Bucht, in der die Rebellen die letzten Kanonen, Munition und Verpflegung zu den Schiffen brachten.

Er trat hinter Cal und schlang die Arme um ihn. Eine Weile verharrten sie so, bis sich die Boote mit Rebellen füllten. Cal wandte sich um.

»Es wird Zeit.«

Geflüsterte Worte gegen seine Lippen. Ein Kuss, sanft diesmal, im Gegensatz zu letzter Nacht, wo sie sich in einem Rhythmus verloren hatten, der den Trommeln eines Krieges glich. Cal lief los. Laudan widerstand dem Wunsch, ihn zurückzuhalten, schulterte ihr Gepäck und folgte ihm. Gavis wieherte im Unterstand. Er blickte nicht zurück, konnte es nicht. Wenn all das hier vorüber war, würde er sie holen kommen.

Sie rannten durch den Sand, vorbei an den zum Trocknen aufgehängten Netzen, und stiegen in eines der Ruderboote. Regen setzte ein. Cal kauerte sich neben ihn. Sein Atem kam stoßweise.

»Alles in Ordnung?«, flüsterte er ihm zu. Die Blicke der Rebellen richteten sich auf sie. Eine seltsame Mischung aus Furcht und Hoffnung lag in ihren Augen. Einige von ihnen hatten in der Oase gesehen, wozu Cal fähig war, und derartige Geschichten verbreiteten sich schnell.

»Bestens.« Cal lehnte sich zurück. »Nur etwas außer Atem.«

»Wartet!«

Raelia schoss zwischen den Häusern hervor und schwang sich mitsamt Bogen und Köcher über die Bordwand, bevor einer der Rebellen ihr Boot anschob. Als die Ruder ins Wasser klatschten, ließ sie sich neben Cal sinken, der sich ihr zuwandte.

»Das war nicht so abgemacht.«

Raelia legte ihren Kopf auf Cals Schulter. »Kann nicht anders. Wenn ihr geht, geh ich auch.«

Cal seufzte. »Aber bleib hinten bei den Schützen. Nicht bei mir.«

Hinter Cals Rücken verdrehte Raelia die Augen. »Ich bin die große Schwester. Ich sollte mich sorgen.«

»Tu ihm den Gefallen«, räumte Laudan ein. »Für Reskir.«

Ihr Lächeln erstarb. »Wird er da sein?«

»Ich denke nicht. Er trifft sicher gerade erst in Ankhad ein.«

Cal sah auf. »Ein heressianischer Lord?«

»Hab mich von dir inspirieren lassen«, erwiderte Raelia trocken, bevor Cal sie an sich zog.

Bald erreichten sie die *Nebelsturm*. Schmucklos lag sie da, sichtlich behäbiger als die *Roa Hourak,* doch sie war eines der besten Schiffe, das sie hatten. Aard ging bereits auf ihrem Schwesterschiff, der *Schattensturm,* auf und ab, über die er das Kommando übernahm. Ansonsten warteten noch vier weitere Fregatten auf den Aufbruch.

An Bord glitt Laudans Blick zum Steuerrad, wo Dryele stand. Cal brachte seine Lippen an sein Ohr. »Geh zu ihr. Sie wartet auf dich. Alle warten auf dich.«

Er atmete hörbar aus und schloss Cal in die Arme, bevor er zum Achterdeck lief und seine Befehle erteilte, als hätte er nie etwas anderes gemacht.

Die Matrosen lichteten den Anker. Auf den Schiffen glitten heressianische Segel herab, die mit goldenen Lilien überzogen waren, und dann nahmen sie Fahrt auf, segelten gen Osten, an jenen Ort, wo sich ihr Schicksal entschied.

Laudan steuerte die *Nebelsturm* durch die Nacht und ließ sich den Regen ins Gesicht peitschen. Er hatte Dryele abgelöst, konnte ohnehin nicht schlafen. Dieser erste Tag auf See löste etwas in ihm aus, das er vage als Phantomschmerz beschrieben hätte. Er blendete die Stimmfetzen aus, die aus dem Schiffsinneren heraufdrangen, und folgte der Empfindung zurück zur *Roa Hourak,* die für immer auf dem Grund des Meeres lag.

Der Rhythmus der sich aufbäumenden Wellen verstummte. Die Nacht verwandelte sich in jenen Sommertag, als sie zum ersten Mal mit ihr in See stachen: Seine Hände schlossen sich um ihr Steuerrad. Er drehte bei, ein Lächeln auf den Lippen. Der Wind füllte ihre Segel und ließ sie dahinfliegen.

»Jetzt«, rief er.

Das Handlog klatschte ins Wasser. Die Logleine, die daran befestigt war, raste durch die Hände der Matrosin, die zählte.

»Stop.« Zav blickte von der Sanduhr auf. »Vierzehn Knoten.«

Jubel erhob sich. Er lachte, hatte es auch so gespürt. Die Besatzung stimmte ein Lied an, und auch er verlor sich in der Melodie, bis Cals Stimme ihn zurück in die Wirklichkeit brachte.

»Das klingt schön.«

Er lehnte sich gegen Cal, der die Arme um ihn schlang. »Ich habe dich gar nicht kommen hören. Kannst du nicht schlafen?«

»Fehlt sie dir? Die *Roa Hourak?*«

»Woher weißt du …?«

»Du stehst nicht umsonst nachts am Steuerrad. Außerdem war es ein Seemannslied. Ein altes.«

Der Regen stoppte und prallte von dem magischen Schild ab, das um sie herum aufschimmerte. Laudan lachte leise. »Verdammt, das alles ist so lange her, und doch erinnere ich mich, als wäre es gestern gewesen.« Er lenkte gegen. »Das hier ist nicht das Gleiche. Da könntest du genauso eine Taube mit einem Falken vergleichen.«

Cals Atem wärmte seinen Nacken. »Sie war dein Traum von Freiheit. Ein legendäres Schiff für einen legendären Admiral. Überragend und loyal bis zum Schluss.« Cal zögerte, und Laudan spürte seinen Herzschlag durch die aufgeweichte Kleidung. »Weißt du noch, was du damals zu dem Fremden sagtest, der dich mitnehmen wollte, als die Hölle losbrach?«

»Ein Kapitän verlässt sein Schiff nicht.« Er wandte sich um, strich Cal die feuchten Strähnen aus dem Gesicht. »Oh Cal, wenn ich gewusst hätte, dass du es bist, hätte ich –«

Cal legte ihm den Finger über die Lippen. »Dann hättest du genau das Gleiche gesagt. Und deshalb liebe ich dich.«

Zur Antwort ergriff er Cals Hand. Zitternd schloss sie sich um seine. Er konnte ihm tausendmal zuflüstern, wie viel er ihm bedeutete, doch sein Herz würde nicht leichter davon werden. »Du bist ganz kalt … Du solltest dich hinlegen.«

»Schon gut. Ich wollte bei dir sein.«

Laudan zog ihn vor sich und schlang den Umhang um ihn. Cals Magie drang in seinen Körper, als er weitersegelte. In Aerysia hatte Cal über seine Gabe gesagt, dass sie ihm vorauseilte; dass man diesen Teil von ihm immer fürchten würde, und jetzt blickte die Rebellion auf ihn, und kaum jemand sah keine Waffe.

Den Blick auf die See gerichtet, hielt er Cal fester und ging in Gedanken die Angriffstaktik durch. Sie war falsch. Er würde nicht zulassen, dass sie Cal vorausschickten, damit er den Krieg gewann und sich selbst dabei verlor. Im Gegensatz zur Rebellion sah er Cal, und er wollte ihn wiedersehen, wenn diese Schlacht vorbei war. Er würde gehen, wohin Cal ging, und ihm blieb noch Zeit, um das zu tun, was er am besten konnte. Er brauchte nicht mal eine Karte dafür.

Am Vorabend der Schlacht hisste Laudan die Signalflagge. Die *Schattensturm* drehte unterhalb des wolkenverhangenen Himmels bei, der ihn unweigerlich an den Angriff auf Kionne erinnerte. Damals hatte Athos die Finsternis zu seinem Vorteil genutzt. In wenigen Stunden würde sie ihr Sieg sein.

Vom Hauptdeck lief Cal zu ihm und stützte sich an der Reling ab. »Was … hast du vor?«

»Eine Besprechung abhalten.« Er legte Cal die Hand auf die Schulter, der sich aufrichtete. »Geht es dir gut?«

»Bestens. Lass mich raten, du hast die Taktik perfektioniert.«

»Vielleicht. Wie gut kannst du Feuer legen?«

»Ziemlich gut.« Über Cals Hand tanzte eine Flamme, die er hastig verschwinden ließ. Doch die erstaunten Rufe der Rebellen verrieten, dass er nicht schnell genug gewesen war. »Du willst wohl, dass ich diesem Namen alle Ehre mache.«

»Aschenbringer?« Er lachte. »Wie sieht es mit einem Inferno aus?«

»Damit habe ich eine gewisse Erfahrung.« Cal hob eine Augenbraue. »Was soll denn brennen?«

Ein Zittern ging durch die Reling, als Aards Steuermann die

*Schattensturm* neben sie brachte. Hastig weihte er Cal in die Taktik ein und beobachtete, wie die Matrosen die Schiffe vertäuten und anschließend einen Steg hinüberwarfen.

»Schaffst du das?«

Cals Grinsen war Antwort genug. Laudan winkte Arahyr herbei. Zu dritt gingen sie an Bord der *Schattensturm* und traten Gilain und Aard gegenüber, die sie in die Kapitänskajüte führten.

Das letzte Tageslicht brach sich in den Fenstern und flackerte über dem verschnörkelten Tisch, auf dem eine Karte von Ethelis lag. Hölzerne Figuren markierten die Angriffspunkte. Laudan schob sie beiseite.

»Was soll das werden? So kurz vor dem Angriff?« Aard überkreuzte die Arme. Er hatte jahrzehntelange Erfahrung als Feldherr. Wenn Laudan jemanden überzeugen musste, dann ihn.

»Ein Vorschlag.« Eine nach der anderen platzierte er die Figuren. »Den Ostwall zu stürmen ist gut, aber wir schöpfen unsere Möglichkeiten nicht aus.«

»Der Hafen?«, fragte Gilain. »Wieso sollten wir das riskieren?«

Er blickte auf und genoss den Augenblick, in dem ein scheinbar sinnloser Plan darum bettelte, erklärt zu werden. »Weil sie es am wenigsten erwarten.«

Aard schnaubte. »Das nützt uns nichts, wenn unsere Soldaten tot sind.«

»Es wird kein Massaker geben«, kam Cal ihm zuvor. »Sie werden uns nicht kommen sehen.«

»Wie soll das gehen?«, fragte Gilain.

Laudan verteilte die verbliebenen Figuren. »Wir teilen uns auf. Die Hälfte der Truppen stürmt den Ostwall und nutzt den Geländevorteil. Mit der anderen Hälfte überrennen wir sie hier. Sie werden gar nicht wissen, was sie zuerst tun sollen.«

»Unsere Streitmacht aufzuteilen …« Aard schüttelte den Kopf. »Wenn ich nicht wüsste, wer du bist, würde ich dich für wahnsinnig erklären.«

»Nicht nötig. Das hast du schon einmal getan.« Er lächelte schief, während die anbrechende Dunkelheit das letzte Licht verschlang. Aard kniff die Augen zusammen und machte sich daran, eine Öllampe zu entzünden.

»Das hier ist der Schlüssel«, sagte Laudan.

Aard starrte ihn über die Flamme hinweg an. »Was?«

»Nacht und Feuer.« Arahyr trat aus den Schatten. »Ihr solltet ihm zuhören.«

Wenig später wartete Laudan im Gang vor der Kapitänskajüte, in der sich Gilain, Aard und Cal berieten. Arahyr lehnte ihm gegenüber an der Vertäfelung.

»Ein solider Plan. Wie hast du Caliyan dazu gebracht, einzuwilligen?«

»Er hat keine Bedenken geäußert.« Sein Blick fiel auf Lazairs Fessel, die Arahyr am Gürtel trug. Er hatte doch nicht vor, sie gegen Cal einzusetzen?

»Oh, die?« Arahyr berührte das Metall. »Wenn das hier vorbei ist, habe ich noch etwas zu erledigen.«

»Was?«

Der große Mann zögerte. »Ich muss jemanden vor sich selbst retten. Meinen Bruder.«

»Lazair.« Laudans Lächeln erstarb.

»Sag mir, Vaelen, was tut man mit einem Menschen, der sich vom Licht abgewandt hat? Von allem, was gut ist in dieser Welt?«

Er schloss die Augen, verstand. »Wenn man ihn liebt, bringt man ihn dorthin zurück, egal wie hoch der Preis ist.«

Die Tür schwang auf.

Arahyr klopfte ihm auf die Schulter, bevor sie hineingingen. »Ich danke dir.«

Im Inneren trat er Gilain, Aard und Cal gegenüber, die an der langen Seite des Tisches standen. Cals Ausdruck war unnahbar. Hatten sie ihn überstimmt?

»Wir werden unsere Taktik ändern«, ergriff Gilain das Wort. »Ich führe den Sturm auf den Ostwall an.«

Laudan atmete auf. »Gut, dann übernehmen Caliyan und ich die Docks. Anschließend führe ich den Sturm in die Oberstadt, und du hast die Befehlsgewalt über die Schiffe.« Er blickte Aard entgegen, dessen Zopf im Licht der Flamme silbrig glitzerte. Es war die logische Entscheidung. Die einzig richtige.

»Daraus wird nichts.«

»Was?«

»Du hast richtig gehört«, sagte Aard. »Ich werde den Sturm anführen, nicht du.«

Laudans Blick streifte Gilain, bevor er sprach. Ihre Augen verrieten ihre Sorge. »Es ist sicherer auf See, Aard. Du solltest –«

»Genau deshalb wirst *du* auf See bleiben«, unterbrach ihn Gilain.

»Das ist doch Unsinn.«

»Lass gut sein.« Eine leise Stimme, resignierend. Cal.

*Nie im Leben.* Wohin Cal ging, ging auch er. »Ich will eine Abstimmung. Jetzt gleich.«

»Es ist bereits entschieden«, sagte Gilain. »Du bist überstimmt.«

Cal wich seinem Blick aus.

»Ich kenne Ethelis wie kein Zweiter, und ihr lasst mich auf der *Nebelsturm* zurück? Wieso?«

Schweigen.

»Ihr habt keine Antwort.« Er starrte auf die Karte, bevor er mit der Faust dagegen schlug. Die Figuren schepperten vom Tisch. Er wandte sich ab und trat hinaus in den Gang. Als er die Tür zuziehen wollte, drängte Cal durch den Spalt.

»Warte.«

Er ging weiter, bis sie außer Hörweite waren. »Was sollte das? Das war doch deine Idee, oder etwa nicht? Lässt mich zurück wie einen Idioten, obwohl du weißt, wo mein Platz ist.«

»Dein Platz?« Cals Augen flackerten wild, bevor er ihn packte und ihn gegen die Wand drückte. »Dein Platz ist da, wo du am Leben bleibst.«

Er stemmte sich gegen Cal, tauschte ihre Positionen. »Und du, Caliyan de la Vere? Du kannst sterben, oder was?«

»Ich werde nicht fallen.«

In seinem Griff lächelte Cal. Unweigerlich ließ Laudan locker, als er die Knochen unterhalb seiner Muskeln spürte. »Verdammt, Cal … Ich weiß es.«

»Was?« Cal erstarrte.

»Dass du noch nicht wieder bei Kräften bist. Man merkt es dir an.«

Cals Gesichtszüge entspannten sich. »Es ist nicht der Rede wert.«

Da war noch etwas anderes, Laudan begriff das jetzt. »Was verschweigst du mir?«

Cal schwieg.

»Komm schon, rede mit mir.«

Zögerlich wanderte Cals Hand zu Laudans Hals, wo er über die Narbe strich, die Yria hinterlassen hatte. »Ich habe das gespürt. Du bist mein Leben … bist es wirklich.«

»Was meinst du damit?« Seine Brust war zugeschnürt. Cals Blick ging ins Leere. Laudan ließ ihm keine Zeit, mit sich zu ringen, zog einen der Dolche aus Cals Waffengurt und legte sich die Klinge an die Handfläche.

»Was passiert, wenn ich schneide?«

»Du blutest.«

»Und hier?« Er richtete die Spitze des Dolches auf sein Herz. »Was passiert hier?«

»Du stirbst …« Cal legte die Hand über seine und führte die Klinge weg von ihm. »Und ich sterbe mit dir. Das ist er, der wahre Preis des Schicksals, denn ohne dich gibt es auch mich nicht.«

Der Dolch entglitt ihm.

»Verstehst du jetzt, warum du zurückbleiben musst?«

Laudan nickte schwach. »Wieso hast du es mir nicht gesagt?«

»Ich wollte nicht, dass du dein Leben in Sorge führst und deine Entscheidungen hinterfragst, denn ich kenne dich. Das wirst du.«

Er hielt Cal fest. »Es ist unser Schicksal«, flüsterte er. »Ich bin da, um es mit dir zu teilen wie alles andere auch.«

Zur Antwort schlossen sich Cals Arme um seinen Rücken. Es tat gut, sie dort zu spüren.

»Hast du sie immer gespürt? Jeden meiner Tode?«

»Ja.«

»Auch die Narbe auf meinem Rücken? Den Wundbrand?«

»Nein, ich …« Cal verstummte.

»Du warst noch nicht wach.«

Ein Nicken.

»Erklär es mir, bitte. Ich will es verstehen.«

»Der Tag des Rituals … Wenn du dieses Alter erreichst, erwache ich. Dazwischen ist nichts. Nur Leere.«

»Und die Erinnerungen? Was geschieht mit ihnen, wenn ich sterbe?«

»Du vergisst.« Cals Atem kam heftig. »Alles beginnt von vorn.«

»Aber sie sind in mir. Arahyr könnte doch –«

»Ich weiß nicht, ob er es noch einmal kann. Er weiß es selbst nicht …«

Cals Stimme erstarb. Laudan ertrug es kaum, ihn so verzweifelt zu sehen – wie vor all den Jahren auf der *Roa Hourak*. »Ich sterbe nicht, hörst du? Damals, als ich dich erkannte, wusste ich nicht, was mit dir passiert war. Aber ich wusste, dass ich dich verliere, und wollte nichts mehr, als dich festzuhalten.«

Und so hielt er ihn, ließ Cals Magie in sich hineinströmen, und etwas in ihm antwortete. Cal blickte auf. »Vergib mir. Ich bin so tief gefallen, wie man nur fallen kann. Und das hier war immer da, um mich daran zu erinnern, was ich verloren hatte.«

»Du wolltest, dass er endet, dieser endlose Kreislauf.«

»Ja.«

»Wie endet er?«

Cal biss sich auf die Lippe. »Wie er begonnen hat. Mit Altem Blut und Alter Magie. Und du musst dich erinnern. An mich.«

»Also könntest du es aufheben, jetzt gleich? Können wir danach alt werden, wir beide?« Sein Herz hämmerte.

»Nein, ich müsste es beenden.«

»Sterben …? Endgültig sterben?«

»Der Preis der Alten Magie wäre zu hoch.«

»Tu das nicht, Cal. Niemals. Wir finden einen Weg.«

»Ich will nicht sterben. Ich will ein Leben mit dir. Schon in Cerza, schon ohne Erinnerungen.« Cal ergriff seine Hand. Die Magie sang zwischen ihnen. »Das hier ist schön … so schön. Der Fischer hat es gewusst. Die Zeit hat nicht nur Asche hinterlassen, sondern eine Flamme, die stärker in mir lodert als je zuvor.«

Laudan konzentrierte sich auf die Empfindung. Ihm war, als könne er sie lenken. Sie verstärken oder abschwächen. Und diesmal wollte er sie spüren.

Cals Atem stockte, bevor er ihn losließ. Das Gefühl erstarb. »Was hast du gerade getan?«

»Ich weiß es nicht«, gestand er. Schritte näherten sich. »Versprich mir –«

»Natürlich«, erwiderte Cal. »Ich werde vorsichtig sein.«

Gilain kam, gefolgt von Aard und Arahyr, den Gang entlang. »Wenn wir diesen Plan umsetzen wollen, müssen wir weitersegeln. Jetzt gleich.«

»In Ordnung.« Er nickte Gilain zu und ging mit den Übrigen an Deck. Von der *Nebelsturm* blickte ihm seine Besatzung entgegen. Er würde sie nicht enttäuschen.

# Kapitel 39

## Vor dem Sturm

Caliyans Ruderboot klatschte in die schwarze See. In der Dunkelheit tastete Laudan nach seiner Hand, und er erlaubte sich, seine Wärme zu spüren, bevor er losließ, was er für immer festhalten wollte.

»Bis bald.«

Mehr brachte Caliyan nicht hervor, schwang sich über die Reling. Unter ihm wankte das Boot, dessen Seile er löste. Die Wellen rissen ihn fort, und er blickte nicht zurück. Stattdessen ruderte er den winzigen Lichtern entgegen. Er würde seine Magie nicht verschwenden, wie in der Schlacht an den Obsidianklippen, als der Tod sein letzter Ausweg gewesen war. Nein, er würde wiedergutmachen, was er versäumt hatte, und anschließend der Melodie folgen, die ihn zurück nach Hause brachte. Zu ihm.

Vor Caliyan öffnete sich die Bucht von Ethelis. Gischt spritzte ihm entgegen und überzog seine Lippen mit Salz. In regelmäßigen Abständen brannten Fackeln am Hafenwall. Schatten huschten an der Mauerkrone entlang, nur um wieder von der Dunkelheit verschluckt zu werden.

Wachen.

Auch auf den Türmen standen sie. Aus ihrem Mauerwerk zeigten Dutzende Kanonenhälse auf das Meer; bereit, alles zu zerreißen, was in ihre Schusslinie geriet. Caliyan legte die Ruder beiseite und wandte sich nach der Rebellenflotte um. Nichts, nur schwarze Nacht.

Er zog den Umhang aus. Seine Hände glitten über die Dolche in seinem Waffengurt, bevor er den Zopf festzog, den er sich gebunden hatte. Dann richtete er den Blick auf jenen Wald aus toten Ästen, der an den Piers auf ihn wartete. Die Heressia hatte ihn gut mit Fackeln ausgeleuchtet. Er prägte sich jedes Detail ein; jeden Wachposten, der zwischen den verzierten Tötungsmaschinen der heressianischen Flotte positioniert war. An ihren Decks gingen Matrosen auf und ab.

Einer eisigen Klaue gleich legte sich die See um ihn, als er sich in die Fluten stürzte und mit schnellen Zügen zum Pier tauchte. Unter den Brettern harrte er aus. Schritte knarzten. Zuerst leise, dann lauter, bis die Unterseite zweier Stiefelpaare die schmalen Lichtbahnen durchbrach, die zwischen den Holzlatten hindurchschienen. Er ließ sie kehrtmachen, bevor er sich aus dem Wasser zog und ihnen in den Korridor aus aufragenden Schiffen folgte.

Caliyan rannte los. Seine Schritte lautlos im Vergleich zu ihren hämmernden Stiefeln. Mit gezogenen Dolchen setzte er zum Sprung an und versenkte je einen in dem ungeschützten Spalt zwischen Helm und Brustpanzer.

Stille.

Neben den Soldaten kam er zum Stehen. Bevor sie zu Boden sackten, packte er sie und stieß sie vom Pier. Seine Magie erwachte, als wisse sie bereits, dass er sie brauchte. Auch die Dunkelheit lauerte, aber er würde sie nicht zurück in sein Leben lassen. Nie wieder.

Zwischen den Schiffsrümpfen drückte er sich in den Schatten und wob seine Magie um die Fregatten. Einzig die *Destine*, die abseits an ihrem eigenen Landungssteg lag, verschonte er. Er hatte Laudan versprochen, dass sie kein unwürdiges Ende fand, falls sie bereits zurückgekehrt war.

Bald lag ein unsichtbarer Schleier über der Flotte, der nur darauf wartete, dass er die darin enthaltene Macht entfesselte. Es war eine der Spielereien, die er fast vergessen hatte. Eine, in der die Zeit für die Magie selbst stillstand, bis er sie weiterlaufen ließ. Oh, wie er es liebte, und dennoch durchfuhr ihn ein bittersüßer Schmerz, weil er *seine* Zeit nie würde anhalten können. Zumindest nicht lange.

Er schüttelte den Gedanken ab und vergrößerte den Schleier, bis er die gesamte Flotte überspannte. Die Wachen vor den Schiffen tötete er ohne viel Aufhebens und übergab sie der See. Anschließend schlich er zu der größten Fregatte am mittleren Pier. Seine Magie knisterte. Am liebsten hätte er sie sofort freigesetzt, doch zuerst musste er etwas anderes erledigen.

Gebückt huschte er die Zugangsbrücke des prunkvollen Schiffes hinauf und verharrte hinter einigen Fässern, während die Matrosen an Deck ihre Runden zogen. Seine Magie wirbelte auf und löschte ihre Fackeln. Die Schiffslaterne zersplitterte auf den Planken, bevor auch ihr Licht erlosch.

Inmitten der Verwirrung stürzte er vorwärts und trieb seine Dolche in einen nach dem anderen, bis sie zu seinen Füßen lagen. Ein Ruf erhob sich von einem der Nachbarschiffe. Caliyan ignorierte ihn, rannte unter Deck. Im Schiffsinneren beschwor er eine Flamme und leuchtete sich damit den Weg zur Munitionskammer.

Dort lehnte er sich gegen die Tür, beruhigte seinen Atem und richtete den Blick auf die Pulverfässer. Er durfte keine Zeit verlieren, zog eine Flagge von einem perfekt gefalteten Stapel und drehte sie zu einem Seil. Eines der Enden legte er in ein Schießpulverfass und trat zurück.

Unweigerlich grinste er. Draußen wartete ein Inferno, und er präparierte ein unschuldiges Feuer. Über seiner Hand erschien die Flamme. Er schleuderte sie auf das Flaggenende und rannte los.

An Deck prallte er gegen jemanden. Sein Gegenüber schrie, packte ihn. Einen Augenblick rang er mit dem Matrosen, bevor er ihm seinen Dolch zwischen die Rippen rammte. Schwer atmend kam er auf die Füße, sprintete zur Reling und sprang. Hinter ihm schnitt eine Explosion durch die Nacht. Flammen züngelten aus dem Schiff, und er beschwor seinen Schutzschild, bevor sie ihn einschlossen.

Die Druckwelle schleuderte Caliyan ins Wasser. Hitze verwandelte sich in Kälte. Über ihm schlugen Trümmerteile auf, ihr Sog riss ihn tiefer. Er kämpfte dagegen an, tauchte in Richtung der

Oberfläche, auf die der Hauptmast aufschlug. Brennende Asche wirbelte umher, und Rauch füllte seine Lungen. Er hustete, schwamm zu den Lagerhallen abseits der Piers.

Eine Schiffsglocke läutete. Schreie erhoben sich. Er zwang sich ans Ufer, kroch in den Schatten eines Gebäudes und lehnte sich gegen den Sockel. Noch hielt er zurück, was bald unwiederbringlich an die Oberfläche brechen musste, und beobachtete das Chaos, das sich am Pier ausbreitete. Die Wachen rannten durcheinander, schleppten Eimer und bildeten Ketten bis zum Meer, um das Feuer zu löschen.

Weitere Soldaten strömten von den Türmen herbei, verließen ihre Posten, um zu retten, was längst nicht mehr zu retten war. Caliyan presste die Zähne aufeinander. *Nicht genug, noch nicht.* Wenn Laudans Plan aufging, würde sich gleich die Mehrzahl ihrer Probleme mit einem Schlag lösen. Alles, was er dafür tun musste, war auszuharren.

Schmerz durchzuckte ihn. Lange konnte er die Magie nicht mehr zurückhalten. Eine heressianische Einheit ergoss sich aus dem Stadttor und eilte ihren Kameraden entgegen. Sie trugen keine Rüstungen, waren zum Löschen eines Feuers gerufen worden und nicht, um die Stadt vor einer Invasion zu verteidigen.

Er ließ sie auf den Pier laufen, wo die übrigen Soldaten damit beschäftigt waren, ein Übergreifen der Flammen auf die anderen Schiffe zu verhindern. Er würde ihnen die Arbeit ersparen, betete, dass Laudan bereit war, ihren Plan in die Tat umzusetzen.

Und dann setzte er die Magie frei.

Eine Flammenmauer stob aus allen Schiffen empor und verschlang die Soldaten gemeinsam mit der brennenden Fregatte. Ein Inferno. Schreie erhoben sich und verstummten wieder. Einzig jene, die es nicht bis zum Pier geschafft hatten, schrien weiter, eingekesselt vom Rauch.

Immer mehr Soldaten strömten herbei und erstarrten beim Anblick der brennenden Gerippe, die einst ihr ganzer Stolz gewesen waren. Unter ihre Aufschreie mischte sich ein entferntes Läuten, das der Wind von Osten herübertrug.

Gilains Truppe griff an.

Er lauschte in sich hinein bis auf den Grund, wo Laudans Melodie sang. Eine Salve antwortete, riss durch die Flammenmauer und schlug eine Bresche in den heressianischen Wall. Einer der Türme brach in sich zusammen. Die Trümmerteile stürzten herab und zersplitterten die darunterliegende Promenade wie Eisschollen im Winter.

Laudan.

Er lächelte. Bevor die nächste Salve ihr Ziel fand, kam er auf die Füße und riss seinen Schutzschild hoch. Er würde es den Rebellen leichter machen, rannte los und versenkte seine Klingen in den noch lebenden Soldaten. Die Explosionen dröhnten wie Trommelschläge. Der Geschmack von Blut legte sich auf seine Zunge. Mauerreste stürzten herab. Er sprang und tanzte zwischen den fallenden Trümmern seinen Tanz des Todes.

Nachdem Kanonendonner und Schreie verstummten, bahnte Caliyan sich einen Weg hinter die Flammenmauer. Am Horizont durchbrach das Morgenlicht die Nacht in Schlieren aus Rot. Ihre Flotte war nah. Sein Blick fiel auf Laudan, der auf dem Oberdeck innehielt und die Hand hob. Caliyan erwiderte die Geste, doch in der Lawine, die sich aus den Beibooten ergoss, verlor er ihn aus den Augen.

»Aschenbringer«, hallte es ihm entgegen. Dabei wollte er kein Held sein, verdiente es nicht. Die Flotte drehte bei, würde ihnen Feuerschutz geben. Aard bahnte sich einen Weg durch die Menge. Sein Schwert wippte im Waffengurt der verkratzten Rüstung.

»Gut gemacht. Sobald alle Truppen an Land sind, stürmen wir –«

Weiter kam Aard nicht. Schüsse zerschnitten die Luft und trafen den Rebellen neben ihm, dessen Blut aufspritzte. Mit einem Gurgeln fiel der Mann vornüber, war sofort tot. Schreie rissen durch die Reihen ihrer Kämpfer, als weitere Kugeln ihr Ziel fanden. Aard packte ihn, doch bevor er etwas sagen konnte, stürmte Caliyan los und durchbrach das Flammenmeer mit seinem Schutzschild.

»Angriff!«, schrie Aard hinter ihm. »Sofort angreifen!«

Auf der anderen Seite verschlang ihn der Rauch des Trümmerfeldes. Eine Salve hagelte durch die Flammen auf die Rebellen nieder. Caliyan rannte, machte auf den Mauerresten die Schützen aus. Auch sie sahen ihn, fokussierten ihr Feuer, als wüssten sie, wer für sie kam. Nutzlos. Er schleuderte eine Druckwelle auf den verrammelten Aufgang und stürmte die Wendeltreppe hinauf.

Oben angekommen, empfing ihn eine Salve, die von seinem Schutzschild abprallte. Er schickte sie zurück zu den Schützen, grinste. Getroffen brachen einige von ihnen zusammen. Die anderen luden nach, hatten nichts gelernt. Die Pistolen explodierten in ihren Händen, als sie abdrückten. Er stürmte vorwärts, trieb die Dolche in sie hinein und stieß sie in die Tiefe.

Rebellen strömten aus dem Aufgang, nahmen ihre Stellung ein. Stadteinwärts brachten sie den herbeilaufenden heressianischen Soldaten den Tod. Eine Kanonensalve durchlöcherte den letzten verbliebenen Turm am Rande des Hafens, doch der Stein hielt stand. Mehr noch. Soldaten entzündeten die Lunten der Kanonen.

Caliyans Hand schoss vor. Er fluchte, war zu weit entfernt, um sie fortzureißen. Ihre Antwort dröhnte der Flotte entgegen und erwischte die *Nebelsturm* mit einem Streifschuss, bevor Laudans Kanonen den Turm zum Einsturz brachten. Trümmer bröckelten ins Meer. Am Ostwall stieg Rauch auf. Das perfekte Chaos.

Unter ihm ergoss sich die Rebellenstreitmacht durch die Breschen. Zivilisten ergriffen die Flucht; die Ärmsten der Armen, die für die Heressia schuften mussten. Auf Zuruf strömten sie hinter die Linie der Rebellen, versteckten sich oder stürmten gemeinsam vorwärts.

Caliyan sprang in die Tiefe. In einer Einheit machte er einen Zopf aus, röter als sein eigener. Raelia. Arahyr begleitete sie. Ohne Gegenwehr hielt ihr Trupp auf eine schmale Gasse zu. Er drängte in ihre Richtung, doch die Schreie, die sich in der Hauptstraße erhoben, ließen ihn innehalten.

Er rannte los, musste dahin, wo man ihn brauchte. Der Strom

der Rebellen riss ihn mit sich. Stahl schlug gegen Stahl. Seine Schritte wurden langsamer, seine Muskeln träge. Er fluchte über sich, über diese seltsame Schwäche und atmete gegen das Stechen in seiner Brust an.

Keine Pause. Nicht jetzt.

Nahe der Frontlinie stolperte er über einen Toten in heressianischer Rüstung. Dieser hier war auf eine Schlacht vorbereitet, genau wie die Übrigen, die weiter vorne in ihren Plattenpanzern auf die Rebellen einhieben. Unter ihnen rammte Aard sein Schwert in den Hals eines Gegners und schleuderte den Sterbenden in die heressianischen Reihen. Weitere kamen zu Fall. Die Rebellen stürzten sich auf sie. Auch Caliyan rannte, blendete die Schreie derer aus, die es nicht geschafft hatten.

Ein Soldat stürmte ihm entgegen. Sein Schwerthieb vibrierte durch die Schneide seines Dolches. Caliyan packte ihn beim gepanzerten Handgelenk, riss seinen Arm nach oben und trieb ihm seine Klinge in die Achselhöhle. Er setzte zum Sprung an, wollte nicht mit ansehen, wie weitere Rebellen fielen, und katapultierte sich vorwärts.

Hinter der feindlichen Linie landete er. Seine Magie durchbohrte die heressianischen Soldaten, bevor sie wussten, wie ihnen geschah. Die Dunkelheit erwachte. Während er sie zurückdrängte, kam Aard zu ihm herüber.

»Nicht so gierig. Lass uns auch noch ein paar.« Aard lachte. Ein seltsam verzerrtes Geräusch. Er konzentrierte sich auf Laudans Melodie, damit er die Dunkelheit nicht hören musste, und wischte sich das Blut aus dem Gesicht.

Die Rebellen formierten sich. Aard deutete nach vorne, wo sich die Straße zu einem Platz öffnete. Eine Statue ragte aus seiner Mitte hervor. Korelian Destine. Ihr Treffpunkt für den Sturm auf den inneren Ring. Gilains Soldaten ergossen sich um den marmornen Sockel.

Unweigerlich atmete er auf. »Lassen wir sie nicht warten.«

Sie rannten, um ihre Truppen zu vereinen. Der weiße Wall war gut befestigt, aber wahrscheinlich hatten sie der Heressia kaum Zeit gelassen, ihn ordentlich zu bemannen. Nur noch diese Schlacht. Dieser letzte Sturm, dann würde Ethelis frei sein.

Zwischen den sich formierenden Truppen blickte Caliyan die neu angelegte Allee zum weißen Wall hinauf. Prunkvolle Häuser säumten sie, teilweise noch unfertig, und ihr Stil erinnerte an die eranthischen Villen, die in Ankhad die Zeit überdauert hatten.

Schüsse erhoben sich aus der Richtung des Hafens. Noch immer waren einige ihrer Truppen nicht eingetroffen. Auch Raelias nicht. Er gab Gilain ein Zeichen und bahnte sich einen Weg gegen den Rebellenstrom, der von der Hauptstraße auf den Platz schwappte.

In schneller Abfolge schnitten die Schüsse durch die Luft, dröhnten lauter, immer lauter. An einem Häuserblock bog er ab, rannte eine Seitenstraße hinab. Seine Schritte hämmerten über das Pflaster, als er auf eine Kreuzung zuhielt. Schreie mischten sich darunter.

Dann sah er sie: eine Truppe von Rebellen eingekesselt in einer schmalen Gasse, nichts als die Heressia vor ihnen und der Wall hinter ihnen. Schüsse gingen aus den Häusern auf sie nieder, während die Soldaten sie zurückdrängten. Bevor Caliyan sie erreichte, verwandelten sich ihre Schreie in ein Stakkato. Blut spritzte hinter der heressianischen Reihe auf, ein roter Zopf darunter. Raelias Bogen blitzte auf. Ein Pfeil bohrte sich in einen der Angreifer.

Caliyan schrie und riss seinen Schutzschild um die Gruppe der Rebellen. Die Zeit stoppte darin. Mehreren Speeren gleich schoss seine Magie vorwärts, durchbrach die Reihe der Heressia und fand ihr Ziel in den Schützen. Durchbohrt stürzten sie aus den Fenstern, bevor sich seine Magie in Luft auflöste. Auch sein Schutzschild erlosch.

Die Dunkelheit. Am Rande seines Bewusstseins nahm er wahr, dass er sie freigesetzt hatte. Er ignorierte den Schmerz, rief nach Raelia, stolperte über die Toten hinweg. Die überlebenden Rebellen strömten auseinander. Einzig von ihr fehlte jede Spur.

Er wandte sich den Leichen zu. Seine Stimme erstarb. Unter ihnen lugte ihr Zopf hervor. Er stürzte vorwärts, schob die Toten beiseite, legte die Arme um Raelia und drehte sie auf den Rücken.

Raelia öffnete die Augen. »Cal …? Bist ja voller … Blut.«

Keuchend presste sie die Hand auf ihre Rippen. Er nahm sie fort und tastete behutsam. »Eine ist gebrochen.«

»Bin im Gedränge gestolpert.« Raelias Blick heftete sich auf die Toten. Die Lebenden hatten längst die Flucht ergriffen. »Sie waren über mir. Ihre Stiefel. Ich … ich hatte solche Angst.«

»Sch … alles wird gut.« Er wollte nichts mehr, als Raelia von hier fortzubringen. »Wo ist Arahyr?«

»Weiß nicht, er war plötzlich weg.«

Caliyan fluchte. Irgendetwas explodierte in der Ferne. Ihm blieb nicht viel Zeit. »Ich bringe dich in Sicherheit. Kannst du stehen?«

»Ja.«

Hastig hob er Raelias Bogen auf und zog sie auf die Füße. Das ethelische Holz war gesplittert. Raelias Blick klammerte sich daran, als er sie in eines der Häuser führte. Mehr konnte er nicht tun. Zumindest nicht jetzt. »Warte hier.«

Im Flur lehnte er Raelia gegen eine Wand, bevor er nach oben rannte, um sich zu vergewissern, dass sie allein waren. Dort gab es ein Schlafzimmer, doch er wollte Raelia nicht zumuten, die Treppen hinaufzusteigen. Stattdessen legte er den Arm um sie und brachte sie zu einer der Kammern. »Ich möchte, dass du hierbleibst. Ich muss zurück zum Wall.«

»In Ordnung.« Raelia klammerte sich an ihn.

Mit dem Fuß schob Caliyan die Tür auf. »Sobald wir die Stadt eingenommen haben, hole ich –«

Seine Worte erstarben beim Anblick des Grauens, das sich ihnen eröffnete. Auf dem Boden hockte ein kleines Mädchen zwischen zwei blutüberströmten Körpern. Die winzige Hand fest in der ihrer toten Mutter verschränkt. Raelia verkrampfte sich, unterdrückte etwas, das sich anhörte wie eine Mischung aus Schluchzen und Schrei.

Die Kleine wandte sich um, die braunen Strähnen blutgetränkt. Als sie ihn sah, kroch sie unter einen Tisch. Zwischen den Explosionen drang ihr Wimmern hervor. Caliyan wollte die Hand nach ihr ausstrecken, doch beim Anblick von all dem Blut daran ballte er sie zur Faust. Raelia löste sich von ihm.

»Ich mach das«, flüsterte sie. »Pass da draußen auf dich auf, kleiner Bruder.«

Er nickte nur, rannte los.

Unterwegs zum Platz des Korelian Destine wollte er schreien. Stattdessen biss er sich auf die Lippe, bis Blut in seinen Mund rann. Die Eltern mussten Widerstand geleistet haben, als die Heressia das Haus gestürmt hatte. An Krieg war nichts glorreich, und es waren die einfachen Menschen, die am meisten darunter litten.

Die Straßen waren verlassen; ihre Streitmacht längst vorgerückt. Er hastete ihnen nach, als hinter ihm eine Explosion durch die Luft schnitt. Wie betäubt wandte er sich zum Hafen. Die heressianische Flotte war heruntergebrannt, doch auf See stob ein neues Feuer in den Himmel.

»Laudan«, presste er hervor und machte kehrt. *Laudan.*

# Kapitel 40

## Inferno

Vom Meer aus sah Laudan der Stadt seiner Kindheit entgegen, in der die letzten Reste von Cals Feuer herunterbrannten. Inmitten des Infernos hatte Cal gekämpft. Ein Sturm, unbändig. Doch was würde aus ihm werden, falls er außer Kontrolle geriet?

Der Rauch lichtete sich. Darunter kamen die verkohlten Skelette der heressianischen Flotte zum Vorschein. Ausgelöscht, genau wie die Walltürme, die Athos in seiner Zeit als Befehlshaber über Ethelis hatte bauen lassen. Er war dabei gewesen, ein kleiner Junge, indoktriniert von einem verblendeten Vater. Heute hatte er diesen Irrglauben gemeinsam mit dem Wall zerschlagen. Doch es war nicht genug, bis der letzte Rest der Heressia in Flammen aufging.

»Du solltest das verbinden.« Dryele deutete auf seinen Oberarm, wo seine Uniform in Fetzen hing. Blut quoll aus dem Schnitt darunter. Ein Kratzer, den er sich bei dem Streifschuss der Kanonen aus dem Turm eingehandelt hatte. Er winkte ab. »Es ist nichts.«

Nach dem Sturm hatten sich die Schiffe in der Bucht verteilt und die Segel eingeholt. Ihre Aufgabe war erfüllt, also warteten sie, während draußen die Kämpfe tobten. Nichts lag ihm weniger als das.

Dryele lenkte gegen, scheinbar erleichtert darüber, dass der schwache Wind, in dem sie dahintrieben, ihr zumindest diese Aufgabe gelassen hatte. »Willst du mir nicht sagen, woher du es kannst?«, fragte sie. »Das Segeln.«

Er kannte Dryele lange genug. Sie versuchte, ihn abzulenken, aber dafür hatte sie das falsche Thema angeschnitten. »Du würdest mir ohnehin nicht glauben.«

»Versuch es.«

Laudan schüttelte den Kopf. Manches kam besser nie zur Sprache, und dies zählte definitiv dazu.

Doch Dryele gab sich nicht damit zufrieden. »Deine Vision beim Sha von der Schlacht an den Obsidianklippen –«

»Was ist damit?« Über der Oberstadt stieg Rauch auf. Wenn er doch nur Cal spüren könnte, wie er ihn spürte.

»Caliyan war auf der *Roa Hourak*. Und du warst auch kein bloßer Zuschauer, richtig?«

Er wandte sich ab. »Ich kann nicht –«

Eine Druckwelle riss sie zu Boden. Hitze schlug ihnen entgegen, als eine Explosion durch die Luft schnitt. Dryele schrie, doch seine Ohren dröhnten darüber hinweg. Ihr Blick ging an ihm vorbei, die Augen aufgerissen in schierer Panik. Er rappelte sich auf, drängte mit den Matrosen an die Reling und erstarrte.

Aus der *Schattensturm* stoben Flammen in den Himmel. Das Fernglas zitterte in seiner Hand. Die Walltürme waren zerstört, die heressianischen Geschütze unbrauchbar. Woher kam dieser Angriff? Er nahm das Fernrohr runter, blickte in das Inferno. Der Wind war erfüllt von den Schreien ihrer Kameraden. Unmenschliche Laute, die nur jemand auszustoßen vermochte, der Todesqualen litt. Sie stürzten ihre brennenden Körper von der Reling, doch die meisten tauchten nicht mehr auf. Kein normales Feuer brannte so.

»Der Aschenbringer ist wahnsinnig geworden«, rief ein graubärtiger Kanonier. Die Stimmen der Übrigen überschlugen sich.

»Unsinn!« Laudan deutete auf die im Wasser treibenden Überlebenden. »Wir müssen ihnen helfen!«

Ihr Schiff war den Verletzten am nächsten. Dryele riss das Steuer herum. »Was ist mit den Segeln?«, rief sie über die Mannschaft hinweg.

Laudan rannte zu ihr, korrigierte den Kurs. »Das ist eine Falle.

Wer auch immer angegriffen hat, wartet nur darauf, dass wir in seine Schusslinie fahren.«

Dryele wich zur Seite, starrte ihn an. »Aber wir müssen doch –«

»Ich weiß.« Er nickte, wandte sich an die Besatzung. »Beiboote aussetzen. Sofort. Zieht die Überlebenden aus dem Wasser.«

Der Kanonier stellte sich vor die Matrosen. »Aufhören. Der Aschenbringer wartet nur darauf, uns zu holen. Wollt ihr die Nächsten sein, die brennen?«

»Weitermachen!« Laudan zog den Mann zur Seite. »Hör auf mit diesem Irrsinn.«

Der Kanonier spuckte ihm ins Gesicht. »Lässt dich von ihm ficken und meinst, du kannst hier Befehle erteilen? Heressiaschwein.«

Seine Faust kollidierte mit der Nase des Mannes, der zusammensackte und reglos liegen blieb. »Das sind unsere Kameraden da draußen. Lasst endlich die Beiboote zu Wasser!«

Die Boote klatschten auf der Wasseroberfläche auf, und die Matrosen sprangen hinein. Laudan rannte zu Dryele ans Steuerrad zurück. Sie wollte etwas sagen, doch er kam ihr zuvor: »Der Angreifer will die Schiffe treffen. Er wird seinen Standort nicht für unbedeutende Ziele preisgeben.« Sein Blick heftete sich auf den bewusstlosen Kanonier. Es war nur eine Theorie, aber es war sicherlich nicht Cal, der die *Schattensturm* hatte explodieren lassen.

»Er hätte das nicht sagen dürfen«, sagte Dryele. »Es war falsch.«

Er nickte nur. Während die Matrosen die Überlebenden aus dem Wasser zogen, überkam ihn ein Gedanke. Eine Erkenntnis vielmehr. Er hatte ein derartiges Feuer schon einmal gesehen. »Sobald die Boote zurück sind, müssen wir weg vom Festland.«

Dryele beugte sich zu ihm herüber. »Was weißt du?«

»Es ist wie an den Obsidianklippen. Wenn wir nicht zusehen, dass wir hier wegkommen, gibt es vielleicht gleich keine Flotte mehr.«

»Scheiße … Ist es Magie?«

»Ich weiß es nicht. Und ich will es auch nicht wissen.«

Laudan stellte sich vor, wie ein weiteres Schiff in Flammen aufging, vielleicht sogar ihres, aber nichts dergleichen geschah. In den ankommenden Beibooten schrien die Verletzten. Zu wenige für eine so große Fregatte. Mit den Matrosen zog er sie an Deck. Etwas abseits hievten sie einen Mann über die Reling, dessen Oberkörper völlig verkohlt war. Laudan konnte kaum hinsehen. Ein junger Kanonier säuberte die Wunden, half, wo jede Hilfe zu spät kam.

»Segel setzen. Wir ziehen uns zurück.« Er riss das Steuerrad herum, insgeheim froh, dass Dryele ihn gewähren ließ.

»Ich hisse die Signalflagge. Die Flotte muss uns folgen.« Dryele schoss die Treppe zum Hauptdeck hinab, wo sie zwischen den Kanonieren in Richtung Bug verschwand. Ihre Fregatte nahm Fahrt auf, steuerte dem offenen Meer entgegen. Es war sicherer so, aber wer auch immer da draußen war, konnte seinen Angriff vielleicht ebenso gut gegen ihre Truppen wenden.

Mittlerweile waren die Trümmer der Hafenanlage verwaist. Einzig eine groß gewachsene Gestalt rannte in Richtung der Anlegestelle und gestikulierte wild. Verdammt, war das Arahyr? Laudan griff nach dem Fernrohr, aber seine Bewegung erstarrte zum Gurgeln eines Schreies.

Auf dem Hauptdeck krampfte sich die Hand des verbrannten Mannes um den Hals des Kanoniers, der ihn hatte retten wollen. Etwas knackte. Der Verletzte erhob sich und schleuderte den leblosen Körper über die Planken. Einen Augenblick verharrte er reglos, nur mit einer Hose bekleidet, die schwarzen Haare zu einem Zopf gebunden. Dann wandte er sich um.

*Lazair.*

»Du hast dir den Tod auf dein Schiff geholt.«

Laudan zog seine Pistole, feuerte, ohne zu zögern, zwischen Lazairs Auge und die vernarbte Höhle, die Cal hinterlassen hatte. Doch statt Lazair zu treffen, änderte die Kugel die Richtung und durchbohrte den Kopf eines Matrosen.

»Hallo, *Vaelen.*« Lazair grinste, und die Waffe entglitt ihm. Seine Finger gehorchten ihm nicht mehr. »Dein Blut singt, wusstest du das?«

Laudans Hand schoss an seine Schulter, wo ein Rinnsal zwischen dem Stoff hervorsickerte. Der nicht der Rede werte Kratzer wurde ihnen allen zum Verhängnis.

»Du weißt es.« Ein triumphierendes Lachen löste sich aus Lazairs Kehle. »Das ist gut, wirklich gut. Hält er dich nur für seine Marionette, oder lässt er dich auch reden?«

»Wer?« Laudan hatte keine Ahnung, auf wen er anspielte. Im Moment kümmerte ihn der Teil seiner Besatzung mehr, der sich hinter Lazair formierte. Sein Gesicht blieb eine Maske, unter der die Ohnmacht tobte.

Lazair legte den Kopf schief. »Du dummer Junge.«

Mit gezogenen Säbeln stürmten die Rebellen los. Sie sackten zusammen, ohne dass Lazair sie eines Blickes würdigte. Tot, einfach so. Laudans Hand zuckte in Richtung seines Schwertes, vergeblich. Er war gelähmt, selbst sein Schrei erstarb.

»Das hier ist eine Sache zwischen dir und mir. Das war sie schon damals, bevor Cal sich eingemischt hat.«

»Es gab nie ein *dir und mir*«, presste er hervor. »Es gab nur Cal und mich.«

Lazairs Blick wanderte über die Besatzung und die Verletzten hinweg.

»Nein!« Mit aller Macht stemmte Laudan sich gegen die unsichtbaren Fesseln, die ihn hielten. Lazair schien es nicht zu kümmern. Er packte eine Matrosin und schleifte sie über die Planken.

»Du willst mich.« Halb Schrei, halb Flehen. »Dann komm und hol mich.«

»Du hast recht.« Lazair ließ die Matrosin los, die zurück zu den Übrigen kroch. »Aber zuerst will ich, dass du leidest.«

Schwarzer Nebel erhob sich über dem Hauptdeck. Die restlichen Rebellen stürzten zu Boden, verschlungen von der Alten Magie, die sie umgab. Ihr Keuchen drang zu ihm herauf, und er schrie, wusste nicht einmal, was. Aber etwas starb in ihm, starb mit seiner Besatzung, deren Laute allmählich verstummten.

Der Nebel lichtete sich und gab die Toten frei. All die Menschen, die an ihren Traum geglaubt hatten. Er hatte den Befehl gegeben. Das alles war seine Schuld, seine ganz allein.

Lazair stieg über die Toten hinweg. Sein Ausdruck fast mitfühlend, als er zu ihm heraufkam. Von Nahem zeigte sich das gesamte Ausmaß seines entstellten Körpers, in den sich schwarzes Narbengewebe gefressen hatte.

Laudans Beine gaben nach. Mit dem Rücken schlug er gegen die Reling, wo sein Schwert auf die Planken schepperte. Er zuckte, konnte sich wieder bewegen. Lazair hielt ihm die vernarbte Hand hin. Er ignorierte die Geste, tastete nach der Waffe, ohne den Blick von Lazair abzuwenden, dessen verbliebenes Auge ihn durchbohrte.

»Ich hätte dich in Venantes aufhalten müssen, aber ich glaubte nicht, was ich sah. Er weiß es, nicht wahr? Kämpft da draußen und hat dich zurückgelassen, weil er dich nicht verlieren will. Ich lese ihn wie ein Buch, selbst nach all der Zeit noch.«

»Wieso hast du ihn gehen lassen?« Ri'shans Worte echoten in seinen Gedanken. *Weil der Sha über allem steht. Auch über Lazair.* »Wer ist der Sha?«

»Jemand, den ich für klüger hielt. Ein Monster wie Caliyan.«

*Zwei Seiten einer Medaille. Sommer und Winter.*

»Alcaelus …«

»Schlaues Kerlchen.«

Laudan schluckte gegen den Kloß in seiner Kehle an. »Deshalb warst du in der Zitadelle. Er heilt dich. Du bist auf seiner Seite.«

»Ich bin auf meiner Seite.« Lazair brachte sein Gesicht dicht an seines. »Alcaelus ist ein Blender. Er kümmert mich nicht.«

Im Augenwinkel sah er Dryele zwischen den Leichen. Sie lebte. Mehr noch. Mit gezogener Pistole schlich sie näher, und es kostete ihn alle Überwindung, nicht den Kopf zu schütteln. Stattdessen fokussierte er den Blick auf Lazair. »Aber Caliyan kümmert dich.«

Eine Falte kräuselte sich auf Lazairs Stirn. Ein winziger Riss in seiner Fassade.

»Du magst in Caliyan lesen, aber ich lese in dir. Du hasst ihn ebenso, wie du ihn liebst. Ich habe es gesehen nach dem Kampf in der Arena.«

Lazairs Hand schloss sich um seinen Hals, drückte zu. »Es gibt nur einen Menschen, den ich mehr hasse als Caliyan. Und das ist der Mensch, der ihn mir genommen hat.«

Er rang nach Luft, die er nicht bekam. Ein Schuss löste sich. Lazair strauchelte gegen ihn. Blut quoll aus seinem Schulterblatt. Dryele ließ die Pistole fallen und zog den Säbel. Lazair taumelte auf sie zu, und Laudan kam frei, war binnen eines Sekundenbruchteils bei seinem Schwert und trieb es bis zum Heft in Lazair, der Dryele gegen den Hauptmast katapultierte. Reglos blieb sie liegen.

Lazair keuchte, als wäre seine Lunge durchbohrt. Mit der Klinge im Rücken wirbelte er herum. Sein Blick flackerte wie der einer Bestie, die wusste, dass ihr Ende kam. Magie zuckte Laudan entgegen. Er fiel, schlug mit voller Wucht auf die Planken, wo Lazairs Stiefel vor seinen Augen verschwammen.

Benommen drehte er sich um. Über ihm zog Lazair das Schwert aus seinem Rücken und schleuderte es von sich, bevor er die Hand auf seine Brust presste. Unter Lazairs Fingern schloss sich die Wunde, bis nichts blieb als vernarbte Haut. Laudans Atem raste. Er hatte viel gesehen, aber wenn der Tod eine Gestalt hatte, dann Lazairs.

Lazair hockte sich zu ihm, zog seine Arme auf den Rücken und fesselte sie. »Oh *Vaelen* … es ist wirklich eine Schande, dass ich dich nicht töten kann. Aber wir werden viel Spaß haben. Du, er und ich.«

In den Fesseln bäumte er sich auf, trat um sich, doch gegen Lazair kam er nicht an. Hinter der Reling ragten die Masten einer ihrer Fregatten auf. Sie hielt auf sie zu, hatte sie fast erreicht. Von seiner Position aus konnte Laudan die Besatzung nicht sehen, doch er hoffte inständig, dass sie Lazair eine Kugel in den Kopf jagten.

Auch Lazair hatte das Schiff bemerkt, lachte und hob die Hand. »Jetzt zeige ich dir etwas. Sieh hin.«

Feuer stob aus der Fregatte empor. Ein Schlag traf Laudan an der Schläfe, und die Schreie der Besatzung rissen ihn hinab in ein Meer aus Flammen.

»Süße Träume.«

# Kapitel 41

## Außer Kontrolle

Aufgestapelten Steinklötzen gleich ragten die Trümmer des Hafenwalls auf. Caliyan hatte das Chaos gebracht. Jetzt tobte das Chaos auch in ihm. Darunter sang Laudans Melodie, und er fürchtete nichts mehr, als zu spüren, wie sie erstarb. Manchmal geschah es plötzlich; andermal über Monate hinweg, in denen sie wie ein schwächer werdendes Licht erlosch.

Halb taumelnd, halb rennend durchquerte er die Bresche. Tote säumten seinen Weg; die Rufe der Sterbenden hallten in ihm nach, und doch hörte er nur *ihn* darin. Er strauchelte und stützte sich gegen den blanken Stein eines Tordurchgangs, wo er die Übelkeit zurückdrängte. *Weiter,* er musste weiter.

Das Trümmerfeld gab den Blick auf das Meer frei, auf dem eine ausgebrannte Fregatte trieb. Zuerst hielt er sie für Laudans, konnte kaum atmen. Doch es war die *Schattensturm*. Die nackten Masten der *Nebelsturm* ragten dahinter auf. Eine kleinere Fregatte steuerte mit gesetzten Segeln auf sie zu.

Am Pier stürzte sich Caliyan in die Fluten, wo ihm die Kälte in die Knochen sank. Er kämpfte sich durch die Wellen und flehte das Schicksal an, es möge ihm seinen Fehler vergeben. Er hatte außer Acht gelassen, dass er Laudan nicht schützen konnte, wenn er ihn zurückließ. Was, wenn er zu spät kam? Wenn er ihn verlor? Er durfte ihn nicht verlieren, würde besser sein; der alte Caliyan voller Hoffnungen und Träume, solange er nur bei ihm war.

Einem grausamen Folterer gleich riss ihn die Strömung unter Wasser. Seine Lungen brannten. Er durchbrach die Oberfläche und atmete gierig. Etwas Düsteres lag in der Luft. Während er nicht wahrhaben wollte, was unumstößlich war, riss eine Explosion über die See hinweg. Ein Inferno stob aus der Fregatte hinter der *Nebelsturm,* verschlang sie. Das Wasser erstickte seinen Schrei. Wieder war er jener Caliyan, vor dem Gahaveds Flotte brannte.

Er zwang seine rebellierenden Muskeln bis zur *Nebelsturm,* erklomm die Bordwand. Die Besatzung war tot. Keine Spuren eines Kampfes. Kein Widerstand. Unterhalb des Hauptmastes lag eine Frau in einer vertrauten Uniform. Ihre Locken ergossen sich über ihren Hinterkopf, der Hut lag daneben. Dryele. Er wandte sich ab, konnte den Anblick nicht ertragen und suchte nach Laudan.

Ein Lachen zerriss die Stille. Es kam vom Heck, wo eine Gestalt neben dem Steuerrad hockte. Lazairs entstellter Oberkörper verwandelte das, was er nicht hatte wahrhaben wollen, in grausame Realität. Er beugte sich über etwas, und obwohl die Brüstung Caliyan die Sicht versperrte, durchzuckte ihn eine Erkenntnis klarer als alles andere: Lazair hatte Laudan.

Zwischen den Toten schlich Caliyan zum Heck und drückte sich am Treppenabsatz in die Schatten. Dort lauschte er und zog einen der Dolche. Seine Magie tobte über die Stille hinweg, bäumte sich auf wie die haushohen Wellen, die im Herbst an den Obsidianklippen zerschellten. Doch diesmal war er es selbst. Er, Caliyan de la Vere war der Sturm. Und Lazair war kein Fels. Er konnte ihn brechen; *würde* ihn brechen.

Ein schwaches Stöhnen. Laudan. Er riss sich aus den Schatten, verschaffte sich innerhalb eines Wimpernschlages einen Überblick. Laudan auf den Planken; gefesselt. Lazair über ihm. Blutige Schlieren überzogen Lazairs Haut, obwohl er keine sichtbaren Wunden hatte.

Caliyan stürmte los, konzentrierte seine Magie. Er war Chaos. Seine Hand schoss vor, katapultierte Lazair weg von Laudan. Er krachte gegen die Reling, fiel vornüber. Mit dem Gesicht gegen die Planken gepresst, stöhnte Lazair auf, und es war Musik in seinen Ohren.

Sofort war er bei Laudan, durchtrennte seine Fesseln. Er rollte ihn auf den Rücken, und Laudan öffnete die Augen.

»Cal …?«

»Kannst du stehen?«

Laudan nickte.

»Bring dich in Sicherheit.«

Lazair rappelte sich auf. Caliyan zog Laudan auf die Füße, schob ihn hinter sich, weg von sich, bis seine Welt nur noch aus Lazair bestand. Lazair, in dessen Gesicht er eine Narbe gebohrt hatte; von dem er sich wünschte, er hätte ihn an seinem einundzwanzigsten Geburtstag getötet.

»Caliyan.«

Lazairs Tonfall machte seinen Namen zu einem Fluch; zu einer Erinnerung an ihr düsteres Versprechen. *Wenn wir uns wiedersehen, dann endet es.* War er deshalb hier?

Lazair zog einen durchweichten Umschlag aus der Hosentasche und hielt ihn so, dass er das Siegel erkannte. Der Brief aus der Schatulle. Lazair grinste und schleuderte den Umschlag auf die Planken, wo er mit der Rückseite nach oben liegen blieb.

»Ich bin dir gefolgt. Du bist schon tot. Du weißt es nur noch nicht.«

Zur Antwort stürzte Caliyan sich auf ihn, würde beenden, was zwischen Blut und Sand begonnen hatte. Lazair blockte seinen Angriff. Alte Magie fraß sich in seinen Arm, doch er schrie nicht, würde nicht schreien. Nicht für ihn.

Seine Klinge zitterte zwischen ihnen. Er stemmte sich gegen Lazair, hieß den Schmerz willkommen und presste den Atem zwischen den Zähnen hervor, als Lazair ihn lähmte. Der Dolch schepperte auf die Planken, wo Lazair ihn wegtrat.

Keine Waffen, nur Magie. Lazair rief nach dem Sturm. Caliyan würde ihm einen Orkan geben. Er grub die bloßen Hände in seinen Körper und setzte das Chaos frei, das in ihm tobte. Lazair riss ihn mit sich. Sie rollten über das Deck, rangen um die Oberhand; ihre Magie Messer im Fleisch des anderen.

Er packte Lazair, drückte ihn unter sich, und Lazairs Kopf prallte gegen die Planken. Blut rann aus seinem Mundwinkel. Er verzog die Lippen zu einem Grinsen, entblößte die blutverschmierten Zähne und spuckte Caliyan ins Gesicht, bevor er den Kopf gegen seinen hieb.

Caliyan taumelte zurück, blinzelte. Einer eisigen Klaue gleich krampften sich Lazairs Hände um seine Schultern, pressten ihn zu Boden. Der Geschmack von Blut breitete sich in seinem Mund aus. Ob es seines oder Lazairs war, wusste er nicht. Er wusste nur noch eins: Sie würden einander zerreißen, bis nichts mehr übrig blieb.

Ein Flackern im Augenwinkel. Laudan.

»Geh«, presste er hervor. »Geh!«

Alte Magie peitschte in ihn hinein. Er biss sich auf die Lippe, unterdrückte den Schrei. Schritte polterten die Stufen hinab. Gut.

»Du liebst ihn.« Lazair brachte sein Gesicht so nah, dass sein Atem über Caliyans Haut strich. »Aber er wird dir alles nehmen. Er hat es bereits getan.«

»Du bist wahnsinnig.« Seine Magie zuckte Lazair entgegen. Heiß, tödlich, wild und unkontrollierbar. Seine Hände kamen frei, suchten nach etwas, bis sie das Seil fanden, das er vorhin durchtrennt hatte.

Sein Knie schnellte vor, traf Lazair, der zurücktaumelte. Er schlang das Seil um Lazairs Hals und schwang sich hinter ihn. Eine Fessel, nur für ihn. Ein Ring aus Flammen, in den Caliyan seine Magie leitete. Er zog daran, riss Lazair zurück und stemmte ihm den Fuß in den Rücken.

»Es endet.«

Lazairs Hände schossen nach oben, verbrannten sich an dem Seil. Ein erstickter Schrei löste sich aus seiner Kehle. Caliyan zog fester, wickelte die Enden um seine Handgelenke. Auch sie waren Feuer, doch es kümmerte ihn nicht. Lazair rang nach Luft. Seine Laute dröhnten in Caliyans Ohren. Darunter sein Name, hervorgepresst zwischen all dem Schmerz.

Es gab keine Erlösung.

Keinen Weg zurück.

»*Cal …*«

»Schon gut …« Seine Stimme kratzte so heiser aus ihm hervor, dass er sie kaum wiedererkannte. Er zitterte ebenso wie Lazair. Die Welt lief langsamer, gefror zu diesem einen Augenblick, in dem er seinen ehemals besten Freund tötete.

»Caliyan.«

Eine andere Stimme, ruhig und vertraut. Eine Gestalt tauchte vor ihm auf wie Licht in einem Albtraum. Arahyr. Völlig durchnässt kniete er sich neben seinen Bruder; die Fessel an seinem Gürtel der rettende Anker, auf den Caliyan gewartet hatte. Doch statt sie zu lösen, legte Arahyr seinem Bruder die Hände an die Schläfen.

»Lass los.«

Caliyan brauchte einen Moment, um zu begreifen, dass Arahyr ihn meinte. »Die Fessel«, rief er. Lazair rang nach Luft. »Arahyr, benutz die Fessel.«

Einen Augenblick lang richtete Arahyr den Blick auf die von Alter Magie zerfressenen Körper der Besatzung, bevor er sich erneut Lazair zuwandte. Seine Hände verharrten reglos. Magie strömte daraus in Lazairs Körper, und Caliyan verstand. Das Seil entglitt ihm. Er taumelte nach hinten, und Laudan war da, fing ihn auf. Dryele stand abseits, presste sich ein blutiges Stoffstück gegen die Schläfe. Sie lebte.

Auf Lazairs Körper verschwanden die Spuren der Alten Magie und erschienen stattdessen auf Arahyrs Haut, wo sie sich ausbreiteten.

»Nein«, flüsterte Caliyan. »Nein …«

»Schon gut. Ich will es so.« Eine tiefe Falte grub sich in Arahyrs Stirn. Niemand nahm so viel Alte Magie in sich auf und spürte die Schmerzen nicht.

Als es vorbei war, löste Arahyr die Hände und fing Lazair auf, der in seinen Armen zusammenbrach. Behutsam drehte Arahyr ihn auf den Rücken und hielt ihn dicht bei sich. Unter dem Blut schimmerte Lazairs bronzene Haut. Er öffnete das verbliebene Auge und fokussierte es auf Arahyr.

»Bruder …«

Lazairs Stimme war weich, wie jene, die Caliyans bestem Freund gehört hatte. Laudan hielt ihn aufrecht, als er zu fallen drohte.

»Ich bin es.« Arahyr lächelte.

Lazairs Blick glitt zu Arahyrs Händen und zu seinem Hals, wo der Kragen die Spuren der Alten Magie preisgab. »Was habe ich getan …? Ich wollte nicht –«

»Schon gut, kleiner Bruder.« Arahyr strich Lazair eine Haarsträhne aus dem Gesicht. »Ich war nicht da, als du mich am meisten brauchtest. Verzeih mir.«

»Nein … gib dir nicht die Schuld, wo ich schwach war. Ich hätte mich ihm nicht zuwenden dürfen … diesem Abgrund, dem ich nicht … entkommen kann. Ich … ich kann das nicht.«

»Du musst nicht mehr dagegen ankämpfen. Ich bin da, bin bei dir. Du erinnerst dich doch an die Berge, in denen wir als Kinder gespielt haben. An die steilen Hänge und die Wasserfälle.«

»Zu Hause …«

»Wir gehen nach Hause, kleiner Bruder, hörst du?«

Lazair nickte schwach und schloss die Hand um Arahyrs, der mit der anderen einen Dolch aus seinem Gürtel zog.

»Hab keine Angst. Alles wird gut. Alles wird …«

Die Klinge glitt in Lazairs Herz. Kein Aufbäumen, nur ein leises Keuchen, bevor sein Kopf zur Seite fiel.

Lange wiegte Arahyr seinen Bruder in den Armen, bevor er ihn schließlich auf den Planken ablegte und sich erhob. Caliyan riss sich los, hielt ihn aufrecht und lehnte ihn mit Laudans Hilfe gegen die Reling. Dort ergriff er Arahyrs Hand, die jenes Menschen, der in seinen dunkelsten Stunden bei ihm gewesen war; der ihm zurückgegeben hatte, was er längst verloren glaubte. »Was kann ich tun?«

Arahyr reichte ihm den Dolch, den er noch immer umklammerte, und schloss Caliyans Finger darum. Sein Atem kam stoßweise.

»Gibt es keinen anderen Weg?« Die Fessel. Er könnte sie ihm anlegen. Es würde ihnen Zeit geben.

»Ich will nicht so enden wie er. Beende … es.«

»Es muss doch –«

»Nein.« Arahyrs Hand spannte sich um seine Schulter. »Wir alle sind schon viel zu lange auf dieser Welt. Lazair war der Grund, warum ich noch lebe … Ausgerechnet ihn habe ich nicht retten können … aber ich … ich habe ihn noch einmal gesehen … meinen kleinen Bruder. Gib mir Frieden, bitte.«

Wie konnte Caliyan ihm diese Bitte verwehren? Der Dolch zitterte in seinem Griff. Er schloss die Faust darum, nickte. »Leb wohl, mein Freund.«

»Leb wohl … Caliyan.«

Ein Stich ins Herz. Ein schneller Tod für den besten Menschen, den er gekannt hatte. Arahyr seufzte, und er hielt ihn, bis seine Hand von seiner Schulter glitt. Caliyan griff danach und legte sie behutsam ab, bevor er sich erhob.

Laudan drückte ihn an sich. So verharrten sie, bis sein Blick auf den Brief fiel, der auf den Planken lag. Er löste ihre Umarmung, verbarg seine zitternde Hand.

»Cal?«

»Ich brauche nur einen Moment.« Er deutete auf Dryele, die an einer Kiste hockte. »Kümmere dich um sie, ja?«

Als er sich abwandte, schloss sich Laudans Hand um sein Handgelenk. »Der Brief … was ist das?«

»Ich weiß nicht, aber ich werde ihn lesen.«

Laudan ließ los. »Ich bin da, in Ordnung?«

Er nickte. Laudan entfernte sich, und bald schon drangen die gedämpften Worte zu ihm herüber, die er an Dryele richtete.

Caliyan hob den Brief auf und trat damit an die Reling. Erneut gefror die Welt um ihn herum. Er öffnete den Umschlag und blickte über die See hinweg, bevor er das nasse Papier entfaltete. Die geschwungenen Lettern waren verlaufen, aber lesbar, die Handschrift so vertraut wie seine eigene.

Einer Klinge gleich bohrte sich die Wahrheit in seine Brust. Lazairs Worte echoten in ihm, hämmerten sich in seine Gedanken. *Du bist schon tot. Du weißt es nur noch nicht.*

Schritte näherten sich. Laudans. Er durfte die Wahrheit nicht in seinen Augen lesen. Sie hatten einen Traum gelebt, einen süßen Traum, doch jetzt war er erwacht.

Am inneren Ring explodierte etwas, und einer Melodie des Todes gleich erwachte die Dunkelheit in ihm. Laudan streckte die Hand aus. Er schüttelte sie ab. »Ich muss gehen. Sie brauchen mich.«

»Cal …«

Laudan machte einen Schritt auf ihn zu, die Augen voll Sorge.

Er wich zurück. »Bleib hier. Bleib weg von mir. Du willst mich so nicht sehen.«

»Was stand in dem Brief?«

Laudans Blick bohrte sich in die Tiefen seiner Seele, hinter den Sturm, wo es nichts als Dunkelheit gab. Er verstand nicht, natürlich nicht.

Statt zu antworten, schwang sich Caliyan über die Reling, und die See verschlang ihn. Unter Wasser ließ er den Brief los. Er versank in den Fluten, doch die Wahrheit ließ sich nicht ertränken.

Wieder hatte er gegen das Schicksal verloren.

# Kapitel 42

## Aschenbringer

Laudan trat an die Reling. Hinter ihm brach die tief stehende Sonne durch die Wolken und wärmte seinen Rücken. Möwen zogen ihre Kreise oberhalb der goldbekrönten Türme von Ethelis. Längst hatte ihr Geschrei die Explosionen und Schüsse abgelöst, die der Wind stundenlang zu ihnen herübergetragen hatte. Einzig die Rauchschwaden, die am weißen Wall emporstiegen, zeugten noch von der Schlacht, die dort gewütet haben musste.

Unwillkürlich glitten seine Finger über den Ring an seiner Hand, doch als Dryele neben ihn trat, ließ er den Arm sinken. Unter der Krempe ihres Hutes lag ihr Gesicht im Schatten. Seit Cal fort war, hatten sie den Anker geworfen und zwischen den Toten nach Überlebenden gesucht. Zwölf hatten sie gefunden. Zwölf von so vielen, die nun in langen Reihen auf dem Hauptdeck aufgebahrt waren.

»Ich habe versagt.«

Dryele blickte ihn unter der Hutkrempe hinweg an. »Du hast die anderen retten wollen. Jeder gute Admiral hätte so gehandelt. Auch Cen'to.«

»Vielleicht hat er deshalb alles verloren.«

»Hör auf damit. Ein Monster hat sie getötet, nicht du. Du hast es selbst gesagt. Das hier war wie in der Schlacht an den Klippen.«

Sie hatte recht, aber im Gegensatz zu damals kannte er nun seine Gegner. Einer war tot, lag neben seinem Bruder, der ihm nicht hatte helfen können. Der andere beherrschte die Welt. Wusste Cal es? Bevor er über die Reling gesprungen war, hatte Schmerz in seinen Augen gelegen; Hoffnungslosigkeit, als sei alles verloren.

Laudan hob sein Schwert auf, wischte das Blut von der Klinge und steckte es weg. Anschließend lief er an den Überlebenden vorbei, die auf den Planken saßen, und machte sich an einem der Beiboote zu schaffen. Dryele blieb dicht hinter ihm. »Was hast du vor?«

»An Land gehen. Ich kann nicht länger warten.«

»Aber –«

»Übernimm das Kommando.« Er senkte die Stimme. »Bitte, ich muss wissen, dass es ihm gut geht.«

Dryele nickte. »Pass auf dich auf.«

Sie ließen das Boot zu Wasser. Laudan ruderte und ging bald bei den ausgebrannten Schiffen an Land. Der Hafen hatte nichts mehr mit jenem Ort seiner Kindheit gemein, dessen schmale Gassen er erkundet hatte. Wieder hatte der Krieg eine Bresche in die Stadt gerissen, die mit jedem Angriff und jedem Gegenschlag mehr und mehr von dem verlor, was sie einst ausgemacht hatte. Einzig die *Destine* lag wie ein intakter Fremdkörper in all der Zerstörung.

Hinter dem Stadttor säumten Tote seinen Weg hinauf zum Platz des Korelian Destine. Rebellen in ihren abgetragenen Rüstungen und heressianische Soldaten, deren Harnische im Licht der Sonne schimmerten. Aber beide Seiten bluteten gleich, und ihr Blut mischte sich auf dem Pflaster.

Würde es ewig so weitergehen, bis sie um Ruinen kämpften? Bis ihre Träume verschwanden und Krieg um des Krieges willen geführt wurde? Einige Monate würden sie Ethelis halten, vielleicht Jahre, doch er hatte zu lange im Kriegsrat gesessen, um zu hoffen, dass es dabei blieb. Das Rad würde sich weiterdrehen. Unnachgiebig. Unaufhaltbar.

Auf dem Platz hockten die Rebellentruppen beisammen. Eine seltsame Stille lag in der Luft, nur unterbrochen von den Schreien der Verletzten. Heiler eilten umher und pressten Verbände auf Wunden, die sich unter ihren Fingern mit Blut vollsogen.

In ihrer Mitte machte er Gilain aus, die sich über jemanden beugte. Durch die Reihen bahnte er sich einen Weg zu ihr und hielt inne, als Aard Gilain eine blutverschmierte Hand an die Wange legte. Sie schmiegte die ihre darüber. Einen Augenblick fürchtete Laudan das Schlimmste, doch Aard setzte sich auf. Den Harnisch hatte man ihm ausgezogen und seinen Oberkörper mit einem Verband umwickelt.

Aard winkte ihn herüber. Unterwegs hielt Laudan Ausschau nach Cal, doch er konnte ihn nirgends ausfindig machen. Er hockte sich neben Aard. »Was ist passiert?«

»Sie haben sich hinter dem Wall verbarrikadiert.« Aard presste die Hand auf seine Rippen und zwang sich auf die Füße. Gilain stützte ihn. »Unsere Verluste waren zu hoch. Wir mussten uns zurückziehen.«

»Wieso ist die Heressia nicht auf den Mauern?« Laudan deutete auf die Allee, an deren Ende sich der innere Ring auftat. Kazul hatte dort im Namen des Sha den Neubau prunkvoller Villen für den Adel befohlen. Sie waren heruntergebrannt, wiesen den Weg in eine geisterhafte, von Rauch überzogene Stille. »Wo ist Cal?«

Gilains Blick folgte seinem. »Da drin. Er tauchte auf, als unsere Leute brannten. Ich habe ihn gefragt, wo zum Henker er gewesen ist. Er hat nicht einmal geantwortet, hat nur gesagt, wir sollen uns zurückziehen. Jeder, der ihm folgt, würde sterben.«

»Verdammt, und das hast du zugelassen?«

»Was hätte ich sonst tun sollen? So viele sind tot, weil er nicht hier war.«

Laudan schluckte die Wut herunter. Gilain wusste nicht, wovon sie sprach. »Er war nicht hier, weil Lazair die Flotte angegriffen hat. Nur wegen ihm haben wir überhaupt noch eine Flotte. Lazair ist tot, und Arahyr ist es ebenso.«

»Was …?« Gilain taumelte einen Schritt zurück und schlug die Hand vor den Mund. »Sag mir, dass das nicht wahr ist. Er kam hierher, war so gleichgültig. Ich … ich dachte, er hätte uns im Stich gelassen.«

Statt zu antworten, erhob sich Laudan.

»Was hast du vor?«, rief sie ihm hinterher.

»Ihn aus der Hölle holen.«

Er drängte zur Allee. Je weiter er lief, desto mehr Rauch hüllte ihn ein. Überall lagen Rebellen, verbrannt von dem Pech, mit dem man sie übergossen und angezündet hatte. Asche wirbelte durch die Luft. Die Welt schien stillzustehen. Selbst hinter dem undurchdringlichen Tor des weißen Walls drang kein Laut hervor außer dem Schreien der Möwen.

Zwischen den Toten hob Laudan einen Enterhaken auf, wickelte sich das Seil ums Handgelenk und blickte am Wall hinauf. Schritte näherten sich, und Gilain tauchte in Begleitung einer Truppe aus dem Rauch auf. Offenbar konnte auch sie es nicht mit ihrem Gewissen vereinbaren zu warten.

Er nickte ihr zu, warf den Enterhaken und zog das Seil fest. Schmerz durchfuhr ihn, als er sich daran nach oben hangelte; der Kampf mit Lazair hing ihm nach. In seinem Augenwinkel zielten die Soldaten mit Gewehren auf den Wall, erwarteten Gegenwehr. Was er selbst erwartete, wusste er nicht. Er kletterte in eine der Schießscharten und zog sich ins Innere.

Ein toter Wachposten lehnte neben der Öffnung. Stichwunden durchdrangen seinen Harnisch. Um ihn herum lagen Unzählige, die sein Schicksal teilten.

*Cal.*

Er gab Gilain ein Zeichen. Etwas flüsterte ihm zu, dass er Cal spüren müsste, falls er noch kämpfte, aber da war auch kein Kampfeslärm. Stattdessen stürzten sich Möwen in die Tiefe, ihre Schreie so laut, dass er am liebsten die Hände über die Ohren gepresst hätte.

Laudan wandte sich dem inneren Ring zu, blickte in den Abgrund und schluckte gegen den bitteren Geschmack an, der seinen Mund erfüllte. In der Tiefe zerpickten die Möwen ein Heer; eine Streitmacht, durchbohrt von schwarzen Lanzen, die ihre Körper aufrecht hielten. Blut tropfte an den glänzenden Stangen herab, die kein Schmied gefertigt hatte. Ohne sie je zuvor gesehen zu haben, ahnte Laudan, was sie waren. Cals manifestierte Dunkelheit. Er hatte Rache gewollt, aber das …

Seine Schritte polterten die Stufen des Turms hinab. Gilain rief etwas. Unten angekommen, stoben die Möwen auseinander. Aus leeren Augen blickten ihm die Toten entgegen, manche ihrer Körper nach hinten gebogen, andere nach vorn in Positionen, die die Schwerkraft verspotteten. Der Geruch ihres Blutes stieg ihm in die Nase, als er zwischen ihnen zum Ratsgebäude lief.

Vor dem Portal lag ein untersetzter Lord in einem See aus Rot. Eskel. Aber den Kommandanten von Ethelis durchbohrte keine Lanze, man hatte ihm die Kehle durchgeschnitten. Hinter ihm lag noch jemand; der Körper so schlank, dass man ihm kaum zutraute, wirklich kämpfen zu können. Unter der blutverschmierten Hand ruhte einer der Dolche, die Laudan einst in der Hütte an den Obsidianklippen zurückgelassen hatte.

Er stürzte vorwärts, zog Cal zu sich. In seinen Armen sackte Cals Kopf nach hinten. Er stützte ihn, doch unter den verschmierten Strähnen blieben seine Lider geschlossen.

»Cal …«

Ein Atemzug, der klang, als würde er ihn unfassbar viel Kraft kosten. Laudan suchte nach Wunden, aber außer Brandmalen an den Handgelenken schien er unverletzt. Cal riss die Augen auf. Ein tausendfaches Scheppern zerschnitt die Stille, als die Toten in ihren Rüstungen vornüberfielen. Die Lanzen lösten sich auf, doch es kümmerte ihn nicht. Sein Blick blieb bei Cal, der den seinen nicht erwiderte.

»Ich bin da. Ich bin bei dir.«

Cal hustete, und Blut rann an seinem Mundwinkel herab. Laudan wischte es weg, verschränkte ihre Hände. Statt der Magie, die sonst bei jeder Berührung zwischen ihnen sang, rauschte etwas Düsteres. Cals Hand krampfte sich in seine, drückte so fest zu, dass es wehtat. Er hatte das nicht gewollt, hatte das nicht …

»Schon gut«, sagte er hilflos. »Alles wird gut.«

Schritte näherten sich. Eine einzelne Person lief weiter, wo die anderen stehen blieben. »Hast du die Lanzen berührt?«, fragte Gilain.

»Nein. Was geschieht mit ihm?«

»Die Dunkelheit. Er hat zu viel davon freigesetzt, und jetzt wütet sie in ihm, wie Alte Magie es tun würde.«

»Was können wir tun?«

Gilain kniete sich zu ihm. »Nichts. Er allein muss dagegen ankämpfen.«

»Und wenn er es nicht schafft?«

»Dann wird die Quelle verderben und der Dunkelheit verfallen wie die vorherige. Meine Magie ist bereits schwächer geworden.«

»Du hast das in Kauf genommen.«

Die Rebellen drängten näher. Er wollte keine Zuschauer, keine Teilhaber an Cals Leid, hob ihn hoch und trug ihn zwischen all den Toten hinüber zu der leer stehenden Villa, die einst sein Elternhaus gewesen war.

In den ehemals prunkvollen Räumlichkeiten fand er den Weg nach oben wie von selbst, stieß eine der Türen auf und legte Cal auf dem viel zu großen Bett ab. Cal keuchte, und mehr Blut quoll zwischen seinen Lippen hervor. Laudan riss an den Schnallen seiner Rüstung und zog sie ihm aus, damit er atmen konnte.

Cals Blick fokussierte sich. Er streckte ihm die Hand entgegen, und Laudan ergriff sie, küsste sie behutsam, bevor er die Handgelenke bandagierte. Ihre Finger verschränkten sich ineinander.

»Ver … gib …«

»Nicht sprechen. Schone deine Kräfte.«

Er berührte Cal an der Schulter. Er war so kalt. Die Dunkelheit mochte die Melodie überdecken, aber jener Teil in Laudan, der ihr stets antwortete, sang weiter. Wieder war ihm, als könne er diesen Teil lenken, nach Cals Magie greifen oder ihm überlassen, was in ihm existierte. Am Vorabend der Schlacht hatte er es auf der *Schattensturm* versucht, doch Cal hatte es nicht zugelassen. Jetzt ließ Laudan alles los, überließ es ihm.

Cals Blick hielt an ihm fest; eine Absprache, die auf einer anderen Ebene stattfand. Laudan traf auf Eis, auf die Dunkelheit dahinter.

Mit einem Mal wurde Cals Atem ruhiger. Der Griff seiner Hand entspannte sich.

»Habe ich … jemanden von uns … verletzt?«

»Sch … nein, Cal. Nein.«

»Bitte sag mir, dass du sie nicht … gesehen hast … meine Dunkelheit.«

Er schüttelte den Kopf, zwang sich zu lächeln. Wären sie doch in der Bucht geblieben. *Für immer,* wie Cal es sich gewünscht hatte. Was hatte er nur getan?

Cal fielen die Augen zu, seine Stimme kaum mehr als ein Flüstern: »Hol Raelia … Haus mit roter Tür … Hafengasse.«

»Mache ich.« Er küsste Cal auf die Stirn, unterdrückte sein Zittern. »Ruh dich aus. Schlaf.«

Als er Cals Hand neben seinem Körper ablegte und ihn zudeckte, war er bereits eingeschlafen.

»Wie hast du das gemacht?«, fragte Gilain vom Türrahmen aus. »Ihm seine Magie zurückgegeben. Ich spüre es.«

Er konnte ihre Frage nicht beantworten, wollte es nicht. »Wird er wieder?«

»Ich denke schon.« Sie hielt inne, rang mit sich. »Was ist da draußen passiert?«

Laudan deutete auf den Flur und erhob sich. Cal durfte nicht hören, was er sagen würde. Hinter ihnen zog er die Tür zu und blickte aus den Flügelfenstern hinüber zu jener Turmspitze, in der er vor einigen Monaten fast den Tod gefunden hatte. Unweigerlich fand seine Hand die Narbe an seinem Hals, als er zu sprechen begann. Er ließ nichts aus. Selbst ihren wahren Feind nicht.

»Erst Yria und jetzt Arahyr …« Gilain biss sich auf die Lippe. Beinahe hätte er die Hand nach ihr ausgestreckt, doch sie verschränkte hastig die Arme. »Wie viele Menschen will mir Ethelis noch nehmen? Wie viele will *er* mir noch nehmen? Wie kann er leben? Wieso? Er war tot!«

Laudan schloss die Augen. Hatte Yria es gewusst? Hatte dieses

Wissen sie in den Wahnsinn getrieben? »Arahyr hat Alcaelus geheilt, als der weiße Turm explodierte.«

»Wieso sollte er das tun?«

»Weil Alcaelus der einzige Mensch war, der Lazair helfen konnte. Zumindest eine Zeit lang.«

»Woher weißt du das?«

»Es muss so sein. Lazairs Besuche in der Zitadelle, sein danach verbesserter Zustand und Arahyrs Geschichte von dem toten Mann, den er zurück ins Leben brachte.«

Gilain presste die Kiefer zusammen. »Dann war Arahyr ein Verräter.«

Er schüttelte den Kopf, war in Gedanken bei Cal. »Arahyr hat seinen Bruder geliebt, das ist alles. Hättest du nicht dasselbe getan, um die zu retten, die du liebst?«

Die Antwort blieb sie ihm schuldig. »Wir waren siegreich. Geh Raelia suchen. Ich bleibe bei Caliyan.«

Schweren Herzens wandte er sich ab. Sie hatten Ethelis eingenommen, aber Cal hatte die Dunkelheit nach außen gekehrt und damit den Sieg erkauft.

Mit Aard inspizierte er den Ostwall. Der Wind pfiff über die Ebene hinweg, hinter der die Sonne nicht so recht aufgehen wollte.

Gestern Abend hatte Laudan Raelia und das kleine Mädchen zu Cal in die Villa gebracht, bevor er dafür gesorgt hatte, dass sich die Flotte in der Bucht verteilte. Kein heressianisches Schiff durfte sich Ethelis nähern. Doch um die Stadt zu halten, waren andere Maßnahmen notwendig. Er hielt inne und deutete auf die Bresche, die Gilains Truppe in die Mauer gesprengt hatte.

Auch Aard blieb stehen. »Du bist doch nicht hergekommen, um mir zu sagen, dass wir das reparieren müssen. Das weiß ich längst.«

»Das würde nur die Fehler der Vergangenheit wiederholen.« Er zog einen Plan hervor und entfaltete ihn. »Lass uns das Problem ein für alle Mal lösen. So.«

Aard betrachtete die Skizze der Wallanlagen, die Laudan in der letzten Nacht angefertigt hatte. »Unkonventionell, aber gut. Du schläfst nie, oder?«

»Nicht, wenn es sich vermeiden lässt.« Er versuchte zu schmunzeln, doch es gelang ihm nicht. »Sende Spähtrupps aus. Sie sollen alle heressianischen Patrouillen töten, bevor sie in die Nähe der Stadt kommen. Mit etwas Glück gewinnen wir so Wochen, bis Ankhad die Nachricht erhält.«

»Schon geschehen«, sagte Aard. »Aber etwas frage ich mich. Würdest du noch einmal Kurs auf Ankhad setzen?«

»Und angreifen? Nein, nicht ohne die *Roa Hourak*.«

»Zav wäre stolz, das zu hören.«

»Und wehmütig«, erwiderte er.

Ein Rebell schoss aus der Bresche auf sie zu. »Kirath«, stellte Aard ihn vor. »Einer unserer Offiziere.«

»Laudan Calieri?«, fragte der Mann.

»Einfach nur Laudan.«

»Leg den Namen nicht zu schnell ab.« Aard lachte. »Ist vielleicht noch nützlich.«

Ihnen gegenüber wischte sich Kirath die braunen Strähnen aus dem Gesicht. »Wir haben in den Verliesen einen heressianischen Gefangenen gefunden. Er hat nach dir verlangt. Sie wollten ihn hinrichten, aber ich –«

»Wie heißt der Mann?«

»Reskir Vaskari.«

Laudan erstarrte. »Bring mich zu ihm.«

Er folgte Kirath in den inneren Ring, wo die Rebellen die Toten aufbahrten. Die ersten Scheiterhaufen brannten schon, und ein Gestank schlug ihnen entgegen, der Laudan nur allzu vertraut war. Unweigerlich zog er den Umhang über Mund und Nase, bis er mit Kirath das Ratsgebäude betrat, wo sie in die Verliese hinabstiegen.

Am Ende eines schmalen Korridors gafften einige Rebellen durch eine offene Zellentür. Ihr Raunen erhob sich. Offenbar hatten sie nicht damit gerechnet, dass er tatsächlich auftauchen würde. Er drängte vorwärts. »Lasst mich durch.«

Jenseits des Gitters kauerte Reskir und wandte ihm die von Prellungen überzogene Wange zu. Blutige Striemen fraßen sich unterhalb des zerrissenen Hemdes in seine Haut. Laudan schickte die Wachen fort und nahm Kirath beiseite. »Hol einen Heiler. Er soll in die Villa kommen.«

Er betrat die Zelle und hockte sich zu Reskir, der den Kopf hob.

»Wurde auch Zeit.«

»Hat die Heressia dich so zugerichtet?«

»Rückenfrei kann ich vergessen.« Reskir lachte bitter. »Wusste gar nicht, dass Lord Eskel so hart zuschlagen kann.«

Er half Reskir auf die Füße. »Lord Eskel wird dir sicher nichts mehr tun. Aber wie konnte es so weit kommen?«

»Kann ich dir sagen, dein Plan lief wunderbar. Selbst, dass die *Destine* euch fast erwischt hätte, hat mir in die Karten gespielt. Alle haben sich bepisst, weil der Auftrag fehlgeschlagen ist. Sie hatten sogar von sich aus die Idee, in Ethelis Verstärkung zu holen.« Reskir schüttelte den Kopf. »Also bin ich von Bord, um mich abzusetzen, und dann laufe ich Lord Eskel in die Arme. Dieser Vogel inspiziert den Hafen im Morgengrauen. Wer zur Hölle tut so was?«

Beinahe hätte Laudan geschmunzelt. Ihm fiel noch jemand ein, doch er zog es vor, das für sich zu behalten. »Was ist dann passiert?«

»Jemand hat Eskel gesteckt, dass ich meine komplette Einheit überlebt habe. So was kommt nicht gut. Er wollte ein Exempel statuieren. Dann kam der Angriff. Zwei verdammte Seiten, und keine will mich.«

Laudan hielt die Tür offen. »Das ist nicht wahr. Komm, verschwinden wir von hier.«

»Habt ihr viele umgebracht?«, fragte Reskir, als sie die Halle durchquerten.

Er schluckte. »Alle.«

»Lass mich raten: Caliyan.« Reskir schüttelte den Kopf. »Dann wird der Sha wohl nie erfahren, dass du entführt wurdest.«

»Er wird schon merken, dass ich nicht wiederkomme.« Auf den

Stufen des Ratsgebäudes blieben sie stehen. Hier hatte vor einem halben Jahr alles begonnen. »Es tut mir leid, was passiert ist.«

»Du hättest mich trotzdem zurückgeschickt und es als Opfer verbucht.«

»Du bist mein bester Freund, Reskir Vaskari. Hätte ich gewusst, dass du in dieser Zelle sitzt, hätte ich alles getan, um dich zu retten.«

»Wie romantisch. Aber das sind nichts als Worte, Laudan.«

»Verzeih …« Er hielt inne. Zuerst Cal und jetzt Reskir. Wie viele Leben hatte er bereits für diesen Krieg riskiert? Wie viele verloren? »Auf dem Maskenball hast du zu mir aufgeschaut, dabei hattest du schon damals etwas begriffen, für das ich stets blind war.«

Eine Falte kräuselte sich auf Reskirs Stirn. »Wovon redest du?«

»Es gibt gute Menschen auf der falschen Seite und schlechte auf der richtigen, aber ich habe es nicht sehen wollen, weil es leichter war, sie alle zu hassen. Dir hingegen war das stets bewusst. Deshalb wolltest du nie kämpfen.« Seine Stimme erstarb. Er zog Reskir in die Arme. »Es ist so gut, dass du lebst. Ich hätte das nie von dir verlangen dürfen.«

Zuerst zögerlich, dann fester umfasste Reskir seinen Rücken. »Ich hatte eine Scheißangst, weißt du? Aber es muss ja einen Helden in dieser Geschichte geben. Du schuldest mir was.«

»Alles, was du willst.«

Reskir hielt an ihm fest, lachte. »Die Leute werden reden, wenn wir so weitermachen. Ich weiß nicht, ob ich dazu bereit bin.«

»Dann geben wir ihnen ein anderes Gesprächsthema. Komm, ich habe eine Überraschung für dich.«

Unterwegs zur Villa rümpfte Reskir beim Anblick der Scheiterhaufen die Nase. »Meinst du, wir können uns den Krieg sparen? Ohne ihren glorreichen Helden wird die Heressia doch ohnehin auseinanderbrechen.«

»Ich wünschte, es wäre so einfach.« Laudan schob das mit kunstvollen Schnitzereien verzierte Portal auf. Der tiefblaue Teppich schluckte ihre Schritte hinauf zu Athos' ehemaligem Schlafgemach. »Warte hier.«

Er eilte eine Etage tiefer, wo er behutsam die Türklinke herunterdrückte. Er hatte sich nicht getäuscht, Raelia war hier, doch sein Lächeln erstarb. Mit Cal saß sie auf dem Bett. Ihre Hände glitten auseinander, als er eintrat. Nisa, das kleine Mädchen, schlief neben ihnen, als wären sie eine glückliche Familie. Aber die Tränen, die Raelia hastig fortwischte, erzählten eine andere Geschichte.

Laudan senkte die Stimme. »Was ist passiert?«

Raelia biss sich auf die Lippe, aber Cal lächelte, wie der Fischer lächeln würde, um seine Unsicherheit zu verbergen. Eine Antwort blieben sie ihm schuldig.

»Raelia«, setzte er an und rieb sich die Schläfe. Er musste dringend mit Cal sprechen. »Ich glaube, da ist jemand, der sich freuen würde, dich zu sehen.«

Sie öffnete die Lippen, starrte ihn an.

»Geh nur.« Cal nickte ihr zu.

Mit Nisa auf dem Arm folgte ihm Raelia die Treppe hinauf. »Sie haben ihn übel zugerichtet, aber er wird wieder. Versprochen.«

Er öffnete die Tür. Von drinnen erklang Reskirs Stimme: »Laudan, ich habe dir doch gesagt, dass –«

Raelia schob sich an ihm vorbei und trat mit Nisa ein. Er hatte weder Raelia noch Reskir je so lächeln sehen. Dieser Moment gehörte ihnen. Er ging, wollte bei Cal sein. Doch als er das Zimmer erreichte, war Cal fort.

Laudan machte kehrt. Seine Schritte hämmerten über die Dielen. Er durchsuchte die Villa, rannte hinaus auf den Platz. Von Cal fehlte jede Spur.

Zwischen Zivilisten und Rebellen drängte er vorwärts, durchquerte Straße um Straße. Sein Herz drohte zu zerspringen. Er hätte Cal nicht allein lassen dürfen. Raelia hatte geweint. Tränen, die, ihrem Blick nach zu urteilen, nicht ihr selbst gegolten hatten. So viel war passiert, und er hatte es befeuert. Wie hatte er glauben können, dass Cal all das wegsteckte?

Stunden später fand er Cal am Hafen, wo die Matrosen ihre toten Kameraden aufbahrten. Sie hielten inne und sahen zu, wie Cal an den Resten der Stadtmauer hinaufkletterte und auf der Mauerkrone in Richtung des Stadttors lief. Über dem Durchgang baumelte ein Toter. Es war Lazair.

Zwischen den Schießscharten kletterte Cal zu ihm und hockte sich hin. Ein Raunen ging durch die Reihen der Matrosen. Keiner wagte es, etwas zu sagen, als Cal die Hände um den Strick schloss und den Toten nach oben zog. Mit schmerzverzerrtem Gesicht hievte er ihn über die Mauer.

»Wer hat das getan?«, wandte sich Laudan an die Menge.

Einer der überlebenden Kanoniere trat vor. »Dieses Monster hat fast alle von uns getötet. Auch du wärst fast gestorben. Er hatte es verdient.«

»Du hast recht …« Sein Blick folgte Cal, der mit Lazairs leblosem Körper im Treppenturm verschwand. »Aber wenn wir so handeln, was unterscheidet uns dann noch von unseren Feinden?«

Er erstarrte. Was unterschied ihn selbst noch?

Betreten blickte der Mann zu Boden.

»Weitermachen.« Laudan ließ den Kanonier stehen und rannte zum Turmeingang. Als er die Tür öffnete, stieg Cal die letzten Stufen der Treppe hinab. Er wankte unter Lazairs Gewicht. »Lass mich dir –«

»Geht schon.« Cals Stimme war rau. An seinem Gürtel baumelte die Fessel. Er musste sie Arahyr abgenommen haben. Vielleicht für Alcaelus. Vielleicht für sich selbst, wenn er der Dunkelheit nicht länger trotzen konnte. Die Enge in Laudans Brust ließ ihn kaum atmen.

Er folgte Cal zu einem Karren. Das vorgespannte Pferd wieherte auf, als Cal Lazair auf die Ladefläche legte. Ein weiterer Toter lag bereits dort, eingewickelt in ein Leinentuch, ein Spaten daneben.

In einigem Abstand blieb Laudan stehen und beobachtete, wie Cal über Lazair kniete und ihn ebenfalls einhüllte. Cal tolerierte ihn hier, aber seine Hilfe würde er verweigern.

Cals Bewegungen waren ruhig, sein Ausdruck fokussiert. Da war kein Hass in seinem Blick. Nichts von dem, was ihn selbst seit Kionne zerfressen hatte. Er würde einem Freund die letzte Ehre erweisen, und dieser Freund bedeutete mehr als alles, was zwischen Lazair und ihm vorgefallen war.

»Wohin bringst du sie?«

»Zu den Hügeln.«

»Ich begleite dich.«

Auch wenn Cal es nicht sagte, sein Blick verriet seine Dankbarkeit. Laudan zog ihn an sich und vergrub das Gesicht in Cals Haaren. »Es tut mir so leid. Ich hätte dich nicht herbringen sollen. Ich hatte …« *Solche Angst um dich.* Er sprach die Worte nicht aus, wollte Cal in dem Glauben lassen, dass er seine Dunkelheit nicht gesehen hatte.

Cal atmete hörbar aus. Sein Herzschlag hämmerte zwischen ihnen. »Ich fürchte mich. Ich fürchte mich so sehr.«

»Oh Cal … was macht dir zu schaffen?«

Cal öffnete die Lippen, doch er brachte keinen Ton hervor.

»Ich bin hier. Ich weiß, was du erfahren hast. Lazair hat mir gesagt, dass Alcaelus lebt. Aber wir haben Zeit. In den kommenden Jahren bauen wir eine Streitmacht auf, die ihn überrollen wird. Du musst dich ihm nicht allein stellen.«

»Zeit«, wiederholte Cal. »Davon hatte ich immer genug … Komm, lass sie uns begraben.«

# Kapitel 43

## Horizont

Caliyan lenkte den Karren an die Spitze des sattgrünen Hügels, wo die Brise in den Blättern einer breitstämmigen Weide flüsterte. Ihre Äste wehten über dem Abgrund, unter dem sich die See bis zum Horizont erstreckte. Der Himmel darüber war der eines Malers, eingetaucht in eine Wärme, die ihn nicht erreichte. Und doch sprach dieser Ort zu ihm, wie er zu Arahyr gesprochen hätte. Er konnte Arahyr nicht zu dem schmalen Streifen zwischen Himmel und Erde bringen, denn dieser Ort existierte nur in Träumen. Aber vielleicht konnte er hier weiterträumen – bis ans Ende der Zeit.

Er zog an den Zügeln. Laudans Hand glitt über seinen Rücken, wo sie die Fahrt über verweilt hatte. Sie da zu spüren, war alles. Und nichts. Denn das Schicksal verspottete ihn, lachte über den Mann, der hatte sterben wollen und der jetzt nichts mehr wollte, als zu leben.

»Ein schöner Ort«, sagte Laudan. »Ich glaube, er hätte Arahyr gefallen.«

Caliyan sprang vom Karren und griff nach dem Spaten, der zwischen den Toten lag. Stillschweigend hatte Laudan vor ihrer Abfahrt einen zweiten dazugelegt, doch bevor Laudan ihn hervorziehen konnte, berührte er seinen Arm.

Laudan hielt inne. »Ich bin da, falls du mich brauchst. Ich bin immer da.«

»Danke«, war alles, was er hervorbrachte. Wind erhob sich und peitschte über die Äste hinweg. Seine Haarsträhnen flimmerten vor seinen Augen wie die letzte Glut der Feuer von Ethelis. Laudan schob sie beiseite.

»Du bist stark, Cal. Sie beide hierherzubringen … Ich weiß nicht, ob ich dieselbe Stärke besessen hätte.«

Zu lächeln war ein Kraftakt, den er kaum aufbringen konnte, doch für ihn würde er lächeln. Er rammte den Spaten in den Boden. *Du weißt nicht, wie schwach ich bin.* Er war wie eine Kerze, die an beiden Seiten brannte, und heimgesucht von dem, was passierte, sobald die Flammen das Wachs verschlangen.

So schaufelte er die Erde auf einen stetig wachsenden Haufen. Laudan saß an den Weidenstamm gelehnt im Gras. Sein Stift kratzte über das Papier seines Notizbuches. Caliyan blinzelte den Schweiß fort und krampfte die Finger um den Spaten. Seine Muskeln rebellierten gegen Bewegungen, die er noch vor einigen Tagen mit Leichtigkeit ausgeführt hätte. Er hustete. Sein Mund füllte sich mit Blut, das er hastig herunterschluckte, bevor er die Reste mit dem Ärmel fortwischte.

Der Spaten war sein Schrei, und diesmal trieb er ihn so heftig, dass das Holz barst. Er schleuderte die Einzelteile über die Klippe und griff nach dem anderen. Laudan blickte auf.

»Schon gut«, sagte Caliyan, und diese zwei Worte waren eine Entscheidung. Er würde nicht klanglos untergehen, nicht resignieren. Er würde kämpfen, egal wie aussichtslos es war. Doch bevor er das tat, würde er Laudan alles geben, was er ihm geben konnte; würde ihn lieben, wie nur er es konnte. Und sollte sein Untergang sein Schicksal sein, würde er dafür sorgen, dass Laudan es nicht mit ansah.

Er ließ den Spaten fallen und blickte in die Grube hinab. Wortlos folgte Laudan ihm zum Karren, von dem sie zuerst den kleineren und dann den größeren Körper hoben und sie nebeneinander in das Grab legten.

»Sollen wir warten? Vielleicht kommt sie noch.«

»Sie wird kommen.«

Caliyan setzte sich so, dass er das Meer sehen konnte. Dabei glitten seine Finger über die Fessel, lösten sie von seinem Gürtel. Mühelos ließ er sie aufspringen. Laudan kam zu ihm. »Was hast du damit vor?«

Er hatte nichts damit vor, war bloß wütend über sich selbst. »Ich habe sie gebaut«, sagte er. »Für Lazair. Er konnte mich damit unterwerfen, weil ich vergessen hatte. Sieh her.« Er legte die Fessel um seinen Hals, ließ sie zuschnappen.

»Cal?«

»Schon gut.« Er schloss die Augen, suchte nach dem verborgenen Mechanismus, dem Hintertürchen, das sein paranoides Selbst eingebaut hatte. Magie, die nur auf seine Magie reagierte, unspürbar für alle außer ihn.

Die Fessel öffnete sich. Hätte er sich doch nur früher daran erinnert. »Nichts von alldem hätte passieren müssen. Gar nichts.«

»Nicht, Cal. Ihr Tod ist nicht deine Schuld.« Laudan nahm ihm die Fessel ab. Er löste seinen Umhang und legte ihn um sie beide. So saßen sie da und blickten zum Horizont.

»Denkst du, sie werden Frieden finden?«

Laudans Hand strich über seine. »Ich denke, sie haben ihn gefunden, als Arahyr Lazair heilte. Und du hast sie nach Hause gebracht.«

So gern wollte er daran glauben, legte den Kopf auf Laudans Schulter. *Frieden.* Wenn alles fehlschlug, musste er einen Weg finden, den Kreislauf zu durchbrechen. Er konnte diese Bürde nicht tragen; konnte sich nicht noch einmal dem Schmerz stellen, wenn die Erinnerung zu dem einzigen Licht in seiner Dunkelheit wurde.

Laudan zog ihn näher. »Du zitterst.«

»Es ist nichts.« Er konnte es ihm nicht sagen. Niemals.

»Bitte, Cal, rede mit mir.«

»Ich will stark sein«, sagte er. »Aber jetzt, wo Arahyr tot ist, wo er deine Erinnerungen nie wiederherstellen kann …« Er verstummte. Laudans Finger krampften sich in seinen Rücken. »Die Dunkelheit ist meine Schuld. Nur sie konnte das hier betäuben.« Mit Laudans Hand in seiner erlaubte er sich, die Melodie zu spüren. »Arahyr verstand mich besser, als ich mich selbst verstand. Er hat gewusst, dass ich zögern würde, das Ritual aufzuheben, wenn du dich erinnerst. Der Caliyan von damals hat nicht daran geglaubt. Aber er hat sich geirrt. Ich will nie wieder dieser Mensch sein … Ein Leben. Dieses hier. Du und ich, das ist alles, was ich will. Und wenn es zu Ende geht, dann lass es mich für immer beenden, damit ich wie Lazair als Mensch gehen kann. Als der Cal, den du geliebt hast, und nicht als Monster.«

»Wir haben ein ganzes Leben.« Laudan zog ihn in die Arme. »Wir finden einen Weg, das verspreche ich. Kann ich etwas tun, um dir diese Angst zu nehmen? Irgendwas?«

»Wie sehr vertraust du mir?«

»Mit meinem Leben.«

»Es gibt einen Ausweg für mich. Du weißt davon, weißt, was ich brauche … Hilf mir, ihn zu gehen, falls alles andere fehlschlägt.«

Lange saßen sie schweigend beieinander. Die Dämmerung war bereits hereingebrochen, als sich Hufgetrappel näherte. Gilain saß ab, kam zu ihnen herüber und richtete den Blick auf die Toten.

»Tut mir leid, dass es so lange gedauert hat.«

»Du bist jetzt da.« Caliyan griff nach dem Spaten. »Das ist alles, was zählt.«

»Warte. Willst du es nicht sagen?«

Er zögerte. Gilain fragte nach etwas, das er fast vergessen hatte. Die Toten verschwammen vor seinen Augen, und eine andere Zeit erwachte. Eine, in der sie durch hohe Hallen schritten und glücklich gewesen waren. Der Klang seiner Stimme mischte sich in einer Sprache darunter, die selbst damals schon als tot galt. Alteranthisch.

Und so verabschiedete er sich von zwei Freunden. In Liebe, nicht in Hass, und endete mit einem Versprechen, das er fürchtete.

*Auf bald.*

Gilain wiederholte es, wie es Tradition war, und flocht zwei Blumenkränze, die sie auf den frischen Hügel legte.

Eine Weile blieben sie beisammen, bis Musik aus Ethelis zu ihnen heraufdrang. Die Rebellen feierten den Sieg. Gilain war bereits fort, als Laudan jenen Wunsch aussprach, für den er selbst seit Stunden nach den passenden Worten rang. »Geh mit mir fort, Cal. Nur für ein paar Tage. Ich muss …«

Laudan hielt inne, einen Blick in den Augen, als hätte Ethelis etwas in ihm unwiederbringlich verändert. Was auch immer es war, er wollte ihn glücklich sehen.

»Du musst den Kopf freikriegen«, sagte Caliyan schnell. »Reite mit mir zu den Klippen. Dort ist etwas, was ich dir geben möchte, was du brauchen wirst.«

»Nach Cerza?«

Caliyan lächelte.

»Ich gehe mit dir, wohin du willst.«

Wie konnte er ihn nicht lieben? Er blickte hinauf zu den Sternen. Wenn er sich nicht verrechnet hatte, blieben ihm noch sechzehn Tage. Damals hatte er zwei Jahre gehabt, um einen Senat umzustimmen. Vielleicht schaffte er es auch, in sechzehn Tagen einen Gott zu töten.

Dreizehn Tage.

Caliyan trieb seinen Hengst die Felder hinauf, bis sie die Kreuzung nach Cerza erreichten. Auf dem Hügelkamm saß er ab und watete durch den Matsch, wo er abseits des Weges den grob behauenen Stein beiseiteschob, wie der Fischer es getan hätte. Darunter zog er einen durchweichten Stapel hervor. »Sie kommen noch immer.«

Laudan hockte sich neben ihn. »Wir bauen das Netzwerk wieder auf, wenn wir zurück in Ethelis sind.«

Er reichte Laudan die Briefe. Iovis wartete nicht in der Hütte, um sie zu lesen. Sie führten die Pferde am Zügel und folgten dem Feldweg zum Dorf. Je näher sie dem Marktplatz kamen, desto langsamer wurden seine Schritte. Lachen drang aus dem Wirtshaus jenseits der Linde, vor der die letzten Händler ihre Stände abbrachen.

»Sollen wir einen anderen Weg gehen?« Laudans Blick ruhte auf ihm.

»Nein. Es ist nur seltsam. Nichts hat sich verändert.«

Die ersten Dorfbewohner blieben stehen und steckten die Köpfe zusammen. Sie hatten seinen Fisch gekauft, mit ihm gescherzt, und sie waren auf dem Marktplatz gewesen, als die Heressia Iovis und ihn folterte.

»In dir hat sich alles verändert.« Laudans Hand glitt über seinen Rücken. Eine Wärme ging davon aus, die selbst durch das Leder seiner Rüstung drang. »Sie sehen jetzt einen Krieger und keinen Fischer.«

»Ja, vermutlich.« Er richtete den Blick auf den Wald. Im Gegensatz zum Dorf hießen ihn die uralten Bäume willkommen. Erinnerungen an den See holten ihn ein. Das Dolchtraining und Laudans Körper dicht an seinem. Momente, so unschuldig, dass sie ihm beinahe wie ein anderes Leben vorkamen. »Lass uns zu den Klippen reiten.«

»Vaelen?« Matsch spritzte auf und besprenkelte die Kleider des Mannes, der herbeirannte. »Bist du es wirklich?«

Es war Edris, der Wirt. Sichtlich nervös nestelte er an seinem Ärmel, wie er es stets getan hatte.

»Ich bin es.« Er verspürte keinen Groll, weil Edris damals nicht geholfen hatte. Was hätte er schon tun können?

Edris musterte ihn, hatte immer die wildesten Theorien über seine Herkunft aufgestellt. Jetzt suchte er auf seiner Rüstung nach Anzeichen einer Zugehörigkeit, die er nicht fand. »Du hast dich verändert.«

»Nicht ganz der Märchenprinz, den du dir vorgestellt hattest.« Unweigerlich musste Caliyan lächeln.

Eine Falte trat zwischen Edris' Brauen. Er betrachtete Laudan im Augenwinkel. »Wollt ihr runter zu den Klippen?«

»Wir sind nur auf der Durchreise.«

»Taran ist tot. Niemand wollte ihn hier haben, nach dem, was …« Edris schüttelte den Kopf, schien mit sich zu ringen. »Du warst mein Freund. Es tut mir leid, dass ich nicht –«

»Schon gut. Du hattest bloß Angst.«

»Hast du sie wirklich getötet, sie alle?«

Caliyan nickte nur. Fragen brannten in Edris' Augen, doch auch er schwieg. Sie saßen auf. »Komm morgen Abend zur Hütte. Es ist zwar kein Gold, aber was du davor findest, kannst du behalten.«

Das Pferdegetrappel übertönte Edris' Antwort, und das Dickicht verschluckte sie. Die Äste flogen an ihm vorbei, so sehr trieb er seinen Hengst an. Schmerz bohrte sich durch seinen Körper, doch er hielt erst an, als sich die uralten Bäume lichteten und den Blick auf das freigaben, was sein Zuhause gewesen war.

Manche Orte verloren nie ihre Schönheit. Dies war einer davon. Einer, den er immer lieben würde, ganz gleich, was sich hier ereignet hatte. Auf der wilden Wiese saß er ab und trat an den Abgrund, wo die Klippen in die Tiefe stürzten. Die See rauschte dagegen, und ihre Luft erfüllte ihn mit jenem Leben, das ihm einst so selbstverständlich erschien wie das Atmen. Jetzt keuchte er und war insgeheim froh, dass er sich wieder fing, bevor Laudan ihn erreichte.

Andächtig blickte Laudan in die Ferne und verschränkte ihre Hände. Einen Moment verweilten sie so. »Verrätst du mir, was Raelia dir damals im Wald zugeflüstert hat?«

Er lächelte. Die unschuldige Erinnerung überwältigte ihn fast. »Dass ich dich festhalten soll.«

Zur Antwort hielt Laudan ihn fest, und er schmiegte sich an ihn, als gäbe es nur sie beide bis ans Ende der Zeit.

»Gehen wir das letzte Stück?«, fragte er.

Die Sträucher hatten den Pfad zur Hütte längst zurückerobert. Er bahnte sich einen Weg hindurch, und Laudan folgte mit den Pferden. Als das Geäst den Blick zur Hütte freigab, hielt Caliyan inne. Die Tür stand offen. Netze wehten im Wind, die niemand mehr benutzen würde. Die Zeit schien stillzustehen, war ebenso tot wie dieser Ort.

»Cal …«

Auch Laudan spürte es.

Caliyan hob einen Eimer auf und berührte die Armlehne der vergrauten Bank, bevor er sie gerade rückte. Dies war Iovis' Platz gewesen. Aus dem Inneren stob ihnen eine Möwe entgegen. Alles lag durcheinander, verwüstet.

»Es war der Wind.« Er klaubte die Angelruten zusammen und stellte sie zurück in den Eimer, bevor er das zerborstene Geschirr aufhob. »Ich habe die Tür offen gelassen, als ich damals ins Dorf gerannt bin. Ich wusste nicht, dass –«

»Cal«, unterbrach Laudan ihn sanft. »Sieh mich an.«

Laudan nahm ihm die Scherben ab und legte sie beiseite. »Iovis hat dich geliebt wie einen Sohn. Er würde nicht wollen, dass du dir Vorwürfe machst.«

Er nickte, obwohl sein Herz schwer war.

»Lass uns aufräumen«, schlug Laudan vor. »Es dauert nicht lange.«

In der offenen Tür tanzte der Staub im Licht der tief stehenden Sonne. »In Ordnung. Wir müssen ohnehin die Nacht hier verbringen. Für das, was ich vorhabe, brauche ich Tageslicht.«

»Und was hast du vor?«

Seit Tagen fragte Laudan, und seit Tagen war seine Antwort ein Lächeln. Sie brachten ihren Proviant in die Hütte und machten sich ans Werk. Bald knisterte das Feuer im Kamin, doch das wahre Schauspiel mischte sich am Himmel zu immer neuen Farben. Wortlos ergriff er Laudans Hand und führte ihn hinaus zu der Bank, wo sie sich in eine Decke schmiegten.

»Ich habe mir gewünscht, dass du die Aureale siehst.«

»Sie ist wunderschön.« Laudan zog etwas aus seiner Tasche, reichte es ihm und schloss seine Hand darum. »Du hast mich um etwas gebeten. Ich will es dir geben.«

Eine Kette glitt zwischen seinen Fingern hindurch. Daran war eine Phiole befestigt, eingefasst in Silber. In der Dunkelheit schimmerte die Flüssigkeit darin schwarz. Doch in Wahrheit war sie rot. Altes Blut. Laudans.

»Benutz es nicht, bitte.« Laudan zögerte. »Aber falls mir etwas passiert und du erwachst und auf einen Fremden triffst … vergiss niemals, wie sehr ich dich liebe. Vergiss es nicht, Cal.«

Er ergriff Laudans Hand, küsste sie. »Ich werde es nicht vergessen. Niemals.«

Die Aureale tanzte. Laudans Atem wärmte seine Haut. Ihre Lippen fanden einander. In diesem Moment war er der Fischer, dessen Rebell heimgekehrt war. Und weil loslassen zu sehr wehtat, hielt er an ihm fest.

# Kapitel 44

## Das Licht des Morgens

Nachdem die Aureale verblasste, folgte Laudan Cal in die Hütte, wo die Glut des Feuers knisterte. Auf dem schmalen Bett sank er in Cals Arme, und Cal hielt ihn, als läge eine Unendlichkeit zwischen dieser Berührung und der letzten.

Ethelis hatte sie beide verändert und Cal um die Phiole bitten lassen. Ging es ihm besser, jetzt, wo er sie hatte? Die schiere Endgültigkeit in Cals Worten sorgte dafür, dass Laudan ihn niemals loslassen wollte.

Er hatte Cal immer geliebt, das wusste er nun. In all der Zeit, in all den Leben hatte er eine Leere gespürt, die er nicht zu füllen vermochte. Oft hatte er versucht, sie mit Krieg zu füllen. Hatte getan, was der Redner hatte verhindern wollen. Und nachts, wenn er allein war oder das Bett mit jemandem teilte, holte ihn eine Sehnsucht ein, die er unendlich lang nicht beim Namen nennen konnte. Jetzt konnte er es.

Caliyan.

Es war Cal. Damals, heute und für immer. Er flüsterte sein Bekenntnis gegen Cals Lippen, und sie liebten sich mit einer Dringlichkeit, die ihn erschaudern ließ. Sie würden einen Weg finden, das Ritual aufzuheben. Er glaubte fest daran.

In der Morgendämmerung weckte ihn Cals Lächeln. Es war das Lächeln des Fischers. Nur, dass es eigentlich jenem Mann gehörte, den er vor langer Zeit in Aerysia kennenlernen durfte. Cal warf ihm ein Hemd zu, hockte sich ans Fußende des Bettes und öffnete seine Truhe voller Schätze, die ihm das Meer geschenkt hatte. Sein

Lächeln wurde breiter. Laudan streifte sich das Hemd über, konnte den Blick nicht von ihm abwenden. »Was hast du entdeckt?«

Cal zog das Fernrohr hervor, das er am Tag ihrer ersten Begegnung gefunden hatte. Waren sie deshalb hier, wegen einer nostalgischen Erinnerung? Cal reichte es ihm. »Du wirst es brauchen.«

Andächtig fuhr Laudan über die reliefartigen Verzierungen. Es war nicht Gahaveds Fernrohr, aber die Geschichte, die er Cal damals erzählt hatte, war seine.

Cals Freude war ansteckend. Nachdem sie auf der Bank gefrühstückt hatten, ergriff er seine Hand und führte ihn hinab zu den Klippen, wo sich das Licht in tausend Facetten des schwarzen Steins brach. Unten angekommen, ließ Cal ihn los und rannte zu dem Fischerboot, das auf dem Trockenen lag. Er umrundete es und strahlte. »Es ist unbeschädigt.«

»Hätte ich gewusst, wie sehr dir das Fischen fehlt, hätten wir in Pirea –«

Cal küsste ihn. »Hilf mir, das Boot ins Wasser zu tragen.«

Eisig klatschten die Wellen gegen ihre Beine, doch die Wärme, die sich in seinem Körper ausbreitete, ließ sich nicht vertreiben. Diesmal war er es, der hierbleiben wollte. Für immer. »Du bist unglaublich.«

Statt ins Boot zu steigen, band Cal es fest und führte ihn zu dem Felsen, wo er die Klippen gezeichnet hatte. Eine Weile saßen sie beieinander, die Hände verschlungen, doch im Gegensatz zu damals wärmte die Sommersonne ihre Haut. Er schob Cal eine Strähne aus dem Gesicht. »Warten wir auf etwas?«

»Du wartest.« Cal zog sein Hemd aus, krempelte die Hose hoch und hielt dabei das Lachen zurück, das seine Mundwinkel umspielte. Er griff nach dem Fernrohr, das neben ihnen auf den Steinen lag, und reichte es Laudan. »Schau auf das Meer hinaus. Damit.«

»Was hast du vor?«

»Fischen. Das weißt du doch.«

»Wieso kann ich nicht mitkommen?«

Cals Miene wurde ernst.

»Es ist gefährlich«, stellte Laudan fest. »Was auch immer es ist, lass es.«

»Es besteht keine Gefahr. Weder für dich, wenn du hierbleibst, noch für mich.«

»Wirklich?«, fragte er.

»Versprochen.«

Ihre Lippen berührten sich zu einem Kuss, der unendlich viel mehr bedeutete. »In Ordnung, geh fischen. Ich sehe dir zu.«

Cal lief los, schwang sich über die Bordwand. Bald glitt das Fischerboot über das Meer hinweg, bis es zu einem Punkt zusammenschrumpfte. Durch das Fernrohr beobachtete Laudan, wie Cal die Ruder fortlegte. Einen Augenblick lang stand er da und balancierte das Boot aus, den Blick auf den Horizont gerichtet, der sich in die Unendlichkeit erstreckte.

Cal hob die Arme.

Laudans Atem stockte. Cals Magie durchzuckte ihn, rauschte in jeder Faser seines Körpers unendlich viel stärker als je zuvor. »Verdammt …«, flüsterte er. »Ich hoffe, du weißt, was du tust.«

Die See gurgelte und spritzte in Fontänen in den Himmel. Was zur Hölle tat Cal da? Dort draußen war doch nichts … nichts als …

Laudan sprang auf. Mit zittrigen Fingern hielt er das Fernrohr auf Cal gerichtet, hinter dem sich die See auftat. Ein Orkan tobte, und etwas Schwarzes brach aus den Wellen hervor. Das Fernrohr fiel zu Boden. Um zu sehen, was Cal tat, brauchte er es ohnehin nicht. Denn hinter Cals winzigem Boot erhob sie sich aus den Tiefen des Meeres … die *Roa Hourak*. Sein *Licht des Morgens*.

Auf der ruhiger werdenden See lag sie, ohne Segel, und doch so stolz und schön wie an dem Tag, an dem Zav sie vom Stapel ließ. Ein Meisterwerk, das es nie zuvor gegeben hatte und nie wieder geben würde; sein Traum von Freiheit.

Tränen brannten in seinen Augen. Er hob das Fernrohr auf und blickte hindurch. Cal kletterte über die Reling und löste die Ankerwinde. Hatte er all das mit Magie repariert? Wie war das überhaupt möglich?

Kopfüber sprang Cal ins Wasser und zog sich ins Fischerboot. Mit schnellen Zügen ruderte er ihm entgegen, und Laudan rannte los, blieb erst stehen, als die Wellen gegen seine Brust schlugen.

»Caliyan de la Vere …« Ungläubig schüttelte er den Kopf. Er konnte nicht warten, schwamm los. Am Bootsrumpf zog er sich hoch, und Cal beugte sich über ihn, strahlte. Er schlang die Arme um Cal, zog ihn zu sich ins Wasser. In den Fluten fanden sich ihre Hände. Ihre Körper. Ihre Lippen.

»Hast du etwa gerade ein Schiff vom Grunde des Meeres gehoben?«

»Nicht irgendein Schiff«, sagte Cal atemlos. »Deins.«

Er konnte nicht anders, als ihn erneut zu küssen, würde niemals müde werden, es zu tun. »Du bist wirklich unglaublich.«

»Möchtest du sie sehen?«

»Ja«, erwiderte er. »Natürlich.«

Sie ruderten. Je näher sie der *Roa Hourak* kamen, desto heftiger schlug sein Herz. Gemeinsam kletterten sie an Bord, wo all seine Erinnerungen zum Leben erwachten; all die Hoffnungen und Träume.

Bald lagen sie nebeneinander auf den Planken und ließen sich von der Sonne trocknen. »Sie ist perfekt«, sagte er. »Wie hast du das gemacht?«

Cal stützte sich auf den Ellenbogen und zog eine Augenbraue hoch.

»Sag es nicht.« Unweigerlich musste Laudan lachen. »Aber verdammt … selbst die Treffer, das gesplitterte Holz und all die Fehlstellen? Wie ist das möglich?«

»Du kannst es dir vorstellen, als würde man die Einzelteile einer kostbaren Vase zusammenfügen. Nur, dass es Magie ist, die sie zusammenhält.«

»Dann ist deine Magie in ihr?«

Cal lächelte.

»Das ist schön, Cal. Wirklich schön. Zav wäre so glücklich, das hier zu sehen.«

Mit einem Mal schien Cal nachdenklich.

»Habe ich etwas Falsches gesagt?«

»Nein. Aber hatte Zav eine Tochter?«

»Ja, Senna. Er hat sie und seine Frau nach Ethelis mitgebracht. Acht Jahre hat er dort an der *Roa Hourak* gearbeitet, bis sie perfekt war. Acht Jahre seines Lebens als Gegenleistung für eine Mutprobe.« Er schluckte schwer. »Aber Zav hat nie erlebt, wie sie in eine Schlacht gesegelt ist. Er hat geahnt, dass die Heressia ihn suchen würde. Hat mir aufgetragen, alle Baupläne zu verbrennen, falls es passiert. Aber ich … ich habe ihn nicht ernst genommen, bis es zu spät war.«

»Das tut mir leid.« Cals Hand fand die seine. »Iovis hat mir die Geschichte erzählt. Er hat Senna geliebt. Nach ihrem Tod hat er auf der *Roa Hourak* angeheuert. Er war an Bord, als sie sank.«

»Ich erinnere mich nicht …«

»Natürlich nicht«, sagte Cal sanft. »Er war ein junger Kanonier. Einer von vielen. Aber mich hat er damals gesehen. Das hat er mir gesagt, bevor er starb. Warum er es so lange zurückgehalten hat, weiß ich bis heute nicht.«

»Ich glaube, er wollte dich schützen, weil du glücklich warst.«

»Vielleicht. Er war ein guter Mensch, genau wie Zav und so viele andere. Und am Ende hat die Heressia sie getötet.«

»Wir werden das beenden, Cal. Nicht mehr lange, dann gibt es kein Leid mehr. Kein Morden.« Sie hatten die *Roa Hourak*. Mit ihr konnte er weitermachen, den Krieg ertragen. Nur noch ein letzter Angriff. Ihr Sieg war nahe. *Verlier dich nicht.*

Cal biss sich auf die Lippe. Etwas schmerzte ihn.

Laudan drehte ihn zu sich. »Was ist los?«

»Wir sollten nach Ethelis aufbrechen. Stell dir ihre Gesichter vor, wenn wir im Hafen einlaufen.«

»Aber was werden sie denken, wenn die *Roa Hourak* zurückkehrt?«

»Dass Helden und Wunder existieren. Dass es Hoffnung auf Freiheit gibt und dass das Licht des Morgens die Dunkelheit verdrängt.«

Laudan lächelte. »Gut, geben wir ihnen einen Traum.«

Zum Jubel Tausender liefen sie in Ethelis ein. Cal stand neben ihm, war ganz ruhig. Einzig die Falte zwischen seinen Brauen verriet die Konzentration, die er aufbringen musste. Laudans Hände am Steuerrad waren nur Beiwerk. Es war Cal, der die Arbeit einer Mannschaft verrichtete, der die magischen Segel aufrecht hielt und den Wind kontrollierte. Ein Kraftakt.

Cal brachte sie zu der intakten Landungsbrücke, an der auch die *Destine* lag. Hinter ihr drängten die Rebellen durch das Stadttor. Bekannte Gesichter tauchten aus der Menge auf. Dryele, Aard, Gilain, Reskir und Raelia. Alle waren gekommen, um sie zu sehen, die *Roa Hourak*.

»Fast da«, wandte er sich an Cal. »Du kannst sie gehen lassen. Den Rest schaffe ich schon.«

Ein Ruck ging durch das Schiff, als Cal seine Magie zurückzog. Laudan lenkte gegen. Er bekam eine zweite Chance, würde mehr Cen'to sein und weniger Laudan. Selten hatte sich etwas so gut angefühlt. So richtig.

»Wie segelt sie sich?«, fragte Cal.

»Fantastisch.«

Der Jubel überschlug sich. Staunen mischte sich darunter. Sie brachten kein bloßes Schiff in den Hafen; sie brachten Hoffnung. Er drehte sich zu Cal, der an der Tür zur Kapitänskajüte lehnte. »Du hast sie gehoben. Sie feiern dich.«

»Sie feiern ihren Admiral.« Blütenblätter wirbelten durch die Luft. Eines verfing sich in Cals Haar. Er fischte es heraus und ließ es zu Boden gleiten. »Ich habe aus purem Eigennutz gehandelt.«

»Eigennutz?«

»Ich wollte dich glücklich sehen.« Cal grinste schief. »Und jetzt pass auf, da kommt die Kaimauer.«

Lachend riss er das Steuerrad herum. »Der Fischer hätte mich ebenso glücklich gemacht. Komm, bringen wir sie nach Hause.«

Vom Pier aus warfen ihnen Matrosen Taue entgegen. Dryele war die Erste, die sich an Bord drängte. Dabei schien sie jedes Detail in sich aufzunehmen, als vergleiche sie das Original mit dem Schiffsmodell aus ihrem chaotischen Hinterzimmer. Kopfschüttelnd umarmte sie ihn. Unter der Hutkrempe glänzten ihre Augen, Fragen brannten darin. Laudan deutete auf Cal. »Magie.«

»Scheiße.« Dryele lachte auf. »Das ist der schönste Traum, den ich je hatte. Wir werden siegen, wirklich siegen.«

Auch die anderen gesellten sich zu ihnen. Menschen drängten dicht aneinander. Immer mehr kamen hinzu, rollten Weinfässer herbei. Musikanten spielten auf. Das Deck wurde ihre Tanzfläche. Diesmal war er es, der Cals Hand ergriff. Diesmal würden sie feiern, und nichts auf der Welt würde zwischen sie kommen.

Gilain nahm Raelia die kleine Nisa ab. Reskir zog sie mit sich. Ihr Zopf wirbelte im Abendlicht. Dies hier waren nicht die steifen Tänze der Heressia, die Laudan hasste. Dies hier war Freiheit. Seine Hände an Cals Körper, dicht umschlungen zwischen ihren Freunden.

Reskirs Lachen drang zu ihnen heran. Er ließ Raelia eine Drehung vollführen und strahlte. »Wo ist dein Federkostüm?«, rief er Reskir zu.

»Ich dachte, ich *reskir's* mal ohne.«

Cal lachte auf. Andere stimmten ein. Sie waren so glücklich an diesem Abend, an dem alles möglich schien.

Später lehnten sie gemeinsam an der Reling, wo er Cal einen Becher Wein reichte. Cal trank und blickte zu den Hügeln, wo Arahyr und Lazair begraben lagen. »Meine Eltern hatten ein Weingut«, sagte er. »Außerhalb von Aerysia oberhalb der Nordhänge.«

»Was? Doch nicht etwa das im Hinterland mit Blick auf die See und die Felsen von Estean?«

Cal legte den Kopf schief. »Woher weißt du davon?«

»Ich fürchte, es ist jetzt das Calieri-Weingut. Der Sha … Alcaelus hat es meiner Familie geschenkt. Als Kind habe ich die Sommer dort verbracht.«

»Du warst da, unendlich viel später.« Cals Blick spiegelte die Sehnsucht nach einer Zeit wider, die längst vergangen war. »Alcaelus und ich haben dort zwischen den Reben gespielt. Er hat auf mich achtgegeben, mir Spielzeug geschnitzt. Ich habe ihn geliebt, und er liebte mich ebenso.«

Cals Wangenknochen traten hervor, so fest presste er die Kiefer aufeinander. Offenbar trieben ihn die gleichen Gedanken um, die auch Arahyr umgetrieben hatten.

»Sieh mich an«, bat er. Bei Arahyr hatte er diese Gedanken mit seinen Worten angeschürt. Nie im Leben würde er bei Cal denselben Fehler begehen. »Alcaelus hat unvorstellbare Dinge getan. Unvorstellbares Leid ausgelöst. Nicht nur deines, sondern das unzähliger Menschen. Er hat die Heressia erschaffen. Wer auch immer diese Maske trägt, ist nicht länger dein Bruder. Dein Bruder ist tot.«

»Ich weiß. Und bald wird der Sha ebenfalls tot sein.«

»Sachte, gib uns Zeit. Ankhad ist eine Festung, vom Landweg nicht einnehmbar. Wir werden einen Plan brauchen.« Laudan würde diesen Plan erarbeiten, ihn perfektionieren. Es würde der beste werden, den er je aufgestellt hatte. Und dann würden sie sie einnehmen, die uneinnehmbare Festung der Heressia.

Reskir bahnte sich einen Weg zu ihnen und balancierte dabei mehrere randvolle Becher, die er verteilte. Vor Cal blieb er stehen und reichte ihm zögerlich eines der Getränke. Cal schenkte ihm ein Lächeln, war wieder ganz der junge Mann, der seine Gesprächspartner in seinen Bann zog. Laudan staunte nicht schlecht, als sie bald so vertraut miteinander umgingen, als hätte Cal Reskir nie eine Klinge an den Hals gedrückt.

»Sieh sie nur an«, sagte Raelia. Laudan folgte ihr außer Hörweite. »Die zwei wichtigsten Männer in meinem Leben. Ich hatte gehofft, dass es so kommt.«

»Ich auch«, erwiderte er, ohne den Blick von Cal abzuwenden, der über einen von Reskirs Witzen lachte. »Verdammt, müssen wir uns Sorgen machen?«

Raelia schmunzelte. »Ich wusste immer, dass er was Besonderes ist … mein kleiner Bruder. Ich war mal in ihn verliebt. Damals, als er nach Cerza kam. Aber ich habe gespürt, dass sein Herz jemand anderem gehört, obwohl er es selbst noch nicht wusste.«

Ihre Ehrlichkeit überraschte Laudan. »Also hast du dich entschieden, ihn zu lieben, als wäre er Familie.«

»Er *ist* Familie, genau wie du, Nisa und Reskir. Er liebt dich sehr. In Pirea hat er etwas gesagt, was ich sehr schön fand. Er sagte, er hat sich in *dich* verliebt. Er hätte dich in tausend Leben treffen können, in dieser Welt oder einer anderen, und er hätte sich immer für dich entschieden.«

Er lächelte, war der glücklichste Mann der Welt.

Eine Weile schwiegen sie, doch als er sich Raelia zuwandte, gefror die Wärme in seiner Brust. Sie schien eine Wut mit sich herumzutragen, die unterhalb der Oberfläche brodelte. Hatte er etwas Falsches gesagt?

»Wieso lässt du all das zu?«, presste sie hervor. »Du weißt doch, wieso er das tut.«

»Was …?« Sein Blick suchte Cal.

Cal taumelte. Lachend fing er sich an Reskir ab und ließ es so aussehen, als würde er Reskir auf die Schulter klopfen. Ein winziger Riss in einer perfekten Fassade. Nur sichtbar für jemanden, der stets selbst eine Maske getragen hatte. Cal schob sich an Reskir vorbei und verschwand in der Menge.

»Er hat es dir nicht gesagt.« Raelia klang fassungslos. Er ließ sie stehen, drängte an den Feiernden vorbei und sah noch, wie Cal in der Kapitänskajüte verschwand. Als er sie aufriss, zerbrach etwas in ihm. Er stürzte vorwärts, war bei Cal, der an der Wand der leeren Kajüte kauerte und sich ein Taschentuch vor den Mund presste. Blut tränkte den Stoff, rann an seinem Arm herab.

Die Musik, die vom Deck herandrang, wandelte sich zu etwas Groteskem. Sein Magen verkrampfte sich. Cal sackte gegen ihn, sein Gesicht schmerzverzerrt. Doch am meisten traf ihn der Terror in Cals Blick. Terror, weil das, was er hatte verbergen wollen, unwiderruflich ans Licht getreten war. Laudan zog ihn in seine Arme, hielt ihn behutsam.

Er wusste, was Cal verbarg. Wusste es, weil Vaelen es verborgen hatte, als Alcaelus ihm die Kehle durchschnitt.

Die Angst zu sterben.

Cal starb.

»Wollte stark sein …«, flüsterte Cal. »Für dich.«

Er löste das Taschentuch aus Cals Griff, wischte damit das Blut fort. »Ist es die Dunkelheit?«

»Flüssiges Schicksal.«

»Was ist das? Rede mit mir. Du brauchst einen Heiler.«

Cal biss sich auf die Lippe. »Ein poetischer Name … für ein tödliches Gift. Niemand kann –«

»Für jedes Gift gibt es ein Gegengift. Wer hat das getan? Wann?« Er war doch bei ihm gewesen, die ganze Zeit.

»Unser Wiedersehen … hat unser Ende besiegelt. Das Kästchen war kein Geschenk für Ri'shan. Der Inhalt war für mich bestimmt.«

»Nein«, flüsterte Laudan. »Nein.«

Alcaelus' Worte klangen in ihm nach. Die Dringlichkeit, mit der er hervorhob, dass der Auftrag binnen dreißig Tagen erfüllt werden muss. Das Gift war eine Absicherung. Alcaelus wollte Cal in Ankhad. Oder tot. Und er selbst hatte es mitgebracht. Wieso hatte er das Kästchen nicht kontrolliert? Nichts hinterfragt? Panik stieg in ihm auf. Wie viel Zeit blieb Cal noch? Er rechnete zurück, doch er konnte nicht klar denken.

»Zehn Tage.« Cals Hände umschlossen seine. »… werde morgen aufbrechen, wollte es dir sagen, aber ich wusste nicht, wie.«

»Du wolltest gehen, einfach so? Mir nicht den Hauch einer Chance lassen?«

Cal zwang sich auf die Füße, presste die Hand auf die Brust. »Verurteile nicht, was du selbst getan hast.«

»Es war der größte Fehler meines Lebens, und du wiederholst ihn.« Laudan stützte ihn. »Verdammt … du musst dich schonen.«

»Schonen?« Cal lachte bitter. »Wie lange? Bis ich tot bin?« Blassblaue Augen bohrten sich in seine. »Ich muss das tun. So bleibt mir wenigstens die Chance, Alcaelus mit mir in den Tod zu reißen. Niemand sonst kann sich ihm stellen.«

An der Kette zog Laudan die Phiole hervor, die Cal unter seinem Hemd verbarg. »Du willst sie benutzen. Deshalb hast du mich darum gebeten. Die *Roa Hourak* ist dein Abschiedsgeschenk.«

Cal antwortete nicht. Schmerz tobte in seinem Blick.

»Das ist nicht der Weg, Cal. Das ist dein Untergang. Schließ mich nicht aus. Das lasse ich nicht zu.«

»Deshalb werde ich dich immer lieben.« Cal lächelte. »Aber die Zeit läuft ab. Verwehre mir nicht, wiedergutzumachen, was ich so viele Jahre versäumt habe.«

# Kapitel 45

## Abschied

Cal, wach auf.«

Er setzte sich auf. Zaghafte Spuren der Morgendämmerung brachen durch das Fenster der Villa und hüllten Laudan ein, der auf der Bettkante saß. Schatten fraßen sich unter seine Augen.

»Hast du Schmerzen?«

Caliyan schüttelte den Kopf. Seine Magie erwachte und überdeckte die Auswirkungen des Giftes wie eine Dosis Somnium. Die meiste Zeit über spürte er nichts davon. Stattdessen brannte eine Leere in seiner Brust. Heute war der Tag des Aufbruchs; der Tag des Abschieds.

Laudan ließ ihn nicht aus den Augen. »Geh ein Stück mit mir.«

»So früh?«, fragte er.

»Genau deshalb.«

Der Platz war ausgestorben. Einzig der Wind heulte von den Hügeln herab und ließ ihn frösteln. Schweigend machten sie sich auf den Weg zum Hafen. Laudan führte ihn über das Werftgelände, wo sie sich auf einen Steg setzten. Im Zwielicht glich der Anblick der vor Anker liegenden Schiffe einem Gemälde aus seinem Elternhaus, doch sie waren einzig für die *Roa Hourak* hier.

»Du wolltest sie sehen, nicht wahr?«

Laudan nickte. Sein Blick war auf die stolze Fregatte gerichtet. Auf ihren schwarzen Rumpf; die frisch aufgezogenen Segel und die spärlichen, aber eleganten Details, die sie so einzigartig machten. »Dir dabei zuzuschauen, wie du sie vom Grund des Meeres gehoben hast, war einer der schönsten Momente, die ich je erleben durfte.« Laudan klang abgekämpft, als resigniere er in einer Schlacht, die er nicht gewinnen konnte.

»Ich hatte nie vor, dir wehzutun«, sagte er. »Habe ich alles kaputt gemacht?«

»Nein, Cal. Ich war blind, habe nichts als den Krieg gesehen. In Pirea habe ich dich gefragt, ob mich die Erinnerungen zu Vaelen machen, zu Gahaved und all den anderen. Du bist mir ausgewichen.«

*Weil ich es selbst nicht weiß.* Er sprach die Worte nicht aus.

»Ich kenne die Antwort«, fuhr Laudan fort. »Ich muss die *Roa Hourak* nur ansehen und weiß, dass es wahr ist. Auch ich kann meinem Schicksal nicht entkommen.«

»Also wirst du mit ihr die Flotte anführen und Ankhad einnehmen, nachdem ich –«

Laudan ergriff seine Hand. »Nein. Das ist unmöglich.«

»Du willst nicht, dass die Menschen wissen, wer du bist. Sie müssen es nicht wissen.«

»Das ist es nicht.« Hinter der *Roa Hourak* glänzten die ersten Strahlen des Morgenlichtes. Deshalb waren sie hier, für diesen Moment. »Ich kann nicht Cen'to sein, weil ich schon jemand anderes bin.«

»Laudan …«

»Ja. Ich muss Lord Calieri sein. Ein letztes Mal noch.« Schmerz flackerte in Laudans Blick, aber auch etwas Wildes, das ihm unmissverständlich zu verstehen gab, dass er kämpfen würde.

»Dann habe ich sie umsonst gehoben«, sagte er leise.

»Was du getan hast, bedeutet mir die Welt. Die *Roa Hourak* bedeutet mir die Welt, und die Rebellion braucht sie.« Laudan umfasste seine Schultern. »Aber du, Cal … es gibt keine Worte, die beschreiben könnten, was du mir bedeutest.«

Er fand sich in Laudans Armen wieder, der ihn so fest an sich drückte, dass sein Herz gegen seine Brust hämmerte. »Ich liebe dich, Caliyan de la Vere. Und ich werde nicht zulassen, dass du in dein Verderben rennst. Du hast mir eine Nacht gelassen, um einen Plan aufzustellen, und ich habe es getan.«

»Das Gift wird mich töten, egal, was du vorhast.«

»Nein, Cal. Es gibt eine Chance, aber du hast sie nicht gesehen. Alcaelus weiß nicht, dass du dich erinnerst. Er weiß nur von einem verwirrten Sklaven in einer Arena.«

»Das ändert nichts.«

»Vielleicht ändert es alles.« Sanft schob Laudan ihn zurück und blickte ihm entgegen. »Alcaelus traut mir. Ich werde dafür sorgen, dass du an ihn herankommst.«

»Wie? Wir können doch nicht einfach nach Ankhad hineinspazieren.«

»Hineinsegeln, um genau zu sein. Mit ihr.« Laudan deutete auf die *Destine,* deren goldene Verzierungen in der Morgensonne erstrahlten. »Ich erfülle meinen Auftrag. Die Heressia weiß nicht, dass ich übergelaufen bin. Jeder, der es hätte vermuten können, ist tot. Gefallen in der Wüste oder hier. Also kehre ich als Held von Ethelis zurück und liefere dem Sha einen unumstößlichen Beweis meiner Treue.«

Laudan schob die Hand unter seinen Umhang, zog die Fessel hervor und reichte sie ihm. Caliyan ließ das Metall durch seine Finger gleiten, verband so viel Leid damit. So viel Schrecken. »Du lieferst mich aus.«

»Nur, weil ich weiß, dass du sie öffnen kannst.«

»Das ist Wahnsinn. Du willst zurückkehren und alles riskieren. Du handelst aus Liebe, nicht aus Vernunft.«

»Genau wie du.« Laudan lächelte. »In dieser Hinsicht sind wir beide gleich. Aber mein Plan hat wenigstens eine Aussicht auf Erfolg. Das ist es doch, was zählt, oder? *Ich folge dir, egal wohin,* erinnerst du dich?«

Caliyan nickte. »Versprich mir etwas, bevor ich einwillige.«

»Alles.«

»Lass sie niemals hinter deine Maske blicken, egal was mit mir passiert.«

Laudans Arme krampften sich um ihn. Er hatte das nicht verdient, nichts hiervon. Doch dies war kein Märchen, in dem das

Gute siegreich war. Dies war die Wirklichkeit, in der gute Menschen starben.

»Ich verspreche es.«

Sein Atem stockte. Sie hielten einander vor einer Fregatte, die sie nicht segeln würden und die doch so unendlich viel bedeutete.

Laudan blickte auf. »Lass uns mit den anderen sprechen. Ich will jedes Schiff dieser Flotte in unserem Rücken. Ich will, dass sie auf unser Zeichen feuern und die Zitadelle in Schutt und Asche legen. Ich will, dass es endet. Ein für alle Mal.«

»Es wird enden«, flüsterte er. »Wir werden es beenden.«

Neun Tage.

Vor ihm verschwanden Reskir und Laudan im Dämmerlicht der Kaserne. Er folgte ihnen durch den Schlafsaal, ignorierte den Schmerz. Vom Hafen drangen Rufe heran. Flaschenzüge knarzten, mit denen die Matrosen Kanonen an Deck der *Roa Hourak* hievten. Dazwischen donnerte Pferdegetrappel über das Pflaster. Auf ihren Transportkarren stapelte sich Proviant, um die Bäuche der Flotte zu füllen.

Sie teilten sich auf, durchsuchten Raum um Raum. Staub tanzte zwischen den Stockbetten, in denen bis vor Kurzem heressianische Soldaten geschlafen hatten. Einzig die wenigen Habseligkeiten erinnerten noch an sie. Wie viele Rebellen würden ihr Schicksal teilen?

Wieder zogen sie in den Krieg, hatten im Morgengrauen mit Gilain und Aard gesprochen. Ihre Reaktion war pragmatisch gewesen: Sie taten, was ihrer Sache dienlich war. Nun wussten die Rebellen nicht nur, dass seine Zeit ablief, sie glaubten auch, dass die Rückkehr der *Roa Hourak* ihre Chance war, um die Zitadelle dem Erdboden gleichzumachen.

Doch ein entscheidendes Detail ihres Plans fehlte. Und es fehlte hundertfach. Caliyan riss die Schränke auf, zog alles heraus. Nichts.

»Hier«, rief Reskir. »Kommt her.«

Unterwegs stieß er beinahe mit Laudan zusammen, der es genauso eilig hatte. Sie folgten dem Korridor, an dessen Ende eine Tür offen stand. In dem Lager dahinter stapelten sich Uniformen, Schwerter und Pistolen.

Er ließ sich gegen den Türrahmen sinken. Laudan zog eine der Marineuniformen hervor und begutachtete sie. »Perfekt, genau das, was wir brauchen.«

Reskir machte sich an einer Truhe zu schaffen und streifte den Harnisch über, den er darin gefunden hatte. Ungelenk kämpfte er mit den Schnallen.

»Hey«, rief er Laudan zu. »Hilf mir mal.«

Laudan hob eine Braue. »Was soll das werden?«

»Wonach sieht es denn aus? Nun mach schon.«

Kopfschüttelnd zog Laudan die Schnallen fest.

Reskir streckte die Arme aus. »Sitzt wie angegossen, meinst du nicht? Könnte meiner sein. Ist es wahrscheinlich sogar.«

»Reskir Vaskari ...« Laudan rang nach Fassung. »Ich sehe, was du vorhast. Aber es gibt einen feinen Unterschied zwischen Mut und Wahnsinn, und ich fürchte, die Fähigkeit, dies zu unterscheiden, ist dir abhandengekommen.«

»Das sagt der Richtige.« Reskir fischte ein Schwert aus einem der Regale und lehnte sich damit neben Caliyan. »Weißt du, ich habe ihm das Leben gerettet, seine wahre Identität verschleiert, für ihn gelogen und mich für ihn foltern lassen. Und so dankt er es mir.«

»Das ist nicht in Ordnung«, stimmte Caliyan Reskir zu und blickte zu Laudan hinüber. »Ich würde sagen, er schuldet dir was.«

»Alles, was ich will. Das hat er mir versprochen.«

»Und jetzt willst du dieses Angebot nutzen, um noch einmal hessianische Luft zu schnappen?«, fragte Laudan.

Reskir zuckte mit den Schultern. »Es war nicht meine erste Wahl. Aber alles andere sind Träume, die du mir nie erfüllen kannst. Außerdem habt ihr da drin schon genug um die Ohren. Ich kenne den Geheimgang. Lasst mich helfen.«

»Es ist ein Risiko«, wandte Laudan ein.

»Ein deutlich geringeres als für euch. Mir wird schon nichts passieren.«

»Du bist zu gut für diese Welt.« Laudan lächelte. »Was würde ich nur ohne dich tun?«

»Zweifellos wäre dein Leben eine Tragödie«, gab Reskir zurück und zwinkerte Caliyan zu, der unweigerlich schmunzelte. Er mochte Reskir. Hätten sie doch nur mehr Zeit gehabt, um ihre Differenzen beizulegen.

»Was ist mit Raelia?«, fragte er. »Ich will nicht, dass sie mitkommt.«

»Wird sie nicht. Sie weiß, was ich vorhabe. Du bist ihr kleiner Bruder. Sie will dich beschützt wissen. Dass du Leute mit deiner Magie aufspießt, ändert nichts daran.«

»Gib auf sie acht, ja? Sie verdient nur –«

»Oh nein, fang nicht damit an.« Reskirs Ausdruck wurde ernst, seine Stimme nachdrücklich. »Das machst du schön selbst.«

Laudans Hand fand die seine. »Kommt, holen wir die Matrosen. Zeigen wir ihnen, wie man sich in die heressianische Marine verwandelt.«

Am Abend strömten Menschenmassen am Hafen entlang. Abseits der Menge stand Gilain und sah zu, wie die kostümierten Matrosen ihre Stellung auf der *Destine* bezogen. Caliyan gesellte sich zu ihr. Der Plan war längst besprochen, doch es gab etwas, das nur sie beide betraf. Außer ihnen war niemand übrig. Er senkte die Stimme. »Wenn etwas schiefgeht, werde ich das Ritual aufheben. Ich muss wissen, ob das in Ordnung für dich ist.«

»Altern und sterben?« Gilains Blick hielt an Aard fest, der mit Laudan eine Munitionskiste auf die *Roa Hourak* schleppte. Der Abendwind spielte mit seinem grauen Zopf, und ein Ausdruck trat auf Gilains Gesicht, der Caliyan allzu vertraut war. Sehnsucht. Sein Angebot kam um Jahrzehnte zu spät.

»Du kannst ihn wiederfinden.« Gilain deutete auf Laudan, der Aard die Kiste mit Leichtigkeit abnahm. »Frag ihn lieber, ob er damit umgehen kann, dich zu verlieren, wie du ihn verloren hast.«

Er atmete aus, traf diese Entscheidung nicht leichtfertig. »Ich werde es nur tun, wenn es keinen anderen Ausweg gibt.«

»Ich weiß. Ich würde mir kein Urteil erlauben. Wenn du das Ritual aufhebst, ist auch Alcaelus bald Geschichte. Mit der *Roa Hourak* schaffen wir es vielleicht, ihn zu vernichten, bevor es so weit ist. Dann könnten spätere Generationen in Frieden aufwachsen. Es ist ein gangbarer Weg, aber ich hoffe auf etwas anderes.«

»Das tue ich auch.« Sein Blick hielt an Laudan fest, der mittlerweile mit Dryele an Bord der *Roa Hourak* sprach. Ein Leben. Dieses. Er zwang sich zu lächeln. »Verzeih mir, dass ich so lange nichts getan habe.«

»Du warst nur auf einem Umweg.« Gilain zog ihn an sich. »Wir sehen uns wieder, Caliyan. Ich glaube fest daran.«

Er wollte es ebenso glauben und trat zurück, damit sich Gilain von Aard verabschieden konnte, der die Kontrolle über Ethelis übernahm.

Die Rebellen versammelten sich um Caliyan. Sie riefen ihn beim Namen; seinem echten, zum ersten Mal. Als ihre Rufe über die Landungsbrücken hallten, wurde ihm etwas klar. Sie gingen nicht wegen der *Roa Hourak*. Sie gingen, weil er ihre einzige Hoffnung war, und sie riefen seinen Namen, weil sie wussten, dass er sterben würde.

Er wollte nicht sterben.

Laudan legte den Arm um ihn. Die Geste reichte aus, um ihn wieder atmen zu lassen. Alcaelus hatte ein Gegengift. Er würde es ihm geben, wenn er nur seine Rolle spielte.

Er konnte leben. Sie beide konnten leben.

Dryele umarmte sie. Zuerst Laudan, lang und herzlich, und schließlich ihn. Laudan hatte ihr das Kommando über die *Roa Hourak* überlassen. Sie würde die Flotte anführen, wurde der Admiral, der Laudan hätte sein sollen. Ihre Worte erreichten ihn nicht. Er war zu weit weg, zu sehr in Gedanken.

Laudan löste das rote Band von seinem Oberarm. Dabei war Caliyan, als wäre er schon tot. Er blickte an Laudan vorbei, wollte nicht sehen, wie dieser seinen Ring abnahm und ihn in das Band knotete. Beides verschwand in Dryeles Tasche. Die Reden hatte sie bereits.

Die Matrosen hissten die Segel. Unterwegs zur *Destine* gaben seine Beine nach. Er kämpfte mit dem Schmerz, und Laudan hielt ihn aufrecht. Dabei sah er sich in einem Bett liegen und sterben. Sah, wie Laudan seine Hand umklammerte und mit der anderen das Blut fortwischte. Doch diesmal kam kein Blut. Zum Glück nicht.

»Schon gut, Cal«, flüsterte Laudan ihm zu. »Schon gut.«

»Geht schon.« Der Schmerz verging so plötzlich, wie er gekommen war. Einzig ein dumpfes Echo blieb zurück.

Laudan brachte ihn an Bord. Die Matrosen grüßten sie. Der Kapitän stand bereit, doch alle warteten auf Laudans Zeichen. Vier Tage würden sie nach Ankhad brauchen, wenn die Winde es gut mit ihnen meinten.

Ein Lachen drang zu ihnen heran. Nisa tauchte zwischen den Beinen der Matrosen auf, stürmte über die Planken und landete in Raelias Armen.

Reskir stand bei ihr und strich Nisa durch das Haar. Sie zusammen zu sehen, wärmte sein Herz. Auch Raelia hatte etwas gefunden, von dem sie überzeugt gewesen war, es für immer verloren zu haben. Familie. Mit Nisas Hand in ihrer sah Raelia ihn an. Er blieb vor ihr stehen, lächelte ihr zu.

»Diesmal kann ich dich nicht begleiten, kleiner Bruder.«

»Ich weiß«, sagte er. »Ich habe euch gestern beim Tanzen beobachtet. Reskir hat einen schrecklichen Humor, aber du solltest ihn festhalten.«

Raelia lachte, doch ihre Augen verrieten, dass sie mit den Tränen kämpfte. Nisa zog an ihrer Hand und deutete auf eine Möwe, die über ihnen ihre Kreise zog. Raelia hob sie hoch, damit sie besser sehen konnte.

»Denk ja nicht, dass du dich aus meinem Leben stehlen kannst, kleiner Bruder. Du bist ein Teil meiner Familie. Das wirst du immer sein.«

»Und du bist die beste Schwester, die man sich wünschen kann.« Er legte den Arm um sie und küsste sie auf die Stirn. Ihre Hand ergriff die seine.

»Das nächste Mal sehen wir uns in Freiheit wieder. Wir alle. Ich akzeptiere nichts anderes.«

»In einem Traum«, erwiderte er. »Einem wunderbaren Traum. Bis bald, Raelia.«

Die Flotte legte ab und setzte einen Kurs, den seit über vierzig Jahren kein Schiff der Rebellion mehr befahren hatte. Sie setzte Kurs auf Ankhad.

# Kapitel 46

## Heimkehr

Wassertropfen rannen an den Kajütenfenstern herab, doch Laudan blickte an ihnen vorbei ins Nichts. Der Angriff hätte sein Meisterwerk werden sollen; bis ins letzte Detail durchdachte Perfektion. Stattdessen glich er dem hastig niedergekritzelten Konzept eines eingeschüchterten Jungen, der die Schläge seines Vaters fürchtete. Aber im Gegensatz zu damals folgte ihm eine ganze Flotte; womöglich ins Verderben, und ihm blieb kaum Zeit, um die Schwachstellen seiner Taktik auszumerzen.

Auch Cal lief die Zeit davon. Er hatte noch vier Tage. Nachts hielt Laudan ihn in seinen Armen und lauschte seinem Atem, während die See sie nach Hause trug. Tagsüber verbarg Cal die Schmerzen, doch seine Augen verrieten, dass er litt. Einmal war es wie auf dem Fest. Cal blutete so sehr, und er konnte nichts tun, außer ihm gut zuzureden, obwohl sein Herz zu zerspringen drohte. Er würde nicht zulassen, dass Cal starb. Niemals.

Am Rande seines Bewusstseins knarzte die Kajütentür. Leise Schritte näherten sich. So behutsam wie damals, als er in Iovis' Kammer um Teralyn trauerte. Eine Hand fand die seine.

»Erschreck dich nicht.«

Laudan überspielte die Last, die auf seinen Schultern lag. Cal brauchte seine Stärke, nicht seine Furcht. Und doch erschrak er, erkannte Cal kaum wieder.

Dreck überzog sein Gesicht und die Hautpartien, die unter den Lumpen hervorlugten. Die Fessel hatte er angelegt. Darüber ergoss sich eine schlammverkrustete Masse, die nur noch wenig mit seinen Haaren gemein hatte. Er berührte Cals Wange. »Was hast du getan?«

»So hätte Lazair mich ausgeliefert.«

»Du siehst furchtbar aus«, sagte er sanft.

»Dann habe ich mein Ziel erreicht.« Cal lächelte. »Mach dich nicht schmutzig.«

Laudans Finger glitten über die Fessel und suchten vergeblich die Kette mit der Phiole darunter. »Wo hast du sie?«

Im Saum der Lumpen zeigte Cal ihm eine versteckte Innentasche. »Sie ist magisch. Du siehst sie nur, weil ich es zulasse.«

Er rang sich ein Lächeln ab, wollte nicht, dass Cal sie benutzte. Widerwillig ließ er ihn los und legte seinen heressianischen Brustpanzer an. Cals Blick hielt an den eingravierten Lilien fest, jenem Symbol seiner Familie, das Alcaelus zu dem der Heressia gemacht hatte. »Er ist wie ich«, sagte er leise. »Er konnte nicht gehen lassen, was für immer verloren war.«

»Wieso, glaubst du, will er dich?«

»Weil ich den letzten Rest von dem bedrohe, was ihm die Welt bedeutet. Ich denke, ich weiß, wessen Schuss sich durch meinen Schutzschild bohrte, als ich das Ritual aufheben wollte. Die Quelle in Freiheit zu wissen, ist ein Risiko, das sich mein Bruder nicht länger erlauben kann.«

»Also will er dich wieder einsperren.«

Cal blickte auf. »Für immer.«

»Was ist mit mir?«, fragte Laudan. »Denkst du, Alcaelus weiß es?«

»Nein. Sonst hätte er dich nicht nach Venantes geschickt oder dein Leben riskiert. Du bist zu wertvoll.«

»Mein Blut, nicht ich.« Er zog die Schnallen der Rüstung fest.

Cal reichte ihm die Dolche. Die Art, wie er dabei den Rücken durchdrückte, sagte mehr, als Worte je vermocht hätten. »Trag sie bei dir. Vielleicht brauchst du sie.«

Er wog die Klingen in seiner Hand, bevor er sie in den Waffengurt steckte. Dann griff er nach einer Armschiene, wollte sie überstreifen.

Sollte er das wirklich gewesen sein? Ihr letzter gemeinsamer Moment, bevor es losging? Die Armschiene entglitt ihm, landete auf den Planken. Er bückte sich danach, doch Cal war schneller.

»Lass mich dir helfen.« Cal legte sie ihm an und hinterließ dabei schmutzige Abdrücke auf dem Metall. »Verzeih, du kannst sie gleich abwischen.«

»Cal.«

»Warte, ich mache das schon.«

Seine Hand schloss sich um Cals Handgelenk, hielt ihn zurück. »Cal«, wiederholte er. Dann fehlten ihm die Worte. Er stolperte vorwärts, schob Cal mit sich, bis er ihn mit dem Rücken gegen die Kajütentür drückte. Dort hielt er ihn fest, während er mit dem Gedanken kämpfte, dass dies der Augenblick war, in dem er ihn für immer verlor.

»Du tust mir weh.«

»Verzeih. Ich wollte nicht …« Seine Hände sanken herab.

Cal ergriff sie und führte eine davon an seine Lippen. Wärme durchströmte ihn. »Ist schon gut.«

»Küss mich«, bat er. »Mir ist egal, wie ich danach aussehe.«

Ihre Lippen trafen aufeinander, waren Sturm und Klippen. Er zog Cal an sich, näher. Sobald sie diesen Raum verließen, war er ein heressianischer Lord und Cal ein Gefangener. Ein winziger Fehltritt würde ihren Tod bedeuten.

»Ich liebe dich«, flüsterte Cal heiser. »Heute, morgen und für –«

Ein Klopfen. Cal verkrampfte sich in seinen Armen.

»Ja?«, rief er.

»Land in Sicht«, kam Reskirs Antwort. »Es geht los.«

Er küsste Cal ein letztes Mal, bevor er antwortete.

Es war Zeit. Sie mussten gehen.

Zwei der getarnten Rebellen ruderten sie zum Hafen. Die Übrigen ließen Cal nicht aus den Augen, der mit gefesselten Händen in ihrer Mitte hockte. Er schien die Zitadelle zu beobachten, hinter der die Zitronenhaine in voller Blüte standen. Ihn direkt anzusehen, wagte Laudan nicht, denn Dutzende Augenpaare richteten sich auf sie.

Die Promenade war in Aufruhr. Die Wachen und Arbeiter wussten, wer zurückgekehrt war. Gardesoldaten ritten durch das Tor und eskortierten eine Kutsche. Ein Diener öffnete die Tür und verbeugte sich vor dem schwarz gekleideten Mann, der ausstieg. Es war Kazul.

»Unfassbar«, raunte Reskir ihm zu, der mitgeholfen hatte, die Rebellen auszuwählen und zu unterweisen. »Ist er hierher geflogen?«

Die Garde formierte sich. Ihrer Förmlichkeit zum Trotz lehnte sich Kazul gegen die Kutsche, wo er die Augen vor der Sonne abschirmte. Laudan hob die Hand zum Gruß und bekam das typische Nicken zurück. Matrosen eilten herbei und warfen ihnen Seile zu, mit denen sie das Boot gegen die Kaimauer zogen.

Laudan stieg die Treppe zur Promenade hinauf. Reskir und die Soldaten folgten ihm. Jetzt, wo sie heressianische Rüstungen trugen, vergaß er fast, dass sie ein Schauspiel aufführten. Zweifelsohne schleiften sie Cal mit sich, doch sein Blick blieb auf Kazul gerichtet. Er lächelte jetzt, lächelte sein perfektes *Lord Laudan Calieri*-Lächeln und deutete eine Verbeugung an, bevor er zwischen den Reihen der Gardesoldaten zu Kazul trat.

Dieser richtete sich auf. Einen flüchtigen Moment glitt sein Blick hinter Laudan, vermutlich zu Cal, bevor er sich ganz ihm zuwandte. »Schön, dich wiederzusehen. Der Sha war in Sorge. Aber wie ich sehe, waren seine Befürchtungen grundlos. Du hast deinen Auftrag erfüllt.«

»Ich fürchte, schlechter als gedacht«, gestand er und senkte die Stimme. »Auf der Rückreise ist der Gefangene erkrankt. Nichts hat geholfen, um seinen Zustand zu bessern.«

Kazul gab den Gardesoldaten ein Zeichen, woraufhin sie losliefen, um Cal zu holen. Sein leises Stöhnen drang zu ihnen herüber.

»Sorge dich nicht«, sagte Kazul, während zwei Männer Cal zu einem vergitterten Wagen schleiften. »Der Sha verfügt über den besten Heiler. Sein Zustand ist sicherlich den Umständen geschuldet, aus denen wir ihn errettet haben. Ist er so wirr im Kopf, wie an den Sha herangetragen wurde?«

»Lange hätte er nicht mehr durchgehalten«, stimmte Laudan zu. Die Gardesoldaten stießen Cal in den Käfig, wo er gegen das Gitter sackte. »Aber dass er wirr ist, kann ich nicht bestätigen. Bevor man ihn gefangen hat, war er ein einfacher Mann. Ein Fischer von den Obsidianklippen. Ich hoffe, dass man Unsere Heiligkeit nicht getäuscht hat, was ihn angeht.«

»Unsere Heiligkeit ist unfehlbar. Es steht uns nicht zu, zu zweifeln. Du hast deinen Auftrag erfüllt. Er wird dich reich belohnen.« Auf Kazuls Befehl setzte sich der vergitterte Wagen in Bewegung und holperte durch das Stadttor. »Wir waren einzig erstaunt darüber, dass deine Dienerin bereits vorgestern zurückkehrte.«

Laudan tat echauffiert. »Anscheinend brauchen wir dringend bessere Schiffskonstrukteure, wenn ein isthenischer Segler die *Destine* überholen kann.«

»Unerhört.« Kazul lachte auf. »Das ist ein Problem, dem wir uns widmen sollten. Wieso dreht sie bei?«

»Auf meinen Befehl«, sagte er. Ihre kleine Scharade mochte Bestand haben, aber die Hafenarbeiter hätten die falschen Matrosen sofort entlarvt. »Unterwegs ist uns keines unserer Handelsschiffe begegnet. Als sie auch im Hafen fehlten, habe ich den Kapitän angewiesen, unverzüglich auf die Patrouillenroute zurückzukehren.«

»Wie immer denkst du mit.« Kazul deutete auf die Kutschentür, die ein Diener sogleich offen hielt. »Komm, brechen wir auf.«

»Lord Calieri?« Er war dabei einzusteigen, als sich Reskir einen Weg zu ihnen bahnte. »Bitte um Erlaubnis, die Soldaten in die Kaserne führen zu dürfen. Die Männer sind müde.«

»Erlaubnis erteilt«, sagte er. »Sie werden nicht länger benötigt.«

Reskir nickte ihm zu und verschwand aus seinem Sichtfeld. Alles lief nach Plan. Er stieg in die Kutsche, nahm Kazul gegenüber Platz, und bald schon setzte sich ihr Gefährt in Bewegung.

»Ein Fischer, sagst du?« Kazul richtete seinen Siegelring. »Das wird dem Sha gefallen.«

Laudan trat mit Kazul auf den Zitadellenplatz, wo die Garde Cal aus dem Käfig zerrte. Zwischen ihnen sackte er vornüber. Sie hielten ihn aufrecht, brachten ihn zu den Verliesen. Seine Füße schleiften über das Pflaster und verwischten die dünne Blutspur, die an ihm herabtropfte.

Er wandte den Blick ab, konnte kaum atmen. Dies war kein Schauspiel. Dies war echter Schmerz. Und wenn Alcaelus Cal nicht bald das Gegengift verabreichte, würde er unten in den Zellen sterben. Wieso brachten sie ihn nicht direkt zu ihm? Wieso, verdammt?

Eine Falte grub sich zwischen Kazuls Brauen, doch seine Gedanken behielt er für sich und führte Laudan die Stufen zum Haupthaus hinauf, wo Esthelia sie mit einem Lächeln empfing. Laudan grüßte sie. Weitere Adlige strömten herbei und schüttelten ihm die Hand. Er lauschte ihren Belanglosigkeiten, die seine Hoffnung bestätigten. Niemand hier wusste, dass die Rebellion Ethelis erobert hatte.

»Entschuldigt mich.« Er folgte Kazul, der dabei war, sich abzusetzen. Auf den Stufen presste er die Kiefer aufeinander, um die Bitte zurückzuhalten, die ihm auf der Zunge brannte. Keine Hinweise. Nicht der kleinste Riss in seiner Fassade. Er hatte es Cal versprochen.

»Du hast gut gehandelt, Laudan. Ruh dich aus und genieße die Vorzüge der Heimat.«

»Wartet. Wird Unsere Heiligkeit nach mir schicken?«

»Eine zweite Audienz?« Kazul lächelte.

»Reichtümer kümmern mich nicht. Seine Zufriedenheit erfüllt mich mit mehr Freude, als jede Belohnung mir je bereiten könnte.«

»Er ist angetan von dir. Gib ihm Zeit. Vielleicht wird er nach dir schicken.«

Laudan blickte Kazul nach, bis er hinter der Palaismauer verschwand, und betrat mit Esthelia das Haupthaus. Wasser plätscherte im Atrium, das zu seinen Gemächern führte. Überall dufteten Blumen zwischen den Arkaden, doch ihre Schönheit erreichte ihn nicht. In Gedanken war er bei Cal, den man in den gleichen Zellen festhielt, in denen Teralyn auf den Tod gewartet hatte.

Auf dem marmornen Flur kam Athos ihnen entgegen. Er stützte sich auf seinen Gehstock. Alles an ihm wirkte grauer, die Haut fahl. Einzig seine Augen durchbohrten ihn mit gewohnter Klarheit. Laudan deutete eine Verbeugung an. Ihm stand nicht der Sinn nach der Gesellschaft seines Vaters.

»Du bist also zurückgekehrt.«

»Das bin ich. Welch Freude, Euch zu sehen.«

Als sich Athos an ihm vorbeischob, entglitt ihm der Gehstock. Laudan hob ihn auf und legte ihn in die Hand seines Vaters. Zitternd umschloss sie den Knauf.

»Geht es Euch gut?«

Athos ging weiter. »Deine Mutter wäre stolz auf dich.«

»Mutter?«, fragte er.

Er bekam keine Antwort. Sein Blick folgte Athos, der zwischen den Arkaden verschwand. Esthelia war ebenso ratlos wie er. In seinen Gemächern kam sie zu ihm. Ihr Parfum strömte aus ihren hochgesteckten Haaren. Alles wirkte vertraut, und doch hatte sich etwas verändert.

»Lord«, sagte sie. »Verzeiht, ich musste aufbrechen. Ich wollte Euch nicht in Verlegenheit bringen.«

»Das hast du nicht.« Er legte seinen Waffengurt ab. »Der Wind war gegen ein so behäbiges Schiff wie die *Destine*.«

»Ihr habt mir gefehlt.« Obwohl Esthelia lächelte, verrieten ihre Augen, dass da noch etwas anderes war. »Ich habe Euch ein Bad vorbereitet.«

Mit geschickten Handgriffen öffnete sie die Schnallen seines Harnisches. Darunter kamen die Narben zum Vorschein. Alte und neue. Esthelia hielt inne. »Jemand hat Euch verletzt.«

»Ich bin vom Pferd gestürzt«, wich er ihr aus und verschwand in den Bädern, wo er sich entkleidete und in das schaumbedeckte Wasser stieg. Anschließend legte er sich auf das Bett. Esthelia brachte ihm Essen und gesellte sich zu ihm. Dankend schüttelte er den Kopf, doch sie bestand darauf.

»Mein Onkel ist tot«, sagte sie. »Ich wollte, dass Ihr es zuerst erfahrt.«

Laudan setzte sich auf, sah vor sich, wie der untersetzte Ri'shan am Tag seiner Abreise die Flucht ergriff. »Wer war das? Lazair?«

»Ja. Danach ist er verschwunden.«

»Was ist mit Ilaeus und dem Rest deiner Familie?«

»Sie sind wohlauf, Lord. Aber ich fürchtete das Schlimmste. Fürchtete um Euch.«

»Um mich?« Er verstand nicht. »Mir geht es gut.«

»Aber Rakshazul nicht. Ich habe ihn gesehen.«

»Sie kümmern sich um ihn.« Seine Kehle war zugeschnürt. »Ich werde mich dafür einsetzen, dass du das Amt deines Onkels übernimmst. Ilaeus ist ein guter Junge. Er möchte die Welt sehen. Aber Venantes wird dich brauchen, um es in eine bessere Zukunft zu führen, und ich brauche keine Dienerin.«

»Lord?«

»Ich wünsche es so. Nein, ich möchte dich darum bitten, Esthelia. Verwandle die Arena in einen Ort des Friedens, wie Harian es gewollt hätte.«

Sie schlug den Blick nieder. Tränen glänzten darin. »Ich war nicht ehrlich mit Euch. Ihr habt einmal gefragt, wieso ich mich entschieden habe, Euch zu dienen. Die Wahrheit ist, ich hielt Euch für die beste Partie, um meine Heimat zu retten. Und jetzt …«

»Jetzt rettest du sie selbst.« Er lächelte.

Esthelia schien mit sich zu ringen. »Ich hielt Euch für versessen, an nichts anderem interessiert als an Politik und Ruhm. Ich dachte, Ihr wärt der Liebe nicht fähig.«

»Das spielt keine Rolle. Ich will nur das Beste für Isthenien.«

»Verzeiht mir. Ich habe Euch unrecht getan. Es war nur eine

Nuance. Ein haarfeiner Riss in Eurer ansonsten perfekten Fassade, und doch habe ich es gewusst.«

Er erstarrte, als er begriff, wollte nicht, dass sie es aussprach. Wenn sie es gesehen hatte, dann vielleicht auch Kazul.

»Ihr liebt ihn.«

Sein Blick fiel auf die Dolche, die auf der Kommode lagen. Er wollte das nicht tun, mochte Esthelia. »Ich weiß nicht, wovon du –«

Sie zog ihn in die Arme. Er biss sich auf die Lippe, unterdrückte, was in ihm aufzusteigen drohte. »Er hat es nicht bemerkt«, flüsterte sie. »Euer Schauspiel war makellos. Es war in Venantes, als Ihr ihn in den Käfig trugt.«

Er fand keine Worte, konnte die Wahrheit nicht verleugnen.

Esthelia lächelte ihm zu. »Ich bin eine Ri'shan. Ich ehre sein Andenken. Aber mehr noch bin ich Eure Freundin. Ihr seid nicht allein.«

# Kapitel 47

## Alte Zeit

Caliyan kam auf dem Boden einer Zelle zu sich. In ihrer feuchten Kälte durchfuhr ihn ein Schmerz, als würde ein Messer über seine Knochen kratzen. Er keuchte, hatte keine Magie mehr, nur die Fessel, die ihn spüren ließ, was wirklich in ihm wütete.

Unweigerlich zuckten seine Hände zu dem glatten Metall, doch eine Bewegung im Augenwinkel sorgte dafür, dass er innehielt. Er kam auf die Knie, schmeckte Blut auf seinen aufgesprungenen Lippen und starrte hinter die Gitterstäbe, wo ein Schatten lehnte. Nein, kein Schatten. Ein Mann.

Aus dunklen Augen beobachtete ihn der Berater seines Bruders. Alcaelus kam nicht einmal selbst. Er schickte andere vor, wie er es stets getan hatte.

In seiner maßgeschneiderten Kleidung trat Kazul vor, die Haare frisiert, wie es seinem Bruder gefiel. Alcaelus formte wahrlich die Welt nach seinem Gefallen; war ihr Schöpfer und Vernichter zugleich.

Vor dem Gitter ging Kazul in die Hocke. Der Saum des kostbaren Gehrocks schleifte im Dreck. »Du warst bewusstlos. Kannst du mir sagen, wie du heißt?«

Er war der Fischer, musste denken wie der Fischer. Er strauchelte zurück. Seine Muskeln zitterten vor Schmerz. Sollten sie doch zittern.

»Vaelen.«

»Hab keine Angst.« Kazul zog eine Feldflasche unter seinem

Mantel hervor und schob sie durch die Gitterstäbe. »Ich bin ein Freund.«

Caliyan griff danach, drehte sie hastig auf. Wasser schwappte über seine Hand, geruchlos wie das Gift. War es so einfach? Er trank, leerte die Flasche.

»Gut so«, sagte Kazul. »Erzähl mir von deinem Leben. Wer bist du?«

»Ich bin Fischer«, antwortete er zögerlich und erzählte von Iovis und den Klippen, von der Aureale und den Herbststürmen, die an ihrer Hütte rissen, von Makrelenströmen und Tagen voll Hunger.

Kazul schien seine Geschichten zu mögen. Er stellte Fragen über die Gezeiten und lauschte, bis der Schmerz durch Caliyans Körper zuckte und seine Hoffnung zunichtemachte, dass Kazul ihm mehr als bloßes Wasser gegeben hatte.

Während er dalag und die Zähne aufeinanderpresste, schob Kazul eine Hand durch das Gitter und ergriff die seine. Er schien sie zu betrachten, drehte seine Handfläche nach oben und strich über die Schwielen, die das jahrelange Fischen hinterlassen hatte. Hände logen nicht.

»Ein einfaches Leben«, stellte Kazul fest und berührte ihn an der Schulter wie ein Freund, der einen lieb gewonnenen Menschen leiden sah. Caliyan ließ es zu. Vielleicht konnte er Kazuls Vertrauen gewinnen. Alcaelus würde es nicht gefallen, dass sein Diener die teure Kleidung mit Blut und Schmutz besudelte. Aber ihm gefiel es, gefiel, dass die Macht seines Bruders nicht unendlich war.

Kazul erhob sich. »Ich komme morgen wieder. Halte durch.«

Nachdem Kazul fort war, untersuchte er die Gitterstäbe. Magie pulsierte darin. Dies war kein bloßes Gefängnis, natürlich nicht.

Bald kroch die Dämmerung den Flur entlang. In der Nacht waren die Schmerzen so schlimm, dass sich seine Hand um die Phiole krampfte und er davon fantasierte, sie zu benutzen und sich anschließend mit dem gesplitterten Glas das Leben zu nehmen. Er war gefangen, konnte die Fessel nicht abnehmen. Alcaelus würde es spüren.

Mit dem Morgenlicht kamen Schritte. Kazul kehrte zurück und gab ihm Brot, das er unter seinem Mantel verbarg. Als Caliyan es herunterschlang, dämmerte ihm etwas. Kazul hatte Mitleid. In diesen kleinen Gesten hinterging er seinen Bruder.

»Vor einiger Zeit bist du bei einer Parade gewesen«, sagte Kazul, nachdem er zu Ende gegessen hatte. »Wenn unsere Soldaten dich schneller erreicht hätten, wäre dir viel Leid erspart geblieben. Der Mann, der dir all das angetan hat, ist ein Feind der Heressia.«

»Nur weil die Heressia der Feind meines Feindes ist, macht sie das nicht zu meinem Freund. Meinen Freund hat sie umgebracht.«

»Den alten Fischer? Was geschah mit ihm?«

Caliyan erzählte von der Folter und all den Grausamkeiten der heressianischen Soldaten. »Wieso tut die Heressia so etwas? Wieso tötet sie einen Menschen, der so viel Güte in sich hatte?«

»Weil Gerechtigkeit eine Illusion ist, Vaelen. Sie existiert nicht.«

War das Schmerz auf Kazuls Gesicht? Reue für das, was die Soldaten getan hatten? Dieser Mann konnte ihm helfen, er begriff das jetzt. Wieder streckte Kazul ihm die Hand entgegen, und er klammerte sich daran, während er über seine Zeit in Venantes sprach. Erst Stunden später verließ ihn Kazul wie am Tag zuvor.

Wieder brach die Nacht herein. Im Traum kam Laudan zu ihm. In seinen Armen existierte kein Schmerz. Die Sonne schien auf sie herab, und das Meer flüsterte wie in Pirea. Er wollte ihn nicht loslassen, wollte bei ihm bleiben, für immer.

Dann brach er an, der letzte Tag seines Lebens.

»Heute erzähle ich dir etwas«, sagte Kazul. Er saß am Gitter, und Caliyan lag davor, weil aufrecht sitzen ihn zu sehr anstrengte. »Du bist sehr krank, aber du hast einen Bruder, der dich liebt. Er hat dich lange gesucht. Du fehlst ihm sehr.«

Worte wie Balsam in all dem Schmerz. Sie klangen wie die Märchen, die Edris ihm erzählt hatte. Ein Teil von ihm wollte glauben, dass es irgendwo einen Bruder gab, der ihn liebte. »Wo ist er?«

»Er lebt in einem Palast der Erinnerungen, in dem die Zeit stillsteht. Er kann ihn nicht verlassen, aber du kannst ihm Gesellschaft leisten, wenn du es wünschst.«

Kazul ließ es so schön klingen. Ein schöner Traum, gefiltert durch die Augen eines Außenstehenden. Nur ein Traum.

Nein, mehr als das. Seine Chance auf das Gegengift. Auf Rache. Auf Freiheit.

Und auf Laudan.

Er hob den Kopf. Kazuls Augen spiegelten wider, dass er an die rührselige Geschichte glaubte, die Alcaelus ihm erzählt hatte.

»Bring mich zu ihm«, sagte er. »Ich wünsche es mir.«

Eine Weile war er allein mit seinem Schmerz, mit Fieberträumen, in denen Laudan ihn zum Abschied küsste. Dann schwang die Tür des Verlieses auf. Zwei Wachen flankierten Kazul, doch er selbst legte den Arm um ihn und zog ihn auf die Füße. Caliyan strauchelte gegen ihn und hinterließ dabei blutige Abdrücke auf weichster Seide.

Von Kazul gestützt, stolperte er aus den Verliesen und schirmte die Augen vor der Nachmittagssonne ab. In einiger Entfernung hastete eine dunkelhaarige Adlige zum Haupthaus. Dieselbe Frau, die Laudan nach Isthenien begleitet hatte. Ob sie zu ihm ging? Auch Laudan musste die Tage gezählt haben, musste wissen, dass dies sein letzter war. Er wollte nicht glauben, dass es so endete.

Die Blicke der Garde verrieten, dass das, was gerade geschah, äußerst inadäquat war, aber niemand hielt sie auf. Hinter dem Tor stolzierten Pfaue zwischen Blumen und Sträuchern, wo lange nichts als Trümmer gewesen waren. Kazul brachte ihn nach Hause. Das Vergangene existierte im Heute und tat es doch nicht.

Jenseits des Gartens stieg Laudan das Portal zum Palais hinauf. Caliyans Beine gaben nach, und Kazul hielt ihn aufrecht. »Es tut weh«, flüsterte er und beobachtete, wie Laudan im Inneren verschwand. Wieso war er hier, wo er ihn doch in Sicherheit wissen wollte?

»Nur noch ein Stückchen«, sagte Kazul. »Es ist nicht mehr weit.«

Jeder Schritt dauerte eine Ewigkeit, in der Kazul ihn vorwärtsschob. Die vertraute Eingangstür hielt man ihnen offen. Der Saal dahinter war so reich mit Lilien geschmückt, als würden seine Eltern ein Fest feiern und gleich die Stufen hinabsteigen, um ihren heimkehrenden Sohn zu begrüßen. Die Landschaftsgemälde, die er so liebte, hingen noch. Einzig die Gardesoldaten störten das Bild, standen überall im Saal verteilt. Zu viele für einen sterbenden Magier wie ihn.

Kazul führte ihn die Freitreppe hinauf zu einem kleinen Raum mit einem Tischchen, den es früher nie gegeben hatte. Dort sank er auf den einzigen Stuhl und sah im Großformat, wie die *Roa Hourak* brannte. Zynisch, so zynisch.

»Das ist jetzt dein Zuhause. Ein Diener wird sich um dich kümmern, bevor du deinen Bruder sehen wirst. Er freut sich auf dich.«

Kazuls Hände legten sich auf seine Schultern. Es war ein schönes Märchen und Kazul ein zu gutmütiger Mann, um Alcaelus zu dienen.

Ein kaum hörbares Klicken. Ein ohrenbetäubender Sturm. Die Tür fiel ins Schloss; die Fessel von seinem Hals. Er hatte sie nicht geöffnet, hatte das nicht getan. Magie rauschte in seinen Adern. Der Schmerz ebbte ab und verschwand am Rande seines Bewusstseins, als er realisierte, dass Kazul ein Magier war. Und dies ein Test.

Er blieb sitzen, bis ihn der Gedanke an die Abläufe der Initiation zum Handeln zwang. Sie würden ihm alles nehmen. Laudan hatte ihm davon erzählt. Schritte näherten sich. Zu spät, fast zu spät.

Seine Finger glitten in die magische Innentasche. Er nahm die Phiole heraus, zog den unteren Teil des Gemäldes vor und legte das Gefäß auf die Rahmeninnenseite.

Kaum saß er wieder, schwang die Tür auf. Ein Diener trat ein. Laudan hatte ihm erzählt, wer er war, doch Caliyan hätte es auch so gesehen, hätte es gespürt.

Leas' Magie glich der seiner Schwester, nur stärker. Man hatte ihn Teralyn entrissen, weil Alcaelus einen Heiler wollte. Und damit Leas nicht sah, dass Alcaelus nicht alterte, hatte man ihn geblendet. Wegen seiner Gabe durfte Leas leben. Weil Teralyns Gabe zu schwach war, musste sie sterben. An ihr ein Exempel zu statuieren, war wertvoller als ihre Magie.

Leas begrüßte ihn und legte Tücher und frische Kleidungsstücke auf einer Kommode ab, bevor er mit einer Schale voll duftend schaumigem Wasser zu ihm herantrat. Niemals würde es ausreichen, um ihn von Schmutz und Blut zu befreien.

»Erlaubt mir, Euch zu entkleiden.«

Leas streckte die Hand aus und legte die Stirn in Falten, als seine Finger über die blutverkrusteten Lumpen glitten, die Caliyan trug. Er streifte sie ab, und Caliyan bezweifelte, dass Leas wusste, wen er vor sich hatte. Falls er seine Magie spürte, verbarg er es gut.

»Ein Gift wütet in Euch.« Leas tauchte ein Tuch in die Schüssel. Behutsam löste er damit Blut und Schmutz, holte sauberes Wasser und wiederholte die Prozedur.

»Hilf mir«, flüsterte er. »Bitte.«

»Das vermag ich nicht.« Mit einer weichen Bürste reinigte Leas seine Nägel. »Ihr seid kein Lord.«

»Ich bin Fischer.«

»Erzählt mir vom Meer.«

Caliyan schloss die Augen und sprach von der Schönheit der See, die er kaum in Worte zu fassen vermochte. Von einer blauen Unendlichkeit und dem Horizont dahinter; jenem Ort jenseits der Zeit, wo Träume wahr wurden.

Er hörte erst auf zu sprechen, nachdem Leas seine Arbeit beendet hatte, und er duftete wie sein Bruder. Leas lächelte, und ihm war, als blickten seine trüben Augen durch ihn hindurch.

»Ich kann es sehen. Ich danke Euch.«

»Ihr wurdet nicht blind geboren«, stellte Caliyan fest.

»Nein.«

»Das tut mir leid.«

Er wollte mehr sagen, Alcaelus verfluchen und über Teralyn berichten, die er geliebt hatte, doch er tat es nicht. Leas hüllte ihn in kostbare Kleider und wandte sich zur Tür.

»Wartet hier.«

Dann war Leas fort, die Chance vertan. Als Nächstes würde er seinem Bruder gegenübertreten. Er erhob sich und zog die Phiole hinter dem Bilderrahmen hervor. Einen Augenblick lang wog er das kunstvolle Gefäß in seiner Hand und beobachtete, wie das Blut über die Wände des Glases floss.

Alcaelus mochte sein Schicksal in den Händen halten. Doch er hielt das Schicksal der ganzen Welt. Der Inhalt der Phiole war mächtiger als jedes Geschoss, und seine Magie rief danach. Wenn er dem Ruf nachgab und den Inhalt verwendete, um Alte Magie zu benutzen, würde er die Dunkelheit über die ganze Welt bringen.

Eher starb er, und das war der einzige Grund, sie überhaupt zu öffnen. Die Phiole war sein letzter Trumpf gegen Alcaelus, wenn alles andere versagte. Sie war Selbstzerstörung.

Caliyan legte die Kette an und verbarg sie unter seiner Kleidung. Er war bereit, dem Monster entgegenzutreten, das einst sein Bruder gewesen war. Ein Monster zu töten, war leicht. Er hatte es schon einmal getan. Auch wenn das Gift in ihm tobte, konnte er es wieder tun.

Er schloss die Augen. In einem anderen Raum drang das Rauschen der See durch ein geöffnetes Fenster. Er konnte ihn riechen, den Duft der Zitronenhaine, der sich daruntermischte. Nichts war so sehr Liebe und so sehr Hass zugleich.

Eisiger Schmerz durchzuckte sein Handgelenk. So unerwartet, jetzt, da die Magie das Gift unterdrückte. Er presste die Zähne aufeinander und umklammerte seinen Arm, um abzumildern, was sich nicht abmildern ließ.

Ihm war kalt. So kalt.

Irgendetwas am Rande seines Bewusstseins flüsterte ihm zu, dass dies anders war. Dass sich das Gift anders anfühlte, anders in ihm tobte und dass dies einem präzisen Schnitt glich, aus dem das Leben aus ihm herausfloss.

Doch da war nichts.

Keine Wunde.

Blankes Entsetzen schnürte ihm die Luft ab.

*Laudan.*

Dies war Laudans Schmerz, nicht seiner.

Jahrhunderte hatten ihm eingebrannt, wie es sich anfühlte, wenn *er* starb; was es bedeutete, dasselbe Ende zu finden, obwohl ihre Leben aneinander vorbeiliefen. Caliyan sprang auf, musste etwas tun, musste sofort …

Mit dem Rücken sackte er gegen die Wand, als er begriff.

Alcaelus erwartete, dass er genau das tat.

# Kapitel 48

## Zwei Seiten einer Medaille

Laudan tastete sich vorwärts. Das Öl benebelte seine Sinne und ließ Schemen hinter der Augenbinde aufflackern, die nicht existierten. Wieder hatte Leas ihn nicht damit verschont, und nun taumelte er an den Wänden des Korridors entlang, an dessen Ende ein selbst ernannter Gott wartete.

Zweifelsohne genoss Alcaelus dieses Schauspiel, hatte ihn heute zu einer Audienz geladen, aber was er mit Cal vorhatte, gab Laudan Rätsel auf. Er hielt ihn in den Verliesen fest. Esthelia beobachtete täglich, wie Kazul dort hinabstieg.

Hatte er ihm das Gegengift verabreicht? Falls nicht, steckte einer der Dolche in Laudans Stiefel. In seiner Verzweiflung hatte er ihn an Leas vorbeigeschmuggelt, war vorsichtiger gewesen als beim letzten Mal, denn heute lief Cals Zeit ab, und er würde nicht tatenlos dabei zusehen.

Ihr Plan existierte noch immer. In sicherer Entfernung wartete eine Flotte auf sein Zeichen. Reskir hielt die Kommunikation aufrecht. Falls er Cal verlor, sollten sie feuern. Doch jetzt war er hier, setzte mit verbundenen Augen einen Schritt vor den anderen und fantasierte davon, Alcaelus den Dolch in den Hals zu rammen. Er machte einen großartigen Attentäter; ihm war schwindlig, seine Gedanken wirr. Er fürchtete die Visionen, konnte sich nicht leisten, dass sie ihn verrieten.

*Vorwärts.*

Etwas durchzuckte ihn. Gerade rechtzeitig riss er die Hände vor, um seinen Sturz abzufangen, und rang auf dem Marmor nach Luft.

Das Blut rauschte in seinen Ohren. Er kämpfte dagegen an, bis er merkte, dass es keine Vision war, die ihm ein Hirngespinst in den Kopf setzte, sondern ein Sturm, der auf ihn niederging.

Cals Magie.

Hatte er sich befreit und kam hierher? Brach das Chaos los? Jener Moment, den Laudan jahrelang herbeigesehnt hatte? Und doch legte sich der Geschmack von Blut auf seine Zunge. Die Schlucht; alles wiederholte sich. Cals Dunkelheit. Das Morden.

Schritte traten heran. Er ließ sich nichts anmerken, rappelte sich auf, und zuckte zusammen, als ihn jemand am Arm berührte.

»Lass mich dir helfen. Ich glaube, du schaffst es heute nicht aus eigener Kraft.«

Bevor er abwinken konnte, zog Kazul ihn auf die Füße. Was hatte er hier zu suchen? Eine Audienz war heilig. »Eine Vision …« Laudan ließ seine Stimme so abgekämpft klingen, als hätte er gerade eine Schlacht verloren. Kazul stützte ihn.

»Ich weiß. Ich nehme dir die Augenbinde ab. Das macht es leichter.«

»Nein. Die Initiation –«

»Spielt keine Rolle.«

Das samtene Band flatterte zu Boden. Er blinzelte gegen das Licht an, das ihnen entgegenstrahlte. Nur wenige Schritte trennten sie von der Halle mit der umlaufenden Bibliothek, wo Alcaelus auf ihn wartete.

Kazul deutete nach vorn. »Ich begleite dich. Du hast mir soeben etwas bewiesen, und dafür danke ich dir. Ist dir noch schwindlig?«

Er nickte, mehr brachte er nicht zustande. Hatte Kazul ihn durchschaut; wusste womöglich, wer er war? Laudan unterdrückte die aufsteigende Panik.

»Lass mich helfen.« Kazul streckte die Hand aus und legte sie an seine Schläfe. Die simple Berührung ließ die Effekte des Öls abklingen. Kazul war ein Magier, vielleicht ein Eranthi, den Cal übersehen hatte.

Laudan hatte ihn maßlos unterschätzt.

»Wie habt Ihr das gemacht?«

Kazul lächelte und schob ihn vorwärts. »Komm, es wird Zeit, dass wir offen sprechen.«

»Wir?«, fragte er.

»Ja, wir.«

Gemeinsam hielten sie auf die Halle zu. Sein Herz raste. Er hatte es mit zwei Magiern zu tun. Zwei Gegnern, wenn man von all den Gardesoldaten absah, die im Palais stationiert waren. Falls Cal hierherkam, rannte er womöglich direkt in sein Verderben. Laudan musste ihn warnen, aber wie?

Am Kopfende der Halle brach die Sonne durch die Fensterbänder und tauchte die dort wartende Gestalt in gleißendes Licht. Es war der Mann mit der goldenen Maske. Alcaelus de la Vere, der Sha. Seine prunkvolle Robe reichte bis zum Boden des Podestes, auf dem er stand wie eine exquisite Statue, eingehüllt in Schwarz und Gold. Alcaelus hatte die gleichen Wangenknochen wie Cal. Die gleichen geschwungenen Lippen. Doch unter der Maske existierte nichts als Unterdrückung und Hass.

Vor dem Podest blieb Kazul stehen. Laudan tat es ihm gleich und schlug den Blick nieder, wie es von ihm erwartet wurde. Dabei sah er die gläserne Ampulle auf dem Tisch, an dem Alcaelus und er vor seinem Aufbruch gesessen hatten. Das Gegengift? Dann hatte Alcaelus es Cal noch nicht verabreicht.

Der Marmor verschwamm unter Laudans Füßen. Jede Sekunde glaubte er zu fallen, doch er fiel nicht. Kazul fiel, als sich Alcaelus den Siegelring vom Finger zog. Reglos blieb er auf den Stufen liegen, und Laudan starrte auf ihn herab, bevor er sich zu ihm herunterbeugte, um ihn auf den Rücken zu drehen.

Kazul legte die Stirn in Falten. Mit zittrigen Händen umklammerte er Laudans Schulter. Er blickte an ihm vorbei, als suche er etwas, seine Mimik ebenso befremdlich wie die ungeschickte Bewegung, mit der er den Arm danach ausstreckte. Sein leerer Blick heftete sich darauf, fand, was er gesucht hatte.

Alcaelus.

»Du kannst jetzt gehen. Für heute brauche ich dich nicht mehr.«

»Ja, Eure Heiligkeit.« Kazul rappelte sich auf und verbeugte sich tief. Von seiner sonst so selbstverständlichen Eleganz war nichts geblieben. Hinter ihm fiel die Seitentür ins Schloss.

Dann wandte sich Alcaelus Laudan zu. »Es wird Zeit, dass *wir* offen sprechen.«

Dieselben Worte. Dasselbe Lächeln.

Er erstarrte, als er verstand.

»Meine Wege sind unergründlich, Laudan. Kazul ist nur ein Gefäß. Ich bin dir immer nahe gewesen, auch wenn du es nicht wusstest.«

Alcaelus machte einen Schritt auf ihn zu, und Laudan sank vor jenem Monster auf die Knie, das nicht einmal davor zurückschreckte, andere Menschen zu kontrollieren. Der Kazul, den er kannte, existierte nicht. Es war Alcaelus gewesen, die ganze Zeit lang. Er presste die Stirn gegen den kalten Marmor. Hatte er sich bereits verraten? Fehler gemacht?

»Du hast deinen Auftrag erfüllt und deinen Wert erneut bewiesen, Held der Heressia. Aber das war nur der Anfang, der Beginn einer neuen Ära. Der Mann, den du mir gebracht hast, besitzt unschätzbare Macht, doch in seinen Händen schwindet sie dahin wie vertrocknendes Herbstlaub. Daher muss ich dich um einen weiteren Gefallen bitten.«

»Alles, Eure Heiligkeit.« Er wagte kaum zu atmen. Der Dolch drückte in seinem Stiefel. Er konnte ihn ziehen und alles auf diese Karte setzen, diese eine blitzschnelle Bewegung. Aber wieso sollte bei Alcaelus funktionieren, was schon bei Yria gescheitert war?

»Erhebe dich. Du hast im Korridor etwas gespürt, das sich nicht verleugnen lässt. Du hieltest es für eine Unpässlichkeit. Sieh mich an.«

Er tat es, blickte in jene Augen, die Cals so ähnlich waren und doch ganz anders.

»Was du spürst, ist keine Schwäche, Laudan. Es ist die Bestätigung dessen, was ich schon immer wusste. In deinen Adern fließt Göttlichkeit. Du hast die Bestimmung zu etwas Großem, doch eine Variable wurde falsch gewählt. Ich werde das korrigieren. Zusammen formen wir diese Welt. Du und ich.«

Er erstarrte. Sie hatten sich geirrt.

Alcaelus hatte nie vorgehabt, Cal einzusperren, um die Quelle in Sicherheit zu wissen. Alcaelus wollte selbst zur Quelle werden. Deshalb war Laudan hier. Seine Gedanken überschlugen sich. *Ich brauche es, dass du dich erinnerst.* Cals Worte. *Ich brauche dein Blut und Alte Magie, um das Ritual aufzuheben.* Alcaelus wollte genau das, und er wollte, dass Cal es tat. Cals letzter Ausweg war ihr aller Untergang.

»Du bist so schweigsam. Was bereitet dir Sorgen?«

»Ich bin nur überwältigt, Eure Heiligkeit. Ihr batet um einen Gefallen bezüglich des Gefangenen?«

»Was kümmert er dich?«

*Die Welt,* dachte er. *Alles.*

»Nichts.«

»Dieser Mann hatte immer eine Schwäche. Hat er sie abgelegt, erfährt er meine Gnade. Dreh dich um. Du musst nichts tun, außer zu dem Korridor zu blicken, aus dem du gekommen bist.«

Kein Kampfeslärm drang heran. Keine Schreie. Aber Alcaelus schien nur darauf zu warten, dass die Hölle losbrach. Das Schicksal der Welt entschied sich heute, und es entschied sich hier.

Er musste dieses Spiel weiterspielen, also drehte er sich um.

Alcaelus flüsterte Worte, die er nicht verstand. Seine Beine gaben nach. Er taumelte rückwärts in Alcaelus' Arme, der ihn aufrecht hielt. Etwas stimmte nicht, stimmte ganz und gar nicht. Er wollte sich losreißen, aber seine Versuche erstarben, als Magie in seinen Körper sank. Sein Kopf fiel zurück, sackte gegen Alcaelus' Schulter.

»So ist gut.« Alcaelus zog etwas hervor und schloss die Finger darum. Eine Klinge blitzte auf. Ein filigraner Dolch, dessen Anblick sich für immer in sein Gedächtnis gebrannt hatte. Mit der

Handfläche nach oben legte Alcaelus Laudans Hand in die seine. »Hab keine Angst.«

Mit aller Kraft stemmte sich Laudan gegen die Magie, doch er konnte sich nicht bewegen, nicht entkommen. Sein Blick ging ins Leere. Winzige Staubpartikel tanzten im gleißenden Licht. Alcaelus hatte von Variablen gesprochen. Jetzt war er die Variable, die seinen eigenen Plan zum Scheitern brachte.

Er zitterte, doch er fürchtete nicht um sich. Er fürchtete um Cal und das endlose Leid, das ihn erwartete, falls jetzt kein Wunder geschah.

Und es geschah keines.

Schmerz durchfuhr ihn, als Alcaelus ihm das Handgelenk aufschnitt. Ungläubig starrte er auf das Rinnsal, das von seiner Hand an seiner hellen Robe entlanglief. So viel Blut.

»Jetzt warten wir.« Alcaelus hielt ihn aufrecht. »Ich danke dir für dein Vertrauen. So etwas Perfektes wie dich erneut zu beschädigen, ist lästerlich. Aber um ihn zu testen, musste ich es tun. Morgen ist das alles nichts als ein entfernter Traum, das verspreche ich. Sei stark, Held der Heressia.«

Laudan keuchte. Die Halle verschwamm vor seinen Augen. Er wollte die Wahrheit herausschreien, Alcaelus mit der einzigen Waffe treffen, die ihm noch geblieben war. Aber er hatte Cal ein Versprechen gegeben, also schwieg er, während das Blut aus seinem Arm sickerte wie verrinnender Sand.

# Kapitel 49

## Blut wie Feuer

Caliyan kauerte vor dem Gemälde, jenem Inferno, in dem er *ihn* verloren hatte. Der Phantomschmerz peitschte durch seinen Körper. Es tat so weh. Wie konnte er Laudan das ertragen lassen? Die Melodie rief nach ihm. Er wollte ihr folgen, die gemalten Flammen heraufbeschwören und sie in einer Schneise der Vernichtung hinter sich herziehen.

Stattdessen wankte er von einer Wand zur anderen, zitterte halb wahnsinnig vor Sorge, halb tot vom Gift. Dies war er, der wahre Test seines Bruders. Er musste ihn nur bestehen, irgendwie.

Und wenn er sich irrte? Wenn ihm nur noch Minuten blieben? Sekunden, um eine Entscheidung zu treffen, bevor Alcaelus sie für ihn traf? Dann käme das Ende. Alles, was sie einander bedeuteten, wäre für immer verloren im Sand der Zeit.

Er schloss die Augen, hielt an der Melodie fest, die jetzt leiser sang. Seine Hand krampfte sich um die Phiole. Vielleicht hätte ein anderer seine Bürde getragen, ohne daran zu zerbrechen, doch er konnte es nicht. Falls Laudan starb, blieb ihm nichts als Asche.

Er riss die Tür auf, rannte los.

Unterwegs ließ er den Fischer hinter sich und wurde zu Caliyan, der das Versprechen brach, das er Laudan abgerungen hatte. Gleißendes Licht blendete ihn. Wie eine Motte stürzte er ihm entgegen und sammelte dabei Magie in seiner Hand, bereit, Alcaelus alles entgegenzuschleudern, was er hatte, und mehr.

Aus dem Korridor schoss er in eine Halle, eingetaucht in den Glanz der Sonne. Rote Sprengsel tanzten darin. Blut. In Schlieren rann es über Laudans Robe, strömte in einem stetigen Rinnsal aus seinem Handgelenk. Alcaelus stand hinter ihm wie ein strahlender Gott und lächelte.

Ihr Plan existierte nicht mehr.

Eine Flamme loderte in Caliyans Hand. Er rief nach seinem Bruder, ein Schrei wie der einer Bestie, und Laudan öffnete die Augen. Schmerz tobte darin. Caliyan kannte ihn, wie er sich selbst kannte. Laudan gab sich die Schuld, obwohl es seine war.

»Du enttäuschst mich, kleiner Bruder. Ich hatte gehofft, du kommst nicht.« Alcaelus drückte die filigrane Klinge an Laudans Hals, wiederholte seinen schlimmsten Albtraum. »Gut gespielt. Ich war nah dran, dir zu glauben, aber im letzten Akt hast du versagt.«

Blut füllte Caliyans Mund. Er verkrampfte unter dem Schmerz, den das Gift mit sich brachte.

»Was du spürst, ist Gift«, fuhr Alcaelus fort. »Ohne Gegengift bleiben dir noch wenige Stunden. Durch ihn nur noch Minuten. Also spar dir die Dummheiten. Das willst du doch nicht noch einmal mit ansehen.«

Caliyan erstickte die Flamme in seiner Hand und ließ Laudan nicht aus den Augen. Ein Blinzeln, kaum merklich, mehr würde Laudan ihm nicht geben. Er war stark im Gegensatz zu ihm, sparte seine Kräfte. »Sein Arm … halt ihn hoch. Du brauchst ihn lebend, genau wie ich.«

»Du liebst ihn noch immer.« Alcaelus schloss die Hand um Laudans Handgelenk und drückte auf die Wunde, bis dieser vor Schmerzen keuchte. »Das konnte ich dir nie austreiben. Vielleicht bin ich überhaupt erst schuld an deiner Obsession. Aber du irrst dich. Wenn er stirbt, verliere ich nur ein wenig Zeit. Du, Caliyan, verlierst die ganze Welt.«

»Aufhören.« Er sank auf die Knie. Wenn er doch nur Laudans Schmerzen auf sich nehmen könnte. Er hätte es getan, eine Ewigkeit lang, wenn er es gemusst hätte. Alcaelus wusste es, wusste alles. »Bitte«, flehte er. »Er verblutet sonst.«

Alcaelus rührte sich nicht. »Ich dachte, das Schicksal bringt mir meinen Bruder zurück. Einen naiven Jungen, den ich hätte lieben können. Stattdessen kniet der Mann vor mir, den ich gebrochen habe.«

Ein Zittern ging durch Laudans Körper. Er taumelte, stand nur noch, weil Alcaelus ihn aufrecht hielt. Und Caliyan war schwach, zog die Phiole hervor und riss die Kette ab. Sein Schicksal, sein letzter Trumpf. »Sein Arm, oder ich beende es, beende es sofort!«

Laudan wandte den Kopf Alcaelus zu, als könne er nicht ertragen, ihn so zu sehen. Seine Lippen bewegten sich zu einem Flüstern nah an dessen Ohr.

»Also gut.« Sein Bruder hob Laudans Arm auf Kopfhöhe und lachte leise, aber es lag keine Freude darin. »Ich tue dir den Gefallen. Er macht dich blind. Das hat er schon immer.«

Das Blut lief langsamer, rann an Laudans Ellenbogen herab. Hätte er Laudan doch nur in Ethelis zurückgelassen, dann würde er Alcaelus jetzt die Dunkelheit in den Körper treiben und ihn damit zerfetzen, statt zu knien. »Was verlangst du von mir?«

»Er lebt. Unter einer Bedingung. Trink, Caliyan. Befreie dich, wie du es an den Obsidianklippen vorhattest. Heute hält dich niemand auf.«

Laudans Blick ruhte auf ihm. Er hätte alles für ein Leben mit ihm gegeben, für ein bisschen mehr Zeit. Aber es gab kein Gegengift für ihn, denn dies war kein Märchen, und er war kein Held. *Vergib mir.*

Er wog die Phiole in seiner Hand, konnte damit die Welt ins Chaos stürzen, Alcaelus töten und Laudan retten. Doch er würde schlimmer werden als sein Bruder. Ein Monster, unaufhaltbar, es sei denn, er schaffte es, seine Magie gegen sich selbst zu richten, bevor es zu spät war.

Oder er tat, was Alcaelus sagte, und hob mit ihrem Inhalt und Alter Magie das Ritual auf. Nur deshalb erinnerte sich Laudan an ihn. *In dieser Nacht sterbe ich.* Der Tod war sein einziges Ziel gewesen. Sein letzter verbliebener Wunsch.

»Ich mache dir ein Geschenk, kleiner Bruder. Das Gegengift ist hier. Er ist hier. Ich gebe dir ein Leben mit ihm. Frieden, ohne die

Dunkelheit, die dich zerfrisst. Ich heile, was die Alte Magie zerstört, mache ihn unsterblich. Du könntest mit ihm zusammen sein. Für immer. Entscheide dich.«

Er öffnete die Phiole, führte sie mit zittriger Hand an seine Lippen. Alcaelus' Blick verriet, dass er die Wahrheit sagte. Das gesamte Wissen der Eranthi, von dem Caliyan dachte, es sei verbrannt, existierte hier. Und es existierte in seinem Bruder.

Aber es gäbe kein Glück für sie. Einzig ein Leben in einer Zelle mit einem Kerkermeister, mächtiger und gnadenloser als jeder Gott. Sein Blick blieb bei Laudan. Könnte er ihn dann noch lieben?

Hinter den Fenstern enthüllte die Dämmerung das Meer. Dort draußen wartete die Flotte auf ihr Zeichen, bereit zum Angriff, und er hörte Vaelens Worte, die so lang her und doch so wahr waren. *Weil Freiheit das höchste Gut ist, Caliyan.*

Freiheit. Das hier war größer als sie beide.

Größer als ihr Schicksal.

»Trink, Caliyan.«

»Vergib mir.«

Er schleuderte die Phiole fort, und das Blut ergoss sich über den Marmor, auf dem sie in tausend Scherben zersprang. Er hatte ihr Todesurteil unterzeichnet. Lieber erduldete er eine Endlosigkeit der Qual, als Laudan Alcaelus zu überlassen.

Ein Sturm tobte auf der unteren Gesichtshälfte seines Bruders, und Caliyan lachte auf. Blut quoll aus seinem Mund, doch es war ihm egal. Ihrer beider Träume lagen auf einer Waagschale. Doch nur er hatte alles hineingeworfen. Seine Ideale. Laudan und sich selbst. Er erhob sich, und Laudan lächelte ihm zu. Caliyan de la Vere starb nicht auf den Knien. »Hörst du die Sandkörner fallen, Bruder?«

Kein Zögern, diesmal nicht. Er stürzte vorwärts, schleuderte Alcaelus die Hölle entgegen, die aus ihm hervorzuckte. Sein Bruder hätte Laudan den Dolch in den Hals treiben und seinen Körper als Schutzschild nutzen können; stattdessen stieß er Laudan von sich und bestätigte Caliyans Vermutung: Sie beide brauchten Laudan. Und zwar in diesem Leben.

Sein Angriff prallte von Alcaelus ab und schoss über Laudan hinweg, der auf dem Marmor aufschlug. Seine Lider flatterten, bald würde er das Bewusstsein verlieren. Und dann … kam der Tod.

*Ich will ein Leben mit dir,* hatte er ihm zugeflüstert und nichts mehr gefürchtet, als dass er ihn verlor. Er würde Laudan ihren Traum geben, und Laudan würde leben, um ihn zu sehen.

Alcaelus' Magie raste ihm entgegen, stärker als je zuvor, und Caliyans Schutzschild flimmerte auf. Nicht um sich selbst. Um Laudan. Er presste die Zähne zusammen, keuchte. Die Magie darin war kein gewöhnlicher Zauber, sondern sein mächtigster. *Die Zeit steht still für dich.*

Ungebremst drang der Angriff in Caliyans Körper, riss ihn zu Boden. Alcaelus' Gesicht erschien über seinem. Kalt und leer, als habe er das, was seinen Bruder ausmachte, längst abgelegt.

»Faszinierend. Wie viel Magie hast du jetzt noch übrig?«

*Zu wenig,* dachte er.

»Genug.«

Er rappelte sich auf, spuckte Blut vor Alcaelus' Füße. *Klingentänzer*. Ein letztes Mal würde er tanzen. Nicht mit den Dolchen, sondern mit der Dunkelheit. Er beschwor sie aus seinen Händen; Kurzspeere, so glatt wie die Zähne der *Hathruun* und ebenso schwarz wie das, aus dem sie gemacht waren. Seine Finger schlossen sich darum.

»Du vernichtest dich selbst?«

»Wie viel Magie hast *du* jetzt noch übrig?« Er grinste, ließ die Dunkelheit in seine Klingen hineinströmen. Es war nicht genug. Er wollte mehr; wollte alles damit überziehen und schoss auf Alcaelus zu. Unter seinen Hieben zerfiel dessen Schutzschild zu Staub.

Mit seinen neuen Waffen presste er Alcaelus zu Boden, warf sich über ihn. Er war die Rache und der Tod. Und nun holte der Tod seinen Bruder.

Er stieß zu. Alcaelus' Arm schnellte nach oben, um die Klinge abzuwehren, die Caliyan ihm auf die Brust setzte. Langsam bohrte sich die Spitze durch die Robe in seinen Körper. »Du hast kein Herz, Bruder. Wie kann ich etwas durchbohren, das nicht existiert?«

Alcaelus hielt gegen ihn, ein irres Flackern in den Augen. Zu spät merkte Caliyan, wo dessen freie Hand ruhte. In Laudans Blut.

Die Welt hörte auf zu existieren, verwandelte sich in kaltweißen Schmerz. Er flog. Der Aufprall presste alle Luft aus seinen Lungen. Die Speere entglitten ihm. Er sah nichts mehr, hörte nichts mehr, und Alcaelus zog ihn hoch, schleifte ihn mit sich.

In seiner Qual sackte er auf die Knie, und Alcaelus hielt ihn, wie ein großer Bruder es tun würde, um einen Albtraum zu vertreiben, aus dem Caliyan nicht erwachen konnte.

Alcaelus' Hand glitt seinen Rücken hinauf. Etwas lag darin, strich über seine Haut unterhalb der dünnen Kleidung. Ein Flüstern, so sanft wie ein Schlaflied, bevor die Klinge zwischen seine Rippen sank.

Es tat so weh.

Seine eigenen Laute rissen ihn zurück in die Wirklichkeit. Neben Laudan schlug er auf dem Marmor auf, wo Alcaelus ihn auf den Rücken drehte und in die feuchte Wärme presste, die aus seinem Hemd quoll. Er kam nicht dagegen an.

»Ich habe dich geliebt«, sagte Alcaelus. »Wir hätten Götter sein können, doch du hast das Leid gewählt, und bald wirst du nichts als Asche sein.«

Unter all dem Schmerz zerbrach der Schutzschild, und Laudans Zeit lief weiter. Er keuchte neben ihm. Caliyan wollte den Kopf drehen, ihn ansehen, aber Alcaelus' Magie hinderte ihn daran.

Sein Bruder griff über ihn hinweg, zog Laudan auf die Seite und hielt sein Handgelenk über Caliyans Gesicht. Tränen brannten in seinen Augen, als das Blut auf seine Lippen tropfte. Alcaelus würde das Ritual aufheben. Er würde sterben, endgültig sterben.

»Komm schon, Caliyan.«

Mit letzter Kraft presste er die Lippen zusammen. Die Dunkelheit rief nach ihm, schrie lauter als je zuvor. War das das Ende einer jeden Quelle? Sein Schicksal? Seine Hand zuckte gegen Alcaelus' Magie nach oben, bereit, ihn zu vernichten und zu dem Monster zu werden, das er aus ihm gemacht hatte.

Eine sanfte Berührung an seinem anderen Arm. Laudan. Er hielt inne, war nicht allein und schloss die Augen, um der Melodie zu lauschen, die er so viele Jahre erstickt hatte. Wieso hatte er Liebe mit Hass begraben? Es war immer Vaelen gewesen, der nach ihm gerufen hatte. Wie hatte er ihn jemals aufgeben können?

Jetzt war es zu spät, alles verloren.

*Vergib mir,* dachte er.

Laudans Finger krampften sich in seinen Arm. Auch er wusste es, spürte es. Doch was Caliyan spürte, war etwas anderes. Seine Magie glitt aus ihm hinaus, und er ließ es zu, hieß den Schmerz willkommen. In Ethelis hatte Laudan sie wiederhergestellt. Jetzt nahm er sie ihm. Nahm alles, bis nichts mehr übrig blieb.

»Schon … gut«, flüsterte Laudan und ließ ihn los. »Lass es zu.«

»Tu, was er sagt.«

Alcaelus legte ihm die Hand ans Kinn, zwang seinen Mund offen. Er schaffte es nicht, dagegen anzukämpfen, seine Bewegungen klägliche Versuche, mehr nicht. Wie damals rann Laudans Blut zwischen seine Lippen, um aufzuheben, was sie verband. Gleich würde Alcaelus merken, dass sich Laudan bereits erinnerte. Alte Magie umschloss sie.

Doch diesmal geschah *nichts.*

»Was …?«

Ein Dolch blitzte in Laudans Hand auf. Laudan rammte ihn Alcaelus in den Hals. Sein Bruder keuchte, die Augen aufgerissen unterhalb der Maske, als könne er nicht glauben, was geschah. Er sackte nach hinten. Seine Hand zuckte in Richtung der Wunde, doch Laudan war schneller, warf sich über ihn.

»Du hast deine Variable falsch gewählt, Alcaelus de la Vere. Jetzt zeige ich dir, wie man einen Gott tötet.« Mit beiden Händen trieb Laudan Alcaelus den Dolch ins Herz, gab all seine Kraft in diesen

Hieb und setzte frei, was er zurückgehalten hatte. Er wankte über ihm, zitterte. Doch er hatte sein Versprechen gehalten. Mehr noch, er hatte Alcaelus bis zum Ende getäuscht.

Alcaelus' Bewegungen erstarben. Leblos lag er unter Laudan, die toten Augen auf ihn gerichtet. Caliyan schaffte es, sich aufzurichten, kam auf die Knie. Laudan sackte gegen ihn. Er zog ihn in die Arme, wie er es in Cerza getan hatte, und presste die Hand über sein Handgelenk. Blut quoll zwischen seinen Fingern hervor. Laudan stöhnte leise, war ruhelos.

Tief in sich suchte Caliyan nach einem Funken seiner Magie.

*Nichts.*

Er verschränkte ihre Hände, flehte. »Gib sie mir wieder … nur ein bisschen.«

Ein Hauch kehrte zu ihm zurück; ein Flüstern, nicht ansatzweise genug, um die Zeit erneut anzuhalten. Aber das brauchte er auch nicht. Er hielt Laudan fest, und ein erstickter Schrei löste sich aus Laudans Kehle, als er den Schnitt ausbrannte.

»Ich hab dich«, flüsterte er. Die Wunde verschwamm vor seinen Augen. »Alles wird –«

Er sackte nach hinten, streckte die Hand nach Laudan aus und griff ins Leere.

Zitternd lag er auf dem Marmor, bis Laudan ihn aufrichtete und eine Ampulle an seine Lippen führte. Eine Flüssigkeit rann in seinen Mund. Er keuchte, schluckte sie herunter.

»Sch … trink. So ist es gut.«

Der Schmerz des Giftes wandelte sich in ein dumpfes Echo, das allmählich verklang. Laudan lächelte. Er sah so blass aus und doch so glücklich. Caliyan hielt an diesem Blick fest; seinem Licht, seinem Leben.

Laudans Hand glitt über seinen Rücken, fand die Dolchwunde. »Cal …?«

»Ist … in Ordnung.«

Panik tobte in Laudans Augen. Er hielt ihn aufrecht, zog sein Hemd aus, und Caliyan sackte gegen ihn. Als Laudan die Wunde begutachtete, schien er etwas zurückzuhalten, von dem er nicht wollte, dass Caliyan es hörte. Er sank in Laudans Arme und rang sich ein Lächeln ab. »Tut mir … leid.«

»Nein, Cal. Nicht so.«

Laudan legte ihn auf dem Marmor ab und kroch durch das Blut zu Alcaelus. Was er dort tat, sah Caliyan nicht, aber Laudan redete unablässig mit ihm, erzählte ihm süße Nichtigkeiten, und er wusste, warum er das tat. Er kannte solche Wunden. An dieser würde er sterben.

Es war in Ordnung.

Alcaelus war tot, und Laudan lebte. Mit ihm hatte die Rebellion eine Chance auf Frieden. Seine Finger glitten durch die Blutlache. Altes Blut direkt unter seinen Fingerspitzen. Er konnte das Ritual noch immer aufheben. Er wollte es nicht, nie wieder. Was sie hatten, war wahr, und vielleicht sollte sein Bruder recht behalten. Ihre Verbindung war ein Geschenk und kein Fluch. »Das nächste Mal … werde ich ihn sehen«, flüsterte er.

»Was, Cal?«

»Unseren Traum.«

# Kapitel 50

## Masken

Wir machen unseren Traum wahr.« Laudan kniete neben Alcaelus und zog ihm mit zittrigen Fingern Cals blutgetränkte Kleidung an. »Du und ich gemeinsam.«

Mit Robe und Maske kroch er zu Cal zurück, der um jeden Atemzug kämpfte. Behutsam hob er seinen nackten Oberkörper an, als eine Bewegung in seinem Augenwinkel flackerte. Bei der Seitentür stand Kazul, der echte Kazul, und richtete den Blick auf Alcaelus' Leichnam, bevor er schrie.

Laudan sprang auf. Mit einem Satz war er bei ihm, presste ihm die Hand über den Mund und drückte ihn dabei gegen die Wand. Kazul ließ es geschehen, starrte ihm aus angstgeweiteten Augen entgegen. Sein Atem raste unter Laudans Fingern. Er war nicht mehr als eine Schachfigur. Kein Magier, kein Monster. Doch er wusste zu viel, und er hatte den Fehler gemacht, jetzt in diese Halle zu kommen. Seine Faust krampfte sich um den Dolch. Er hatte keine Wahl, hatte keine …

Mit einem präzisen Hieb trieb er Kazul die Klinge ins Herz. Ein Keuchen. Kazuls Finger bohrten sich in seine Schulter, bevor er starb. Laudan schleifte ihn mit sich, ließ ihn neben Alcaelus fallen und inszenierte, was sie jetzt brauchten, um zu überleben.

Auf dem Weg zu Cal verschwamm die Halle vor seinen Augen. Er sackte auf die Knie, halb geöffnete Lider erwiderten seinen Blick.

»Halt durch«, flehte er und streifte Cal Alcaelus' Robe über. Hastig verschloss er die Knöpfe und schnitt ein Loch in den Stoff, wo Cals Wunde war. »Bitte halt durch.«

Von unten drangen Rufe und schwere Schritte herauf. Laudans Blick huschte zu Alcaelus. Er hatte ihn auf den Bauch gedreht und in die Blutlache gezogen. In der Öffentlichkeit trug der Sha eine Kapuze, aber sein Haar darunter sah aus wie Cals, nur kürzer.

Er fasste Cals Strähnen zusammen, nahm den Dolch und schnitt sie ab. Das Haarbündel stopfte er in die Tasche, bevor er nach der Maske des Sha griff. Nichts als Leid und Terror verband er mit dem goldenen Ding, und jetzt legte er es Cal an. Cals Lippen bewegten sich, doch er brachte kein Wort hervor.

»Nicht sprechen. Schone deine Kräfte.«

Mit dem Dolch trennte er ein Stoffstück aus seiner Robe, knüllte es zusammen und presste es auf Cals Wunde. »Hilfe«, schrie er. »Attentäter!«, und flüsterte Cal zu: »Es ist der einzige Weg.«

Cal schloss die Augen und öffnete sie wieder. Er verstand, war bei Bewusstsein, doch wie lange noch?

»Hilfe! Der Sha ist verletzt.« Die Garde donnerte herbei. Dreißig Mann, vielleicht fünfzig. Die Halle drehte sich um ihn. »Was starrt ihr so?«, keuchte er. »Holt einen Heiler, sonst stirbt er!«

Jemand rannte los.

Er hielt Cal dicht bei sich. Die Soldaten umringten sie, und Offizier Sathris trat gegen Alcaelus' Körper, der wieder in die Ausgangsposition zurückrollte.

»Ich habe ihn getötet.« Laudan erstickte die Schwäche in seiner Stimme, maskierte die Angst, die ihn zu überwältigen drohte. *Ich bin der Ranghöhere,* dachte er. *Der Ranghöchste.*

»Der Gefangene, Lord?« Sathris kam zu ihm herüber.

»Er hat plötzlich angegriffen.« Cals Blut quoll zwischen seinen Fingern hindurch, so viel davon. »Kazul starb bei dem Versuch, Unsere Heiligkeit zu schützen. Auch mich hat er erwischt, verbrannt, mit seiner Zauberei.«

Unter Cal zog er die andere Hand hervor und hielt sie so, dass alle die Brandwunde sahen. Ein Raunen erhob sich. Cal zitterte in seinen Armen. Unterhalb der goldenen Maske suchten seine Augen die seinen. *Bleib bei mir, bitte.* »Wo bleibt der verdammte Heiler?«

Mit Tasche und Verbandszeug eilte Leas aus der Seitentür. Laudan erstarrte. Als einer der wenigen Vertrauten des Sha würde er ihren Schwindel zweifellos entdecken, obwohl er blind war. Was um aller Welt sollte er jetzt tun?

»Lasst mich Unsere Heiligkeit untersuchen.« Leas kniete sich neben ihn.

Er hielt an Cal fest, wollte ihn nicht loslassen, doch ihm blieb keine Wahl. »Eine Dolchwunde an seinem Rücken.«

Behutsam zog Leas Cal aus seinen Armen und rollte ihn auf die Seite, während Laudan das Stoffstück weiterhin auf Cals Wunde drückte. Nahe der Einstichstelle trennte Leas die Robe weiter auf, brachte Cals blutverschmierte Haut zum Vorschein und legte die Hand über Laudans.

»Ihr habt alles richtig gemacht, Lord. Lasst los.«

Dunkles Blut quoll aus der Wunde und rann an Cals Rücken herab. Leas presste die Hand darüber und zog mit der anderen ein Glasfläschchen hervor, wahrscheinlich Somnium. »Haltet seinen Kopf.«

Sie flößten ihm den Inhalt ein, und Cal hustete schwach. Laudan ließ Leas nicht aus den Augen. Spätestens jetzt hätte er vermutet, dass dieser Cal an seiner Stimme entlarvte, doch Leas fuhr stur mit seiner Arbeit fort. Unter seiner Hand hörte die Einstichstelle auf zu bluten.

Als Leas Cal einen Verband anlegen wollte, stürmte ein Heiler in die Halle. Er stieß Leas beiseite und begutachtete sichtlich irritiert die Wunde.

»Was hast du mit ihm gemacht?«

Leas zuckte mit den Schultern und bandagierte Cals Oberkörper. Der Heiler starrte nur. »Bringt Unsere Heiligkeit hier raus«, rief er, nachdem Leas seine Arbeit beendet hatte. »In seine Gemächer.«

Zwei Gardesoldaten eilten herbei, um Cal fortzutragen. Laudan kam ihnen zuvor, hob ihn hoch, doch seine Beine gaben nach. Er war zu schwach, schaffte es nicht. Sie entrissen ihm Cal, der ihm die Hand entgegenstreckte. Leblos glitt sein Arm ins Leere und baumelte an seinem Körper herab, als sie ihn forttrugen.

Noch immer hockte Laudan in der Blutlache und kämpfte dagegen an, das Bewusstsein zu verlieren. Leas berührte ihn an der Schulter. »Ihr habt viel Blut verloren.«

»Wird er leben?«

»Auch er hat viel Blut verloren. Aber Ihr habt die Blutung gestoppt. Er wird leben.«

Sein Herz hämmerte. Cal würde leben. *Ich?* Er starrte Leas an. Dieser legte die Hand auf sein Handgelenk, ohne dass er ihm die Wunde gezeigt hatte.

»Bitte gib mir einen deiner Tränke.« Laudan hoffte inständig, dass ihn seine Intuition nicht täuschte. »Aber kein Somnium.«

Zur Antwort zog Leas zwei Ampullen hervor und reichte sie ihm. »Eine jetzt, die andere bei Sonnenaufgang.«

»Werde ich davon müde?«

»Im Gegenteil.«

Er entkorkte eine Ampulle und leerte sie in einem Schluck. Die Flüssigkeit brannte auf seiner Zunge und bald darauf in seinem ganzen Körper. Mehr Soldaten strömten in die Halle. Einzig der Heiler schien bei Cal zu sein. »Geh zu ihm«, flüsterte er Leas zu. »Der Sha duldet keine Fremden bei sich.«

Ein Nicken. Leas verschwand durch die Seitentür, und Laudan zwang sich auf die Füße, trat vor die Reihen der Gardesoldaten. »Ich denke, ihr wisst, wer ich bin«, sagte er. »Lord Laudan Calieri, oberster Feldherr. Ich habe soeben ein Attentat auf das Leben Unserer Heiligkeit vereitelt und den Angreifer zur Strecke gebracht. Der Sha währt ewig. Niemand wird Sein Licht je auslöschen.«

»Ehre dem Sha«, hallte es ihm entgegen.

»Ich dulde nicht, dass dieser schändliche Versuch die Göttlichkeit unseres Herrschers beschmutzt«, fuhr er fort. »Verbrennt den

Attentäter. Lasst die Asche herbringen und jeden wissen, wie die Heressia mit denen verfährt, die es wagen, sich aufzulehnen.«

»Zu Befehl, Feldherr.«

Die Gardesoldaten hoben die Toten auf. Beim Anblick der leblosen Gestalt in ihren Armen überkam ihn Gewissheit. Bald schon würde von Alcaelus de la Vere nichts als Asche bleiben.

»Auf ein Wort.« Sathris verbeugte sich vor ihm. »Ich schulde Euch meinen Dank. Ihr wart zur Stelle, wo ich versagt habe.« Er winkte ab, doch der Offizier bestand darauf. »Ihr seid ein wahrer Held und Retter Seiner ewigen Herrschaft. Die Garde steht Euch zu Diensten, Lord Calieri.«

»Ich danke Euch«, erwiderte er.

Sathris wandte sich zum Gehen. Reglos blieb er zurück. Was um aller Welt hatte er nur getan?

In seinen Gemächern eilte Esthelia herbei, um sein Handgelenk zu verbinden. Laudan umfasste ihre Schulter. »Hol Vaskari.«

»Was ist passiert, Lord? Wer hat Euch das angetan?«

»Nicht jetzt.« Er nahm ihr den Verband ab und wickelte ihn um die Brandwunde, bevor er in die Kissen sank. Die Wirkung der Ampulle ließ bereits nach. »Vaskari … bitte.«

Esthelia rang sich ein Lächeln ab.

Nachdem sie fort war, fielen ihm die Augen zu. Erst der Klang einer vertrauten Stimme brachte ihn zurück. »Bei allem, was … du siehst furchtbar aus.«

Reskir stand an seinem Bett. Er setzte sich auf, die Kehle zu ausgelaugt, um zu sprechen. Das Wasser, das Reskir ihm reichte, stürzte er herunter.

»Der Sha ist tot.«

»Tot …? Wieso spricht niemand davon?«

»Langsam«, sagte er. Reskir nahm ihm das Glas ab, das in seiner Hand zitterte. »Niemand weiß davon.« Er verstummte, rang damit, wie viel er Reskir sagen sollte. Darüber hatte er bislang nicht nachgedacht.

Reskir zog einen Stuhl heran und setzte sich. »Was ist mit Caliyan?«

Wie gut es täte, sich ihm anzuvertrauen. Die halbe Wahrheit hatte er ohnehin gesagt, also erzählte er Reskir, was passiert war. Er ließ nichts aus, selbst die Täuschung nicht.

»Und *das* haben sie dir geglaubt? Hattest du das von Anfang an geplant? Das alles?«

»Das hätte ich niemals planen können. Ich habe nur meine Rolle gespielt, wie ich es ihm versprochen hatte.« Die Bilder aus dem Palais stiegen in ihm auf; Cals schiere Verzweiflung, mit der er die Phiole an die Lippen führte. »Ich dachte, ich würde ihn verlieren. Aber dann ist er aufgestanden, so stolz und schön wie nie zuvor.« Laudan hielt inne, hätte alles gegeben, um jetzt bei ihm zu sein, doch der Kodex war eindeutig: keine Audienz beim Sha ohne dessen ausdrücklichen Wunsch. Und solange Cal diesen Wunsch nicht äußerte, gab es keine Möglichkeit, ihn zu sehen.

»Verdammt, er wäre um ein Haar verblutet, ist wehrlos da drin … Er hat keine Magie und ich …« Laudan ballte die Hand zur Faust, bis ihm der Schmerz in seinem Handgelenk Tränen in die Augen trieb. *Ich habe ihn zur Hölle verurteilt. Den wichtigsten Menschen in meinem Leben.*

»Wir holen ihn da raus«, sagte Reskir. »Lass uns das Zeichen geben.«

»Nein …« Er zwang sich aufzustehen und ging ein paar Schritte. Das hier war falsch, konnte nicht so weitergehen.

Reskir trat neben ihn. »Was heißt hier *nein?* Deshalb sind wir hier.«

»Du hattest recht nach dem Hinterhalt in der Schlucht.« Laudan zog den Vorhang zurück. Draußen spiegelte sich der Mond in den goldenen Dächern ihrer Heimat. »Ich hätte mich fast verloren, aber du hast mir die Augen geöffnet, Reskir Vaskari. Ich glaube, ich weiß jetzt, was zu tun ist. Ich muss zur *Roa Hourak.* Begleite mich.«

»In deinem Zustand? Hast du den Verstand verloren?« Reskir drehte ihn zu sich. »Du hast den Sha getötet und Caliyan gerettet.

Jetzt holen wir ihn da raus und machen all das hier dem Erdboden gleich. Wir sehen gemeinsam, wie die Zitadelle brennt, erinnerst du dich?«

Seine eigenen Worte, selbstgerecht und fehlgeleitet. Er schloss die Augen. Teralyn musste den Redner in ihm gesehen haben; den Wunsch nach Freiheit und nicht jenen Hunger nach Rache, der den Feldherrn angetrieben hatte. »Ich werde nicht zulassen, dass wir um Ruinen kämpfen«, sagte er. »Es muss aufhören. Bring mich zur *Roa Hourak,* bitte. Ohne dich schaffe ich es nicht.«

Keine Widerworte, diesmal nicht.

Reskir führte ihn zum Geheimgang, wo das Wasser seinen Körper umspülte. In der Dunkelheit wurden seine Tauchbewegungen schwächer, erstarben schließlich, und es war Reskir, der ihn an die Oberfläche zog. Am Ufer half er ihm in eines der Fischerboote, das er seit ihrer Ankunft für die Kommunikation mit der Rebellion nutzte. Laudan erzählte von seinem Plan und driftete anschließend zum Klatschen der Ruder in einen unruhigen Schlaf.

Erst im Schatten des schwarzen Schiffsrumpfes erwachte er und sah sich um. Sie waren weit vor der Küste bei den Zwillingsfelsen, jenseits der Handels- und Patrouillenrouten der Heressia. Ein Matrose warf ihnen ein Seil entgegen. Reskir fing es, und Laudan ließ sich daran nach oben ziehen. An Deck warteten Gilain und Dryele auf sie.

»Wo ist Caliyan?«, fragte Gilain.

»Nicht hier.« Er senkte die Stimme und lief in Richtung der Kapitänskajüte. »Wir müssen reden. Wir vier.«

Sie traten ein, ließen die Besatzung hinter sich, und Laudan ignorierte die Fragen, die in ihren Augen brannten. Er stützte sich auf dem Holztisch ab, auf dem sich die Schlachtpläne türmten, an denen er wie besessen gearbeitet hatte. Was jetzt mit ihnen geschah, entschied sich hier.

Reskir trat neben ihn. Er hielt seinen Plan für Wahnsinn, aber Reskir wäre nicht Reskir, wenn er sich von ein bisschen Wahnsinn abschrecken ließe. Deshalb mochte er ihn so.

»Meine Magie ist fort.« Gilains Blick durchdrang ihn. »Er ist tot, nicht wahr? Ich dachte, du wärst es ebenso.«

»Caliyan lebt«, sagte er. »Aber ich musste ihm seine Magie nehmen. Hätte ich es nicht getan, wäre Alcaelus jetzt die Quelle.«

»Was ist passiert?«

»Sie haben gekämpft. Cal hätte gesiegt, aber Alcaelus hat mein Blut gegen ihn eingesetzt. Als er unaufmerksam war, habe ich ihn erwischt. Er ist tot.«

Gilain ließ sich auf einen Stuhl sinken. Dryele starrte nur, kannte die Zusammenhänge nicht, aber sie gehörte hierher, genau wie Reskir. Er gab ihnen Zeit, fuhr fort: »Ich habe Cal das Gegengift verabreicht, aber er ist so schwer verletzt, dass er fast verblutet wäre. Als ich versucht habe, ihn zu retten, hat sich eine Chance eröffnet, die wir vorher nie in Betracht ziehen konnten.«

»Was für eine Chance?«, fragte Gilain.

Laudan zwang sich, ruhig zu bleiben, schob all das beiseite, was er jahrelang selbstverständlich für den richtigen Weg gehalten hatte. »Sie halten Cal für den Sha, sie alle.«

Gilains Beherrschung fiel in sich zusammen. Er sah ihr an, dass ihre Gedanken rasten. »Wir greifen an«, sagte sie. »Jetzt sofort, im Schutze der Nacht.«

»Ich gebe den Befehl.« Dryele sprang auf.

»Das werden wir nicht tun.« Laudans Körper schmerzte. Seine Muskeln zitterten, und doch hatte er nie zuvor so klar gesehen, so klar gedacht. »Ich habe mein Leben in der Heressia verbracht«, begann er. »All die Jahre war sie für mich das personifizierte Böse. Ich habe sie gehasst. Jeden Einzelnen, der unter ihrer Flagge marschierte, allen voran mich selbst. Wie viele Soldaten habe ich in den Tod geschickt im Glauben daran, dass sie es verdienten? Ich habe nicht hinterfragt, welche Wahl ihnen der Kodex ließ oder ob sie dieselben Zweifel hegten und sie nicht auszusprechen wagten, weil sie in mir das Monster sahen, das ich in ihnen sah. Es gibt kein Gut und Böse in diesem Krieg. Es gab nur den Sha, dessen Ideen aus den Köpfen der Menschen verschwinden müssen, denn solange sie da sind, geben sie nicht auf. Sie kämpfen umso härter. Wenn wir sie schlagen, wird Ankhad ein Trümmerfeld sein, schlimmer als Ethelis, und die Heressia wird aus der Asche emporsteigen, fanatischer als je zuvor. Hass wird aus Hass geboren, und der Einzige, der ihn beenden kann, ist der, der ihn begonnen hat.«

»Was willst du damit sagen?«, fragte Gilain. »Dass Alcaelus' Tod nichts ändert?«

»Er ändert alles, solange wir nicht angreifen. Die Heressia vernichtet man nicht mit Gewalt, sondern mit Güte. Um wahrhaft frei zu sein, müssen wir sie von innen heraus verändern. Vor langer Zeit hatten wir einen Traum. Wann hat Krieg ihn je wahr gemacht?«

Gilain blickte an ihm vorbei. Wohin ihre Gedanken sie trugen, konnte er nur erahnen. »Das Mädchen, das ich einst war, hat daran geglaubt«, erwiderte sie schließlich. »Es hat an Caliyan geglaubt und an dich.«

»Dann glaub an ihn. Glaub an uns alle. Wir sind besser als das.«

»Du müsstest deine Rolle weiterspielen«, sagte Dryele leise. »Für immer. Und Caliyan müsste es ebenso. Weißt du überhaupt, was das bedeutet?«

»Ein geringes Opfer.« Ihre Freiheit im Tausch für die der anderen. Unwillkürlich tasteten seine Finger nach einem Ring, den er nicht trug. Er hatte keine Gelegenheit gehabt, mit Cal zu sprechen. Doch er wollte glauben, dass Cal ihn unterstützt hätte.

»Ich kehre ebenfalls zurück«, sagte Reskir, der bislang geschwiegen hatte. »Raelia ist beim Adel etabliert. Ich hole sie in die Zitadelle und Nisa ebenso. Caliyan wird sich freuen, sie dort zu wissen. Es sind kleine Schritte, aber Laudan ist sowieso schon ihr Held. Stell dir vor, wie sehr sie ihn in den Himmel heben, jetzt, wo er den Sha gerettet hat. Sein Plan ist absolut verrückt. *Er* ist absolut verrückt, aber ich glaube an ihn.«

»Reskir …« Seine Stimme war rau. Ihm fehlten die Worte.

»Schon gut.« Reskir grinste. »Ich will bloß wieder Kostüme tragen.«

Selbst Gilain konnte sich ein Lächeln nicht verkneifen. »Nehmen wir an, wir ziehen die Flotte ab, wie geht es danach weiter?«

»Dann beginnt der schwierige Teil«, sagte er. »Der langwierige. Du trittst in Verhandlungen mit der Heressia. Ich sorge dafür, dass Ethelis frei bleibt. Wenn wir uns wiedersehen, wird es auf Augenhöhe sein. Und irgendwann wird die Rebellion in Vergessenheit geraten, weil wir eins sind.«

Gilain schwieg lange. »Ich achte dich und ich vertraue dir, Laudan Calieri. Lass uns diesen Traum wahr machen.«

»Danke.« Laudan trat zurück. »Eine Sache noch. Sag ihnen, der Aschenbringer ist tot. Sag ihnen, sein letzter Wunsch war Frieden. Sag ihnen, dass er es so gewollt hätte.«

»Das werde ich.«

Sie verließen die Kajüte. Beim Ruderboot zog Dryele ihn in die Arme, und er drückte sie an sich. »Pass auf die *Roa Hourak* auf, ja?«

»Sie wird immer dein sein. Ich kümmere mich um sie, bis du sie wiederhaben willst.«

Dryeles Augen sagten ihm, dass sie wusste, wer er war. Er lächelte und klopfte ihr auf die Schulter. »Bis zum Horizont.«

»Und darüber hinaus«, erwiderte sie und reichte ihm eine verkorkte Flasche mit breitem Hals, in dem die zusammengerollten Reden steckten. Auf ihrem Grund lag das seidene Band mit dem Ring daran. »Hier. So wird nichts nass.«

Er schloss die Hand darum und hielt die Flasche ganz fest, während Reskir sie zurück nach Hause ruderte. Bevor sie durch den Tunnel tauchten, trank er den Inhalt der zweiten Ampulle und kämpfte sich in das unterirdische Kanalsystem. Keuchend und nach Luft ringend, blieb er dort liegen. Reskir schleifte ihn mit sich, bis sie die Zitadelle erreichten. Wie er in sein Bett gefunden hatte, wusste er schon nicht mehr.

# Kapitel 51

## Bruder

Die Brise strich über Caliyans Haut, als wolle sie das Feuer vertreiben, das sich von seinem Rücken durch seinen Körper brannte. Wo war er? Er stützte sich auf die Unterarme, um zu sehen, doch er vermochte es kaum, das Gesicht aus den Kissen zu heben. Sanft drückte ihn jemand zurück auf den Bauch.

Mit zur Seite gedrehtem Kopf blinzelte er gegen das Licht an, das über die prunkvollen Möbelstücke von Alcaelus' Schlafgemach hinwegtanzte. Ein ersticktes Keuchen kam ihm über die Lippen, als sein Blick auf eine Kommode fiel. Etwas darauf glänzte golden. Aus leeren Augen blickte ihm die Maske entgegen, die sein Bruder nie wieder tragen würde. In seinen Gedanken loderte der Kampf auf, durchfuhr Caliyan grausiger als der Schmerz.

*Laudan.*

Erneut legte sich die Hand auf sein Schulterblatt und verweilte dort, weich und warm. Es war nicht Laudans Berührung. Laudan durfte nicht hier sein. Er musste sehen, wer bei ihm war, doch der Schmerz hinderte ihn daran, sich umzudrehen.

»Eure Heiligkeit«, sagte jemand. »Bitte bewegt Euch nicht. Gebt Euch Zeit, um zu heilen.«

Er sank in die Kissen zurück. Sie hatten Laudans Lüge geglaubt, hielten ihn für den Sha. Anstelle der Magie breitete sich eine Leere in ihm aus, als trüge er die Fessel und trug sie doch nicht.

Sein Gegenüber zog einen Stuhl heran. Seine schwarze, schmucklose Kleidung erschien in Caliyans Sichtfeld, bevor er sich zu ihm setzte. Es war Leas.

»Habt Ihr Schmerzen?«

Er zögerte. Wieso hatte Leas diesen Schwindel nicht durchschaut? Wenn er sprach, würde er sich verraten, und berührte stattdessen Leas' Arm. Vielleicht verstand er ihn auch ohne Worte.

Leas legte die Hände auf den Verband an seinem Rücken. Magie strömte in seinen Körper, heilend wie Arahyrs und doch ganz anders, denn Leas war ein Seressare wie er. Unweigerlich zuckte Caliyan zusammen.

»Ich tue Euch nichts, Eure Heiligkeit. Ich bin nur ein Heiler.«

*Wieso erzählst du mir das?* Sicher hatte sein Bruder Leas nur wegen seiner Fähigkeiten zu seinem Leibdiener ernannt. Allmählich ebbte der Schmerz ab.

»Ihr müsst viel trinken.« Leas goss ihm Wasser ein, entkorkte eine Ampulle und mischte ihren Inhalt darunter. »Gegen das Fieber.« Mit Leas' Hilfe trank er. Seine Kehle schmerzte bei jedem Schluck. »Ihr wart lange bewusstlos«, fuhr Leas fort. »Fast zwei Tage.«

Er schloss die Augen und suchte in der Stille nach der Melodie, die nicht erklang. »Lord Calieri«, flüsterte er. Vielleicht war Leas so nicht in der Lage, seine Stimme von der seines Bruders zu unterscheiden. Es war töricht, doch er musste wissen, ob es Laudan gut ging.

»Lord Calieri hat Euch gerettet, Eure Heiligkeit. Er ist in seinen Gemächern.«

»Schick … nach ihm.«

»Das wäre äußerst ungewöhnlich. Besonders in Eurem Zustand.« Leas beugte sich zu ihm herunter. »Ich empfehle, mindestens eine Woche verstreichen zu lassen. Besser zwei.«

Leas wusste es. Er hatte es die ganze Zeit gewusst. Wieder berührte Leas seine Schulter. »Schon gut. Ihr steht unter Schock. Ich werde Euch helfen, Euch an die Abläufe im Palais zu erinnern. Aber zuerst müsst Ihr ruhen. Sorgt Euch nicht um Lord Calieri. Es geht ihm gut.«

»Ich weiß nicht, wie ich Euch –«

»Gar nicht, Eure Heiligkeit. Was ich für Euch tue, ist eine Selbstverständlichkeit. Die höchste Ehre, die jemandem zuteilwerden kann. Das gilt für alle Eure Diener, versteht Ihr?«

»Ja«, entgegnete er.

»Gut. Ich werde Euch von allem fernhalten, bis Ihr bereit seid.«

»Leas?«

»Ja, Eure Heiligkeit?«

»Warum tust du das?«

»Das sagte ich bereits.« Mit einem Lächeln deckte Leas ihn zu und erhob sich. »Ruft nach mir, wenn Ihr etwas braucht.«

Lange lag er da, bevor er in den Schlaf sank. Ausgerechnet hier, im Herzen des Bösen, hatte er einen Verbündeten gefunden.

Die Tage drifteten ineinander wie intensive Träume. Wenn er wach war, unterrichtete Leas ihn über die Feinheiten der Abläufe im Palais. Und er tat es so geschickt, dass ein Außenstehender nie vermutet hätte, dass er Caliyan in etwas einwies, das ihm fremd war.

Mittlerweile wusste er, wie sich sein Bruder verhielt, was er aß, welchen Wein er bevorzugte, wie er sich anzog und womit er sich beschäftigte. Einzig Alcaelus' Stimme musste er aus dem Gedächtnis zu imitieren lernen. Ruhig und bestimmt, etwas tiefer als seine eigene, gepaart mit einer Nuance Arroganz, als läge ihm die Welt zu Füßen, und genau das tat sie auch.

Leas ließ ihn sprechen, korrigierte ihn, und Caliyan fuhr fort, rezitierte den Kodex und die zeremoniellen Abläufe, bis seine Stimme nicht länger seine eigene war.

Alcaelus mochte tot sein, aber in seinem Palast der Erinnerungen war Caliyan ihm so nah wie nie zuvor. Alles, was sein Bruder hatte bewahren wollen, existierte hier. Und alles war erfüllt von einem Schmerz, weil Alcaelus es mit niemandem hatte teilen können.

Wusste Leas, dass sie Brüder gewesen waren? Vielleicht, aber sie hatten ein stilles Abkommen getroffen und sprachen über nichts, was auf seine wahre Identität schließen ließ.

Einzig eine Erkenntnis brannte mit jedem Tag heftiger, der verging, ohne dass Kanonenfeuer durch die Luft schnitt. Der geplante Angriff auf Ankhad würde nicht kommen. Laudan hatte ihn abgesagt. Wären ihre Rollen vertauscht gewesen, hätte er dasselbe getan; dasselbe Opfer gebracht. Und hier, in diesen Gemächern, wo Alcaelus' Schmerz fast greifbar war, verstand er, dass große Träume und Ziele immer einen Preis forderten.

Dies war jetzt sein Leben.

Eine knappe Woche war vergangen. Auf seinem Nachttisch lag eine Nachricht, geschrieben auf kostbarstem Papier. Er hatte Alcaelus' Handschrift kopiert, um sie zu schreiben, und das Dokument anschließend versiegelt. Doch als er es Leas gab, hatte dieser sich zu ihm gesetzt und einen Satz gesagt, der nicht weniger wahr sein konnte:

*Ihr seid noch nicht bereit.*

Und damit meinte er nicht die strikten Regularien, die sich Alcaelus aufgebürdet hatte. Auch nicht die Abläufe, um seine Identität zu verbergen, die für ihn so natürlich werden mussten wie das Atmen. Leas meinte den letzten Schritt, der noch ausstand. Um zu seinem Bruder zu werden, musste Caliyan de la Vere aufhören zu existieren.

Am Abend trat Leas mit einer Urne in seine Gemächer. Bis auf wenige goldene Details war sie schwarz. Caliyan betrachtete sie, bis das Mondlicht durch das Fenster brach. »Die Gruft«, sagte er schließlich und blickte auf. »Im hinteren Garten …«

Vielleicht hatte die Zeit sie längst zurückgefordert. Es war lange her, dass er dort erwacht war. Dort, wo alles begonnen hatte, in der Nacht der Flammen.

»Ihr geht oft dorthin, Eure Heiligkeit. Ihr habt Vorkehrungen getroffen, damit Euch niemand sieht, wenn Ihr es tut.«

Er erhob sich. »Ich würde gern dorthin gehen.«

»Lilien?«, fragte Leas.

»Immer.«

Wenig später folgte er Leas durch jenen Teil des Anwesens, den sein Bruder magisch abgeriegelt hatte. Niemand betrat diesen Bereich, in dem die Zeit stillstand, ohne seinen ausdrücklichen Wunsch.

Der hintere Garten war der seiner Kindheit. Ein Widerspruch zu der Parkanlage, die Alcaelus zu Repräsentationszwecken vor dem Palais angelegt hatte. Von außen sah man eine Illusion, doch dahinter öffnete sich ein dicht bewachsener wilder Garten, in dem Obstbäume, erhellt von magischen Lichtern, ihre Äste in den Himmel streckten. Ihre Blüten tanzten in der Brise und segelten hinab wie Schnee, der den Boden bedeckte.

Leas reichte ihm die Lilien, die er gemeinsam mit der Urne den Weg hinabtrug. Die Lichter leiteten ihn bis zur Gruft und flackerten auch in ihrem Inneren. Im Gewölbe blieb er stehen. Die Zeit hatte die Reliefs an den Särgen seiner Eltern zerbröckeln lassen, doch die Lilienstängel darauf waren grün, obwohl ihre Blüten mittlerweile vertrocknet waren.

In der Nische, wo er erwacht war, stand keine Holzkiste mehr, sondern ein Sarg aus weißem Marmor. Einzig an ihm nagte die Zeit noch nicht. Und obwohl er keine Inschrift trug, verriet die Kette, die auf dem Deckel lag, wen sein Bruder hier beerdigt hatte. Jenen letzten Teil seiner Vergangenheit; jene Liebe, die er für seinen Traum geopfert hatte. Yria.

Caliyan legte die Blumen ab und stellte die Urne dazu, bevor er auf die Knie sank. Er weinte nicht um das Monster, das die Welt ins Chaos gestürzt und ihm Vaelen genommen hatte. Er weinte um den Bruder, der nicht hatte verlieren können und der deshalb alles verloren hatte. *Zwei Seiten einer Medaille,* hatte Vaelen stets gesagt. *Sommer und Winter.* Wäre er der Winter gewesen, wenn er damals verloren hätte? Was hätte er getan? Was geopfert?

Caliyan fand keine Antwort darauf, außer einer. Ein schmaler Grat trennte ihn von seinem Bruder. Eine Abweichung. Ein Sieg. Nicht das Schicksal hatte sie bestraft; ihre Taten hatten es getan. Wieder und wieder. Und hier, bei Alcaelus' Asche, schwor er sich, besser zu sein.

Er verließ die Gruft und trat hinüber zum Abhang. Damals hatten Flammen Aerysia verschlungen. Heute tanzte einzig das Mondlicht über den goldenen Dächern. Wie schön sie war, ihre Heimat. Lange betrachtete er sie, bevor er zu Leas zurückkehrte.

Er war bereit.

Am nächsten Morgen öffnete Leas die Balkonfenster. Das Licht strömte hinein, und Leas blieb zwischen den wehenden Vorhängen stehen, als versuche er, die Eindrücke der Welt dort draußen einzufangen. Er war kaum älter als Laudan und verfügte doch über eine Weisheit, die seine Jahre weit zu übersteigen schien.

Caliyan trat zu ihm. Endlich kehrte seine Magie zurück. Auch die Melodie sang wieder; leise, aber hörbar, genau wie die Dunkelheit, die am Rande seines Bewusstseins flüsterte. Er konnte ihr widerstehen, würde stark sein. Für Ankhad, Laudan und sich selbst.

»Komm«, sagte Caliyan. Er wollte das Meer sehen, bevor sie begannen. Mit Leas trat er auf den Balkon, den Alcaelus ebenso vor neugierigen Blicken abgeschirmt hatte wie den Garten. Im Sonnenlicht schloss er die Hände um das Geländer, und der Wind ließ ihn frösteln, als er in die Ferne blickte.

»Die Zitadelle ruht auf der Spitze eines hellen Felsens«, sagte er. »Jenseits des Gartens stürzt die Klippe herab in eine kleine Bucht, wo sich das Meer in einem sanften Bogen gegen die Küste schmiegt. Wenn es auf das Festland trifft, spritzt Gischt auf und wirbelt herum wie Schnee. Bunte Fischerboote treiben in einem endlosen Blau, eingetaucht in die Strahlen der Sonne.«

Leas lächelte.

Schweigend verweilten sie nebeneinander, und Caliyan verdrängte den Wunsch, Leas von Teralyn zu erzählen. Er wollte glauben, dass er sich ihm eines Tages anvertrauen konnte, und wandte sich ihm zu. Der Wind riss an Leas schlichter Tunika und offenbarte, was er unterhalb des Kragens verbarg. Behutsam schob Caliyan den Stoff beiseite und betrachtete die schwarz durchzogene Haut.

Leas zitterte. »Eure Heiligkeit?«

»Wie oft …?«

»Selten.« Leas schloss die Augen. »Vor einigen Monaten habt Ihr mich einen Mann heilen lassen, der versprach, Euren Bruder nach Hause zu bringen. Ich vermochte es nicht, alles auf mich zu nehmen.«

*Lazair.*

Das war sie also, Alcaelus' Heilmethode gegen die Schäden Alter Magie. Er rang nach Fassung. »Du wärst gestorben, wenn du es getan hättest.«

»Es erschien mir wie ein Ausweg.«

Caliyan ließ den Kragen los und legte die Hand auf Leas' Schulter. »Das wird nie wieder passieren, hörst du? Nie wieder.«

»Ich weiß, Eure Heiligkeit. Sollen wir beginnen?«

Ruhelos ging er in den Gemächern auf und ab, während Leas ihm ein Bad vorbereitete. In dem säulenumgebenen Becken blieb er unter Wasser, bis seine Lungen ihn zum Auftauchen zwangen, wusch sich, trocknete sich ab und hielt still, damit Leas ihm einen frischen Verband anlegen konnte.

In einer schlichten Robe kehrte er in die Gemächer seines Bruders zurück, wo Leas ihn vor einen goldgerahmten Spiegel führte. Dort kämmte Leas seine Haare, die in wilden Strähnen bis zu seinen Ohren reichten, und schnitt sie, wo sie geschnitten werden mussten. Als Nächstes entkleidete er ihn und trug duftende Öle auf, bevor er eine kostbare schwarze Robe hervorholte, die mit floralen Goldstickereien durchwebt war. Mit präzisen Handgriffen legte Leas sie ihm an und verschloss die unzähligen Häkchen und Ösen.

Fertig angekleidet, sah Caliyan in den Spiegel. Seine Haare waren die seines Bruders, genau wie die Robe, die seinen Körper fast gänzlich bedeckte. Selbst Handschuhe und Siegelring trug er jetzt. Unter all dem Stoff war sein Gesicht alles, was ihm noch geblieben war. Er richtete den Blick auf die Maske in Leas' Händen und kämpfte gegen das, was in ihm aufzusteigen drohte.

»Eure Heiligkeit?«

»Ich bin bereit«, sagte er mit belegter Stimme und beobachtete im Spiegel, wie Leas hinter ihn trat, die Maske über sein Gesicht legte und mit einem samtenen Band an seinem Hinterkopf verknotete.

Er sah ihn jetzt, den Sha.

In den nächsten Tagen erkundete Caliyan die Teile des Palais, die Alcaelus mithilfe magischer Barrieren abgeriegelt hatte. Nur Leas und jetzt auch er wussten, wie sie funktionierten. Dabei waren sie nicht notwendig, weil es ohnehin niemand wagte, das Allerheiligste zu betreten. Doch seinen Bruder hatte das nicht davon abgehalten, sie zu errichten.

Zum ersten Mal seit dem Kampf betrat er die große Halle. Der Marmor strahlte makellos. Seine Robe schleifte darüber, als er die Stufen des Podestes hinabstieg und auf die Wendeltreppe zuging, die in die Galerie führte. Er stieg hinauf und fuhr mit den Fingern die Buchrücken entlang. So viele Jahre hatte er geglaubt, all diese Werke mit der Explosion des weißen Turmes vernichtet zu haben. Aber er hatte sich geirrt, und jetzt lag er vor ihm, der wahre Schatz seines Bruders, der das gesamte Wissen der Eranthi umfasste.

Wie viel Leid hätte er sich mit diesen Büchern ersparen können? Wie viel Schmerz? Es spielte keine Rolle. Er war hier. Jetzt, wo Laudan sich erinnerte. Andächtig schritt er auf der schmalen Empore entlang, die sich auf der Rückseite des Saals verbreiterte. Ein Schreibtisch stand dort, umgeben von einem Durcheinander, das so gar nicht zu der Ordnung im Rest des Anwesens passen wollte.

Überall stapelten sich Dokumente, lagen Bücher, Schreibzeug und Karten. Darunter auch Unterlagen aus seinen Archiven in Venantes, überzogen mit der Schrift seines früheren Selbst. Alcaelus hatte sie herbringen lassen.

Caliyan setzte sich in das Chaos und ließ die Eindrücke auf sich wirken. Seine Hände glitten über die abgewetzten Lehnen des Stuhls und über die Macken des Schreibtisches, der dem seinen so ähnlich sah. Wie viel Zeit hatte sein Bruder hier verbracht?

Willkürlich zog er eines der Pergamente hervor. Darauf war eine komplizierte Formel notiert, eine Abfolge alteranthischer Zahlen und Buchstaben. Eine Berechnung, doch Caliyan verstand ihre Bedeutung nicht. Er legte das Schriftstück beiseite, griff nach dem nächsten und dem wieder nächsten. Sie alle zeigten das Gleiche. Erst bei genauerem Hinsehen fielen ihm die Abweichungen auf. *Was hast du hier gemacht, Bruder?*

Alcaelus hatte viel geforscht und scheinbar Unmögliches vollbracht. Wie sollte er auch nur beginnen zu erahnen, über welches Wissen er verfügt hatte? Sein Bruder hätte Laudan unsterblich machen können. Dieses Wissen war hier, irgendwo in diesen Büchern oder direkt vor seiner Nase in den Formeln, doch er würde Zeit brauchen. Jahrzehnte oder vielleicht sogar Jahrhunderte, um all diese Werke zu lesen.

Zeit, die Laudan nicht hatte.

Er würde sie lesen. Aber er würde keinen Moment mit Laudan opfern, um es zu tun, nicht eine Sekunde. Er hob eines der Bücher auf und las so lange, bis die Dunkelheit über die Halle hereinbrach. Ohne es beiseitezulegen, machte er Licht und las zu Ende.

Ein bisschen mehr Wissen.

Caliyan griff nach dem Nächsten. Er würde ein System brauchen. Wenn er dieses Wissen teilte und mehr Menschen Alteranthisch verstünden, ließen sich diese Bücher vielleicht …

»Ich hatte mir fast gedacht, Euch hier zu finden«, drang Leas' Stimme zu ihm herauf. »Es ist spät, Eure Heiligkeit. Wollt Ihr denn nichts essen?«

»Ich komme.« Caliyan legte das Buch beiseite. Morgen würde er wiederkommen. Er stieg die Wendeltreppe hinab und folgte Leas in den Speisesaal, an dessen Tafel bereits ein üppiges Festmahl vorbereitet worden war.

Hatte Alcaelus jeden Tag so gespeist, während die Ärmsten der Armen überall im Reich hungerten? Er dachte an Cerza und die Unterstadt, an all die Menschen, denen die Heressia so viel wegnahm. Dinge würden sich ändern müssen.

Widerstrebend nahm er Platz und blickte aus den geöffneten Fenstern über die nächtliche See hinweg. Der Anblick erinnerte ihn daran, wie er Vaelens Hand ergriffen und ihn vor unendlich langer Zeit weg von dem rauschenden Fest hinunter zum Meer geführt hatte. Die Brandung war ihre Musik gewesen in diesem Moment, der sein Leben für immer verändert hatte. Deshalb liebte er das Meer.

*Wir sind beide hier.* Seit Pirea waren sie stets zusammen gewesen, und jetzt fehlte er ihm schmerzlich.

Im Augenwinkel tauchte Leas auf, der ihm Wein eingoss.

»Leiste mir Gesellschaft«, bat er.

Leas blieb in seiner Nähe, doch er setzte sich nicht. Wahrscheinlich war auch das eine der Regeln, die Alcaelus ihm auferlegt hatte. »Setz dich. Iss mit mir.«

»Aber, Eure Heiligkeit –«

»Es ist meine Regel, Leas. Ich kann sie ändern.«

Lächelnd nahm Leas Platz. Als Caliyan ihn beim Essen betrachtete, lächelte auch er zum ersten Mal, seit er im Palais erwacht war. Er würde die Welt zum Besseren verändern, würde geben, statt zu nehmen, und der Mensch sein, den Vaelen in ihm gesehen hatte. Das schwor er sich.

# Kapitel 52

## Heute, morgen und für immer

In geschwungenen Lettern vollendete Laudan die letzten Sätze, bevor er die Schublade aufzog und das Dokument auf den Stapel legte. Darunter zog er den Ring an dem Seidenband hervor und lehnte sich damit zurück. Das Morgenlicht brach durch die Vorhänge und flimmerte über den Berg von Erlassen und Korrespondenzen, die er in der Nacht durchgearbeitet hatte. Erst jetzt, nachdem die tagelangen Festivitäten zur Rettung des Sha endeten, die er selbst mit einer Ansprache vor dem Kriegsrat eingeläutet hatte, war Zeit dafür gewesen.

Er steckte sich den Ring an und ließ sich aufs Bett sinken. Vieles war wie früher und doch ganz anders. Die Augen fielen ihm zu. Einzig das einsetzende Klopfen an der Eingangstür seiner Gemächer gestaltete das Einschlafen schwieriger als gedacht. Er vergrub den Kopf unter der Decke. Wer auch immer es war, sollte später wiederkommen.

Das Geräusch verstummte, und die Stille trieb ihn fort, bis sich Schritte näherten.

»Wie hat Esthelia es nur mit dir ausgehalten?«, fragte Reskir und lachte.

»Gar nicht«, erwiderte er schläfrig. »Sie ist geflohen.«

»Dann waren das gestern bei ihrer Abreise also Tränen der Erleichterung?« Reskir zog an seiner Decke.

»Bestimmt …« Laudan krallte die Hände in den Stoff und hielt dagegen. »Erleichterung darüber, dass jemand dumm genug war, bereitwillig ihre Aufgaben zu übernehmen.«

Reskir schnaubte. »Ich habe bloß zugeschlagen, bevor die Schlacht um die Position entbrennen konnte. Und verfeinert habe ich sie auch.«

»Du hast ihr einen klangvolleren Titel gegeben«, räumte er ein und ergänzte in Gedanken die weiteren Aufgaben, die Reskir übernehmen würde. Er machte sich einen Spaß daraus, sie *nicht* aufzuzählen. »Wie lautete er noch gleich?«

»Persönlicher … Referent des Helden der Heressia.« Reskir zog fester. Laudan ließ los und konnte sich das Lachen nicht verkneifen, als Reskir mit der Decke nach hinten taumelte und ihn anschließend mit seinem Blick durchbohrte. »Warte nur, bis du die Kostüme siehst, die ich für dich auswähle.«

»Kann es kaum erwarten. Wie hat dein Vater es aufgenommen? Man könnte meinen, es wäre ein gesellschaftlicher Abstieg.«

»Nachdem ich die Prüfung vergeigt habe, sagte er, das Angebot sei das Beste, was mir passieren konnte. Und jetzt nimm mir das nicht. Ich mache das sowieso nur, weil –«

»Weil wir Freunde sind«, sagte Laudan schnell.

»Ich hätte die Frauen aufgezählt, die ich in deinem Schatten aufsammele, die Anerkennung und die Geschenke, aber ja …« Reskir lächelte. »Weil wir Freunde sind.«

Laudan setzte sich auf und deutete auf den Dokumentenstapel unter Reskirs Arm. »Also, was ist so wichtig?«

Statt zu antworten, öffnete Reskir die Vorhänge, trat an den Schreibtisch und stapelte die Dokumente fein säuberlich über dem Chaos. »Beschlussvorlagen, Glückwunschkarten, Heiratsanträge, mehr Heiratsanträge und oh …« Reskir verstummte, hob einen Umschlag gegen das Licht und drehte ihn so, dass Laudan das Siegel sah. »Was haben wir denn da? Ist das etwa –«

Er sprang auf und entriss Reskir den Umschlag. Dabei baumelte das um den Ring geschlungene Seidenband an seiner Hand. Reskir lächelte. Er musste es gesehen haben, bevor Laudan sich abwandte, um das kostbare Papier zu betrachten.

*Lord Laudan Calieri* stand in geschwungenen Lettern darauf.

Reskir reichte ihm einen Brieföffner, mit dem er das Siegel brach. Seine Finger zitterten, als er den Brief entfaltete, dessen Handschrift den früheren Vorladungen bis ins Detail glich: *Mein ergebenster Diener, begebt Euch heute bei Sonnenuntergang zum Palais. Ich erwarte Euch.*

Mit dem Brief in der Hand ließ er sich aufs Bett fallen, schloss die Augen und atmete erleichtert aus. Dies war der Lichtblick, auf den er seit zwei Wochen wartete.

*Endlich, Cal. Endlich.*

Selten kroch ein Tag so sehr dahin, dass ihm selbst der Besuch des alten Wyzran ein Lächeln entlockte. Athos schickte nach ihm. Auf dem Weg zu dessen Gemächern verbannte Laudan seine Aufregung unter einer Maske der Gelassenheit.

Wyzran ließ ihm den Vortritt und entfernte sich sogleich. Eine seltsame Leere erfüllte die ohnehin schon penibel aufgeräumten Räumlichkeiten seines Vaters, die aussahen, als habe man ihnen den letzten Rest ihrer Seele geraubt.

Er trat auf den Balkon, wo Athos über die Stadt hinwegblickte. Sein Vater schien von seiner Anwesenheit ebenso wenig Notiz zu nehmen wie von den Festivitäten, denen er ferngeblieben war. Einzig zu seiner feierlichen Ehrung in der Oberstadt war er gekommen und hatte vom Rande der Menschenmenge aus zugeschaut.

»Ihr wolltet mich sehen, Vater?«

Athos wandte sich um. In seinen Augen lag eine Sehnsucht, als habe er etwas unwiederbringlich verloren. War es das, was ihm zu schaffen machte? Sein Sohn, der ihn endgültig überflügelte und ihn in Vergessenheit geraten ließ?

»Du siehst glücklich aus«, stellte Athos fest. »Gibt es einen besonderen Anlass?«

Laudan lehnte sich gegen die Balustrade. »Eine Audienz bei Unserer Heiligkeit. Seine Einladung hat mich heute früh erreicht.«

»Drei Audienzen? Das hat noch niemand geschafft.«

»Manche Dinge ändern sich«, erwiderte er. Der Blick zum Horizont beflügelte ihn. Aber wieso war er hier? Ein lockeres Gespräch zu führen, war nicht Sache seines Vaters.

»Ich möchte dir etwas sagen, bevor es im Kriegsrat verkündet wird«, ergriff Athos das Wort.

»Ihr klingt ernst. Geht es Euch nicht gut?«

»Ich werde mich auf unser Weingut zurückziehen. Meine Zeit hier ist vorüber.«

»Vorüber?« Er verstand nicht. »Ihr lebt doch, um zu dienen.«

»Manchmal muss man einsehen, dass es Zeit wird, anderen den Vortritt zu überlassen. Ich überlasse ihn dir, Laudan. Es hat mich stets mit Stolz erfüllt, wohin dich dein Schicksal geführt hat.«

Zuneigung schwang in Athos' Worten mit, vielleicht sogar Liebe. Könnte er ihn doch nur lieben, wie er wirklich war, und nicht die Illusion, die er geschaffen hatte, um ihn zu täuschen. »Ihr gebt mir den Vorsitz im Kriegsrat? Warum so plötzlich, Vater?«

»Du wirst Geschichte schreiben, mein Sohn. Aber ich kann nicht hier sein, um es zu sehen.«

Sein Vater nahm den Gehstock und verließ den Balkon. Laudan folgte ihm ins Innere, wo Athos die Fenster schloss und sich ihm gegenüberstellte. Die wenigen Zentimeter, die sie trennten, ließen ihn instinktiv zurückweichen. Noch immer war es schwer, Athos' Blick standzuhalten.

»Ich sehe dich, Laudan. Ich möchte, dass du das weißt.«

Seine Hand zuckte an seinen Waffengurt, bereit, seinen Vater mit ebenjener Klinge zu töten, die er ihm geschenkt hatte.

Athos lächelte. »Tu es, wenn du es musst. Aber wisse, dass ich meine Werte verraten habe, damit ich dich nicht verraten musste.«

»Seit wann wisst Ihr es?«

»Nach deiner Abreise kam ein Mann zu mir. Ein Somniumsüchtiger, der nicht einmal wusste, wen er vor sich hatte.«

*Bast.*

»Ich hielt seine Beschuldigungen für eine haltlose Frechheit. Aber er wusste Details, die ein Lügner nicht hätte wissen können.

Also gab ich ihm die Münzen, die er verlangte, und hörte ihm zu. Und als er zu Ende gesprochen hatte, tötete ich ihn.«

Laudan ließ die Hand sinken. Er war so weit gekommen, hatte eine Flotte befehligt, Ethelis erobert und Cal als neuen Sha eingesetzt. Und all das nur, damit ihm eine gut gemeinte Tat das Genick brach?

»Er hätte dich nicht antasten können«, sagte Athos, als habe er seine Gedanken gelesen. »Niemand vermag das noch, außer Unserer Heiligkeit selbst.«

»Also schützt Ihr mich, weil alles andere zwecklos wäre? Aber wieso dann der Vorsitz?«

Athos ließ sich auf einen Sessel sinken und trank einen Schluck aus einem längst kalt gewordenen Teeschüsselchen. »Ich habe deine Mutter sehr geliebt, Laudan. Ihr seid euch ähnlicher, als ich je zuzugeben bereit war.«

Laudan setzte sich zu ihm. Wieder loderten die Fragen seiner Kindheit in ihm auf, die Athos stets abgeblockt hatte.

»Du hast ihre Güte und ihren Sinn für Gerechtigkeit, mein Sohn. Die Liebe, die du empfindest, ist die ihre. Ich sehe sie in deinen Augen, auch wenn ich nicht weiß, wem dein Herz gehört.«

»Sie hatte einen Namen«, presste er hervor. Dass er mit der Form brach, war ihm egal. »Sag ihren Namen.«

»Nytheia.« Athos schloss die Augen. »Sie wollte fortgehen. Ich sehe sie noch heute mit dir im Arm, meinem kleinen Jungen, der geschlafen hat. Als ich sie mit dem Schwert in der Hand abfing, hat sie dich geküsst und wieder in dein Bett gelegt.«

Athos vergrub das Gesicht in den Händen, atmete hörbar aus. Laudan blickte an ihm vorbei. Die Wahrheit schnürte ihm die Luft ab. »Du hast sie getötet, weil sie anders dachte. Deine eigene Frau. Und jetzt suchst du Vergebung, indem du mich schützt?«

»Es gibt keine Vergebung für das, was ich getan habe. Nytheia war ein guter Mensch, doch ich war zu sehr damit beschäftigt, ein Schwert in der Hand Unserer Heiligkeit zu sein, um es zu sehen.« Schmerz tobte in Athos' Blick. »Ich habe stets versucht, dich nach meinem Ebenbild zu formen, aber ich sehe sie in dir, nicht mich, und dafür bin ich dankbar. Ich werde die Fehler der Vergangenheit nicht wiederholen. Nicht bei dir, mein Sohn.«

Sein Vater erhob sich. Auch Laudan stand auf, war wie benommen. Athos hatte ihm nicht nur seine Mutter genommen, sondern auch Teralyn. Er kämpfte gegen die Wut an, gegen den Wunsch, Athos seine Klinge ins Herz zu rammen. Aber wenn er das tat, würde er sein wie sein Vater. Also suchte er nach etwas anderem; einem Gefühl, das ihn nicht zerstörte.

»Was ist mit Eurer Ehre?«, fragte er, als er die Fassung zurückerlangt hatte.

»Die habe ich verloren, als ich deinen Verrat verschleierte.«

»Nein. In diesem Moment habt Ihr ein Stück davon zurückgewonnen.«

»Vielleicht. Aber ich habe in meinem Leben so viel Leid hervorgebracht, dass ich nicht mehr weiß, was richtig und was falsch ist. Ich hoffe von ganzem Herzen, dass du es weißt.«

Sein Vater küsste ihn auf die Stirn, und Tränen glänzten in seinen Augen. Nie zuvor hatte Laudan ihn so gesehen. »Die Kutsche steht bereit. Meinen Besitz habe ich auf dich übertragen.«

»Ihr habt all das geplant.« Er folgte Athos zur Tür, doch sein Vater wandte sich noch einmal um.

»Laudan, wenn du an mich zurückdenkst, erinnere dich an diesen Moment, nicht an den Vater deiner Kindheit, für den es keine Vergebung gibt.«

»Ich kann nicht vergessen, was Ihr getan habt. Aber ich kann Euch vergeben. Dies ist der Moment, an den ich mich erinnern werde, Vater.«

Auf dem Zitadellenplatz wartete Wyzran mit einer voll beladenen Kutsche. Der Mann, der davor stehen blieb, war nicht länger sein kaltherziger Vater, sondern ein gebrochener Mann, erfüllt von Reue und Schmerz. Von ihm hatte niemand mehr etwas zu befürchten.

»Ich werde nicht zurückkehren«, sagte Athos. »Und ich gehe

nicht davon aus, dass du mich besuchen wirst. Aber falls doch, weißt du ja, wo du mich findest.«

»Leb wohl, Vater.«

»Leb wohl, mein Sohn.«

Vom Balkon aus blickte Laudan über die goldenen Dächer hinweg, die im Dämmerlicht erstrahlten. Sein Herz schlug im Gleichklang mit Cals Magie, und er erlaubte sich, diesen Moment zu spüren, ihn wahrhaft auszukosten. Unendlich viele Jahre später waren sie beide wieder hier.

Er nahm einen tiefen Atemzug, ließ den Duft ihrer Heimat seine Lungen erfüllen und wandte sich ab. Es war Zeit. Seine Finger schlossen sich um die gesiegelte Einladung, mit der er sich auf den Weg machte. *Bald, Cal.*

Je näher er dem weißen Wall kam, desto mehr schien er einer undurchdringlichen Festung gleich in den Himmel zu wachsen. Die Garde öffnete das Tor und geleitete ihn durch das Lichtermeer des Gartens, das ihm den Weg zum Palais wies. Nein, dieser Ort würde nicht Cals Gefängnis sein, sondern die Erfüllung ihres Traumes.

Umringt von Soldaten, trat er ein. Erst im Initiationsraum überließen sie ihn sich selbst. Statt sich zu setzen, blieb er vor dem Gemälde stehen. Diesem auf ewig eingefangenen Moment aus Leid und Tod, der all das, was sie jetzt waren, überhaupt möglich gemacht hatte. *Nicht alles, was damals verloren schien, ist unwiederbringlich fort,* dachte er. *Die größten Schätze kehren zu einem zurück, nicht wahr, Cal?* Er legte die Hand über die gerollten Dokumente in der Innentasche seines Mantels und lächelte.

Leas' leises Klopfen ließ ihn aufblicken. Obwohl er die Initiation nach denselben Richtlinien vollzog, schien er verändert, als sei eine Last von ihm abgefallen.

Nachdem er umgezogen war, bat er Leas, die Reden mitnehmen zu dürfen. Es war nur Papier, umwickelt mit einem alten, roten Seidenband. Was konnte er damit schon anrichten? Leas reichte ihm die Rolle. Er dankte ihm; dankte ihm im Geiste für so viel mehr als das, und ließ sich mit verbundenen Augen in den Korridor führen.

Dort rezitierte er die vertrauten Worte der Initiation. Sein Herz hämmerte. Wieder stieg ihm das Öl zu Kopf. Ihm wurde schwindlig, seine Beine schwer. Sie würden einen anderen Weg finden, einander zu sehen. Einen, der mit weniger Aufwand verbunden war, das schwor er sich.

Er streckte die Arme aus, setzte einen Fuß vor den anderen und bahnte sich einen Weg durch die Dunkelheit. Am liebsten hätte er die Augenbinde heruntergerissen, um zu rennen, doch er mahnte sich zur Vorsicht, falls man sie beobachtete.

Die Vision kam plötzlich. Er schmeckte Salz auf seinen Lippen. Schwärze wandelte sich in gleißendes Licht, dessen Reflexionen über rauschende Wellen tanzten. Seine Hände schlossen sich um das Steuerrad der *Roa Hourak*. Eine unbekannte Welt erstreckte sich am Horizont, doch seine Aufmerksamkeit galt dem Mann an seiner Seite, der über all das hinwegstrahlte. Cal.

In der wirklichen Welt gaben seine Beine nach. Er taumelte vorwärts. Statt zu fallen, fing ihn jemand auf. In seinen Armen versank er erneut in der Vision, ließ sie zu und verlor sich in ihr. Als sie verblasste, spürte er, wie Tränen durch den Stoff der Augenbinde sickerten. Freudentränen.

»Cal«, flüsterte er. Seine Hände glitten über eine kostbare Gewandung, umfassten den vertrauten Körper darunter.

»Erschreck dich nicht.« Dieselben Worte wie auf der *Destine,* nur dass er gleich einen Gott sehen würde und keinen Sklaven. »Ich bin es. Ich bin es wirklich.«

Cals Atem flatterte über seine Haut, so heftig wie sein eigener. »Lass mich dich sehen«, bat er. »Ich muss dich sehen.«

Die Augenbinde segelte zu Boden. Gleißendes Licht blendete ihn. Er blinzelte dagegen an und blickte in das goldene Antlitz des Sha. Mit den kurzen Haaren und der goldbestickten Robe war Cal eine vollkommene Kopie seines Bruders. Nein, nicht ganz. Das Lächeln, das auf seine Lippen trat, war unverkennbar Cals. Behutsam schob Laudan die Maske nach oben und küsste ihn. Dabei glitten seine Finger durch die kurzen Strähnen.

»Es steht dir«, sagte er kopfschüttelnd. »Du warst so stark, als du dich Alcaelus gestellt hast. Nie warst du schöner als in diesem Augenblick. Nie habe ich dich mehr geliebt.«

»Du hast mich gerettet. Auf so viele Arten, dass ich sie nicht aufzuzählen vermag. Ich will das nicht vergessen. Nie wieder. Auch wenn es bedeutet, dass du mich vergisst, werde ich dich finden. Und ich werde dich lieben.«

»Wir haben ein Leben vor uns. Ein ganzes Leben.« Er hatte ein Fünkchen davon in seiner Vision gesehen, einen Ausblick auf die Zukunft.

»Mehr habe ich nie gewollt.« Cal lächelte und löste sich von ihm. Mit geschickten Handgriffen öffnete er die Häkchen seiner Robe, zog sie aus und legte sie gemeinsam mit der Maske über einen Stuhl, bevor er in der schlichten Kleidung zurückkam, die er darunter verborgen hatte.

»Heute will ich ganz Cal sein«, sagte er und ergriff seine Hand. Laudan folgte ihm durch einen Wirrwarr von Gängen und Treppen hinab zu einer vor aller Welt verborgenen Tür. Cal öffnete den magischen Mechanismus und führte ihn hinaus in die Dämmerung, wo sie ein schmaler Felspfad erwartete.

Hand in Hand stiegen sie in die Bucht hinab, in der sie sich vor unendlich langer Zeit ein Versprechen gegeben hatten. Er lachte, und Tränen stiegen in ihm auf. Erst am Ufer blieben sie stehen. Die Brandung rauschte. Der Wind riss an ihrer Kleidung und an ihren Haaren, während die Sonne auf den Horizont traf.

»Heute, morgen und für immer«, flüsterte Cal.

Laudan konnte nicht anders, als ihn zu küssen und ihn an sich zu ziehen. Sie waren zurückgekehrt, sie beide. Lange hielten sie einander, bevor er die Reden hervorzog.

»Ich möchte dir etwas geben.« Er reichte sie Cal, der das rote Seidenband mit dem Ring daran löste. »Die obersten Seiten sind neu. Es ist nicht viel, aber –«

»Es ist ein Anfang … ein Neuanfang.«

Zur Antwort schlang er das Seidenband um Cals Oberarm und verknotete es. Sein Blick fiel auf den Ring in Cals Hand. Wie gern wollte er ihn wieder tragen, doch er konnte sich lebhaft vorstellen, welche Fragen er aufwerfen würde. Ein schiefes Grinsen trat auf Cals Gesicht.

»Der Sha wird einen neuen Berater brauchen. Ich habe auch schon mit einigen Kandidaten gesprochen.«

»Du hast was …?«

»Sie waren allesamt fähig.« Cals Grinsen wurde breiter. »Aber ich denke, ich werde mich für den Mann entscheiden, der mich gerettet hat. Vorausgesetzt, er ist willens, diese Position anzunehmen.«

»Natürlich will ich das.« Auch er lachte jetzt, konnte gar nicht anders, als Cal ihm den Ring an den Finger steckte. »Du hast nicht nur dich selbst befreit, Caliyan de la Vere, sondern die ganze Welt. Vergiss das nicht.«

»Sag mir das noch einmal, wenn unser Traum wahr geworden ist.«

Cal legte den Kopf auf seine Schulter, und er verschränkte ihre Hände ineinander, während sich die Wellen in sanften Wogen am Ufer brachen. »Er wird wahr, und ich werde bei dir sein, wenn es so weit ist. Lass uns Geschichte schreiben. Unsere Geschichte.«

»Lass uns anfangen. Es gibt viel zu tun.«

# Danksagung

Noch immer durchfährt mich ein bittersüßer Schmerz, wenn ich selbst hier ankomme: Am Ende dieser Geschichte, die mir so viel bedeutet. Die zu laut wurde, um sie zu ignorieren, und die ein *was wäre wenn?* in eine ganze Welt verwandelt hat.

Ich erinnere mich noch genau an den Tag, an dem ich diese letzten Zeilen der ersten Fassung schrieb, die sich nie wieder geändert haben. Lange konnte ich sie danach nicht lesen, weil der Abschied zu sehr wehtat. Aber wenn mich *Melodie der Asche* etwas gelehrt hat, dann, dass ein Ende auch immer ein Anfang ist.

Also schrieb ich wieder.

Diesmal nicht für mich, sondern für euch. Und für Caliyan und Laudan, deren Geschichte ich teilen wollte, weil sie der Sturm war, der über mich hinwegfegte. Ich hoffe, ihr schenkt ihnen einen Platz in eurem Herzen. Ich hoffe, ihr liebt sie, wie ich es tue, und ich wünschte, ich könnte mit euch lachen und weinen und mich stundenlang mit euch austauschen, während wir gemeinsam auf den Horizont blicken.

In einem Traum tue ich das.

Mein ganz besonderer Dank gilt meiner Agentin Anna Mechler, die an Caliyan und Laudan geglaubt hat und mich an einem Freitagnachmittag in Travemünde mit der Zusage anrief, als ich die Hoffnung fast aufgegeben hatte. Danke, Anna. Du bist die wahre Magierin, denn du hast Träume wahr gemacht.

Rahel. Ich weiß nicht, wo ich anfangen soll. Bei der Tatsache, dass du *Melodie der Asche* an einem Wochenende gelesen hast, weil du es nicht aus der Hand legen konntest? Bei dem Verlagsangebot für ein viel zu langes Debüt, für das du von Anfang an gekämpft hast, oder bei all der Liebe, die du für diese Geschichte empfindest? Rahel, es gibt so viel, wofür ich dir danken könnte. Danke, dass wir das teilen durften, und danke, weil unser Abschied ein Anfang war.

Ich weiß, du magst keine Gefühlsduselei, und ich schreibe zu viel davon, aber Jens, ich möchte, dass du etwas weißt: In meinem Herzen habe ich dir mehr Zahlen, Daten und Fakten über die Roa Hourak in diesen Text eingebaut. Und das meine ich auf die beste Art und Weise. Danke für jede Anekdote und jede kleine Skizze am Textrand. Auch beim hundertsten Mal. Oder dem tausendsten. Danke, weil du es immer verstanden hast.

Ein herzlicher Dank gilt meinen Eltern. Papa, ohne deine Geschichten hätte ich vielleicht nie angefangen, selbst welche zu erzählen. Mama, weil du mir beigebracht hast, nicht aufzugeben.

Danke auch an meine lieben Testleser* innen. Ihr habt diese Zeit für mich unvergesslich gemacht und *Melodie der Asche* mehr Liebe entgegengebracht, als ich je für möglich hielt. Henriette, ich träume noch immer von diesem Tag im Kino, an dem wir beide vor Glück weinen. Danke für dieses Bild und dafür, dass Laudan in einem Paralleluniversum endlich mit Caliyan Autoscooter fahren darf. Lena, Luisa, Kim, Quinn und Julia, ich blättere oft durch eure Anmerkungen und lächle. Danke!

Mira, du hast den Tag gerettet. Danke dafür. Und für die spaßigen Kurse, die wir für die Wissenschaft belegen und die ohne dich einfach nicht dasselbe wären.

Mein besonderer Dank gilt auch Corinna, Maria und dem gesamten Team von Droemer Knaur, das mich so herzlich empfangen hat. Jedes Mal, wenn ich den kleinen Anstecker sehe, den ich auf der Buchmesse bekommen habe, lächle ich, weil ich ein Teil von euch sein darf.

Ihr erfüllt Träume. Ihr alle.

Danke.

Und ich danke dir.

Genau dir, weil du bis hierher gelesen hast. Nun gehören dir Caliyan und Laudan ebenso, und vielleicht bleibt ein kleiner Teil von ihnen, auch wenn diese letzten Zeilen längst verklungen sind. Hier, an diesem Ende und Anfang gleichermaßen.

Danke dafür.

Heute, morgen und für immer.

# *Sensible In*[illegible]

Krieg, physische und psychische Gewa[illegible]olter, Trauer, Sucht (Nebencharakter), Tod, Trauma

halte

lt, Folter, T

Auf wessen Seite stehst du, wenn niemand auf deiner Seite steht?

ELEANOR BARDILAC

# KNOCHENBLUMEN WELKEN NICHT

Roman

In der prächtigen Stadt Vhindona ist man stolz auf geschickte Erfinder und reiche Händler – allem, was mit Magie zu tun hat, steht man dagegen misstrauisch gegenüber. Deshalb versucht Aurelia seit Jahren, ihre magische Begabung geheim zu halten. Doch als die junge Frau Zeugin eines Mordes wird, kommt dabei auch ihr Geheimnis ans Licht, und Aurelia wird dem mächtigen Nekromanten Marius Cinna als Schülerin zugeteilt.
Als die wissbegierige junge Frau herausfindet, was wirklich hinter einer unheimlichen Serie von Ritualmorden steckt, und welche Rolle Marius dabei spielt, muss sie sich entscheiden: für ihren neuen Meister oder für ihre Heimatstadt.

Das erfrischend andersartige Fantasy-Debüt von **SERAPH-Gewinnerin Eleanor Bardilac** begeistert mit vielschichtigen Charakteren, einer packenden Story und einer detailreichen Götterwelt.

KNAUR

Einfühlsam, berührend, hochemotional:
Romantische Cosy Fantasy über die Liebe zum Partner, zur Familie und zu sich selbst

ELEANOR BARDILAC

# DIE MAGIE GOLDGEWEBTER HERZEN

Roman

Wie ein unsichtbares Netz verbinden Fäden von Magie Familien miteinander: In Brinon haben alle ihren festen Platz im magischen Gefüge.

Als seine Schwester stirbt, fällt Lucien die Aufgabe zu, ihren Witwer Noel zu heiraten – denn nur so bleibt das magische Gewebe der Familie intakt. Für beide Männer halten ihre Trauer, die ungewohnte neue Situation und intrigante Familienmitglieder mehr als eine Herausforderung bereit. Doch während der Sommer sich über Luciens idyllisches Landgut ergießt, entdecken sie, dass Liebe viele Facetten hat und Magie in bisher unbekannten Formen existiert.

»Dieser Fantasy-Roman ist für alle, die ein bisschen anders sind und sich alleine fühlen, und für alle, die Licht in der Dunkelheit finden wollen.«
*Eleanor Bardilac*

KNAUR